南社诗人群体研究

Research on Poets of Nanshe

邱睿 著

中国社会科学出版社

图书在版编目（CIP）数据

南社诗人群体研究／邱睿著．—北京：中国社会科学出版社，2014.12
ISBN 978－7－5161－5401－4

Ⅰ.①南… Ⅱ.①邱… Ⅲ.①诗歌研究—中国—近代 Ⅳ.①I207.2

中国版本图书馆 CIP 数据核字(2014)第 308140 号

出版人　赵剑英
责任编辑　史慕鸿
责任校对　李　楠
责任印制　王　超

出　　版　中国社会科学出版社
社　　址　北京鼓楼西大街甲 158 号（邮编 100720）
网　　址　http://www.csspw.cn
　　　　　中文域名:中国社科网　　010－64070619
发 行 部　010－84083685
门 市 部　010－84029450
经　　销　新华书店及其他书店

印　　刷　北京君升印刷有限公司
装　　订　廊坊市广阳区广增装订厂
版　　次　2014 年 12 月第 1 版
印　　次　2014 年 12 月第 1 次印刷

开　　本　710×1000　1/16
印　　张　28
插　　页　2
字　　数　506 千字
定　　价　78.00 元

国家社科基金后期资助项目

出版说明

后期资助项目是国家社科基金设立的一类重要项目，旨在鼓励广大社科研究者潜心治学，支持基础研究多出优秀成果。它是经过严格评审，从接近完成的科研成果中遴选立项的。为扩大后期资助项目的影响，更好地推动学术发展，促进成果转化，全国哲学社会科学规划办公室按照“统一设计、统一标识、统一版式、形成系列”的总体要求，组织出版国家社科基金后期资助项目成果。

全国哲学社会科学规划办公室

目　录

绪论 …………………………………………………………………… (1)

第一章　南社史与南社诗歌史 ………………………………………… (15)
　第一节　南社史论 ……………………………………………………… (15)
　第二节　南社诗歌史论 ………………………………………………… (32)

第二章　前南社时代:诗人群体的汇集 ……………………………… (47)
　第一节　南社的沪上渊源:1902—1909 ……………………………… (47)
　第二节　《政艺通报》诗人群体与南社诗人群体 …………………… (81)
　第三节　前南社时代的国粹群体 ……………………………………… (98)
　第四节　从寒隐社到国学商兑会:国粹主义的流衍与南社群体 … (120)

第三章　南社时代诗人群体的常态与非常态:雅集与刊物 ………… (145)
　第一节　南社雅集与刊物概说 ………………………………………… (145)
　第二节　社刊与群体凝聚:《南社丛刻》……………………………… (166)
　第三节　别集中的诗人群体:《红薇感旧记》………………………… (181)
　第四节　分社雅集的群体意义:鸥社 ………………………………… (194)

第四章　南社时代诗人群体的传统网络:地缘与亲缘 ……………… (207)
　第一节　南社地缘与亲缘概说 ………………………………………… (207)
　第二节　汾湖柳氏家族与吴江诗群 …………………………………… (222)
　第三节　地域中的诗人:醴陵诗群 …………………………………… (235)

第五章　后南社时代:南社诗人群与近代诗歌走向 ………………… (249)
　第一节　"唐宋诗之争"与南社的结束 ……………………………… (249)

第二节 新南社:华丽的转身与匆匆的背影 …………………… (270)
第三节 南社湘集:古典诗歌的一脉流转 …………………… (285)
第四节 抗战诗歌:南社诗歌创作的流衍 …………………… (299)

第六章 南社诗人群体创作概述 …………………… (322)
第一节 群体题材:历史追述与当代诗史 …………………… (323)
第二节 群体风格:布衣情怀与遗民情愫 …………………… (342)
第三节 群体宗尚:师法定庵与追模杜甫 …………………… (358)

结语 …………………… (376)

参考文献 …………………… (382)

附录一 南社诗人别集知见录 …………………… (394)

附录二 书中出现南社诗人生平简介 …………………… (409)

绪　论

南社的社团史总共是十四年（1909—1923），放之于中国近代史上观察，正处于中国近代史上最具张力的历史时期。这一时期，高密度的历史事件不断更改着中国的未来方向，中国社会经历着性质转变，中国文化也经历着彻底蜕变。南社作为清末民初最大的民间文人社团，参与到这个社会和文化转型的进程中，他们以“革命的文人”身份进行了“文人的革命”[①]，成为近代史的一部分。面对近代社会转型带来的变化，这些民间文人进行了从生活方式、谋生手段到精神理念的一系列调适，而调适中的选择正汇成了近代文化选择中的民间力量。这种力量，成为中国文化发展的一股重要推力。

一　选题意义

（一）南社：从基层文士的角度解读文化

对于中国近代历史和文化的梳理，学界越来越倾向于从中国内部切入，而不是以西方的影响作为研究起点，这是对于20世纪50年代以来流行的针对中国近代历史研究“冲击—回应”思路的反拨。回到中国自己，基层士绅的力量越来越受到重视，他们身上可以找到很多对于历史的解释。南社作为一股基层的民间力量，是解读近代文化的一个精彩切入点。

思维模式的转变会为研究带来契机。韦伯对中国问题的根本性论断长期主宰了西方研究中国问题的思路，也在很大程度上影响到中国学者对近代问题的判断。韦伯的《中国的宗教》解释了为何中国土地上未能产生

---

① 罗时进提出“革命的文人”和“文人的革命”两个概念，颇能抓住南社本质。《南社：一段绵延百年的文脉》，《现代苏州》2009年第11期。

类似西方的资本主义，他认为这是因为中国城市自治的缺乏和对祖籍亲友的依恋。布尔迪厄的“公共空间”理论则启示学者们关注一个帝国官方系统之外的民间社会，以期接近真实的中国社会实际。关注中心的下移表明西方学者的中国想象，不再是以一种“比附”思维模式去寻求中国身上的西方影子，而更倾向于立足中国历史的本土特色。

立足本土、关注民间的目光逐渐聚焦于中国社会的“士绅”阶层，作为地方精英，他们是官府和民众的沟通者，他们掌管着地方的实际事务和地方的文化权力。士绅身份的认定标准，相对于经济、政治而言更侧重于文化的考量，这是通过封建时代最重要的身份认定方式——科举作出的划分。国家的官僚体系与日益膨胀的精英人数构成矛盾，大量未能经过科举考试进入国家官僚体系中的知识阶层在地方上取得实际影响力，就成为地方士绅。我们希望通过对士绅阶层的观察，了解近代文化建构的过程，而南社正好进入了我们的研究视野。

南社长期以来被作为革命团体研讨，如果绕开“革命”这个固化表述，对南社的成员成分作一阶层的分析，他们正是我们想要了解的民间的文化建构者。如同南社成员自己宣称的那样，他们是“布衣”阶层，是与功名有着相对疏离度的知识阶层，但又因为家族的背景等在地方有着实际的影响力。南社作为清末民初的最大文学社团，高峰期时社员曾达到一千二百多人，分布全国二十几个省份，这样的“渗透”实际上形成了基层文化的无数生态系统。我们试图解释文化，特别是诗歌的基层建构问题，以南社为标本是非常有意味的，他们对于文化建构的实绩，对于古典诗歌的态度，正是我们期望了解的民间状况。

（二）南社诗歌：古典诗歌命运走向的解释

在五四新文化运动之前，近代诗歌正经历着最后一轮辉煌，涌现了各种各样的流派，各种各样的结社，然而为什么这样的光辉没有继续？古典诗歌在近代经历了怎样的命运？南社作为古典诗歌最后辉煌的一部分，其创作与古典诗歌命运走向有着怎样的关联？

中国近代文学通常意义上是指鸦片战争到五四运动这八十年间的中国文学。这八十年间发生的密集的历史事件改变了古老中国的命运，也改变了中国诗歌的命运：鸦片战争、太平天国运动、戊戌变法、辛亥革命、洪宪帝制、五四运动……诗歌承载的历史内容大大超过此前任何历史时期，“国家不幸”再次导致诗歌力量的总爆发，让我们在回望诗歌发展历程时不能不注意这个历史上承前启后的时代——近代。近代历史具有“过渡性”的意义，既有对封建中国的除旧又有对现代中国的布新，在总结近代诗歌时，我们也习惯于这样的表述，近代诗歌中具有对古典传统的回应和对新文化的启蒙，诗歌中可以找到熟悉又陌生的“过渡性”因子。这样的表述，是把诗歌历史和社会历史一起置于时间的线性表述之中，在回望中用全知者的视角消解了历史真实存在的复杂性。如果这样，我们很容易在近代诗歌发展的历史谱系中去寻找那些承担“过渡”责任的诗人和诗歌，例如胡适在《五十年来中国之文学》里，从新文化的立场高扬黄遵宪、康有为等的“诗界革命派”，却对“宋诗派”评价不高。而钱基博的《现代中国文学史》却正相反，略言“诗界革命”，将近代诗歌分为王闿运为代表的汉魏六朝派，樊增祥、易顺鼎为代表的中晚唐派，郑孝胥、陈三立为代表的同光体派，显然所有的诗歌历史谱系建立者都有着自己试图传达的诗歌认识。

然而用“过渡性”去定义近代诗歌将会令处于当时历史现场的诗人们非常尴尬，没有哪一个流派、哪一个诗人会甘心仅仅作为“过渡”而成为诗歌历史上在古典光辉和现代风采之间的一个中介。在他们的诗歌创作理念里，也有着特立挺出的自我期待，不论龚自珍、魏源，还是诗界革命派，还是同光体诗人，还是南社诗人，他们都希望在诗歌的历史上留下自己独特的声音。所以对于近代诗歌的评价，不如暂时搁置它“应该”承担的责任，而回到历史创作的现场，去理解诗歌的真实历史命运。我们试图贴近历史的现场去了解，在文化转型的过程中，谁还在进行着古典诗歌的创作？他们对诗歌的态度怎样？这些都决定着诗歌命运的走向。

南社也再次进入我们的研究视野，她囊括了一个庞大的基层诗人群体，并且有着丰富的诗歌创作实绩，他们的活动是最真实的民间文人创作，他们以“在野”的姿态坚持着自己的声音。他们是经历科举的最后一批士人，又在文化转型中与熟悉的文化告别，古典诗歌作为他们最为娴熟的文人“技术”的一部分，被用来抒写内心，记录历史，交际应酬，以及宣传革命……他们对于古典诗歌的看法，某种程度上决定了古典诗歌的命运。

二 研究现状与拓展空间

（一）南社研究史回溯

对南社的研究，从其社团活动结束便已开始，并一直持续到今天。其间，或因政治原因淡出过研究者视野，但是南社所蕴含的巨大研究空间越来越引起研究者的关注。南社研究大致可以分为五个阶段。

第一阶段：社友回忆与南社基本材料整理

当南社活动结束之后，社员们并不愿南社沉埋于历史之中，写作了大量的回忆文章，并着手南社资料的整理，这些带着情感体验的第一手材料记录了社员心目中的南社。

柳亚子写有《南社纪略》（1935 年写，1938 年完成），他在书中分阶段叙述了南社活动之经过，并将记录延伸至新南社阶段，书后有详尽的《南社大事记》、《社友姓氏录》。柳亚子作为南社的主盟者，在书中提供了详尽的一手材料，该书为南社研究最重要的文献之一。

南社活动期间，曾出版过二十二期社刊，是为《南社丛刻》，这是南社社友文学资料最原始的记录。然社友胡朴安病其芜杂，在南社结束当年，即 1923 年，将《南社丛刻》进行编选，以人存文，成《南社丛选》。丛选有汪精卫、傅尃、柳亚子、胡朴安序各一篇，是为南社最早的评论文献。其中汪精卫以"革命文学"评论南社的观点影响颇大。

胡朴安和曼昭各有《南社诗话》（曼昭诗话最早载于香港 1930—1931 年的《南华日报》，胡朴安诗话最早载于 1943 年的《小说月报》与《永安月刊》），现有二人合订本《南社诗话》（1992 年出版）。诗话提供大量南社故实，多涉及社友生平事迹。

郑逸梅的《南社丛谈》（1981 年出版）也是重要的南社文献，该书成书较晚，然仍属社友回忆内容，对南社有较全面介绍。值得注意的是，该书第一次对南社湘集作了详细介绍，附录的《南社社友著述存目表》、《南社社友斋名表》、《南社湘集姓氏录》、《南社广东分社社员姓氏录》为重要的南社文献。郑逸梅《艺林散叶》、《艺林拾趣》中也多有社友生平的介绍。

另外重要的社友论述还有：姚鹓雏《南社摭谈》、《琐记》、《补遗》，劲草《南社影事》，朱剑芒《我所知道的南社》，曹聚仁《南社、新南社》。

第二阶段：研究起步与南社历史定位

这一阶段的南社研究几乎与近代史的研究结合在一起，对于南社意义的发掘也重点在其作为同盟会的文字机关，如何"播弄文字风潮"，如何实现反清的新民主主义革命的。"文革"期间因政治原因，南社研究者较少。"文革"之后，杨天石、刘彦成合著的《南社》为南社研究的开山之作（该书出版于 1980 年），已经从社友的回忆转向客观叙述，然内容很简略，类似普及读物。杨天石还著有《南社史长编》（1983 年完稿，1993 年出版），以编年体的方式梳理了南社从酝酿到余音阶段（1902—1949 年间）的翔实史料。

第三阶段：南社材料再整理与研究影响的扩大

这一阶段又回到了南社材料本身的整理，然和第一阶段的整理有所不同，开始凸显乡邦情结、后裔责任。因为南社社友这时多已过世，大量作品留存在南社后裔手中；另一方面，地方文化建设过程中也开始关注南社社友留存的精神财富。

南社后裔们整理出版了《姚鹓雏文集》、《丘荷公诗文选》、《南社三刘遗集》、《叶楚伧诗文集》等。值得一提的是，张素后裔金建陵、张末梅做了大量的研究整理工作，由他们整理的社友别集有《南社张素诗文集》、《王大觉诗文集》、《葫芦吟草》。

这一阶段最重要的事件是由柳亚子长子柳无忌发起成立了国际南社学会，该会于 1989 年 5 月在美国加州成立，推动了南社研究的一系列活动，整理出版了一套南社丛书，包括：《柳亚子诗歌新探》、《南社史长编》、《南社诗话》、《南社人物吟评》、《南社人物传》、《南社戏剧志》、《中国近代文化变革与南社》、《南社丛刻第二十三第二十四集未刊稿》、《丽白楼遗集》、《黄叶楼遗集》、《高旭集》、《姚光全集》、《高燮集》、《陈去病诗文集》、《徐蕴华、林寒碧诗文合集》、《觉民月刊整理重排本》、《吴江沈氏长次二公剩稿》、《柳亚子文集补编》、《吴梅评传》、《姚鹓雏剩稿》。该套丛书仍将陆续增新内容。

这一阶段由后裔牵头陆续成立了一系列南社研究机构，且办有刊物，成为南社研究文章的发表阵地：

国际南社学会：《国际南社学会丛刊》（共 7 期，已停刊）

中国南社与柳亚子研究会：《南学通讯》（共 20 期，已停刊，现该学会已于 2003 年成为中国近代文学研究会的二级学会）

广东中国文学学会南社研究会：《南社研究》（共 7 期，已停刊）

江苏省南社研究会：《南讯》（共 17 期，已停刊）

云南省南社研究会：《云南南学》（共 41 期，已停刊）

上述研究机构和刊物大多属于民间性质，经费和稿件多来自南社故旧，刊物目前大多未能继续刊行。如何使得南社研究从故旧们的小圈子以外吸引到更多关注？那些关于南社往事的回忆，必须汇成一种研究方向，才能开掘出更丰厚的历史蕴藏。南社的学院派研究也应势而起，与民间研究一起将南社这个话题引向深入。

第四阶段：学院派研究与课题的开拓

南社研究开始更多纳入学界视野，这意味着南社蕴含的丰富文化史意义正在为研究者开掘，两岸三地对于南社的关注渐趋升温。这一阶段，单篇论文仍然是南社研究成果的重要呈现方式，但是随着系列学位论文也以南社为研究对象，南社研究向纵深发展成为可能。

大陆地区近年论文较多，与本书研究关联较密的有：

杨萌芽《清末民初宋诗派文人群体研究》（复旦大学 2007 年博士论文）、汪梦川《南社词人研究》（南开大学 2007 年博士论文）、贺国强《近代宋诗派研究》（苏州大学 2006 年博士论文）、卢文芸《变革与局限》（华中师范大学 2002 年博士论文）、孙之梅《南社研究》（山东大学 2000 年博士论文）、郝丽秀《南社湖湘巨子傅専研究》（山东大学 2011 年硕士论文）、陶宝凤《南社西南巨子李根源及其诗歌研究》（山东大学 2011 年硕士论文）、孟飞《张素诗歌研究》（山东大学 2011 年硕士论文）、陈晓华《陈去病文学研究》（苏州大学 2010 年硕士论文）。

台湾地区：陈香杏《南社研究——以思想层面为主（1909—1923）》（1993 年台湾师范大学历史研究所硕士论文）、林香伶《清末民初文学转型的标志——南社文学研究》（2003 年台湾师范大学国文学系博士论文，已出版名为《南社文学综论》）、沈心慧《胡朴安生平及其易学、小学研究》（台湾东吴大学博士论文，已出版）。

香港地区：胡丙勋《苏曼殊研究》（1982 年香港大学新亚研究所硕士论文）、朱少璋《苏曼殊诗研究》（1990 年香港大学新亚研究所硕士论文），朱少璋获得双硕士的另一部论文为《清末民初南社社员之诗歌活动》（1994 年香港大学新亚研究所硕士论文）。

对于南社的研究，可以从历史、政治、文学的角度同时展开，可以从社员个案和社团整体研究的方向同时展开，足见南社课题蕴含量之丰厚。就南社的文学研究而言，也有大量可以开掘的空间，林香伶的《清末民初文学转型的标志——南社文学研究》以南社文学作为研究对象，力图对南社文学作出总体讨论，涉及南社诗、词、曲、小说创作等各个方面。汪梦川的《南社词人研究》、梁淑安的《南社戏剧志》是南社的分体文学研究，从词和戏剧的角度予以关注，然对于南社的诗歌研究尚乏专文讨论，本书试图对南社诗歌进行研讨。

第五阶段：百年回眸与南社史再书写

2009 年，南社迎来她的百年诞辰，这个历史时刻赋予南社研究界强烈的文化责任感和兴奋感。2009 年围绕“百年南社”这个主题，苏州和吴江市政府都有系列活动。苏州市政府将早已成为民家院落的张公祠重修，作为南社百年的重要展览区。吴江政府也举行了“南社百年”的纪念活动，并出版了一系列书籍，作为会议纪念礼物：《南社百杰》（吴江市社科联编撰）、《吴江与南社——南社百年纪念特辑》（李海珉著，吴江市政协文史委员会）、《柳亚子史料杂记》（吴江张明观著）、《南社百年后裔寻访》（吴江日报社编）、《百年南社纪念专集》（吴江市哲学社科联编）等。

但是我们感觉到的是，南社在百年之后，似乎仅仅是给发祥地苏州和吴江带来了骄傲，她更多地还是一种被政治话语湮没的历史影相。南社，需要从政治的辉煌回到文化的精彩，这才是一个在近代史上谁都不能忘却，谁都不能绕过的文人结社。这也是站在“百年”这个历史结点上的研究者应该呈现给世人的南社面貌。

（二）学界研究现状与研究空间之拓展

南社研究的拓展，首先需要完成研究视野的拓展，才能使得南社的文化内蕴被深入发掘。南社研究其实有很多拓展的空间，就文学研究而言，我们可以从很多角度继续切入南社丰富的文学创作样态。

1. 拓展方向：视野的展开

对于南社诗歌的研究，目前学界对于南社个体诗人的关注较为广泛且深入，此不赘述。但是对于南社诗歌的整体关注，多见于各种文学史的描述，往往着眼于南社革命文学历程的陈述及南社领导人物、重要人物的诗歌成就的勾勒。学界从诗歌流派的角度关注南社，较为深入的是马亚中《光宣诗坛流派发展史论》，将南社置于清末诗歌流派的发展中予以陈述。对于南社诗歌内容的描述，目前可见的较为详实的是孙之梅的《南社研究》第七章“南社诗歌综论”，论述了南社民元前后的诗歌内容转换，介绍了南社前后两个自具特点的诗歌创作阶段。然对于诗歌流派乃至内容的描绘尚属文学的静态勾勒，对于特定时空中的社团兴散，诗人群体如何活动并与当时的文坛其他群体交接交游甚或交集，都无关涉。故而本书的研究视角聚焦“群体”，以诗人的各项诗歌活动作为解读南社社团的线索，试图还原特定时空下的南社样貌。这样，南社诗歌就不仅仅是保存在《南社丛刻》中等待用各种风格、内容去加以划分的文献，而是在特定时空中创作出来，具有社会参与意义、社团交际意义、个人表达意义的功能性创作。而南社诗人群体也在一次次诗歌活动中渐渐立体和鲜活，令他们之间产生关系，进而构成社团关系的那些要素成为研究关注的重点。相比于定性的文学描述，对于诗歌社会性因素的阐释更有赖于对史料和诗歌材料的发掘和整理。

从这个角度而论，林香伶的研究已经关注到南社内部诗歌活动的意义，她在《南社文学综论》中的研究涉及集句诗、唱和诗、题画诗这些具有社团意义和群体凝聚功能的诗歌。这些研究对于本书颇具参考价值。南社诗歌网络的建立本身就是一个极富魅力的话题。南社这个曾经人数高达一千二百多人的社团运作方式是一个让人疑惑的问题，他们的诗歌关系显然不仅仅存在于有限的雅集当中，更为广泛的诗歌交往出现在南社不同阶段、不同地域、不同好尚的小群体中。这些小群体的诗歌活动较之南社常态化的雅集更为频繁。在这些方面学界目前研究尚不充分，也有一些研究开始关注非常态化的雅集活动，例如李海珉《柳亚子与酒社》、郭真义《南社的梅州籍成员与冷圃诗社》、田若虹《南社雅集新考——丁巳上巳前一日之长沙半园雅集》等。本书关注的南社后期的鸥社、吴江的酒社、胡朴安寓所的私人雅集、各种随机的社员雅集等，都是在南社定期的社团雅集外的非常态活动，他们频繁而广泛，在南社社团的凝聚中发挥着一种温润而持久的人际黏合的作用。

将南社作为一个群体来观察，目前较多的研究视角是地域视角。从地域的视角关注南社，孙之梅《南社研究》中将南社以江浙、岭南、湖湘三个文化圈作为描述对象。孙立新的《南社的苏州诗人》、胡迎建《论南社中的湖南醴陵诗人》、俞乃蕴《南社和安徽人士》等都能以地域作为研究切入点。然以上研究之方法多以地域为线索整理诗人名单，尚侧重于诗人创作的描述而乏诗人之间基于地域背景关联的深入发掘。本书关注南社诗人之间基于地域建立起来的姻娅、师友网络，及由此建立的诗歌活动关系。例如对于湖南醴陵诗人的解读，通过学缘关系的梳理便可发现这个地域诗人群体背后的反清精神的来源。

从家族的视角关注南社，目前学界研究刚刚起步，成果散见单篇论文。如罗时进在《清代江南文学发展中的“舅权”影响》曾提及高燮与姚光的甥舅关系在其诗文创作及社会活动中的影响。苗丽《论晚清语溪徐氏姊妹诗歌创作》从家族文化渊源的角度发掘了南社才女的创作渊源，在相关研究中甚为独到。但是从家族的角度关注南社的研究目前还较为匮乏。明清江南的文化家族撑起了文化史的大片天空，而南社诸子正是上承这种家族文化而来，不少人出身文化世家，他们身上有着家族文化留下的印痕，文化家族之间的关联也是结社网络展开的一种方式，这个角度观照下的南社结社状态，可以看到江南文化的细胞活动方式。南社中的吴江柳氏、金山高氏、杭郡丁氏、醴陵刘氏等在社团中的意义远未开掘。本书重点研究几个典型的文化家族在南社酝酿、建立、运作中的意义。

对于南社群体的考察，拓展观察时间去进行“大诗歌史”的描述也别具意义。对“南社创立”的研究，学界多依据柳亚子《南社纪略》的描述来叙述其发展线索，这也是学界研究沿用的主流话语，例如柳亚子称神交社为南社“楔子”，学界也多从神交社入手研究南社的组建历程。然从高燮的叙述中我们发现另外一条叙述线索——寒隐社。柳亚子口中的神交社和高燮所说的寒隐社，在各自的叙述逻辑中都被称作南社的渊源。如果从这两个社团的人员思想来考辨，便可发现南社成立时人事纠纷已有伏笔，这也可以解释南社未来的发展走向。此外，对“南社的分裂”问题学界探讨较多，但评价有定型化倾向。代表性的观点有孙之梅《南社研究》、栾梅健的《民间文人的雅集：南社研究》中的评价，都认为新南社体现了新旧文化转型的尴尬。对于南社湘集的研究尚无专文，目前所见较为详实的论述是郝丽秀《南社湖湘巨子傅専研究》中的相关论述。对于新南社、南社湘集的研究，目前尚需突破定型化评论去进行更深入的探颐。新南社和南社湘集的人事关系恰可成为深入的视角。本书关注新南社与《民国日报》、鸳蝴派、文研会的人事关联，以及南社湘集体现的师弟子传承关系，这都能更深入地解释南社文学的流衍。

如若关注古典诗歌的发展演变，南社也是一个不错的视角，其广博的人员网络涉及中国最广泛的基层诗歌网。这些擅长古典诗歌创作的文人如何继续或是调整自己的创作方向，这一切又是在怎样的背景下发生的，这些问题可以对于古典诗歌发展作出极具文学史意义的解释。当放开了时间的局限进行考察后发现，南社的古典诗歌创作并未因社团解散就此沉寂，在抗战时期又有一轮精彩的发挥，对于这段诗歌创作高峰的探究也可以解释南社在近代史上能够极富魅力，并让所有南社人念念所在不能忘怀的凝聚力。

2. 拓展依据：文献的整理与利用

陈陈相因的结论正是来自我们对于材料体验的匮乏，如果说我们不满足于被回忆和被定型化的南社，那我们又该如何接近南社的丰富样态？或者说我们如何还原南社？这就必须回到文献本身。《南社丛刻》、社友的回忆论著、后裔整理的专著是我们还原南社的基本材料，但是这些还远远不够，南社研究中目前利用的材料不是太多，而是太少。

第一，对南社社友作品的挖掘需要拓展广度。南社研究长期集中于少数社友，如柳亚子、苏曼殊、高旭等，但是少数个案的研究对于这个拥有一千多名社员的庞大社团来说，仅如沧海一粟。一些名不见经传的社友，他们尘封在图书馆中的别集，真实地呈现他们的诗歌观念和他们的诗歌交往网络。对于一个以“布衣之诗”自我定位的社团来说，只有更多地看到那些名不见经传者的作品，才能真正贴近布衣诗歌的样态，所以本书大量采用了过去研究中没有引用过的别集。对南社的评论必须建立在大量个案的整理和研究之上，这一点还待继续深入。

第二，对于社刊的挖掘需要拓展深度。比如《南社丛刻》能回应我们对于这个社团“革命文学”的判断吗？我们在里面看到了革命的激昂，但也有大量的绮情艳语，特别是大量的捧伶诗。还原南社，不应该回避不符合我们想象的部分，而仅仅把革命的锋芒骄傲地展示出来。结合《子美集》、《春航集》，包括当时与南社有着不同审美趣味的唐诗派的《碧云集》，或许会有较客观的答案。

对南社湘集的论述概念化，很大程度上也是因为对于《南社湘集》利用的限制，迄今为止还没有见到对《南社湘集》像《南社丛刻》这样的仔细研究。其实深入社刊内部，会发现这些作品展现的湘集诸子的文化思考，恐怕不是“保守”一词可以概括。而且《南社湘集》展示了这个群体是一个师弟子相承的发展中的群体，在文化选择中有着新鲜的凝聚，这也不能以过去的“抱残守缺”来定位。

第三，对于材料的拓展，需包括一些非诗歌性的材料，如相关的信函、日记、年谱等，这些文献有助于我们还原诗歌现场。如对比郑孝胥与吴虞日记，可以了解南社内讧中各方不同的心态，同光体诗人其实并没有介入争论，而一直被视为助柳亚子在社中“张目”的吴虞，内心更关注自己的声誉。还原南社与其他诗派的争论现场，也可以清楚很多问题，比如南社指斥唐诗派“淫滥”真正的意图乃在于政治的批判。这也可以解释被胡适批评为“淫滥”的南社诗歌，与被南社批评为“淫滥”的唐诗派诗歌有何不同。这种诗歌态度构成了近代诗歌品味走向的一种可能。

三　研究方法与研究思路

（一）理论准备

1. 作为社会学的文学

还原南社、还原诗歌现场，是本书的一个基本研究思路，但如果仅仅罗列社团的代表人物、代表作品，这仍然属于一种静态的还原，想要动态地还原南社的诗歌样态，无疑就应该将其作为一种社会现象去研究。近代诗坛不是少数精英人物的舞台，南社诗坛也不是少数代表人物的领地，如果了解南社几乎无人不是诗人的情况，我们就知道点将式的勾画远不能凸显南社文化影响力的实际情形。对于南社的代表作家、作品已经有了大量的研究成果，诸如柳亚子、苏曼殊、黄人、吴梅、于右任等，他们固然在南社诗歌史上，甚至近代诗歌史上有其独特的创作实绩，但是南社当时巨大的影响力是怎样产生的，又是怎样黯然衰歇的，那些留下名字的诗谱只是想象的依据而不是全部。

法国的埃斯卡皮《文学社会学》提倡动态的文学研究法，即把文学作为一种社会机制的产出品，置于生产、传播、消费的流程中去解释文学与社会的关系。文学社会学重视考察文学行为的社会机制，将文学视为一种相互间的交际行为，并重视研究文学活动的物质条件，这对我们贴近文学的样态非常具有指导意义。埃斯卡皮认为"文学生产是一个作家群的事实，随着岁月的流逝，这群人口也要跟其他人口集团一样，经历老龄化、年轻化、人口过剩、人口减少等相似的变异"①。文学社团也在经历"新旧"代谢，近代社团的盛衰有其自身变化的理路，南社也同样因为人员的变动在发生变化，这些人员的变动又进一步影响到诗歌创作的风气。另外，作家的经济问题得到特别强调，"否认物质考虑对文学的影响，那也是不现实的；混饭吃的文学也不一定最蹩脚"②。近代转型期的文人，面临着谋生方式的转变，科举渠道被关闭导致文人不得不寻求新的谋生途径，这也带给诗歌创作以影响。南社诗人大多是职业报人、职业作家，这极大地影响到南社诗人的群体风貌。

2. 公共空间与场域理论

布尔迪厄的公共空间理论引导我们把研究视角转向士绅群体。公共空间分为管理型公共空间和批评型公共空间，批评型公共空间是我们研究士绅文化的主要关注点。批评型公共空间的形成主要依赖公共媒体，而在近代能形成大规模影响的公共媒体主要集中在大城市，例如上海。上海作为近代最大最典型的文化场域，提供了一个巨大的文化公共空间，各种文化力量共处其中，上演了精彩的交往与交锋。

南社的主要活动场域就在上海。上海作为近代史上一个重要的地理空间，具有很强的文化包容性。这个近代最大的移民城市缺乏一种强有力的

---

① ［法］埃斯卡皮：《文学社会学》，上海译文出版社 1988 年版。

② 同上。

本土文化，却有着海纳百川的混血特色。另一方面，带着浓烈地域色彩的个体在上海这座城市也会经历一个去地域化的过程。上海成为一个身份重组的空间，人们不再遵循传统熟人社会中的地缘、血缘、学缘的社会坐标。许纪霖的研究表明，传统的士绅阶层在上海这个近代公共空间中，重新建构符合自己所需要的交往网络，在这个过程中，传统的地缘、血缘关系有着某种淡化[①]。上海作为一个巨大的场域，是南社活动的舞台，但不是南社独享的文化空间，南社活动的同时还存在着大量其他的文人社团，这些社团是南社活动的一个真实的背景，也只有在这样的时空定位中才能明了南社的文化选择以及社团的个性。

（二）本书结构

本书分为六章。

第一章　南社史与南社诗歌史。本章以历史观察的方式，梳理南社发展与近代社会事件的关系，以及南社与近代诗坛其他诗人群体的共时关系。南社史（1909—1923）是一个与近代史相依倚的过程，社团的政治性体现在该社团与近代政治事件的紧密呼应中。南社自始至终对于政治的变化都极为敏感，南社的成立便是近代文人从政治改良到社会革命的思想变化的结果；南社成员参与了清末民初的政治宣传，当然也参与了武装起义、铁血暗杀。南社社员的活动深深介入了清末民初社会变革的历史事件，有牢狱讼灾，也有金戈铁马；有抛家舍业，也有断头沥血。南社汇聚了清末民初的志士精英，在反清反袁的政治标举中成就了近代史上的“南社精神”。然而，这个社团的成就又不仅仅在于其政治努力，也在其文学创作。“革命文人”的身份使得这个社团有着以文字参与社会风潮的自觉，也使得他们有了一种独立于诗坛的宏愿。在同光体盛行的晚清诗坛，南社诗人有一种欲为天下先的诗歌创作自信。这种诗歌的自信放置于晚清民初的背景下，可以看到一种诗歌自我突破的欲望。

第二章　前南社时代：诗人群体的汇集。本章从革命、学术的不同视角去考察前南社时代诗人群体的汇集。第一节从革命的线索去发掘群体的交集过程，在此放宽视野从前南社时代的1902年开始考察，观察南社怎样在上海这个晚清的革命策源地开始与日本的革命群体及同盟会建立关联的，以及怎样参与到上海的革命组织中国教育会的革命活动中，并如何开

---

① 许纪霖：《近代中国知识分子的公共交往：1895—1949》，上海人民出版社2008年版。

始策划文人社团神交社的。第二节关注《政艺通报》诗人群体与南社，因为《政艺通报》是国粹派形成前所编辑的刊物，体现了国粹派形成的过程，南社成员对这份刊物也参与颇多，这条线索可以看出南社与国粹派形成的关系，以及南社成员的国粹观。第三节研究南社与国粹派的关系，以国粹派的刊物《国粹学报》为中心，从文本的角度去观察南社文人对学术的持有态度和学术活动的立足点。第四节关注寒隐社，这个社团在高燮的言说中被视为南社的源头，而在柳亚子的表述中却是以神交社作为南社源头，这种对于革命和学术的不同侧重，体现了社团组织者柳亚子和社团精神领袖高燮对于南社发展方向的不同预设。南社成立后高燮也成立了国学商兑会，这是高燮从学术的理路发展南社的体现。

第三章　南社时代诗人群体的常态与非常态：雅集与刊物。这一部分以总论和个案研究相结合的方法，切入南社运作的内部结构，解释南社聚与散的内在原因。第一节整理了南社社团史上的雅集样态和刊物类型。第二节关注《南社丛刻》这份社团刊物对于社团凝聚的意义。从社团整合方式而言，稳定出版的社刊和按期举行的雅集是南社存在的常态化特征。但是对于南社这样庞杂的社团而言，非常态的雅集和刊物常常扮演着重要的角色。南社的社团网络有赖社员们的各种私人集会和分社雅集来维持，社员们的各种唱和、题咏、酬赠也成为《南社丛刻》以外的社团凝聚渠道。故第三节进入个案观察，以《红薇感旧记》为中心，考察一部社友作品如何成为一个社团凝结的契机的。第四节以鸥社为个案，研究在南社低潮期社团的运作情况，以期了解这个文人社团在运作中总社与分社的实际关系。

第四章　南社时代诗人群体的传统网络：地缘与亲缘。这一部分也以总论和个案研究相结合的方法，去探寻南社社团中具有的传统结社因素。南社在组织上有着近代新式结社的特点，同时也保留了传统文人结社的特征，诗人群体间某些具体的群体关系还是建立在传统的地缘和血缘关系基础之上的。第一节力图梳理南社中的以地缘亲缘这两个传统人际线索建构的关系网络。第二节关注的重点是以柳亚子为核心的吴江诗人群，柳亚子家族是吴江的文化家族，被称为汾湖柳氏，其家族通过联姻等方式积累了较深厚的地域影响力。这种影响力也成为柳亚子在吴江地区扩展南社组织机构的基础。第三节关注以傅尃为核心的醴陵诗群，这个诗群可以视为以地缘建立诗歌关联的典型。

第五章　后南社时代：南社诗人群与近代诗歌走向。本章拓展了南社的观察时段，考察了南社在结束后，新南社、南社湘集的人事脉络，并考察了抗战时期的南社成员的创作流衍情况。第一节主要厘清南社结束时各方面的立场和诉求。南社在唐宋诗之争中结束了，一场诗歌争论导致了社团的解体，这是文人社团的宿命还是有着更需发掘的原因？本节从客观材料包括信函和日记中去探究社团解体的理路。第二节关注新南社，这是南社解体后由柳亚子创立的新社团。新南社实为国民党改组前夕的文化尝试，其煊赫开场和转瞬凋谢都体现了1923—1924年这个历史节点上的文化回声。第三节关注南社湘集，这个社团被称为保持南社精神而与新南社“分庭抗礼”，这显示出旧南社内部的不同文化选择。第四节将对南社的观察视野拓展至抗战时期，南社在抗战时期再次呈现出一种民族精神的焕发和社友的诗歌创作共鸣，不少南社旧友汇聚陪都重庆，在那里创造了陪都的古典诗歌创作高峰。昔日南社社友的古典诗歌创作，在一个白话诗歌占据主流的创作环境里，也在尝试自我突围，继续发挥着古典诗歌的社会功能。

第六章　南社诗人群体创作概述。南社诗人的诗集繁多，这些诗歌作品往往非流非派，体现了南社作为基层文人群体样态的广泛性。然南社诗人的创作也有其共性，第一节从题材上予以总结，南社诗群既热衷历史内容也强调当下记录；第二节从风格上讲，南社诗群体现了布衣之诗的风貌和对于遗民情愫的政治发掘；第三节从群体宗尚上讲，南社对于龚自珍和杜甫的追摹体现了诗群对于诗歌历史资源的承续和借鉴。

本书尝试还原文学现场，对南社的诗歌创作给出一个符合历史实际的解释，淡化南社的“政治”定位，强调南社在历史转型期的文化意义；避免定型化的介绍，而以大历史的视野去解读南社的文化事件；不以介绍代表诗人诗作为主，而将南社诗人作为一个群体来关注，发掘群体的创作旨向。南社诗群是近代诗歌史上一股重要的力量，本书也试图通过对南社诗歌的阐释来解读古典诗歌的近代走向。

第一章　南社史与南社诗歌史

南社（1909—1923）从成立到解体经历了十四年，在浩瀚的历史长河中十四年不过是沧海一粟，这样的时间段如何能承载以“史”名之的波澜起伏？这十四年是近代史上极不平凡的十四年，以超乎从前的浓度容纳了太多历史事件、文化事件，而南社的社事变迁与诗歌消长，也正以超浓缩的方式把历史凝结在了十四年里。

第一节　南社史论

1909年11月13日（清宣统元年十月初一），苏州虎丘下的张东阳祠举行了一次文人雅集活动，十九位文人[①]在这里诗酒唱和。这场看似普通的文人聚会，却掀开了近代一个声势浩大的社团的历史，这个社团名叫“南社”。南社的名称，已然包含了结社的意图，那就是“南者，对北而言，寓不向满清之意”[②]。南社兴起于清末，与同盟会“驱除鞑虏，恢复中华”的政治宗尚一致，致力于以文字播弄时代风潮，鼓吹反清革命。辛亥革命推翻清朝统治，结束了封建帝制，南社之功可谓卓著。民国建立后，在袁世凯称帝、张勋复辟、军阀混战等一系列历史事件中，南社诸子继续以气节相标榜，积极地参与到反帝、反复辟、反军阀的活动中，成就了近代史上的“南社精神”，南社别具特色的文学创作也被评论者称为“革命文学”[③]。1917年南社爆发了“唐宋诗之争”，柳亚子为首的宗唐派

---

① 参加虎丘雅集的十九人为：陈巢南、柳亚子、朱梁任、庞檗子、陈陶遗、沈道非、俞剑华、冯心侠、赵厚生、林立山、朱少屏、诸贞壮、胡栗长、黄宾虹、林秋叶、蔡哲夫、景秋陆、张采甄、张季龙。其中，张采甄、张季龙为来宾，其余十七人为南社社员。

② 《南社长沙雅集纪事》，《太平洋报》1912年10月10日。

③ 汪精卫：《南社丛选序》，胡朴安编：《南社丛选》，上海国学社1936年版。

与朱玺、成舍我等宗宋派展开激烈争论，这场内讧直接导致了南社的分化，南社社事也趋于停顿。1923 年，柳亚子重组新南社，南社的历史也于此结束。

一 1909—1923：近代史十四年与南社十四年

从 1909 年南社第一次雅集于虎丘张公祠，到 1923 年旧南社结束新南社成立。南社正史的十四年，镶嵌在中国近代史上一个特殊的时期，既是乱世，又是变世。这是一个王纲解纽的时期，这是一个变动不居的时期，这是一个文化缺乏一统的束缚而异常活跃的时期。这个时期充满着不确定，因而在历史的现场也充满挑战和无数种可能。易代之际也是文学研究中非常感兴趣的话题，因为文学史也在变动的历史现场获得更新自己的机会。文学脉络怎么走，走向哪里，在这一段历史中蕴含的无数选择也向我们展示了文学发展的巨大潜能。

南社的历史正好处于这样一个历史的关口："清末民初"。这是一个含混的时间称谓，历史上没有明确的年代界定，何为清末，何为民初，这更多是一种对易代之际历史感的表述。清末民初是一个特殊的时期，这个时期不仅仅发生了易代，而且与过去的易代不同，它还发生了社会性质的变革。1911 年辛亥革命推翻了清王朝，废除了统治我国两千多年的封建帝制，建立了中华民国。这场史无前例的革命，带给中国社会的震撼超过此前任何一次王朝更迭。风起云涌的反清浪潮和争战不休的民国政局，构成了又一个"春秋战国"的局面：1911 年黄花岗起义、保路运动、武昌起义；1912 年清帝退位、中华民国成立；1913 年二次革命；1915 年护国运动；1916 年袁世凯恢复帝制失败；1917 年张勋复辟失败、护法运动开始；1919 年五四运动爆发……每一例事件都可能左右着中国社会的未来走向。

南社的意义也正在于此，它的历史与"清末民初"这个特殊的历史时段相倚依。南社就是一群对历史有着相近选择的士人的结合，这个群体的聚散富含着解读那一段特殊历史的意义。南社这个群体是历史的亲历者也是创造者，他们对于历史的反应凸显了一个群体的历史抉择。将南社史与近代史相比照，列作一个简表（表 1 - 1 南社与近代大事对照表），可以看到南社的 1909—1923 年，中国都在发生什么，南社又是如何参与到这段特殊历史之中的。

在“南社与近代大事对照表”中我们可以清楚地看到南社社团史与近代史的紧密关联。南社的建立本来就是参与历史的一种方式，南社成立于1909年11月13日，即同盟会成立的次月，南社作为同盟会的外围组织，被称作同盟会的“文字机关”。在南社第一次虎丘雅集的十七名社员中，就有十四人为同盟会会员。同盟会以“驱除鞑虏，恢复中华，建立民国，平均地权”为革命纲领，南社奉行其纲领，以“反清”为职志，一方面他们以“文字鼓吹革命”，利用媒体的平台与同盟会的革命活动相配合；另一方面，他们也是革命实际工作的参与者，南社诸子有的参加了1911年的黄花岗起义和辛亥革命，并为之献出生命。

经过辛亥革命后，清朝统治宣告结束，中华民国成立，南社享受到了革命胜利后的“分封”喜悦。1911年12月29日十七省代表会议上，山西代表景耀月、江苏代表陈陶遗、广西代表马君武、云南代表吕志伊均为南社社员，新生政权中有如此庞大的南社阵容，柳亚子称之为“南社历史上值得大书特书的一页”①。1912年1月3日中华民国临时政府在南京成立，南社社员吕志伊、景耀月、马君武分别出任司法、教育、事业部长，29日陈陶遗当选为参议院副议长。南社成员在血与火的斗争后兴奋地参与到民国肇建的工作中，正如陈去病在《大汉报》发表的启事所称的那样，光复以来南社目的已经达到，准备新组织共和政党。但是，民国的成立并不意味着社会立即进入一个理想的状态，民国肇始，南社便经历了一次震撼，使得他们对民国政局保持清醒。1911年11月17日，辛亥革命刚刚胜利，南社社友周实与阮式在淮安组织学生队，宣传光复，却被清廷县令姚荣泽杀害，南社社友以柳亚子为首坚决要求民国政府惩办凶手，但是姚荣泽却通过金钱疏通免于制裁。因此时袁世凯政府对于反清势力本有意打压，对于杀害革命者的前清官员也就无意制裁，使得杀害周、阮烈士的元凶得以逍遥法外。南社诸子在为烈士鸣冤的过程中与民国政府有了正面交涉，发现这个新兴的政府充满了腐败和立场的摇摆，周、阮惨案的不了了之透露给这些对民国满怀希望的南社成员一个信息：他们为之奋斗包括流血牺牲换来的民国不是他们设想的“民国”。

果然，就在辛亥革命胜利当年的12月8日袁世凯派代表与民军议

① 柳亚子：《南社纪略》，上海人民出版社1983年版，第38页。

和。12 月 9 日各省军政府代表与清方代表议和。12 月 18 日南北和议在上海举行。在是否与袁世凯政府议和这个问题上，孙中山政府存在很大争议。孙中山政府一开始也给人们一种坚持北伐的决心，1912 年 1 月 11 日孙中山还宣布自任北伐军总指挥，派黄兴为北伐军陆军参谋长，制定六路北伐计划。但孙中山政府很快便改变主张，于 1 月 22 日声明，如清帝退位，袁世凯赞成共和，当即辞职，推袁世凯为总统。南社社员以柳亚子为首坚决支持彻底的革命，他们曾通过各种途径表达他们反对议和继续北伐的愿望，他们有的径直参与到北伐的队伍中去，如朱锡梁曾携幼子参加苏北北伐先锋营，姚雨平率领粤军北伐队抵达上海，叶楚伧从军任参谋，南社同人为之饯行。南社诸子更多的还是在报纸上刊登诗文，表达反对议和的态度，如张昭汉为《大汉报》撰写社论反对议和，庞树柏发表《拟沪军都督北伐誓师文》，为北伐写下铁笔军檄，李怀霜发表《第一大总统莅任贡言》，认为“第一大总统之第一应负之责任，断无逾于北伐”。柳亚子在《天铎报》上发表言论，号召进行“第二次革命”。但是这是一个柳亚子所谓的“文字无灵”的时期，无论南社社员如何激扬文字，在诗歌中痛哭痛骂，也阻止不了 1912 年 3 月 10 日袁世凯在北京就任临时大总统，自此，北洋军阀统治开始。

对于袁世凯当政，不少社员也曾怀有幻想，希望袁世凯政府能兑现议和中达成的民主政治诺言，但是这种幻想很快因社友宋教仁之死而破灭。1913 年宋教仁因为反袁而被杀害于上海火车站，南社群体震动很大，对宋教仁的追悼持续了很长时间，《南社丛刻》发表了大量的哀悼诗文。在这个过程中，南社逐渐汇聚为一股“讨袁”势力，开始他们的实际革命活动和文字鼓吹。7 月 15 日黄兴在南京任江苏讨袁军司令。19 日，陈去病、庞树柏、庞树松、孙景贤等联袂赴宁，陈去病任秘书，同时参与讨袁的还有范光启、田桐、陈其美等。南社诸子们重新拾起手中的笔开始在报刊上作诗文鼓吹反袁的“二次革命”。南社诸子的铁血活动引起袁世凯政府的打压，因此南社也进入一个“凋残”的状态，社友们不少在反袁活动中被作为异己“诛除”。1913 年 9 月 25 日宁调元在武汉被黎元洪杀害。11 月 13 日社员、湖南财政司司长杨德邻因参加湖南独立，被军阀汤芗铭杀害。1914 年 3 月 11 日社员陈子范因制造炸弹不慎失事而亡。5 月 16 日社员周祥骏在徐州被军阀张勋杀害。9 月 20 日社员范光启在上海秘密组织反袁，被军阀郑汝成杀害。9 月 25 日社员陈家柽在北京策划刺杀袁世凯，被捕遇害。12 月 24 日社员、北京

《国风日报》主笔吴鼐因策划反袁被捕遇害。1915 年 7 月 30 日社员、原《民主报》总理仇亮因在京策划刺杀袁世凯，被捕遇害。10 月 7 日社员、中华革命党党员陈与义在沪遇害。1916 年 5 月 18 日社员、中华革命党党员陈其美在沪遇害。南社中的精英分子不少在反袁的斗争中死去，这个被柳亚子称为“摧残期”的阶段，南社经历了惨重的人员流失。

在反袁的活动中，南社诸子有的坚决斗争并为之献出生命，但是有的却附逆袁世凯，成为筹安会的一分子。民国混乱的政局对于南社诸子是不小的考验，在各种政治抉择中南社开始“泾渭分明”，以至于“安福、政学，靡不有吾社之败类。甚至贿选狱成，名列丹书者，赫然一十九辈”。对于政治的不安与分歧在社团内用一场内讧的方式表现出来，在张勋率领辫子军到京城复辟的 1917 年，南社也因为“唐宋诗歌之争”上演了激烈的内讧。那些挟带着政治情绪的话语演变为无可收拾的言语暴力，极大地消解了南社的元气。南社诸子虽然也在表达着对于张勋复辟的愤怒，但是这些革命文人曾经宏亮而统一的声音，却淹没在社团乱哄哄的争吵中。内讧之后社团陷入一种分裂前的低迷，这种低迷表现为一种群体性的迷茫，社友的逃禅逃酒都说明这个群体在逐渐丧失积极的行动能力。在 1923 年的曹锟贿选案中，南社有 19 人与身其中，这种令人不齿的失节行为使得这个以气节号召的社团失去了底气。就在 1923 年，南社结束了其十四年的历程。

在这十四年中，南社群体对历史事件的回应，有的是文学的方式，有的是积极的行动参与，群体的回应彰显了社团共有的价值立场，这是南社之所以凝聚的原因，也是区别于其他群体的特征。南社十四年体现了一个群体在历史洪流中的应对和抉择。

表 1－1　　南社与近代大事对照表（1909—1923）

时间	近代大事	南社大事
1909 年 （宣统元年）	10 月同盟会南方支部在香港成立，并在广州建立分会。	11 月 13 日南社在苏州虎丘成立。

续表

时间	近代大事	南社大事
1910年（宣统二年）	2月12日同盟会员倪映典率广州新军起义，次日失败。 3月31日汪精卫、黄复生在北京谋杀载沣，事泄被捕。 10月11日于右任在上海创办《民立报》。	《民立报》为南社社员作品发表的重要场所。
1911年（宣统三年）	4月27日黄兴等在广州起义，当日失败。 10月10日武昌起义爆发。 11月3日上海起义。 12月8日袁世凯派代表与民军议和。 12月9日各省军政府代表与清方代表议和。 12月18日南北和议在上海举行。 12月29日十七省代表在南京召开会议，选举孙中山为临时大总统。	4月27日部分社员参加广州起义。失败后，陈子范设位私祭，高旭、雷铁厓、宋教仁、周实等作诗词寄哀。 10月10日武昌起义，社友作诗志喜。 10月19日柳亚子与朱少屏在上海创办《警报》，宣传武昌起义胜利消息。 11月17日周实与阮式被清县令姚荣泽秘密杀害。 11月24日周实、阮式被害后，柳亚子在《天铎报》、《大汉报》发文呼吁为烈士昭雪。 11月6日陈其美任沪军都督。 11月27日沪军都督陈其美在上海召开革命先烈追悼会，高旭撰联表达反对和议思想。 12月11—12日朱锡梁发表《从军行》，携幼子参加苏北北伐先锋营。 12月17日庞树柏发表《拟沪军都督北伐誓师文》。 12月18日南北双方开始议和，郑泽作词反对议和主张北伐。张昭汉为《大汉报》撰写社论反对议和。 12月19日陈去病在《大汉报》发表启事，称光复以来南社目的已经达到，定于愚园召开临时大会，组织共和政党。 12月20日姚雨平所率粤军北伐队抵达上海，叶楚伧从军任参谋，南社同人为之饯行。 12月29日17省代表会议上，山西代表景耀月、江苏代表陈陶遗、广西代表马君武、云南代表吕志伊均为南社社员。

续表

时间	近代大事	南社大事
1912年 （民国元年）	1月1日孙中山就职，宣布中华民国成立。 1月3日中华民国临时政府在南京成立。 1月11日孙中山宣布自任北伐军总指挥，黄兴为北伐军陆军参谋长，制定六路北伐计划。 1月22日孙中山声明，如清帝退位，袁世凯赞成共和，当即辞职，推袁世凯为总统。 2月12日宣统帝下退位诏，授权袁世凯组织临时共和政府。 2月15日南京参议院选举袁世凯为临时大总统。 3月10日袁世凯在北京就任临时大总统，北洋军阀统治开始。	1月1日李怀霜发表《第一大总统莅任贡言》，认为“第一大总统之第一应负之责任，断无逾于北伐”。 1月3日南社社员吕志伊、景耀月、马君武出任司法、教育、事业部长，29日陈陶遗当选为参议院副议长。 2月17日柳亚子在《天铎报》上发表言论，号召进行“第二次革命”。 2月18日朱锡梁读清帝退位诏，作诗抒发未能北伐彻底颠覆清廷的愤怒。 6月雷铁厓发表诗歌，痛悼辛亥革命失败，暗示袁世凯必将专权。 10月1日《南社》第六集出版。阳兆鲲等发表诗作指责南北议和失计。 5月10日为减少外债，黄兴倡议劝募国民捐，南社由杨曾蔚发起，召开谈话会。5月14日南社再次召开座谈会，商议国民捐办法。 5月23日社员高燮、姚光、高旭、蔡守等发起国学商兑会。

续表

时间	近代大事	南社大事
1913 年（民国二年）	3 月 20 日袁世凯派人暗杀宋教仁于上海。 7 月 12 日国民党发动讨袁的“二次革命”。 10 月 6 日袁世凯强迫召开国会，当选为正式大总统。	4 月 27 日南社于北京畿辅先哲祠雅集。 5 月 30 日袁世凯政府派军警搜查北京国光新闻社，该报被迫停刊三日。众议员向袁世凯政府提出质问，高旭、邵瑞彭、邹鲁等二十五人联署。 6 月 10 日南社在京社员十四人在崇效寺雅集，赋诗讥刺袁世凯政府。 6 月 26 日宁调元至武汉讨袁，事泄被捕。 7 月社员纷纷作诗文鼓吹反袁的“二次革命”。 7 月 15 日黄兴在南京任江苏讨袁军司令。19 日，陈去病、庞树柏、庞树松、孙景贤等联袂赴宁，陈去病任秘书。同时参与讨袁的还有范光启、田桐、陈其美等。 8 月 23 日袁世凯政府以“鼓吹革命”罪逮捕时任《中华民报》主持的社员邓家彦，社员纷纷唱和邓家彦的狱中诗。 9 月 1 日张勋攻陷南京，“二次革命”结束，周祥骏写《伤心文》抒发愤懑。 9 月 25 日宁调元在武汉被黎元洪杀害。社友作诗纪哀。 11 月 13 日社员、湖南财政司司长杨德邻因参加河南独立，被军阀汤芗铭杀害。 11 月 14 日“二次革命”失败，谢英伯因曾在广东办《讨袁日报》，于本日出亡美洲。
1914 年（民国三年）	1 月 10 日袁世凯下令停止两院现有议员职务。 5 月 1 日袁世凯颁布《中华民国约法》，废除国务院，设政事堂。 6 月 30 日袁世凯废除各省都督，在北京设立将军府。	3 月 11 日社员陈子范因制造炸弹不慎失事而亡。 4 月 25 日上海《民权报》被袁世凯查封后更名为《民权素》月刊。 5 月 16 日社员周祥骏在徐州被军阀张勋杀害。 9 月 20 日社员范光启在上海秘密组织反袁，被军阀郑汝成杀害。 9 月 25 日社员陈家桎在北京策划刺杀袁世凯，被捕遇害。 12 月 24 日社员、北京《国风日报》主笔吴肅因策划反袁被捕遇害。

续表

时间	近代大事	南社大事
1915 年（民国四年）	1 月 18 日日本提出“二十一条”，阴谋灭亡中国。 5 月 9 日袁世凯正式承认“二十一条”。 8 月 23 日杨度、严复、刘师培等成立“筹安会”，鼓吹帝制。 12 月 12 日袁世凯正式称帝。 12 月 25 日蔡锷等通电各省，宣布云南独立，组织护国军讨伐袁世凯。	2 月 18 日朝鲜籍社友申柽致书柳亚子等，以《韩日协约》为例提醒中国志士要警醒“二十一条”。 5 月 9 日南社在上海愚园举行第十二次雅集，本日，袁世凯政府接受“二十一条”，与会者心情悲愤。 5 月 25 日袁世凯政府外交部长陆征祥与日本使者签订二十一条，柳亚子、张光厚等社友作诗抒愤。 6 月 1 日刘去非与张冰、周伟、周颂南等为生辰会，作诗感念时局为“亡国之纪念”。 7 月 30 日社员、原《民主报》总理仇亮因在京策划刺杀袁世凯，被捕遇害。 8 月 18 日黄节致书刘师培，谴责其参与鼓吹帝制，组织筹安会。 8 月 24 日南社有多人参与袁世凯授意的“请愿团”。柳亚子、高旭等作诗谴责筹安会的行为。 9 月 23 日柳亚子、顾无咎在吴江黎里组织酒社，以此表达对袁世凯复辟的不满。 10 月 7 日社员、中华革命党党员陈与义在沪活动遇害。 10 月国民党人李根源在上海与复辟派康有为、郑孝胥、沈曾植、瞿鸿禨等商谈合作，进行讨袁。 12 月 12 日袁世凯接受帝位，社员纷纷作诗谴责。
1916 年（民国五年）	1 月 1 日云南都督府成立，组织护国军总司令部讨袁，各地陆续兴起义师。 3 月 22 日袁世凯取消帝制，仍称大总统。 6 月 6 日袁世凯暴毙。	社员吕志伊、王德钟先后为文声讨袁世凯。 5 月 18 日社员、中华革命党党员陈其美在沪遇害。 6 月 21 日南社长沙社友雅集琴庄，作诗表达袁世凯毙命的喜悦。

续表

时间	近代大事	南社大事
1917年（民国六年）	7月1日张勋等拥戴宣统帝复辟。 7月19日孙中山在广州倡议召开国会，组织护法军政府。 8月25南下国会议员在广州召开非常会议。 9月1日非常国会选孙中山为中华民国军政府大元帅。 9月10日孙中山就任大元帅，宣告军政府成立。 10月7日孙中山通电否认冯国璋、段祺瑞政府，并下令北伐。	7月7日柳亚子作诗谴责张勋复辟。 陈去病追随孙中山南下广州。 本年，南社发生“唐宋诗之争”。
1918年（民国七年）	3月10日段祺瑞、徐树铮等组织安福俱乐部。 5月21日孙中山离开广州赴上海，护法运动失败。	6月25日社员陈耿夫在广州主编《民主报》因揭露政学系，被杨永泰勾结桂系军阀杀害。 本年，刘成禺作《洪宪纪事诗》，记载袁世凯帝制的史实。
1919年（民国八年）	5月2日《新青年》六卷五号《马克思主义研究专号》出版。 5月4日五四运动爆发。	3月20日《国故》月刊出版，黄侃题词指责新文化运动。 6月16日《民国日报》创办《觉悟》副刊，批判封建文化，宣传民主主义，逐步成为宣传马克思主义的园地。 10月7日柳亚子为《酒社中秋唱和集》作序，抒发对时局的感慨。 本年傅尃到沪为“醴陵兵灾”请愿并参加鸥社活动。

续表

时间	近代大事	南社大事
1920 年（民国九年）	10 月李大钊在北京建立了共产主义小组。湖南、湖北、山东、广东等地，以及法国、日本也相继建立了共产主义小组和青年团的组织。	1 月 26 日社员、武昌起义义士蔡济民在湖北参加护法，被叛兵杀害。 11 月 25 日社员、中华革命党党员易象在湖南长沙被军阀杀害。 11 月 30 日柳亚子等吴江社友雅集汾湖，事后有《吴根越角集》之辑。 12 月 23 日柳亚子等社友雅集周庄，事后有《迷楼集》之辑。
1921 年（民国十年）	7 月中国共产党成立。	1 月 27 日南社广东社员集会广州图书馆，举行“寿苏会”。 2 月 15 日柳亚子等社友雅集磨剑室，事后有《桑中集》之辑。 11 月 6 日柳亚子应邀赴嘉善宴集乐国酒家，事后有《蓬心草》之辑。 11 月南社长沙会员雅集，傅尃在会上赞扬朱谦良在湖南驱张（敬尧）运动中的贡献。
1922 年（民国十一年）	1—3 月香港中国海员大罢工。 7 月中共“二大”召开。 9 月安源路矿工人大罢工。	6 月 11 日南社在上海半淞园举行第十八次雅集，到者二十三人。柳亚子当选社长，而他坚辞不就。 11 月 25 日柳亚子将去年 11 月在嘉善与余十眉等的唱和之作集为《乐国吟》。
1923 年（民国十二年）	2 月京汉铁路工人大罢工。 9 月曹锟为当选总统高价收买议员。	2 月 23 日陆鸿填写入社书，成为南社发展的最后一名会员。 4 月 1 日柳亚子在黎里创办《新黎里》杂志，响应新文化运动。 4 月 18 日南社湖南社员于长沙半园雅集，傅尃指责新文化运动以来的形势，表示要中兴南社。南社高旭等十九人被曹锟收买，南社社友多痛斥这种失节行为。

资料来源：1. 杨天石：《南社史长编》，中国人民大学出版社 1995 年版。2. 陈旭麓、方诗铭、魏建猷主编：《中国近代史词典》，上海辞书出版社 1982 年版。

二 作为研究对象的南社社团史

南社正史的时间段为1909—1923年，虎丘雅集和新南社的成立通常被视为传统意义上南社开始和结束的标志，大多数研究者将之作为研究的断限。对于这十四年的社团历史，作为社长的柳亚子曾在南社结束的时候予以总结。柳亚子将之概括为三个时期：酝酿全盛期（1909—1911）、摧残期（1912—1916）、堕落期（1917—1923）。

> 自己酉至辛亥为第一期。时则胡焰方张，士气弥奋。西台痛哭，人讴皋羽之歌；眢井沉书，家抱所南之史。一时泽畔行吟，山陬仗剑，不少慷慨义侠之士。迄乎革命军兴，而建牙开府与夫运筹帷幄者，率多吾社俊流。是曰酝酿期，不啻全盛矣。
>
> 自壬子至丙辰为第二期。新邦初建，想望太平，顾周实丹首义淮上，身死而仇未复，海内已窃窃然忧之，有刑赏不明之感。其后贼凯盗国，诛除异己，逆谋未露，先陨遁初；虏焰将销，犹残英士，而宁太一、杨性恂、陈勒生、周仲穆、仇蕴存、范鸿仙、程蕴荪、吴虎头、姚永忱诸君子，并断头沥血，白首同归，几几乎举吾社之良而尽歼之。是曰摧残期。然青磷碧血，抑足蔚为国光焉。
>
> 自丁巳至癸亥为第三期。洪宪附逆，泾渭始淆。元凶天戮，小丑繁滋。安福、政学，靡不有吾社之败类。甚至贿选狱成，名列丹书者，赫然一十九辈。而其它反颜事贼，奔走伪廷者，犹不与焉。彼其之子，岂不口仁义而笔孔孟，然廉耻道丧，抑又何说！此则吾社之大辱。虽倾西江之水，不足以洗之。纵蔡幼襄流血于夔巫，易梅僧横尸于楚市，一薰而百莸，宁相抵哉。是曰堕落期。①

在对于近代历史的群体性选择中，南社也走过了它的社团盛衰之路，南社有过它的酝酿全盛期（1909—1911），这个阶段天下俊流归于南社，社员们以反清为职志，崇文耀武，最终推翻清朝建立民国，南社也因之誉满天下；接下来的摧残期（1912—1916），南社经历了袁世凯政府的诛除，耿直志士纷纷被杀，社团的面貌也因为精英的凋残而走向低迷；南社的堕落期（1917—1923）也与上述社团的中流砥柱的流失有关，这个庞

---

① 柳亚子：《南社丛选序》，胡朴安编：《南社丛选》，上海国学社1936年版。

大社团也在民初的纷乱政局中走向分歧，部分社友竟成为军阀幕下的无耻政客，成为弊政的鼓吹者，这个曾经以气节著称的社团也便难以维系其声誉了。柳亚子历数的“国运之变迁，人才之代谢”的过程正是南社史与近代史相关联的一段历史，社友们的斗争、流血或是变节、附逆，体现了士人们在历史洪流中的不同选择。南社以一个社团的酝酿、成立、壮大、涣散、结束，回应了近代的历史事件，也成为近代史的一部分。

熟悉南社社务的傅尃在1923年为《南社丛选》作序时，也对社团进行了一番总结，他的叙述视角与柳亚子有所不同，他谈道：

> 岁戊申，松陵陈佩忍、柳亚庐倡南社于海上，余与宁太一自长沙应之，初不过数十人。
>
> 洎辛亥光复，海上之会号称极盛，社籍所录亦才二百人耳。先是社中方以激励国人为职志，又尝胁于清吏之罗织，则廋其词隐其旨以求抒其志之所郁结，而一通其道于述往思来之旨，容当有焉。昧者不察，至有以明季遗老相讥者，盖未审作者之志，无足怪也。
>
> 清社既屋，海内之士飙发云起，人奋笔，家振响，通都大邑率有日报以相鼓吹，则又多为南社人士所萃，互引并进，声应气求，不二年间而社籍几及千人，其文辞务为蹈厉奋发，不可一世，如日初出，震金炫采，然于忧深虑微之旨，未尝不三致意也。
>
> 属大盗当国，欺时窃帝，威暴陵铄，士或以鬻，而吾社断驱瘐狱，逃名遁迹，不为威屈利疚者，盖顶趾相望，而刘歆、扬雄之伦不与焉，则数年来砥砺气节之效也。
>
> 顾征应既广，其来无方，华士惊名，习为标榜，杂萧艾于兰荃，荐申椒以粪壤，遂至门户相轧，意气相倾，始以龃龉，终以离异。推厥本始，其失也滥，滋世诟病，亦有由己。
>
> 迩年以还，白浪西来，士不悦学，轻去其故，而新是谋，环顾旧人，虑皆哀乐中年，易生厌倦，社事不斩，盖亦几希。
>
> 佛说因缘，生住异灭。例之社事，己庚甫生，元二则住，丁戊渐异，今乃灭之是忧。①

相对于柳亚子，傅尃的四期分法：生（1909、1910）、住（1912、1913）、异（1917、1918）、灭（1923），在划分标准上有所差别。柳亚子将南社

① 傅尃：《南社丛选序》，胡朴安：《南社丛选》，上海国学社1936年版。

的社团演进与社员的气节联系在一起，关注这个社团在一系列重大社会事件面前的反应，这体现出柳亚子作为一个历来以“节气”定位社团的主盟人，在为社团盖棺论定时的侧重。但是傅尃的叙述显示出他更关注于南社文学的一面。在他的描述中，南社的社团演进是与社员们文学风格的演变相依相存的。在清末，南社为激励国人，又为免于清廷文网之祸，所以文词显得颇为隐晦，及所谓的“廋其词隐其旨以求抒其志之所郁结”，在文学的表现手段上便是征引历史，回溯宋、明遗民节义，“通其道于述往思来之旨”，所以南社的文学有人直以“明季遗老相讥”。清朝灭亡民国建立后，文坛曾有短暂的振奋，这种景观被描述为“海内之士飙发云起，人奋笔，家振响”，南社在民国肇建之时，分享了自己的文字功勋，这个社团也获得了前所未有的社会地位。社友们此时的作品“文辞务为蹈厉奋发，不可一世，如日初出，震金炫采”，开国文章应有的意气风发尽见于文字。但是傅尃也指出文章中“忧深虑微之旨”未尝废除，文人的忧世情怀未尝消除。袁世凯称帝事起，南社也出现了泾渭之分，但是傅尃除了像柳亚子关注社团的气节盈亏之外，还关注这个事件导致的社团文学路径的分歧。他在文中将南社 1917 年的内讧缘由追溯到袁世凯称帝事件中文人的门户倾轧，这可以说很有见地。在柳亚子对社团史的叙述中，并没有涉及内讧事件，他对南社描述止于部分成员“廉耻道丧”的政治行为。或者说在他的叙述逻辑中有意淡化了这场“唐宋诗”的文字之争。傅尃将南社的叙述继续按文学的视角延伸，他提及了西学对于社团的影响，“士不悦学，轻去其故，而新是谋”，所以他对于南社未来的焦虑更存在于一种文化上的出处无端。

柳亚子和傅尃从“气节”与“文学”两个线索对南社予以总结。其后胡朴安和劲草（朱凤蔚）作为社友，分别在对南社的回忆文章中给出自己的理解。20 世纪 80 年代南社的研究学者杨天石、刘彦成、王晶垚，包括 2000 年以后出版专著的孙之梅、林香伶、栾梅健等学者，他们是以非南社社友的身份开始研究的，他们对南社正史的十四年，虽在表述上和时间的划分上略有不同，但是并没有根本分歧，其实大体上可以说是对柳亚子、傅尃二人分期法的某种衍化。当然也有研究者将时间放宽考察，如赵慎修《南社浅谈》的研究跨越了 1903—1943 年，将南社的历史分为酝酿成立阶段（1903—1909）、发展与壮大阶段（1909—1914）、解体阶段（1915—1923）、延续阶段（1923—1943），以期探讨更完整的社团脉络。杨天石的《南社史长编》对南社的资料搜集整理也跨越了 1902—1949 年的漫长岁月。如果说将南社的研究集中于 1909—1923 年，可以将南社的社团历史梳理清楚，那么放开时间局限的研究，则可以将南社与大历史的关系看得更透彻。

就像柳亚子和傅尃的南社史叙述那样，如果从重大事件的回应来看，十四年的容量便已足够精彩，但是要从文学的角度观察南社的演进历史，十四年似乎意犹未尽。南社最精彩的活动在于清末的反清诗词鼓吹，这个过程从南社尚未创立之前便已开始；而南社成立之后，社刊《南社丛刻》收录的作品也充满着时间上的错综复杂，它不是一个时间线性发展的日报或者期刊，它充满着文人的随意性的文学展示，这些作品很多创作于南社成立之前的清末。而且南社结束之后，这个社团的一分为二和各自的文学经营，也是在南社尚未结束之前便已奠定格局。南社湘集和新南社的文化走向并没有因为1923年南社的结束戛然而止。所以，在对于柳亚子和傅尃的南社历史追溯中，我们也找到了一些重新发现南社的线索，如果顺着文学的脉络，我们可以将视野从十四年中跳宕开来，进行更为完整深刻的描述。故本书从文学的角度，将南社分为“前南社时代”、“南社时代”、“后南社时代”。

（一）前南社时代（1902—1909）

作为一个反清群体，在南社成立之前已然开始了行动及文学上的反清活动，我们将这个阶段称为“前南社”时代。南社诗人在前南社时代，经历了从维新诗歌创作到革命诗歌创作的转变。从推崇新学之诗到后来在诗歌中揭竿而起自树一帜，这需要在前南社时代的各种历史事件中去寻找答案。南社的倡立者陈去病、高旭、柳亚子在社团中的地位乃至在当时的革命文人圈中的地位是怎样确立的，也需要在前南社时代的文人成长环境中去解释。清末复杂的文化环境中，各种文人群体交错地构成清末的文化生态，南社这群革命文人如何在一段历史时空中汇集成一个群体，我们也无法回避前南社时代所提供的历史线索。前南社时代是那样一个复杂的充满着巨大孕育能力的历史时段，需要在开始南社的十四年解读之前将它先梳理清楚。

后来成为南社社员的人们已经在这个时期通过不同方式进行反清活动，并且在反清目标下相互交游进而形成契谊。1902年中国教育会、爱国学社成立，《苏报》创刊，这对于上海的革命文人的成长是一系列标志性的事件。1905年高旭主持下的健行公学成立，这是高旭以同盟会江苏分会会长身份主持的一个革命机关，更多的革命文人借机有了交集。1907年秋瑾在绍兴被清廷杀害，陈去病倡议为秋瑾举行追悼会，后来因为政治形势严峻而改为组织文人雅集“神交社”，这个社团“隐然是南社的楔子”①。

① 柳亚子：《南社纪略》，上海人民出版社1983年版，第6页。

1908年1月12日，陈去病、柳亚子、刘师培、沈道非、杨笃生、邓实、黄节、朱少屏、张聘斋在上海某酒楼聚会，提出了成立“南社”的设想。从这次酒楼倡议到社团真正成立，经历了近两年时间，漫长的酝酿期容纳了太多文人聚散和气节盈亏。直到1909年11月南社虎丘雅集时，文人结社的理想才终于付诸实践。

前南社时代的历史背景让南社的这段漫长的酝酿显得波澜起伏。可以看到这群文人，如何与清政府的文禁政策周旋，如何在武装斗争和文字宣传之间较量轻重，如何在民族气节和个人前途之间选择，又如何将反对西方文化入侵与反抗满清文化的压力这两重的“攘夷”使命提纯为南社的反清的政治目标的。

（二）南社时代（1909—1923）

在南社的正史阶段，社团发展可以用具体的历史事件去进行标注，1909年11月13日，南社在苏州虎丘举行第一次雅集，南社正史于此掀开；1911年辛亥革命胜利，南社“反清”目的实现，进入民国后社团的心态和目标发生变化；1916年，袁世凯称帝，南社政治目标短暂指向“反袁”；1917年南社发生“唐宋诗之争”，直接导致南社发生分化；1923年柳亚子组建新南社，旧南社结束活动。

但是在对于南社时代的研究中，我们的目标不是要进行以上的史实叙述，而是去探究这样一个社团，其存在的内在机制是什么。南社有它作为一个社团的常态机制，那就是通过社刊和雅集维持的社团正常运作。但是我们对于南社的发展常常是不免疑虑的，这样一个庞大社团，怎样靠一份刊物和不定期的雅集实现统合？所以需要深入南社不常被提及的分社雅集和各种社员的刊物。这些充满小团体温情的手段成为南社这个庞大结构的黏合剂。南社的诗人传统网络关系中，地缘和亲缘的结构也展示了这个群体为何那样容易发展壮大。

当然，对于南社时代的研究我们也需要解开一些疑问。南社共发表了五次社员名单，前两次称为通讯录，后三次称姓氏录①，从名单上人员的数量统计来看，南社社员在不断地增加，特别是辛亥革命成功之后，人数

① 1911年2月《南社社友通讯录》出版，著录社员193人。9月《南社社友第二次通讯录》出版，著录社友228人。1912年5月《南社社友第三次通讯录》出版，著录社员321人。1913年4月《南社姓氏录》出版，著录社员403人。1916年11月《重订南社姓氏录》出版，著录社员825人。柳亚子《读南社记后答张破浪先生》一文述及南社人员变化情况，可参见。该文中柳亚子对南社社员总人数的统计数据截至1923年12月为1182人。

激增，南社辛亥革命前的1911年社员达二百二十八人，到了1916年成员达到八百二十五人，到南社结束的1923年成员已达一千一百八十二人。这从群体聚合的角度来看，社团在辛亥后仍处于一个上升时期。然而这正是被柳亚子称为摧残期（1912—1916）、堕落期（1917—1923）的阶段，因为按照柳亚子的政治标准，这一时期社员们的政治态度已然产生了“泾渭之别”，清者坚持反袁、反军阀的政治态度，浊者则沦为筹安、安福、政学中人，成为无耻政客。这一时期一方面南社人员激增，一方面却是气节涣散。群体人数增加与群体离心力的并存说明了什么？辛亥之后那些竞相加入南社的人们，是想在南社获得什么，是文学同道的相琢以磨、是社团政治背景带来的有利资源、是这个社团背后的名誉，还是别的什么？这些都是研讨社团史所不应忽略的话题。

可以肯定的是辛亥后的南社成员背景不那么纯粹了，我们对于南社的理解也不能停留于一种标签化的印象。1911年辛亥革命之后，南社群体陷入一种迷茫状态，社友们有的逃酒逃禅，有的在政治选择中站错队。在这个缺乏群体凝聚力的时段，柳亚子试图把他的艺术趣味作为凝聚社团的一种方式，他通过《南社丛刻》来传播他对于新剧的爱好，但是这是非常受到质疑的，例如蔡守就认为柳亚子引伶人入伍其实降低了南社的社团品味。这个社团不光是艺术趣味有分歧，他们也缺乏相近的文学趣味，1917年爆发了“唐宋诗之争”，这场争论暴露了社团中各自为谋的考虑，社团在无法和解的政治与文学的态度纠葛中走向分裂。

（三）后南社时代（1923—1945）

1923年南社结束，此后有了“新南社”和“南社湘集”来作为旧南社的延续。新南社成立于1923年10月14日，仍由旧南社的主盟者柳亚子号召。正如《新南社条例》中宣称的那样，在“整理国学”、“提倡人类的气节”等旧南社因素外强调“引纳新潮”，使得新南社成为五四新文化运动中众多社团中的一个。新南社活动了一年半时间便告停止，其间举行了三次聚餐，出版了一期刊物。与此相对的是“南社湘集”的活动。南社湘集由傅尃组织，于1924年1月1日在湖南长沙成立，这个社团以保持旧南社社事，发扬国学，演进文化自任，与“新南社”的追步新文化运动完全相反，坚持传统的文化立场。南社湘集出版了自己的社刊，从1924年到1937年，出版了八期社刊，举行了十五次雅集。抗战期间仍有雅集。

新南社和南社湘集代表了两种文化选择和两种诗歌创作的走向。在后南社时代，它们的意义在于展示了南社这个群体诗歌探索的两种出路和结局。新南社体现出的既是一种民党变革的文化表现，也是一种与文研会相关的现实主义的新诗方向。南社湘集显示出了一种师弟子相承的文化脉络，这正是传统文化演进的依存方式之一。湘集的文化理念将南社时代尚未澄清的文化“攘夷”主义继续发挥，在新的时代环境中，他们不再坚持南社时代狭义的反清攘夷主义，而是对广义的抵制西方文化侵袭继续表达抗争。当时间延续到抗战时期，南社诸子早已流散于各地，但是没有随之流散的是曾经的文人气节。他们再次拾起诗歌的武器表达可贵的民族主义，诗歌从“反清”转为“反日”，显示了让这群文人聚而不散的正是挥之不去的文人的气节精神，以及对于国家民族的担当责任。

南社以群体之力参与近代的历史建构，背后是一种时代选择。文人作为一个群体的出处行藏，以及作为一个个体的喜怒哀乐，反映到诗歌中，就呈现出一种复杂的社团诗歌风貌。

第二节　南社诗歌史论
——近代诗坛语境中的南社诗歌

南社登上诗坛时，清末的各个诗歌流派还在创造着古典诗歌的最后辉煌；南社结束时，白话诗歌运动正在蓬勃展开。如果我们想要获得对南社在近代诗坛定位更确切的体察，就需要一种更加富有历史感的还原。本节将南社放置于具体的诗坛情境中，以期勾勒南社所处的诗坛面貌。

一　南社成立前后的诗坛（1909）

南社在 1909 年 11 月 13 日开始了她的结社历史，社团创始人在对社团进行定位时，也赋予了她诗歌史的定位：“欲一洗前代结社之积弊，以作海内文学之导师。”这是高旭发表在 1909 年 10 月 17 日《民吁报》上的《南社启》中的宣言。当南社以“海内文学之导师”自命时，海内文学是怎样一种状态呢？特别是南社这个以诗歌创作为主体的社团，当她登上历史舞台的 1909 年，是否已经具备了号召天下诗坛的天时与地利？

清末存在着几个重要的诗歌流派。关于这些诗派的分类，至少存在着两种非常有影响的分类法。一是汪辟疆以地域为标准，将近代诗派分为六派：湖湘派、闽赣派、河北派、江左派、岭南派、西蜀派①。一是钱仲联

① 汪辟疆：《近代诗派与地域》，《汪辟疆文集》，上海古籍出版社 1988 年版。

先生以诗学宗尚为标准，将近代诗派分为四派：同光体、汉魏六朝派、兼采唐宋派、诗界革命派[①]。本书论述的南社诗歌主要涉及其宗尚，故取钱仲联先生的分法，分别阐述南社与湖湘派、唐诗派、诗界革命派、同光体诗派的关联。

湖湘派的崛起与清王朝针对太平军的战事密切相关，他们的活跃期也在清王朝对太平军战事激烈的咸丰元年（1851）到同治三年（1864）。湖湘派诸子有感于天下局势混战，意欲积极用世，他们参与曾国藩军幕，充满“按剑望三边”[②]的豪情。湖湘派在咸丰元年结“兰林词社”，诗派活动达到高峰，成员包括王闿运、李寿蓉、邓辅纶、龙汝霖、邓绎。但随着征讨太平军战事的结束，诗派的活动也转入一种愈见平滞的状态。这些诗人们没有在战争中建立功勋，也没有在接下来的“同治中兴”中获得晋身之途，他们的诗歌中失却了对于功业的豪情，开始书写归隐。到了南社兴起的1909年，湖湘派已经经历了老成凋零的状况，这些意气风发的兰林词社故旧只剩下王闿运一人。龙汝霖于光绪七年（1881）卒、邓辅纶于光绪十九年（1893）卒、李寿蓉于光绪二十年（1894）卒、邓绎于光绪二十三年卒（1897）。对于这个诗派来说，他们最辉煌的诗歌创作是用汉魏体古诗抒写他们欲说还休的政治抱负，这种政治抱负对于大多数湖湘派老辈成员来说是一种中兴时期的功业理想，他们大多数还没有来得及经受1898年的变法维新对于诗心的考验，更谈不上体验风气变化的辛亥革命。对于王闿运来说，他在清光绪三十三年（1907）已经出版了他的《湘绮楼全集》，他的主要诗歌创作也被以这样的方式“写定”，1909年之后的创作，也很难附骥于他高峰期的汉魏诗风的作品。对于湖湘派来说，到1909年，流派的辉煌期已然结束，此时活跃的多为湖湘派的再传弟子。

唐诗派也在经历着高峰体验的消歇。唐诗派成员曾以张之洞为中心，形成一个师友群落。张之洞推行的洋务措施为清王朝带来了“中兴”的气象，作为清朝大吏，张之洞的诗歌信仰也是传统的儒家正统诗歌主张，这种“雍容缓雅”的唐诗气度对诗派主要成员樊增祥和易顺鼎造成了重要影响。樊、易作为张之洞的弟子及幕府成员，他们曾经积极参与到扶清朝大厦于将倾的政治努力中，他们的诗歌表现了这种干世热情，也成就了

① 钱仲联：《梦苕庵诗话》，张寅彭：《民国诗话丛编》第六册，上海书店出版社2002年版，第217页。

② 王闿运：《述怀五首》其四，《湘绮楼全集·诗集》卷一，清光绪三十三年墨庄刘氏长沙刻本。

唐诗派的诗史地位。易顺鼎最具风采的《四魂集》成于光绪二十年（1894）至光绪二十二年（1896）之间，将他在中日甲午战争期间的行迹一发为歌咏，记载了他“北上诣阙、东投从军、南下援台、失望归湘”的经历。这一时期的易顺鼎在战火中两次赴台参与抗日军队，那种“誓同死守，不肯事仇”之心发之于诗，是一种血性的言说。樊增祥最具代表性的作品成于庚子事变（1900）之中，他的《闻都门消息五首》、《彩云曲》等描写事变的作品，获得了诗论者的最高评价。樊、易都经历了清王朝行将结束前的变乱，甲午海战、庚子西狩，这些带给民族屈辱的事件在唐诗派笔下成为诗史杰作。但是他们的诗歌光彩也随着他们政治热情的消退而消散。就在1909年，张之洞去世，他的离去带走了很多士人对于清王朝中兴的希望，对于唐诗派来说也是一种诗歌灵魂的抽离。樊、易在1909年前后正经历着频繁的迁调，樊增祥在1901—1909年间先后任陕西按察使、浙江按察使、江宁布政使等职；而易顺鼎在1904年因参劾被罢官，1908年官复原职返回武昌，之后简放云南，后又改官广东，1909年易顺鼎正在其广肇罗道的任上。1909年前后樊、易的作品带有旅途的风尘气息和应酬之作的刻板，缺乏一种颇富光彩的诗歌呈现。

此际，诗界革命派也在经历着政治的落潮。1898年戊戌变法的失败，使得这一诗派陡然改变了他们一度声势浩大的新诗创作。诗界革命派成员几乎都是维新派成员，他们的诗歌尝试本是与他们的维新宣传相结合的。甲午战争的失败促使士人们思考新的救国方略，他们意欲通过对西方的学习来找到起衰振弊的方法，那些“挦扯新名词以自表异”的诗歌也充满了他们刚开始尝试借用西学的生硬。他们通过《清议报》、《新民丛报》等报刊鼓吹维新思想，也扩大了“以旧风格含新意境”的诗歌的影响。但是当维新派的政治方向被证明无法解决国家问题的时候，他们用作政治宣传的诗歌也消退了其影响力。到1909年，诗界革命派的代表诗人黄遵宪已在四年前的光绪三十一年（1905）去世，康有为、梁启超、蒋智由也因为政治的原因生活在海外，并开始为改良主义进行宣传，光绪三十三年（1907）梁启超与蒋智由等共组政闻社，鼓吹君主立宪，反对同盟会的革命主张。这在蓬勃兴起的革命浪潮前，显出一种不合时宜。

在南社登上诗坛时创作成绩依旧显赫的是“同光体”诗派。这个诗派上承咸丰年间兴起的宋诗派，在光绪、宣统间发展为一个影响甚大的流派。按钱仲联先生的分法，这个流派分为以郑孝胥为代表的闽派，以陈三立为代表的江西派和以沈曾植为代表的浙派。[①] 这个诗派在光绪九年（1883）已经得名[②]，在光绪二十五年（1899）已经有了成熟的诗论[③]。这个诗派成员多有入张之洞幕府的经历，在居张之洞幕府期间（1889—1907）[④]，成员之间有丰富的创作与理论切磋，这一诗歌网络也成为日后同光体影响扩大的人际基础。到1909年前后，这个流派的影响力已经不限于武昌幕府，而在南北均形成自己的诗歌活动中心，并依靠着庞大的师友网络成为诗坛上最具影响力的诗派。陈衍在1907年入都供职于学部，这时也有大量同光体成员汇聚于京师，陈衍的居所小秀野草堂成为诗派成员的重要雅集场所，在1909年前后都下雅集甚为频繁，这构成了同光体诗派在北方活动的浩大声势。在南方，同光体的几位重要人物聚集于上海、南京等地，他们居处接近常有往来，且在南方构建了一个同光体的诗歌网络。陈三立自戊戌（1898）变法失败与其父一同被革职后，在南京筑散原精舍，往来于南京、庐山和上海之间。沈曾植在光绪三十三年（1907）升为安徽布政使，与沪、宁友人往来不断。郑孝胥于光绪三十年（1904）奏辞边防督办，次年居于上海。他们的诗歌活动使得南方的同光体诗派影响力也颇盛，特别是辛亥鼎革之后，南方同光体魁首齐集上海，使得上海成为同光体诗派的活动中心。而上海恰恰是南社活动的重要舞台。可谓在南社以群体面貌登上诗坛时，同光体诗派正在号令“天下文坛”，这正是南社要以同光体作为挑战对象，进行诗歌论争的背景原因。这个诗派仍旧旺盛的影响力，是南社欲“澄清”诗坛所必须扫清的障碍。

在上述的梳理中我们看到，近代几个重要的诗歌流派已经在南社成立的1909年，走过了流派的辉煌期，但是这并不意味着诗坛权威和诗歌创作的空缺，这一时期的诗坛领导权仍然还在上述流派之间传递。上述流派的创作成就已经为他们积累了诗坛的声誉，这种声誉是一种不会随着他们

① 钱仲联：《论同光体》，《梦苕庵论集》，中华书局1993年版，第415页。

② 陈衍《沈乙庵诗序》：“吾于癸未（1883）丙戌（1886）间闻可庄、苏堪诵君诗，相与叹赏，以为同光体之魁杰也。同光体者，苏堪与余戏称同光以来诗人不墨守盛唐者。”该序作于1901年。

③ 陈衍：《“三元说”提出于在武昌军幕与沈曾植论诗之时》，见陈衍《石遗室诗话》，张寅彭：《民国诗话丛编》第一册，上海书店出版社2002年版。

④ 张之洞从1889年8月调任湖广总督，至1907年入京参军机，在武昌十几年，其间网罗了大量当世精英入幕。幕府也涵育了当时两大著名的诗歌流派：前述的樊增祥、易顺鼎为代表的唐诗派，及同光体诗派。入张之洞幕府的同光体诗派成员有郑孝胥、沈曾植、陈衍、沈瑜庆、林旭、袁昶、陈书等。关于张之洞幕府的情况可参见尚小明《学人游幕与清代学术》，社会科学文献出版社1999年版。

的政治地位起伏而迅速消失的东西。况且这种声誉的传播依赖着一个师友弟子形成的诗歌网络，其持续性会更长。另外，同光体的巨大影响力也是南社欲为天下文坛导师所不得不面对的状况。所以南社诸子正式登上历史舞台的1909年，面对的并不是一个海内诗坛缺乏引领人物的时期，而是一个复杂的诗坛状况，他们要取代原有的诗坛流派，必须树立他们鲜明的旗帜，而南社诸子自异于其他流派的旗帜就是宣称他们的诗歌代表着历史前进的方向。高旭在他声言“为海内文学导师”的《南社启》中，指出了导师的职责，他认为面对迷恋欧风而轻视国学的文界现状，南社应该以群体之力振起国魂：

> 国有魂，则国存；国无魂，则国将从此亡矣！夫人莫哀于亡国，若一任国魂之飘荡失所，奚其可哉！然则国魂果何所寄？曰：寄于国学。欲存国魂，必自存国学始。而中国国学中之尤可贵者，端推文学。盖中国文学为世界各国冠，泰西远不逮也。……今者不揣鄙陋，与陈子巢南、柳子亚卢有南社之结，欲一洗前代结社之积弊，以作海内文学之导师。余惟文学之将丧是忧，几几乎望其不自量矣。试问今之所谓文学者，何如乎？呜呼，今世之学为文章者，为诗词者，举丧其国魂者也。荒芜榛莽，万方一辄，其将长此终古耶？其即吕氏所谓其坏在人心风俗者耶。倘无人以撑柱之，则乾坤或几乎熄矣。此乃不特文学衰亡之患，且将为国家沉沦之忧矣。二三子有同情者乎？深望同声相应，同气相求，与之同步康庄，以挽既倒之狂澜，起堕绪于灰烬。若事者，岂非我辈儒生所当有事之者乎！①

同时期的南社“宣言书”还有陈去病的《南社诗文词选序》②，宁调元的《南社诗序》③，相对而言，陈去病和宁调元的观点强调的是诗文的反清民族主义态度，而高旭此文的反清政治意味较弱，文化定位较为强烈，有理由相信这是从诗界革命派转型后的高旭对于文学意义的某种思索。他曾经是诗界革命派的参与者，所以他对于学习西方和坚守传统文化有着体察后的思索。他提出的“导师”意义乃在于对一种欧化风潮下民族自信力的唤起。

---

① 高旭：《南社启》，《南社丛刻》第一集，江苏广陵古籍刻印社影印本1996年版。

② 《民吁报》1909年10月28日。

③ 《民吁报》1909年10月29日。

但是对于南社承担的真正历史意义，乃在于对于诗界革命精神的普及，如同陈去病和宁调元强调的“几复精神”和“诗歌的言志作用”那样，南社的“导师意义”在日后汪精卫的文章中有一段精彩总结：

> 中国之革命文学，自庚子以后，始日以著，其影响所及，当日之人心，为之转移，而中华民国于此形成，此治中国文学史者，所必不容忽也。近世各国之革命，必有革命文学为之前驱，其革命文学之采色，必烂然有异于其时代之前后，中国之革命文学亦然。核其内容与其形式，固不与庚子以前之时务论相类，亦与民国以后之政论绝非同物。盖其内容，则民族、民权、民生之主义也；其形式之范成，则涵有二事。其一根柢于国学，以经史诸子文辞之菁华为其枝干；其一根柢于西学，以法律政治经济之义蕴为其条理；二者相倚而亦相扶。……革命党人所以能勇于赴义，一往无前百折而不挠者，持此革命文学以自涵育。所以能一变三百年来奄奄不振之士气，使即于发扬蹈厉者，亦持此革命文学以相感动也。[①]

南社所真正承担的文学使命，包括其诗歌史上的使命在于曾经所鼓吹的“三民主义”，在庚子以前的时务论与民国以后的政论之间，对于民众进行了精神的启蒙，这在近代的诗歌流派中确乎是特立挺出的。在南社诸子看来，唐诗派、汉魏六朝派、同光体诗派的诗歌无法越过传统的诗歌宗尚的樊篱，诗界革命派固然尝试过“旧瓶装新酒”，但是其诗歌的思想却无法作为革命的前驱，而南社的诗歌却能应时代风雷而起，为革命导乎先路，转移世道人心，振起衰颓士气，这种意义正是为民族的“精神导师”，这也是高旭强调的“海内文学导师”的意涵所在。

当南社诸子以诗歌革命的使命自任并登上历史舞台时，他们充满了诗坛新晋的姿态，企图用一种新鲜的声音来越过诗坛前辈积累的强大诗歌声名。排比1909年这年各个流派的核心人物的年龄，我们可以发现，相对而言，南社诸子所意味着的新晋力量：湖湘派的王闿运七十八岁；唐诗派的樊增祥六十四岁，易顺鼎五十二岁；同光体的陈宝琛六十二岁，沈曾植六十岁，陈三立五十八岁，陈衍五十四岁，沈瑜庆五十二岁，郑孝胥五十岁；诗界革命派的康有为五十二岁，夏曾佑四十七岁，丘逢甲四十六岁，蒋智由四十四岁，梁启超三十七岁。而南社的主要社员陈去病三十六岁，

① 汪精卫：《南社丛选序》，胡朴安：《南社丛选》，上海国学社1936年版。

高旭三十三岁，蔡守三十一岁，宁太一二十七岁，傅尃二十七岁，柳亚子二十三岁，姚光十九岁。从文学社会学的角度来看，一批新的年龄层次的诗人登上舞台意味着诗坛格局的改变。相对于近代的主要诗歌流派的成员，南社群体相对来说是年青的，他们是以诗坛后晋的姿态登上清末的诗歌舞台。他们之所以能以“文坛导师”身份自居，敢于对诗坛前辈发难，乃在于他们对诗歌所承载的文化精神的自信。这种自信造就了他们对于诗歌功能意义的自信，也造就了他们对于取得诗坛地位的自信。

二 南社活动时期的诗坛（1909—1923）

1909 年南社成立之后到 1923 年南社解体，这短短十四年间，中国的诗坛经历了很多变迁，南社的诗歌也走过自己的历程。这十四年间发生的很多历史事件改变了历史走向，也改变了诗坛风貌。1911 年的辛亥革命，1916 年的袁世凯复辟，1919 年的新文化运动，这些焦点事件极大影响了十四年中的诗坛格局。

1911 年辛亥革命成功，南社分享了革命胜利后的分封喜悦。他们作为同盟会的文字机关，以文学鼓吹反清，辛亥革命的成功正有南社诸子的功劳。就在南社诸子“尽庆弹冠”的时候，曾经的诗坛巨擘们却在经历政局翻天覆地变化后的心理调适。清王朝结束后他们成为遗老，成为在南社诸子眼中既没有为清王朝的衰颓进行实际努力，又在新生政权诞生时表现出政治顽固的守旧者。遗老们在清王朝被推翻后面临生存的危机，他们大批来到上海，借助租界的庇护来度过鼎革后的危险岁月。遗老们的大批到沪改变了上海这个文化场域的力量分布，辛亥之前的上海，南社这股新生革命势力是这个场域最为活跃的群体，但是辛亥之后的上海不再是南社独享的文化空间，这里聚集了各种文化力量，涌现了众多文人社团，他们与南社一起成为辛亥之后沪上诗坛的构成部分。

就在整个文化格局进行新的空间分配的同时，传统的文化力量发生了一个比较明显的变化，就是各个诗派的诗学认知与创作不再那么壁垒分明。在鼎革后的氛围里，湖湘派、唐诗派、同光体、诗界革命派，他们都不同程度地在对过去王朝的怀念和对新生政权的抵触里达成某种情绪的融通，他们曾有的政治隔阂不再是沟通的障碍，他们汇聚到一起抒写着荆棘铜驼的异代之悲。康有为于 1913 年回国后与同光体成员陈三立、俞明震、沈曾植诗歌交往密切。梁启超从 1912 年起在他的《庸言报》上刊登陈衍的《石遗室诗话》，正是《庸言报》的影响力扩大了“同光体”这个流派在民初的声望。王闿运在 1912 年有一次到沪活动，与樊增祥、沈曾植、瞿鸿机等交游，而正是王闿运到访的一系列活动促成了“超社”的成立。这些群体的结合里，我们没有看到严格的诗派标准，而是看到一种情绪的融通如何再塑了民国的诗坛。

至少在1913年各个群体已然通过结社的方式显示了新的文化力量的结合。在这一年里集中发生了几次颇有影响的雅集活动，意味着在鼎革后各个群体找到了自己表达情绪的方式。1913年是癸丑年，与东晋王羲之等的兰亭修禊同一甲子，这年的上巳节南北文人都有修禊活动：北京有梁启超在万生园举行雅集，到者四十余人；上海有“超社”的樊园修禊，到者十二人；上海还有周梦坡主持的“淞社”徐园雅集，到者二十二人，这也是淞社开社之集。南北雅集活动都以模仿文学经典“兰亭雅集”来开掘自己的话语。淞社借之抒发“悲黍离麦秀之歌，生去国离乡之感”[①]，超社的情绪也非常相似，“义熙甲子，纪念仅出私家；德祐诗歌，撰集只凭遗老”[②]。万生园雅集众人也带着一种鼎革后的文化失落感。重要的是这些活动人数不等的名单背后是民初文人的新聚合，他们选择了一个容纳和表达自己态度的群体，并且我们有理由相信这些群体都带着自己的政治态度和文化态度。

遗老们怀有鼎革后的失落感，南社群体也在经历着某种情绪的低迷状态。1913年的南社雅集活动遇到一些麻烦，这时柳亚子已经暂时退出社团管理[③]，社事一度陷入僵滞之中，在南社1913年3月16日的愚园雅集上，主要是讨论如何使柳亚子重新回到南社。另一方面，1913年3月20日社友宋教仁被袁世凯杀害，南社的政治幻梦彻底破灭，社团也陷入一种悲哀与激愤之中。南社的在京活动也受到这场血腥风暴的影响，4月27日高旭在京主持了畿辅先哲祠雅集，以哀悼宋教仁为主题，“痛感死者之可悲，弥觉生者之无乐”[④]。南社的诗歌创作也出现一种情绪上的低迷，哀悼社友，悲愤时局，当然，还有束手无策。在这样一种整体的政治失落感中，南社的社员与经历着同样失落情绪的其他诗人群体有了融通。就像我们在前面提到的那样，这种情绪融通使得曾经畛域分明的诗派之间有了

---

① 周庆云辑：《淞滨吟社甲集　二集》，梦坡室，民国四年刻本。

② 《三月三日樊园修禊序》，樊增祥撰、涂小马等校点：《樊樊山诗集》，上海古籍出版社2004年版，第1979页。

③ 1912年10月27日第7次雅集上，柳亚子提出改编辑员的三头制为一头制，遭到高旭的反对，柳亚子宣布脱离南社。见柳亚子《南社纪略》，上海人民出版社1983年版，第51页。

④ 高旭：《畿辅先哲祠雅集序》，《南社丛刻》第十二集，江苏广陵古籍刻印社影印本1996年版，第2607页。

某种交融，现在这种融通也在吸引着南社的成员。

更深层次的融通还在于一种日渐强烈的对传统文化的体认。高旭的《南社启》中早已透露了南社对于传统文化的态度，认为南社诸子的责任在于振起文化，振起国魂。民国成立后，对于文化沦亡的忧虑感成为不少士人结社的原因。比如 1912 年的希社，就是以振起传统文化为己任，宣称要发扬圣贤绝学，以孔学的复兴挽救世道衰颓。这种文化忧虑感也是遗老诗歌的主题，这种文化的没落感和王朝的结束本来就是一对共生的情绪，在遗老诗中从未缺席。南社诸子也是在变世中担忧文化命运的一分子，于是在与其他诗群的交往中，文化的话题是一个更为牢固的结合点。

在这种情绪与文化认知融通的大趋势面前，南社的主盟者柳亚子仍然坚持将政治态度与诗歌批判相结合的评价标准，他在 1914 年写作了著名的《论诗六绝句》，全面批评了湖湘派、唐诗派、同光体、诗界革命派在内的传统诗派，延续了 1909 年社团初创时期曾经作为文坛新晋的看法，以否定诗坛的前辈诗派来树立自己的声音。但是这种诗歌批评方式并不能得到社友的普遍认同，社团内部正在酝酿着一场诗歌宗尚的大讨论。这场争论从 1916 年初发端，持续至 1917 年年末，其中 1917 年 6—8 月间最为激烈。柳亚子为主的宗唐派，与朱鸳雏等宗宋派以《民国日报》、《中华新报》各为阵营，展开笔战。在南社内部，朱鸳雏、成舍我等以社团新晋的姿态向柳亚子发难，柳亚子也企图通过传达诗歌态度建立起社团统一的政治标准。但是诗歌和混杂起来的政治态度，使得双方都很难与对方在同样的话语焦点里对话，这场争论注定没有答案。当争论从“宗唐宗宋哪个更合理”转变为争论“是否有权利自由宗唐宗宋”时，柳亚子的社团权威便遭到社友的质疑，随之有蔡守为首的倒柳行动，使得南社走向无可挽回的分裂之局。

南社内讧表明，在民初这样一个纷繁的格局下，诗歌很难有独立纯净的创作空间。诗人群体不再仅仅以诗歌的宗尚或是技巧来划分畛域，而是和政治及文化混合在一起，很多诗歌活动都是政治态度以及文化态度的传达。士人们在这样的变世之中有着自己的政治选择以及文化倾向，而且在随着局势的变化而变动。

在南社内讧期间，诗坛的一股新生势力也开始向南社挑战，1916 年 10 月 1 日的《新青年》二卷二号发表了胡适致陈独秀书：“尝谓今日文学已腐败极矣。其下焉者，能押韵而已矣。稍进，如南社诸人，夸而无实，滥而不精，浮夸淫琐，几无足称者。（南社中间亦有佳者作，此所批评，就其大概言之耳。）更进，如樊樊山、陈伯严、郑苏堪之流，视南社为高矣。然其诗皆规摹古人，以能神似某人某人为至高目的，极其所至，亦不过为文学界添几件赝鼎耳，文学云乎哉!”在新文化运动前期，胡适等诗坛新晋正在创造着自己的话语空间。就像当初柳亚子他们指出湖湘诗派等传统诗派的弊病一样，胡适也以全面批判的态度指出了当时所有诗歌群体的弊病，以否定他们来为自己赢得正统话语的权力。这种批评相对于内讧，对于南社来说可能更为致命。

三　南社结束前后的诗坛（1923）

当胡适等新文化运动闯将登上诗坛的时候，南社正在经历它内讧后的落潮期，社团活动开始以分社雅集和社友小型聚会为主，南社诗歌整体面貌也随之发生变化。1923 年，旧南社时代结束，新南社时代开始。叶楚伧在《新南社宣言》中这样描述这个社团的身份转型：“南社的发起，在民族气节提倡的时代；新南社的孵化，在世界潮流引纳的时代。南社里的一部分人，断不愿成为时代的落伍者”，“南社在民元以前，唯一的使命是提倡民族气节。因为要提倡民族气节，不知不觉形成了中国文字的交换机关。新南社是蜕化文字交换，而蕲求进步到国学整理和思想介绍的”[①]。新南社希望在“世界潮流引纳的时代”随潮而起，继续站在文化潮流的前端，这种文化的判断影响到他们的诗歌理念，他们走出了古典诗歌阵营，参与到新文化运动中。新南社的社刊展示了一种与《南社丛刻》完全不同的编辑理念，《南社丛刻》以古典诗歌为主，《新南社》社刊则展示了其“散文”的一面，在《南社丛刻》中占据绝对分量的诗歌在《新南社》中只有九首，并且文章和诗歌都是用白话写作的，从文章题目我们也可以看出新南社倾向的“新”方向：《最近的新俄罗斯》（沈玄庐）、《留别留俄同志们的一封信》（沈玄庐）、《英国的新村运动》（邵元冲）、《中国的乱源》（刘伯伦）、《精神分析地意义和学说》（李谓农）、《诗人拜伦底百年祭》（陈德徵）、《中国诗歌实质上变化的大关键》（胡怀琛）、《加纳博士地妇女参政运动》（高尔松）、《哲学概说》（黄忏华）、《一张画的悲思》（日本田独步著，徐蔚南译）、《赞剑》（梅特林克著，徐蔚南译）。新南社似乎想通过文学展示其“新”，这些新鲜的关注点和新文化运动的方向非常一致，他们瞩目于哲学、伦理学等西方学科，而西方的文学也成为关注的热点之一，这些在旧南社时代曾经提出西方文学不如国粹

① 柳亚子:《南社纪略》，上海人民出版社 1983 年版，第 91 页。

有味的传统文化捍卫者，有的随时迁移，打出了新的文学旗帜。这也是对于文化环境变迁的某种应对。

就在柳亚子等组建新南社之后不久，1924 年 1 月 1 日，傅尃主持的南社湘集在长沙正式开始活动。这个宣称真正继承了旧南社精神的社团，要标举的正是一种与柳亚子主持的“新南社”相异的文化态度。《南社湘集》继续了《南社丛刻》的编辑标准，仍然是旧体诗歌的发表阵地。相对于新南社的热闹开场和仓促结束，南社湘集有些悲壮开场和执着坚持，新南社成立时被认为是迎合了时代潮流，而南社湘集却被视为保守固执；新南社的活动只开展了一年多，从 1923 年 5 月开始到 1924 年 10 月便告停顿，而南社湘集的活动至少坚持到抗战开始的 1937 年。对南社湘集的研究发现，这并不是一个想象中的顽固老朽们的堡垒自守，而是有着师友传承的一个具有增长性的结社，南社湘集吸引到不少湘中青年的加入。这和同光体一样，在师友传承的历史轨道上仍在延续着古典诗歌的命脉。

南社湘集表明了南社在面对新文化运动时的不同选择，而他们作出这一选择时，古典诗歌命运也在面临重要转折，旧诗坛正在经历人员的凋谢：王闿运卒于 1916 年，沈瑜庆卒于 1918 年，梁鼎芬卒于 1919 年，易顺鼎卒于 1920 年，沈曾植卒于 1922 年。南社也经历了一批诗人的凋零：庞树柏卒于 1916 年，苏曼殊卒于 1918 年，高旭也于 1925 年去世。就像这个呈现老态的古典诗歌创作队伍一样，古典诗歌本身也显现出老年的暮气。诗歌那种依靠严格的学术训练才能达到的词汇、典故和音韵的效果已经在文学的进一步“通俗化”的要求下显得那样不合时宜。白话诗歌顺应了诗歌史的前进方向，胡适《尝试集》已在 1920 年出版，这些诗篇意味着另一个诗歌世界的开启。

尽管今天看来，新文化运动是必要的也是必须的，但是对于身处历史情境中的士人们来说却是颇费思量，有的诗人坚持古典诗歌创作，反对白话诗歌，是出于一种文化习惯；有的也是出于对文化危机的深刻反思，他们认为国学和古典诗歌有其永恒的价值，不应该粗暴地抛弃，这种看法本有其历史的合理性，更何况五四的激进文化态度本来也有很多可以讨论的空间。有趣的是，最具有建设性的讨论是在南社社友和胡适之间展开。南社社友以胡先骕、梅光迪、任鸿隽为主的学衡派与胡适等展开了文化的讨论，为传统文化的合理存在进行辩护，而胡适也因此在调整自己的学术观念，修正曾经的偏激。

如果放开视野去观察，到了 1937 年整个中华民族陷入沦亡危机的时候，古典诗歌和白话诗歌一起成为民族灵魂的载体。南社诗人又再次拿起诗笔，柳亚子、林庚白、沈尹默、陈柱尊等一大批南社社友以“抗日”为主题创作古典诗歌，与杰出的白话诗人们一起写出了壮阔的民族诗史，这是现代文学研究很少提及的，但又确乎存在的事实。五四运动没有立即带来廓清诗坛的效果，古典诗歌作为一种延续性的存在，仍然在文人的生活方式和创作实践中继续，而古典诗歌的影响更是永远无法从整个民族的灵魂中抹去。

四 诗史的脉络："同"与"变"

1909—1923 年在历史上和诗史上都很少作为一个独立的研究对象来关注[①]。其实这是一个充满魅力的时段，古典诗歌正在经历最后的辉煌，白话诗歌运动也正在兴起。这是一个文化转型的重要时期，这一时期容纳了太多的不确定和包容因素，具有前所未有的张力。诗歌的命运在复杂的历史事件中，在士人的每一次政治判断中，在激烈的诗歌争论中，都可能改写。

南社，恰好处在这样充满张力的诗史时空中，南社诸子代表着民间文人对于诗歌的最广泛的态度。他们曾经上接诗界革命派的“功利主义观念”，将诗歌的干世功用发挥到极限，使得诗歌成为反清宣传的工具。在这个过程中他们进行了将诗歌通俗化和散文化的尝试，但是他们并没有沿着这个方向继续，如果继续的话或许会在五四运动之前便开始大量创作白话诗。但是南社诸子并没有担负起诗歌转型的文化使命，他们的文化根基决定了他们不会真正实现创作的突破。随着民国的成立，南社诸子的诗歌开始由鼓吹革命转而抒写鼎革之后的情绪体验，因为混乱的时局和社友的纷纷死难，使得社团进入一种情绪的落潮状态。诗歌回归了抒情的本义，南社诸子也开始思考诗歌作为传统文化的一部分其存在的特殊价值。但是民初的诗歌和政治很难断然分开，特别是南社主盟者柳亚子坚持用政治与诗歌相结合的观点批评诗歌，这种倾向直接造成了社团内部的争论，并引发了社团的分裂。与此同时，新文化运动蓬勃展开，也促使南社诸子必须对于古典诗歌和白话诗歌进行价值判断。南社也随之在这种诗歌价值选择中进行了重组，新南社和南社湘集就是这种价值选择的产物。

---

① 有的研究者关注到这个时段的特殊性并予以精彩的阐释。如刘纳在《中国古典诗歌的回光返照：1912—1919 年间诗歌创作的文化意义》一文中将“1912—1919”的诗坛作为一个特殊的研究对象，认为是“一个没有名目的时期”，但却是一个非常精彩的历史阶段。《传统文化与现代化》1994 年第 6 期。

在上述的整理中，我们意识到南社正处于一个文化转型的时期，而转型的过程是一种选择性的存在，它不是想象中的从旧到新的自我成熟，而是要用抉择来决定方向，有时甚至是撕心裂肺的决裂。南社就是以社团的分裂完成了她的文化选择，新南社和南社湘集意味着不同的选择方向。作为一段转型期的文学，南社绝对不是用一种半新不旧的模糊状态成为古典和现代诗歌园地之间的桥梁，它承担的意义可能不亚于诗歌辉煌本身的创造。

处于文化转型期的诗歌流派，其实有着某种相似性，他们的“同”与“变”体现了转型期诗歌的价值。

近代诗派的辉煌历史拥有其“同”。湖湘派、唐诗派、同光体、诗界革命派、南社，这些诗歌流派是在用诗歌展示他们对于历史的承载，他们在群体活动的辉煌时期正是他们参与政治活动最积极的时期。湖湘派的诗人们希望在平定太平天国的变乱中成就功业；唐诗派的诗人们为王朝的“中兴”而努力，在甲午战争、庚子事变中甚至亲临战乱去挽救局势；同光体诸子也在清末最混乱的政局中，用一种倾向于维新的态度支持着王朝的自我修复，在诗歌中抒发着挥之不去的担忧；诗界革命派诸子用戊戌变法这样的改革来对清王朝作最后的挽救尝试，并且用鲜血证明了他们对于国家变革的信仰；南社诸子参与了反清的活动，用革命的方式作为解决民族危机的方法。这些诗歌群体前后衔接起来的是一段近世士人们的救国尝试，所以在他们诗歌中才会存在如许的相似：湖湘派诗人按剑靖难的豪情；易顺鼎在台湾岛上与军民同仇敌忾时的血泪珠玑；谭嗣同在戊戌死难时的仰天长啸。这些与南社诸子的风云之气，侠骨铮铮何其相似。当我们忽略南社对于这些诗派的攻讦，对于这些老辈诗人晚节的嘲讽时，我们可以发现这些诗人们共同的政治热情成为他们诗歌的精彩内核。

近代诗派落潮期也拥有其“同”。政治受挫的情绪低落往往与诗派的整体衰落联系起来，湖湘派是这样，唐诗派是这样，诗界革命派是这样，南社也是这样。太平军被平定后，湖湘派用归隐来表达怀才不遇的愤懑；唐诗派的樊、易等人在甲午和庚子的屈辱史中失去了再与当朝周旋的奋勇之气，也失却了诗史的忧愤精神；诗界革命派在戊戌变法失败后也中断了诗歌革新的尝试；南社诸子在袁世凯的独裁政治中退回诗歌的避难所，用诗歌哀哭来抒发无奈。这样的相似也来自政治体验的相似，诗歌似乎与政治走得太近而失却了其独立的价值。

在这些起起落落之间，最常态的反而是“变”。南社结社的十四年，历史和诗歌的变化剧烈程度超越以前任何时期：王朝的终结、社会形态的根本改变、南北议和、袁世凯的独裁和称帝、张勋复辟、军阀混战；传统文化遭遇整体的失落，新的文化革命正在兴起。在这一段变世之中，士人们的出处行藏也在变化，有的曾经在诗歌中痛骂“不义丈夫”，但自己也很快成为出仕新朝的一员；有的曾经是气节的热烈鼓吹者，却在金钱面前成为被人耻笑的贿选者；有的曾经写出铁血抗敌的壮丽篇章，却在歌栏舞榭中老境颓唐，写着为人不齿的捧伶诗……诗人们也在用否定昨日之我的方式进行着变世中的自我调适。陈衍在为南社社友陈柱尊的《变风变雅楼待焚诗稿》作序时也以“变”来陈述自己的诗歌创作：“近来之我颇非昔时之我，形容变尽，语言亦变，往尝为海藏言之，今则轮到我矣。今未两年而有百首诗待刻，亦多非故我。”[①] 这虽是陈衍的夫子自道，但却言中当时诗坛的普遍情形，昨日之我的时空境遇在不断发生变化，政治处境、文化立场、经济状况、舆论环境都在变，诗歌作为心灵的外在呈现，也在不断告别“故我”呈现变化。

“变”是诗人们共同的体认，民国时局瞬息万变，诗歌表现也充满“变风变雅”的意味。高旭在《变雅楼三十年诗征序》中陈述了自己对于诗史的看法，他认为近世诗界变化之速，正合于孟子三十年为一世之说。不待百年，诗坛已然历经变迁，“三十年来则千奇万变，为汉唐后未有之局，世风顿异，人才飚发，用夷变夏，推陈出新。故诗选以三十年为断，亦以见文字之鼓吹，足以转旋世界，发扬国光”[②]。诗人们感叹，“纵横廿二史……孰有甚于近三十年者”[③]。然以 1914 年为下限的三十年，还仅仅是变世的一个开头，时事和诗歌都还在日新月新地变化着。

其实“变”对于近世诗人来说并不是一个贬义词汇，正如“维新”这个政治词汇曾经给国家带来的变革希望一样，诗歌中的变异因素也意味着为诗歌注入某种新鲜元素。诗人们从崇尚一个流派变为各派兼容，意味着诗歌取径和视野的拓展，意味着一种开阔的诗歌气度。这和乾嘉时期固守传统，不能随意越过门墙的氛围相比，已经发生很大变化。南社这些民间文人，他们大多缺乏严格的师承，这使得他们对于自己的诗歌调整更为随意，就像傅尃，在他人生不同阶段因经历和师友的不同而改变诗歌宗

① 陈柱撰：《变风变雅楼待焚诗稿》，北流陈氏，民国二十二年刻本。陈衍此序作于民国十八年（1929）。

② 高旭：《答胡寄尘书》，《南社丛刻》第十四集，江苏广陵古籍刻印社影印本 1996 年版，第 2996 页。

③ 蔡寅：《变雅楼三十年诗征序》，《南社丛刻》第十四集，江苏广陵古籍刻印社 1996 年版，第 3026 页。

尚，早年进行革命宣传时写过接近诗界革命派的作品，民元后在《长沙日报》与喜好魏晋诗风的朋友交往便写出具有湖湘派味道的作品，经历反袁的政治迫害之后，诗境越发老苍而入宋诗派门墙。变世催生了诗歌的随遇而变，“变”或许是形容近世诗歌的最关键的词汇。

把南社放置于近世的诗歌历史中叙述，是为了还原南社创作的语境，南社诗歌实绩的定位需要在一个坐标中才方便找到位置。当南社作为一股诗坛新生力量登上诗史舞台时，近代的几个重要诗歌流派，除了同光体，都已经历了其最辉煌的时期。但是这时的诗坛并不是一片衰飒，末世诗人们还在努力着创造诗歌的中兴。南社“为海内文学导师”的社团定位，掺杂着政治的自信力。面对诗坛前辈积累的响亮诗歌声名，以及同光体在民初的壮大声势，南社并没有在诗坛实现一统的局面。随着民初政局的混乱，南社诸子渐渐陷入一种政治低迷的情绪之中，他们退回诗歌抒写内心，记录了民初士人的心史历程。新文化运动对古典诗歌创作产生巨大冲击，面对新提出的诗歌命题，南社发生分化，新南社选择接受白话诗的创作，南社湘集则坚守了古典诗歌的创作。南社是以一种决裂的态度来完成过渡时期所必须有的选择。南社诗歌史十四年，以复杂的变化超越了时间的局限，而成为一段充满张力的诗歌史。

第二章　前南社时代：诗人群体的汇集

南社成立于1909年，但其人员网络的构建却可以追溯到此前的1902年左右，这个社团代表了资产阶级革命派兴起的历程。在1898年前后，当维新派尚处于政治巅峰时，革命派的活动仅仅限于孙中山在自己故乡广东的小范围武装暴动。而且最有趣的是江浙地区的革命派在1898年前后大多还是维新派的追随者。他们的诗歌脉络也追随着维新派的诗歌宗尚，他们推崇黄遵宪和龚自珍大抵缘于此。那种对于新名词的援引充满维新派对于取法西方，向往新智识的追求。但是"革命岂可免夫"的争论也表露了这些逐渐发展起来的革命派与维新派决裂而自树一帜的决心。当他们的诗歌充斥暴戾之声时，那已是一种革命的热血贲张，而不再是那种玩弄西方词汇的诗界革命阶段。这是中国诗歌史上非常有特色的一个时期，那是一种不同于任何时代的精神气脉，那种剑气横胸的精神一看就是那个民族主义让诗歌的温柔敦厚荡然无存，而变徵之声一触即发的时代。创作这些作品的人成为那种前所未有时代的前所未有的群体，我们姑且称之为"革命文人"。这个群体的兴起及独特的存在，成为我们理解那个独特时代的一种方式。我们要关注的不仅仅是在某个历史时间这个群体做了什么，而是在某个历史时间这个群体是如何汇集在一起进行共同的活动的。

第一节　南社的沪上渊源：1902—1909

南社创立于苏州，而其酝酿和主要活动地都在上海。南社与上海的关联需要首先从上海在近代的崛起谈起。明清两代，苏州、杭州都是传统意义上的江南文化重镇，上海不过是沿海的一个小城市。但是1843年上海开埠后，迅速成为全国最大最重要的通商口岸，上海的经济地位逐渐凸显。1851年兴起的太平天国运动，使得江南地区经历了一次极大动荡，苏杭地区经过战火已经失落昔日繁华，相对而言却是上海文化的蔚兴。上海作为晚起的江南文化中心城市，虽然缺乏像苏州、杭州那样深厚的文化根基，却在海纳百川的气度下涵育了兼容并包的海派特色。

一方面，上海可以给被切断科举谋生之路的士子提供新的谋生手段的广阔空间。上海本身就在近代化中成为一个巨大的文化市场，士子们的加入则成为这个市场的缔造者和消费者。他们可以继续文字生涯，成为职业报人、职业撰稿者和教师。南社诸子很大程度上就隶属这个转型中的近代知识分子。

另一方面，上海特殊的租界文化也造就了文化繁荣的空间。按照 1845 年签订的《上海土地章程》，所谓租界，就是由中国地方政府划定一块地皮，专供租赁给外国人留居，其地的领土主权、管辖权、行政权、司法权仍归中国所有。然清政府却逐渐丧失了原本规定的权力，包括对租界内华人的直接逮捕权。这使得租界具有特殊的“缝隙效应”①，故而租界的“庇护”有时成为可以利用的资源。戊戌变法前后，维新党即利用上海的租界条件作为活动保护，到了辛亥革命前，上海再次成为革命党的舆论策源地。南社诸子在南社成立之前便多汇聚于上海，利用媒体为反清造势。本节将要探讨南社是怎样在上海这个特殊的文化空间里汇集起来的。

一 1902 年：以中国教育会及爱国学社为中心的人物交游

1902 年，距离南社的成立还有七年，此时的南社人物群体雏形尚未形成，但是作为南社产生的空间背景却渐已成熟。自戊戌变法失败之后，新知识群体由维新向革命的思想转向正逐渐发生，而思想转向的完成则有赖于教育的推进及报刊的鼓吹。上海作为内地革命文化兴起的渊薮，在 1902 年发生了两个标志性事件，其一是中国教育会和爱国学社的成立，一是《苏报》的刊行。对于革命派文人而言，从教育和媒体入手恰为革命的重要手段，并以此为线索形成了革命派文人的群体脉络。

对于中国教育会及爱国学社的兴办及关联，冯自由有一段清楚的描述：“中国教育会成立于壬寅年秋冬间，地址在上海北泥城桥福源里，即

① “缝隙效应”之说见熊月之《上海通史》（导论）第四章，上海人民出版社 1999 年版。租界固然有碍民族情感，然对其管辖缝隙的利用也造就了革命之保护。对于租界的双重意义，可参看熊月之《“国中之国”与进步活动中心》、《论上海租界与晚清革命》，见唐振常、沈恒春主编《上海史研究》（二编），学林出版社 1988 年版。

今跑马厅对面。发起人为寓沪志士章炳麟、蔡元培、吴敬恒、蒋维乔、叶瀚、黄宗仰、汪德渊等。众推黄宗仰（号乌木山僧）任会长，章、蔡等皆为董事。此会之宗旨，在于改良教育及编订完善之教科书，并仿通信教授法，刊行丛报。正规画间，而驻日清公使蔡钧阻遏留学生入学，及上海南洋公学南京陆师学堂禁制学生言，各事相继发生。各处学生均被逼退学，同向中国教育会求助。黄、章、蔡、吴诸人乃另开设爱国学社以容纳之。各地退学生及有志之士署名学籍者凡一百三十二人。学社对于诸生之言论绝对放任，故师生皆议论时政，放言无忌，一改官立学堂所为，隐然成为东南各省学界之革命大本营。”①

1902 年当中国教育会成立之初，本旨在教育，且有维新派如蒋维乔等的参与。当留日学生因退学风潮返国后，多滞留上海，故中国教育会又倡立爱国学社。此后南京陆师学堂的学生退学后，也加入爱国学社。故上海的爱国学社成为当时最具革命思想的新学学生的荟萃地。在这一历程中，核心人物为黄宗仰、章太炎、蔡元培等②，他们为彼时沪上革命风潮的引领者，而汇聚在其周围的是具有革新思想的青年学生。在这些青年学生中，最突出的人物有章士钊、邹容、张继等。章太炎曾记载：“溥泉与巴人邹容威丹自日本归，长沙章士钊行严亦来。三人皆年少英发，余以弟畜之。”③

在 1902 年沪上风潮的核心人物中，我们很少发现南社成员的影子，日后南社的倡立者陈、高、柳此时均尚未进入沪上革命文化圈的核心，但是他们与这个圈子也有一些不算浅的交集。陈去病“一九零二年加入中国教育会，发起同里支部”④，柳亚子此时是爱国学社的学生，“一九零三年春，我因巢南和同邑金鹤望先生的介绍，加入中国教育会做会员，到上海进了爱国学社，认识章太炎、邹威丹、吴稚晖、蔡孑民几位先生，革命的思想就此确定”⑤。陈去病及柳亚子加入中国教育会，从其个人交游而言，已经开始与沪上革命文人接触。只不过柳亚子此时还是学生身份，而陈去病的活动中心还在其故乡同里。

① 冯自由：《记上海志士与革命运动·中国教育会及爱国学社》，《革命逸史》第二集，中华书局 1981 年版，第 71—72 页。

② 章太炎、蔡元培未加入南社，黄宗仰后加入南社，但相对而言，其对南社的介入并不深。

③ 章太炎：《民国章太炎先生炳麟自定年谱》，见王云五主编《新编中国名人年谱集成》第十辑，台湾商务印书馆 1976 年版，第 9 页。

④ 柳亚子：《南社纪略》，上海人民出版社 1983 年版，第 5 页。

⑤ 同上。

中国教育会及爱国学社与南社很难说有直接的承续关系，但是以此为核心的人物交游则酝酿了上海及江浙的革命文人网络，这也是日后革命文人团体南社兴起之胚胎。中国教育会以沪上为核心，着意经营江浙地区，故其网络实已覆盖江南地区："教育会更派遣会员分赴江浙各省组织支部，兴办教育。已成立者有江苏常熟及吴江之同里等处，常熟支部为殷次伊、丁初我、徐觉我等发起，附设有塔后小学①。同里支部为金天翮（松岑）发起，延柳弃疾（亚子）、林砺、陶赓熊等相助。由林砺教授兵操，成绩斐然。附设有明华女校，章程略仿爱国女校，湘乡张通典之女公子弘楚、驾美、振亚及阳湖孙济扶等皆来就学，声誉颇著。此外刘季平（又称刘三）、刘东海（季平从兄）、秦毓鎏等，亦在上海华泾乡创设丽泽小学，校址即刘季平住宅。又苏州有吴中公学社，杭州有两浙公学社，规模悉仿爱国。是时东南学子，咸知振兴学务为救国保种之惟一途径，此倡彼和，盛极一时，学生之趋向激烈论者，所在多有。"②

这份基于中国教育会为中心成立的教育机构涉及了上海、苏州、杭州、常熟、吴江等地，已经包括了南社成立后的核心活动地区。中国教育会各支部的主要人员中后来成为南社社员的有常熟支部的丁初我，吴江支部的柳亚子、林砺，明华女校的张通典，丽泽小学的刘季平。这种辐射区域的文人网络正是某种意义上的江浙沪革命文人网络，日后南社地域化的文人网络雏形于此可见。

中国教育会以兴办教育宣传了革命思想，同时，爱国学社的办刊活动也有振聋发聩的作用。此时沪上革命派大规模的办报活动尚未展开，故爱国学社创立的《苏报》有导夫先路的意义。《苏报》与爱国学社关联甚密，爱国学社"仓促成立，经费不足，因与《苏报》约，每日由学社教员七人轮流担任撰述论说一篇，而《苏报》馆则月赠爱国学社百金。于是，互受其利，而《苏报》遂为爱国学社师生发表言论之园地"③。《苏报》是爱国学社的言论发表地，师生们"议论时政，放言无忌"的革命言辞多载于《苏报》。

① 这个常熟支部的成员，丁、徐、殷还主办了当时颇具影响力的女性刊物《女子世界》，丁初我为主编，1904年1月17日发刊，撰稿者有高燮、马君武、蔡冶民、林獬、高增、高旭、何昭、冯平、张昭汉、沈砺等。这些撰稿者日后均加入南社。

② 冯自由：《中国教育会和爱国学社》，《革命逸史》初集，中华书局1981年版，第118—119页。

③ 张篁溪：《苏报案实录》，《辛亥革命》资料丛刊第一册，上海人民出版社1957年版，第368页。

《苏报》倡言革命，在彼时的内地可谓独此一家，香港、东京或有革命刊物，但所受压力要小得多。该刊的编辑者章士钊曾言："前清末造，士大夫提倡革命，其言词之间，略无忌讳，斥载湉为小丑，比亲贵于贼徒者，惟香港、东京之刊物能为之，在内地则不敢，抑亦不肯。洵如是者，词锋朝发，缇骑夕至。"[①]《苏报》的压力与其影响力恰为正比，《苏报》是当时内地革命文人所瞻之马首。进入了《苏报》的作者群体，就意味着进入当时革命派言论的核心圈。柳亚子也正是在此时获得与言论界的第一次因缘。"这篇文章在《苏报》上发表，便是我和言论界的第一次因缘。"[②] 当时《中外日报》发表了《革命驳议》，《苏报》在 12 日和 13 日连载了章太炎、柳亚子、蔡冶民、邹容四人合写的《驳革命驳议》。柳亚子此时仅是《苏报》的一个年轻的撰述者，还在陶铸自己思想的过程之中。他自己珍视的与言论界的第一次因缘是与当时沪上最具影响力的章太炎、蔡元培联系在一起的，奠定了他几年后成为南社的主盟者和沪上文论的引导者的思想基础。

因为《苏报》上的反清言论，1903 年 7 月发生了撼动时界的《苏报》案，章太炎和邹容因为文字获罪下狱，邹容还死于狱中。《苏报》案后，上海言论界"缄默者半载"，之后《苏报》主笔章士钊等又创立了《国民日日报》。《国民日日报》创刊于 1903 年 8 月 7 日，"章行严、张继、谢晓石、何梅士、陈去病诸人发刊《国民日日报》"。"是报言论与《苏报》同，而篇幅及取材则较《苏报》为新颖。执笔者除章、张、何、陈等外，尚有苏曼殊、陈由己、柳弃疾、金天翮。"[③] 另外所知的撰稿者还有高旭、高燮、朱锡梁、包天笑。相对于《苏报》时期尚觉默默的南社群体，此时在《国民日日报》上渐获文名者有了更多的日后的南社社员，其中包括陈去病、苏曼殊、柳亚子、高旭、高燮、朱锡梁、包天笑。

事实上，《苏报》案后沪上的革命文人群体经历了一次调整，《苏报》事件导致了中国教育会的解散和沪上革命声音的暂时缄默，章太炎入狱、黄宗仰避走日本、蔡元培也暂离上海，同时，沪上革命言论风潮中也出现

① 章行严：《苏报案始末记叙》，《辛亥革命》资料丛刊第一册，上海人民出版社 1957 年版，第 387 页。

② 《逸经》第一期，转引自杨天石、王学庄《南社史长编》，中国人民大学出版社 1995 年版，第 10 页。

③ 冯自由：《记上海志士与革命运动·国民日日报之继起》，《革命逸史》第二集，中华书局 1981 年版，第 77 页。

一批新面孔，如上述的《国民日日报》，加入撰述的文人更多了。这意味着在《苏报》案后，沪上的革命文人在以一种群体的方式成长。这在上海为中心的江浙革命文人圈子是一个新的信号。这批在《国民日日报》上活跃的撰稿者，此时也逐渐成为江浙革命风潮的引领者，不少在日后成为了南社社员。

在这批新兴的名字中有一个人较为特别，他就是南社的发起者之一高旭。他起初是维新思想的追随者，他的诗歌曾经发表于《新民丛报》、《清议报》上，可以说作为一名维新派诗人他已早获令名。但 1903 年高旭开始以一名革命派诗人的身份为人们所关注。他在 1903 年逐渐与沪上革命文人联系紧密，而联络的建立正是通过刊物。他加入《国民日日报》的撰稿队伍，并且在该刊上发表诗作，其支持《苏报》的《海上大风潮起歌》最为著名，该诗已经具备了革命派诗歌典型的词汇和语境。如诗中写道："扬州十日痛骨髓，嘉定三屠寒发毛。以杀报杀未为过，复九世仇公义昭。堂堂大汉干净土，不许异种污腥臊。还我河山日再中，犁庭扫穴倾其巢。"[①]《海上大风潮起作歌》运用了直接的反清词汇，提及了明末的扬州、嘉定惨案，并且提倡复仇，这些诗歌主题词汇在日后南社成员的反清诗词中屡见不鲜。1903 年这一年，高旭等还创办了家族性质的革命刊物《觉民》，为该刊撰稿的有高燮、高旭、高增、黄节、陈家鼎、包天笑、马君武、马一浮等，从刊物撰稿人来看，他们均是日后的南社成员。此外，黄节、包天笑、马君武、马一浮等还是沪上著名的《政艺通报》的成员，1903 年也是《政艺通报》诗人群体由维新转向革命的最为关键的时期，可以说这些思想倾向革命的文人群体，逐渐密切的往来与关联使得他们越来越彼此接近。对于此，将在下一节中详细予以论述。

1902—1903 年，沪上逐渐建立的革命文人网络与东京的革命文人群体也关联紧密，上海和东京需要彼此借重发行渠道和编撰队伍。从东京运输入内地的革命刊物常常先寄往上海再行转运，而上海的刊物也多将稿件寄至东京出版再转输内地，故两地言论界关系密切。

在 1902—1903 年间，东京的革命刊物也有一个发行高峰。1902 年 4 月 26 日，章太炎、秦力山等十余人在东京召开"支那亡国二百四十二年纪念会"。同年冬，叶澜、董鸿祎、秦毓鎏等二十余人在东京组织以民族主义为宗旨，以破坏主义为目的的"青年会"。这些社团活动又进一步激发了办报活动。1903 年前后在日的革命报刊较著名的有《游学译编》、《湖北学生

① 郭长海、金菊贞编：《高旭集》，社会科学文献出版社 2003 年版，第 35 页。

界》、《江苏》、《浙江潮》、《直说》。这些刊物的地缘性格外突出。在1903年前后，日本的革命活动各自为政尚无各省联合的革命机关，联合的革命机关须待1905年同盟会的成立。所以上述刊物的编撰也以地域性的留学生群体为主，如《游学译编》由湖南同乡会主编、《湖北学生界》由湖北同乡会主编、《浙江潮》由浙江同乡会主编等。值得注意的是，这种基于地缘的言论网络，已经跨越国界，建立了内地和海外的反清言论共同体。留日学生来自内地，学成后又返归内地，他们在由南社掀起的革命宣传高潮到来之前，1903年前后实际上已经制造了一次反清言论的高潮。

和南社关联最密的是江苏留日同乡会主办的《江苏》，1903年4月27日在东京出版，1904年5月15日出至十二期停刊。编辑有秦毓鎏、张肇桐、汪荣宝、黄宗仰、陈去病、丁文江等。可知为刊物供稿的日后南社社友还有柳亚子、高旭、蔡冶民、刘三、朱锡梁、王无生、高燮。比较《国民日日报》、《觉民》、《政艺通报》等上海刊物的撰稿者名单便可知道，日本与沪上革命言论的队伍不无重合，这越来越证明当时的革命宣传者已经逐渐汇聚起来。

值得注意的是，陈去病、高旭、柳亚子这三位南社倡立者的名字也共同出现在《江苏》杂志上，但此时三人并非彼此熟识。陈去病与柳亚子是早已相识，据柳亚子自述，他与陈去病相识于1902年到吴江县城应试的时候。但1903年的时候高旭与这两人尚未谋面，只是已经在为共同的刊物《江苏》撰稿。他们的交集某种程度上可以称为“神交”，恰如日后陈去病在《神交社例言》中所说，“有读其名著至繁夥，或彼此闻声相思，与为神交者多年，而见面不相识”①。这是革命文人汇聚过程中的一种典型现象，他们借助刊物汇集，不需熟识甚至无需谋面，只是怀有共同的思想。

在日本的革命宣传界，陈去病的表现值得一提。在陈、高、柳三人中，陈去病和高旭都曾经到过日本，但就1903年而言，陈去病已得风气之先到日本学习。陈去病1903年2月东渡，该年夏季即因嗣母病返国，前后在日本待了约半年时间。在日期间陈去病的民族主义思想得以发酵，他参与了日本的各种爱国活动，4月加入中国留学生组织的拒俄义勇队。5月加入拒俄义勇队的后继组织军国民教育会。在这个过程中与在日志士交游，认识了黄兴、苏曼殊、秦毓鎏等人，接近了在日革命派的核心圈子，他还担任《江苏》杂志的编撰，与江苏籍的革命文人关系加深。这

① 《神州日报》1907年7月29日。

种人员网络的建立为陈去病返国后开展革命活动打下基础。他在《江苏》上发表了著名的《革命其可免乎》的文章，鲜明地树立了革命的旗帜："鉴夷狄之有君，羞哉诸夏；眷波兰之无国，痛矣为奴。周文公曰：戎狄是膺，荆舒是惩。念之哉，革命其可免乎！"① 他回国后又辑《建州女直考》、《扬州十日记》、《嘉定屠城记》、《忠文殉节记》成《陆沉丛书》，并在《江苏》上刊载诗词及广告。其《辑陆沉丛书竟题首》写道："胡马嘶风蹀躞来，江花江草尽堪哀。寒潮凄咽流俱血，残月孤明冷似灰。誓死宁从穷发国，舍身齐上断头台。如今挥泪搜遗迹，野史零星土一抔。"② 1903年陈去病作为一个革命者，其诗歌中的反满词汇已经非常郁怒了。

1902年前后，以中国教育会为中心的交游群体，构建了沪上革命文人的群体雏形。在这个过程中，居于核心地位的是章太炎、蔡元培等学界老辈，也有因《苏报》案忽得大名的后生邹容，但是日后的南社核心群体尚未立名。然随着《苏报》案后上海革命文人群体的调整，曾经的核心人物或入狱或避祸，《国民日日报》的继起成为了新的革命文人群体兴起的一个契机。此时沪上与东京的密切联系使得言论界的局面大开，东京的江苏同乡会创立的《江苏》杂志又搭建了一个有力的反清言论平台。陈、高、柳开始在同一个刊物上发表文章，而且依托地缘的江浙沪的革命文人群体也初具雏形。不论曾经身在日本的陈去病，还是在上海崭露头角的柳亚子、高氏叔侄，都在这个交游圈中有了思想上的交集。

二 1905年：以健行公学为中心的革命文人交游圈

将1905年特为表出的意义在于该年度同盟会的成立。1905年8月20日，中国同盟会在日本成立，至此各地革命会党有了一个统一的组织。此前孙中山经营兴中会，依靠力量主要为华侨和会党，活动地区侧重在两广。同盟会成立后，将兴中会与内地湖南地区的华兴会及浙江地区的光复会联络合一，此种"合纵连横"便将各地分散的革命力量联合起来，至此，中国反清革命活动进入一个新的阶段。

同盟会成立之初本在于联络发展在日留学生，后逐渐在内地发展分会以期推动更有效的革命活动，这就带给内地革命力量以新的规划。各地同盟会分会接踵成立，高旭在这个过程中渐渐成为江苏地区的核心人物。

① 《江苏》第四期。

② 《江苏》第六期。

1905年前后高旭的行迹有所拓展，他在1904年10月赴日留学，入东京政法大学速成科学习[①]。东渡前高旭交游圈主要在其故乡金山，与在日的革命文人的交接尚未展开。高旭到日恰在同盟会成立前夕，此时日本的革命者活动频繁，高旭也参与到在日的反清宣传中。他在东京辑《皇汉诗鉴》，将包含民族主义思想的诗歌汇编成书，他曾自道编辑主旨："飒飒三色旗，忽树骚坛里。鼓铸种族想，冀扫建虏祀。眼底牺牲儿，流血恐未已。惟有诗界魂，枪炮轰不死。奋志吹法螺，鞭策睡狮起。"[②]1905年9月高旭创办《醒狮》杂志，以"输入文明学说，提倡国民尚武精神"为宗旨。这些活动都为高旭积累了不少政治及文化资本。高旭在东京的交游也进入了革命派的核心，与孙中山、黄兴、宋教仁均有交往，并参与了同盟会的筹建。他在同盟会成立后当选为江苏省的分会会长。

高旭于1905年底因反对日本《取缔清国留学生规则》而返国，返国后便倾力于江苏上海地区的革命网络的建构。"乙巳同盟会成立之初，即已指定蔡元培为上海分会长兼主盟员，旋以元培将赴德国留学，会务不能有所进展。丙午（一九〇六）春，同盟会本部乃派高剑公（后更名旭，号天梅，金山人）为江苏分会长，合上海江苏二分会为一机关。初创办健行公学于西门小菜市场宁康里为革命运动枢纽，同事者有朱葆康（字少屏，上海人），柳弃疾（字亚子，吴江人），陈陶怡（原名剑虹，后改陶遗，号道一，金山人），沈砺（字道非，松江人），陈去病（字佩忍，吴江人），吴修源（号信三，松江人）诸人。继又开设会所于宁康里某号，距健行公学不百步。其屋初为同志夏昕渠养病之所，故即以夏寓名之。……健行公学实继承爱国学社之统绪，高、柳、陈、朱、沈、吴等皆任讲师，以《黄帝魂》、《法国革命史》、《荡虏丛书》等为教材，学生颇感动。以是欢迎章炳麟出狱及赴华泾乡为邹容烈士墓纪念碑行开幕礼，均有健行公学学生参预焉。""又东京出版之《民报》、《复报》、《洞庭波》、《鹃声》、《汉帜》各刊物，亦以健行公学为总汇。"[③]

关于同盟会江苏分会的活动，此段叙述甚详，故不避冗长将其表出。

---

① 郭长海：《高旭年谱》，郭长海、金菊贞编：《高旭集》，社会科学文献出版社2003年版，第691页。

② 《题所编皇汉诗鉴以名诗界之皇帝魂用前韵》，郭长海、金菊贞编：《高旭集》，社会科学文献出版社2003年版，第38页。

③ 冯自由：《记上海志士与革命运动·上海及江苏同盟会》，《革命逸史》第二集，中华书局1981年版，第80—81页。

同盟会江苏分会的活动与此前上海的革命活动仍有关联处，即仍立足教育业，其活动以健行公学为据点，将江浙沪此前的教育机构爱国学社勾连起来而不至中断，“健行公学实继承爱国学社之统绪”。因为以新式学校为据点发展起来的新知识群体此时仍是重要且在继续成长的革命力量，但距中国公学及爱国学社的活动已隔三年时间，言论及教育界的激烈程度已经加深，故健行公学的教育虽仍以民族主义为大端，但其反清之激烈则有甚于爱国学社。其公然“以《黄帝魂》、《法国革命史》、《荡虏丛书》等为教材”，可见《苏报》案后上海言论界诚如高旭诗歌所说“海上大风潮起”，反满言论已经渐成风潮。

在健行公学担任教职的有高旭、朱葆康、柳亚子、陈陶遗、沈砺、吴修源诸人。这些人中，高旭、朱葆康、陈陶遗曾赴日留学，是在反日取缔留学生风潮中一起返国的，已在日本加入同盟会，沈砺、柳亚子在1906年也经高旭介绍加入同盟会。吴修源，字信三，金山人，其况不详。健行公学的交游圈意义在于它已经成为当时江苏革命派活动的核心。这些人全部为日后的南社社员，甚或可以说这已初具南社核心群体的雏形。

健行公学为中心的江苏革命文人群体，此时与湖湘群体的往来益密。夏寓作为一个秘密联络据点，曾有当时各地革命人士入住：“丙午秋，乃徙于八仙桥鼎吉里四号，仍标曰夏寓，所以避耳目也。其初寓居鼎吉里者为高剑公、陈陶怡、柳弃疾三人，后以健行校务来往不便，而湘同志宁调元（字太一，醴陵人），陈家鼎（字汉元，宁乡人），傅尃（字钝根，醴陵人）适有事来上海，乃以相属焉。后数月宁等东渡，则刘光汉、苏曼殊入居之。同时吴淞中国公学亦设有同盟会机关，梁乔山、谭心休、马君武等主持之。”①

入住夏寓的人中，宁调元、陈家鼎、傅尃为湘籍革命人士。他们也是因为反清革命而走避上海。在1905年的日本的反对取缔风潮中，宁调元也回到国内，并参与中国公学的创建。一同归国的湘籍人士姚宏业此时愤于国事自杀，湘籍革命者将此前取缔风潮中自杀的陈天华二人灵柩运回湖南公葬。此次为湖南革命界的汇集契机，引起清廷弹压，为首的禹之谟牺牲，宁调元、傅尃、陈家鼎便走避上海。他们到上海后由同盟会江苏分会接待安排，并入住夏寓。他们在这一时期创办了以湘籍人

① 冯自由：《记上海志士与革命运动·上海及江苏同盟会》，《革命逸史》第二集，中华书局1981年版，第81—82页。

士为主编的《洞庭波》杂志。后清吏搜革命党，宁、陈于10月东渡日本避祸，而傅尃留沪办《竞业旬报》，继而返乡。[①] 傅尃年谱载，他们三人于旧历七月到达上海，阳历10月18日创办《洞庭波》，宁、陈10月29日便东渡日本，前后留沪不过二月余。此次江苏及湖南籍同盟会员在健行公学的短暂交游，正是同盟会成立后各方革命力量联动的明证。

此时柳亚子与陈汉元的诗歌交往可见当时湖湘与江苏籍革命文人之间的交流所在。陈汉元《申江赠亚卢》："久闻江左有夷吾（亚卢江苏人），披发提戈志逐胡。我亦风尘亡命者，几番兴汉要联吴。"[②] 此诗可注意的是"几番兴汉要联吴"诗句中透露的革命党交游的理路，恰可作为湘籍人士到沪活动的佐证。傅尃与高旭的诗歌交往中，傅尃《海上留别剑公》有："忍教胡马终南牧，会复神京要北驰。"[③] 高旭赠给傅尃的《次傅君剑留别韵》有："匈奴灭后还相见，相见时堪话别离。"[④] 可见当时各地革命文人汇聚的凝聚力在于反清的民族主义梦想。

此外，从革命思想宣传而言，健行公学的重要意义在于其为内地沟通东京的重要机构，东京出版的同盟会机关报《民报》[⑤]，包括东京发行的最具影响力的《复报》、《洞庭波》、《鹃声》、《汉帜》各刊物，"亦以健行公学为总汇"。柳亚子也曾言及："当时同盟会的机关杂志《民报》差不多是以健行公学为秘密代派所的。""健行公学在西门宁康里，我们在学校后面租了一所房子，名曰夏寓，是贮藏秘密文件的地方，也曾秘密地召集过会议。"[⑥]

在上述刊物中，《复报》与健行公学关系最密。《复报》"取光复中华

---

① 据傅尃年谱载："三十二年丙午先生三十二岁。七月赴上海与同邑宁太一先生调元宁乡陈汉元先生家鼎办《洞庭波》杂志，倡革清命，旋复与丁慧仙、胡适之等在沪办《竞业旬报》。是年冬返里，太一先生被逮长沙。"《傅尃年谱》，傅尃：《钝安遗集六种附钝安哀挽录》，民国二十年铅印本。

② 《逸经》第1期，转引自杨天石、王学庄《南社史长编》，中国人民大学出版社1995年版，第69页。

③ 《复报》第11期。

④ 郭长海、金菊贞编：《高旭集》，社会科学文献出版社2003年版，第68页。

⑤ 曾经为《民报》写稿的有陈去病、吕复、苏曼殊、马君武、周作人、陶成章、田桐、雷昭性、景梅九、柳亚子、冯自由、易本羲、叶夏声等。《民报》最初的编辑人兼发行人是张继（实际的主要编辑人是胡汉民），主要撰稿者有胡汉民、汪兆铭、朱执信、陈天华、宋教仁、马君武、汪东等。

⑥ 柳亚子致蒋慎吾函，1934年12月7日，见蒋慎吾《我所知道的亚子先生》，《越风》第14期。

的意思”，1906年5月8日创刊，1907年6月停刊。虽在日本出版，但是由同盟会江苏分会编。最初由柳亚子在同里自治学社时创办，当时为油印的周刊，由柳亚子写、印、送。他到健行公学教书并加入同盟会后，就把《复报》由油印改为铅印，从周刊改为月刊，从单张改为单行本。协助柳亚子复报编撰工作的有田桐、高天梅、高燮、陈去病、金天翮、陈志群、蔡治民、刘季平、马君武、冯平、高增。陶成章、章太炎也曾为刊物提供稿件。这个作者群囊括了当时沪上的革命文人的核心，也显示了健行公学作为一个教育机构其同时具有的宣传职能。对于这个日益扩大的作者队伍，柳亚子在《发刊词》中表达了他的欣喜：“我们几个同志赤手空拳来办一桩事情，有保不住外边没有暴风横雨的阻力，那艰难辛苦也就不言而喻了。如今幸亏靠着许多人的心力腕力，居然能够支持过去，并且大大改良起来。”[①] 柳亚子最初在故乡办油印的《复报》，后来在健行公学教书期间将这个刊物扩展为一个队伍庞大的宣传重镇，这也是柳亚子以编辑身份闻名沪上的开始。相对于《苏报》时代第一次与言论界发生因缘，此时柳亚子已经成为革命言论核心成员的一分子。

此前，1905年高旭在日本时曾主办了江苏同人杂志《醒狮》，影响颇盛。《醒狮》1905年9月29日创刊于东京，月刊，主要撰稿者李叔同、陈去病、柳亚子、高天梅等，1906年6月出至第五期停刊。据年谱载，此时高氏为了集中革命宣传的力量，已经停止《醒狮》的编撰，“专一发行《复报》”[②]。然对比可知，从《醒狮》到《复报》其核心作者群乃是一脉相承的，可以说江苏地区的革命言论核心队伍这一时期较为稳定。

此时柳亚子在上海交游圈也渐广，他在1906年的秋冬返乡，作有一组怀人诗，可见当时在沪交游。“今年春夏间侨寓海上，得识四方贤豪长者，时相过从，至足乐也。秋冬归里，辄复离索，风雨怀人，情何能已！拟为怀人诗以纪之。”[③] 所怀之人有高天梅、陈陶遗、孙竹丹、马君武，这些人日后均是南社的重要成员。本年度柳亚子交游诗歌涉及的人物还有刘三、陈汉元、陈去病、高卓庵、任守梅、赵拜一、金兰畦等，其中除任守梅、赵拜一外均为日后的南社成员，可以说此时柳亚子的交游对于日后的南社人员形成不无意义。

---

① 《复报发刊词》，《柳亚子文集·磨剑室文录》，上海人民出版社1993年版，第154页。

② 郭长海：《高旭年谱》，郭长海、金菊贞编：《高旭集》，社会科学文献出版社2003年版，第693页。

③ 柳亚子：《磨剑室诗词集》，上海人民出版社1985年版，第36页。

尤其值得注意的是柳亚子与高旭的关系因共事于健行公学而日益密切。柳亚子曾集龚自珍诗句成十二首绝句诗以赠高旭，所谓“可见吾两人之论交，各在回肠荡气时矣”[①]。柳亚子为高旭“万树梅花绕一庐”卷子题诗四首，其四写道：“画兰无土所南痛，种柳有情元亮眠。身在胡天心汉月，一枝聊借避腥膻。”[②] 交流了两人共同的民族主义情绪。柳亚子在怀人诗中论及高旭也有“赢得狂生知己感，飘蓬飞絮镇相亲”句，高旭也曾赠诗柳亚子“骚魂尔我应常聚，黑塞青林各自怜”[③]，此时高柳二人关系可见一斑。这也为两人日后共同擘画南社奠定基础。

1907 年，因清吏的注意，健行公学解散，高旭、柳亚子均各自返乡，陈陶遗东渡日本。对这段史实冯自由这样记录道：“及明年丁未夏徐锡麟，秋瑾事起，清吏照会沪租界当局大索党人，人心为之汹汹，诸同志多他适避之。健行公学始解散，鼎吉里四号机关亦取消，自是丁未至庚戌（一九一零）之三四年间，同盟会在上海之党务几完全停顿，长江沿岸各省之革命工作亦无所进展。其后陈其美出而重张旗鼓，始自空言而渐进于实行，而党务为之一振。”这段史实在时间上有误，健行公学解散在年初，未及徐秋起事失败乃解散，原因是叛徒出卖“湖南革命党人廖子良、李发根被清政府逮捕，供出同盟会江苏分会机关（夏寓）及朱葆康、高某等人”[④]。健行公学解散后，革命党人便分散各处，不能衡聚。加之 1907 年夏季徐锡麟、秋瑾的起事失败，整个江南地区的革命活动随之大受挫折。据冯自由描述此案之后的 1907—1910 年，江浙沪地区的同盟会党务几于停滞，革命党人元气大伤，这正是所谓“士气天南如墨”的时期。但这并不意味着革命活动“停滞”，革命文人的激情从未消歇，他们仍在窥伺和等待合适的机会“以图再举”。

从 1905 年到 1907 年，江苏、上海的革命文人群体在同盟会的统一组织下进行活动，在这个过程中江浙沪的革命文人圈渐趋稳定，且上海作为交通要冲，成为各地革命文人联络之所，这都为日后南社能建立庞大文人网络奠定基础。1907 年在反清革命活动进程中恰为一个转折，健行解散，徐、秋起义失败，革命暂入低潮。但是徐、秋起义失败身死带给革命群体的却是可资前行的无限力量，成为新一轮结社的精神召唤。

---

① 柳亚子：《磨剑室诗词集》，上海人民出版社 1985 年版，第 34 页。

② 同上书，第 36 页。

③ 《简柳亚卢》，郭长海、金菊贞编：《高旭集》，社会科学文献出版社 2003 年版，第 73 页。

④ 《廖子良供词》、《李发根供词》，冯自由：《中华民国开国前革命史》第二十九章，广西师范大学出版社 2011 年版。

三 1907年：以神交社为中心的革命文人群体

秋瑾（1875—1907）原名秋闺瑾，字璇卿，东渡后改名瑾，别号竞雄，自称“鉴湖女侠”。1904年夏东渡日本留学，其间积极参加留日学生的革命活动，加入了三合会、共爱会、十人会、洪门天地会等，并创办《白话报》。1905年秋瑾归国。春夏间，经徐锡麟介绍加入光复会。同年7月，再赴日本，加入同盟会，被推为评议部评议员和浙江主盟人。1906年在日本的“取缔风潮”中归国。归国后秋瑾在沪上活动频繁，1906年初夏至上海，“于中国公学助力甚多，又荐陈伯平为中国公学教员，居中联络”。“七月，瑾在上海虹口厚德里，与陈伯平、张剑崖、姚勇忱等同志，以蠡城学社为名。联系会党首领敖嘉熊、吕熊祥等人，进行革命活动。”“十二月初一（一九零七年一月十四日），《中国女报》创刊。”[①] 该刊以提倡妇女解放著称。除了教育及宣传上的投入，秋瑾的武装起义计划也在进行中。1907年秋瑾与徐锡麟联络浙江、上海军队和会党，组织光复军，拟于7月6日在浙江、安徽同时起义。事泄被捕。7月15日，秋瑾就义于浙江绍兴轩亭口。秋瑾之死让革命跌入低潮，浙江的革命组织失去了领袖，且清廷的严密打压让浙江的革命暂时无法振起。

但是秋瑾之死的具有其特殊的群体整合意义，文人们用他们的笔表现了在这个事件中，不仅没有涣散反倒更加郁怒的人心。追悼秋瑾的诗词作品难以计数，且这种文字追怀绵延时间之长，持续了从南社酝酿到成立之后的数年间。这成为一个革命文人群体在很长时间都充满念怀的事件。日后的南社社员除了作诗追悼外，陈去病、徐自华还创立了纪念秋瑾的“秋社”。庞树柏创作了以秋瑾营葬为内容的《碧血碑》。1907年12月，纪念秋瑾的《神州女报》创刊，该刊辟有《秋雨集》、《秋风集》，集中发表哀悼秋瑾的作品。在1907年当年，秋瑾被杀固然造成一段时期浙江同盟会群龙无首，江南革命党噤声息机的衰飒境况，但是对于江浙沪文人而言这也是一次绝佳的群体凝聚机会。

在这一事件中具有核心作用，并为日后南社群体聚集作出铺垫的人物是陈去病。陈去病对秋瑾丧事操办甚力，在接到噩耗后陈原本打算举办追悼会，但出于安全考虑取消了，他曾自述这段经历：“及君耗迭至，余又

---

① 林逸：《清鉴湖女侠秋瑾年谱》，王云五主编：《新编中国名人年谱集成》第十九辑，台湾商务印书馆1985年版。

欲为追悼，以或人所阻而止。”[①] 在当时公葬本是革命表达的一种方式，此前1906年湖南公葬陈天华、姚宏业便是湖南革命者汇集的一次机会，并引发禹之谟被杀，宁调元、傅専等走避上海。故当秋瑾案件尚未尘埃落定之时，追悼会可能引发清廷的株连捕杀，陈去病起初设想的追悼会显然太过招摇，因而被取消。

但江浙革命文人对秋瑾之死不能不有所回应，故此时传统的文人结社便成为一种具有隐蔽意义的政治表达。陈去病在秋瑾死后的半个月，即阳历7月29日在《国粹学报》上发表了《神交社例言》，倡立“神交社”。神交社被柳亚子称为“南社的楔子”，“是年，徐锡麟、秋瑾先后殉难，巢南要在上海替秋瑾开追悼会，没有成功，却在旧历七月七日开了一次神交社，隐然是南社的楔子”[②]。这个楔子的意义恰似关目紧凑的戏剧开场，是极其重要的铺垫。此次结社采用了传统文人结社的方式，这为南社提供了某种经验。以文人结社的方式开展活动，相对于此时各地进行的起义和暗杀显得更为隐蔽，也是革命文人自保的智慧。

作为南社发起人之一的陈去病，在他思考创立神交社时，其文人结社的构想已经较为成熟。首先，他为当下的结社梳理了一条清晰的文人政治的线索，这条线索和南社成立时意图追溯的政治线索可谓极其相似。在他的告白小启中上溯明末，将文人参政结社的历史作了一番梳理：“昔在先朝，人才鹊起，文章学术，灿乎彬彬。是以泾阳、景逸，倡道东林，而朝野响应，翕然成风。故家子弟，被其余泽，咸敦诗书，别耽清尚。应社之作，斯其权舆。及熊嘉鱼作宰松陵，而吴、沈之颖，群荷甄陶，孟朴、扶九之伦，遂得创新复社，高会群英。云间继之，几社乃作。由是江、淮、齐、豫、皖、浙、楚、赣，济济髦英，鳞萃辐辏。虎阜三集，南金东箭，美莫能名，至今道之，有余羡焉。”[③] 陈去病在小启中以大量篇幅叙述了东林党人的结社历程，从应社、复社、几社直至天下士人皆汇集凝聚，这是陈去病为神交社追述的一个历史楷模，这也是他在这个敏感时期倡立结社的缘由。他希望能重现“江、淮、齐、豫、皖、浙、楚、赣，济济髦英，鳞萃辐辏”的盛况。在南社成立前江南地区的文人结社，包括以日后的南社社友为主体的结社也不少，然诸如三千剑气社等均是以地方文人为主，尚无神交社这样“结海天之胜侣”建立全国性结社为目

① 陈去病：《鉴湖女侠秋瑾传》，殷安如、刘颖白编：《陈去病诗文集》，社会科学文献出版社2009年版。

② 柳亚子：《南社纪略》，上海人民出版社1983年版，第6页。

③ 《神州日报》1907年7月29日。

标的。神交社对于地域的突破，可以说奠定了两年后南社登高而呼天下的气魄。

值得注意的是，陈去病固然有“几复再兴”的宏愿，但是对于神交社的定位，他更倾向于将神交社视为一种开端，他在《创办苏苏女校校长冯君竞任行状》中写道：“孟秋予开神交社于西郊，君独偕祝君秉纲、吴君梅来会。敦盘之好，不输竹林清谈；文酒之雅，几乎应社再现。”[①]陈在文中将神交社比于“应社”，而非直接比之于几社、复社，恰似按照其神交社小启中的叙述逻辑，他期待的“江、淮、齐、豫、皖、浙、楚、赣，济济髦英，鳞萃辐辏”的场景，似乎并非神交社的目标，而有待诸来者之意。以应社来为神交社定位，颇合日后柳亚子“楔子”一说，即神交社的意义似乎在于抛砖引玉，期待更具声势的社团成立。

另外，陈去病构思的神交社成员网络，几为南社成员构成的雏形。陈去病撰写的《神交社例言》勾勒了此时革命文人的基本构成，这些人员被陈去病分为八种类别，涵盖了当时的文教阶层：“本社所仰慕而欲见之人，其道甚广，谨条列如下：（甲）耆儒硕彦，有诗文杂著发刊行世者。（乙）曾为著名杂志担任撰述者。（丙）海内外有名之新闻记者。（丁）有编译稿本为学界所欢迎者。（戊）留学生之得有允当文凭者。（己）海内外著名学校之主任者。（庚）各学会之会长。（辛）名人后裔，能保先泽而勿失坠者。”[②] 这八类人物纵贯新旧学界，也囊括教育界、新闻界、出版界、翻译界、学界等群体。这是渐渐兴起的反清风潮中最具影响力的新旧知识阶层，也反映了当时同盟会所关注的革命文人势力范围。这个群体日益扩大成熟，当两年后的南社成立时，便是其网络建构的主要来源。

神交社的第一次雅集在1907年的农历七月初七，自然没有陈去病预想的“鳞萃辐辏”的盛况，到者不多，但均是当时沪上最活跃的革命文人，陈去病《创办苏苏女校校长冯君竞任行状》中写道：“孟秋予开神交社于西郊，君独偕祝君秉纲、吴君梅来会。”与会者吴梅记道：“光绪二十余年，吴江柳安如弃疾，结神交社于海上张园，余与祝心渊秉刚赴之。同集者为邓秋枚实、黄晦闻节、陈佩忍去病、沈屋庐昌直及刘三与余也。”[③] 按以上记载，到会的人有邓实、黄节、陈去病、沈昌直、刘三、吴梅、祝心渊、冯竞任。另，参加者刘三有诗：“七月七日春申浦，一十

---

① 《神州日报》1907年10月6日。

② 陈去病：《神交社例言》，《神州日报》1907年7月29日。

③ 吴梅：《瞿安日记》稿本，卷一，1931年10月24日。

一人秋禊游。”[①] 如刘三诗歌中“一十一人”所言不是虚数的话，除上述八人外另还有三人参加，然姓名不可考。此次集会高旭和柳亚子已然家居，均未参加，但陈去病事后与他们的交流颇为及时殷勤，故二人均有诗文表示应和。高旭有《海上神交社集，以事不得往，陈佩忍书来索诗，且约再游吴门，邮此代简诗》，诗中谈到“弹筝把剑又今时，几复风流赖总持”[②]，与陈去病上溯几社、复社的结社期待一致。柳亚子作有《神交社雅集图记》，其中“板荡以来，文武道丧，社学悬禁，士气日熸，百六之运，相寻未已。岁寒松柏，微吾徒其谁与归?”[③] 也指出了神交社在文人结社凋敝的时代背景下其特立挺出的意义。

然神交社仅进行了一次雅集便告消歇，因为主持者陈去病很快便离沪转入浙江从事新的革命经营。陈去病到浙江，一方面完成了未及进行的秋瑾的营葬追悼仪式，并因此倡立秋社[④]；一方面继续留浙收整秋瑾生前经营的革命事业。1908 年秋，他在浙江组建匡社，以为浙江志士集结之所[⑤]。

神交社之后，沪上暂无有影响力的社团组织，健行公学及夏寓等革命机关也陆续关闭。沪上的革命活动显出萧条的景象，沪上的革命文人圈子也清冷了许多。在 1907 年这个特殊的背景下，革命活动暂趋寂寞，但是诗歌唱和却越显热闹，此时各种诗歌的唱和就成为勾连革命文人关系的纽带。健行公学解散后，高旭、柳亚子均返乡避祸，二人齐聚上海的机会便较之以往减少了，于是高旭与柳亚子的唱和变得十分频繁，“丁未春月，余作倚声，每成一解，必寄亚卢，亚子为之一一和之”。春间曾拟收集唱

① 刘三:《神交社纪事即题撮影》，转引自杨天石《南社史长编》，中国人民大学出版社 1995 年版，第 87 页。

② 郭长海、金菊贞编:《高旭集》，社会科学文献出版社 2003 年版，第 74 页。

③ 《柳亚子文集·磨剑室文录》，上海人民出版社 1993 年版，第 193 页。

④ 1908 年 2 月徐自华在杭州为秋瑾墓营葬仪式及西湖凤林寺的追悼大会。陈去病适应聘于绍兴府中学堂，便提前启程抵杭，邀同仁志士二百余人集西湖，假凤林寺举行追悼大会。徐自华揭墓致祭。陈去病借机倡组秋社，得众赞同，推徐自华为社长。并定每年旧历六月初六为秋瑾成仁纪念日，众亦赞同。“明春戊申，适越，过杭州，会徐夫人方为君营墓湖上，余因倡为秋社，以相结合。一时与会诸子咸赞同焉。”见陈去病年谱。

⑤ 陈去病至绍兴府中学堂任教，与宋琳等组织匡社。宋琳:《二十年来之回首》，《鲁迅研究资料》第十辑，天津人民出版社 1982 年版。“二十岁，秋案发生，大通被抄，予幸而获免。是年秋，府校更新，遂复入府校，得遇陈佩忍先生，介绍入同盟会。先生为同盟会老会员，固革命之先觉也。屡受其熏育陶冶，而予之民族思想遂大炽，因与先生联络越中志士，合前大通同学，结为匡社，蓄志排满。同盟会诸子，亦频相往来，颇引以为同志焉。”

和之作刊为《废民唱和集》，“惜人事多故，匆促未偿所愿”[①]。而圈子中的同人唱和也很频繁，江浙的革命文人就在这种沮丧但不甘的心态中彼此以文学相期许。

高旭在1907年夏写有《怀人诗》，这是对此前他的文人圈子的一次总结。“丁未之夏，五月下沈，担簦游倦，返棹秦麓。闭门索居，寡欢殊甚。师友契阔，讵能忘情？平昔交游，思之成痂。”[②] 写作诗歌时恰是健行公学解散后家居之时，诗歌历数了过往及当下的知交四十七名，诗中所思之人有：观云（蒋自由）、孑民（蔡元培）、枚子（邓实）、巳香、安如（柳亚子）、钝根（傅尃）、久望、晦闻（黄节）、汉叹、志群、竞忧、聘三、嘐公、少屏、寄生、唾葊、庸人、小枚、力山、夏大、公脑、巴裔、士辛、幼裁、贵公、xx、曼殊、荣生、冠尘、辟支、虬公、静初、季平、汉辕、恨海、聘斋、申公、晚丹、竹丹、佩忍、韵葊、佩蕫、卞建、志刚、望东、铁庐、平泉。这些诗歌透露了此时高旭的交游状况，这些朋友多是高旭在革命活动中结识的至交，故诗歌多论及朋友们的革命活动，然这些朋友大多不在沪上，甚或身处海外，不得长见。思念的殷切和革命遇挫的落寞恰成交织，成为这组怀人诗歌的特殊基调。

1907年柳亚子恰也作有《怀人诗十章》，所怀之人有：章太炎、蔡元培、陈去病、高燮、高旭、高增、陈陶遗、俞剑华、沈砺、朱少屏。[③] 其内容也是怀念旧友的革命经历。或许可以这样来理解怀人诗的意义，这其实是对于自己既往和当下圈子的巡礼，其实也是对自己社会位置的一次回顾，怀念的理由就是自己与这些人交集的精彩过往，这些过往就是迄今为止革命生涯中值得珍视的行迹。相较于1906年的怀人诗，柳亚子1907年的诗歌展示出的交游圈更显示出清晰的南社轮廓。这些人中只有章太炎、蔡元培未曾加入南社，但他们的地位却备受推崇，这二人在沪上革命界无愧导师的地位。柳亚子怀念章太炎的诗中写道：“却愧鲰生百无似，也曾立雪到程门。”怀念蔡元培的诗歌写道：“元祐党人推司马，襄阳耆旧数庞公。”柳亚子表现出的学生姿态以及对之以党人魁首相称，可见其推崇态度。

1907年健行公学解散，意味着同盟会江苏分会活动的暂告停顿。1907年江浙地区革命活动也因秋瑾起义失败似乎突然铩羽。但是正如柳

① 《太平洋报》1912年4月2日。

② 其中写佩忍（陈去病）的诗歌有两首。高旭：《怀人诗》，郭长海、金菊贞编：《高旭集》，社会科学文献出版社2003年版，第395页。

③ 柳亚子：《磨剑室诗词集》，上海人民出版社1985年版，第46页。

亚子形容的“静极思动”，革命文人就在对于“秋风秋雨愁煞人”的反复回味中酝酿着肃杀之气，革命文人在酝酿着机会再次结为群体。神交社作为南社的“楔子”，开始以一种号召天下的气魄集结革命文人，倡立者对于革命历史脉络的梳理和对于革命文人清晰的身份分类，都显示南社成立之前，革命文人的领导者对于倡立一个网罗天下革命俊彦的社团的思考在逐渐成熟。也就在 1907 年，陈去病、高旭、朱少屏、刘三、沈砺自上海赴苏州游览，谒张国维祠。这次行动如果将之与 1909 的南社第一次雅集联系起来，似乎昭示着冥冥中 1907 年之于南社的特殊意义。

四　1908—1909：南社群体在沪的酝酿

按柳亚子的说法，南社的酝酿经历了“怀胎一年十个月”[①]，自 1907 年冬到 1909 年 11 月，南社从得其名到第一次雅集，经历了近两年时间，是什么造成如此长冗的开场，又是什么支撑着这段冗长酝酿中的坚持？

革命文人萍踪不定，易聚易散，这也是此前神交社未能持续的原因之一。结社往往需要文人久居一处，才能常常面晤切磋，但是正如南社诸子自己的体悟那样，“离合悲欢遽如许，年年此地可能来？”[②] 兴会标举结为一社并非难事，难就难在社中诸人能衡聚不散。革命文人往来匆匆，上海作为当时的文化中心、交通枢纽，恰是他们在国内乱世相逢最易得的场所。当这些革命文人有机会聚集在一起，便时常触发共结一社的念头。组建南社的念头正是产生于沪上文人间的一次聚会。这次聚会与一个人的到沪有关，这个人对于南社而言，恰如成败攸关的萧何，他就是在南社史上或已为人忽略却不得不提及的——刘师培。他在南社酝酿期这段时间的心态转化对于观察南社成立前夕革命文人群体的聚散是一个典型例子。

刘师培（1884—1919），字申叔，号左盦，江苏仪征人。1902 年中举。1904 年秋到上海与章太炎、蔡元培等一起参加反清革命，参与《俄事警闻》、《警钟日报》和《国粹学报》的编辑工作，并为《中国白话报》撰稿。加入中国教育学会、光复会、同盟会、国学保存会，参与万福华行刺王之春行动，是一名激进的革命党人。1906 年春至芜湖，与陈独秀在安徽公学组织岳王会和黄氏学校，宣传革命，培养暗杀人才。刘师培因反清活动遭通缉，故应章太炎之邀在 1907 年 2 月 13 日（旧历正月初

---

① 柳亚子：《南社纪略》，上海人民出版社 1983 年版，第 10 页。

② 高旭：《次韵和佩忍、无畏》，郭长海、金菊贞编：《高旭集》，社会科学文献出版社 2003 年版，第 83 页。

一），东渡日本，到日后结识孙中山、黄兴、陶成章等革命党人，参加同盟会东京本部的工作，与章太炎等发起亚洲和亲会。后刘师培受日本无政府主义思潮的影响，创办《天义报》和《衡报》。

刘师培作为一位革命者和一位经学家，在沪上早已是人人尽识，在日本的革命活动也风生水起，所以当他要回国的消息传来时，沪上友人极为高兴，决定给他举行一次宴会。刘师培夫妇于1908年初返回上海，赴宴者有高旭、柳亚子、沈砺、陈去病。刘师培记录此次聚会的诗歌写道："老木清霜黄歇浦，故人应讶我重来。"① 离开上海已经一年了，此次突然归国，他自认为不免会令故人惊讶。然刘师培的到沪，带给旧友的不仅是惊讶，更是引发谋划结社的一个契机。

席间陈去病提议继续明末云间几社的事业，组织文社。他在《无畏、天梅、亚卢、嘐公翩然萍集，喜成比什》诗中写道："星辰昨夜聚，豪俊四方来。别久忘忧患，欢多罄酒杯。文章余老健，生死半凄哀（谓冯沼清）。待续云间事，词林各骋才。"② 对于陈去病而言，故人重聚是令人欣喜的结社机会，其思绪又联系到半年前组织的神交社，他回忆起了神交社的社友冯沼清，此人热衷革命，并在苏州办有苏苏女学，惜其早死。陈去病在诗歌中用了"待续"一词，显示了他对明末云间结社的回应，这种继续几复结社之风的愿望在他的脑海中挥之不去，此前成立神交社时，他就遥想了几复风流，现在他仍然希望继续这种结社理想。和神交社小启中对于各地豪杰"鳞萃辐辏"的期望一样，他在诗歌中也描绘了他自己最乐见的"豪俊四方来"的场景。刘师培对于陈去病结社的热情也有所回应，他在《步佩忍韵》中写道："四方豪杰今寥落，越水吴山汩霸才。"③ 刘在诗句中用了"越水吴山"这个泛地域的名字，他似也期待东南结社以汇聚"四方豪杰"。

文人雅集就在这样不期而遇中兴会所至。在五天后的1月12日，诸人再行雅集，此次聚会人数有所增加，这次集会便是南社倡立的嚆矢："一九零七年（清光绪三十三年）冬天，薄游上海，偕刘申叔、何志剑、杨笃生、邓秋枚、黄晦闻、陈巢南、高天梅、朱少屏、沈道非、张聘斋小饮酒楼，便孕育了南社的精虫。"④ 柳亚子有诗记之："慷慨苏菲亚，艰难

① 刘师培：《步佩忍韵》。转引自杨天石《南社史长编》，中国人民大学出版社1995年版，第99页。1908年1月7日，刘师培、高旭、柳亚子、沈砺、陈去病等第一次聚会。

② 《神州日报》1908年11月7日。

③ 同上。

④ 柳亚子：《南社纪略》，上海人民出版社1983年版，第10页。

布鲁东。佳人真绝世，余子亦英雄，忧患平生事，文章感慨中。相逢拼一醉，莫放酒杯空。”[①] 柳亚子的诗歌似乎证实了我们对于刘师培在此次结社中地位的猜测，柳亚子对之不吝赞词，刘师培作为一个“英雄”的形象足以成为一个群体的感召。江浙的革命文人对刘师培崇敬有加，高旭也曾提及“余最钦慕刘申叔之学识”[②]。就当时刘师培的影响力而言，他能参与倡立南社对于这个社团而言有着不言而喻的标榜意义。

对于秋瑾案后江浙沪低迷的革命风潮中思考着振兴“东南文史局”的陈、高、柳等人，刘师培恰恰是他们期待的“群彦并至”中的重要一员。刘师培此时在革命文人中的影响力甚巨，刘师培在《苏报》时代就是活跃的革命文人，其深厚的学术造诣使得他成为国粹派的核心人物。他到日本后又从事《天义报》的编撰和无政府主义的宣传活动，也名声颇盛。且刘师培加入同盟会甚早，还是他介绍陈去病加入的同盟会。[③] 此外，因刘师培与章太炎的交谊颇厚，刘师培能参与社团发起，则某种程度上意味着与日本以章太炎为首的革命文人的交汇。刘师培在1908年初的到沪，成为一个在上海革命文人中颇具象征意味的事件，以这个事件作为倡立社团的一次契机便最合适不过了。

但此次结社尚未付诸实践，刘师培夫妇旋即在1908年2月（正月）返回日本，此次上海酒楼的结社诸人又萍聚而散。对于南社的久滞不开，众人又开始抱怨天各一方导致社集难以如约。柳亚子就这样写道：

> 云间二妙不可见，（高天梅、张聘斋里居未出。）一客山阴正独游。（陈巢南时客绍兴。）别有怀人千里外，罗兰玛利海东头。（刘申叔、何志剑伉俪。）
>
> 鸡鸣风雨故人稀，几复风流事已非。回首天涯唯汝在，相逢朱沈

---

① 《神州日报》1908年3月17日，诗歌题为《偕刘申叔、何志剑、杨笃生、邓秋枚、黄晦闻、陈巢南、高天梅、朱少屏、沈道非、张聘斋海上酒楼小饮，约为结社之举，即席赋此》。

② 高旭：《余最钦慕刘申叔之学识，至沪访之不遇，同志有言其已往扬州矣》，郭长海、金菊贞编：《高旭集》，社会科学文献出版社2003年版，第364页。

③ 刘师培参加了同盟会江苏分会第一次会议，“莅会者有蔡元培、刘光汉、张昭汉等三十余人”。冯自由《革命逸史》第三集，中华书局1981年版，第81—82页。刘师培介绍陈去病加入同盟会一事，见柳亚子记载：“应徽州府中学之聘，道出芜湖，由刘申叔介绍，加入中国同盟会。”柳亚子：《南社纪略》，上海人民出版社1983年版，第6页。

倍依依。(南社诸子时在海上者，唯朱少屏、沈道非两人而已。)[①]

诗歌中交代了大部分参加倡立南社聚会的同人去向，刘师培夫妇已经返回日本，高天梅、张聘斋里居不出。陈去病2月便去了浙江，参加了在杭州为秋瑾营葬的仪式，并到绍兴府中学堂任教。当时在上海的仅为朱少屏和沈道非。

当柳亚子写作此诗时，陈去病还在浙江，但到了下半年他又南下汕头。陈去病南下汕头，是因为革命者陈陶遗因叛徒向端方告密被捕，陈去病受到牵连不得不南下汕头避祸。然而谁也没有想到这个告密者就是刘师培。陈去病年谱载："7月下旬，陈陶遗因刘师培告密被捕，先生接受姚勇忱等人建议，准备南下汕头暂避。"

当诸人再为萍踪难聚几复风流又成泡影感叹时，孰料这一次妨碍结社的不仅是文人的易聚易散，还有文人的反复莫测。柳亚子等人或许很难想象，刘师培1908年初归国的目的之一竟是联络张之洞及端方，为章太炎筹集去印度学习佛教学说的资金[②]。刘师培在1908年中下旬便上疏端方"自首"，表示"大悟往日革命之非"，献"弭乱之策十条"[③]。夏，何震、汪公权秘密投靠端方[④]。11月初（旧历十月上中旬）刘师培全家回国，暗中投靠端方。1909年6月28日，端方调任直隶总督兼北洋大臣，刘师培随同北上。刘师培名字见诸上海报纸所刊端方随员名单中，叛变事公开。12月刘师培出卖张恭，张在上海被端方逮捕，张是同盟会会员，也是日后的南社社友[⑤]。

在1908年这一年刘师培的降清有一个过程，在事情未曾大白天下之前，所有人对于刘师培毫无怀疑。刘师培在1908年初上海雅集的宴会上与诸人谈笑风生，甚至相约创立南社。1908年12月，陈去病在风声过后从汕头回到上海，这时刘师培恰又自日本返回上海，他变节的事尚未公开，这位告密者甚至参加了陈去病的欢迎集会。参加的人有徐自华、刘师培、何震、苏曼殊、包天笑、邓实、朱少屏、沈砺、杨天骥、叶楚伧、林寒碧、徐小

---

① 柳亚子:《海上题南社雅集写真》,《磨剑室诗词集》，上海人民出版社1985年版，第61页。

② 陈奇:《刘师培年谱长编》，贵州人民出版社2007年版，第221页。

③ 同上书，第236页。

④ 同上书，第266页。

⑤ 同上书，第270页。

淑等[①]。席间，陈去病“为述游迹，慷慨若不胜情”，很难想象，刘师培面对陈去病，听他讲述自己为避陈陶遗案在汕头的经历时是何感受。但有一点可以肯定，刘师培继续扮演了一个告密者，他依然与毫不知情的上海革命文人唱和雅集，也因而掌握了直接的革命材料并供给端方，这种告密导致了在沪革命者的被捕，甚或还影响到同盟会在整个江浙沪的部署：

> 上海同盟会自丁未健行公学及夏寓相继取消后，江浙党务因之搁浅者三载。及戊申（一九〇八年）春，陈其美（字英士，吴兴人）自日本归国，始渐著手于党务工作。其美素有大志，尝于丙午年在东京加入同盟会，旋入东斌学校习军事学，及履沪，乃纠合同志创办《中国日报》及《民生丛报》为言论机关，旋设秘密事务所于马霍路德福里，江浙革命党人之往来海上咸驻足其间。同志多以梁山泊三字名之。至明年己酉（一九〇九）夏，会务益振。其美遂时约江浙两省同志在事务所商议大举计划，时同志刘光汉、汪公权郎舅已投降清江督端方，充当密探，方由日本返国未久，常至事务所中访友，借以探取消息。诸同志以光汉为本党文坛健将，无疑之者。[②]

因为刘师培的文名，诸同志“无疑之者”，使得革命党的活动几乎成为端方指掌中物。并且造成张恭被捕，当时另一位革命领袖陈其美因恰巧外出幸免于难，否则江浙沪的革命力量折损更巨。同志张恭被捕，刘师培等被革命者所不齿，后刘师培不敢再至上海，而其妻弟汪公权仍时时至上海刺探消息，后来汪公权被革命者王金发“枪毙示儆”，引发风波，“此己酉冬间事也。其美经此事变，江浙大举计画遂以中辍。至辛亥中部同盟会成立，始作卷土重来之计”[③]。

1908年初，刘师培返沪，南社倡立；同时陈其美返沪，着手江浙沪的革命实践的部署。1909年冬，陈其美的江浙大举计划“中辍”；南社却成立了。其时间上的暗合也颇有深意，似乎更易解读沪上革命文人在1908—1909年的聚集背景。以陈其美为核心的江浙沪革命者的起义计划

---

① 寄尘《金缕曲》：“巢南先生归自粤中，同人咸集，酒酣，先生为述游迹，慷慨若不胜情。会余亦有所感激，即席填此，示无畏、志剑、曼殊、天笑、秋枚、屏子、嘐公、千里、楚伧、亮奇及家妹小淑。女儿馨丽。”

② 冯自由：《记上海志士与革命运动·陈其美之革命运动》，《革命逸史》第二集，中华书局1981年版，第83页。

③ 同上书，第84页。

未能实施，也就意味着这一时期在江南地区的武装革命尚未成熟，但是革命文人聚集的时空背景却反倒更为明确。革命派的武力手段暂时搁置，而文学手段便成为一种恰逢其时的选择。这也是革命文人能成为一种群体力量的时代背景。

回首1908—1909年的刘师培，他为“文人的革命”做了一段特别的注释，他的学术才华，以及盛名之下摇摆的价值选择，使得他时而为革命的有力推手，时而为革命的激烈破坏者。对于他的变节，包括革命党人都愿意相信那是由于受到了一些错误的干扰，而不愿意相信这是源于文人在这个巨变时代在寻找价值实现渠道时的功利和投机。如冯自由就这样总结刘师培的变节，他将其归结为被“怂恿”：“适光汉因事与章太炎、陶成章等大起冲突，又以勾结日人谋夺党权事不理人口，何、汪等乘之，日夜怂恿光汉，使入官场，以图报复。光汉外恨党人，内惧艳妻，遂不得不铤而走险，始真为江督端方之侦探矣。”[①] 汪东也将之归为被“挟持”：“1908年夏，暑假归国，正值端方大捕党人……上海有些同志已经弄明白了端方大捕党人是由于告密，而告密这件事，是汪公权、何震挟持刘申叔，用刘申叔的名义做的。”[②] 刘师培对此事或许也有悔意，他的诗歌写道：“况我失路人，静值商氛加”，“阳波激逝湍，羲御无回车”[③]。但是他此后的人生却一再“失路”，1908年的背叛只是一个开始。

其实用一个较长的时间去考量这些革命的文人，1908—1909年的刘师培或许不是孤例。当革命胜利后，这种情况在南社内部开始蔓延，南社甚至就变成一个投机和功利的场所，南社在革命胜利后迅速攀升的社员数量在某种程度上就是一个证明。还有在民国成立后南社社友“荃蕙化茅”的事实也证明了文人的革命有着某种功利和投机。甚至南社的创立者之一高旭也在曹锟贿选中声名狼藉。对于文人而言，“气节”时而如镜花水月，这在南社史上并不鲜见，让人不得不反观这些动荡中的文人，是什么在支配他们的行为和选择。

1908年当刘师培公开变节后，友人不胜今昔之感。柳亚子诗歌中表现了无限的遗憾，《重题南社写真，时闻申叔已降虏矣其一》：“风流坛坫

---

① 冯自由：《刘光汉变节始末》，《革命逸史》第二集，中华书局1981年版，第214页。

② 汪东：《同盟会和民报的片段回忆》，《辛亥革命回忆录》第六集，中华书局1963年版，第30页。

③ 《秋怀》，《诗录》第二卷，《刘申叔先生遗书》第六十一册，宁武南氏铅印本，民国二十五年。

成陈迹，盟誓河山抱令名。凤泊鸾飘吾辈事，未须憔悴诉平生。”①《有感次巢南韵，仍为申叔作也》：“聂姊庞娥旧等伦，如何竟作息夫人。琵琶青冢方辞汉，歌舞邯郸已入秦。国外争传司马语，梦中犹是坠楼身。伤心一传河间妇，刻画无盐恐未真。”② 当柳亚子看到相约结社时一起拍摄的照片，内心还有些许的不愿相信，有着“恐未真”的一丝侥幸吧，这在南社酝酿过程中是难以接受的插曲，这也成为南社诸人无法释怀的一段过往。当柳亚子撰写回忆文章时，专门提到了刘师培这一段往事：“这也是对申叔痛惜不堪的。这就是刘申叔夫妇没有正式加入南社的原因了。”③

南社酝酿期虽然因各种事务导致非常地冗长，然而有理由相信，这个过程虽然缓慢但是却从未被放弃。陈、高、柳在这个过程中与相关人等书信往来不断。1908 年 5 月 9 日，陈去病写信给柳亚子和高旭，谈及：“《南社叙》已托安如写上，想察入矣。刊行决俟面晤再定。盖弟旧稿近复失去，余秩理新作，又苦无暇。大旨弟文多于诗，而词更寥寥，只可附于诗后。”④

高旭在南社酝酿过程中，与湘籍革命文人的交流非常密切。高旭常常与宁调元通信，高旭曾去诗宁调元：“几复风微忆昔贤，空山时往听啼鹃。支撑东南文史局，堪与伊人共此肩。”⑤ 这样的期许和邀约，得到了宁调元很热情的回应：“巨艰当世几人肩，夜雨销魂蜀道鹃。几复风流已千古，后生莫漫拟前贤。”⑥ 宁调元当时已经下狱。此前萍浏醴起义爆发后，他受东京同盟会本部之命回国响应，不幸被捕，监禁于长沙。他与高旭谈论南社的成立及社刊编撰的书信，均作于狱中。

1908 年 5 月 16 日，宁调元与高旭书，商量编辑南社刊物细节：“《南社序》寄呈之后一日，钝子函来，称报分门，而拙序仅括其一二，如何如何（因钝子前函称系诗报）。”宁调元在狱中也曾致书傅尃，谈论《南社》体例，《致熊湘书》：“南社序已接阅否？但于今既非新文学体，则弟序成凿枘矣。”⑦ 傅熊湘就是曾和宁调元一同入住夏寓的傅尃，1908 年他在萍乡中学任教，宁调元将狱中不便处理之事都交付傅尃处理，且与上海

① 柳亚子:《磨剑室诗词集》，上海人民出版社 1985 年版，第 99 页。

② 同上书，第 101 页。

③ 柳亚子:《南社纪略》，上海人民出版社 1983 年版，第 4 页。

④ 《国学丛选》第六集，转引自杨天石《南社史长编》，中国人民大学出版社 1995 年版，第 110 页。

⑤ 哀蝉:《寄怀太一湘中》，《神州日报》1908 年 5 月 7 日。

⑥ 太一:《接哀蝉书并寄怀诗二章，即次韵以答之》，《神州日报》1908 年 5 月 26 日。

⑦ 宁调元撰、柳亚子辑:《太一遗书》，民国四年铅印本。

的函件多经由傅専传递，故宁、傅二人可以说也参与了南社的酝酿工作①。

5月31日宁调元致书高旭询问南社出版情况：“南社出版又当在暑假中也，弟并无催促之意。其中主持其事者约有几人？得暇乞示一二。”

6月23日宁调元致书高旭催索《南社》一阅：“南社出版后，速寄我一阅为感。”

7月宁调元致书高旭告以将发展女子张汉英、唐群英入社：“有张君汉英、唐君群英能诗文，又以唐君为最优，弟当嘱其入社。稿已编定否，出版有期否？”

1909年6月30日，宁调元致书高旭告以俟《南社》将出版时，即将《南社序》抄上。

从高旭和宁调元的通信过程可以看出，南社虽然发起自东南，然其发起成立的各种力量却不仅仅限于东南，其立意也不仅仅限于联络江浙沪的革命文人，恰如高旭日后所称的南社目标那样“为天下文学之导师”，在谋划之初便已作“天下”想。这也是当时革命背景的一种反映。在1905年同盟会成立前，各地革命组织各自为政，各地会党及结社均有意推翻清朝，而自身尚不具备影响天下的能力。自同盟会成立后，各地组织渐渐有了合力共进的意识。从1905到南社酝酿的1908—1909年，四五年时间的涵育已经使得各省革命群体有了程度不同的交流，故南社的气魄也是得自同盟会成立后的大风潮所趋。

在南社酝酿期的柳亚子则显得有些焦灼，此前他风风火火地参加中国公学、爱国学社、健行公学的革命活动，正在革命的兴头上，现在却要忍受长达一年的无事可为，他在这一年间数次往返于上海和故乡吴江之间，每次在上海都会引动他对于友人的怀念。1909年的9月，柳亚子自上海归吴江，舟中成《怀人诗》十四章。在这组诗里，他也表达了对于南社久滞未开的遗憾：“搏虎屠龙技已芜，几回相见只长吁。销魂疏柳斜阳句，南社犹存第一图。”（张聘斋）②

在他的《怀人诗》中述及的朋友有：沈道非、赵夷门、蔡哲夫、黄宾虹、邓秋枚、陈陶遗、张聘斋、蔡恕庵、涤夷昆季、周平泉、高天梅、何亚希夫妇、何震生、姚石子、冯余生、朱少屏。约在作该诗后不久，他

---

① 《傅専年谱》：三十三年戊申“教授渌江中学，七月返萍乡仍教萍乡中学”。“吴江柳亚子弃疾金山高天梅旭等刱南社于上海，以文学鼓吹革命，先生与宁太一先生自长沙应之。”傅専：《钝安遗集六种附钝安哀挽录》，民国二十年铅印本。

② 柳亚子：《磨剑室诗词集》，上海人民出版社1985年版，第105页。

又作《后怀人诗十六章》，述及之友为：马君武、刘季平、苏曼殊、陈巢南、黄晦闻、宁太一、傅钝根、陈汉元、高吹万、高卓庵、孙竹丹、林立山、韩觉我、俞剑华、顾珊人、阮介凡[①]。对比柳亚子 1906 年、1907 年的怀人诗，其交游网络已经较前更为扩大，并且诗歌中的细节透露出柳亚子的一种成长，他身上那种爱国学社交游圈建立起来的学生气在消退，他越来越显露出以一种独立的身份来参与到与革命者的交游中。

更值得注意的是，参加南社第一次雅集的除他自己以外的十六名正式社员，在他的这组诗歌中出现了十人，他们是陈去病、陈陶遗、沈道非、俞剑华、冯心侠、赵正平、林立山、朱少屏、蔡哲夫和黄宾虹。可见，南社成立之前已经有一个较为紧密的革命文人交游群体存在了。南社的成立只待一个仪式。

五 南社虎丘雅集

1909 年底，南社已经进入最后的筹备阶段，相关的各项启事陆续刊登于《民吁报》上。

10 月 17 日高旭发表《南社启》，文中提出了最著名的“有南社之结，欲一洗前代结社之积弊，以作海内文学之导师”的社团定位。高旭有感于“今世之学为文章者，为诗词者，举丧其国魂者也。荒芜榛莽，万方一辄”的现状，呼唤“同声相应，同气相求，与之同步康庄，以挽既倒之狂澜，起堕绪于灰烬”[②]。

10 月 27 日《南社例十八条》公布，拟定了南社的组织形态，包括规定入社的条件为“品性文学两优者许其入社”；社团风气方面“各社员意见不必尽同，但叙议及著论可缓辩而不可排击，以杜门户之见，以绝竞争之风”；社团刊物方面“寄稿限于文学一部，不得出文学之外”，“社中公推正社长一人，副社长二人，选稿之权悉操诸正副社长，余人不得过问”；社团雅集方面“春秋佳日开两次雅集，或于秣陵、吴门，或于云间、海上，临时再定”。

10 月 28 日陈去病发表《南社诗文词选叙》，提出“谊存忠厚，不离江湖魏阙之思；意切忧伤，遂多《匪风》《下泉》之什”的创作标准。“不祥文字，敢希《壬申文选》；终古河山，用依次尾《国玮》之集。”[③]

---

① 柳亚子：《磨剑室诗词集》，上海人民出版社 1985 年版，第 109 页。

② 《南社丛刻》第一集，江苏广陵古籍刻印社影印本 1996 年版。

③ 同上书，1996 年，第 1 页。

在文学的历史参照上，陈去病再次上追明末几社的《壬申文选》、复社的《国玮集》，将南社与几社复社建立起文学的联系。

10月29日宁调元发表《南社诗序》，他梳理了从明末的应社到几社、复社的成立过程，并寄望于南社“有接踵而起者，固可以观，可以群，可以怨”①。非常精炼地概括了南社诗歌在特殊时代背景下将具有的功能性意义。

11月6日陈去病发表《南社雅集小启》，这是关于雅集时间地点的通告。“孟冬十月，朔日丁丑”，“爰集鸥侣，觞于虎丘”，在确定雅集的时间地点后，南社第一次雅集便如期而至。

南社第一次雅集在阳历的1909年11月13日的苏州虎丘张国维祠，“我们在正午以前，雇了一只画舫，带着船菜，容与中流，直向虎丘而去，那开会的地点，是在虎丘张公祠。张公名国维，字玉笥，浙江东阳人，明末崇祯年间，做过苏松巡抚，鲁监国时代，以起兵抗虏殉节。我们借他的祠堂做会场，也大有意义吧。十九筹好汉中间，有十七筹是社友，而两筹却是来宾”。“到会的十七位社友中间，有同盟会籍的是十四人，足可证明这一次雅集革命空气的浓厚了。在张公祠喝酒的中间，便举行选举。选定陈巢南为文选编辑，高天梅为诗选编辑，庞檗子为词选编辑，柳亚子为书记员，朱少屏为会计员，这便是南社第一次的职员了。”② 参加南社第一次雅集的人员名单如下：

（甲）来宾二人

（1）张采甄，江苏武进人

（2）张季龙，江苏武进人，采甄之侄，陈去病之学生

（乙）社友十七人

（1）陈巢南，中国同盟会会员

（2）柳亚子，中国同盟会会员

（3）朱梁任，中国同盟会会员，江苏吴县人

（4）庞檗子，中国同盟会会员，江苏常熟人

（5）陈陶遗，中国同盟会会员，江苏金山人

（6）沈道非，中国同盟会会员，江苏松江人，原籍浙江嘉善

（7）俞剑华，中国同盟会会员，江苏太仓人

（8）冯心侠，中国同盟会会员，江苏太仓人

---

① 《南社丛刻》第二集，江苏广陵古籍刻印社影印本1996年版。

② 柳亚子：《南社纪略》，上海人民出版社1983年版，第11页。

(9) 赵厚生，中国同盟会会员，江苏宝山人

(10) 林立山，中国同盟会会员，江苏丹阳人

(11) 朱少屏，中国同盟会会员，上海人

(12) 诸贞壮，中国同盟会会员，浙江绍兴人

(13) 胡栗长，浙江绍兴人

(14) 黄宾虹，安徽歙县人

(15) 林秋叶，中国同盟会会员，福建闽侯人

(16) 蔡哲夫，广东顺德人

(17) 景秋陆，中国同盟会会员，山西芮县人

梳理一下这份名单，1902 年间 1909 年至沪上革命文人的汇聚过程中，从中国教育会，到健行公学，到神交社雅集，再到南社雅集，有一些人物是一直参与整个过程的，如陈去病、高旭、柳亚子；有的是以各种方式参与了大部分活动的，如朱少屏、沈砺、陈陶遗、俞剑华。在这些文人的交游诗歌中，我们发现这些人物之间早已建立了稳固的交游网络。这些关系密切的人物以江苏籍为主，可以说南社的基础是以原有的稳定的江苏文人群体作为基础的。

这十九个人在这个特定时空出现在南社的雅集上，在当时也有些许偶然的味道。这个酝酿时间长达一年十个月的文人结社，其开始就像 1908 年初倡议于欢迎刘师培返沪的酒会上那样，也充满着突然性和随意性。1909 年 6 月，因刘师培出卖而被捕的陈陶遗出狱了。10 月俞剑华刚从日本回国，他收到了柳亚子“坚南社之约”的约定[①]。此前被误传去世的冯心侠也出现了，柳亚子和高旭都已经为其写过哀悼的诗歌，此时相见诸人简直恍如梦寐，柳亚子有诗《心侠未死，握手宵中，几疑梦寐，爰成此什》。这些都颇有些戏剧的意味。

然而在 1908 年初在上海的雅集上相约结社的十一人中，参加了南社第一次雅集的仅有陈去病、柳亚子、朱少屏、沈砺四人。这不能不说是一种遗憾。当年的十一人为刘师培、何震、杨笃生、邓实、黄节、陈去病、高旭、柳亚子、朱少屏、沈砺、张聘斋。这些人中，刘师培、何震因为众所周知的原因未参加雅集，高旭、张聘斋里居不出，黄节早已南下广州，杨笃生已经远去英国，邓实据柳亚子日后称不清楚为何没有加入南社。这一年零十个月中的人事流转，使得虎丘的雅集未能尽如当年所约，这也足见革命文人群体相交的随意。

---

① 柳亚子:《金缕曲》,《磨剑室诗词集》，上海人民出版社 1985 年版，第 124 页。

对这种文人雅集随意性的最佳注脚则是原拟赴会的李光临时改变行程的缘由。赵正平函约李光与林之夏一同赴会，李光为赵声所阻。李光《与陈稚兰书》记载了当时发生的情况："南社创于虎丘，其时弟方漫游白下。宝山赵君，致启坚邀，并约与秋叶同车俱往。其时弟不名一钱，且代筹斧资，期会于下关车站。临发之先两小时，弟赴赵君百先之约于二道高井刘宅，谈及此事并柳亚子生平。盖柳亦极爱慕百先者，故百先谓其钟情特甚，但所谓南社者，不过文人雅集耳，出入无足轻重。至于亚子，于余颇厚，足下不患无相见日，兹且偕余游孝陵，勿作姑苏行，遂不果去。"[①] 在这件事中出现的赵百先就是有名的新军将领赵声，此时他官居新军标统，正在南京操练新军。他的革命方式大抵侧重在新军中的实际宣传策划，对于"文人雅集"，本视之甚轻[②]。这也透露1909年革命者实际活动的途径差异。前已述及陈其美在上海策划起义和陈、高、柳策划南社本是并行的，二者革命途径不同故其侧重有异，在从事实际起义策划者眼里，"文人雅集"无足轻重；而倡设文人结社者，则认为"往时人士入同盟会者，思想有余，而学问不足，故借南社以为沟通之具"[③]。"重武"还是"重文"，这种分歧一旦出现，对于革命的影响不可谓不小。此处虽是一件小事，仅仅存在于李光是否赴南社雅集之约的转念之间，但是这却揭示了南社成立的一个政治背景。

基本所有的南社研究者都会关注到参加雅集的十七名社员中有十四人为同盟会会员。柳亚子也以此证明雅集的政治性"到会的十七位社友中间，有同盟会籍的是十四人，足可证明这一次雅集革命空气的浓厚了"[④]。南社成立的1909年，已是清朝覆亡的前夕，再过两年的时间，清王朝就将被同盟会领导的革命组织所推翻。至于在南社史上极为骄傲的这一段与同盟会的"犄角"关系，却语焉不详。除了对于参加者身份的认定外，叙述中则再无南社与同盟会相关的支撑材料。我们似乎有必要回到南社成立前的历史语境中去梳理一番。南社成立时固有泰半为同盟会会员，然同盟会总部对于南社的成立过程却既未参与策划也没有进行管理，更无资金投入。在此，并非是质疑南社之革命

---

① 《南社丛刻》第十六集，江苏广陵古籍刻印社影印本1996年版。

② 据载赵声也能诗，有《天香阁诗稿》。曼昭、胡朴安：《南社诗话两种》，中国人民大学出版社1997年版，第57页。

③ 高旭：《无尽庵遗集序》，郭长海、金菊贞编：《高旭集》，社会科学文献出版社2003年版，第512页。

④ 柳亚子：《南社纪略》，上海人民出版社1983年版，第14页。

性，而是希图通过细析南社成立时的背景，了解南社成立时，这些革命文人的真实心理。这关系到革命文人对于自己在革命历史存在中的自我定位。

早在同盟会成立初期，其积极组建内地的同盟会分会，比较注重统一的部署和安排。当时，江浙沪地区也是引人注目的活动区域。江苏分部的部长是高旭，浙江分部的负责人是秋瑾。两处活动皆很积极。如前所述，曾以健行公学及夏寓作为活动据点。彼时江浙的革命活动较重视宣传，有《复报》来配合健行公学的活动。此时东京同盟会总部的活动也是颇可喜的，孙中山、黄兴、章太炎等在东京共同擘画各地的同盟会的分会活动及《民报》的编撰发行。这一时期，可以说是武装革命活动及革命宣传并举的阶段。

当时江浙的革命活动还常常直接接受孙中山的指导，柳亚子《回忆残稿》记载其1906年时的活动："辛亥革命前五年，我和其他同盟会的会员在上海办了一个健行公学。一天，有个人秘密送了个讯来说孙中山先生来到了上海，他是从去各地方路过上海的。和其他四五个人（其中有高天梅，同盟会江苏支部的部长）便坐了一艘没篷的小船，赶到一个轮船上去看他。我口吃，不爱说话，话也说得不多。当时谈话的时间不长，我那时才二十岁。"[①] 当时孙中山频繁来往于日本、内地之间，故能时时驻留上海，直接指导上海的革命活动。"丙午丁未间（一九〇六至一九〇七）孙总理常往来日本南洋，舟过沪江时，每由在法租界公董局服务之法国友人向同志传达音讯，于是剑公、葆康、陶怡、亚子诸人，恒至吴淞舟中相见，兼请示进行方法。"[②]

但到了南社成立的1909年，同盟会本部的活动其实已发生策略变换和人员的分歧。孙中山、黄兴的革命策略早已侧重于边境起事及海外募款，对于东京总部的管理本已疏散，更勿论江浙地区。当时孙中山和章太炎也因此交恶，章太炎这样记载交恶的原因：

> 光绪三十四年（一九〇八年）初，孙黄之南也，以同盟会事属长沙刘揆一林生。林生望浅，众意不属。既与逸仙有异议，孙黄亦一意规南服，不甚顾东京同志，任事者次第分散。溥泉以言社会主义为

① 抄件，苏州博物馆藏，杨天石：《南社史长编》，中国人民大学出版社1995年版，第68页。

② 冯自由：《记上海志士与革命运动》，《革命逸史》第二集，中华书局1981年版，第81页。

日本法官所逮捕，脱走东欧。遁初贫甚，常郁郁，醉即卧地狂歌，又数向民报社佣婢乞贷。余知其事，曰："此为东人笑也。"急取社中余资赒之。然资金已多为克强移用，报社穷乏，数电告逸仙，属以资济，皆不应。其夏，克强袭破云南河口，旋败归，抵东京，遁初不往见。余谓克强曰："吾在此以言论鼓舞。而君与逸仙自交趾袭击，虽有所获，其实不能使清人大创，徒欲使人知革命党可畏耳。愚意当储蓄财用，得新式铳两三千枝、机关枪两三门，或可下一道数府，然后四方响应，借群力以仆之。若数以小故动众，劳师废财，焉能有功。"克强未应。

宣统元年（一九〇九年），《民报》既被禁，余闲处与诸子讲学，克强复南。时东京同盟会颇萧散，而内地共进会转盛。共进会者，起自川湖间游侠，闻同盟会名，东行观之，以为迂缓，乃阴部署为共进会，同盟会人亦多附焉。其魁则四川张百祥也。旋归，众益盛。后武昌倡义，卒赖其力。焕卿自南洋归，余方讲学，焕卿亦言："逸仙难与图事，吾辈主张光复，本在江上，事亦在同盟会先，曷分设光复会。"余诺之，同盟会人亦有附者，余讲学如故。[①]

在章太炎的自定年谱中，他叙述了在1908—1909年与孙中山交恶并发生同盟会内讧时自己的心理。他谈到了"孙黄亦一意规南服，不甚顾东京同志"，孙、黄此时的革命重心在南方的武装起义，同盟会的组织及财政都乏人整顿。东京的革命同志如张继、宋教仁等颇为落魄，宋教仁甚至到了向佣婢乞贷的地步。而孙、黄在内地的屡战屡败也使章太炎加重对其不满的程度。1908年，孙、黄指挥的云南河口起义失败。这就是章太炎日记中所说的"克强袭破云南河口，旋败归"一事。1908年前后的武装起义是非常密集的[②]，所以对于财力的消耗也很大。武装起义的供给尚且不暇，对于《民报》的经费资助便常常告罄，于是有章太炎所说的"然资金已多为克强移用，报社穷乏，数电告逸仙，属以资济，皆不应"的情况。章太炎希望坚守的《民报》这块文字阵地得不到资金支持，而孙、黄却在进行着章太炎看来徒劳的仅仅只能恫吓清军的游击战争，此时内部的分歧已经逐渐显现。1909年《民报》被禁后，这种分歧更趋激烈，内

① 章太炎：《民国章太炎先生炳麟自定年谱》，第11页，见王云五主编《新编中国名人年谱集成》第十辑，台湾商务印书馆1976年版。

② 这一阶段的武装起义有1907年5月的黄冈起义，6月的七女湖起义，9月的钦州、防城起义，10月的镇南关起义，1908年3月的钦州、廉州、上思起义，4月的河口起义。

地的共进会已经有取同盟会而代之之势，此时，正好陶成章自南洋到日本，陶成章也是浙江人，前光复会的领袖，他对于孙中山在边境的起义非常不满，因为他感到这是对于江浙地区的放任不顾。他的起而反孙加速了同盟会的分裂。章、陶二人最终重新树立了光复会的大旗，另立其帜了。这番言辞虽是章的一面之词，但是却呈现出孙、章分歧的最核心问题，就是革命路线的各主一端。

章太炎是学者，他是江浙地区文人的典型，也是1902以来江浙革命风潮的引领者。章不排斥暴力革命，但是他一直是以兴办教育和撰文办刊作为革命的主要手段。而孙中山从一开始便着手于起义活动，他对于办刊的兴趣是随着革命的宣传需要而逐渐产生的。1904年底孙中山持有的观点是“秀才不能造反，军队不能革命”。在与人争论三日夜后，与之争论的朱和中说:“革命的最高之理论，会党无知识分子，岂能作为骨干？先生历次革命所以不成功者，正以知识分子未赞成耳。”孙才终于改变态度①。其后，孙中山对于知识分子逐渐倚重这固然是事实，但是相对于武装革命，孙中山对于文字革命的兴趣显然不可等量齐观。1905年同盟会成立后曾有一段时间的活动是兴办刊物和起义规划并举的。同盟会在内地的反清活动进展顺利，由章太炎负责的《民报》也引领时论风尚。然随着孙、黄深入内地策划革命，《民报》让章太炎感到独木难支。孙中山对于武装起义的过分迷恋激怒了章太炎，特别是当他误会孙中山只是将很少的经费投入《民报》，而将大部分钱用于章氏看来毫无实际意义的小规模起义时，他认为这也是对于文字革命的不重视，便决意与之决裂。

这一段发生于1909年前后的同盟会内务，展示出不同地域背景下的革命者的路线分歧。江浙地区的革命文人，他们的特点在于其学术和文学的根柢深厚。这也是江浙地区出现以文字鼓吹革命主张的一个地域背景。章太炎与孙中山的矛盾，其实某种程度上是两种地域背景的革命派之间的路线之别。章太炎关注文字之鼓吹，对于孙中山不顾东京同志也未及时补给《民报》经费甚为不满，其实也是对于孙中山彼时对于文字鼓吹忽略的不满。陶成章的主张某种程度体现了当时江浙革命文人对于本地域革命发

---

① 材料见中国人民政治协商会议全国委员会文史资料研究委员会编《辛亥革命回忆录》第6集，文史资料出版社1981年版。对于孙中山和知识界的关系，也有学者认为并非传说中的持轻视态度。桑兵认为孙中山与国内知识界关联甚密，他认为朱和中《欧洲同盟会纪实》中对于孙的描述有失偏颇。桑兵:《孙中山的活动与思想》，中山大学出版社2001年版，第108页。

动的某种渴望，这种激进的姿态也促成他们不安于闭门索居而积极进行结社。

回到南社酝酿及成立的1908—1909年，同盟会此时恰处于低潮及内部路线严重分歧的阶段，这种分歧，南社诸子肯定是了解的，参加南社第一次雅集的俞剑华1909年10月刚从日本返回，他可以带回东京同盟会总部最确切的消息。在整个南社成立过程中，几乎没有材料证明其成立与同盟会的部署相关。但是恰恰这样的成立背景才使得南社的意义分外值得推敲，在同盟会几乎濒于分裂的时期，在《民报》已经停刊，同盟会的主流又倾重于革命武装准备的时候，这一群起自江南的文人结社就分外醒目。这是一个带有江南文人烙印的社团。相对于那些致力于武力准备的革命者来说，这个社团较推崇文学的力量。他们的打算就是借文酒联盟，作为江南革命者沟通之具。当健行公学解散，江浙革命渐低落时，原主持健行公学活动的高旭及柳亚子却唱和频繁。联络江浙文人，形成一股革命合力，进而图谋革命的实际活动，这种想法在陈、高、柳的唱和中酝酿。陈去病《高柳两君子传》谈到他们结社的政治目标："至丁未冬，复与余结南社于海上，而天下豪俊咸欣然心喜，以为可借文酒联盟，好图再举矣。"[①] 他们的身上有章太炎倾重文字的影子，也有陶成章些许对于江浙区域革命兴起的渴望。但是他们对于同盟会的忠诚则体现在他们对于沟通同盟会中各派鸿沟的设想，高旭《无尽庵遗集序》："当胡虏猖獗时，不佞与友人柳亚卢、陈去病于同盟会后，更倡设南社，固以文字革命为职志，而意实不在文字间也。陈、柳二子，深知乎往时人士入同盟会者，思想有余，而学问不足，故借南社以为沟通之具，迨不得已之苦思欤。"这段材料不能说明南社的成立与同盟会内讧有直接关系，但是至少表明南社发起人也看到了同盟会人员背景的分歧所在，也表明江浙文人在对于文字期重方面的一致性。

南社成立时与同盟会的关系，与其说是在同盟会如火如荼的革命风潮中的一种响应，不如说是在同盟会低潮时期对于分歧的一种弥合，体现的是江浙地区革命文人对于革命手段的一种思考。他们在成立这个社团时，并没有从同盟会总部获得理论或是资金的支持。当他们"以文字革命为职志"的想法更加肯定之后，他们在沪上这个媒体舆论最发达的城市的活动更加频繁了。明乎此，才更易理解南社与同盟会的关系。

---

① 《南社丛刻》第九集，江苏广陵古籍刻印社影印本1996年版。

第二节 《政艺通报》诗人群体与南社诗人群体

在国粹主义兴起的1905年前后，南社群体也在逐渐酝酿，这个过程使得南社与国粹主义的兴起相伴而行，南社群体也势必与国粹派文人有着各种交集，甚或在一个时期他们交接得很深，彼此成为了对方的一部分。但是在解释二者关系时，也常常止于这种人员名单的交代，在南社社员名单中发现国粹派的记录，也在国粹派的名单中找到南社的痕迹。但是在这两个群体密切交集以至于最后渐行渐远的过程中，是什么使得群体之间亲密无间而最后又各行其是，那种阶段性的默契和最后群体各自独立的坚持，分别是如何造就的？既然本章意图寻找南社与国粹派之间的关系，不妨将视野放宽至二者的酝酿期，探讨国粹派形成之前《政艺通报》文人群体与前南社时代文人群体的关系。

对于国粹派的历史渊源可以追溯到《政艺通报》时期，在1905年国粹派的标志性刊物《国粹学报》创办之前，其主持者邓实、黄节[①]于1902年12月便在上海创办了《政艺通报》。该报有着改良派的政治期待，希望通过介绍西方的政治、科技、教育、文化等，促使中国的改革，以救时弊。邓实如此阐述《政艺通报》的创刊背景："二十世纪开幕之初，亚东大陆风云起灭，变幻百端，自庚子一役，惊破世人之迷梦，于是，朝廷翻然更张，锐意新法，海内贤杰，痛心时变，译书译报，社会飚起，西国之政法艺术其大端，亦稍稍输入于吾国矣，假令屈指十稔，继轨毋绝，风潮益盛，将日异月新，长足进步，于以凌欧驾美，湔耻挽强，耀我国旗于大地之上，则庚子一变，岂非我国再造独立之新纪元哉？本社创始，适丁斯会，参兹变故，未雨绸缪，哀黄民之多艰，思神州之早振。"[②]

《政艺通报》创刊在1900年庚子之乱之后，这个历史时间对于中国士人的整体心态转变来说又成为一个标志。此时中国对于西方"政艺"

① 邓实（1877—1951），字秋枚，别署枚子、野残、鸡鸣，风雨楼主，广东顺德人。1902年创办《政艺通报》。1905年发起成立国学保存会，刊行《国粹学报》，宣传排满革命。并出版《风雨楼丛书》和《古学会刊》。1908年参与南社筹划。黄节（1873—1935），原名晦闻，字玉昆，号纯熙，别署晦翁、佩文、黄史氏、蒹葭楼主等，广东顺德甘竹右滩人。与邓实一同创办《政艺通报》、《国粹学报》。1907年赞助于右任等创办《神州日报》。1908年参与筹划南社。1909年赴香港加入同盟会。1913年春加入南社。

② 邓实：《上海〈政艺通报〉社编辑政艺丛书缘起》，《光绪丁未（卅三年）政艺丛书》，沈云龙主编：《近代中国史料丛刊续编》第二十八辑，文海出版社1976年版，第3页。

的接纳程度已超过洋务运动时期对于“坚船利炮”层面的接纳状况，庚子之变让士人在对外问题的排拒与接纳上有了新的思考，义和团运动的狭义攘夷主义，只会让中国一味的排拒在世界的版图中越来越孤立，而西方的政治艺术恰恰可以带给中国一个更新自己的机会。邓实、黄节创办《政艺通报》的目的正在于此，就是通过刊物作为载体，将西方的文化输入闭塞的中国。“是时国家方丁庚子之变，念亡国之无日，惧栋榱之同压，于是皇然而有《政艺通报》之刊。”①

这份以介绍西方科技文化知识为大旨的刊物，在体例上体现了它的构想，刊物囊括了上谕全录，上篇：政学文编、政书通辑、内政通纪、外政通纪、政治图标；中篇：政史文编、皇朝外交政史、外国外交政史、中国文明新史、外国现世政史；下篇：艺学文篇、艺书通辑、艺事通纪、艺学图表。附录：风雨鸡声集②。刊物的附录“风雨鸡声集”发表的均是同人的诗歌作品，显示了这群文人的艺术宗旨。在“风雨鸡声集”发表作品并在日后加入南社的有高旭、高燮、黄节、陈去病、诸宗元、王无生、马叙伦、刘三、吴梅、谢无量、柳亚子、马君武。这一份名单足以说明在前南社时代文人群体的汇集已经在按照某种理路进行着，我们不妨从《政艺通报》这个诗人群体入手去了解汇集的过程。

一 《政艺通报》诗人群体及其创作

（一）《政艺通报》诗歌的过渡性

对于《政艺通报》附录中收录诗歌，编辑者是这样解释的：“《风雨鸡声集》载近人之诗歌有风人之谊者，以觇舆论之从违，以验时政之得失。”在诗集的开卷，邓实又作了一番阐发：“人之所以高于动植物者，贵有其精神也。精神何以自见？见之于文字。文字者，英雄志士之精神也，虽然文字之具有运动力，而能感觉人之脑筋，兴发人之志意者，唯有韵之文为易入焉。然则诗者，亦二十世纪学界鼓吹新思想之妙音也。呜呼，潇潇风雨，嘐嘐鸡鸣，曙光杲杲，天将开幕。当亦乱世诗人所想望不已者呼。秋枚”③

---

① 邓实：《第七年〈政艺通报〉题记》，《政艺通报》，第七年戊申第一号，1908 年 2 月 16 日出版。

② 《编辑例目》，邓实：《光绪丁未（卅三年）政艺丛书》，沈云龙主编：《近代中国史料丛刊续编》第二十八辑，文海出版社 1976 年版，第 4 页。

③ 邓实：《风雨鸡声集卷一》，《光绪丁未（卅三年）政艺丛书》，沈云龙主编：《近代中国史料丛刊续编》第二十八辑，文海出版社 1976 年版，第 1195 页。

在邓实的阐述中，我们读到了诗界革命派的影响，这个诗歌派别推崇的“以旧风格含新意境”的新学之诗。诗歌与维新派的政治步伐相配合，引纳了中国传统诗歌中未有之题材，未有之思想，梁启超提倡：“竭力输入欧洲之精神思想，以供来者诗料。”① 康有为也说：“新世瑰奇异境生，更搜欧亚造新声。”② 这样的诗歌主张配合了维新派的思想文化宣传，故而极为强调诗歌负载的社会功能。到1902年《政艺通报》创刊之时，距戊戌维新的失败已然四年，虽维新派政治影响力已在消退，但其诗歌主张的影响力却还在诗坛持续。《政艺通报》主持者邓实延续了这种“文字之具有运动力”的宣传观，认为“诗者，亦二十世纪学界鼓吹新思想之妙音也”。故而他也主张发掘诗歌的社会功能，强调其兴观群怨的价值，用诗歌来阐发新思想，这可以说是诗界革命派诗歌宗尚的一种嗣响。

但如果说《政艺通报》的诗歌仅仅步武诗界革命派，则无其自立面目，在《政艺通报》创立之初的1902—1903年，是反清的民族主义思潮酝酿的重要阶段，故《政艺通报》诗歌的特别价值，在于展现出这一时代的特征。1902—1903年的民族主义思潮，呈现出一种自改良到革命的过渡性面目，诗歌中固然已经萌蘖了民族主义情绪，开始清政府表达不满，但是这种民族观念仍然胶着于1900年庚子之变后那种对西方势力冲击下的本能反应，仍然混淆在一种民族危亡的时代体验感中，至于明确的以反清为目的的民族主义则尚未树立。

《政艺通报》的诗歌体现了这样一种过渡性，他们首先对于西方势力的入侵表示焦虑，并以此为基点思考中西冲突背景下的民族出路。邓方1896年的诗歌就曾为西方入侵的局势而焦虑：“江海波飞微云黑，天边兵火诸番国。虎旅戈船下水犀，龙堂宫阙唬金狄。迩来事又变中原，江花江水悲何极。”③ 诗歌中的“番国”指的就是在鸦片战争后陆续侵入中国的西方国家，一种民族危机感就在这种西方“兵火”的蔓延中紧张起来。邓实在1903年刊登的诗歌中这样写道：“凄凄春雁下江城，旅院孤灯百感

① 梁启超：《夏威夷游记》，《饮冰室合集》，中华书局1989年版。

② 康有为：《与菽园论诗兼寄任公、孺博、曼宣》，《万木草堂诗集》，上海人民出版社1996年版。

③ 秋门：《丙申穷腊予有沪江之行南海李生来过斋头置酒谈时事以远大相期走笔长篇志离合之感兼寓督励焉已》，邓实：《光绪丁未（卅三年）政艺丛书》，沈云龙主编：《近代中国史料丛刊续编》第二十八辑，文海出版社1976年版，第1214页。

并。魂断露香园外过，花慵头白话西兵。"[①]"西兵"指的也是西方国家的入侵，在一种诗歌营造的历史沧桑感中表露的还是一种面对列强入侵的紧张感。1907年刘季平写给邓实的诗歌可以说体现了对于邓实多年办刊努力的一种评价："高楼风雨感斯文，大雅扶轮赖有君。自拨寒灰拾信逸，中西底事苦纷纭。"[②] 邓实等兴办的刊物，有一种对于传统文化的坚守，恰如撩拨灰烬寻找民族文化的精髓，成为乱世中大雅不堕的扶轮之手。而"中西底事苦纷纭"一句，正说明了邓实所努力的方向，是在于沟通中西文化，一方面使得传统文化在西学冲击下坚守自我，一方面引纳西方先进文化作为国家发展的新动力。

基于这种中西文化的理解，我们也频繁在《鸡鸣风雨集》中读到对于中国睡狮梦醒，加入世界争霸风潮中的呼声。"我日祝汝之壮健兮，我独祝汝之康强。汝既占有四千年历史兮，发出无量数贤豪之古光。汝殆为天之骄儿兮，何不竞争于廿纪之战场。"[③] 高旭在另一首诗歌中也表达了这种渴望："尽教文明发达独让聪明俊秀黄炎种，不见乎，二十世纪亚东大陆革命风潮渐发动。"[④] 当诗歌提及"炎黄种族"的时候，并非一种反清革命意义上的种族主义，而是针对与中国相对的西方民族，诗歌的背景是"二十世纪亚东大陆"，所以"革命"呼声的还不是要求推翻满清，而是要求变革以屹立于世界民族之林。

在一首名叫《争存》的诗歌中，高旭将中西优劣的原因作了一番阐释："西儒贵进取，我独重保守。种祸日以棘，茕茕余在疚。生物有公例，万汇当迁就。最适宜者繁，不适宜者仆。物种能变异，即为天所佑。新式日以新，旧式日以旧。旧种不滋植，意者太鄙陋。一成而不变，斯义实大缪。终为新种灭，无道以自救。何生此原因，不善于造构。欲知争存理，盍视此内籀。"[⑤] 诗歌在对东西方的比较中寻找中国落后的原因，那就是西方人追求进取，中国人却崇尚保守。对于接受了达尔文进化观的文

---

① 秋枚：《申江偶兴》，邓实：《光绪丁未（卅三年）政艺丛书》，沈云龙主编：《近代中国史料丛刊续编》第二十八辑，文海出版社1976年版，第1199页。

② 季平：《简秋枚》，邓实：《光绪丁未（卅三年）政艺丛书》，沈云龙主编：《近代中国史料丛刊续编》第二十八辑，文海出版社1976年版，第3022页。

③ 高旭：《爱祖国歌》，邓实：《光绪丁未（卅三年）政艺丛书》，沈云龙主编：《近代中国史料丛刊续编》第二十八辑，文海出版社1976年版，第1210页。

④ 慧云：《我心忧我心乐》，邓实：《光绪丁未（卅三年）政艺丛书》，沈云龙主编：《近代中国史料丛刊续编》第二十八辑，文海出版社1976年版，第1196页。

⑤ 慧云：《争存》，邓实：《光绪丁未（卅三年）政艺丛书》，沈云龙主编：《近代中国史料丛刊续编》第二十八辑，文海出版社1976年版，第1204页。

人来说，中国的保守已经成为一种和西方的进化严重对立的状态，所以中国保国自救，必须打破固有的观念进行改革。这种种族进化的要求中，隐含着一种改革的呼声，这种呼声在界限模糊的1903年，很容易从改良主义游走为革命主义。

因为在《政艺通报》的诗人群中，一旦将民族的屈辱落后状况与清政府联系起来，那种种族主义就会和历史上的民族主义融为一体，而变成一种反清的精神。这似乎正是清末由改良到革命的一种理路，先是渴望政府的改良，但是一旦将西方加于中国的屈辱和政府的腐败无能联系起来，这种力量就变成反政府，而政府恰恰是一个异族，于是反西方就狭义地成为反满。

在《政艺通报》的诗歌中，我们读到了这些文人对于民族落后原因的追索，文人们开始思考清政府应该承担的责任，政府的专制让国家失去了变革的最后机会，清政府甚至成为了西方列强在中国的代言，这让民族危机进一步加深。艺亭《感时漫作》写道："欧洲天蔽亚洲天，美血非魂黯大千。专制朝廷成半主，神明民族失强权。外交手段匈牙利，特立精神麦立坚。门外虎狼门内狗，阿谁白发变青年。"[①] 西方是"虎狼"之邦，而清政府则是"门内狗"，这造成了中国的危局。因而各种直接的对于清政府的指控也出现在诗歌中："盲云蔽天白日微，群虎入室竞肆威。豺狼当道工媚虎，敢向同类争啖肥。……我欲祝汝从此大觉大悟，雷声一震靖九垓，莫使鼠辈笑汝威名之下无真才。"[②] 毫无疑问，当诗歌对于"豺狼"政府献媚于"虎狼"西邦的行为极尽讽刺的时候，对于西方的排斥开始和政府的腐败专制联系起来，对于清政府的反抗便在诗歌中呼之欲出了。

（二）民族主义的态度纠葛

这种由反西方列强到反清的民族主义理路似乎是顺理成章的，但是我们也不能忽略了1903年前后特殊背景下民族主义概念的模糊性。且看《忧群》一诗：

> 欧美大改革，所赖实政党。支那今何如，尚在幼稚时。政党始芽蘖，何堪摧折之。而况党中人，攻击日以滋。入主而为奴，言论卮复卮。所言亦有公，其心则已私。匈奴尚未灭，男儿何为家。而乃自树

---

① 艺亭：《感时漫作》，邓实：《光绪丁未（卅三年）政艺丛书》，沈云龙主编：《近代中国史料丛刊续编》第二十八辑，文海出版社1976年版，第1207页。

② 慈石：《醒狮歌祝今年以后之中国也》，邓实：《光绪丁未（卅三年）政艺丛书》，沈云龙主编：《近代中国史料丛刊续编》第二十八辑，文海出版社1976年版，第1198页。

敌，痛哉祖国危。[①]

在这首诗歌里我们似乎读到了南社的先声，那种踏平“匈奴”的壮志，是我们最为熟悉的南社诗歌旋律。但是在《政艺通报》的诗歌中，“匈奴”一词仍然是和西方国家联系在一起的。在对于西方危机的言说中，虽然有对于清政府的不满，但是如果此时将这种对于匈奴的痛斥，归为一种确切的反清言论，则值得商榷。在1903年的《政艺通报》文人群中，这种民族主义概念常常也是模糊的，仍然带着一种中西势力对决的影子。

在这个特殊时期，对于“反西方”和“反清政府”的侧重问题，成为文人群体中需要辨明的一个概念。在高燮与邓实的通信中我们发现了这种争执。

邓实在写给高燮的信中提到了民族主义的概念问题，这封信刊发在高燮主编的1904年的《觉民》杂志上：“盖今日救国存种之策，舍民族主义竟无从下手，惟此乃有一线生机耳。顾仆之私心，则以为在有实力而不在空言。且自以为尊贵，而此外则皆目之为夷狄，日日肆其漫骂，亦非世界公理。盖日日夷狄贱种骂人，亦适自形其野蛮也。故文明之民族主义，自爱其同种，而异族之与吾无侵犯者，我亦视为朋友，以讲外交之谊，惟其苟有侵夺我一丝之权利，则不惜粉身碎骨以争之。吾固之弊，在口则声声目凡为外种者皆为夷狄，而力则不足以胜之。观宋明之季，士大夫持攘夷之说，岂不甚烈，而卒而救宋明之亡者，是可叹也。今人之持民族主义，在守之太狭，凡欧美之人，一概目为夷狄，故以欧美极良之政法，亦以为夷狄之政法而拒绝之。极其弊，必至于守旧。夫使其旧足以敌欧美，犹可言也，而其旧又必不足以相敌，知其不敌而必欲守之，以至于败亡，及其终局，则惟有尽节之一策，而吾种卒无救也。仆则以为莫若法日本矣，日本于欧美之政法，莫不事事师之，而种族之界则持之必坚，故其于外种，有亲爱之为朋友而与之结盟者，有视之为仇敌而与之开战者，并非一概抹杀，以为夷狄不可与通好也。吾国则视凡为异种者，皆属敌国，而己则孤立无助，夫当今之世，岂有无攻守同盟之国而可以以一敌人者乎。故仆以为今日宜守文明国之民族主义，而不宜守吾旧日之攘夷主义也。”[②]邓实看到了当时所谓的民族主义宣传中的一个问题，就是对于中国以外的

① 剑公：《忧群》，邓实：《光绪丁未（卅三年）政艺丛书》，第1211页，沈云龙主编：《近代中国史料丛刊续编》第二十八辑，文海出版社1976年版，第1211页。

② 《邓秋枚原书》，高铦、高锌、谷文娟整理：《觉民月刊整理重排本》，社科文献出版社1996年版，第216页。

一切国家均以“夷狄”目之而痛加文字讨伐。他认为民族主义固然是当下最为贴切的救国口号，但是对于西方国家都冠以夷狄而加以无区别的排斥，则连西方的先进之处也割舍了，并不是民族主义的正途。中国落后于人才更应有学于人，日本就是一个很好的榜样，既坚持自己民族的传统，又能很好地师夷长技，取法西方。

对于邓实的提议，高燮如此回复：“然而胡虏入主已累数朝，而举国安然不以为耻者，则由于自来上等社会每误于教忠之言，而下等社会则并不知主其国者为何种人。今人之持攘夷主义者，盖欲发明其凡为夷者之皆当攘，以保存其国粹，以刺激其人心，且亦稍掩虏廷仇视民族之目而已。但鄙人谓必先以一语为其主脑者，则攘夷之下手当由内界以及外界是也。”① 高燮显然认为邓实的说法过于理想主义，那种加以区别的攘夷主义只存在于士大夫的幻想中。中国的现状是清朝统治多年，他们的文禁政策已经造成国民对于种族主义的漠然，特别是普通民众更不辨国之华夷。当下要保种救国，必须刺激民众对于华夷概念的态度，这个时候激烈的攘夷主义才能奏效，让民众心存“凡为夷者之皆当攘”，自己才会葆有鲜明的民族身份感，才会产生强烈的革命精神。

这一段争论，展示了当时知识界在民族主义宣传上的态度纠葛，都知道民族主义为救国之路，但是有着沟通中西文化理想的邓实，他赞成一种有区别的攘夷，对于西方科技文化应引纳其菁华，这仍然是师夷长技的理路；而高燮则从攘夷的概念滋生出强烈的反清目标，对于那种举世昏昏不辨华夷的状态，他赞成一种无区别的攘夷，以达到一种对于同胞最直接的刺激，并且能混淆清政府的视听而形成保护。所谓的“由内界以及外界”则是将反清置于攘夷的先要地位，而邓实的攘夷则指的还是西方。这一段争论揭示了当时在民族主义问题上的概念模糊，在从反西方到反清问题上，文人们尚未找寻到一个焦点。

（三）民族主义概念的聚焦

1903 年的过渡意义使得诗歌也常常有着一种概念模糊的民族主义，让我们在阅读时不能轻易将之贴上反清的标签。但是过渡性就意味着它终究是在变化着的，在 1903 年《风雨鸡鸣集》的第二集中，我们读到一种开始坚挺起来的民族主义。《政艺通报》的诗歌中出现的一些特定类型的作品引起我们的关注，其中包括对于岳飞以及明末遗民的歌咏。《政艺通

① 高燮：《答邓秋枚书》，高铦、高锌、谷文娟整理：《觉民月刊整理重排本》，社科文献出版社 1996 年版，第 215 页。

报》上的诗歌已经开启了用咏史的方式表达当下反清意图的传统。

黄晦闻咏岳飞的诗歌，表达了一种对于传统意义上“夷”概念的指向：“桧柏风前立马悲，中原重到拜公祠。早知宋室终降虏，应为苍生一驻师。甚惜忠君遗爱国，几经皇汉帝诸夷。两河父老今犹痛，忍向神丛读旧碑。”[①] 在对于宋朝历史的回溯中，黄节表达了一种在忠诚于皇权与坚守民族大义之间选择的大胆态度，他指责了岳飞当年因为忠君接受了班师回朝的命令，以至于没有坚持抗金。虽然黄节将“几经皇汉帝诸夷”这样汉族被异族统治的命运都归结于岳飞的一念之差，似乎过于苛责，但是他也传达了这样的态度，民族主义是需要被维护的最高利益，皇权比之而言是无足轻重的，所谓的“应为苍生一驻师”。

署名剑客的作者在咏岳飞时写道：“惶惶中国史，英雄可指数。我于群贤中，独敬慕岳父。父志却北狄，我愿逐索虏。驾舟来谒墓，一揖将身俯，嗟痛中原土，扰攘将无主。丑孽肆虐酷，蹂躏同胞苦。我愿继父志，无负我黄祖。”[②] 这篇诗歌将岳飞奉为一个时代偶像，岳飞当年有“却北狄”之志，现在的诗人愿意继承这种精神，以“逐索虏”。这种精神通过推崇汉族始祖“黄祖”，贯彻在民族主义的历史线索里。当岳飞这种具有历史显性意义的民族英雄成为诗歌反复出现的主题时，已经成为《政艺通报》诗歌群体开始萌蘖反满思想的一个标识。剑客该诗题目为《癸卯三月再谒岳王墓时与桂林马君武会稽马君浮偕》，与他一同拜谒岳王墓的还有马君武、马一浮，他们也是《政艺通报》诗歌群体的一员。这正是说明这个群体在思想和行动上渐趋一致。

《政艺通报》在1903年第二卷中有《飞霞洞有感联咏》一诗，更为集中体现了这个群体的面貌。诗人们在温州的飞霞洞雅集，这里为地方名胜，传为刘伶入天台从此踏霞而进洞，注曰：“飞霞洞在温州府城，相传为刘伶入天台从此踏霞而进洞，颇幽邃，筑楼三层，自上而下有老树长十余丈，根入洞底而杪出洞外，大数围，壁建其上，传系唐时。至今树杪犹发青叶。温州一佳景也。”这次雅集诗人们留下了一首联句长诗，参与的诗人有：醒狂、寿黄、飞尘、慧尘、愤斋、秋士、剑杰、紫箫、梦尘、也法、变尘、也佛。诗歌先是记录了飞霞洞的奇观，但这次寻奇探幽的活动

---

① 晦闻：《重谒岳王庙》，邓实：《光绪丁未（卅三年）政艺丛书》，沈云龙主编：《近代中国史料丛刊续编》第二十八辑，文海出版社1976年版，第1216页。

② 剑客：《癸卯三月再谒岳王墓时与桂林马君武会稽马君浮偕》，邓实：《光绪丁未（卅三年）政艺丛书》，沈云龙主编：《近代中国史料丛刊续编》第二十八辑，文海出版社1976年版，第1212页。

最后在诗歌中演变为一种关于国家积弱的讨论："何尝不可为国光（也佛），可怜东晋多柔弱，遂使胡羯逞强梁（秋士）。我原奇祸何至此，刘伶之辈实其倡（变尘），於乎於乎今何如（寿黄）？大势犹如虎搏羊（飞尘）。一朝败丧国种亡，中原驼棘岂胜伤（梦尘）。从今不说瞿昙法（也法），救民虽死亦甘心（剑杰）。"[①] 刘伶为魏晋竹林七贤之一，而此时的魏晋风度不是文人们追摩的对象，而成为一种具有影射意义的历史批判。那种对于魏晋历史的回溯，充满了对于当下满清入主的影射，对于魏晋士大夫清谈误国的忧愤，也呈现了当下救民危亡的承担感。参与联句的诗人大部分是当时《政艺通报》诗歌群体的同人，可见当时群体间对于救亡意识的认同。

在《鸡鸣风雨集》第二集的诗歌中还出现了这样的诗句："剑拔寒光起，大啸斩蛮酋。志士不畏死，朝朝练铁头。练得刚且劲，惊天事可为。"[②] 这首诗歌中我们读到了日后南社诗歌中屡见不鲜的志士高蹈赴死的激扬精神，当这种精神在《政艺通报》的诗歌中初现端倪时，似乎也意味着《政艺通报》诗歌在渐渐摆脱其过渡性而趋向于树立一种更为直接的民族主义面目，它和此前基于西方势力的冲突建立的民族主义不同，开始变成对有着夷狄身份的政府的抗拒。一旦情况明朗，这个群体对于具有反清倾向的文人就更具号召力了，于是便有几年后1905年《国粹学报》的成立，这正是《政艺通报》同人思想转换的一个结果。

此外，在1903年第二卷诗歌中出现了章太炎的作品。包括《狱中赠邹容》、《狱中闻沈禹希见杀》、《狱中闻湘人某被捕有感》。1903年《苏报》案起，章太炎及邹容因反清言论被捕，这些诗歌是章太炎因《苏报》案入狱后的作品。章太炎传递出的是一种不畏死的气魄，诸如"临命须掺手，乾坤只两头"，"中阴当待我，南北几新坟"，"藉君好颈子，来者一停鞭"[③]。这些诗歌在《鸡鸣风雨集》中显得很振奋。此前的诗歌都是一种文字的抗争，此时来自章太炎的作品显示出更果毅的行动力。这些诗歌明白无误地反映了章太炎作为一个标志性人物在1903年与清政府的对

① 《飞霞洞有感联咏》，邓实：《光绪丁未（卅三年）政艺丛书》，沈云龙主编：《近代中国史料丛刊续编》第二十八辑，文海出版社1976年版，第1218页。

② 剑客：《壬寅夏将往沪留别王旋孙学弟》，邓实：《光绪丁未（卅三年）政艺丛书》，沈云龙主编：《近代中国史料丛刊续编》第二十八辑，文海出版社1976年版，第1213页。

③ 邓实：《光绪丁未（卅三年）政艺丛书》，沈云龙主编：《近代中国史料丛刊续编》第二十八辑，文海出版社1976年版，第1224页。

抗。这些诗歌进入《政艺通报》的诗歌专栏，也意味着这个群体在反清思想上已经迈进了一步。

二 前南社时代高氏家族在沪上的兴起与《政艺通报》诗群

在《政艺通报》癸卯年的诗人群体中，署名剑公、慈石的诗作引起我们的注意，如果熟知南社诗人便能知道，这是高旭、高燮的字。早在1903年，距离南社成立尚有六年，此时的高氏叔侄与《政艺通报》文人群体的交接恰可观察南社群体酝酿的一个过程。

（一）《觉民》杂志与高氏家族

金山高氏家族包括女眷在内共有十名南社成员：高燮、高旭、高增、高圭、高杏、姚光、王粲君、顾保瑢、何亚希、林棠[1]。在这个家族群体中，高旭为南社的最早发起人之一，姚光曾经在南社后期董理南社事务，高燮曾被视为南社的精神领袖，此家族可以说与南社关系甚巨。金山高氏在当地是文化家族，其广泛联姻也使得这个家族在江浙地区形成了一个庞大的家族网络。这个家族以科举为文化的支撑，以经济和文化实力在地方上持续其影响力。其家族的清末教育仍然延续了家塾这样的形式，学员多为家族子弟，塾师也多为家族中或是地方上的饱学之士，这使得高氏家族在清末保存了文化家族自相师友的品格。高氏兄弟在青年时代，因为家族教育的关系形成了一个师友群落。高氏家族家塾本以科举作为培养指归，然清末的时局使得家族受学子弟和当时的热血青年一样，在暗中酝酿着种族主义情绪，以及反清攘夷的共同信念，这种思想也使得金山高氏成为了清末江南反清的一个重要文字策源地。

高燮（1878—1958）和高旭（1877—1925）按行辈为叔侄，事实上作为叔叔的高燮比高旭还要小一岁，相近的年龄让他们有相似的经历。他们在私塾学习时便具有了朦胧的反清意识，到了1903年，他们便开始创办《觉民》杂志。《觉民》创立于1903年11月，停刊于1904年8月，共出十期，栏目包括论说、哲理、教育、历史、军事、学说、演说、政法、青年思潮、传记、卫生、婚制、尺素、谈丛、小说、时局、时事、时评、杂录、杂俎。事实上这份杂志既是出于高氏家族的创办经营，其主要撰稿者也是高燮、高旭、高增（1881—1943），其中高增是高旭的弟弟，可以说这份刊物具有某种家族性质。这份杂志很能反映高氏家族反清思想

① 高燮为高旭从父，高增为高旭的弟弟，高圭为高旭从弟，高杏为高旭从妹，姚光为高燮外甥，王粲君为姚光之妻，顾保瑢为高燮之妻，何亚希为高旭之妻，林棠为高杏之夫。

形成的理路，更可以看出高氏家族怎样通过这份地方性甚或可以说是家族性的刊物，来回应当时的社会风潮的。

在高氏叔侄创办《觉民》杂志的过程中，我们可以找到日后南社“文字革命”思想的体现。1903 年前后当民族主义的反清思想逐渐兴起时，文人革命的方式成为一种值得探讨的问题，各种零星的起义虽在进行，但是对于文人而言，最有效的参与方式仍然莫过于文字上的鼓吹。对于为何要采用编撰杂志这种方式，在一份高燮与当时《政艺通报》的主编邓实的信函中，可以找到答案。

邓实致书高燮，提出救国存种在有实力而不在空言的观点：“盖今日救国存种之策，舍民族主义竟无从下手，惟此乃有一线生机而。顾仆之私心，则以为在有实力而不在空言。”[①] 高燮借此提出了自己对于语言文字所具有的社会影响力的看法：“吾辈之所谓实力，亦不过空言而已，鄙人尝谓欲运动上等社会，在办报，欲运动下等社会，在演说。办报与演说，一则达之以笔，一则达之以口，要之皆空言也，然若能民智因之日开，社会精神因之勃发，则我中国但须有少数之实行家奋起于前，得多数之文字家、议论家为之赞成于后，便事半而功倍矣。夫如是，则今日之空言即为将来实事之所倚，其力莫大焉。故文字之力亦力也，议论之力亦力也，岂必以腕力而始为力哉。”[②]

在以上的对话中，高、邓二人对于变革的方向没有分歧，但是在变革的具体途径上侧重有所不同，彼时邓氏“西学为用”的观点尚存，故而其《政艺通报》多有介绍西方文明的内容，他希望以学习西方创造出中国的“实力”来。但是高燮则对于鼓动变革非常热衷，强调语言文字对于思想界的影响。这也道出其办刊缘由，对于民智尚且蒙昧的中国，文字的警醒是社会所亟需的，故而文字家、议论家的功用不可小觑，这是可以鼓动思想为之一振的力量，是可以改变中国面貌的力量。

在高氏主持的《觉民》上曾经刊发过一篇名为《阅报之有益》的文章，对报刊的社会影响作了系统的阐释：

> 热心志士悄然忧焉，以为民智未开，故声气隔膜，乃创设报馆输新学新理，以开民智。

---

① 《邓秋枚原书》，高铦、高锌、谷文娟整理：《觉民月刊整理重排本》，社会科学文献出版社 1996 年版，第 216 页。

② 《答邓秋枚书》，高铦、高锌、谷文娟整理：《觉民月刊整理重排本》，社会科学文献出版社 1996 年版，第 215 页。

乃见于典籍者，则奉之为玉律金科，采自欧西者，则叱之为妖言惑众，夫以侃侃之论，警醒世人者，乌得谓之妖言？以内国之政策，外人之动静，布告世人者，乌得谓之惑众？不察事理之是非，而胶守是古非今之见，是何泥古不化之甚耶！

顾在古昔，则明诗书已足，而在今日，则非研究新学新理不为功。新书汗牛充栋，莫知适从。学理浅者，又往往不能卒读。则莫若多阅报纸，见闻既广，智识既开，事理既富，而后研究新学，洞若观火。是报者，又为新学之母也。夫报既能通上下之隐情，传内地之动静，使世界大势，伏处山麓者瞭如指掌，又能为研究新学之母。其为用如是之大，而又目为妖言惑众，是何心肝，是何肺腑？①

这段话总结了报刊的时代意义，且为自己的杂志正名。在民智未开的时代，文人革命的途径之一便是启迪民智，虽然这段话仍旧带有一些维新派的影子，但是这种匹夫有责的承担感造就了一种文人革命的热情。在南社明确提出文字革命之前，高氏的办刊努力其实已经在实践这样的宗旨。

在与官方言论的辩难中，对于“妖言惑众”的责难，高氏言之凿凿，因为《觉民》创刊的1903年，江南地区正经历了《苏报》案。当时清廷对于报界多有打压，“妖言惑众”便是罪名之一。革命者自然不会放弃报界的阵地，而对于清廷的说法，则必须有所辩白，《觉民》这一段说辞正可作为解释。《觉民》创刊于《苏报》案发生的1903年，这使得高氏家族参与到苏报案前后江南地区渐渐高涨的反清活动中，并且他们已经不仅局囿于家族内部的反清思想酝酿，而与江南逐渐兴起的反清群体汇合。

高氏家族用办刊的方式参与当时的社会风潮，作为一种家族行为，展示出这个家族从私塾同学四五人的切磋交流所酝酿的反清攘夷思想，已经发展为一种实际的革命活动，并且也将家族的影响力扩展至反清的中心上海，并且通过《觉民》杂志与当时的沪上反清群体建立了交游与互动，渐渐成为反清力量的中坚。这种行动的产生，其原始动力还是来自高氏家族秉有的士人责任，正如《觉民》发刊词所说“顾救国之责任，我与诸君共之”②。

① 高铦、高锌、谷文娟整理：《觉民月刊整理重排本》，社会科学文献出版社1996年版，第9页。

② 《觉民发刊词》，高铦、高锌、谷文娟整理：《觉民月刊整理重排本》，社会科学文献出版社1996年版，第7页。

相较于《政艺通报》，《觉民》杂志的反清态度就激烈得多。正如邓实在信函中所说的那样“日日夷狄贱种骂人”，《觉民》杂志的诗歌中的反清言辞确乎相对而言已经是非常激烈。试看：“雄心任难住，怒目吞匈奴。中原冠带邦，不许腥膻污。登高唤种魂，浩气满寰宇。伤心亡国苦，安用此头颅。匣里龙泉飞，催我杀强胡。”① 这样的诗歌，已经不能说是含蓄蕴藉了，匈奴、中原、腥膻、强胡这样的词汇提醒我们，诗歌要传达的正是一种明确的反清主义。

再看署名自新之诗：“我生之初国已死，中原莽荡胡尘里。伤心遗孑久颠坠，故国山河竟自碎。易我衣裳杂毡酪，三百年来天亦碎。神祖羞蒙完颜号，妖神却入汉家庙。淳维跋扈弩尔骄，神灵掩泣魑魅啸。中原久作砧上肉，楚人弓与秦人鹿。无端烽火忽西来，让与群雄大猎较。长蛇猛虎疾如雷，共上中华大舞台。英法欢呼括囊去，德俄腾赶操刀来。髡屯如牛纵肥腯，异族无堪屡分割。一割之时已无肌，再割之时已无骨。呜呼，民气如霜见日消，国魂似草逐秋凋。一朝冥冥归长夜，万古沉沉不复朝。我生到此心已绝，痛语同胞四百亿，唤将黄帝魂归来，抱住坤维不许裂。三尺青萍百炼锋，空中一掷化长虹。报仇不觉毛发竖，断头试看铁血红。脱却毛毡遂初服，重与同胞共一哭。从须破坏旧金瓯，好教建设新棋局。”② 这首诗歌的叙述，从满清入主中原开始，“我生之初国已死”，首先便否认了那个已经占据中原二百余年的清政府，当提及“英法欢呼括囊去，德俄腾赶操刀来”，所有的责任都归咎于政府软弱的一割再割。当言及“唤将黄帝魂归来”，这种熟悉的呼唤国魂的言说，成为这一时期开始的反满共同话语。“脱却毛毡遂初服”，已经说明了这些文人最终的目标就是反清。

在《觉民》的诗歌中，《政艺通报》中那种带有些许概念纠葛的作品减少了，反满话语明晰并且激烈起来，如果说《政艺通报》的诗歌作为附录，在那些介绍西方政治科技文化的文章之后，显示出一种渐变的，具有改良到革命思想过渡的特征的话，《觉民》作为一份旨在反满的杂志，他的政论、史论、小说乃至诗歌都具有非常清晰的反清面目。他的激进性本身就是一种特征，让他和《苏报》一起成为 1903 年沪上激进反清刊物的一部分。

---

① 独人：《书愤》，高铦、高锌、谷文娟整理：《觉民月刊整理重排本》，社会科学文献出版社 1996 年版，第 78 页。

② 自新：《与梁兰生夜话作此书愤》，高铦、高锌、谷文娟整理：《觉民月刊整理重排本》，社会科学文献出版社 1996 年版，第 77 页。

（二）高氏家族与《政艺通报》同人的交往

态度激烈或者平和，并不妨碍这些具有反清倾向的文人之间交往密切，如前所述，高燮、高旭是《政艺通报》诗歌的重要作者，在1903年的《风雨鸡鸣集》中刊发了大量诗歌，且诗歌呈现出的激进态度也是较为突出的。当高氏创办了《觉民》杂志后，《政艺通报》同人也就自然成为其稿件的提供者，邓实、黄节、刘师培、马一浮、马君武等都为《觉民》提供了诗文。虽然这份家族杂志的主要撰稿者是高氏叔侄，但是这些来自《政艺通报》同人的诗歌稿件支持，使得《觉民》与沪上的反清群体有了交集。

在《觉民》杂志的诗歌中，《政艺通报》同人也进行了一些关于民族主义的主题表达，黄节在《题桃花扇传奇》中，借明末史事做文章："国仇不报还争党，种族宁亡独撤兵。"[①] 明末的史事在清末的文人眼里，别有深意，特别是演说兴亡之事的《桃花扇传奇》，往往引动文人悲怀，黄节写作此诗时"登珠江啸海楼独酌，大醉，夕阳隔江，胡笳四起，东望风云，顷刻百变，读放翁句如此江山坐付人，泪涔涔下矣"。明末的党争给了清兵可乘之机，"种族宁亡独撤兵"，真是将江山坐付于人。黄节再次展现了他在皇权与民族主义之间的取舍态度。马君武则再次歌咏了岳飞："君臣昏聩河山耻，父老遮留将士哗。正气销亡休更问，黄龙今日属谁家。"[②] 对于南宋政府的昏聩，诗人再次予以挞伐，但这种文字背后的影射，谁都清楚是在贬斥清政府的腐败。诗人对于"正气消亡"的陈述，像是遗憾，更像是期待，呼唤一种民族主义精神的复兴。对于《觉民》和《政艺通报》来说，民族主义逐渐成为二者的共同主题。这也是使得群体亲近的理由。

在文字往来中，高氏与《政艺通报》同人建立了密切的交谊。高燮对于邓实的评价很高，在诗歌中称邓实为契友，可见这一时期高氏与国粹诸子观念的融会："文字有功争宪法，江湖求友契心知。"并且高燮对于邓实振起诗界颓靡有很高的期待："诗界榛芜不可论，里哇嘈杂听殊喧。而今大雅无遗响，端赖男儿返国魂。"[③] 后来成为国粹派领导者的邓实曾

① 晦闻：《题桃花扇传奇》，高铦、高锌、谷文娟整理：《觉民月刊整理重排本》，社会科学文献出版社1996年版，第184页。

② 君武：《杭州拜岳武穆庙》，高铦、高锌、谷文娟整理：《觉民月刊整理重排本》，社会科学文献出版社1996年版，第240页。

③ 《简邓秋枚》，高铦、高锌、谷文娟编：《高燮集》，中国人民大学出版社1999年版，第447页。

在1904年左右编辑有《黄血丛书》，这是以激动种性为指归的丛书，高旭对此也有着很高评价，诗歌发表在1904年5月的《政艺通报》和《警钟日报》上："吾道艰难一发存，犬羊未许枉称尊。收罗黄血三千斛，手浴平民未死魂。"① 诗歌称赞的就是邓实对汉族文献的整理工作，这对于反清有着唤醒民众"未死魂"的作用。

高氏与国粹派另一重要人物黄节也多有交往，他曾有一首伤春诗赠给黄节，诗歌没有当时那种剑拔弩张的惯常样态，倒是有了伤春悲秋的诗意，这也是热衷诗歌的黄节和高燮之间的某种交流，姑录存之：

> 岁岁伤春例有诗，朝来一雨涨深池。但看风物都无赖，已觉情怀异昔时。旧事易迁芳草梦，新愁常系绿杨诗。落红最是难安顿，片片多随流水宜。②

在《政艺通报》同人以及高氏叔侄思想转变过程中，章太炎可谓曾作"导师"。章太炎的文章和言论成为当时促使反满思想迅速升华的一味药引子。对于革命派而言，章炳麟的学术和思想有着精神领袖的意味。高旭是章氏学说的追随者，他在诗中这样描写阅读章氏作品的感受："豪杰不可睹，夸士莽纵横。岳岳章夫子，正义不可倾，种祸日益棘，忧患曷有程，蚩尤幻作雾，天地谁肃清？当头一棒喝，如发霹雳声。保皇正龙头，顿使吃一惊。从此大汉土，日月重光明。"③ 这首题为《题太炎先生〈驳康氏政见〉（癸卯十月）》的诗是高旭对已经下狱的章太炎的某种声援，其"大汉""重光明"的诗句，表明此时的高旭已经与章太炎倡导的种族主义达成了一致，高旭还在诗歌中将章太炎置于他自己列出的一个谱系中："仗义逐胡虏，正义壮山川。我拜王而农，《黄书》至今传。我拜岳武穆，我拜洪秀全，我拜文文山，谓此皆豪贤。我拜章炳麟，道统一脉延。"④ 诗歌所谓的道统已经远非儒学范畴的意义，而是用其民族主义的眼光勾勒出来的，从岳飞到王船山，再到章炳麟，这是宋明之后承担着光

① 《邓秋枚君近有〈黄血丛书〉之辑，诗以促之》，郭长海、金菊贞：《高旭集》，社会科学文献出版社2003年版，第360页。

② 《伤春次黄晦闻韵》，高铦、高锌、谷文娟编：《高燮集》，中国人民大学出版社1999年版，第453页。

③ 《题章太炎近著》，郭长海、金菊贞《高旭集》，社会科学文献出版社2003年版，第33—34页。

④ 同上书，第34页。

复种族大任的新道统谱系。

当高氏与《政艺通报》同人交游日密的时候，南社创始人的其他二位陈去病、柳亚子虽然已经参与了沪上的反清活动，在爱国学社的活动中表现得很积极，但是与《政艺通报》群体的关系似乎还没有牢固地建立。在1903年的《风雨鸡鸣》集中尚未出现陈、柳的笔迹。但是陈、柳的激烈活动显然在逐渐萌生反清思想的群体中具有了影响力。虽然高旭与陈去病、柳亚子尚未谋面，但他或许已经关注到他们的相关活动。在《觉民》杂志的第五期，刊发了署名伏魔的作者写的《题陆沉丛书》一诗，“神州蟠虎狼，黄炎斩其祀。谁为卖国贼，用陷深坑里。侠哉观政黄，豪哉史阁部。扬刀杀蛮狗，鬼雄当为厉。哀哀危厦倾，棘门军如戏。妖魔恣吞噬，血流成恨水。夫差尔勿忘，大叫轰然起。”①《陆沉丛书》正是陈去病编辑的反清文献，《觉民》中的这首诗歌至少证明了高氏叔侄知晓了陈去病的这部著作。反清群体就在这种文字交流中逐渐走向更深的契合。

三 文人的转身

《政艺通报》群体的反清思想随着晚清的一系列事件而发酵。其中一个重要事件就是科举。科举本来是一种社会身份流动的方式，士人可以通过这个手段进入社会的上层。但是伴随着对于清政府不满的加剧，这一人才选拔手段也越来越受到质疑，清政府也在尝试调整这种选拔手段，于是不得不在1905年宣布废除科举考试。这是晚清政府自我更新努力的一部分，但是今天再来观察这个事件的社会意义，却远远超出清政府的设想，这个制度的废除甚或影响到了整个社会结构的解体。当文人在这个制度面前表现出失望、厌弃、不配合时，背后对于这个社会的解构力量是惊人的。

马叙伦曾这样记载邓实在1903年的经历：“余之主撰《新世界学报》也，邻有顺德邓秋枚实所治之《政艺通报》。然初不相往还，及学报中废，而秋枚时尚为科举之业，欲赴开封应顺天乡试……乃徵余为代，既而乃有《国粹学报》之组织。其始仅秋枚与余及黄晦闻节陈佩忍去病数人任其事，实阴谋借此亦激动排满革命之思潮。其后刘申叔、章太炎皆加入焉。”②

---

① 伏魔：《题陆沉丛书》，高铦、高锌、谷文娟整理：《觉民月刊整理重排本》，社会科学文献出版社1996年版，第79页。

② 马叙伦：《石屋馀沈》，建文书店1948年版，第10页。

邓实参加的是1903年9月在开封举行的癸卯乡试，未中而返，此后便逐渐有了排满意识，并着手创刊《国粹学报》。在马叙伦的叙述中，将邓实的思想转变和科举失败联系在一起。虽然没有证据表明，邓的思想转变完全是科举失败造成的，但这种时间契机至少说明这一转变与科举失败有着重要联系。因为对于一个还热衷于科举的人来说，很难决绝地去反抗政府。但是科举的失败，恰能提供一种情感和现实上与清政府决裂的可能。据郑师渠考证，邓实反清思想的萌发正是在1903—1904年之间[①]，这与我们在《政艺通报》副刊《风雨鸡鸣集》中看到的思想转变理路是一致的。

和邓实经历相似的人物还有刘师培，据刘师培年谱所载："1903年春赴河南开封会试。""5月8日（旧历四月十二日）会试发榜，未中"。在其生平记载中也有关于这次科举失败与他转向革命的关联交代："刘君初名师培，前九年癸卯至上海，与章太炎、蔡孑民诸先生相识，主张攘除清廷，光复汉族，遂更名光汉。(钱玄同：刘申叔先生遗书总目，遗书，第一册)""赴京会试，归途，滞上海，晤章君炳麟及其他爱国学社诸同志，遂赞成革命。(蔡元培：刘申叔事略，遗书，第一册)"或可以推测，少年得志的刘师培在科举失败后的愤恨，他当时的心情在诗歌中有所记录："如此风尘行路难，中年哀乐苦无端。江山寂寥怪无语，独立神州袖手看。"（其一）"净心应证菩提树，浩劫常离生灭门。岁月堂堂生灭门，廿年尘梦与谁论。"（其二）[②] 这两首诗歌后来也发表于《觉民》杂志，这段心曲是刘师培思想的重要记载。怀着科举失败激发出的对时局的不满，当他在上海遇上鼓吹革命的章太炎、蔡元培后，成为反清文人的一员就很自然了。

邓、刘被科举冷落，而这一时期更多的是文人有选择地对于科举的冷落。这一时期的诗文中留下了很多文人嘲笑科举的片段，这个时期，已经有一些文人开始主动放弃科举，这种放弃固然与文人越来越多样化的治生方式相关，另一方面，这种放弃也表明了文人对于厌弃的清政府的不合作，这一点可以在高氏叔侄身上得到证明。

从文化家族的发展脉络而言，高氏家族曾经按着既有的路线前行，从高氏子弟的就学、交游，包括联姻都具有传统文化家族的特点。然而清末的时局和新兴的思潮使得这些家族中的后进有了一种特立挺出的发展倾

① 见郑师渠《晚晴国粹派——文化思想研究》，北京师范大学出版社1997年版，第10页。
② 本段资料引自陈奇《刘师培年谱长编》，贵州人民出版社2007年版，第38—40页。

向。最突出的一点就是他们公开表示与科举的决裂，1894年，高煌应江南试中举，但是，也在这一年，高燮等私塾弟子们“厌恶八股文，愤慨之下取书塾内八股角艺之书而焚之，塾师大骇。为文不就法度，视举世之学无足当意”①。考虑到1894年这一年的特殊性，甲午海战对当时中国尤其是青年的震撼还是颇大的。而对于一个文化家族而言，子弟们公开对于科举的不屑，意味着这个家族传统的文化延续方式受到了挑战，这在清末也是一个普遍的现象。这种厌斥科举倾向革命的思想早在高氏叔侄私塾求学时代便有酝酿。

高燮曾这样回忆他的读书时代：“忆乙未丙申之际，余年十八九，读于家塾。时同学四五人，类皆志气奋发，不可一世。”② 当时的同学除了高燮、高旭，还有顾镜渊、张仲传、何卧帆、冯镜清。顾镜渊就是其中一任塾师顾莲芳的弟弟、何卧帆是高燮的伯氏姊子，冯镜清是何卧帆的妻兄，也是高燮的中表戚。这些学友之间存在多多少少的姻亲关系。这个同学圈子正是这些家族后进酝酿反清思想的环境。其中顾镜渊与高燮、高旭关系最契，惜其早死，高旭等将其诗文编为《漱铁和尚遗诗》，诗中已经萌生了朦胧的民族主义思想，可以看出高氏等人在学生时代的思想演进。

如果愿意，在南社社员的诗文中还可以找到更多相关的例子，这记录了那些被科举淘汰或是自我放弃科举的人如何走上革命道路的。在此引向的不是对于科举制度的深层次批判，而是试图寻找这个制度临近解体前，对于文人群体的社会化影响。在科场的铩羽而归和主动放弃科考，似乎在这些文人彻底变革的决心背后又用力推了一把。

第三节　前南社时代的国粹群体
——以《国粹学报》为中心

在南社成立之前，沪上的一个学术团体颇为引人注目，这就是国学保存会，它创立藏书楼、出版社，还出版了一份长达八年的刊物《国粹学报》（1905—1912）。它在中国学术史上有着重要的地位，近代大量的学术著作都是在这份刊物上首先发表的，他们也因反清的民族主义学术立场

① 《高燮年谱》，高铦、高锌、谷文娟编：《高燮集》，中国人民大学出版社1999年版，第870页。

② 《感旧漫录》，高铦、高锌、谷文娟编：《高燮集》，中国人民大学出版社1999年版，第268页。

而受人关注。这个群体被称为“国粹派”。

现在，这个团体因为与南社的关系成为了本章的研究对象。当南社1909年创立之时，国学保存会已经存在近五年之久，已然形成了不小的学术影响力，南社的一些成员正是这个刊物的撰稿者以及读者。根据统计，国学保存会中加入南社的有：黄节、陈去病、诸宗元、马叙伦、高天梅、朱葆康、马君武、王郁仁、沈咏韶、柳亚子、吴钦廉、黄宾虹、蔡哲夫、黄侃、胡韫玉①。我们很容易理解国学保存会和南社在反清的共同目标下所达成的共识，以及人员的部分交集，而是研究这两者之间的区别和分歧却更能清楚了解当时文人的多样化选择。《国粹学报》和《南社丛刻》之间的区别，不仅仅说明了编辑者的趣味，更说明了两个群体之间的所谓的“革命”手段的差异。

一　求诸通人与启蒙大众：文人之道的多重性

《国粹学报》创立于1905年2月23日，这在时间上似乎是一种必然。在此前的几年间，国内外形势发生了很大变化，在“一曰鼓吹，二曰起义，三曰暗杀”② 的方针下，国人在起义、暗杀上的行动已经开始令清政府有些应接不暇。

但在鼓吹方面，言论界似乎经历了一些波折。此前言论界的反清声势颇高，1903年被认为是言论宣传最发达的时期，“癸卯一年为上海及苏浙各地革命书报业及爱国学校最发达之时期”③，回顾当时的言论界，“留日学界出版物，如新广东、湖北学生界、汉声、湖南、游学译编、新湖南、江苏、浙江潮等，皆以上海为尾闾。沪人自行编印者，除革命军及驳康有为政见书外，则有黄帝魂、苏报案纪事、訄书、俄罗斯大风潮、孙逸仙、沈荩、攘书、中国民族志、清秘史、女界钟、三十三年落花梦、二十世纪大舞台、国民日日报汇编、自由血诸种”④。冯自由列举了1903年各种流行的革命宣传物，正是这种铺天盖地的宣传风潮为清末的革命制造了煊赫的声势。

1903年五月《苏报》案发生，此后江浙地区反清言论界一度缄默。

---

① 郑师渠：《晚清国粹派——文化思想研究》，北京师范大学出版社1997年版，第16页。

② 这个口号由1903年11月日本成立的军国民教育会提出。

③ 冯自由：《记上海志士与革命运动》，《革命逸史》第二集，中华书局1981年版，第75页。

④ 同上。

短暂的低迷后，新的革命刊物在沪上随即兴起。1903 年 8 月《国民日日报》创刊，1904 年 2 月《警钟日报》创刊，10 月《二十世纪大舞台》创刊。以上刊物制造了新一轮的反清舆论高潮，然至 1905 年，以上刊物均被查封。“至乙巳（一九〇五年）二月二十日以批评外交失败，为清吏所忌，卒被封禁。此外陈去病（佩忍）所办之二十世纪大舞台杂志、林獬（白水）所办之中国白话报，亦先后为当道干涉停刊。上海革命党人之喉舌，自是缄默者数载。”① 按冯自由的说法，1905 年《国粹学报》创刊的时候，沪上的言论界举凡已是风声鹤唳。《国粹学报》作为一份学术刊物，它的出现在当时的沪上舆论环境中显得很特别。

考察这份学术刊物的价值需要将之放置于当时的刊物环境中去进行比较。今天当我们回顾这些文字宣传品时，常常容易在反清的共有历史价值前忽略这些刊物之间的差别。其实这些刊物包含了多种层次：有报刊，如上文提及的《国民日日报》；有杂志，如《新广东》、《湖北学生界》、《汉声》、《湖南》、《游学译编》等；有个人著作，如《訄书》、《革命军》；还有文章总集，如《黄帝魂》等。那些个人著作显然不同于总集汇编，那些学术性的宣传品与报刊杂志的风格也绝不相同。这些宣传品的形式意味着一个群体对于文字宣传方式的认同。所以，当我们将文字宣传视为文人之道时，方式的多重性揭示了文人对于宣传的多样化思考。

这种思考最突出的两种倾向，一是启蒙大众，一是求诸通人。如宣传以文人阶层为阅读对象，其行文则可不避艰涩，章太炎作《訄书》，高文典册，佶屈聱牙。当文人在宣传中以大众为阅读对象，其行文务必质朴通俗，此以报刊宣传最为突出。报刊能够对时事即时地作出反应，能够极具针对性地臧否清政府的当下政策，其议论务在痛快透辟，贩夫走卒皆能理解。1903—1905 年间在沪上出版的反清报刊，最有代表性的为《中国白话报》、《俄事警闻》。

《俄事警闻》，1903 年 12 月 15 日发刊，出资人陈竞全，主笔王季同，主要撰稿人蔡元培、汪德渊、林獬、刘师培、陈去病、柳亚子、林宗素。至 1904 年 2 月 25 日更名《警钟日报》，共出七十三号。《警钟》招股事略并章程写道：“瓜分惨说，暄传累年，列强相持，莫敢发难。俄为戎首，强占东省，诸国纷缘，大劫将至。……然则陆沉之民，不知灾祸之将至，此非斯人之罪，罪在吾侪既知之而无有以告之也。同人痛心于此，乃

① 冯自由：《上海国民日日报与警钟报》，《革命逸史》初集，中华书局 1981 年版，第 136 页。

立对俄同志会，欲以团体之知识，施于事实，以求补救，并撰《警闻》，为遒人之木铎。"①

在《警钟日报》的招股事略中，我们读到的是一种传统"士人"惯有的"启蒙"意识，国民的角色是蒙昧无知的，他们"不知灾祸之将至"，而那些掌握着精神火种的人，就是编者口中的"吾侪"。他们认为危机的根源是无良的政府，与一个无良政府的对抗本身就是合法的，于是他们的话语权威也就理所当然地成立，他们的《警钟日报》被自称为"遒人之木铎"。他们认为他们的责任是警顽醒愚，让那些蒙昧中的同胞了解当下的危机，唤醒他们的民族意识，从而召唤他们的反抗精神。当社会责任确立为启蒙大众之后，士人与大众的距离也就前所未有地接近，这正是这群文人选择办报的原因。

《中国白话报》的发刊词对于"大众化"的理由阐释得更为直白些，《中国白话报》于1903年12月19日由林獬创刊于上海，至1904年10月停刊，共出二十四期。其发刊词写道："深的文法，列位们又看不懂，就是说把你们听，列位又是听不来的。而且我在上海说话，那能叫十八省的都听得着，我又没有加响的喉咙。我为着这事儿，足足和朋友商量了十几天，大家都道没有别的法子，只好做白话报吧。内中用那刮刮叫的官话，一句一句说出来，明明白白，要好玩些，又要叫人容易懂些。倘使这报馆一直开下去，不上三五年，包管各位种田的、做手艺的、做买卖的、当兵的，以及孩子们、妇女们，个个明白，个个增进学问，增进见识，那中国自强就着实有希望了。"②

为着革命宣传，文人大胆地决定直接与"种田的、做手艺的、做买卖的、当兵的，以及孩子们、妇女们"对话，这在文人群体是一个前所未有的突破。文人为了迁就大众的阅读而特意改变自己的表达方式，这使得当时的报刊文字宣传中出现了推崇"白话"的现象。如果说真要将十几年后的白话文运动追溯至此的话，或许不为无因。

在这个推崇大众化或者说通俗化的反清宣传潮流中，甚至有文人认为报刊还存在局限，愿意沿着通俗化的方向，作更为彻底的突破，陈去病所办的《二十世纪大舞台》就是一个例子。《论戏剧之有益》曰："拿破仑曰：有一反对之报章，胜于十万毛瑟枪。此皆言论家所援以自豪之语也。

① 章士钊：《警钟招股事略并章程》，章含之、白吉庵主编：《章士钊全集》，文汇出版社2000年版，第170页。

② 白话道人：《发刊词》，《中国白话报》第一期，1903年12月19日。

虽然，热心之事，无所凭借，而徒以高文典册，讽诏世俗，则权不我操；而阳春白雪，曲高和寡，崇议闳论，终淹殁而未行者，有之矣。今兹二十世纪大舞台，乃为优伶社会之机关，而实行改良之政策，非徒以空言自见，此则报界之特色，而足以优胜者欤。”① 当提到报刊时，陈去病一方面肯定报刊的攻击性，但是又遗憾于报刊的书空之论，认为其“阳春白雪，曲高和寡”，容易流于空言。他认为戏剧的感发力能更胜一筹。在该文中，陈去病还写道：“此其奏效之捷，必有过于劳心焦思，孜孜矻矻以作《革命军》、《驳康书》、《黄帝魂》、《落花梦》、《自由血》者殆千万倍。彼也囚首而丧面，此则慷慨而激昂；彼也间接于通人，此则普及于社会。”② 陈去病选择戏剧宣传，源于他对于革命宣传效率的要求。被称为“阳春白雪”的宣传方式奏效较慢，因为戏剧的慷慨激昂以及面对大众，是那些文人费尽心血而制造出的曲高和寡的论调难以企及的。

事实上，启蒙大众的宣传思想是一种对于革命效率的追求，文人要发动大众参与到反清行列，他们希望能迅速地看到效果，所以他们选择了办报刊杂志。报刊杂志是最直接面对大众的，在日复一日对于时局的痛陈中，文人在完成着他们启蒙的使命。于是他们愿意妥协自己的文字习惯，用十分通俗明白的表达去传递革命思想。

在这个启蒙大众的潮流之外，还有一个“求诸通人”的潮流。这两个宣传思想在某种程度上形成了一组矛盾，“彼也囚首而丧面，此则慷慨而激昂；彼也间接于通人，此则普及于社会”，因为宣传对象一在知识阶层，一在社会大众，所以文字一务艰深，一求浅俗。在此前的反清宣传中，求诸通人的宣传品以个人著述为主，如章太炎、邹容等的著述，而乏有影响力的杂志。1905 年《国粹学报》的创办，使得求诸通人的思路渐渐成为一种潮流。这种潮流与追求宣传效率的报刊有所不同，体现了文人对于国家命运更深刻的思考。

二　学存则国存：学术力量的张扬

文字宣传，有极为通俗的各种白话报刊，甚或戏剧杂志，这是一种启蒙大众的宣传方向。但是，《国粹学报》的出现代表的是一种学术化的方向，是一种与启蒙路线相区别的另一种宣传策略。我们在解读反清文化思潮时，常常将之笼统而论，而很少细绎其间的差别，其实这中间的文化思

---

① 陈去病：《论戏剧之有益》，《二十世纪大舞台》第一期。

② 同上。

路正是解读文化群体的关键。

《国粹学报》群体之所以创办这份刊物，源于他们对于学术与国家命运关系的认识，这是其他群体所没有的。黄节《国粹学报叙》谈道："国界亡而学界即亡也。立乎地圜而名一国，则必有其立国之精神焉，虽震撼搀杂而不可以灭也；灭之则必灭其种族而后可，灭其种族则必灭其国学而后可。学亡则亡国，国亡则亡族。"① 对于国家、学术、民族之间的关系，黄节将之置于一种存亡与共的联系中，关于学术与国家命运的关系，在《国粹学报》日后的言论中不断强调，1907 年邓实的《拟设国粹学堂启》写道："中国自古以来亡国之祸叠见，均国亡而学存，至于今则国未亡而学先亡。"② 1908 年的《国粹学报》第三周年祝典叙："天下学术之变亦亟矣，有在朝之学，有在野之学焉。伊古以来，士君子生值衰时，闭门结社，讲学著书，皆有不得已之所志，而正学不亡，终以拨乱世而反之治。故历代国亡而天下不亡者，皆赖在下之有学以救之。至于下无学，贼民兴而后天下始真亡矣。"③ 当学术与国家命运建立了共生的关系后，学术也就具有一种可以影响国家存亡的力量。在文人的表述中，学术在反清文字鼓吹中的意义也就非同小可。那些报纸杂志虽可以启蒙大众，但其作用限于当下，而学术的意义在于树立国家的精神，其作用是深远的。

在一个倡导大众化的宣传潮流中，宣传效率被认为是极其重要的，而学术的迂缓如何去说服激进卞急的革命者，又如何去完成启蒙大众的任务，这在国粹派是必须予以解释的。黄节《国粹学报叙》刊登于第一期，这是一篇为刊物确立宗旨的文章，有必要仔细阅读：

> 溯吾学派之衰，则源于嬴秦，始皇烧《诗》、《书》、百家语，藏书博士，窒塞民智。至于汉武，立博士于学官，罢黜百家，以迄刘歆，则假借君权，窜乱经籍，贼天下后世。然则秦皇、汉武之立学也，吾以见专制之剧焉。民族之界夷，专制之统一，而不国，而不学，殆数千年。呜呼，奚至于今而始悲也？悲夫，痛哉！风景依

① 黄节:《国粹学报叙》,《国粹学报》第一期，影印《国粹学报》旧刊全集，商务印书馆 1974 年版。

② 邓实:《拟设国粹学堂启》, 1907 年《国粹学报》第二十六期，影印《国粹学报》旧刊全集，商务印书馆 1974 年版。

③ 邓实:《国粹学报第三周年祝典叙》, 1908 年《国粹学报》第三十八期，影印《国粹学报》旧刊全集，商务印书馆 1974 年版。

然，举目有河山之异，吾中国之亡殆久矣乎！栖栖千年，五胡之乱，十六州之割，两河、三镇之亡，国于吾中国者，外族专制之国，而非吾民族之国也。学于吾中国者，外族专制之学，而非吾民族之学也。而吾之国、之学之亡也殆久矣乎！是故以张宾为长史，而执大法于石胡之朝，以许衡为祭酒，而定朝仪于蒙古之族，识者痛焉，以其以中国民族而为外族专制之臣，而又出所学以媚之也，国界亡而学界即亡也。

立乎地圜而名一国，则必有其立国之精神焉，虽震撼掺杂而不可以灭也；灭之则必灭其种族而后可，灭其种族则必灭其国学而后可。

……学亡则亡国，国亡则亡族。吾国之国体。则外族专制之国体也；吾国之学说，则外族专制之学说也。以外族专制，自宋季以来，频繁复杂，绵三四纪，学者忘祖宗杀戮之惨，狃君臣上下之分，习而安之，为之润饰乎经术，黼黻乎史裁，数百年于兹矣。一旦海通，泰西民族麕至，以吾外族专制之黑暗，而当共和立宪之文明，相形之下，优劣之胜败立见也，则其始慕泰西。甲午创后，骇于日本，复以其同文地迩，情恰而收效为速也，日本遂夺泰西之席，而为吾之师，则其继尤慕日本。呜呼，亡吾国学者，不在泰西而在日本乎。何也？日本与吾同文而易殽也。

……宇内士夫痛时事之日亟，以为中国之变，古未有其变，中国之学诚不足以救中国，于是醉心欧化，举一事，革一弊，至于风俗习惯之各不相侔者，靡不惟东西之学说是依。慨谓吾国固奴隶之国，而学固奴隶之学也。呜呼，不自主其国而奴隶于人之国，谓之国奴；不自主其学而奴隶于人之学，谓之学奴。奴于外族之专制固奴，奴于东西之学说，亦何得而非奴也！

同人痛国之不立，而学之日亡也，于是瞻天与火，类族辨物，创为《国粹学报》一编以告海内。……夫国学者，明吾国界以定吾学界者也。痛吾国之不国，痛吾学之不学，凡欲举东西诸国之学以为客观，而吾为主观以研究之，期光复乎吾巴克之族，黄帝、尧、舜、禹、汤、文、武、周公、孔子之学而已。然又慕乎科学之用宏，意将以研究为实施之因，而以保存为将来之果。……①

① 黄节：《国粹学报叙》，《国粹学报》第一期，影印《国粹学报》旧刊全集，商务印书馆1974年版。

黄节首先讲述了国学之不立的原因，在于专制政权的压制，秦的焚书坑儒，汉的罢黜百家，都造成了民族界限混淆，不国不学的结果。此后的外族入侵，使得学术成为了外族专制之学，所以国学也随着国界的消亡而命运堪虞。黄节最重要的是提出了国学为一国之精神，“灭之则必灭其种族而后可”的观点。在此基础上他阐释了中国目前的两重文化困境：一是历史上的外族入侵，外族是相对于汉族的少数民族政权，如元代的蒙古，金代的女真，他们的专制统治对国学造成了极大戕害；另一重文化困境是近代以来的西方民族入侵，这是另一种形式的外族入侵，这对于中国学术的危害更具有颠覆性。这会使得中国国民在思想上奴役于西方国家，导致亡国的命运不日而至。所以《国粹学报》的创立正是意图稳固国学，以之作为复兴民族的基础。

国粹学派这种学术与国家命运的关系逻辑里，隐含了两条叙述线索：一条是对于专制学术的背弃，这种专制学术是外族专制的一种结果，因而对于专制学术的反叛，也就需要对于外族统治进行反叛，这条逻辑有力地支持了反清宣传；一条是对于西方文化入侵的抵制，这个表述从《政艺通报》时代就开始了，西方文化的侵蚀使得国人丧失了中国文化的自信，这种心态使得中国人将在文化上成为“学奴”。在这个汉族视角的文化观里，中国文化的命运同时面临着满族的专制和西方的侵蚀两重威胁。《国粹学报》致力的正是对于这两种文化危机的反拨。

同时发表于第一期的邓实《国学保存会小集叙》，也可视作创刊者的立论之作，邓实言论较为简洁，但某种程度上与黄节的说法是一致的。“粤以甲辰季冬之月，同人设国学保存会于黄浦江上，绸缪宗国，商量旧学。摅怀旧之蓄念，发潜德之幽光。当沧海之横流，媲前修而独立。盖学之不讲，本尼父之所忧；小雅尽废，岂诗人之不惧。爰日以学，读书保国，匹夫之贱，有责焉矣。”① 邓实关于读书保国的观念与黄节较为一致，国学关乎国家命运，而责任的肩负，在野文人义不容辞。“……而汉宋家法，操此同室之戈，景教流行，夺我谭经之席。于是蟹行之书，纷填于市；象胥之学，相哄于黉舍。观欧风而心醉，以儒冠为可溺。嗟呼，念铜驼于荆棘，扬秦灰于已死，文武之道，今夜尽矣。同人吾为此惧，发愤保

① 邓实：《国学保存会小集叙》，《国粹学报》第一期，影印《国粹学报》旧刊全集，商务印书馆1974年版。

存。”邓实叙述了中国文化遭受的劫难，一方面在于专制文化下的同室操戈，一方面在于外来文化的变乱风俗。他提及了近代西学东渐的重要文化事件，景教的东传影响了传统的信仰，西方的科技文化在占领中国的文化市场，甚至转移了中国的教育风气，使得后学小子以西方文化马首是瞻，而厌弃自己的传统文化。在国粹派“学存则国存”的观点中，这些社会乱象是国之将亡的征兆，不容小觑。所以国粹派的责任在坚守文化之魂，以此为保国的途径。“惟今之人，不尚有旧。夫岂旧之不可尚哉，君子不以所恶废乡，风人每以达变怀旧。凡在吾党，当同此心已。”在邓实的言论中，这些文化复古主义者背负了很强烈的时代责任，他们曾经致力于推介西方文化，但是却对西方文化保持警觉，他们追求的是文化改良，希望中学为体，西学为用，恰如黄节所说的“举东西诸国之学以为客观，而吾为主观以研究之”，他们不愿放弃传统文化的壁垒，认为这是立国的根本，这是在西化潮流中思想不被奴化的砥柱。

1907年的时候，邓实对国学的意义再次作了更详尽的阐释：

> 今之忧世君子，睹神州之不振，悲中夏之沦亡，则疾首痛心于数千年之古学，以为学之无用而致于此也。邓子曰：悲夫，其亦知吾国之古学而未尝用，而历代所用所学者，仅君学乎。夫用之而无效则谓其学为无用也。是故无用者，君学也，而非国学。
>
> 若夫国学者，不过一二在野君子，闭户著书，忧时讲学，本其爱国之忱而为是经生之业，抱残守缺，以俟后世而已。其学为帝王所不喜，而亦为举世所不知。
>
> 夫君学者，以君之是非为是非者也，其言逆而难从，古今好谀之君多，而从逆之君少，此君学所由盛而国学所由衰欤。邓子曰：夫使君学之盛行而国学之不振者，吾民与有过焉矣。吾闻泰西学者创一学说，则全社会为之震动，而其终卒能倡造社会，左右政界，故孟德斯鸠，卢梭之学说出，遂成法国大革命，而全欧响应；斯密亚丹之学说出，而自由放任贸易主义以兴；达尔文、斯宾塞之学说出，而天演之公例大明，此其学不必赖时君之表扬也，而固已飚动云兴，足以转移一世之人心风俗而有余矣。返而观我国，则历代虽有一二巨儒精研覃思，自成宗派，其学术非无统系之可言，而空山讲学，所与倡和者，惟其门徒及二三知己而已，全社会不知尊仰，后人不闻表彰，故其学

派遂日远而日微。[①]

邓实一再强调所谓无用的并非国学而是君学，真正需要为中国近代落后承担责任的是专制体制下被君权异化的学术，这是千百年占据神坛的主流学术，但是却是伪国学。国家的振兴需要学术予以配合，他所举的孟德斯鸠、达尔文、斯宾塞等例子，是为了说明，学术可以“倡造社会，左右政界”。但是我国的学术史，长期为君学尸位素餐，而民间的真正的学脉却由于学者的自甘边缘化，而仅仅成为二三门徒一线相传的绝学。这似乎意在为《国粹学报》正名，表明学报的意义正是为突破这种学者寂寞，而希望登高一呼，引领学风。

同年，邓实的《国学真论》与此文观点类似：

吾中国之无国学也，夫国学者，别乎君学而言之，吾神州之学术，自秦汉以来，一君学之天下而已，无所谓国，无所谓一国之学。何也？知有君不知有国也。近人于政治之界说，既知国家与朝廷之分矣，而言学术则不知有国学君学之辨，以故混国学于君学之内，以之学即为国学，其乌知乎国学之自有其真哉？是故有真儒之学焉，有伪儒之学焉。真儒之学，只知有国；伪儒之学，只知有君。知有国，则其所学者上下千载，洞流索源，考郡国之利病，哀民生之憔悴，发愤著书，以救万世，其言不为一时，其学不为一人，是谓真儒之学。若夫伪儒者，所读不过功令之书，所业不过利禄之术，苟以颂德歌功，缘饰经术以取媚时君，图宠图富贵而已。

论者谓科举盛而儒术微，殆其然乎。嗟乎，此科举之学，至明而极弊也。夫自汉立五经博士，而君学之统开，隋唐以制科取士，而君学之统固。及至宋明，士之所读者，功令之书，所学者，功令之学，遥遥二千年，神州之天下一君学之天下而已，安见有所谓国学者哉？虽然国无学则国不存，吾国绵绵延延以至于今者，实赖在周有伯夷，在秦有仲连，在汉有两生，在东汉有郑康成，而在晚明有黄梨洲、顾亭林、王船山、颜习斋、孙夏峰、李二曲诸先生之学为一线之系也。今数先生之风微矣，而天下尚趋于设科射策，营营荣利而未有已，是故汉之博士，一科举也；唐之诗赋，一科举也；明之八比，一科举

① 邓实：《国学无用辨》，《国粹学报》第三十期，影印《国粹学报》旧刊全集，商务印书馆1974年版。

也；今之学堂考试，亦一科举也。不尽去其富贵利禄功名之见，而为独立远大之学，徒斤斤于朝廷之趋而以为转移，而曰国学也。乌得而冒国学之名而为国士哉？①

其叙述逻辑也是先驳君学之伪，再论国学之真，而延续国学的“在周有伯夷，在秦有仲连，在汉有两生，在东汉有郑康成，而在晚明有黄梨洲、顾亭林、王船山、颜习斋、孙夏峰、李二曲诸先生之学为一线之系也”。这一条疏离政权的学术谱系，被认为最真实地保留了学术的纯洁性。因为对于政权的疏离，即是对于功利的疏离，也就能最大限度保持学者的独立。

在对黄、邓二位创刊者的言论梳理中，我们发现，他们对于“求诸通人”的宣传策略进行了正名，国学与国家命运息息相关，大众固然需要迅速被启蒙，但是国家命运所系的文化精神却需要有学者来扛鼎传承。故而《国粹学报》成为天下之公器，逐渐吸引到一群具有文化责任感的文人。一方面，《国粹学报》推崇的文化理想，含有反清的成分，中国传统文化是一种汉族的文化，这种文化的纯洁性必须排除外族的文化干涉，不论是远至五胡之乱，还是近至满清入关，异族的统治都使得汉族文化被篡改和歪曲，所以要追求文化自立必须反对外族统治，这使得国粹派的学术建构过程与反清结合起来。另一方面，反对满清文化只是国粹派文化理想的一部分，他们一直都对于西方文化的入侵保持警醒。特别在邓实的叙述中，这种反对醉心欧风的目标更为突出。当我们阅读《国粹学报》时，也就不能狭隘地去寻找这份学术刊物中的反清言辞，它其实有更大的空间去进行文化理想的打造。这使得《国粹学报》具有多重文化面目。

三 国粹派与南社的分歧

在论功行赏的英雄榜上，我们喜欢将国粹派和南社相提并论，认为一者以学术，一者以诗词进行了反清文字革命。在曾经共同的社会背景和目标下，二者的区别仅仅就是文字手段的不同？

国粹派参与了反清的文字宣传，但是其一开始的叙述逻辑里，就包括了两重“攘夷”的概念，即反对清政府专制文化和反对西方文化入侵两

① 邓实：《国学真论》，《国粹学报》第二十七期，影印《国粹学报》旧刊全集，商务印书馆1974年版。

个方面。考察《国粹学报》的文章内容发现，在夷夏之辨的内容中，“夷”的意义正是包含了这两个方面。如上文所提，《国粹学报》第一期的开篇宏旨，邓实和黄节就表达了对这两种“夷”文化的反拨。《国粹学报》出版至第二年，这种观点仍被强调：“放怀天末，怅彼美于西方；回首山河，叹陆沉之禹土。”[①] 西方和禹土仍然是被并列提及的话题。邓实在1906年的学报一周年纪念辞里还说道：“同人被服儒术，伏处海滨，家传汉学，抱一经世守之遗。世多欧风，有百年为戎之惧；丁兹忧患，发愤而作，粗解涯辙，譬比途之马，合此群力，庶几集腋之裘。”[②] 邓实的叙述常常是以举世欧风作为叙述背景的，这与其说是从《政艺通报》时代一贯而来的表达习惯，不如说是一种一直坚持着的文化理想。邓实常常对国人的盲目西化感到痛心，“掊击仁义，谓六经为糟粕，以万物为刍狗，快意一时，流祸百世。数典而忘其祖，出门不知其乡，谓他人父，其亦不可已乎。夫不自爱其国，而爱他人之国，谓之国奴。不自爱其学，而爱他人之学，谓之学奴”。对于文人而言，那一个师夷长技和中体西用的时代，常常导致一种文化的自我否定，将落后的根源归罪孔子，归罪传统文化，固然可以“快意一时”，满足一种革命的快感。但是这会导致更萎弱的精神，成为国奴、学奴，这会导致对文化更具摧毁性的破坏。

在革命潮流汹涌的语境下，这种“内夏而外夷”的话语常常被过度解读，所以国粹派对抗西潮，坚持中国独立文化精神的理想往往被人忽视。甚至认为他们的复古，他们在文化上的并不尖锐的反清策略，都是一种文人的聪明，可以在紧张的文禁中自保。其实，文化的理想是超越时空的，它与反清的革命洪流并不相悖，但是却可以超越那种具有时间性的革命目标。

1907年，国学保存会拟设立国粹学堂，《拟设国粹学堂启》一文描述了国粹派的教育理想：

> 今之人不尚有旧，自外域之学输入，举世风靡，既见彼学足以致富强，遂诮国学而无用，而不知国之不强在于无学，而不在有学。学之有用无用在乎通大义，知今古，而不在乎新与旧之分。今

① 邓实:《国学保存会第二年小集叙》,《国粹学报》第十三期，影印《国粹学报》旧刊全集，商务印书馆1974年版。

② 邓实:《〈国粹学报〉第一周年纪念辞并叙》,《国粹学报》第十三期，影印《国粹学报》旧刊全集，商务印书馆1974年版。

> 后生小子，入学肄业，辄束书不观，日惟骛于功令利禄之途，鲁莽灭裂，浅尝辄止，致士风日趋于浅陋，毋有好古博学通今知时，而务为特立有用之学者。由今而降，更三数十年，其孤陋寡闻，视今更何如哉？
>
> 彼东西重译之国，其学士大夫转以阐明中学为专门。……乃华夏之民，则数典忘祖，语及雅记故书，至并绝域之民而不若，斯可耻之甚矣。同人有鉴于此，故创国学保存会于沪渎，并刊行学报丛书，建设藏书楼，以延国学之一线之传。①

这一段话批判了当时的学风。今人对于学术的追求变成了功利之具，虽然科举取消后学人不再奔竞于这条利禄之途，但是新式学堂所能产生的新的利益链条又成为转移学风的标尺，后学新晋对西学趋之若鹜，而不尚国学，这是一种非常值得警惕的现象。于是创立国粹学堂的想法就应运而生，这是从教育的角度维护传统文化的一种努力。

1908 年，《国粹学报》创刊三周年，吸引到当时学界大量的文人呈送祝辞，学界同人的表达有的也体现出国粹派的某种特点，就是弱化革命话语强调文化上的焦虑意识，这和《国粹学报》的一贯宗旨是一致的，试看徐鋆、邱逢甲、李世由等的祝辞。徐鋆：

> 墨雨欧风特地狂，千钧一发感微茫。不期澎湃文章海，现出庄严七宝装。②

邱逢甲：

> 文明古国五千载，中经秦火诗书在。汉兴诸儒功最多，不有守先后何待？西海潮流猛秦火，东风复助为妖祸。障船挽澜今无人，后生小子忘业轲。③

① 邓实：《拟设国粹学堂启》，《国粹学报》第二十六期，影印《国粹学报》旧刊全集，商务印书馆 1974 年版。

② 徐鋆：《丁未冬为国粹学报行世之第三周年赋诗寄祝即希诸君子正刊》，《国粹学报》第三十八期，影印《国粹学报》旧刊全集，商务印书馆 1974 年版。

③ 邱逢甲：《寄赠国学保存会诸君》，《国粹学报》第四十二期，影印《国粹学报》旧刊全集，商务印书馆 1974 年版。

李世由：

> 世衰道微，欧化灌注，自宜挹彼菁英补我阙乏，顾末学无知，粗涉刼卢之书，不恤抨弹曩哲，土苴群籍，恐古学沦亡，将在普兴教育之世。兹求其偏，弗没其长，借怀古之念，激发爱国之心。义主调融，初无排拒。①

在以上的言辞中都展露了对于“欧风”的忧虑，这一层文化危机甚或超越了之前的焚书坑儒，少年新晋纷纷自持劫卢之书，对于传统文化便抨弹土苴，而《国粹学报》恰可以“借怀古之念，激发爱国之心”。吴涑写道：“今科举废，学堂兴，所以绵古泽之传，流貤曼衍，差赖不堕，虽未倡言保而仍有当于人心。然少年英俊往往吐弃古初，歆次新理，吾不敢谓不世之人才不出其中也，而国学殆几乎熄焉。嗟乎，利绌害赢，犇奏补苴，有限人才，一遭戕贼，譬之留一粒种子，落大地中，日暄雨润，则句萌条达，可以荫庇千牛，必践履之，荍锄之，生机几何，势不至无遗孑不止。此抱残守缺之士，惄然忧惧，而醉心欧美，涉猎科学者，所由高视阔步，侈然自足者也。此两君眷系国学，慎重保存，所由导乎来哲之先路，为昔贤之后盾者也。虽才地不足，而纵心孤往，不计非笑之为非笑，置之一壶于中流，泛泛乎莫知所届也。如是者且三年。”② 文中对于少年英俊醉心新理，不尚有旧的针砭正是学界同人对于国学命运的忧虑。《国粹学报》的意义正是留存国学的一粒种子，虽然当下西风如晦，但是只要希望尚在人间，便不至于无所遗孑。

1908 年《国粹学报》的作者群也空前扩大，《国粹学报》连续几期刊登了学界的祝辞，送出祝辞的有：张謇、孙诒让、陈三立、夏敬观、魏繇敬、汪德渊、黄节、郑孝胥、陈锐、刘师培、吴涑、李世由、汪国垣、刘三、潘复、王锡祺、徐鋆、秦琴、诸宗元、胡朝梁、魏曜仪、邱逢甲、龙马里圃者、许芚、吴承仕。

1908 年在《国粹学报》上发表文章的有：邓实、李详、马叙伦、黄节、章绛、简朝亮、刘师培、桂埴、田北湖、孙贻让、沈维锺、张采田、陈去病、黄侃、王闿运、郑孝胥、王鹏运、范当世、文廷式、况周仪、林

① 李世由：《祝辞》，《国粹学报》第三十八期，影印《国粹学报》旧刊全集，商务印书馆 1974 年版。

② 吴涑：《祝辞》，《国粹学报》第三十八期，影印《国粹学报》旧刊全集，商务印书馆 1974 年版。

旭、程颂万、魏繇、郑文焯、严复、夏敬观、马其昶、殷晋龄、姚永槩、朱铭盘、朱祖谋、陈锐、陈三立、李详、缪荃孙、徐穆、罗振玉、薛蛰龙、黄质、许啸庐、张謇、庞树柏。

这份作者名单几乎是晚清学术大家名谱，其中固然不乏激进的反满者，然而其中也有清朝的官吏，他们共同的身份是当时学界籍籍有名的学者。对于日后学界极具影响力的著述很多此时正刊载于《国粹学报》上。1908年《国粹学报》的文化信息开始变得非常丰富。这一年在《国粹学报》上刊载文章的学界大家多了起来，经、史、子、集的文章都非常具有分量。

文章方面，一直扛鼎《国粹学报》的章太炎、刘师培文章仍然丰富，此外，王闿运的《湘绮楼论文》、孙贻让的《古籀拾遗自叙》、李详的《论桐城派》、缪荃孙的《永乐大典考》等文都刊载于1908年的刊物中，黄节和邓实的老师简朝亮的文章也特意被安排发表，分别是《读书草堂上梁文》和《祭将军山文屈赋微序》。

诗歌方面，也是大家云集，郑孝胥、范当世、林旭、魏繇、文廷式、简朝亮、严复、王闿运、朱铭盘、陈三立等均有诗作刊载。此外，还刊载了陈锐的《袌碧斋日记说诗选录》。这些诗人中大部分是宋诗派大家。宋诗派无疑是晚清最具影响力的诗歌流派，但同时因为他们多兼有晚清官吏的身份，以至于他们的诗作也常常存在争议。他们的诗歌出现在《国粹学报》上，展示了《国粹学报》的诗歌趣味和号召力。

词方面，刊有王鹏运、文廷式、况周仪、郑文焯、程颂万、夏敬观、朱祖谋、徐穆的词作，词话类有况周仪的《玉梅词话》、王国维的《人间词话》。熟悉近代词坛的人都知道，被称为晚清四大词人的王鹏运、况周颐、朱孝臧、郑文焯已经悉数在列，这至少证明了《国粹学报》在词坛的号召力以及将会产生的影响力。而晚清最负盛名的词话作品《人间词话》正是在《国粹学报》上最先发表的。

1908年的《国粹学报》，一方面制造着晚清的学术高潮，一方面也在制造着反清的革命思潮。这种革命思潮是与国粹派意图建立的学术谱系联系在一起的，他们推崇宋明的遗民节士，认为真的国学传统正是有赖这些志士与专制的异族统治相疏离并且抗争得以保存的。

学报开卷刊登了大量遗民节士的画像、金石、墨迹，这种圣贤谱系体现了编撰者对于民族文化的表彰姿态。该年度黄节发表了社说类的《宋遗儒略论》，史篇类的《黄史列传》、《元魏至元之学者传》，对人物的臧否充分地表现了黄节意图发扬的民族主义精神。陈去病则继续连载其

《遗民录》山西部分。陈去病还在地理篇分三期连载了其《漠南北建置行省议》。丛谈类的文章，这一年度连载了邓实的《爱国随笔》，陈去病的《五石脂》、《百尺楼脞录》，庞树柏的《龙禅室摭谭》。这些文章大部分都致力于表彰遗民节士，以及发掘明末清初的史事。撰录类的文章有，李卓吾《续藏书开国小叙》、陈卧子《皇明经世编后序》、《明末三忠遗札》，方植之《阐幽汇记序》、《申凫盟殷仲泓墓志》、《申凫盟王霖苍墓碣》等，均显示出对于遗民的表彰策略。附录的第三十八、三十九、四十期都载录的是宋遗民郑思肖的《正气集》。

1908年的《国粹学报》，其学术理路是显而易见的：一方面在追求民族主义的学术方向，这个方向导致了对于历史上反异族统治的学术谱系的发掘，使得宋明遗民成为一个研究热点，而其中包含的民族话语恰可作为反清的精神滋养，这就是国粹派参与反清的时代话语的方式，是学术的，但也是激越的。另一方面，国粹派的文化理想使得他们对于正在遭受危机的中国传统文化存有强烈的保护意识，这种意识使得《国粹学报》逐渐成为一个汇聚晚清学界精英的平台，他们深湛的传统文化修养使得他们在经史子集研究方面可以有所创获。《国粹学报》的阵容从这个角度来讲是非常强大和具有包容性的。这正是国粹派与南社的区别，这种区别不仅仅是一者侧重学术，一者侧重诗词来进行反清宣传，更深层的区别在于二者的理念，一在广义的反"夷"，一在狭义的反"夷"，如果没有注意到国粹派更深远的文化理想，便很难解释国粹派群体的复杂性。

到了1909年，这一年南社成立了，也就是这一年，《国粹学报》在总结过去展望未来的时候，如此设计下一年的刊物特点："本报发刊至今已届五周年矣，神州学术五千年来光大日新，靡有穷尽，本报亦与之无尽。今年十三册幸已告成，虽未敢谓巨制鸿篇，国学之粹尽在于是，然撰述之大旨则力避浮华而趋于朴学，务使文有其质，博而皆要，非关于学术源流有资考古者不录，庶几韩子所云惟陈言之务去者，至于保存古物，不遗故闻，训释周秦诸子之书，使尽可读；引申乾嘉诸儒之学，不绝其绪；铨明小学以为求学之门径，谨守古谊以毋越先民之训。五年于兹，抱兹坠绪未敢或渝。"① 在这一段关于文化理想的阐释中，反满的目标甚至极为淡化，那些振复国粹的表述，几乎与辛亥革命之后的《古学汇刊》一致，那是一份更为纯粹的学术刊物。相对于《南社丛刻》中激烈的反满诗词，

① 《国粹学报明年之特色》，《国粹学报》第六十二期，影印《国粹学报》旧刊全集，商务印书馆1974年版。

《国粹学报》显示出其反“夷”的多重文化意义，南社与国粹派的分歧也正在于此，而不仅仅是学术和诗词的表达方式的区别。

四 南社群体与国粹群体

陈去病早在《政艺通报》时代便为该刊物撰稿，诗作多发表于《风雨鸡鸣集》，到《国粹学报》时代，陈去病可谓是与该刊交接最深的南社同人，他在《国粹学报》上撰文甚多，且于1907年初到上海主持国学保存会会务，参与编辑《国粹学报》。陈去病在《国粹学报》群体中也可谓非常特别。1904年的时候，他为《二十世纪大舞台》写的发刊词中，还在对收效甚速的戏剧进行鼓吹，认为“此其奏效之捷，必有过于劳心焦思，孜孜矻矻以作《革命军》、《驳康书》、《黄帝魂》、《落花梦》、《自由血》者殆千万倍。彼也囚首而丧面，此则慷慨而激昂；彼也间接于通人，此则普及于社会”。但是当《国粹学报》创立了，他又成为一个积极的学术撰稿者。他在反清宣传上，既为“接于通人”的理想努力，也为“普及社会”的目标奋斗。

事实上，上述文字的宣传工作都只是陈去病反清活动的一小部分，他将更多的精力投入到实际的反清活动中，比如结社和起义。我们姑且简单梳理一下陈去病在1902—1909年间的活动：1902年4月应蔡元培之邀加入中国教育会，嗣后与金松岑等发起中国教育会同里支部。1903年陈去病在日本为《江苏》杂志撰稿，加入了黄兴等发起组织的“拒俄义勇队”，后又加入“军国民教育会”。夏，返国在上海任爱国女学教师。编辑《陆沉丛书》四种，记录了明末清初仁人志士抗清史实。1904年为《俄事警闻》、《警钟日报》撰文。6月，与刘师培主《警钟日报》笔政。7月，编著《清秘史》成。10月初，与汪笑侬等发起出版《二十世纪大舞台》杂志。11月，参加黄兴在余庆里机关召集的会议。是年，光复会在上海成立，陈加盟该会。1905年下半年，搜捕党人益急，陈至镇江承志中学任教。1906年2月，应徽州府中学之聘。途径芜湖，经刘师培介绍，加入同盟会。4月，与黄宾虹等组织黄社，名为议论诗文，实则反清。1907年春，到上海主持国学保存会会务，参与编辑《国粹学报》。7月，为纪念秋瑾组织神交社。11月到苏州参与组织江苏铁路协会。1908年1月，与柳亚子、高旭、刘师培等于上海酒楼小饮，相约结社。春，至绍兴府中学堂任教，与宋琳等结为匡社，蓄志排满。7月下旬，陈陶遗因刘师培告密被捕，陈去病南下汕头暂避，主持《中华新报》笔政。11月，赴香港，与云南、广东各省革命党人相见于《中国日报》社，准备利用光绪皇帝和慈禧太后死的机会组织起义。1909 年春，因腿疾卧病上海。8 月，腿疾渐愈，至苏州电报局内任常州张公馆教席，策划组织南社。11 月，南社成立。

就 1902—1909 这段前南社时代的活动而论，陈去病加入的社团便已不胜枚举，加入了上海的革命策源地中国教育会，在日本又加入“拒俄义勇队”及“军国民教育会”，回国后又参与华兴会的活动，还加入同盟会、光复会，他自己参与组织的社团就有黄社、神交社、匡社。他编辑了反清的史集《陆沉丛书》、《清秘史》，创办了《二十世纪大舞台》，南下《中华新报》主持笔政，还为《江苏》、《苏报》、《国民日日报》、《警钟日报》、《神州日报》、《中国白话报》等撰稿，他还曾是中国教育会、徽州府中学、绍兴府中学堂、苏州电报局张公馆的教师。可以说陈去病，未曾投笔，但已从戎。他像是一个活动家，而不是一个单纯的文字鼓吹者。陈去病在上海的人脉非常广泛，他与沪上具有革命思想的文人大多都有交接。所以，1907 年初，当他来到国学保存会参与主持国学保存会会务及编辑《国粹学报》时，一点也不奇怪。

陈去病从第六期开始在《国粹学报》发表诗歌，他在《国粹学报》上的风格一直是一名激进的反满宣传者。他在诗歌中不避讳使用“胡虏”这样的字眼。他的史学著作主要是一些明末遗民的相关著述，如 1906 年发表的《周宗建传》、《吴节士赤民先生传》、《熊开元传》，以及自 1906 年开始连载的《五石脂》，1907 年开始连载的《明遗民录》。对于遗民的重视源于反清文人的精神追溯，他们发现在清初的明遗民中有着他们在清末需要的精神给养，不管是反清的理论支撑还是忠鲠气节，在明遗民身上都能找到。陈去病正是“发现”明遗民的一分子，他整理明遗民的著述，并为他们立传，整理明遗民的斗争史，这些具有学术形式的文字撰述，正是国粹派所谓的“国学”的组织机体，这些反异族反专制的史迹，成为当时学术的一个热点。

陈去病代表的是《国粹学报》的学人中比较激进的一类，不论是他的行动、诗歌还是学术都是以反清作为宗旨的。我们知道，《国粹学报》的文化理念本侧重广义的攘夷主义，不在于反清一端，但是反清的学术著作也是刊行不悖的。1908 年的《国粹学报》在文化意义的国粹整理和具有政治意义的国粹建构上，各行其道，一面继续着晚清的学术高潮，一面撩拨着反清的学术革命神经。陈去病的名字放置于前列的 1908 年的作者名单中，显然是学术反清阵营的一员骁将。他巨大而成系统的文献整理成果发表在《国粹学报》上，使得这份刊物的狭义攘夷文化，显得非常精彩。

高旭与《国粹学报》的创办人黄节、邓实往来甚早，他们在《政艺通报》时代甚或是最好的合作者。高旭是国学保存会的成员，但是在《国粹学报》上的作品却非常少。欲考察其原因，不妨简单梳理高旭在《国粹学报》创办前后的行迹。高旭于1904年10月东渡日本，1905年7月在日本发起《醒狮》杂志，为《江苏》之继。8月参加同盟会成立大会，被推举为江苏省主盟人。12月归国。1906年2月参与组织中国公学，3月另立健行公学。5月，柳亚子到健行公学任教，并将《复报》由同里自治学社移至健行公学，改周刊为月刊，油印为铅印。6月，高旭将《醒狮》停刊，专一发行《复报》。7月，与柳亚子、陈陶遗等乘船在吴淞口与孙中山会晤。此后与中国公学之马君武、傅君剑，湘学社宁调元、陈汉元，蠡城学社之秋瑾、陈伯平建立革命联络，往来密切。1907年初，健行公学解散。1908年初，约柳亚子等结南社。2月，在金山创立钦明女校。

相对于陈去病更为广泛的活动空间，高旭在1905年至1909年的革命活动，显得非常集中，他致力于同盟会在江苏和上海的工作，这包括健行公学的组织和《复报》的推广。如果考虑到高旭的学术造诣和与黄、邓的关系，他在《国粹学报》上的缺席是很难解释的，高旭1905—1909年间，仅有少量的诗词发表于《国粹学报》，这与他在《政艺通报》时代的参与热情极不相称。考量高旭在1905—1909年间的诗文，大多出现在《复报》、《神州日报》上，就可以理解，高旭的文字宣传活动已经与其同盟会的革命活动相配合，故而选择了与同盟会关系较为密切的《复报》和《神州日报》作为宣传场所。

但是高旭的学术思想与国粹派是极为一致的。他在《学术沿革之概论》一文表达了和国粹派“学存则国存”一致的观念：“国何以立，以有学；无学则国非其国矣。故一国必有一国之学，谓之国学”“中国学术思想不进步，其原因何在乎？在政体之专制”“至于外来之学，其大有利益于我国者则掠取之，以为补助之资料；其学虽善，而于我国现势不合者，则毋宁舍之而不顾焉。”[①] 这篇文章发表于1905年9月，和《国粹学报》创刊日期不远，有理由相信远在日本的高旭在学术思想上和邓、黄仍然保持着默契。

柳亚子在1905年仅为十九岁，他却已是一个激越的革命少年。在南

① 师薑：《学术沿革之概论》，《醒狮》第一期。

社成立之前，柳虽与《国粹学报》的主持者邓、黄有所交接，但是他始终没有作品刊载于《国粹学报》。

从年齿上讲，柳亚子比起《国粹学报》最为出众的少年英俊刘师培还要小三岁。虽然在1903年，柳亚子已经加入中国教育会，开始参与沪上的反清风潮，但在《国粹学报》创立时，柳亚子仍在以学生身份求学。1904年春他在金松岑的同里自治学社学习，暑假还去上海探望了狱中的章太炎。下半年因为骑马受伤，在苏州和黎里两地养伤。1905年春，继续在自治学社学习。暑假到上海，加入中国教育会所办的通学所，跟着陶焕卿学习催眠术。秋冬间，返回自治学社学习，创立了自治学会，出版《复报》。1906年春，至上海，入钟衡臧先生所办理化速成科，习实用化学，思制爆裂弹，以实行暗杀，学未成而中辍。又思赴日本学陆军，得伤寒病几殆，遂不果行。病愈后，欲入健行公学读英文，又为高天梅、陈陶遗所拉，使主国文讲席，始识马君武、孙竹丹、苏曼殊、刘申叔。加入中国同盟会。谒孙中山先生于吴淞口外海舶中。扩自治学会为青年自治会，作同盟会外围团体。改周刊《复报》为月刊，日本东京印刷，上海发行。以蔡孑民先生之介绍，加入光复会。八九月间，偕陈陶遗、高天梅僦居于八仙桥鼎吉里四号，署其门曰夏寓，实中国同盟会机关部也。始识宁太一、傅钝安、陈汉元。1907年到1909年间，柳亚子大部分时间在家居读书。①

时年十八九岁的柳亚子，作为一个学生往来于上海的中国教育会和同里的自治学社之间。他已经有了一种与时代潮流相应的学术实践，但是他还没有进入上海那个以《国粹学报》为中心的学术圈子。

高旭和柳亚子在1906年曾交往甚密。他们一起在健行公学任教，一起刊行《复报》，并多有唱酬。不论是主动疏离还是尚未被接纳，《国粹学报》上陈、柳的缺席透露了他们在革命活动上的某种选择。就像前文所说的那样，文字宣传也有着各种层次，且透露着文人的宣传态度和策略。如果说“启蒙大众”和“求诸通人”间的区别之一在于“效率”，那么这一点同样可以用于解释《国粹学报》和《复报》的区别。

> 当时的一般士大夫阶级以及对中国文学有相当造诣的知识分子，即使思想开明，其爱好旧文学也不会有所转变，保存国粹是他们最爱听的。而年青的知识分子，旧文学根底较浅，读到过于深奥的文学，

① 参见柳亚子《自传·年谱·日记》，《柳亚子文集》，上海人民出版社1986年版。

> 会不感兴趣。……因之《国粹学报》上发表的文字，多数是阐述明末遗民顾炎武、王船山的民族思想，表扬陈卧子、夏完淳英勇不屈的气节，并且写得非常古朴。……人家都认为是复古运动，并不加以注意。而《复报》却是明目张胆地揭出排满宗旨，高举革命旗帜……文字非常激烈，逆胡、虏廷、贼满人、载湉小丑等名称满纸者是。……青年人很对胃口，虽然不能公开，而秘密订购、秘密阅读的也很多。①

《国粹学报》和《复报》的阅读对象、刊物风格迥然不同，对于主盟同盟会江苏分会的高旭和激越革命的少年柳亚子，《复报》正是他们感兴趣的宣传方式，正如柳亚子所说："那救祖国的手段，自然是千变万化，不离其宗，这区区报纸，却也好算手段当中的一分子了。至于列位看报的，总也是热心爱祖国的人，我又怎敢说没有些影响呢！我抱着我的良心，我靠着我的热血，不达到我的目的，便万死也不休。"②

所以当陈、高、柳于1908年初酝酿南社的时候，很大程度上，也是承续了这样一种观念。在革命的潮流面前，学术和诗词也将显露其"效率"的差别。特别是当明遗民的精神资源得到广泛认可之后，那些史论撰录中的遗民著述佚事也就与诗词中的遗民歌咏产生了区别。前者更为详实地建立起史学家们想要的学术谱系作为国学的支撑，也成为反满的不二材料；后者付诸激情文字，将反满的历史资源直接转变成精神资源，激发人的革命热情。如果说《国粹学报》和《复报》透露了国粹派和日后的南社的文字策略，那也就可以预见，南社群体相对更具有激越姿态和事功精神。事实上，不论是南社成立时的群体同盟会身份，还是日后南社成员参与的革命起义暗杀活动，都在表明这个文人群体追求革命效率的特点。

五 小 结

章士钊曾经提出三个有趣的问题："今之世多能言昌明国学之必要者，顾国学何以须昌明？抑由何道而始获昌明？且昌明之者当属之何

① 朱剑芒：《我所知道的南社》，《南讯》第15期，第186页。

② 柳亚子：《复报发刊词》，《柳亚子文集·磨剑室文录》，上海人民出版社1993年版，第154页。

人?"[①] 在清末国粹主义思潮中，对于建立国学的理论体系正统性的问题，世人都在提出自己的思考。一方面，张之洞为首的清朝官吏在积极倡导国学；一方面，康有为、梁启超等立宪党也倡言国粹。但是，当整个学术界与晚清的反政府思潮联系起来时，对于学术的话语权则需要被这些反叛者首先获得。在黄节、邓实的言论中，充满着争夺话语正统的企图，他们对于整个专制历史的否认，也即是对于曾经的专制学术正统的否认。他们宣称过去的学术史都是一部被异族篡改的学术史，为专制服务的学者，已经被科举制度磨洗得没有真正的判断力，于是这些没有功名的学者理直气壮地回答了"昌明之者当属之何人?"的问题，他们觉得在野的身份是值得骄傲的，这能让他们不被专制政府左右，从而建立起最符合历史真相的学术系统。而这个真正的学术系统可以为衰弱的中国铸造灵魂，让中国重获生机。

《国粹学报》的创立，某种程度上成为一种标志，意味着学界对于反清的一种态度。各方的反清实际活动此起彼伏的时候，学界要做的是为反清制造更加强硬的理论支撑。这个群体的集结，使得学术与革命的关系空前紧密，它用了八年的时间与革命的潮流相配合，来建立一个新的学术话语体系。清代的学术研究，可谓集历代之大成，晚清的国粹派，在一个朝代收束的历史时间里没有进行理所当然的总结陈词，却极其倔强地向学术史挑战，他们重建学术史的企图里包含的是一种强烈的时代兴味，这种兴味让清末学术界的群体呈现出一种学术致用的企图，那就是——反夷。

但是对"夷"文化的广义狭义解读，使得狭义者止步于反清，广义者兼具反清和反西方文化的双重任务，就《国粹学报》而言，一方面他的反清宗尚在刊物中借助学术的面目，不断地重塑和整理遗民文化以及明末清初的史事，为反清制造了坚强的学术支撑；另一方面，它的作者群显然在不断扩大，突破了革命者的范畴，而涵盖了一个国学传统的概念，学报意图汇聚这部分力量在西学日渐蚕食的文化空间中保留国学的位置。在这个过程中，具有反清宗尚的南社成员成为《国粹学报》的撰稿者，但是这部分文人对于反清的态度是更为激越的，沪上日渐兴盛的同盟会的机关刊物也为他们提供了多样化的发表平台，当对于效率的要求成为他们宣传中更重视的部分时，他们会选择一种激越而足见成效的表达方式，那就

---

① 章士钊：《国学讲习会序》，章含之、白吉庵主编：《章士钊全集》，文汇出版社 2000 年版，第 175 页。

是诗词。

“启蒙大众”和“求诸通人”是革命的两翼，恰如学术和诗词是革命的两翼，他们都是为了革命，但是却也如此不同。

第四节 从寒隐社到国学商兑会：国粹主义的流衍与南社群体

在南社的发展脉络中，主流叙述线索是柳亚子建立的，他从神交社开始追述南社的渊源，将神交社称为“南社的楔子”；另一条关于南社发展的叙述线索则少有人予以关注，它存在于高燮的叙述中。1917 年，高燮给南社社友周芷畦的信中这样写道：“寒隐社之约，实为南社之先声。”①1940 年，时隔多年以后，高燮仍然这样描述寒隐社与南社的关系：“南社之创，在清季庚戌，其时不佞先有寒隐社之结，而南社遂以继起。”②

在高燮的叙说思路里，“为南社之先声”、“南社遂以继起”这样的评价，将寒隐社与南社勾连起一种不可分割的承续性。在南社的渊源问题上，高、柳二人各自言说着南社的发展谱系，柳亚子未提寒隐社，高燮也不曾言及神交社，二者的言说思路之不同或可为我们更清晰地揭开一个前南社时代。此章将从细绎寒隐社开始，并将观察延伸至民国成立后由高燮主持的国学商兑会，以此观察南社的另一个发展理路。

一 寒隐社

（一）寒隐社与南社

寒隐社于 1909 年由高燮创设于故乡金山。这和南社的创立恰在同一年。高燮这个人物在前文已经有所涉及，高燮（1878—1958），江苏金山人。名燮，字时若，又字吹万，号寒隐、葩叟、志攘、黄天等。这个人来自金山高氏家族，这是一个颇具声望的文化家族。这个家族有十位南社成员，可以说与南社渊源不浅。寒隐社是一个以高氏家族成员为核心发展起来的地方性文人社团，编辑有《寒隐社丛书》，从中可以窥见这个社团的

---

① 《答周芷畦书》，高铦、高锌、谷文娟编：《高燮集》，中国人民大学出版社 1999 年版，第 401 页。

② 《致温丹铭书之五》，高铦、高锌、谷文娟编：《高燮集》，中国人民大学出版社 1999 年版，第 437 页。

宗旨。丛书共两种，一是陈子龙的《安雅堂稿》，一是吴日千的《吴日千先生集》。“己酉秋，余与同志数人结寒隐社，论学之余，更征集前人遗著之为世罕见者，谋次第刊行。”[①] 丛书之于南社的意义在于，某种程度上参与并完成了前南社时代南社精神谱系的建立。

清末南社在成立过程中，需要从历史中为自己寻找依据，为自己的反清行为找到历史的支撑，是这个社团必须完成的任务。于是南社这个标榜民族主义的社团，将自己的精神渊源追溯至明末，一方面在诗文中不断回忆和强化明末的几复风流和遗民节操；另一方面便是整理几社、复社和明遗民的文献。寒隐社的丛书整理工作便属后者。姚光曾这样描述寒隐社的时代使命：“余生不辰，当神州板荡之年，抱种族沉沦之痛，与吹万舅氏结为‘寒隐社’，将谓长作遗民以殁世矣。然如鲠在喉，欲有所言，以申大义于天下。而言之触忌讳，则无能传世而行远；国人之喜新又不若笃古之深也，乃校刊明季遗书而表彰之，使人心涵濡乎风教，而不忘其典型，以为提倡光复之一助。”[②] 姚光所言，既申明了寒隐社旨在光复的政治理想，也言明其文化手段乃在表彰文献，这正是前南社时代革命文人的共同努力方向。

南社骨干成员在南社成立前大多都曾致力于文献的整理工作，他们在这个过程中互通有无，可以说这是一个文化群体共建南社精神谱系的过程。当高燮整理陈子龙集的时候，陈去病正在整理夏完淳的集子：“百年而公《安雅堂稿》亦以出世，而吾友吴江陈君去病、华亭张君孔瑛，近亦辑有《夏考功集》，欲谋付印之举。”[③] 在编辑遗民著述的过程中，蔡哲夫也和高燮有所交流：“去年秋，得交广州蔡子哲夫。广州故昔羊城也，而蔡子知余喜表彰先哲，乃出其手抄邑明遗民《薛剑公先生集》，诗为《南枝堂稿》，文为《蒯缑馆草》，都数百篇寄余，请为序。”[④] 此时，姚光也在整理《王席门先生杂记》，他邀请高燮为书作序：“吾甥姚子凤石，以书一卷题曰《王席门先生杂记》，谓钞于里中范氏所藏旧刊本，世无有

① 高燮：《吴日千先生集序》，高铦、高锌、谷文娟编：《高燮集》，中国人民大学出版社1999年版，第50页。

② 《寒隐社丛书后序》，姚昆群、昆田、昆遗：《姚光全集》，社会科学文献出版社2007年版，第46页。

③ 高燮：《安雅堂稿序》，高铦、高锌、谷文娟编：《高燮集》，中国人民大学出版社1999年版，第46页。

④ 高燮：《薛剑公先生集序》，高铦、高锌、谷文娟编：《高燮集》，中国人民大学出版社1999年版，第49页。

存者，谋将梓行，而请为序之。”①

在这个发扬文献的过程中，对象的选择体现了前南社时代精神谱系的倾向性，陈子龙（1608—1647）和夏完淳（1631—1647）是几社的扛鼎人物，他们以词章著称，更以明末在江南地区组织抗清活动留名史册。吴日千（1620—1695）也是以诗文驰名几社的人物，在明亡后成为著名的遗民。王席门也是一名“以气节自励”的明遗民，他的杂记里提到了陈子龙之死的细节。薛剑公也是明遗民，他在鼎革之后成为一名逃于禅的僧人。以上几人中，除了薛剑公是广州人外，其余四人都是松江人，可以说是高氏的郡邑先辈。金山一带古称云间，陈子龙等既是文学团体云间派的中坚，又是当时颇具政治影响力的几社的组织者。这个群体符合作为南社精神楷模的标准，既导夫文学之先路，又树立政治之影响。当这个精神谱系建立起来后，南社的面貌也就渐渐清晰。故而高燮在回忆南社与寒隐社关系时，称寒隐社为“南社之先声”。

在这个为南社建立精神谱系的过程中，高氏家族再次展示了一个文化家族的力量。外甥姚光是高燮《寒隐社丛书》编辑的重要襄助者。相对于《觉民》时代，此一时期的姚光已经成为家族中与高燮在文化活动中最为密切的人。他参与了高燮《寒隐社丛书》的全部编辑工作。在《安雅堂稿》编辑中，姚光担任了校勘的工作，“陈卧子先生《安雅堂稿》印成，予任校勘之役。”②《吴日千先生集》也是由姚光将搜寻所得的遗民材料交给高燮刊刻的，“我友汪子若望，以其所藏抄本《吴日千先生集》见借，余以呈之舅氏高吹万先生删定，列之《寒隐社丛书》刊焉”③。

在《吴日千先生集》编辑完成后，高燮邀请侄子高旭为之作序，在高旭的文字中我们读到这个家族力图通过编辑工作表明的态度，正是一种民族主义意识：“士君子苟稍具志节，未有不明种类之界说者。我邑吴日千先生，丁季世，目睹亡国惨状，其抑郁沉痛何可言喻。宁老死空山，不作新朝赞助，盖亦当时有志之士矣。”“顾予窃思之，夫日千先生之志节，传诸百世可知也，为夷夏之大防，作中流之砥柱，神州虽有陆沉，人类尚

① 高燮：《王席门先生杂记序》，高铦、高锌、谷文娟编：《高燮集》，中国人民大学出版社 1999 年版，第 46 页。

② 《书陈卧子先生〈安雅堂稿〉后》，姚昆群、昆田、昆遗：《姚光全集》，社会科学文献出版社 2007 年版，第 25 页。

③ 《吴日千先生集序》，姚昆群、昆田、昆遗：《姚光全集》，社会科学文献出版社 2007 年版，第 38 页。

得不灭者,惟公等志节是赖焉。"[①] 高旭概括了家族成员此时的文化态度,他们倡导了一种以整理文献来进行反清宣传的方式。

寒隐社这种带有家族性质的活动,也为家族赢得了文化声望。寒隐社通过文献的整理,力图建立一种明末英雄遗民的精神谱系,而这正是前南社时代所必须完成的重要工作。在这个整理过程中,高氏家族与当时具有反清攘夷倾向并热衷历史文献的群体进一步交接,这些成员不少成为南社日后的核心成员,如陈去病、蔡哲夫等。在这个意义上,寒隐社与南社存在着某种承续性。但是寒隐社的家族性和地域性,又使得它没有将自己扩而大之的意愿,高燮自己也说,"其后南社既从大处落墨,不佞遂将寒隐两字,私而归诸一己耳"[②]。寒隐社的存在状态和主持者高燮的心态可以说是互为表里的。

(二)寒隐社与高燮等的心态转换

高燮创立寒隐社,他的反清行为隐藏在一种似是而非的"寒隐"外衣之下,就像他所推崇的明遗民那样,虽然以退为进地保持着气节操守,但也免不了有着与世疏离的狷介。所以需要弄清这一段若寒若隐的避世疏狂到底是文人有意为之的末世自保,还是高氏家族成员的一种真实的文化态度?且看高燮的《寒隐社小启》:

> 况今天方荐瘥,士争媚俗。狂风飙起,俨如疫疠中人;异说朋兴,等似尘嚣扑面。而走也偶同混俗,颇异酸咸;土木形骸,樊笼毛羽。抚孤琴而惆怅,独寤寐言;褰芳杜以沉吟,湛然自守。夫生既无益于时,死愿罔闻于后。春风无主,觉逃者之自愉;秋雨索居,悟浮生之靡乐。因思约素心而数晨夕,结胜侣以赏芬馨。南山当窗,望古而叹;西风满野,吾道其孤。倘有守雌癖士,抱拙迂腐,甘落寞于穷乡,课微茫于暗室。拟评松菊,呼五柳以相随;同理弦歌,招两生而偕隐。果能遁世无闷,盍与把臂入林乎。是故摅怀旧之蓄念,聊当加餐,发潜德之幽光,不求闻达。[③]

① 《吴日千先生集序》,郭长海、金菊贞:《高旭集》,社会科学文献出版社 2003 年版,第 510 页。

② 《答周芷畦书》,高铦、高锌、谷文娟编:《高燮集》,中国人民大学出版社 1999 年版,第 401 页。

③ 《寒隐社小启》,高铦、高锌、谷文娟编:《高燮集》,中国人民大学出版社 1999 年版,第 45 页。

高燮的叙说中有一种乱世中独善其身的意味，独寤寐言、湛然自守、秋雨索居，透露出一种吾道甚孤的情绪。高燮在顾镜清死后曾经发出过知己零落的感叹，几年来他始终在各种交游中寻找相合的同道，但是和积极四处奔走拓展自己交游圈的侄子高旭不同，高燮始终倾向于固守自己的乡邑甚或是家族的范畴，包括后来创立国学商兑会，也一直固守的是“独抱孤怀，不随时尚”[①] 之旨。考虑到此时的高燮通过整理明末抗清志士和遗民的著述来建造某种精神谱系，他自己其实也在向自己崇尚的遗民靠拢。遗民带有一种政治标识和文化身份，高燮都在通过寒隐社进行遥远回应。寒隐社固然有发扬民族主义的意义，但是遗民那种与世疏离，独立于主流之外的心态，也在高燮身上呈现出来。他的《寒隐社小启》正是他的夫子自道。

高燮创设寒隐社时，还用一首诗歌来表达了自己在《寒隐社小启》中的那种心态：“说着论诗道已微，相思绵渺古人稀。风飘坠叶甘侵帽，尘起污人欲浣衣。林密山深心独往，天回地转愿终违。鸣条解与梧桐语，为报今年秋更非。”[②] 在“为报今年秋更非”的诗句里，我们读到在寒隐社创设前一年的 1907 年，秋瑾就义对当时江南士人的心态影响，这个事件让高燮内心对清末时局生出更深的失望，所以在“天回地转”的愿望无法实现的情况下，独善其身的意义更倾向于一种道德的标举。

高燮在家族成员中交流了他自己的这种心情，他邀请高旭与之唱和，高旭与高燮在诗歌观念上一直非常契合，他的诗歌也非常恰切地回应了高燮的情绪：“邱葛迷茫叹式微，河山非旧景依稀。心伤故国惟拼酒，泪洒新亭欲湿衣。毕竟讴歌终未息，思量心事几全违。窗前低向芭蕉诉，今是何曾昨尽非。”[③]

高增在一首词中也道出了高燮寒隐社的幽微心态：“炎凉阅尽成何世，皤然欲思高举。石隐风遥，天寒日暮，到此更何情绪。欲行还伫，似抱膝隆中，素琴独抚。弹向空山，泠泠古调，渺渺难侣。　　萧斋似闻低诉。道人海浮沉，不如归去。缅想苍葭，闲寻芳杜，应有畸人会遇。招来

---

① 《答饶纯钩书》，高铦、高锌、谷文娟编：《高燮集》，中国人民大学出版社 1999 年版，第 427 页。

② 《拟结寒隐社作诗述意》，高铦、高锌、谷文娟编：《高燮集》，中国人民大学出版社 1999 年版，第 486 页。

③ 《时若家叔以寒隐社述意诗属和，谨次原韵》，郭长海、金菊贞：《高旭集》，社会科学文献出版社 2003 年版，第 107 页。

小住。试赏菊看松，别寻幽趣。读罢君诗，香风吹入户。”①

对于高燮所创立寒隐社，外甥姚光最透彻地看到了他的内心，姚光在给《寒隐社丛书》作序时，便阐发了高燮那种不得已而“隐”，但是却以隐作为一种用世方式的心态：“士固乐于有所为，隐果何为哉？亦曰：不得已云耳。惟其不得已，故身既隐，而复有社，既有社，而又有丛书之刊焉。”“故隐也者，其身虽若无意于世，而其心则愈苦者也。舅氏吹万先生，创为寒隐社，久之得同志若干人。因思所以表彰先哲，发潜阐幽，遂有刊《寒隐社丛书》之举。”②

高燮这种遗民兼逸民的心态对于外甥姚光的影响很大，在姚光的求学经历里，高燮一直扮演着导师的角色，从觉民社到寒隐社，姚光都是积极的追随者和参与者。有学者将“舅甥关系”定位为文化家族中的一种特殊现象③。姚光的成长一直与高燮相关：“忆甥自年十六七时，毕业学校而家居，即从余游。余乃稍稍导以古文之知识，甥意欣然。余与甥志趣既合，相处又近，虽只辞片段，必就余商榷。脱略形骸，无拘无隐，至今十余年，未尝少间。即卷中各稿，大抵多经余浏览而手润者。”④

姚光受到高燮影响的不仅仅是学识、思想，还有心态，这个少年在十三岁时写出意气洋洋的反清诗文，被目为“童子军之铮铮者”，而寒隐社时代心态却近乎逸民，这与其舅高燮颇有关系。姚光的一篇自传，学陶渊明《五柳先生传》的写法描写了自己的成长经历：“年少气豪，有仗剑中原、策马塞外之志，以光祖宗之玄鉴，振汉族之天声自许。尝欲环游世界，尽览天下之名山大川而后快；负笈出游，即病几殆，一若天有以阻之者，平生志气，因而大挫。又亲老无兄弟，势不能远离，伏处里庐不复出，从寒隐先生游，偕隐焉。乃仰以追思千载之前，以狂胪文献为职志。”⑤ 在此后很长时间，姚光都抱定和高燮一样的孤洁信念，投入到国

① 《读时若叔寒隐社述意诗，为之于邑者久之，因填齐天乐一解》，郭长海、金菊贞：《高旭集》，社会科学文献出版社2003年版，第660页。

② 《寒隐社丛书序》，姚昆群、昆田、昆遗：《姚光全集》，社会科学文献出版社2007年版，第26页。

③ 罗时进：《清代江南文学发展中的“舅权”影响》，《江海学刊》2011年第5期，第181—187页。罗师指出：“舅甥关系”也成为江南名族高门的一种具有丰富文学内涵的关系。它揭示出江南家族文学在父系血脉的作用外，还受到母系血脉的重要影响。

④ 《删定复庐文稿弁言》，高铦、高锌、谷文娟编：《高燮集》，中国人民大学出版社1999年版，第66页。

⑤ 《赤松逸民传》，姚昆群、昆田、昆遗：《姚光全集》，社会科学文献出版社2007年版，第30页。

粹的整理工作中："果有其人，空山独居，抱残守缺，则彼虽欲亡我学而不可得。如此国学有一线之延，即国脉有一线之延也。而星星之火终有复燃之一日矣。"①

（三）世变中的心态转换与结社选择

对于高燮而言，寒隐社的创立似乎可以作为其心态发生变化的某种标志。在近代一系列社会事件面前，高燮的思想和诗歌都一直处于变化之中。高燮曾述及好友顾镜渊诗歌的演进脉络，可以看出这个文化家族的子弟们在家塾求学期间的思想变化：

> 岁戊戌，志士奋起，争言变法，而东亚老大之睡狮，似有昂头欲醒之势，而君之抑郁因以稍释。乃不数月，而又科头睡矣，方且酣梦焉，又加甚焉，呼不醒焉。而君睹此现象，于是大愤，而其诗亦遂一变；庚子四月后，盲风狂煽，妖云渐兴，星火燎原，养痈斯溃。君丁此时，热血填胸，奇泪盈把，灵根忽现，骚鬼入肠，而其诗遂又一变；辛丑以后，清政府鉴兹大祸，迫于列强，重行一二新政，以饰汉民之耳目，则便有一般所谓开新之士者，相与延颈企踵，呼号而欢迎之，以为此中国之福也。噫嘻，悲乎，其果然耶，否耶？于斯时而君之诗又一变。②

在社会变局面前，诗歌已然无法沿着家族前人温柔敦厚的道路前行，对于这些追求"以我为诗、不以诗缚我"的少年来说，社会的变局就是他们最佳的诗料。从戊戌革新的渺茫希望，到庚子义和团事件的愚盲蒙昧，再到辛丑条约的丧权辱国，这些事件激起的是家族子弟诗作的一变再变。"自近八年中，适当19世纪末以至20世纪初，其文字界变迁之速，率至于不可思议。"③ 而这一变再变的诗歌，是这些青年对于近世事件的思考和回应，是从戊戌变法以来对清廷的一线希望到后来志在反清的心路历程。然相对于日后高氏叔侄创建南社时的革命理想，此时的反叛仅是家族少年对于时局的一种青春叛逆。当家族后劲的反叛还未发展为政治思想时，其表现方式便主要呈现于诗歌，高氏子弟以不断否认昨日之诗来探寻

① 《复周仲穆书》，姚昆群、昆田、昆遗：《姚光全集》，社会科学文献出版社2007年版，第276页。

② 高燮：《漱铁和尚遗诗序》，高铦、高锌、谷文娟编：《高燮集》，中国人民大学出版社1999年版，第44页。

③ 同上。

一种对于时局的呼应。

1903 年，高氏家族的反清活动开始迈出家族的局限建立与沪上革命群体的关联，他们创办了《觉民》杂志。这份杂志鲜明地展现了高氏家族的反清态度，高燮甚至还在信中驳斥过邓实过于持中平和的观点，为激烈的反清文字宣传正名。但是 1909 年创立寒隐社时的高燮显示出一种迥异于前的态度，开始倾向于一种遗民兼逸民心态，但是他并非真正的隐遁，而是选择用文献整理的方式来为反清攘夷的活动赢得正当性，并建立起一个可供追模的明末英雄与遗民的精神谱系。

这些和当时刚刚成立正处于发展上升时期的南社有所出入，寒隐的心态让高燮在对待南社的态度上保持一定距离。这个对于精神节操有着孤高标准的人，其时倾向于二三素心人之间共同砥砺节操，他排斥那种规模巨大，人声喧嗔的社团景象。而柳亚子正在酝酿着以文字鼓动风潮的一个革命队伍，他积极地邀约当时全国各地持有反清思想的文人加入其中。故而高燮在回忆中曾这样说："南社之创，在清季庚戌，其时不佞先有寒隐社之结，而南社遂以继起。其实不佞硁硁之见，与南社之广滥，本稍有不同。自入民国，佐命者颇多社中之人，从此入社者乃更滥于前。"[①] 高燮不满于南社的"广滥"，和他的寒隐心态有关，他的"约素心而数晨夕，结胜侣以赏芬馨"[②] 的理想本不在一种声势煊赫的活动。

因为对南社发展方向的不满，高燮在南社的活动中表现得并不积极，并且他还拒绝了南社的约稿。"当日南社发起之初，弟固不欲与于其列，然亚子等仍强以拙作著编入社集，久之又久之，始填入社书寄去。"[③] 在这件事情上，高燮在一首诗歌中表达了委婉的拒绝："辛苦雕肝计总差，不祥文字未宜夸。感君盛意怜桑蠖，愧我微吟似井蛙。落笔徒教存废什，工愁谁说是名家。存心得失真虚语，传到千秋事尚赊。"[④] 高燮诗歌中称自己的作品为"不祥文字"不愿意付梓，并且谦虚地说自己的作品离流传千秋，留存后世还差得很远。在同一时期写给陈去病的诗歌中，高燮也

① 《致温丹铭书之五》，高铦、高锌、谷文娟编：《高燮集》，中国人民大学出版社 1999 年版，第 437 页。

② 《寒隐社小启》，高铦、高锌、谷文娟编：《高燮集》，中国人民大学出版社 1999 年版，第 45 页。

③ 《复黄病蝶书》，高铦、高锌、谷文娟编：《高燮集》，中国人民大学出版社 1999 年版，第 407 页。

④ 《陈君巢南柳君亚子来简均劝余印诗集于南社，答之以诗》，高铦、高锌、谷文娟编：《高燮集》，中国人民大学出版社 1999 年版，第 488 页。

明确表明自己无意于世事的态度“蛙蚓遁藏聊复尔”，自注曰：“余方结寒隐社，无意于世。”[①]

在对寒隐社的分析中我们可以发现高燮心态变化导致的其文字经营方向的改变。高燮不再热衷于一种“启蒙大众”的文字宣传，他疏离了报刊那块人声鼎沸的宣传阵地，甚至疏离了南社那种以诗词传播民族主义观念的途径，留存在他的诗集中的诗歌，1908 年只有两首，1909 年为十七首，大大少于此前的创作产量。我们似乎看到一个回归书斋的高燮，像明末的遗民那样在文献的寂寞中去建立自己的文化理想。从这个角度讲，高燮代表了当时一批士人的状态，以学术的方式进行民族主义的宣传，这以日渐兴起的国粹派为代表。国粹派和南社从反清宗旨来说是一致的，且多有人员交集，但是从发展的走向来说，这两个群体是注定会渐行渐远的。高燮的心态正意味着当时国粹派和南社在观念上的某些区别。这种侧重学术的发展方向，也使得高燮在民国成立后成立了国学商兑会。

二 国学商兑会与国粹群体

（一）国学商兑会的成立与发展

国学商兑会由高燮创立于 1912 年。1912 年 5 月 23 日《太平洋报》发表了高燮的《国学商兑会小启》，5 月 27 日发表了《国学商兑会章程》。《国学商兑会章程》规定以“扶持国故，交换旧闻为宗旨”，分经学（小学附）、史学（政治学、舆地学、掌故学附）、子学（理学、佛学附）、文学（美术学附）四类。6 月 30 日国学商兑会正式成立。

国学商兑会创立于南社成立后的第三年，至于为何要在南社之外别立社团，我们可以试着在社友的评论中寻找答案。姚光对于南社和国学商兑会在文化发展思路上的区别，分析得很恰切：“光随吹万先生于民元发起国学商兑会，与南社相辅而行，一重学术，一尚文辞。”[②] 南社与国粹派之于革命的意义也各有公论：“岁己酉，友人陈子佩忍、高子天梅、柳子亚卢，发起南社，藉诗古文词以提倡革命，余亟赞成。今光复功成，民国建立，未始非提倡国学之结果，而明季诸先生之流风余韵所致也。惟旧邦重建，凡百更新，而国学万端，亦皆待理，发挥光大，愈不容缓，此国学

① 《寄巢南》，高铦、高锌、谷文娟编：《高燮集》，中国人民大学出版社 1999 年版，第 489 页。

② 《与李印泉书》，姚昆群、昆田、昆遗：《姚光全集》，社会科学文献出版社 2007 年版，第 340 页。

商兑会之所以结也。巩固祖国基础，踔扬民族精神，将有赖焉。”[1] 高燮和姚光在寒隐社时代经历的心态转变，伴随着他们对于文字革命方式的思想转变，他们肯定诗词的革命意义，却渐渐倾向于学术的文化之功，他们认为国粹的整理对于一个国家民族的精神命脉更为有用。这导致他们在南社成立后又成立国学商兑会来实践自己的文化认识。

高燮《国学商兑会小启》云：

在昔秦政焚烧，六经尚存孔壁。汉武罢黜，百家犹在人间。故有入泉出天之精诚，即为古圣先民所呵护。学之不讲，古义奚知？辨有未精，大道斯隐藏。自匡、刘以大儒而附伪莽，绝不来君子之诛。吴、许以道学而仕胡元，反得享太牢之奉。盖人心之尽死，皆由学术之不明矣。夫国而无学，国将立亡。学鲜真知，学又奚益。况凡今之人，不尚有旧，视典籍如苴土，沦坟索于草莱，户肄蟹行之文，家习象胥之籍。倚席而讲，匪博士之才。抱经以行，丧宿儒之业。见披发而祭野，辛有所以兴悲。作胡语以骂人，表圣因而致痛。爰立斯会，冀挽颓波。非敢强人以同，聊系绝学于一线。空山落寞，精义以阐发而益深。斗室沉吟，玄谛因推敲而愈显。孤证妙解，必使切理而餍心。触类旁通，亦不逞奇而眩异。邦人诸友，凡百君子，如有乐乎此者，敢望贻我佩玖，同歌丘中有麻，与子偕行，共采中原之菽。民国纪元三月日敬启。[2]

对于高燮而言，他的学术运思常常带有些许清末国粹派的影子，他的这篇小启中没有过多跳脱超越的内容，相反倒是一种承续。他首先叙述秦政、汉武对于学术的破坏，仍是国粹派批判秦代以来专制凌驾于学术的言说习惯；而对于“匡、刘附伪莽”，“吴、许以道学仕胡元”的批判，也是国粹派以道德和民族主义批判文人节操的传统；至于对于“户肄蟹行之文”则带有国粹派一贯以来对于西学的警惕。对于高燮而言，他倡立国学商兑会，有着一种以学术振国魂的目的，这是一种清末以来国粹派思想的再现。

这种国粹派的延续论调在高燮的《国学商兑会成立宣言书》中进一

① 《国学保存论》，姚昆群、昆田、昆遗：《姚光全集》，社会科学文献出版社 2007 年版，第 9 页。

② 《国学商兑会小启》，高铦、高锌、谷文娟编：《高燮集》，中国人民大学出版社 1999 年版，第 52 页。

步发挥，该文又名《论学书一》，曾在国学商兑会第一次会议上呈示众人。“处今日而言国学，其为举世所唾弃乎？然处今日而犹不言国学，吾恐先圣之传，宗邦之旧，将至此而消亡尽矣。学者何？一国之所赖以存也，学既消亡，则国亦随之。”[①] 这段关于国学与国运的关系论，是我们极为熟悉的清末国粹派的论点，将国学的地位推崇到一个关乎国家命运的高度。

然此时的言说背景毕竟不同于清末，此时民国建立，亟需确立支撑的学术基础，而此时的高燮将眼光投向了“孔学”，较之于清末可谓是某种逆转性的回归。高燮称“夫国莫先于儒术，而儒术之真莫备于孔学”。这似乎是一种暗示，学术的理论已经较之于清末开始发生一种转移。从对于孔学的批判，到对于孔学的再次推崇，学术的转向意味着一种思潮的变迁。高燮接着说：“然而孔学既厄于当时，其后复焚坑于秦，表章于汉，淹没于魏晋六朝五代之际，杂驳于唐，衰弱于宋，牢笼于明，鬻卖于胡元、满清两朝。数千年来，不出于践踏，则出于利用。利用既久，而孔学遂成为事君之学。”在高燮的理由阐述中我们读到一些似曾相识的味道，在为孔学正名之前，仍旧是宣传自秦汉以来的孔学都非真正的孔学，这是晚清国粹派在为国学正名时的一贯手法，但是立论的改变却最终影响了国学商兑会的学术走向。“今者清运既终，专制随倒，共和初建，岌岌犹危，乃不学无术之徒谓夫政体变更，国教不合，拟请黜废孔祀，虽瞽说盲谈，无足置议，然不有人起而发明斯学之真，有以关其口而辟其妄，则涓涓不塞，此亦灭学之渐也。”民国建立后孔学又面临新的命运，它不再是被践踏和利用，而是将要被废除。高燮在寻求孔学之真的时候就有了更为急迫的忧虑感，他的辩解也更为急迫：“当满清之覆也，其初亦由一二有识之士，倡为春秋攘夷之说，而光明所布，不数年间，遂告厥成功焉。此亦受孔学之赐也。夫神州国学，原非止孔学而已。即孔学之真，亦非止攘夷一端而已。”在这些看似陈旧的辩词里，我们读到高燮的一个策略，他在利用南社的某种成功来为现在的倡导孔学作号召。因为春秋攘夷之说，是南社或者说曾经的寒隐社用以发挥排满的学术基础，这个成功是一个示范，将可以给新肇建的民国以滋养。

在高燮关于国学商兑会的基础文献里，我们读到高燮一种国粹派的延续思维和精神，他仍然是立足于一种以国学支撑国运的思路，仍然有着对

① 《论学书一》，高铦、高锌、谷文娟编：《高燮集》，中国人民大学出版社 1999 年版，第 15 页。

于西学的警惕和对于国学沦亡的焦虑。在从“国粹”到“国学”的词汇转变中，我们也看到当年的南社和寒隐社群体身上那种民族主义的渐渐淡化。

在他的《论学书二》中进一步阐释了他在此种背景下兴复国学的新的考量。“有教育之责者，当此新国初基，民志未定，正宜竭力崇尚，阐明精义，以倡率全国发从古未有之荣光。今不惟此是务，乃反于此时得乘隙以行其贼灭之计。是则吾国孔学之真，直不亡于暴秦，不亡于盗贼夷狄，而将亡于神明华胄主持教育者之手也。凡亡人之国者，则必先灭其学，盖学不灭，则国虽亡而仍将复兴。吾中国之屡经覆亡而仍有今日者，学未灭也。吾诚不解夫彼身负重名者之置一国之危于不问，而亟亟于自灭其学也，岂不大可哀哉。”① 读到此，当熟悉的“亡人之国者，则必先灭其学，盖学不灭，则国虽亡而仍将复兴”论调出现时，切勿以为是晚清国粹派的重复，论者将要申明的是孔学之真经历了秦朝的焚书坑儒，经历了清朝的种族凌夷之后，现在却将要被新建立的民国的教育者们彻底抛弃，这种厄运或可给孔学带来灭顶之灾，这种来自内部的“自灭其学”，或可给中国带来无法复兴的亡国命运。此时一种自晚清国粹派一脉相承的承担感就浮现出来：“经累代君主之利用，而孔学之真以失，然而犹不至于亡者，常有赖夫一二山林伏处之士，风潇雨晦，不已鸡鸣，抱遗经而独抗，存大义于微茫。”对于游离于各种政权利益之外的在野人士来说，屡屡在风雨如晦的时代承担传承国学的责任是义不容辞的，这也可以理解为何高燮常常在言及国学商兑会时便流露一种寂寞而执着的姿态。

高燮为国学商兑会的成立作有诗歌庆贺：

勉矣千秋业，精灵尚在兹。名山期述著，绝学叹凌夷。道义吾滋愧，文章孰起衰。古人今不作，怀想一攀追。

礼失求诸野，无如向壁搜。道穷麟逝叹，字斥蟹行羞。欧化逾淮橘，儒酸类楚囚。升高凌八极，俯听鸟钩辀。

纵横九万里，上下五千年。穷到先天易，参来上乘禅。秦灰留片影，鲁史阐微权。至道胥平等，何当起共肩。

赤松高隐地，风雨发奇光。坟典书淮在，丘轲道不扬。正声常郁

① 《论学书二》，高铦、高锌、谷文娟编：《高燮集》，中国人民大学出版社1999年版，第18页。

结，大义久微茫。留得斯文在，江湖水共长。[①]

观高燮的诗，可以作为其《国学商兑会小启》及《宣言书》的梗概观。诗歌中提到的“绝学叹凌夷”，表达的正是孔学衰微的背景，“文章孰起衰”的疑问之后，便有“礼失求诸野”的担当，这是在野学者的回应。“字斥蟹行羞”、“欧化逾淮橘”，也对当时大道凌夷的大背景作了交代，自清末以来，这种西学冲击的焦虑感就从未消退。要击退这种焦虑感就必须回到自己的学术根基，所幸国学留给学者的阐释空间是广阔的“纵横九万里，上下五千年”，而其核心乃在孔学“秦灰留片影，鲁史阐微权”。当高燮写到“正声常郁结，大义久微茫”时，就像清末国粹派有感于国粹湮灭不闻号召学者们共同整理国粹一样，他要表达的是当下国学被边缘化和异化的情况下学者们共同阐扬国学精义的呼声。

国学商兑会从1912成立一直经营至1930年，近二十年的时间里，这个社团经历了南社的分合，也经历了新文化运动的冲击，这个群体在一段不算短的岁月里坚持了自己的样子。高燮曾在1925年的时候这样描述商兑会的文人群体样貌：“弟创商兑会，意在绸缪古欢，风雨论学，雅不欲多为招致。故十余年来，会友不及二百人，而相与以函札文字往来者不过数十人。”[②] 根据高氏后人高铦的统计，可查的会员人数是一百五十八名。[③]

在1912年，姚光曾去信给北京的陈蜕庵，请他在京设立分会：“国学商兑会先生允在燕中立分会，不胜欣幸。未知已有头绪否？如一时同志未多，弟拟先在贵报馆内设一通讯处，以树风声何如？”[④]

然分会并未如愿展开活动，当时的几则文献倒是值得一表，陈蜕庵作有《国学商兑分会启》：“国学商兑会发起于东南，今蜕庵北游，同人以推广会义相属，蜕庵亦维秦城夏河之间，笃学嗜修，振古为盛。盖吾道之南，始于游夏，洎后派别自因风气，非有益也，况今地肺久通，复更人灵遥集，而此都首出，明清踵居，八方之风备夙矣，用是刊行原启暂章，跂我同心，互持大雅，窃以谓国学沦今，如兰艾丛植，鲜采芳馨，淄渑并

① 《国学商兑会成立，喜志以诗》，高铦、高锌、谷文娟编：《高燮集》，中国人民大学出版社1999年版，第494页。

② 《与谭愚生书》，高铦、高锌、谷文娟编：《高燮集》，中国人民大学出版社1999年版，第429页。

③ 高铦：《国学商兑会和国学丛选》，《国际南社学会丛刊》第七期。

④ 《致陈蜕庵书》，姚昆群、昆田、昆遗：《姚光全集》，社会科学文献出版社2007年版，第282页。

渠，莫辨醇厚，而艺数精阐，德慧宏进，忘所由来，易于脱距，不能自耀菁华，奚以同流瀛澥，盖两干各枝，若不苏此干，则但见彼枝，岂曰移接，本自贯通，苟为殊存，迺称完备。所愧蜕庵学少而材废，意攟而言尽，譬嘤鸣幽谷，冀微声广应矣。北京分会所，拟设椿树二条胡同，民主报社内，同志愿入此会者，已非少数，此后研进，当副宏愿。”①

陈蜕庵（1880—1913），本名陈范，原籍湖南省衡山，生于江苏阳湖（今常州）是一位精通诗文的清末报人。在南社中也是极具号召力的人物，从经营《苏报》开始，便积极襄助革命，曾因苏报案流亡日本。民国后在京办报。他可以说和南社一起经历了晚清到民国的社会文化的变迁，对于国学商兑会的创立以及南社的演进，陈蜕庵这样谈道：“吾南社以文词感发国人，惊魂荡气，生死骨肉，于今三年矣，不可谓无宏效大验也。顾吾天梅提倡之意，以实不以虚。今者民族朝政，廓然改革，兵农政学工商，一一皆求实进，吾社进行，亦当腾步，固非仅如前此潇风晦雨中，以音险语钩挽国魂已也。”“窃以为各界竞新，是扬流也，吾侪既熟知流之与吾源无不合，则疏其正道，区其支域，通其淤塞，束其漫衍，删其冲礫。使吾国文学，亘古惊魂，暗而不彰者，无勿显著；九州万世，皆知今世演进之理，不为国学，越吾范围，是吾社责也。近天梅与石子诸君复创商兑会，楚伧亚卢诸君为文美会，不啻先得我心矣。”②

民国成立，南社当年“以文词感发国人”之功不小，但当下民国建立，“兵农政学工商，一一皆求实进”，这已不是当年需要文词鼓吹民族主义的时代了，所以南社的功用需要随之改变。陈蜕庵对于“竞新”的看法或没有高燮那样悲观，他将这些视为一种“扬流”，而南社当下要做的便是“导源”，以彰显学术正统的真意。所以他对于国学商兑会及文美会的创立极其赞同。③ 陈蜕庵代表了当时加入商兑会的大多数南社社员的想法，这些文人期望着在民国将混乱支离的国学整理更新，从而建立一种国家民族的精神支撑。

（二）国学商兑会与南社

在国学商兑会的成立过程中，我们发现这个社团的成立伴随着文人们对于社会发展形势的新认识和对自身价值的新思考，大家将民国成立视为一种学术转变的标志，民族主义的学术既然已成过往，而新邦肇建所需的

① 陈蜕庵：《国学商兑分会启》，《陈蜕庵先生文集》，民国三年铅印本。

② 《与高天梅书》，《陈蜕庵先生文集》，民国三年铅印本。

③ 当时陈蜕庵在北京，尚不知文美会已决定并入商兑会，二者实已合一。

学术支撑又尚未确立。南社这个与民国政治有着天然联系的群体，他们也思考着自己新的身份定位，国学商兑会成立是以为民国建立新的学术支撑为号召的，于是得到南社社友的响应。名列发起者的有高燮、高旭、姚光、蔡守、叶楚伧、姚鹓雏、柳亚子、胡朴安、李叔同、余天遂、林白举、陈范、周伟、文雪吟。在这份发起者名单中只有文雪吟是非南社成员，这意味着国学商兑会与南社的一种天然联系。当然，商兑会在日后的运作中也得力于南社的资源支持。从发起者到刊物稿件提供者，几乎都是南社社员。

但需要注意的是，商兑会与高氏家族的关系，这在某种程度上影响到商兑会的群体构成。在1912年的成立大会上，投票公举评辑员四人：经学李芑香、史学高吹万、子学陈蜕庵、文学高天梅；理事长一人：姚石子。又由理事长推举张仲传为文牍员，高君深、何献臣为书记员，卢少云、汪叔纯为庶务员，周人菊为驻沪庶务员，其会计员暂由理事长兼任。在这份名单中清楚地看到高氏家族的印记。高燮、高旭、姚石子自不待言，其余人物关系中，李芑香、张仲传为高燮同学，“李君芑香，品学兼粹，一本程朱而用力笃猛。芑香与余先后同受业于黄渊甫先生”[①]。“张君仲传，当时尤英英露爽，乃未几而病，病而染鸦片癖，颓然废弛矣。越数年，则又大发愤，往医院治之，逾月而断绝。”高君深为高氏家族成员。编辑员中高燮、高旭、李芑香三人曾经是同学，姚光又是高燮的学生，这其中的师承渊源也就使得他们的学术考量在一定程度上是接近的。

在刊物中最清晰的高氏印记是“商兑通信录”，这个专门登载往来信函的栏目，其实主要内容多是商兑会社员与高氏家族的信函往来。通过这些信函我们可以大致勾勒出高氏家族与当时学界的人员往来关系。这似乎很容易让人联想到清末《觉民》时代的高氏家族，他们通过办刊的方式与沪上的国粹派建立了关系。商兑会时代的高氏家族，也在办刊上带有一贯的家族色彩。因而商兑会虽然依托了南社的资源，但是某种程度上又是溢出南社范围之外的。

《国学丛刊》的学术建构之功到底如何，我们不妨考察一下刊物的文本。《国学丛刊》的体例是经学（小学附）、史学（政治学、舆地学、掌故学附）、子学（理学、佛学附）、文学（美术学附）四类。作为学术刊物，这种经史子集的传统文献分类法本就蕴含了某种学术侧重。试看从第五集到第十六集的通论、经类、史类、子类的文章（表2－1）：

---

① 《感旧漫录》，高铦、高锌、谷文娟编：《高燮集》，中国人民大学出版社1999年版，第268页。

表 2－1　　《国学丛刊》第五集到第十六集文章目录简表

	通论	经类	史类	子类
第五集 1914 年 6 月	学术沿革之概论（金山高旭天梅）	自在室读书随笔（姚光） 读诗杂记（高燮）	政法史通论（泾县胡蕴玉）	庄子通释（金山高燮吹万） 愤悱录（高燮） 情欲说（华亭顾增辉敬贤）
第六集 1914 年 12 月	吹万楼论学书（高燮）	读左绎谊（昆山胡蕴石予） 读诗杂记（高燮）	太古政法考（泾县胡韫玉） 顾尚之先生传略（金山姚光石子）	大乘起信论参注（姚锡钧）
第七集 1915 年 12 月	吹万楼论学书（九、十）（高燮） 国学商兑会分会会启（阳湖陈蜕蜕庵）	读左绎谊（昆山胡蕴石予）	政治原理（太仓王昀舒沪生） 汉书霍光金日磾上官桀皆有诛莽何罗之功而汉书人日磾于功臣表入光桀于外戚恩泽侯表发微（无锡蒋万里万里）	平立定三差通释（高均君平）
第八集 1916 年 10 月	吹万楼论学书（十一、十二）（高燮）	读左绎谊（昆山胡蕴石予）	政治原理（续）（太仓王昀舒沪生） 书史记夏本纪后（高燮） 书史记伯夷列传后（高燮） 读班固艺文志书后（姚光）	读老子（安吴胡蕴玉朴庵） 读庄子（胡朴庵） 读荀子（胡朴庵）
第九集 1917 年 10 月	各省新修通志体例之商榷（吴江金天翮松岑）	读左绎谊（昆山胡蕴石予）	读史探要（太仓王昀舒沪生） 顾漱泉先生传（金山高煌潜庐） 清封朝议大夫翰林院庶吉士私谥贞献先生顾公行状（高燮）	庄子通释（续第五集）（高燮）
第十集 1918 年 10 月	拟续修福建通志体例（泾县胡蕴玉朴庵）	读左绎谊（昆山胡蕴石予）	政治原理（续第八集）（太仓王昀舒沪生） 说安庆（吴江金天翮松岑） 说徐州（金天翮） 说兖州（金天翮） 读班氏古今人名表（姚石子）	读墨子（泾县胡蕴玉朴庵）

续表

	通论	经类	史类	子类
第十一集 1919年10月	金山县修志体例商榷书（高燮）	读左绎谊（昆山胡蕴石予）	政治原理（续）（太仓王昀舒沪生） 说邳（金松岑）	荀子学说（泾县胡蕴玉朴庵）
第十五、第十六集 1924年4月	中国学术论略（泾县胡蕴玉朴庵）	尚书今古文说（泾县胡蕴玉朴庵）	后汉书儒林传辑遗（华亭顾欣）	周秦诸子学略（续完）（胡蕴玉）

资料来源：《中国近代期刊篇目汇录》，上海图书馆、上海人民出版社1981年版。《国学丛选目录》，所见仅第五至第十六集。

在所见的《国学丛刊》中，在学术建构上最为积极的还是高氏家族，包括高燮、高旭、高煌、姚光、高均。高旭有《学术沿革之概论》，高均有《平立定三差通释》，高煌有《顾漱泉先生传》，姚光有《自在室读书随笔》、《顾尚之先生传略》、《读班固艺文志书后》、《读班氏古今人名表》。高燮的作品最多，他连载了《读诗杂记》、《庄子通释》、《吹万楼论学书》，并发表了《愤悱录》、《书史记夏本纪后》、《书史记伯夷列传后》、《清封朝议大夫翰林院庶吉士私谥贞献先生顾公行状》、《金山县修志体例商榷书》，几乎每一期都出现的高氏面孔以及数量上的优势似乎很难让人摆脱对于这份刊物的家族印象。

此外，撰文较为积极的有安吴胡朴安、昆山胡石予、吴江金松岑。胡韫玉（1878—1947），字仲民，颂民，号朴安，安徽泾县人。世代为儒，治学学戴东原、段玉裁、王念孙。文字学成就显著。胡蕴（1868—1939），字介生，号石予，民元后在苏州公学任教。金松岑（1873—1947）原名懋基，又名天翮、天羽，号壮游、鹤望，自署天放楼主人，江苏省吴江市同里镇人，清末民初国学大师。1912曾出任吴江县教育局局长。1921年与陈衍等组织中国国学会，邀章太炎到苏州国学会讲学。胡朴安、胡石予是南社社员，金松岑与南社关系密切，所以说《国学丛刊》也依托了南社资源。但是这种社团依托相对于家族的成员支撑来看，显得比例并不均衡。如果和《国粹学报》皇皇然囊括广泛的作者名单相较，则更显单薄。《国学丛刊》对于当时的学术界，甚至是南社社团内部的学术资源发掘引纳都显得不够深入，相对而言的是这份学术刊物的家族文化呈现。

《国学丛刊》在诗歌部分也因为过度引纳了南社资源而显示出与《南社丛刻》的某种雷同。《国学丛刊》的文类分为：文录、诗录、词录，这在刊物的体例上恰和《南社丛刻》相同，加上撰稿者多为南社社员，竟使得《国学丛刊》的“文类”像是《南社丛刻》的浓缩版。甚或由于撰稿者多为南社社员，有些诗词还同时出现在《南社丛刻》和《国学丛刊》上。清末的《政艺通报》和《国粹学报》本有收录诗歌的传统，其诗歌体现了“风人”之旨，发挥了民族主义精义。但是诗歌都是作为一种附录性质的作品，安排在有分量的学术著作之后，并未影响这两种刊物的学术分量。然《国学丛刊》诗歌分量似乎超越了这份学术刊物的最大容量，以至于刊物呈现出的是一个分量极重的集部和略似点缀的经史子部。

姚光曾说：“窃谓南社提倡文词，商兑会研究学术，二者相辅而行，于季世颓风不无小补。”① 研究者在很多地方都沿用了姚光的说法，但是与其说这是一种事实，不如说是一种设想。因为从商兑会的活动和刊物来看似乎有些盛名之下的难副其实。《国学丛刻》的“文类”淡化了其学术意味，而其经史子部也没有如同成立之初设想的那样建立一个学术的系统，刊物在家族的色彩笼罩下显示出并不那么社团化的色彩。这样一份刊物，其意义并不在于去追究它是否具有和南社政治地位相匹配的学术地位，而是在于其展示出的文人在学术反清的目标实现后，对于学术继续的坚守。

（三）文化破立之际的转变与坚持

1. 国粹派的转身

几乎和高燮等倡立国学商兑会同时，沪上的国粹派也选择了在民国元年实现自己的转变。1912 年 2、3 月间，《国粹学报》正式停刊，从 6 月开始刊行《古学汇刊》。这份刊物从 1912 年 6 月刊行至 1914 年 8 月。

当 1912 年中旬国粹派和南社同时在学术群体的组织上作出调整时，此时的中国学术也在酝酿新思潮的发生。对于以学术参与民族主义建构而进行反清活动的国粹派而言，满清朝统治结束以及民国的建立意味着其阶段目标的完结，此时的学术在新的背景下需有新的目标。

《古学汇刊》发刊词这样说道：“《国粹学报》刊行既七年，而黄帝有灵，中夏光复，民国之成，半由国人言论心志所造，而其精神之胎

---

① 《复傅钝艮书》，姚昆群、昆田、昆遗：《姚光全集》，社会科学文献出版社 2007 年版，第 292 页。

育，实出于明季二三遗民逸老，心力之为，苦志坚贞，著书立说，申明大义以告天下，阅二百六十余年而诸夏乃食其福。呜呼，文字之感人深哉。会今山河既复，日月重新，举目中原，揽臂澄清，谁其人者？则今之急务，又不在乎言论而在乎真实之学问，故《国粹学报》刊行之终，而本社复古学刊之问世，由言论之鼓吹，趋于学术实际。因思人类之在世，欲为国家谋生存之幸福者，固不可一日而废学。”“今南北统一已久，而国无定宪，人无固心，坐使中区摇摇，国如飘风者，谁之咎哉？论者每谓国是之不臧，由于行政之无人，而孰知执政济济，固有人矣，而无艰卓沉潜渊深之学术以支配其行政之识略，故今日建一议则为挟私见，故明日发一策则为争权利，固然，国非无人之为患，而人之无学之为患。故必有大学术家而后大政治家出焉。”“《古学汇刊》之作，固非谓世界之学尽在于是，然考古以知今闻，一以知十，当亦为学者所不废。同人等学问相求，不与闻政治，孜孜抱此残缺，守而勿失，他日当有能光大而发挥之，演而为政术，尚而为风俗者，得失虽微，其于国家兴废强弱之所关系，于是编不毋小补乎。”①

《古学汇刊》清楚地承续了国粹派的精神渊源，在追述清末的学术活动成就时，仍然将学术的精神支柱上溯到明遗民，“其精神之胎育，实出于明季二三遗民逸老”，这是国粹派建立民族主义学术框架的基础。对于国学与国运的关系，也继承了国粹派的坚持，认为国学关乎国运，但是民国建立后对于学术的要求已经和清末反清背景下的要求有所不同，“今南北统一已久，而国无定宪，人无固心，坐使中区摇摇，国如飘风”，以及所谓“其于国家兴废强弱之所关系，于是编不毋小补乎”。回到国粹派用学术解决社会问题的理路上，“国非无人之为患，而人之无学之为患”，国粹派仍然要继续发扬国学。当然，他们也关注到当前形势变迁造成学术转变的必要，“则今之急务，又不在乎言论而在乎真实之学问，故《国粹学报》刊行之终，而本社复古学刊之问世，由言论之鼓吹，趋于学术实际”。

当国粹派实现从《国粹学报》到《古学汇刊》的转变时，实际上是对于学术价值的一种新的历史判断，他们想要结束曾经的以学术为反清制造舆论的阶段，而进于学术的实际，这和国学商兑会不谋而合。这体现的是一种新的历史背景下，文人群体活动的转向。

当转向发生时，一种对于往日之我的批判则显得值得深省。华亭张景

① 《发刊词》，《古学汇刊》第一集第一期。

留于1910年创春晖文社，仿几社做场屋之文，在1915年的时候将积累的文章汇编成《春晖文社社选》，请高燮题序，高燮“欣然许诺”。高燮在少年时代，曾经鄙弃八股之文，将这些角艺之册尽数烧毁：“余年十七八时，亦各尝染指，顾心窃不好，而莫由自拔。一日者，与二三同志方抵掌谈世务，慨然于帖括之无所用，乃悉取架上所有，如闱墨试卷及一切角艺之册，举拉杂而摧烧之。”于是便出现了质疑者：“夫非犹是向者所取而拉杂摧烧之类耶，何既痛绝于前，而忽爱获于后也。”

高燮的辩解非常有意思：“夫工媚俗之文于科举之世者，以利禄为之驱也。理朴质之业于举世不为之时者，以道义为之先也。此中相去，何啻天壤。况维今之人，不尚有旧，保存国学，此责谁肩？于兹而有乡僻伏处之士，相与砥砺文行，声应气求，久而不厌者，此亦空谷足音也，岂非吾辈所当维系者哉。余尝观几社壬申文选，大抵一题之作，必有数人，盖当时亦会文类耳。然而其书至今，世逾珍贵者，盖不特以其人文之足重，亦以其志之超然特异，不肯徇时尚为可重也。今春晖文社之选，其人其文，虽皆未足以妄希前哲，而一则倡古学于时文陷溺之秋，一则振坠绪于国学衰亡之日，其志有同焉者矣。”①

他认为在科举时代为八股是“利禄为之驱”，这是他少年时代焚烧“闱墨试卷及一切角艺之册”的原因，但是在科举废除的时代，在举世不为的情况下钻研八股文，则有肩负“道义”的味道。在举世趋新而不尚旧的时代，草野之士的责任与担当让他们再次成为延国学于一线的群体。“一则倡古学于时文陷溺之秋，一则振坠绪于国学衰亡之日”，这样的誉词使得高燮与清末的自己做了一个清楚的交割。高燮在民国建立后一直致力于振兴国学，在此我们也发现高燮其实在放宽所谓“国学”的维度，似乎此时的国学更合乎“新”“旧”的概念。这个观念在高燮的诗歌中有所反映：“手把高文等瑰宝，心伤旧学掩蒿莱。维持自系吾曹事，惭愧评量到不才。”②

高燮的观点得到高旭和姚光的支持，高旭：“仗尔支撑风雅局，两京赋后此遗馨。”③ 姚光：“文章之衰盖久矣，既坏于昔日之场屋，复坏于今日之学堂。士溺于俗学，鲜有克振拔者。景留于举世靡靡之日，为

① 《春晖文社社选序》，高铦、高锌、谷文娟编：《高燮集》，中国人民大学出版社1999年版，第59页。

② 同上书，第515页。

③ 《题〈春晖社社选〉为张景留》，郭长海、金菊贞：《高旭集》，社会科学文献出版社2003年版，第231页。

此寂寞之事，欲以正其风而拨其弊，是难能也。”[①] 当高氏家族对于曾经的制举之文予以表彰的时候，这种转身说明，他们已经告别了一个时代，在清末有选择地推崇“国粹”，是为了宣扬“民族主义”，在民国近乎无选择地推崇古文，是为了更方便地对抗来势汹汹的趋新的文化风潮。

同样的转身还发生在高燮的诗歌中，他在1917年对诗歌有这样的评论：“大抵尊作清白洁净，饶有风格。所微不满者，则以篇中好用新字面耳。硁硁之见，以为为诗文词于今日，但当有新理想，不当有新名词。苟一入新名词，便觉有伤雅驯，而于词为尤甚。非特流行之新名词所不宜用，即陈腐之道学语亦不当用。”“弟于诗词，本无心得。惟近删旧作，颇自觉其病。”[②] 回忆起高燮在少年时代的写诗经历，推崇那种随世而变的诗歌。他在《政艺通报》、《国粹学报》、《觉民》上都留下了他把玩新名词的诗歌，但是当他“近删旧作，颇自觉其病”时，这种转身的发生伴随的是一种转换的文化时空。此时他对于诗界革命派的赞同只剩下“新思想”，而不承认“新名词”，是因为他不愿意承认日渐兴起的白话在逐渐侵占诗歌的空间。

事实上，白话诗歌正伴随新文化运动在逐渐流行，但是对于这种“有伤雅驯”的诗歌，高燮在几年后厌恶之情更甚：“自世道衰，而人心之好尚愈不可究诘，方且欲扫古来文字，而一以语言行之，无所谓性情，无所谓学问，而乃称之为诗，则我不敢知也。以若所为，求若所欲，则虽以其人之祖若宗，而有文字之留遗者，将唾弃唯恐不速矣。又遑论夫勤搜而宝贵者哉。”[③] 在白话诗歌兴起的时代，不论是“以文为诗”还是“以学为诗”都不再被遵守，在高燮看来，白话诗歌是一种没有学问、没有性情的文字堆砌。对于高燮而言，否定自己曾经在诗歌中运用“新名词”，是想杜绝当年新名词在诗歌中撕开的一道口子，让诗歌在俚俗的道路上越走越远。但是这似乎已经有些回天乏术了。

2. 国学的寂寞与坚持

关于国学商兑会开会的情况，在当时的《太平洋报》上有一则记录：

---

① 《春晖文社社选序》，姚昆群、昆田、昆遗：《姚光全集》，社会科学文献出版社2007年版，第67页。

② 《答马适斋书之一》，高铦、高锌、谷文娟编：《高燮集》，中国人民大学出版社1999年版，第404页。

③ 《王氏七叶诗存序》，高铦、高锌、谷文娟编：《高燮集》，中国人民大学出版社1999年版，第75页。

“七月廿八日国学商兑会开第一次常会，是日天气酷热，到会者甚少，仅吹万君出示《论学书》一通，及传观会员投稿数份，余惟清谈娓娓而已。是会会员多兼长书画金石之学，故会所壁间所悬之品，大半为会员手作云。”① 相对于1912年吵吵嚷嚷的政治会议而言，这则记录展示了商兑会的一种文人雅集的冷清。商兑会的这种冷清在民国并非孤例，昔日的国粹派同人大多正体味着同样的寂寞。不论是《国学丛刊》还是《古学汇刊》都已经成为小众的刊物，再难如同清末那样成为一种社会共同追捧的学术潮流。

在经营国学商兑会多年后，高燮这样说道：“弟创商兑会，于今十又三年。独抱孤怀，不随时尚。其志同道合者，天壤间只落落数人。盖此寂寞之业，要惟知者知之，不知者固无庸强求耳。”② 在另一封给友人的信中高燮也谈及同样的体会：“弟创商兑会，意在绸缪古欢，风雨论学，雅不欲多为招致。故十余年来，会友不及二百人，而相与以函札文字往来者不过数十人。”③ 在“落落数人”、“不过数十人”的表述里，读到的是一种寂寞的艰辛。国学商兑既然不是功利之学所在，也不是时代新潮所趋，功名利禄一无所得，而仅是靠在野文人对于学术国家的拳拳担当，此时的寂寞便是无奈的必然。

在曾经的国粹派的言语中，我们读到的固然有一种寂寞，但是其中的坚持也是一种千百年来在文人身上流传的精神就是所谓的“士”的担当。当国粹派经历了清朝民国的易代之后，在兵荒马乱之中首先想到的是对于文献的保存：“自去秋武昌之变，东南驿骚，故家旧藏，狼藉马足，一二寓公，避地沪上，所携残余，十不三四，由拳为瀛海都市，俗尚奢侈，居大不易，诸公煮字不饱，则不得已出其长物以与。……断籍一去不返，而海外神山方广开文馆，大筑书库。回顾中原板荡，文物曷徵，使长此终古，则有甚秦焚，神州旧文明复归獉狉。予目击悲悼，思欲掇拾灰烬，收集一二旧本精钞而大部重函，盈箱累箧，辄为贾胡重金夺去，虽疏衣练食无能为力，踌躇怅惋，计惟传录副本刊布人间，则椟去珠存，神物无恙，于是而有《古学汇刊》之作。”④

① 《太平洋报》1912年8月5日。

② 《答饶纯钩书》，高铦、高锌、谷文娟编：《高燮集》，中国人民大学出版社1999年版，第427页。

③ 《与谭愚生书》，高铦、高锌、谷文娟编：《高燮集》，中国人民大学出版社1999年版，第429页。

④ 《古学汇刊序例》，《古学汇刊》第一集。

《古学汇刊》的缘起，在于国粹派一直以来的文化担当感："明清异代，兵火频仍，中原文献荡然，吾人于二百余年之后，仍得多读古人之遗书者，毛氏刊刻流传之功也。使晚明末年，无汲古一阁，则东南文物何以一线递延至今乎，故时际升平，物力丰盛，刻书非难，丁季世人人方忧生念乱之不暇，而汲汲从事枣梨，使读书种子绝而不绝，则尤难能可贵矣。"①

这种担当也体现在国学商兑会的经营上，高燮在写给朋友的信中谈道："学术沦胥，于今已极。人心之患，世道难言。如此狂澜，决非徒恃在上之政教所能变易。窃尝以为欲挽回今人之无学，必先视乎一二人之有学。此一二人者，即所谓读书种也。不可因今人之无学，而自丧其志者也。系微阳于硕果，作风雨之鸡鸣，真吾辈之责矣。"② "窃念晚近以来，识时之士，相率弃旧，举世风靡，不知所届。诚恐更阅数十年，国学将有销灭之日。商兑会之设，本欲藉朋友切磋之功，为绝学维持之地。"③ "商兑会之设，专以扶持国故，交换旧闻为宗旨也。夫谈文章之道于今日，本为至寥廓至寂寞之学。而不佞为尤甚。盖并无所谓治安天下、拯救斯民为职志者，则恐于斯道亦终未有济也。"④ 一句"吾辈之责"勾勒出这个群体自清末以来的一种铁肩风范，无论是南社或是商兑会，这都是一种群体精神的凝聚所在。虽然在各种评论中对于国粹派也好，南社也好，在其民国后的作为都颇有微词，但是当聚焦一个群体时，发现对于一个群体而言，无论是民族主义也好，国粹主义也罢，各种阶段性的目标达成之后，一个群体久而弥坚不致消散的或有别样的精神，或许这种担当感更可解释民国后的南社群体。

不论国粹派在清末如何辉煌，在民国如何地坚持担当，但是他们对新文化运动的批评，使得他们获得"保守落后"的诟病。事实上，新文化运动的激进今天看来确乎有其不妥，这种不妥在当时那些曾经的国粹派批评者的言论中到能找到一些中的之处，故而这些保存国学者的坚持不能仅仅用是否合乎所谓的潮流来判断。

---

① 《邓实古学汇刊跋》，《古学汇刊》第二集第十六期。

② 《答胡石予书》，高铦、高锌、谷文娟编：《高燮集》，中国人民大学出版社 1999 年版，第 374 页。

③ 《答戚饭牛书》，高铦、高锌、谷文娟编：《高燮集》，中国人民大学出版社 1999 年版，第 388 页。

④ 《答王景盘书之二十》，高铦、高锌、谷文娟编：《高燮集》，中国人民大学出版社 1999 年版，第 402 页。

对“潮流”的判断有时只是历史进化论者的马后炮，在当时的场景中，商兑会同人也曾予以“潮流”无情的批判，“他姑不论，只顺应潮流四字，充其量便足以亡国灭学而有余”[①]。“有清之季，士风渐陋，人思速化，而学避艰辛。降及于今，白话之风，波靡一世，如中疫疠，如饮狂泉。”[②] 对于这样的“潮流”，高燮将之追溯到晚清，那种不学之风盛行，人人想着以最低的时间成本获得利益，那些渊博的需要陈年积累才可以获得的知识，于是遭受冷落。白话之风的盛行正是这种不良学风的蔓延，就像是一种瘟疫，让整个社会陷入一种学术上的病态。高燮的批评固然有其偏执，因为白话的盛行有其更深层的社会因素，但是高燮也看到推崇白话背后的学风凋敝，对于新文化运动也是一剂针砭。

高燮也很反感学堂中流行的以操白话为爱国的说法，“吾国文化今方为外域所崇仰，而国中不学妄人，乃反自斥文言为无用，正思竭力而革去之，此可谓之不穷而变。今学校中之习白话者，但能口操那个、什么数言，便自诩为爱国”[③]。在革命思维盛行的1919年前后，文言正被当作一种和社会制度一样陈旧的东西，被一些少年新晋们所鄙弃，至于将这种行为和爱国联系在一起，则触及了这些曾经的国粹派的记忆。他们曾经用这些国学，用这些文言诗词，鼓动了清末的革命，这何尝不是爱国，而这些文言现在将被以“爱国”的名义革除的时候，是这些国粹派所难以接受的。

对于白话，高燮等人倒是本不排斥，只是认为这是一种和文言并行的东西，行白话不必废文言，“今之所谓新文学，往往读之令人失笑，而潮流所至，如染疫疠，吾不敢知，吾为此惧。盖今日文言未绝，故尚能为白话，他日者，将并白话而不得也，夫岂但优美之文学扫地无余而已哉，而其机已兆矣”[④]。“自近数十年来，学校趋势，其国文程度，已递降而递下，大抵皆然，无可讳掩。盖始由高深而变为浅近，继由浅近而入于俚俗。至今日而径欲以文言易为白话，亦渐势使然矣。”“则以为同一白话也，出之于能为文章而具有学问之人，与出之于庸夫俗子不学无术之人，

① 《答王杰士书之三》，高铦、高锌、谷文娟编：《高燮集》，中国人民大学出版社1999年版，第422页。

② 《胡朴安俗语典序》，高铦、高锌、谷文娟编：《高燮集》，中国人民大学出版社1999年版，第74页。

③ 《答王杰士书之四》，高铦、高锌、谷文娟编：《高燮集》，中国人民大学出版社1999年版，第424页。

④ 《与张伯贤书之一》，高铦、高锌、谷文娟编：《高燮集》，中国人民大学出版社1999年版，第418页。

其程度悬矣。可知同一白话也，出之于能为文言之人，与出之于但能为白话之人，其程度又悬矣。是故今日文言未熄，而举国竞尚为白话，则虽曰白话而亦必有条理之可观。他日新文学普及，止有白话，更无文言以条理之，则将并白话而亦不能成也，是则可惧也。"[①] 对于学风从"高深而变为浅近，继由浅近而入于俚俗"的变化，高燮认为这会丧失文化支撑的根本。能写作文言的人来写白话，和只会写白话的人来写白话，高低之判很明显。

"吾辈风雨鸡鸣，商量旧学，聊以此自乐其乐可也。若谓得一二人之提倡，而冀挽回今日之学风，则非所望也。"[②] 当高燮这样说的时候，已经对于挽回学风失去了热望。新文化运动已经成为一种潮流，而让这些不肯追随潮流的人成为寂寞的一二边缘人物。但是这种寂寞中的坚持，成就了他们从清末以来要留读书种子在人间的一份愿望。他们的群体虽然已然成为小众，但是身上的担当感让他们成为没有随波逐流的最后一批文士。

① 《答王士杰书之二》，高铦、高锌、谷文娟编：《高燮集》，中国人民大学出版社 1999 年版，第 413 页。

② 《与张伯贤书之一》，高铦、高锌、谷文娟编：《高燮集》，中国人民大学出版社 1999 年版，第 418 页。

第三章　南社时代诗人群体的常态与非常态：雅集与刊物

南社文人的结合方式中，社刊和雅集是最重要的途径。《南社丛刻》能突破时空之限，使社团具有公共交流的平台，维持某种程度的精神凝聚；而雅集是分散的文人之间能维持常态交流的渠道，其把酒论文的对面接触，又有社刊所不能达到的效果。雅集和社刊构成了南社这个群体正常运作的社团机制。而在《南社丛刻》之外仍有多种类型的刊物，它们对于整合社团文化的作用何在？总社雅集之外也有分社和私人雅集的存在，这些雅集方式又是如何补充社团活力的？本章将予以探讨。

第一节　南社雅集与刊物概说

一　雅集

长期以来对南社雅集的关注都主要停留在以总社为主的活动之中。对于南社这样一个庞大而具有地域分散性的社团，总社雅集之外，还有分社雅集作为补充，另有难以统计的社友私人雅集。这些雅集对于南社作为一个整体存在的意义何在？分社和私人雅集是丰富了南社的雅集形态，还是消解了南社作为一个整体的权威性呢？

（一）总社雅集

南社的总社雅集共有十八次，加上五次临时雅集，总共有二十三次[①]。这二十三次雅集中人数最多的为第十四次，有五十六人到场，但对于这个成员众多的社团来说，仍属少数人的聚会。这种雅集虽然无法抵达

① 见表3－1“南社总社雅集简表”。

更大范围，但其意义却十分重要，它具有“仪式化”的性质，是一个社团存在的标志。仪式就在于通过一系列的模式化行为，使得不稳定感得到强化[①]。南社作为一个松散的文人结社，也在试图通过某种方式强化社团的内部关联，社刊和雅集无疑是最重要的手段。在被称为“南社大宪章”的《南社第三次修改条例》十三条内容，大半篇幅都在确定雅集与社刊的运作方式。其中第十条对雅集作出了规定：“各社友散处，每以不得见面为恨，故定于春秋佳日，开两次雅集。其时间地点，由书记于一月前通告。”[②] 总社通过这种定期雅集活动宣告其正常运作，以总社为名义的活动正常开展标志着总社的凝聚力和号召力的存在。

更重要的是，总社雅集还具有一系列功能化意义。每一次雅集都是集中处理社事的一次聚会：大家带来诗文交换，这成为将要出版的社刊来源，这也是和邮寄投稿方式并存的主要稿源；大家也将社友的地址进行核对，这是新通讯录出版的依据；还有社团的改选，这需要在雅集上开展或是确认；对于社团来说有重要意义的事件，如为社员出版遗著等，也需要在雅集上讨论细节……南社雅集的“功能”意义在与同期沪上其他社团的比较中更能凸显。沪上的遗老诗社等更倾向于一种“娱乐化”的结合，“或纵清谈，或观书画，或作打钟之戏，或为击钵之吟。即席分题，下期纳卷”[③]，尽管遗老们的诗歌活动也具有某种程度的政治态度，但是他们更接近传统文人诗画联吟的雅集方式。相对而言，南社文人在雅集上不是以娱情为主，而是侧重处理社团事务，南社总社雅集上的诗酒风流往往让位于其功能意义。

例如第十次雅集，据社友陈匪石的记载，这次雅集似乎也是一种传统文人的飞觞唱和。《第十次雅集纪事》：“春光妍媚，柳暗花明，兰亭流修禊之觞，华林驰校射之马。湔裙人远，胜纪长安；祓宴汀回，诗题曲水。上巳之辰，古称佳日，时维甲寅，南社开第十次雅集于歇浦，裙屐咸集，车马载途。既茗话于名园，复飞觞于酒阵。赏心乐事，把酒论文，泚笔记之，留为佳话。”[④] 此次雅集充满了对于名园修禊，把酒论文

① 王标在《城市知识分子的社会形态》中将文人雅集分为“娱乐型雅集”和“仪式化雅集”两种，认为后者更注重集团意识，并能通过仪式来获得群体中的权威。王标：《城市知识分子的社会形态：袁枚及其交游网络的研究》，上海三联书店 2008 年版。

② 柳亚子：《南社纪略》，上海人民出版社 1983 年版，第 24 页。

③ 这是樊增祥记载的遗老诗社超社的雅集方式。樊增祥撰、涂小马等校点：《樊樊山诗集》，上海古籍出版社 2004 年版，第 1997 页。

④ 《南社丛刻》第九集附录，江苏广陵古籍刻印社影印本 1996 年版。

的流连。但是如果仅仅停留在这段文本记载上，就难免会忽略雅集的社团功能，就在第十次雅集上，完成了一系列重要的社团事务，通过了具有“革命意义”的《南社条例》，即《第六次修改条例》，通过了柳亚子提出的改“三头制”为“一头制”的管理办法，条例中相关规定为：“本社设主任一人，总揽社务，并主持选政，由社友全体投票公举；会计、书记各一人，干事无定额，由主任委托，兼职者听。”① 这使得柳亚子的管理权力集中，此后南社便开始了以柳亚子为中心的南社时代。会后便有柳亚子的复社，此前他已经因为与高旭的矛盾而宣布退出南社了，此次雅集“条例通过后，晚宴春申楼，行令飞觞，颇有余兴”②。第十次雅集，既有着陈匪石“茗话于名园，飞觞于酒阵”的描述，也有柳亚子社事细节的记载，两相参看便可了解雅集处理社务的功能仍在首位。

总社雅集的功能从条例修改，社务达成，再到社刊及通讯录出版，这一系列活动构成了一个标志总社存在以及其权威地位的仪式，这是分社雅集及社友们以南社名义举行的私人聚会所无法替代的。总社雅集的状态也反映出一个社团的盛衰，当南社进入落潮期后，雅集也呈现衰势，1917—1923 年五年间只举行了三次雅集，雅集的废弛也意味着总社运作出现危机。就在总社遭遇危机前后，分社和社友的私人雅集活动却很抢眼。这种状态正是唐宋诗之争开始的社团背景，这意味着内讧开始之前社团内部已然呈现了变机。

表 3-1　　南社总社雅集简表

雅集次数	时间	地点	人数	备注
1	1909. 11. 13	苏州虎丘张东阳祠	17	
2	1910. 4. 10	杭州西湖唐庄	17	
3	1910. 8. 16	上海张园	19	
4	1911. 2. 13	上海愚园	34	
5	1911. 9. 17	上海愚园	35	
6	1912. 3. 13	上海愚园	40	
7	1912. 10. 27	上海愚园	35	柳亚子提议改三人制为一人制遭否，宣布出社

① 柳亚子：《南社纪略》，上海人民出版社 1983 年版，第 68 页。

② 同上书，第 63 页。

续表

雅集次数	时间	地点	人数	备注
8	1913. 3. 16	上海愚园	12	
9	1913. 10. 16	上海愚园	16	
10	1914. 3. 29	上海愚园	18	通过《第六次修改条例》，柳亚子同意复社
临时 1	1914. 5. 24	上海愚园	30	欢迎柳亚子复社，分韵赋诗
临时 2	1914. 8	上海徐园	16	
11	1914. 10. 10	上海愚园		
12	1915. 5. 9	上海愚园	42	
临时 3	1915 年四月三日（农历）	杭州西泠印社	28	
13	1915. 10. 17	上海愚园	27	
临时 4	1916. 4. 19	上海徐园	16	
14	1916. 6. 4	上海愚园	56	
临时 5	1916. 8. 20	上海愚园	26	
15	1916. 9. 24	上海愚园	34	
16	1917. 4. 15	上海徐园	39	是年有驱逐朱鸳雏、成舍我的南社内讧，之后柳疏于社务，1918 年无雅集
17	1919. 4. 6	上海徐园	26	改选主任为姚石子 1920、1921 两年社务停顿，无雅集
18	1922. 6. 11	上海半淞园	23	

资料来源：1. 柳亚子：《南社纪略》，上海人民出版社 1983 年版。2. 高燮集：《三子游草》，民国四年铅印本。

（二）分社雅集

总社的雅集活动因时空限制，并非所有社友均能到场，而地域化的分社活动则可以弥补这一缺憾。在南社活动期间兴起了一些地方性的分社，如江苏的淮南社（1910）、汾湖文社（1912）、梨社（1912）、销夏社（1916）、销寒社（1917）；浙江的越社（1910）、乐石社（1916）；上海的七襄社（1914）、正始社（1917）、鸥社（1919）；湖南的湘社（1912）；广东的粤社（1912）；辽宁的辽社（1913），等等。南社实际以江浙、湖湘、岭南三地士人构成主体，这三大地域的分社雅集情况尤其值得关注，另在北京也有南社分社组织的雅集。南社在京可考的雅集活动共有八次，广东分社的雅集有七次，湖南分社雅集有四次（见表3-2、3-3、3-4“南社分社雅集简表”）。当总社无法召集所有社友参加仪式化的活动时，这种分散在各地的以南社为名义的活动就得到允许，雅集的诗歌和照片也大多刊发于《南社丛刻》，成为一个社团共同关注的活动。但是这些分社与总社的关系其实是非常微妙的，这种关系影响到南社作为一个群体的走向。

1. 北京分社雅集

辛亥革命之后，南北议和达成，于是很多南社社友北上参政，这使得北京聚集了大批南社社友，“内以参议院、报界同盟会、统一、共和两党为多”，于是有了在京设立南社分社的设想。1912年8月1日的《太平洋报》上刊登了《北京之南社通讯处成立》的消息。该通讯处由田桐和杨杏佛发起，“以期联络情谊，俾社务日臻发达”[①]。十几天后的《民主报》上则宣告南社北京事务所正式成立。然事实上北京雅集的真正展开，是在高旭入京以后。高旭于1913年以第一届国会众议院议员的身份到京，在他的主持下，1913年4月至6月南社在京社友至少举行了四次雅集。但是就在1913年底政治形势逆转，二次革命失败，袁世凯下令解散国民党，撤销国民党籍议员资格，在此形势下高旭于11月南返，随后在京的雅集停滞。1916年袁世凯病死，黎元洪宣布重新召集国会，议员再度赴京，高旭也在7月中旬抵京。1916年，南社在京雅集又现盛况，8月至11月至少有三次雅集。

我们可以发现，在京雅集似乎是政治的晴雨表，南社社员的聚散正是民初政治翻云覆雨的见证。然我们此处不再纠缠于南社与政治的关系，而关注这个在京分社与在沪总社的亲疏。有学者已经敏感察觉到高旭到京热衷于分社活动，似乎有“立异”之嫌。据栾梅健分析，“在这以前的上海愚园第七次雅集时（1912年10月27日），为柳亚子改造南社事，他已经与柳亚子闹翻，以致柳亚子宣告出社，南社活动处于停滞与群龙无首的状态。到了北京仅一个多月，高旭便抖擞精神，四处奔走，于同年4月27日在北京畿辅先哲祠举行南社北京雅集，亦即第二次北京雅集。这其中，想必有着高旭重振南社、大干一场的想法”[②]。1913年5月1日的《民主报》和5月7日的《中华民报》均刊发了高旭起草的《南社启示》，宣称

① 《太平洋报》1912年8月1日。

② 栾梅健:《民间的文人雅集——南社研究》，东方出版中心2006年版，第140页。

“设立总机关于北京”，“总机关”的说法使得北京的分社身份突然有些暧昧，似乎有取上海总社代之的嫌疑。而在沪总社的行动也传达了这种隐忧，在6月5日的《中华民报》和6月6日的《民立报》上均刊发了总社名义的具有回应性质的《南社本部启事》，称：“四月廿七日北京之会，乃在京同人所组织。北京交通部与民史馆事，其所举各职员即经该部、馆事务，杂志亦为交通部中别集，皆与本部毫无关系也。凡社友函于本部之诗、文、词稿，寄上海浦东中学姚伯雄，社费寄上海朱少屏，入社书及其余通讯寄松江张堰镇姚石子。”① 1913年南社北京分社的活动蓬勃开展的时候，正是上海总社出现危机之际，柳亚子在上海愚园第七次雅集时（1912年10月27日）已经与高旭为改革社刊编辑制度的问题发生矛盾，退出了社团，1913年的南社正由姚石子维持着局面，而北京高旭的另组分社很容易让总社感到紧张，但事实上高旭组织的在京雅集活动却并没有与总社“南北分立”的效果。

高旭在京的活动，或许有着人事纠葛的某种因素，但是高旭主持的在京活动却是以延续南社精神为宗旨的，没有别出心裁自树一帜。在那份宣告“设立总机关于北京”的《南社启示》中，也同时宣布了在京南社的任务：“征集民季以来迄于光复前后诸先烈之遗闻轶事”，具体包括：“一、凡前明史本内所诬屈或遗漏之遗民烈士，如有真确事实或碑传遗书之类，均希见示；二、关于满清未入关以前之种种逸史；三、太平天国一朝事迹；四、各省光复前后种种之历史。”② 以上各条除了关于光复史的整理是新增内容外，整理明末遗民烈士的遗集、满清佚史、太平天国的事迹等均是南社在民国成立以前的重要工作。可知高旭对于南社精神的理解有着承续性，他希望把南社这种精神，随着他自己的入京移植到京师。

南社的北京雅集赓续了南社从清末以来关心时政，崇尚气节的精神，这更多也是一种在京社友的群体需要，他们的雅集诗歌表达了他们对于民初政局的忧虑，特别是在宋教仁被刺、袁世凯称帝等事件面前，体现出一种和总社一样的政治立场。1913年4月的畿辅先哲祠雅集、5月的崇效寺雅集都有分韵诗留存，高旭分别为这两次雅集诗集作序，可见他主持雅集时的政治心态，《畿辅先哲祠分韵》云：“所恨长夜漫漫，宁戚不闻扣角；桃园渺渺，宋玉尚未招魂。望旧雨而不来，叹坠欢其难拾。既感死者之可

① 1913年6月5日《中华民报》，又见1913年6月6日《民立报》。

② 1913年5月1日《民主报》，又见1913年5月7日《中华民报》。

悲，弥觉生者之无乐矣。”[①] 畿辅先哲祠雅集时，南社社友宋教仁已死，宁调元被关押狱中，“宁戚”、“宋玉”的典故正暗指二人的际遇，在袁世凯的独裁统治下南社正经历着人员的凋残和理想的挫折，这在雅集诸人心中是挥之不去的阴影。《崇效寺看牡丹分韵》云：“痛国事之蜩螗，伤美人兮迟暮。一时富贵，俨欲称王，半日清闲，同来载酒。”[②] 袁世凯意欲称帝的意图愈加明显，在京社友更是直接目睹了京师的这种变相和乱相，所以痛悼国事是社友们雅集时的共同主题。南社在京的雅集活动正是南社反袁活动的一部分，这些雅集诗歌被刊载于《南社丛刻》第十二集，作为附录部分呈现，仍然回到了总社的发表平台。

以高旭为主导的南社在京分社雅集在性质上仍然是南社的地域分社活动，其影响在某种程度上局限在北京社友之间，没有给南社造成像民初政治一样的“南北分立”。

表3-2　　　　南社分社雅集简表：北京

雅集次数	时间	地点	人数
1	1912.9	黄兴临时寓所	23
2	1913.4.27	畿辅先哲祠	21
3	1913.5.6	崇效寺	14
4	1913.6	陶然亭	不详
5	1913.6	不详	不详
6	1916.8.27	北京中央公园上林春	22
7	1916.9.24	北京徐园	29
8	1916.11.12	北京中央公园	19

资料来源：郭长海：《略谈南社在北京的雅集活动》，《国际南社学会丛刊》第二期，香港，1991年，第65—71页。

2. 广东分社雅集

广东分社源起于1912年宁调元创立的南社粤支部。1912年4月，宁调元到广东任三佛铁路总办，联络南社在粤社友蔡守、邓尔雅、谢英伯、王君衍等人共行雅集。当8月革命元勋张振武、方维等被袁世凯枪杀后，宁调元便辞去三佛铁路总办一职，开始讨袁的秘密活动，粤支部在几次小

---

① 《南社丛刻》第十二集，江苏广陵古籍刻印社影印本1996年版，第2599页。

② 同上书，第2607页。

型雅集后也趋于沉寂。五年后，1917 年 2 月蔡守发起了南社广东分社。分社成立之时正是一个很敏感的时期，南社在本年 6—8 月间爆发了以唐宋诗之争为缘起的激烈内讧。而蔡守在 2 月设立的分社，其实已经将广东社友集合为一个群体而取得某种话语权，故而才能在内讧中以“南社广东分社”的名义发布改选号召。

广东分社与总社的关系较为微妙，在内讧期间，蔡守虽屡屡以广东分社的名义发表反对柳亚子的声明，但是广东分社同人并非均是以蔡守的意见为转移，有的也坚决支持总社的合法性，这种分歧在广东分社成立的第一次雅集上就有所显现。社友们的雅集诗歌不断谈及他们对于“南社”和岭南群体的看法，有的认为广东分社是源自南社总社，持有一种地域化分社的身份；但有的却流露出一种标举岭南诗学的倾向，使得岭南能区别于江南而具有自己的文化身份。社友们追溯广东分社的渊源时，有的认为是“嘉会续江南”①，认为广州结社是沪上风气的流衍，“申江诸杰子，孕育吾南社。流衍至广州，蔚然成大厦”②。但是很多社友的诗学观念中也指出了岭南的诗歌渊源别有所出，是一脉独立的诗歌风尚，岭南诗歌从宋代，至迟到明代已经形成自己的独立风格，黄佛颐认为“粤诗溯有明，南园坛坫立”③。刘凤铿认为“自从东坡来，诗派传岭南。南社今继兴，风雅一肩担”④。霍庶明认为粤中诗歌堪与中原、东南鼎足而三，“中原多文献，大道适东南。南园有前后，兹会为鼎三”⑤。他们对于自己独特的粤中诗歌充满自信，认为可以引领诗坛，“寺访六榕结诗社，花明五岭主骚坛”⑥。“即论粤派诗，诗人多忠义。岭南胜江南，渊源各有自。气节与文章，此旨实不二。”⑦ 诗歌透露了广东分社诸子对社团的心理认知，这种心态底色使得岭南群体在面对南社内讧时，表现出一种分歧的意见，一方面坚持分社的身份，支持社团的团结；一方面从一种独立的文化精神出发，不愿“服从”总社的非民主决议，而参与到内讧之中。

在内讧之后，广东社友在 1918 的冬天又有“禺楼清尊集”。值得注意的是，南社创社元老中的两位：陈去病和高旭均为雅集之客，他们此时

---

① 孙璞，《南社丛刻》第二十一集，江苏广陵古籍刻印社影印本 1996 年版，第 5626 页。
② 邓桂史，《南社丛刻》第二十一集，江苏广陵古籍刻印社影印本 1996 年版，第 5638 页。
③ 黄佛颐，《南社丛刻》第二十一集，江苏广陵古籍刻印社影印本 1996 年版，第 5632 页。
④ 刘凤铿，《南社丛刻》第二十一集，江苏广陵古籍刻印社影印本 1996 年版，第 5640 页。
⑤ 霍庶明，《南社丛刻》第二十一集，江苏广陵古籍刻印社影印本 1996 年版，第 5627 页。
⑥ 陈兆年，《南社丛刻》第二十一集，江苏广陵古籍刻印社影印本 1996 年版，第 5463 页。
⑦ 莫冠英，《南社丛刻》第二十一集，江苏广陵古籍刻印社影印本 1996 年版，第 5624 页。

均在广州参加孙中山先生召集的非常国会。雅集凡六次，均有诗，刊于《南社丛刻》第二十一集的附录中。雅集规模不大，而观雅集人员，除高旭、陈去病外，俞剑华（太仓）、沈钧儒（嘉兴）、李一民（魏塘）、秦锡圭（上海）均为南下人士，故禺楼雅集非岭南社友竟占大半，可以说此次雅集更倾向于一种异地之联欢。这在内讧之后社事几于停顿之时也属难得。正如高旭在京的雅集组织一样，这样的雅集和政治关联很大，社友政治任务完成后离开广州，雅集随之解散。高旭在1919年春归沪，陈去病也在同年秋返沪，广州雅集未有再续。在1919年元旦[①]陈去病召集了“南园雅集”，然到者甚少，或者这是“南社”在岭南号召力弱化的表征。

表3－3 南社分社雅集简表：广州

雅集次数	时间	地点	人数
总第1次	1917闰二月初三	六榕寺	39
总第2次，又为禺楼清尊集，第一集	1918	未详	7
总第3次，又为禺楼清尊集，第二集	1918	未详	7
总第4次，又为禺楼清尊集，第三集	1918	未详	9
总第5次，又为禺楼清尊集，第四集	1918	未详	9
总第6次，又为禺楼清尊集，第五集	1918	未详	9
总第7次，又为禺楼清尊集，第六集	1918十一月初三	未详	15

资料来源：1. 郑逸梅：《南社丛谈》，上海人民出版社1981年版，第20页。2. 杨天石：《南社史长编》，中国人民大学出版社1995年版。3.《南社丛刻》第二十一集附录，《南社丛刻》，江苏广陵古籍刻印社影印本1996年版。

3. 湖南分社雅集

湖南社友在南社内讧期间联名支持总社，这和湖南分社向来的态度相关联。湖南分社的设立与陈去病的到湘有关，1912年他到湘拟将秋瑾的灵柩运返杭州，于是在长沙烈士祠举行了南社临时雅集。陈去病以南社开创者身份演说了“南社过去之历史及对于南社将来之希望”[②]。陈去病是南社的创始人之一，他的到来和演说奠定了总社对湖南分社的指导意义。

---

① 此说据《陈去病年谱》，郑逸梅称雅集在1919年十一月晦日，然查年谱，陈在当年秋季已返沪，恐非。《陈去病年谱》，见郭长海、郭今兮编《陈去病诗文集》，社会科学文献出版社2009年版。

② 杨天石：《南社史长编》，中国人民大学出版社1995年版，第297页。

第一次雅集之后湖湘群体的分社活动暂告消歇，到1916—1917年又有三次雅集，湖湘群体在雅集中强调自己与总社的关联，与“大本营的南社社友是声应气求的一贯组织”[①]。主盟者傅尃非常注重吴、湘两地的关联，他在1916年枣园雅集所作的《宁调元〈南社序〉跋》中追溯了湖湘与江浙社友的往来，“沪江通商大埠，自游学盛行，过客往来，日月不绝。豪杰能文之士，悉以南社为总汇，转相汲引，社籍益富，而湘、吴两省人士，情愫亦日以密，盖文字之感人有独契于众理之外者”。述及亚子之主盟，也颇多誉词，“值大盗移国，群蜚刺天，癸、甲以还，风流歇绝，余亦遁迹穷山，与世隔绝。惟上海一隅，不虚嘉会，吴江亚子，犹述旧闻，南社之不亡，繄其是赖”[②]。1917年4月长沙雅集的日期也选在与总社雅集相近的日子，作为未能身与总社雅集的一种遥远补偿，“长沙社员接柳亚子来函，定于4月15日在上海举行第十六次雅集，因沪湘远隔，决定于22日在半园举行长沙雅集”[③]。这次雅集上主盟者傅尃再次提及了沪、湘两地的情谊，“南东萃英彦，湖湘富兰芷。岂伊惊声华，相期资错砥”[④]。可以说傅尃自始至终主导了湖湘分社的社团态度，在于一种对总社的尊重。

社员们的雅集诗歌也更清楚地透露出他们对于总社的推崇，认为吴、楚两地的社团精神是一脉相通的，“伤心坐怆神州醉，举日谁堪大道肩。既倒狂澜期共挽，吴头楚尾两流连”[⑤]。而柳亚子作为一个总社的符号，常常出现在社友们的雅集诗歌之中，这也是在内讧中湖湘社友能力挺柳亚子的一个背景，如王竞称“亚子社中豪，常来慰延企”[⑥]。和岭南社友诗歌中强调地域文化的自异性相比，湖湘社友虽然也有足以自傲的楚湘诗歌风尚，但他们并不强调这一点，他们相反更关注湖湘与江浙总社的一致性，强调共同的政治目标和文化宗旨，希望与江浙社友能共挽狂澜，同肩大道。

如再度关注雅集的时间可以发现，湖湘分社的第二、三、四次雅集也处在一个敏感时期，正在社团内讧前夕，而湖湘群体在分社活动中，不断强化一种与总社的关联，整合起一种对总社的虔诚态度，这有利于内讧发

① 郑逸梅：《南社丛谈》，上海人民出版社1981年版，第20页。

② 杨天石：《南社史长编》，中国人民大学出版社1995年版，第431页。

③ 同上。

④ 傅尃：《南社雅集长沙半园分韵得似字》，《大公报》1917年4月24日第3张第9版。

⑤ 方旭芝：《前题得先字兼寄亚子苏州》，《大公报》1917年5月24日第3张。

⑥ 《南社丛刻》第十九集，江苏广陵古籍刻印社影印本1996年版，第4836页。

生时与总社站在同一阵线。通观长沙分社的活动，其作为大本营一个分支的态度甚明。傅尃作为湖湘群体之主盟，强调着“湘、吴两省人士，情愫亦日以密”，此时的湖湘群体仍然分享着南社的共有话语，分享着南社清末以来的气节和精神。但是湖湘分社仍然葆有自己的独特地域话语，他们强调一种传统的文化精神，这种不变的文化坚守使得他们在1923年新南社成立后发生了群体转向，选择作为一个独立的群体活动，而且他们认为这是对传统南社精神的坚守，也逐渐和岭南社友有更密切的文化接触和诗歌交流。

表3-4　　南社分社雅集简表：长沙

雅集次数	时间	地点	人数
1	1912年9月25日	长沙烈士祠	19
2	1916年6月21日	琴庄	20（十二人到场，八人未到）
3	1916年中秋后	枣园	30
4	1917年4月22日	长沙半园	29

资料来源：1. 郑逸梅：《南社丛谈》，上海人民出版社1981年版，第20页。2. 杨天石：《南社史长编》，中国人民大学出版社1995年版。

（三）社友的小团体雅集

南社每年两次的总社雅集固然对于社团具有“仪式化”意义，但是对于这个千人大社团而言，最为常态的文人交往形式还是无处不在的小团体聚会。对于很多南社社员而言，共处一地的社友是诗歌网络中最密切的成员。这些小型的社友聚会，虽然没有南社每年的社团雅集那样具有正式而严肃的社团整合意义，然其存在却是最鲜活的南社日常诗歌状态。在吴江、在醴陵、在北京、在广州、在嘉善，在任何一个有着南社社友群体的地方，雅集就可以开始，这是诗歌的现场和源泉。社友们可以从未到达上海而成为总社雅集的一分子，但是他们可以在自己生活的地方，同当地的诗歌群体一起展开他们的“南社”创作，有时也将诗歌寄发于社刊，让更多的社友来分享雅集的乐趣。当我们把目光投向这些诗歌现场时，会发现一个更为生动的南社。

诗歌网络说到底是一种关系网络，而关系之生成就在于诗人们的日常交往中，而雅集绝对是交往的最重要形式。南社这个庞大的千人社团，是无数的私人网络勾连而成的，而这些私人网络的活动是以雅集作为常态方式。在社友的诗歌中，提到最多的不是总社或是分社的雅集，而是小团体的聚会。这种雅集的数量是难以统计的，社友们密切的诗歌关联就建立在这些无法计数的雅集之中。

相对于集体性质的雅集，这些小团体雅集更具有传统的文人雅集意味。总社的雅集或已开始向我们所称的具有现代意味的“公共空间”发展，而小团体雅集常常还发生在私人宅邸中。例如胡朴安颇有学者风味的“朴学斋”就是社友雅集的场所，这是他在上海的住所。胡朴安是一名学者，也是一位诗人，其祖上世代为儒，祖父复初公著有《养拙斋诗存》，父亲胡爱亭著有《守拙斋诗存》及《文存》、《笔耕录》。朴安兄弟三人，其中胡朴安与弟弟胡寄尘加入了南社。常常出入于朴学斋中的有胡寄尘、陈匪石、叶楚伧、陈巢南、徐自华等。当这些雅集进入《南社丛刻》或是诗话，就成为南社社友可以分享的聚会乐趣。[①] 这个圈子里交流着友朋之间的心事，兹观胡朴安《答佩忍、匪石、楚伧四首》其一：

> 首夏风始和，习习来微雨。樱桃华正落，春笋满园圃。欢言载斗酒，聊为半日聚。大雅久沉沦，相与敦古处。赠我琳琅篇，清新拟开府。报之愧未能，终朝来兰杜。年来多世事，所学盖荒芜。窜身栖海上，忧劳日与俱。尘寰何扰扰，熙攘各有图。惊风飘白云，中天明月孤。耿耿夜不寐，披衣起读书。岁月悲逝水，大道泣歧途。所幸有良朋，助我以古初。[②]

这首诗歌记载了诗人们“半日聚”的情形，充满着诗人的细腻体验，初夏的微风细雨，朴学斋中的樱桃春笋，都是诗人们雅集时的快乐分享。大家也交流着诗歌体验，胡朴安将朋友的诗歌以南朝庾信相比拟，体现了这个诗人群以复古追求诗歌大雅回归的创作倾向。南社诗人们大多对于晚清的诗坛风气深感不满，希望追求一种大雅的回归。这种“大雅”某种程度上是一种诗歌精神的复振。就像陈子昂在初唐提倡革新时所采取的策略一样，南社诗人也希图以提倡复古来实现诗歌精神的振奋。同时，学术也是这个群体的关注重点，胡朴安在诗中提到了对于“所学荒芜”的担忧，

① 朴学斋雅集相关诗歌有：胡寄尘《春暮集朴学斋和巢南》，《南社丛刻》第1914页；陈匪石《春暮集朴学斋》，《南社丛刻》第1931页；叶楚伧《春暮集朴学斋》，《南社丛刻》第1963页。另有《春暮集朴学斋借巢南、匪石、朴安、忏慧、寄尘联句》，《南社丛刻》第2224页；陈去病《春暮集朴学斋》，《南社丛刻》第2227页。

② 柳亚子编：《南社诗集》第三册，中学生书局1936年初版，第257页。

这和担忧诗歌的大道废弛是一线相系的。这些文人为了谋生和追求革命理想常常不得不牺牲研治学术的安宁心绪。这个小群体的意义就在于，良朋的相互切磋砥砺，让学问和创作都不至于荒废。

胡寄尘《春暮集朴学斋和巢南》描述了这个小群体的苦乐怀抱："不定阴晴日易斜，江南三月落樱花。残英片片飞红雨，一盏深深泛碧霞。小叙故人聊自乐，且供春笋未为奢。谁知冷醉闲吟辈，别抱伤心未有涯。"这首诗歌再次提到了江南暮春的落花和细雨，还有朴学斋的樱桃树和竹笋，这对于常常做客朴学斋的友人应该是分外温馨的吧。故人小聚的快乐就在于这种熟悉的分享，无论是食物还是美酒，而更深切的朋友交流是在于这些诗人们可以无顾忌抒发的"伤心"。所谓"谁知冷醉闲吟辈，别抱伤心未有涯"，这些伤心是不足为外人道，也不易被外人理解的怀抱。这是作为革命者的南社诗人的隐秘心事，也是这些知己之间最深刻的交流。

我们或者会质疑这种私人活动与南社的关系，认为这些"非正统"的雅集对于南社没有直接之影响，然这些"细胞"活动正意味着机体的活力。这种潜在的人际勾连，其实是南社运作的软性支撑。社友们在一次次非正式的雅集场所体认着他们的"南社"身份。苏曼殊作为南社中声望最著名的社友之一，他没有参加过总社雅集却始终在小团体雅集上为社友带来惊喜和深刻的印象。苏曼殊行踪漂浮却挂念着海上的盛会，在信中屡致其念"如腊月病不为累，当检燕尾乌衣典去，北旋汉土，与天梅、止斋、剑华、楚伧、少屏、吹万并南社诸公，痛饮十日"①。

然而不可否认的是，社友们的小团体雅集具有更为分散的话语，就像机体的一个细胞，既在机体之内却又自在地活着。小团体会具有小团体的兴趣，这不必要统合在社团的集体话语之中。当小团体雅集更为充分地发展自己小团体的兴趣时，与整个社团的关系是更近还是更远了？当以艺术兴趣为主的雅集兴起，如词学创作为主的"春音词社"，以艺术为主的"文美会"、"乐石社"，以小说为主的"七襄社"；以地域为主的雅集兴起，如活动于吴江、嘉善、西塘等地的"酒社"、活动在上海的"鸥社"等，我们一方面看到南社发展得越来越壮大和多元，但是也看到这种规模膨胀后的负面影响，作为一个松散的文人结社，南社或者就在这种多元中被渐渐解构。南社小团体雅集派生出的结社，是一个更值得关注的现象。本章第四节将以鸥社为个案说明这种小团体雅集，怎样成为南社活动的一

① 柳亚子编：《苏曼殊全集》，当代中国出版社 2007 年版，第 144 页。

种补充，却又潜在地消解了南社作为一个整体的力量。

二 刊物

可以参加社集的人数往往有限，而《南社丛刻》的发表面和阅读面都更大，从这个意义上讲，《南社丛刻》能以最大的范围传递南社的影响。柳亚子从第三集开始取得《南社丛刻》的编辑权，他对社刊的编辑方式进行了一些改革，经他手的刊物可以说是渐渐成为一个社团的公共平台，南社的很多文化事件都是由《南社丛刻》来传达给社员，社友也经过《南社丛刻》进行交流。除了《南社丛刻》之外，南社社友还刊行了各种刊物，过去研究较关注《南社丛刻》而较少关注其他社团刊物，事实上这些刊物也在社团整合中发挥了很大作用，从诗歌创作到理论，从社团的政治理念到人伦精神，刊物承载着社团的凝聚力。以下介绍除社团刊物《南社丛刻》以外的几种刊物形式。

（一）社员别集

南社社友都擅长诗文创作，几乎人各有集，这些别集常常在社员间赠阅交流，成为社员们诗歌交往的一部分，也起到了凝聚社团的作用。

1. 别集中的序跋题词：品评的意义

社友的别集往往会邀请好友来题写序跋，这些题词者通常与作者有着诗歌交往，于是别集的序跋可以展示作者诗歌网络的构成。有的社友别集题词者全为南社社友，有的以南社社友为主，有的有一两个南社社友题词，但很少有南社社友别集中全无其他南社社友痕迹的情况。这些序跋题词透露了社友们诗歌活动的半径，或多或少都与南社有关。对于这些民间文人来说，社团诗歌关系网络无疑是最重要的诗歌关系网络之一。

对于南社而言，有时在序跋题词中可以汇成一种社团力量，大家通过征题的方式可以进行一种集体的表达，针对某一社友的作品，社友们可以展开话题的讨论。有时候参与题写序跋的社友很多，社友们海量的征题作品已经远远盖过作者原有的作品，真正展现了南社社员们声气互通的壮观场面。傅尃的《红薇感旧记》的刊行和题咏就是代表。

傅尃（原名熊湘）在民国元年、二年（1912—1913）曾在《长沙日报》上发表了大量抨击袁世凯的言论，在1913年遭到通缉，于是逃归故乡湖南醴陵，因友人刘镜心的介绍认识了脱籍的妓女黄少君，傅尃在黄少君的掩护下得以安全躲过当局的搜捕，“少君故豪侠，视余等特重，尝有所左右，得避耳目”[①]。后来少君出嫁，傅尃闻之颇为怅惘，为之作《红薇感旧记》，并广征社友唱和，得到社友的作品一百多首，傅尃将之编订成《红薇感旧记》的题咏集，“南社诸人相继有作，益复征题，遂得百余首”[②]。这本集子在民国六年（1917）已经编定，就在这一年，傅尃的反复辟言论再次招来祸患，《长沙日报》馆遭焚，不少珍贵材料毁于大火，其中也有这本《红薇感旧记》的题咏集。直到民国八年（1919）傅尃因“醴陵兵灾”前往上海请求南北议和团的援助时，才在柳亚子的资助下，将当年的“劫后残灰”汇编出版为《红薇感旧记》。

这部集子中傅尃自己的作品数量并不多，总共是一篇文，十八首诗，内容包括《红薇感旧记》一文、《玲珑馆词十首》和《后玲珑馆词八首》，其余大量篇幅则是社友们的作品，总共有两篇文，一百六十八首诗，八首词，四首曲。显然社友的征题之作已经远远超过傅尃原作的篇幅，使得这本别集更像社员们的总集。这些作品非作于一时一地，这些唱和作品也展现了南社的社事变迁。傅尃的红薇旧事对于南社来说，是一个跨越了从民国二年到民国八年的故事，这里面有着丰富的阐释空间，既可以追忆南社诸人在民国初年的反袁气节，又可热心谈论几复风流延伸出来的侠骨柔情。七年之中，妓女黄少君已然从花落子满枝到离居别处，傅尃也是几经逃亡，这本集子也经历了劫火余生。这段故事既和南社的历史相表里，又切合了南社的精神，社友们都在诗文中再次贴近了“南社”这个实体。因为这个话题只邀请了社友参与题咏，这就成为社团内部的话题讨论，六十九名社友参与到对于“红薇旧事”的讲述中，他们在其中强化了作为一名社友的参与感。这将在本章第三节进行详细讨论。

2. 社友遗集：整理与整合

社团精神的整合还发生在对于社友遗集的整理过程中。南社诸子作为“革命的文人”多有参与革命活动的实绩，也有人因而献出自己的生命，使烈士的遗作刊行就成为社友们的“后死之责”。在搜集、整理、刊行社友遗著的过程中，南社诸子也再次体认了某种社团精神。这不仅仅是对烈士精神的整理与传承，也意味着社团在一个共同的目标下进行活动，在这一过程中来整合社团精神。

1913 年 8 月 27 日，宁调元因反袁活动，被以“内乱罪”判处死刑。宁调元就义后，柳亚子作为社团主盟者承担了刊布烈士遗集主持者的角

① 《傅尃自序》，傅熊湘辑：《红薇感旧记题咏集》，民国八年排印本。

② 同上。

色。柳亚子主持整理宁太一烈士遗集时，与烈士的生前好友傅尃、刘谦、汪兰皋等有过多次书信往来，谈论遗著整理的细节。他们为流散各处作品的发现而欣喜，表达着“附诸成美之义，籍追怀璧之愆”[①] 的心情。他们冒着被当局逮捕的危险搜寻烈士遗著，刘谦《与柳亚子书》提到湘中情形：“此间风波起灭无常，而所谓侦探者，几于不满都邑，磨牙掘阱，伺逐行人，冤狱繁兴，职此之故。弟自信有命在天，亦弗计明日生死。”[②] 经由柳亚子等的努力，宁调元的遗著被整理为《太一遗书》，共十三卷，内容包括《朗吟诗草》三卷、《明夷诗钞》二卷、《南幽百绝》一卷、《太一诗存》四卷、《明夷词钞》一卷、《太一文存》一卷、《太一箋启》一卷。以上内容包罗了宁调元存世的全部作品，烈士遗著得以留存天壤，免于流散。

1913 年社友陈勒生在反袁活动中自制炸弹，不慎身亡，他去世后柳亚子主持整理其遗著，本拟将之与宁调元的作品一起刊布，但是宁调元作品数量较多，自为一册，而陈勒生并非以文学见长，且所作不多，作品散见于《南社丛刻》及民国报刊，故当时并未能刊行陈勒生的遗著。到了 1916 年的南社雅集，社友叶竞生提出应为陈勒生刊布遗著，于是柳亚子在《民国日报》上发布征集遗著的启示，在年底得到社友邹秋士的回应，因邹秋士曾在烈士生前共事于《皖江日报》，故烈士作品所存尤多，这些作品遂编订成《陈烈士勒生遗集》，内容包括古近体诗、杂文、时论、短评、小说。南社三位创始人均题有挽诗。柳亚子在跋中评价陈勒生的作品为“不屑屑于文字见，故诗文未遽深造昔贤堂奥。然清商变徵，高亢有燕赵烈士风，要非乡里小儿批风抹月者所可梦见”[③]。对于烈士遗集的刊布并不在于对其诗歌艺术的推崇，而在于其燕赵悲歌的烈士精神的阐扬，这正是南社诗歌精神的大端。此集为社友们集资刊行，书后附有账目：白中垒一元，刘筱墅一元、郑织云一元、王大觉一元、朱屏子二元、杨了公三元、周芷畦五元、柳亚子十元、郑佩宜六十元。这些账目展示了社团中共同维护诗歌精神所付出的更朴实的努力。

社友邹铨，字亚云，少学于黎里自治学社，与柳亚子为同学，为金天翮弟子。后入南社，主上海《天铎报》，兼华童公学教授。1913 年 2 月 3 日，在苏州与南社友人们游玩时，突发咳血症，猝死于沧浪亭畔，

① 《南社丛刻》第十一集，江苏广陵古籍刻印社影印本 1996 年版。

② 《南社丛刻》第十四集，江苏广陵古籍刻印社影印本 1996 年版。

③ 《陈烈士勒生遗集》，民国六年（1917）铅印本。

年仅二十六岁。生前所著诗文杂作，由柳亚子为之刊刻为《流霞书屋遗集》，附《杨白花传奇》。邹亚云年少即以《杨白花传奇》享誉南社群体。

剧本以末代皇帝溥仪的生母，载沣的嫡福晋瓜尔佳氏与京剧武生杨小楼之间的私情为线索，讲述了清王朝灭亡前的政治状况。该剧以儿女私情讲述国家兴亡，颇得传奇精髓。事实上私情传自坊间，或有其实，但是殉情的结局只是出于南社才子的信笔所至，因为到 1913 邹亚云去世的时候，传奇中的主人公福晋及杨小楼都还活着。虽然传奇非史实，但是这却并不妨碍剧本的受欢迎程度。故事中的爱情是坊间所津津乐道的。正如同北魏胡太后的悲剧一样，爱情在权力面前显得那样无可奈何，福晋与杨小楼的爱情也是如此。

该剧写到福晋与杨小楼产生感情，最后因为误会私情被载沣撞破而双双殉情。但是邹亚云的创作并不是为了表达对于爱情悲剧的同情，他是要以此来表达他的政治态度。晚清南社群体致力于史料的整理，以助其反清宣传，在这些被再发掘的史料中，就充满着各种野史杂谈。那些被封锁的宫闱消息此时以小说戏剧的方式播之于民间。南社群体的目的就是要将宫闱丑秽公之于众，以让民众进一步生出对清廷的反感。

因邹亚云成功地创作了《杨白花传奇》，当他去世后，南社社友们在追悼他时便往往提及这部传奇。遗集中收录了五位社友的赠诗：傅尃、胡怀琛、高旭、俞剑华、叶叶，十一位社友的悼诗：吴佩霖、胡怀琛、沈家璠、周人菊、高旭、高增、姚光、何痕、庞树柏、余寿颐、柳亚子。如胡怀琛的悼诗："一窗风雨灯无力，寒夜人翻杨白花。"[①] 沈家璠："梨园他日传新唱，处处筝琶杨白花。"高旭："风流亡国凭谁写，才子文章杨白花。"群体的追悼体现了一种倾向性的表达，邹亚云的传奇创作体现了南社群体在反清过程中的创作主题，所以社友们均推崇这部《杨白花传奇》，这其实也是南社群体在对自己的文学价值进行集体的认同。

（二）集体活动作品集

1. 出游之作：《白门悲秋集》、《三子游草》、《京锡游草》

南社社友们有很多集体出游活动，记录这些活动的诗歌也常被编订成集。其中的代表作为《白门悲秋集》、《三子游草》、《京锡游草》。最早的作品集是刊行于 1910 年的《白门悲秋集》。1910 年重九，高旭、高燮、蔡守、周实等人结伴前往南京，拜谒了明孝陵、方孝孺祠，通过对明朝的

① 邹亚云：《流霞书屋遗集》，国光书局，民国二年铅印本。

遥远追忆抒发他们的“反清”态度。蔡守在集子首页注明：“是集为啸叔、汉钒、一鏖、书城、哲夫、时若、天梅、君平、凤石、人菊、实丹醵资所刊，自哲夫以次七人，皆南社社友也，故定义为《南社丛刻》集外增刊之一，并由七人所应得者分赠社友各一卷，嗣后社友倘有著述付梓，统希援引此例广贻同人（仆等），虽不免操豚蹄以祝篝车，然本大易丽泽。小雅它山之意，或亦金玉。君子所亟，宜心许而首肯者耶。”[①] 蔡守将社友活动作品视为《南社丛刻》之外的增补，这是将社友的小团体活动纳入社团视野的一种方式。

《三子游草》是柳亚子、姚石子、高燮在1915年春结伴出游杭州后的作品集。内容包括高燮的《武林新游草》、《武林旧游草》，柳亚子的《湖海行吟草》，姚石子的《续浮梅草》、《浮梅草》，以及西泠印社临时雅集上的社友作品《西泠缟纻集》、《孤山环佩集》。参加雅集的杭郡社友有丁白丁、丁不识、丁展庵、陈虑尊、陈越流、林秋叶、陈稚兰、程光甫、王清夫、王漱岩、沈半峰、张心芜等。临时雅集因为南社主盟者柳亚子与社团重要成员姚石子、高燮的参与而引起了社团的广泛关注。这对于杭郡社友来说也是一次别具意义的活动，因为他们大多并没有参加过总社活动，这样的雅集是他们体认社友身份最重要的方式。就在这次临时雅集前不久，南社刚刚举行了第十二次雅集，柳亚子、高燮、姚石子等人可以说是刚离开总社会场便来到杭州，这对于杭郡社友来说可以间接领略总社雅集的风味。第十二次雅集恰逢袁世凯政府签订了出卖国权的《中日条约》，会上社友们对此愤愤不平，这种总社的话题也被带到了杭州临时雅集上，社友们以作品作出了某种回应，呈现了南社的群体精神。

《京锡游草》是高燮、胡朴安、傅尃1919年游览镇江金山、焦山、北固山的作品集。这次出游的背景是傅尃为醴陵兵灾到沪向“南北义和团”请愿，傅尃滞留上海经年，与多年未谋面的社友相见，因此南社有很多以傅尃为中心的活动，而此次出行恰为其一。傅尃等人在旅行及游览过程中都有长篇的联句作品，而《自沪之京口车中联句》、《京口三山联句》、《自梁溪泛舟太湖联句》等出游之作也带有傅尃此行惦念兵灾、悲悯民生的情绪。京口三山的大量历史遗迹也引起三人题咏的兴趣，他们怀古诗歌中涌动着“凭栏何限兴亡感，岂独仓皇北固哀”[②] 的感情。三人此

① 蔡有守：《白门悲秋集序》，蔡有守辑：《白门悲秋集》，民国二十五年铅印本。

② 傅尃诗，胡朴安、高燮、傅熊湘撰：《京锡游草》，民国八年铅印本。

次活动的诗歌也大多发表在社刊上，引起社员关注。

2. 雅集之作:《酒社唱和集》、《乐国吟》、《迷楼集》

在袁世凯称帝期间，柳亚子等在吴江组织了酒社，在1915—1923年间举行了多次雅集。雅集汇集了吴江、嘉善、青浦、昆山等地的社友，活动地主要在吴江，后扩大至西塘和周庄，是为南社著名的“乐国雅集”和“迷楼雅集”，这些雅集均是南社处于落潮期间的地方性文人活动。这些雅集的作品曾汇集成册:《酒社中秋唱和集》(1919)、《销夏录》(1915)、《销寒社录》(1917)、《迷楼集》(1922)、《乐国吟》(1922)。

以《乐国吟》为例，该集刊定于南社解体前的1922年，柳亚子在社团内讧后退回地方进行文化建设，与吴江及周边地区的社友交往较密。而《乐国吟》正是这种地方诗群的唱和诗集。该集包括柳亚子游斜塘所作的《蓬心草》、《蓬心补草》、《蓬心续草》，社友和柳氏作的《蓬心和草》、《蓬心和草补》、《蓬心和草屑》。在三十五首《蓬心草》诗成后，柳亚子没有“长谣独哦”、“自鸣不平”[①]，而是寄给了很多南社社友，他在诗歌开头列出了唱和者的名单:“十年十一月六日初过斜塘之乐国，赋呈巢南、玄穆、少牧、十眉、禹钟、韶声、组今、雪塍、汝为、慎廉、佐皋、佐梅、信孚、夷峙、心盘、篆卿、癯梅、辅生。”[②] 这十八位南社成员为“吴根越角”的地方诗人，他们很快回应了柳亚子的创作，并将和作寄给柳亚子，邀请他继续唱和，“《蓬心草》既出，和者麕至，而赓酬之什间有与原唱异撰者，玄穆、巢南为最，书来督促属和其所和”[③]。他们在这种唱和中增强了地方为区划的社团凝聚力。据柳亚子自己说明，他们的唱和旨在风华倜傥之外，表达对革命未果的伤怀，“辛、壬之交，神州几乎有中兴之望矣，王师北伐，度大庾岭而饮马章江，破竹之势已成，苟无沮之者，捣黄龙不难也”。“天不相华国，出师方捷蟊贼内讧，十年之功，废于一旦。”“苟得斯集，当持谢翱竹如意登西台而歌之，勿徒赏其风华倜傥之词也。则庶乎知我心矣。”[④] 柳亚子在1922年仍对1911年辛亥之后未能继续北伐耿耿于怀，这时的柳亚子更多的是一种对混乱时局的无奈，也是对南社整体失去政治方向感而社事消沉的落寞，这也是回荡在这个地方诗歌圈子里的共同感受。

① 郑瑛序，柳亚子辑:《乐国吟》，磨剑室，民国十一年铅印本。

② 柳亚子:《蓬心草》，柳亚子辑:《乐国吟》，磨剑室，民国十一年铅印本，第1页。

③ 柳亚子:《蓬心续草》自序，《乐国吟》，磨剑室，民国十一年铅印本。

④ 柳亚子:《乐国吟》自后序，《乐国吟》，磨剑室，民国十一年铅印本。

（三）其他

1.《寄心琐语》与《悼亡诗》：阶段性统合的范例

社友余十眉的夫人胡淑娟于民国四年（1915）12月去世，余十眉为寄托对亡妻的哀思，作有《悼亡妻淑娟集龚句》二十绝[①]及杂忆散文《寄心琐语》。余十眉广请社友题词并为胡淑娟作传，《南社丛刻》从十八集到二十二集都刊有相关的诗文，总共有十六篇，尤以第二十集为多，包括社长柳亚子在内的多名社员都参与到对余十眉悼亡话题的回应中。

当然不排除余十眉作为第二十集社刊的实际编辑者而造成的私人题材的集中，但是联系当时的编辑背景来看，私人话题也具有社团文化的整合意义。当时南社内部正面临很多问题，导致南社分裂的导火线柳亚子与朱鸳雏等的"唐宋诗之争"正发生在这个时期。"是年（1917）七月，二十集出版。在二十集出版的前后，驱除朱鸳雏、成舍我的事情，便闹起来了"[②]。这样一个社团内的大事件，在社刊中是否有所反映？柳亚子提到，将成、朱二人除名的消息就是通过《南社丛刻》发布的："已在《南社》二十集出版以后，来不及登到社集上面去，只印了一张单张的东西，夹在社集里面来分送。"[③] 而二十集除了刊登除名广告外，其内容面貌也间接反映了当时社团的一个状态。我们说社刊的言说内容反映了社团的一个关注点，这是社团文化凝聚力的外化。比较这一时期与南社前期的话题热点，已经出现明显不同。当南社处于鼎盛期时，热点话题集中于讨论国事，追悼先烈，这也是社团最具思想向心力的时候，整个社团文化可以说是因"民族主义"这个共有的关注点而获得整合。到了1916年，南社内部出现很多问题，外部的社会环境也发生很多变化，整个社团文化的整合中心也发生了变化。余十眉的悼亡主题，正是在这个"民族主义"中心出现弱化的时候，作为了一个补充话题。社友们在对友人丧妻之痛的安慰声中，表达出一种集体的温情。当反清的政治声音减弱，唐宋诗争不休的时候，这种集体的文字力量倒保存了些许南社群体的温暖。

南社文化整合是一个复杂的现象，在其社团的不同阶段发生着变化，当南社有着统一的政治目标的时候，民族主义是社刊中的话题热点，当政治目标淡化后，热点话题也就分散了。南社结社上有地域性和家族性的特征，张扬家族人伦的主题此时大量出现在《南社丛刻》之中，展示着南

① 《南社丛刻》第二十集，江苏广陵古籍刻印社影印本1996年版，第4670页。

② 柳亚子：《南社纪略》，上海人民出版社1983年版，第85页。

③ 同上书，第152页。

社文化组织上的人伦特色，当南社面临文化整合问题时，人伦文化也可以作为一个重要的话题来发生作用。

2.《变雅楼三十年诗征》：诗歌理论的整合

南社社友的诗歌理论有很多分歧，从诗歌宗尚上讲，南社中有着宗唐和宗宋的分歧。早在南社第一次虎丘雅集上，柳亚子曾与蔡守等人为唐宋诗宗尚问题争吵，急得大哭，成为南社史上一大公案，也成为日后南社内讧之伏笔。然南社诸子分歧背后也有一些达成共识的观念，这些观念需要一个契机来整合，高旭编辑《变雅楼三十年诗征》就是这样的契机。高旭1914因袁世凯解散国会，被撤销议员资格，便离京返沪，从4月开始家居辑诗征。该书今已佚，但《南社丛刻》中保留了当时社友们的题词与信函，可知诗征之编选梗概。[①]

这是一部希望通过选诗传达编选者个人态度的总集。取“孟子三十年为一世之说”，欲将三十年来之作品，别择精粗，“十之六为感旧，十之三足以补史氏之缺”[②]。社友们对此诗征非常热心，与高旭讨论编选的体例，在构想与操作之中几经往复，大家意见整合后的结论是：编选需要“以人存诗”。对于一个强调气节的社团，对于一个“变风变雅”的诗歌环境，对于一个歌颂操、莽而不觉羞的诗坛现状，南社诸子以为诗歌选择应有严于斧钺之处，要“百回斟酌辨醇糟”[③]。

胡怀琛认为“以人存诗”，当存特立独行之士、布衣之士，使之免于日后声名沉沦[④]；陈世宜认为不可以“情面”而松弛标准，“愈严愈妙”[⑤]；柳亚子称其“不因人废，若以所见世之诗史自任者”[⑥]；蒋同超曰不以《剧秦》、《美新》之作充实斯辑[⑦]。其实社友们的核心意见在于

① 高旭的诗征得到大量的题咏，见于社刊的有马小进（《南社丛刻》第3057页）、胡石予（3212）、柳亚子（3226）、马君武（3443）、李绛云（3569）、雷铁厓（3792）、刘约真（3824）、叶中泠（4140）、蒋同超（4321）、费龙丁（4372）、庞树柏（4715）。另有多人作序：傅尃（2934）、胡石予（3615）、蔡寅（3026）、柳亚子（3034）、胡寄尘（3651）、沈道非（3657）、姚石子（4273）、邵瑞彭（4522）、蒋同超（4533）、庞树柏（4565）、杨济（4566）。

② 高旭：《答胡寄尘书》，《南社丛刻》第十二集，江苏广陵古籍刻印社影印本1996年版，第2996页。

③ 叶中泠：《题高钝剑变雅楼三十年诗征》，《南社丛刻》第十八集，江苏广陵古籍刻印社影印本1996年版，第4140页。

④ 《南社丛刻》第十集，江苏广陵古籍刻印社影印本1996年版，第1802页。

⑤ 同上书，第1813页。

⑥ 《南社丛刻》第十四集，江苏广陵古籍刻印社影印本1996年版，第3034页。

⑦ 《南社丛刻》第十九集，江苏广陵古籍刻印社影印本1996年版，第4533页。

“免教风雅沦榛莽”[①]，传达一种维系世道人心的诗歌态度。这是深受儒家诗教影响的南社诸子对于诗歌功能的集体期望。社友们通过对《诗征》的赞美来强调对这种诗歌功能意义的赞同。邵瑞彭认为“撷国风之情采，匪风下泉，治乱系之”[②]；庞树柏认为可以“考风俗、验人心、明世变”[③]；杨济也于其中见“三十年来人心风俗所系”[④]；雷铁厓赋予“华夏兴亡此集存”的寄托[⑤]。社友们通过参与诗歌征集标准的讨论，强化一种南社“诗歌精神”，大家的意见不断地聚焦到“以人存诗”的道德标准上来，这其实作为南社的一种话题整合了社团的诗歌观念。

第二节　社刊与群体凝聚:《南社丛刻》

《南社丛刻》是南社的社刊，自1910年1月至1923年12月，一共出版了二十二集。《南社丛刻》是社员们作品的发布平台，其出版是社团正常运作的标志，而在社团运作的当时情景中《南社丛刻》之于群体的意义是什么？在柳亚子“编而不选”的编辑理念下，社刊的主体面貌受到某些“淫滥”的诟评，这样一份看似芜杂的刊物，它是怎样发挥其社团凝聚力的，又是怎样对社团群体的聚散施加影响力的呢？

一　群体的交流互动

南社条例明确规定社员应该“不时寄稿本社，以待汇刊；所刊之稿，即名为《南社丛刻》”[⑥]。从某种意义上说，经过社例规定的投稿义务也是社员们参与社团群体活动的一种方式。事实上从投稿、编辑、派寄、阅读、交流等等围绕《南社丛刻》发生的活动都在社团的整合中扮演着十分重要的作用，正是这一系列的联动使得《南社丛刻》编织起来的创作、编辑、阅读群体成为一个互动的群体，在互动中也实现了社团的凝聚。

① 《自题变雅楼三十年诗征》，《南社丛刻》第十五集，江苏广陵古籍刻印社影印本1996年版，第4533页。

② 《南社丛刻》第十九集，江苏广陵古籍刻印社影印本1996年版，第4522页。

③ 同上书，第4565页。

④ 同上书，第4566页。

⑤ 《南社丛刻》第十六集，江苏广陵古籍刻印社影印本1996年版，第3792页。

⑥ 此规定首见于《南社第三次修改条例》，以后的修改条例均延续此条规定。

首先，编辑与作者的交流在《南社丛刻》中有所呈现。作为编辑的柳亚子与作者之间保持着密切交流，他们通过信函交流，这些来往信函中反映了作者群的投稿意识。社员们的投稿活动虽为社例规定的义务，但并不是一项强制规定，对于南社这个松散的文人团体而言，投稿意识的培育是一个渐进的过程。《南社丛刻》的作者群是逐渐扩大的，这与《南社丛刻》在社友中的影响力和公信力的建立有关。如程善之写信告知柳亚子，称其写作目的是“复先民之规矩，雪千载之谤诟，发文字之精光，导科学之渊泉，出陈为新，长内于外，是今日有志国粹者之责也。客冬因本斯旨，拟《说枪》、《说铰》两篇，汉皋之行，遇茶商自南洋来，谈锡兰茶务，因为《锡兰茶园记》一篇，用特别纸录呈，备十三社集之采择”①。程善之投稿的目的是希图阐扬国粹，他发表在第十三集社刊上的文章关于枪、铰、茶的介绍，并不是泛泛之论而是含有某种文化目的，在他的信函中申明了此观点。而冯平的投稿目的似乎更含有一种文人的悲怀，“昔日自期再读十年书，与诸君驰骋文坛，兹以悲愤心死，恐不能久居人世，故于败簏中检得三年间之拙作，仅十六篇，嘱我小友，录奉我兄，敬祈拨冗删削，择其一二可以示人者，附刊于南社集中，聊存他日之纪念”②。冯平担心乱世中其寿难永，希望作品能因集存世，在这样的谦词中含有文人“三不朽”之念的影子。

有的社员对于在社刊上发表作品有所期待，但有的社员并无积极的投稿意识，当他们收到稿约时，常常以谦虚的方式表达了自己对作品发表于社刊的谨慎，任鸿隽便是此例：“亚子先生足下，致杨杏佛书，怪仆不献所作，欲取近刊季报中拙诗，以实南社文集，读之惭愧无已。”任鸿隽称自己近年醉心科学研究而拙于文学，偶尔所作不过“遣兴所为，知不值大方一噱，以实报章，犹病其陋，安得与南社诸作者并载”③。黄宾虹也在去信中表达了类似的态度：“近惠赐南社诗文集，阅悉采辑宏多，猥以下走恶札，羼刊其间，滥竽之惧，不非饰词。”④ 谨慎的投稿意识背后，也含有社员们对于社刊的态度，社员希望社刊能成为关乎道德学问的精美

① 程善之:《与柳亚子朱屏子胡朴安书》,《南社丛刻》第十四集，江苏广陵古籍刻印社影印本 1996 年版，第 2944 页。

② 冯平:《与柳亚子书》,《南社丛刻》第十九集，江苏广陵古籍刻印社影印本 1996 年版，第 4565 页。

③ 任鸿隽:《与柳亚子书》,《南社丛刻》第十五集，江苏广陵古籍刻印社影印本 1996 年版，第 3337 页。

④ 黄宾虹:《与柳亚子书》,《南社丛刻》第十三集，江苏广陵古籍刻印社影印本 1996 年版，第 2701 页。

文字的荟萃，不应随意采摘文章而影响刊物的品位。

一些在社刊上发表了文章的社员，也常常以谦虚的态度来自我定位，他们因为创作而成为南社群体的一分子，但在南社诸多出色文人之中自己又仅仅是微小的一分子，如程善之称："历观社集，题图佳作，如昆冈桂林，无任欣羡。""妄以斯意，拟作一词，骊珠既为诸君子探去，聊拾鳞爪，以当解嘲。"① 陈无用也指出自己谦虚的理由，社友们的佳作令人有目不暇给之感，自己的作品不过是附骥于后，"昨杭友赍至，由双丁处转寄社集四册，虽未及卒读，然涉猎一过，如入五都之市，火霁木难，纷然杂陈，颇怪足下此行，以鼠为璞，滥及鄙人也"②。作者群的谦逊体现的是将自我放置到整个诗歌群体中的态度，他们通过社刊获得了个体融入群体的感觉。

其次，编辑与读者的交流在《南社丛刻》中也有所呈现，读者有时也是作者，他们与编辑的交流信件也多被刊载于《南社丛刻》之中。社员写给柳亚子的信札常常会主动交流关于社刊的情况。"社刊业经奉到"是信札中交流最多的信息。社友有时会来信询问，"社刻何以久不见出?"③ "今年南社丛刻，进未得诵，殊以为恨，足下能寄赠一册否?"④ 这些交流，包括对社刊印行寄派的咨询，对自己作品发表的推荐，对阅读社刊的感想和信息反馈等。这些交流信件主要集中在第十一集到十九集。社刊在社员中关注度的提升至少说明，《南社丛刻》在南社这个文人团体中，其影响力和随之而来的维系力都在增加和巩固。

《南社丛刻》不仅实现了编辑与作者、读者的交流互动，还实现了作者与读者的互动，这使得社员之间的创作交流可以突破时空的限制。南社社员众多，并非彼此均相识，有的仅是文字神交，他们往往借助《南社丛刻》实现文字交往。沈昌直知烈士周实丹其人其诗就始于《南社丛刻》，"周实丹烈士，与余之未一面也。当庚戌之春，南社第一集诗稿付选，余于诸作中独取《秋虫诗》四首，雒颂再三，爱不忍释。阅其姓名，

① 程善之：《与柳亚子书》，《南社丛刻》第十五集，江苏广陵古籍刻印社影印本1996年版，第3422页。

② 陈无用：《四与柳亚子书》，《南社丛刻》第十六集，江苏广陵古籍刻印社影印本1996年版，第3710页。

③ 陆秋心：《与柳亚子书》，《南社丛刻》第十九集，江苏广陵古籍刻印社影印本1996年版，第4526页。

④ 马小进：《与柳亚子书》，《南社丛刻》第十三集，江苏广陵古籍刻印社影印本1996年版，第2620页。

则山阳周实也”[①]。如景定成与王无生之间并无直接交往，景定成仅从其他社友之口闻知王无生的才名，景定成是通过阅读社刊才见到王无生的作品，深表对这位亡友诗文的钦佩：“细读社集，见王君无生遗著，昔秋陆尝以弟拟此君，恨未识面，今味其诗文，殊非弟所敢望其脊肋也。”[②]

社员们关注社刊，因为《南社丛刻》能提供给他们很多关心的信息，这也使得《南社丛刻》越来越成为一个重要而成熟的社团交流平台。例如不通音讯的社友可以在社刊上获悉其他社友的情况，张烈在社刊上获知了苏曼殊的近况，“昨奉南社十二、十四两集，读曼殊致足下书，知其寄迹扶桑，亦复多病，一念及此，思不可支”[③]。易象从社刊中猜得旧友傅钝庵的行踪，“集中钝庵诗文甚多，度必在沪”[④]。景定成则在社刊上了解到故友宁太一的消息，之前他们已经音讯阻绝，景定成只得到一些道听途说的传闻，他是在社刊上确知宁太一的死讯：“社集九集，展诵之下，似对旧游。惟睹太一遗影，令人搔首恨天也。年来不看报，不与友通讯问，去冬犹与友谈及，犹曰未死……今乃知真死矣，余殆非梦也。呜呼，太一死年余，余始确知之。”[⑤]《南社丛刻》自第六集刊登社友周实丹遗像后，第八、十、十二、十三、十四、十五、十八、十九、二十各集均载有亡友遗像，这也是社事通报之一，社友的凋亡体现着社事的兴衰，所以胡朴安在阅读《南社丛刻》时有这样的感叹：“辛亥以前社友物故者，仅岳麟书女士一人，今则每一集出，亡友照片累累，天实为之，与人何尤？”[⑥]《南社丛刻》使得南社这个庞大的文人群体有了一个信息流通的渠道，社友们可以因之知闻社事。

《南社丛刻》越来越成为社员们感知南社这个群体的一个实体媒介，社员对于南社的文学印象多首先来自社刊，如孙璞“前从寒琼水榭，的读南社丛刊，翘首高深，何深景慕。足下以东国才华，主盟坛坫，领袖群

① 沈昌直：《周实丹烈士遗集序》，《南社丛刻》第七集，江苏广陵古籍刻印社影印本 1996 年版，第 1145 页。

② 景定成：《与柳亚子书》，《南社丛刻》第十六集，江苏广陵古籍刻印社影印本 1996 年版，第 3624 页。

③ 张烈：《与柳亚子书》，《南社丛刻》第十六集，江苏广陵古籍刻印社影印本 1996 年版，第 3732 页。

④ 易象：《与柳亚子书》，《南社丛刻》第十四集，江苏广陵古籍刻印社影印本 1996 年版，第 2932 页。

⑤ 景定成：《与柳亚子书》，《南社丛刻》第十六集，江苏广陵古籍刻印社影印本 1996 年版，第 3623 页。

⑥ 胡朴安：《与柳亚子书》，《南社丛刻》第十九集，江苏广陵古籍刻印社影印本 1996 年版，第 4510 页。

贤，遥望旌尘，如在云端天上”[①]。社友徐世阶与南社的因缘几与《南社丛刻》相关，他对南社最初的文学印象也来自《南社丛刻》：“曩在白门仲穆先生处，获读贵社诸大著，摛藻繁复，寄托遥深，钦佩钦佩。”“近在友人处，复得见南社十二集，读先生哭仲穆二章，益怆衷悃。”[②]《南社丛刻》扮演了一个非常重要的介质作用，从徐世阶在周仲穆那里第一次阅读社刊，到获阅第十二集中的悼念周仲穆的作品，《南社丛刻》的文字魅力一直在吸引徐世阶并促成他最终加入南社。他在给柳亚子的信中提出了入社申请，随之他收到柳亚子的复函，寄来入社书以及社刊，“社集共五册已收到”[③]。成为正式社员后的徐世阶这样描写他阅读《南社丛刻》的情况：“犹忆日前社集初到时，课余无事，辄扫地焚香，胆瓶供金丝桃一枝，下帘静坐，手把社集一卷，细瞻社友雅集合影，东猜西指，芜菁璠玙，深以不获识荆为憾。”[④] 扫地焚香静坐帘下，阅读社刊与社友们神游，徐世阶通过《南社丛刻》寻找到一个进入群体的方式。至此，《南社丛刻》的意义已经远不止作品发布平台这样简单，他的编辑和阅读反馈机制在整合南社这个群体中发挥了重要的作用。阅读社刊某种程度上如同社员们亲密的晤对，“时一念及诸君子，取社集读之，聊当晤对而已”[⑤]。当社刊成为社友们精神联络的载体，其凝聚力便不可小窥。

二　话语的统合

论《南社丛刻》，讥之者多病其“芜杂”。如王无生在“唐宋诗之争”中批评道：“《南社集》皆不足观数语，一笔抹煞，未免厚诬南社……特操辑事者，略不审择，致《南社集》中碍目可憎之诗文词叠见层出耳。”[⑥] 而社友们也有过一些委婉建议，如黄宾虹在推辞刊发自己的作品时，就说道“文字贵于精美，以关道德学问为归，非此宁缺毋滥宁

① 孙璞：《与柳亚子书》，《南社丛刻》第十五集，江苏广陵古籍刻印社影印本1996年版，第3299页。

② 徐世阶：《与柳亚子书》，《南社丛刻》第十七集，江苏广陵古籍刻印社影印本1996年版，第3999页。

③ 徐世阶：《再与柳亚子书》，《南社丛刻》第十七集，江苏广陵古籍刻印社影印本1996年版，第4000页。

④ 徐世阶：《三与柳亚子书》，《南社丛刻》第十七集，江苏广陵影印本1996年版，第4001页。

⑤ 程善之：《与柳亚子朱屏子胡朴安书》，《南社丛刻》第十四集，江苏广陵古籍刻印社影印本1996年版，第2944页。

⑥《报郑千里书》，《中华新报》1917年9月2日。

少勿多可也"[①]。

诚然总共二十二集的《南社丛刻》呈现出一种芜杂感，稿件来自社员"不时寄稿"，作者队伍并不稳定；诗歌内容上，社友唱和、游历感怀、春愁秋怨、怀人自伤等等不一而足，今天的阅读者常常归结于柳亚子"编而不选"的编辑方式。但是《南社丛刻》真是如此缺乏逻辑的刊物吗，在"编而不选"的背后是否存在一种话语逻辑来"凝聚"社员的创作呢?

言说的共同性某种程度上是群体凝聚的一种方式。群体之所以为群体，总需要一种共同的东西来维系，不管是高层次的信仰追求还是较浅层面的兴趣爱好，总是需要一种群体共同认可的东西来作为纽带。《南社丛刻》某种程度上也是一种共有话题的制造机制。整理《南社丛刻》时，常常发现相同的创作主题，这些正是某一时期社团的共同关注点，而关注点的背后则意味着群体共同的心态。《南社丛刻》前后二十二期，几与南社历史相始终，每一期的关注点的变化反映出群体的关注点的流变，也透露了南社聚散的秘密。

将二十二集《南社丛刻》每一集的热点诗歌话题作一量化统计，列作《南社丛刻诗歌主题表》(见表3－5)，如表所示，在《南社丛刻》的前三集里，社员谈论最多的是"创建南社"这个话题。这三集社刊均出版于南社草创之初，社员们在社刊中交流着对于社团定位的意见。社团的重要文献，几份对于社团有纲领作用的文章，陈去病《南社诗文词选序》、高旭《南社启》、宁调元《南社诗序》均刊登在前三集中。可以说社刊的关注点集中在建构社团的集体努力。第四、五集的共同关注点较为分散。然而从第六集开始，诗歌的话题越来越集中到关于"冯春航"的话题上。冯春航和陆子美都是柳亚子欣赏的新剧演员，柳亚子曾以之为诗歌话题，广邀社友们唱和。此后社刊中题材复现率前三位的几乎都包含冯春航、陆子美这样的话题。到了第十三集，《汾湖归隐图》的征题作品又加入到榜单上，这个话题依然与编辑者柳亚子相关。柳亚子退居故乡汾湖期间邀请大量社友以《汾湖归隐图》为题，一方面绘制画作，一方面题写诗歌，这些诗歌作品被发表在《南社丛刻》上，从第十三集开始直到第二十二集都占据了大量的社刊篇幅。

在对主题的统计中，我们发现社刊并非是没有逻辑的，其话题既有共

① 黄宾虹:《与柳亚子书》,《南社丛刻》第十三集，江苏广陵古籍刻印社影印本1996年版，第2701页。

同热点，又随着世事和社事的流转在发生变化。对于《南社丛刻》所应表现的主题，在社团的纲领性文章中已然有所设想，陈去病《南社诗文词选序》曾在极富文学性的词藻中勾勒了南社创建者心目中的社刊风貌："苟其遭逢坎坷，侘傺穷途，志屈难伸，身存若没，莫不寄托毫素，抒写心情。"[①] 陈去病列举了大量的古人作为例子，展示了南社群体所应展示的创作，是"不平则鸣"的时代哀响，这是对南社"革命文学"某种感性化的表述。接着他又提出《南社丛刻》的取法对象，所谓的"不祥文字，敢希《壬申文选》；终古河山，用依次尾《国玮》之集"[②]。陈去病将《南社丛刻》的取法模式，上追明末几社的《壬申文选》、复社的《国玮集》。几社和复社作为明末最具影响力的文人结社，体现出一种政治气节，正是南社的结社榜样。在民族主义者陈去病的设想中，《南社丛刻》应该富有和明末复社几社的社刊相似的民族意义，这和南社"不向满清"的建社立意一致。在南社最初的几期社刊中，反清的主旨比较明显，但是随着时间推移，这样的社刊主旨注定要受到挑战，南社在辛亥革命成功推翻清政府之后去向成为问题，就像"反清"不再能成为南社的共同目标一样，上接几复之风的民族情绪也不再是凝聚社团的有效文化共识，诗歌的共同话语注定要发生某些变化，问题就是新的共同话语是什么，以及如何产生共同话语的问题。

我们注意到，从第六集开始，后起的热点话题都集中在艺术上，一是有关戏剧，一是关于绘画，而这些都与编辑员柳亚子相关。柳亚子在戏曲趣味上推崇代表着新兴思潮的新剧，于是也力捧从事新剧表演的冯春航、陆子美。最重要的是柳亚子借助了《南社丛刻》这一平台，在社团中推广这种艺术趣味，于是社刊中呈现了大量的有关冯、陆二人的题咏。而柳亚子的《汾湖旧隐图》题咏更是一个跨越很长历史时空的社团文化事件。柳亚子 1912 年 10 月宣布退出南社后，便回到故乡吴江暂居，在此期间遇到来吴江表演的陆子美，并邀其绘制《汾湖旧隐图》，至此拉开广邀社友题画、题咏的序幕。从 1913 年至 1920 年，共得画作二十一幅，题耑三十八幅，题咏二百三十四件，其中很多题咏之作被发表于社刊上。无论是戏剧还是绘画，大量题咏多来自柳亚子的征集，这种征题本是一种文人的个人行为，但由于柳亚子的社长身份所具有的号召力便与众不同，从社友的

① 陈去病：《南社诗文词选序》，《南社丛刻》第一集，江苏广陵古籍刻印社影印本 1996 年版，第 1 页。

② 同上。

措辞及态度可以发现，他们将柳亚子的征题某种程度上视为一种社团行为，这种声气浩大的征题便成为社团活动的一部分。这些作品汇总到柳亚子手中后，因为柳亚子同时掌握了社团的发表平台，这些作品又最终呈现在社刊中，可以说《南社丛刻》展示并完成了南社内部话语的转向。当南社的政治目标实现后，是以艺术话语来统合社团，而这些艺术话语是以编辑员柳亚子的个人趣味为准的的，那么在南社这个文人众多艺术趣味多样的社团中，柳亚子是如何能够实现话语统合的呢，这和他取得社刊编辑权关系甚大。

柳亚子因为不满陈去病和高旭主编的第一、第二集《南社丛刻》，从第三集开始接过了社刊的编辑任务，我们可以感觉到，《南社丛刻》在柳亚子的手中越来越带有一种个人的印记。而这种社刊面貌的出现是在经由一系列社团条例的更改后，以明确而合法的社团条例形式确立的。南社的条例对社刊有明确的规定，将《南社丛刻》的编辑出版纳入社团的建制，条例对于社刊的编辑规范曾做过几次修改，主体部分的社友投稿、岁刊两集、刊赠社友的规定延续下来，变化主要针对编辑员的职权和责任细化的问题。对于实际担任了丛刻大部分编辑任务的柳亚子来说这些条例的变化主要与他本人有关。在 1910 年 8 月张家花园第三次雅集，柳亚子通过改选编辑员，变文诗词的编辑员陈去病、高旭、庞树柏为景耀月、宁调元、王钟麒，而三人均因故未能就职，柳亚子自己则成为实际编辑者，开始掌握南社选政，《南社丛刻》则从第三集开始到第二十集都由柳亚子主编，其中柳亚子实际担任编辑的有十七集，中途因柳亚子出社风波，由胡朴安代编第八集。1912 年 7 月第七次雅集酿成柳亚子的出社风波，也是因柳亚子想针对编辑员的体制作出调整，“改编辑员三人制为一人制”，“第一届编辑员的成绩，我是不能认为满意的；第二、第三届所举的编辑员索性没有就职，更为失败无疑。我觉得南社的编辑事情，老实说，除我之外，是找不出相当的人来担任了。一个人就不容易找，何况要三个人呢？所以我的主张，是改三头制为一头制，人选则我来做自荐的毛遂，这是为了南社的前途，我认为用不着避免大权独揽的嫌疑”①。但高天梅的带头反对使得柳亚子愤而出社，为挽回柳亚子的《南社第五次修改条例》则尊重柳亚子意见，且细化干事的分工来减少柳亚子的工作量，“干事三人，（一任抄写、一任印刷、一任庶务）兼任者听”②。但是这并不是柳亚子真

① 柳亚子:《南社纪略》，上海人民出版社 1983 年版，第 51 页。

② 同上书，第 56 页。

正满意的社团建制，柳亚子对社刊提出独任编辑员已经透露一个信息，他对这个文人社团运作是希图采取“集权制”，这是他认为最有效的社团管理方式。“编辑员的权限，只是编辑而已，管不着其他的事情。而我这时候的主张，以为对于南社，非用绝对的集权制，是无法把满盘散沙般的多数文人，组织起来的。我就想进一步的改革，要把编辑员制改为主任制。”① 于是有了《南社第六次修改条例》：“本社设主任一人，总揽社务，并主持选政，由社友全体投票公举。”② 柳亚子的管理理念被用条例的方式规定下来后，柳亚子复社，且立即投入《南社丛刻》的编辑工作，“社集已脱期多时，我便用开快车的办法来加紧赶工，在是月月底便出版了第九集。到七月底，第十集出版，再过一个月到八月底，十一集也就继续出版了”③。“十一集出版以后，我又接续赶编十二集，致力于抄誊校对的工作。”④

我们发现柳亚子的编辑权力在社约中不断获得“集权”的正当性，这也是《南社丛刻》出现一种越来越强烈的柳亚子个人趣味的原因。不可否认，柳亚子的个人趣味制造了社团的共同话题，这些占据了多期社刊的热点。一方面我们了解到改革后的社团确实体现了“一头制”的优势，他社长兼编辑员的身份使得他可以轻松掌控社团的话语权；另一方面，这样的“统一”也是非常危险的，对于一个群体而言，一个核心人物的趣味作为一种群体凝聚力是非常不稳定的，这个核心人物趣味的变化以及这个核心人物地位受到质疑都会导致某种群体性的危机。这在1916年的“唐宋诗之争”中暴露得非常明显。

表3－5　　南社丛刻诗歌主题表

集别	出版时间	编辑员	实际编者	诗歌主题	诗文数量	备注
一	1910.01	陈去病 高旭 庞树柏	高旭			

① 柳亚子：《南社纪略》，上海人民出版社1983年版，第60页。

② 同上书，第62页。

③ 同上书，第66页。

④ 同上书，第67页。

续表

集别	出版时间	编辑员	实际编者	诗歌主题	诗文数量	备注
二	1910.07	陈去病 高旭 庞树柏	陈去病	创建南社	6	
三	1910冬	景耀月 宁调元 王钟麒	柳亚子 俞剑华	创建南社	6	
四	1911.06.26	景耀月 宁调元 王钟麒	柳亚子 俞剑华			
五	1912.06.01	宋教仁 景耀月 王蕴章	柳亚子			
六	1912.10.01	宋教仁 景耀月 王蕴章	柳亚子	题咏冯春航	7	因周实丹烈士遗集编成，文录中多社友为其集所作序文
七	1912.12.01	高燮 柳亚子 王蕴章	柳亚子	题咏周实丹 题咏赵伯先 题咏冯春航	7 4 3	文录多周实丹烈士遗集序文
八	1914.03	柳亚子	胡怀琛	题咏冯春航 题咏陆子美 题咏宋教仁	5 5 4	文录多哀悼已逝社友
九	1914.05	柳亚子	柳亚子	题咏宋教仁 题咏冯春航 题咏陆子美	9 4 3	文录多哀悼已逝社友
十	1914.07	柳亚子	柳亚子	题咏宋教仁 题咏陆子美 题咏《汾湖悼梦图》 朴学斋雅集	6 5 3 3	文录多言及柳亚子编《子美集》

续表

集别	出版时间	编辑员	实际编者	诗歌主题	诗文数量	备注
十一	1914.08	柳亚子	柳亚子	题咏陆子美 题咏冯春航 题咏《梅陆集》	25 11 9	文录信札与柳亚子书多言春航、子美
十二	1914.10	柳亚子	柳亚子	题咏冯春航 题咏陈蜕庵 题咏陆子美	10 4 3	文录多关宋教仁的传和哀辞
十三	1915.03	柳亚子	柳亚子	题咏《汾湖归隐图》 题咏宁太一 题咏宋教仁	16 5 4	文录信札与柳亚子书多言春航
十四	1915.05	柳亚子	柳亚子	题咏《汾湖归隐图》 题咏冯春航 题咏陆子美	34 10 5	文录关于《汾湖旧隐图》、《变雅楼三十年诗征》、已故社友陈蜕庵、傅尃《红薇感旧记》的内容均较多
十五	1916.01	柳亚子	柳亚子	题咏《汾湖归隐图》 题咏陆子美	17 3	文录关于题写《汾湖旧隐图》、近期社刊内容较多
十六	1916.04	柳亚子	柳亚子	题咏冯春航 题咏《汾湖归隐图》 西泠印社雅集	28 26 11	文录关于春航、子美、太一遗书作品多
十七	1916.05	柳亚子	柳亚子	题咏《汾湖归隐图》 题咏《三子游草》	11 3	文录关于《汾湖旧隐图》、周芷畦《柳溪竹枝词》的内容较多
十八	1916.06	柳亚子	柳亚子	题咏《汾湖归隐图》 题咏《三十年诗征》	6 3	文录多关于《三子游草》内容

续表

集别	出版时间	编辑员	实际编者	诗歌主题	诗文数量	备注
十九	1916.11	柳亚子	柳亚子	题咏《汾湖归隐图》	6	
二十	1917.07	柳亚子	柳亚子	酒社雅集 题咏《汾湖归隐图》 题咏陆子美	61 12 11	文录多关于周芷畦《柳溪竹枝词》、王大觉《青箱集》、余十眉悼亡的内容
二十一	1919.12		傅熊湘	醴陵兵灾	11	
二十二	1923.12		陈去病 余十眉	题咏《汾湖归隐图》 题梦坡丈 迷楼唱和	6 4 3	

资料来源:《南社丛刻》,江苏广陵古籍刻印社影印本1996年版。

三　趣味的导向

在表3-5“南社丛刻诗歌主题表”的统计中,我们发现从第六集开始题写“冯春航”几乎一致成为柳亚子编辑的社刊话题中心。南社这个革命文人的群体,诗歌的创作趣味并没有简单遵循革命的逻辑,对于社刊中海量的“捧伶诗”应该如何解释?这是研究南社所不应避讳的话题。还原诗歌现场,我们发现《南社丛刻》是制造话题热点的途径。

柳亚子曾这样描述南社追捧冯春航的历史背景:“北伶贾碧云南下,《小说时报》出版《碧云集》,我便出版了《春航集》,以为对抗,于是冯党与贾党的斗争颇烈,甚且含有南北斗争的意思。因为这时候已经是一九一三年(民国二年)三月二十日上海沪宁火车站发生‘宋案’以后,我们的南社第三届文选编辑员宋渔父先生已经为袁世凯刺死,而二次革命的战机,也就迫在眉睫了。”“还有一个时期,新剧家陆子美来黎里演剧,我又赏识了他。……我也只好将错就错,出版起《子美集》来,这大概已是一九一四年(民国三年)的事情吧。为了这些,后来人家攻讦我,就说南社转捧戏子,柳亚子和冯春航、陆子美如何如何。”① 在柳亚子带有政治意味的描述中,这种捧伶行为成为一种政治态度的表露。“冯党”是以柳亚子为首的南社社友,“贾党”则以易顺鼎、樊增祥、罗瘿公等遗

① 柳亚子:《南社纪略》,上海人民出版社1983年版,第54页。

老为代表，双方在报上相互攻讦。各自的艺术趣味背后是一种政治文化身份意识，在1913年社友宋教仁被刺杀之后，南北政党的矛盾更加尖锐，而柳亚子认为南社代表的反袁力量具有政治上的合理性，他们站在南方革命党的立场去批判从北方来的伶人贾碧云，因为在柳亚子等的艺术判断中，贾碧云代表了北方的遗老审美趣味，是必须要批判的，并借此表达自己的政治愤怒。

我们也习惯于按照柳亚子提供的叙述来建立对当时这段“冯贾争锋”的想象。如果将这种争论赋予政治意味，那这就是革命群体与遗老之间的交锋，这合乎我们对于南社性质的认知。这也会带给我们对于民初艺术活动的精彩解读，如叶凯蒂认为这种南北对立的审美情趣背后是一种政治立异，柳亚子等对戏剧从内容到形式的革新，以一种革命先锋的姿态对传统京剧艺术趣味提出挑战，称之为“革命的先锋——上海的挑战”[①]。我们暂且不深入文本分析捧伶诗的区别，只是想了解对于冯春航包括后来的陆子美的喜好，怎样成为一个社团的共同趣味的？众多社友们是否在一种与柳亚子相同的政治意图面前达成了一致？

还原诗歌现场，我们发现对于冯春航和陆子美的喜好，更大程度上是柳亚子的个人趣味。因为在诗歌现场我们找到很多不同的声音，社友们的艺术趣味其实并不统一，雷铁厓、高旭、姚鹓雏等各有自己欣赏的伶人。雷铁厓曾欣赏汉口女伶郭凤仙和小子和，赞美郭凤仙“上下五千年纵横九万里，实惟郭凤仙乃算一真美人”，称小子和“若藐姑仙子，若洛水灵妃”。并且他并不欣赏冯春航的表演，认为他与自己欣赏的小子和有“珠玉瓦砾”[②]的区别。高旭在《天梅酒话》中表示对春航并不欣赏，其实他更赞赏毛韵珂[③]。而姚鹓雏的趣味却和遗老更为近似，追捧贾碧云而抵斥冯春航。

我们发现南社并不是一致的“冯党”，大家都在表达着自己的趣尚。但是柳亚子希望把这种趣味统一起来。他热衷于与观点不同的社友辩论，他指斥雷铁厓认为春航和小子和有“珠玉瓦砾”的说法是“呵佛骂祖，自取罪过”[④]。对于姚鹓雏表现出的与遗老近似的审美倾向，柳亚子与之

---

① 叶凯蒂：《从护花人到知音——清末民初北京文人的文化活动与旦角的明星化》，陈平原、王德威编：《北京：都市想象与文化记忆》，北京大学出版社2005年版，第129页。

② 雷铁厓：《与柳亚子书》，《南社丛刻》第六集，江苏广陵古籍刻印社影印本1996年版，第930页。

③ 高天梅有《冯春航观》、《春航酒话》、《寄尘酒话》分别刊于《太平洋报》1912年7月10日、20日、26—27日。

④ 柳亚子：《报雷铁厓书》，《南社丛刻》第七集，江苏广陵古籍刻印社影印本1996年版，第1163页。

曾在《太平洋报》上展开激烈的争论。柳亚子与姚鹓雏的争论引起了很多社友的关注，批评姚鹓雏的社友为多，姚石子称“鹓雏之评，大煞风景，可恶可恶，究不能为春航减色也”[①]。胡寄尘称“足下前后表彰春航之语，弟结习未除，极引为同情。鹓雏屡致微词，未免焚琴煮鹤”[②]。甚至不明情况的社友以为柳亚子1912年10月第七次雅集之后脱离南社，乃与这场冯贾之争相关，林一厂致柳亚子书曰：“太平洋报事倘果不幸吾言中，此后南社诸社友且益风流云散，萍聚难期，鹓雏迩来对于春航事已回心，亦无从以为悔过自明之地。”[③]“检民立报社，得兄脱离南社启事，疑怪殊甚，兹始释然。但所以龃龉之故，何不见告，岂即为春航事欤？碧云俗不可耐，弟曾与鹓雏言之，然吾辈亦犯不着于粉末场中，作董狐直笔耳。”[④]社友也意欲化解柳亚子与姚鹓雏之间的隔阂，如姜可生致书亚子：“鹓雏谓知己如兄，犹且疑彼，相对惘然，几于泣下，彼之贾党，仅为色艺之争，好恶不同，安得人尽如吾徒哉？”“鹓雏佳士，绝非樊山遗老，邪念横胸者比。”[⑤]南社不仅与遗老有着艺术趣味的争论，在南社内部也曾发生导致社团不合的争论，甚至有社友以为南社社友主盟的《太平洋报》倒闭与柳亚子的脱离南社也与这场戏剧趣味的争论相关。柳亚子对于社员们的不同趣味，总是毫不妥协地与之争辩，在争辩过程中有的社友力挺柳亚子，有的出面调停，有的为社团和睦而周旋，柳亚子和姚鹓雏关于戏剧的争论乃可视为日后1917年诗歌争论的预演。

南社社友们的艺术趣味其实存在着分歧，并不是我们想象中的这群革命文人对于被赋予“进步”意识的新剧都充满推崇，但是为何在我们评价南社时仍然感觉到这是一个具有统一艺术倾向的群体？这与《南社丛刻》呈现给我们的具体印象有关。在对《南社丛刻》主题的分析中我们发现，从第六集开始，题咏冯春航的诗歌就占据了社刊的主要篇幅。这些诗歌很多是在柳亚子的邀请下写的。社友陈布雷讲述了柳亚子向其邀请写作《子美集》序的经过：“抵沪，亚子以《子美集》一厚帙见示，且曰：余为此人肠回气荡，心血尽矣，唯子厚我，不可以无言。”[⑥]这种因为柳亚子的关系写作的诗歌非常多，甚至诗歌题目里“嘱题”、“索题”等字

① 姚石子：《与柳亚子书》，柳亚子：《春航集》，广益书局1913年版。

② 柳亚子：《春航集》，广益书局1913年版，第9页。

③ 同上书，第15页。

④ 同上书，第16页。

⑤ 同上书，第18页。

⑥ 《南社丛刻》第十集，江苏广陵古籍刻印社影印本1996年版，第1805页。

样就透露了这样的信息：《亚子嘱题子美集》、《亚子编子美集竟属题为书二绝句》、《亚子将刊子美集书来索题百无聊赖中集唐人句成四绝酬之》、《亚子出示春航化妆小影多张为题一绝》、《亚子见示题春航化妆小影新作率和其韵》，这些诗歌最后汇总到柳亚子处，柳亚子将它们大多都发表在了《南社丛刻》上。如前所述，诗歌发表在社刊上意味着获得一种社团公共关注的机会。这些大量关于冯、陆的作品出现在社刊上，传递给社友以及读者的信息便是很具有倾向性的。在声势浩大的征题以及社友的相关创作下，社刊弥漫着由柳亚子主导的审美趣味，这种趣味淹没了其他社友们的不同声音。虽然在《南社丛刻》中，社友的一些不同的艺术观点被保留下来，比如雷铁厓赞美郭凤仙、小子和的信仍然发表在《南社丛刻》上[①]。但是姚鹓雏与柳亚子在《太平洋报》上为伶人而大开笔战的硝烟，却没有留存在社刊中。柳亚子自称“编而不选”的社刊或许也有着编辑者柳亚子的某种考虑，或者是姚鹓雏有倾向性的投稿使得那一段诗歌争论没有被保留在社刊中。而无论如何社友们的艺术分歧被淹没在《南社丛刻》大量的关于冯春航与陆子美的诗歌中，以至于感觉南社的艺术趣味是统一的。

其实这种表面的“统一性”也经不起推敲。就在柳亚子推行他的艺术趣味时，社友也在这个话题下委婉地表达自己的态度。比如在柳亚子征集《子美集》序时，有的社友出于对柳亚子的尊重，接受了邀请，但是仍然保留着自己的意见。社友胡寄尘有一段关于“倾倒”的表述，多重概念使得表述甚为有趣，他似乎想借此表明自己其实并没有盲目附和柳亚子的个人趣味：“吾之倾倒春航、子美也者，非倾倒春航、子美也，倾倒亚子之倾倒春航、子美也。在春航、子美则曰：若汝之倾倒，吾安用汝之倾倒也？在亚子亦曰：若汝之倾倒，吾安用汝之倾倒也？然而吾竟倾倒焉。吾之倾倒也者，吾之倾倒也，非为春航、子美而倾倒也，更无与于亚子而倾倒也。夫倾倒者必若此，方谓倾倒。”[②] 胡寄尘的“倾倒”其实就是一种艺术的倾向，而坚持自我判断乃是他表达的真谛。南社诸子毕竟更是一群有着自我思考力的基层文人，而不是盲从权威的附庸者。特别是在社团的落潮期，柳亚子私人话语的合理性就进一步遭到质疑，例如蔡守在内讧中的倒柳理由之一，便是“专假《丛刻》，表扬私伶，复引之入社，

① 《南社丛刻》第六集，江苏广陵古籍刻印社影印本1996年版，第929页。

② 胡寄尘：《子美集序》，《南社丛刻》第十集，江苏广陵古籍刻印社影印本1996年版，第1804页。

同人多羞与为伍，切齿久矣”[①]。蔡守认为柳亚子将《南社丛刻》据为自己发表个人趣味的平台，而这种趣味是社友们很难认可的，这种行为严重降低了柳亚子的社团声望。

柳亚子通过社约，取得了编辑权“集权化”的正当性，这也使得他可以在社刊中推广自己的艺术趣味，但社团也在这个过程中渐渐有着积重难返的弊端。尽管南社需要整合的机会，需要不断制造统一话语来凝聚社团精神，但是社刊作为一种公共言说的平台，日益失去了某种公共性，也使得社团失却了争鸣的活力。特别是当社刊的话语权掌握在社团主盟者柳亚子手中之后，其私人话语的介入，渐渐在某些社友的理解中变成了“独裁”的一部分，也成为内讧的潜在心理因素。[②]

第三节　别集中的诗人群体:《红薇感旧记》

南社创作风格之一，便是借群体之势成一时文章之气。往往首倡者起，而从者如云，汇成汪洋之势。对于一个成员高峰期达一千多人的社团而言，这样的文坛壮举，正是成就南社一时声势的方法。在《南社丛刻》中所见例子不鲜，反清反袁，常常是社员们以一个事件为题，或悼念亡者，或追溯前朝，或抨击政令，此唱彼和，展现文坛斗士群体风采；更兼文化争论，品评梅兰春航，各抒己见，也不乏一时热闹趣味。《南社丛刻》承担的群体交流的意义上文已有详述，而社员们纷呈叠出的别集之中，热闹并不曾少减。社员们的别集中，如同社友们的小聚会，唱和题跋，诗酬应答，常常满篇。这可见出社友之间的诗歌交往甚为密切，这正是南社诗歌网络的主要组成部分。论者应知南社社友们个个能诗，人各有集，更应知诗集对社团也有不可小觑的凝聚意义。《红薇感旧记》可谓社团唱和的高峰之一，参与者七十二人，作品过百，而唱和的内容更关乎南社所钟情的儿女英雄之气，剑气箫心之态，成为南社精神的一大发抒之场。

① 《中华新报》1917 年 10 月 2 日。

② 林香伶也有相似观点，她认为《南社丛刻》编辑队伍的薄弱，潜在地成为社团解体的原因。《从〈南社丛刻〉浅谈南社的几个问题》，《南京理工大学学报》（社科版）2003 年 2 月，第 88—96 页。

一 《红薇感旧记》本末

（一）英雄与美人

《红薇感旧记》中红薇是南社傅尃之名[①]，所感之旧乃指黄玉娇，此女为彼时湘中妓女，其中包含了他们之间一段曲折的感情经历。傅尃曾自道其事：

> 元二之交，余撰《长沙日报》，多诋击袁氏失政。及癸丑事败，汤乡铭督湘，受袁令密捕党人，大肆屠杀，而余名在捕，事出不意，仓促归醴陵。过县，门人莫敢纳，时芥弥、栩园偕行，谋所以匿余。会故人刘镜心有所夙识妓黄少君，方脱籍摒客，遂相从过其家。少君故豪侠，视余等特重，尝有所左右，得避耳目。明年春，余方山居，闻少君既嫁，意颇怅惋，漫为《红薇感旧记》，邮示亚子，亚子为作《玉娇曲》传之。玉娇者，少君之字也。于是南社诸人相继有作，益复征题咏，遂得百余首。旋少君以不获于主妇，绝归。相见欷歔，劝审所事。又二年，袁祸底定，文网以解，余复来长沙。其明年，少君亦得所归。临行以书来诀。余尝漫语少君，勉图汝终，他日吾必有以寿汝。至是以为言人事催促，恐遂荒坠，爰检旧稿及诸人题辞，录为一集，藉完人世恩怨，不求碻士强同也。[②]

这段故事发生在民国初年，他们之间的爱恨离合与傅尃的革命经历相关联。民国元年、二年，傅尃在《长沙日报》担任总编辑，他在《长沙日报》上对袁世凯大加挞伐，引起当政不满，袁世凯密令逮捕傅尃。捕令一下，傅尃从长沙逃回家乡醴陵，然故交好友均不敢收留。在好友也是同为南社社友的刘镜心等人的帮助下，认识脱籍在家，闭门谢客的黄玉娇。黄玉娇颇有侠义之心，将傅尃藏匿于家，因其本是倡家故遭到的搜捕不严，于是帮助傅尃顺利避难。黄玉娇不仅帮助傅尃躲避搜捕，还对其款待殷勤，故而傅尃日后有恩深难报之感。

在黄玉娇处躲避了十余天，待风声过后，傅尃便住在华严庵中继续躲

---

① 傅尃，原名熊湘，红薇为傅尃于民国二年为逃避追捕的化名。《傅尃年谱》：民国二年，先生被袁世凯通缉几罹于祸，遁归乡里，匿居华严庵，化名红薇及无闷居士。

② 《傅尃自序》，傅熊湘辑：《红薇感旧记》，民国八年排印本。

避追捕[1]。一别之后傅尃与黄玉娇二人便经年未见。民国三年春，傅尃听说了黄玉娇嫁人的消息，引动了傅尃的思旧之情，便有了《红薇感旧记》之作。文中历数其逃亡而幸遇玉娇的经历，至若言及黄玉娇的嫁人，不免哀婉惆怅，却又遥送祝福："征衫渍泪，是平生未报之恩；倦鸟投林，动乌鹊无枝之叹者呼。又况青春易尽，飞絮知向谁家；绿荫将成，子结便应枝满。飘茵堕溷，伤造物者无知；荡气回肠，怅所思兮不见。"[2] 傅尃一方面为黄玉娇应该有所栖息寄托祝福，却又因两人难以相见而悲苦。

但是美人命薄，黄玉娇虽嫁作人妇，却难料大太太不喜欢，短暂的家庭生活后又被迫离开夫家。这一段波折之后，大约是民国三年6月，傅尃有机会来到长沙，他与黄玉娇有几天短暂的聚会。这时彼此飘蓬江湖已久，一个革命未果尚在被捕名单，一个从良艰辛，饱受人间冷暖，傅尃于是作《玲珑馆词十首》。诗歌中写道两人猛然相见难抑欣喜："已分今生难再见，重来应放此游闲。"而两人挑灯话旧时，却为此时物是人非而感伤。"重提往事各情伤，伫息消停总断肠，屈指一时交态尽，胜能相忆只萧娘。"在傅尃的革命生涯中，曾经的朋友或有背离，但是难得的是黄玉娇却能牢守此情。但是分别却在所难免，傅尃的动荡生活容不得更多的流连温存。所以作别文字就异常凄苦："欲别不别意已痴，将送复挽语移时。各有平生知己感，不同流俗浪相思。"[3] 可以想象二人欲别难别，说尽了道别的话却还舍不得分开的情形。但是末句甚为振奋，这种知己的感觉，或已超越儿女之情，成为一种剪不断的牵挂。分别时傅尃唯有叮嘱珍重，并劝黄玉娇再觅人家栖身，所谓"劝审所事"。二人分别时，并不知前途如何，怀着生离即是死别之心，大约彼此认为永不相见了。

民国四年冬两人还曾见过一次，傅尃有诗，题为《乙卯冬酒集玲珑馆赋示芥弥、今希、芸盦、竟心一首，以完四会之数》："门巷枇杷留晚翠，天涯霜雪动新愁。苍茫亦有无穷感，一息沉沉万劫浮。"这一次会面，两年前初次相见时见证的诸人又聚集一堂，芥弥、芸盦、镜心是当时引荐黄玉娇的南社好友，此时相聚别有一番感慨。所以有"苍茫亦有无穷感"之叹。

二人最后一次相见是在民国五年，袁世凯死后，傅尃终于重获自由，他再次来到长沙。二人相逢，傅尃又有《后玲珑馆词十首》之作，其一

---

① 《傅尃年谱》：民国二年遁归乡里匿居华严庵。

② 傅尃：《红薇感旧记》，傅熊湘辑：《红薇感旧记题咏集》，民国八年排印本。

③ 傅尃：《玲珑馆词十首》，傅熊湘辑：《红薇感旧记题咏集》，民国八年排印本。

云："小筑新居绝可怜，枇杷门巷异当年。兵戈满地西施泣，何自堪浮范蠡船。"此时的黄玉娇已经改换了住处，生活也发生很大变化。但是兵戈满地的乱世之中，傅尃做不了带西施泛舟五湖的范蠡，他还有未了的事业。所以又有了绝情劝慰的话："明知此海浩漫漫，长自飘零何日还。卿了孽缘吾忏愿，皈依莫待鬓丝斑。"① 傅尃虽然不能许佳人一个未来，但是他能做的就是将历年的诗歌整理成册，传播天下，让天下尽知黄玉娇的侠名。正所谓"珍重传题一卷诗，强将恩怨托人知。此情肯向温柔掷，留护春残花落时"②。

二人从民国二年到民国五年，一年中约有一次相见，故诗歌中说的"一年一作王乔会"。但是最后一会之后，虽然二人约好再见，却未能践行诺言。诗云："一年一作王乔会，此意绵绵未有涯。今后相逢定何许，重来有约莫差池。"③ 傅尃自注："此丙辰十一月长沙作。时玲珑来长沙旋归醴陵，方留后约也，从此便不复会矣。"

民国六年，黄玉娇再嫁作人妇。将要出嫁前，曾写信给傅尃，意在作别。傅尃曾经许诺如若黄玉娇能有一个好归宿，自己必将祝福她。此时，唯有将历年自己所作之诗，及朋友唱和之作，集为《红薇感旧记》，所谓"藉完人世恩怨"，二人情仇，自此了结。此后傅尃听说黄玉娇已经"绿树成荫子满枝"，一代侠女也算有其归宿。而傅尃，在黄玉娇出嫁的当年，又因为在报上讨伐张勋复辟而再次避居乡里，第二年又远赴上海向南北议和团控诉湖南都督的暴行。《红薇感旧记》也在傅尃到了上海后终于出版，而黄玉娇之名也随着该集的出版而天下皆知。

（二）英雄与时势

傅尃经历的这一段红尘往事，虽以风月之情动南社文人之容，然而更因其中的英雄之气倾南社斗士之心。此间故事又与南社在民国初年的反袁反军阀活动相表里。

南社诸子以清末鼓吹反清而促成了辛亥革命及帝制的瓦解，但是民国建立后却政局混乱，很快有了南北议和及袁世凯窃取革命果实。袁世凯当权，虽口言民主，而实拟暗行帝制，其政多有未孚民心之处。民国二年3月南社社友宋教仁被暗杀，南社震动。社友们纷纷策划倒袁活动，大多新闻界的南社社友此时重新润毫再书讨袁檄文，傅尃便是其中一员。这一年

① 傅尃：《后玲珑馆词十首》，傅熊湘辑《红薇感旧记题咏集》，民国八年排印本。

② 同上。

③ 傅尃诗，傅熊湘辑：《红薇感旧记题咏集》，民国八年排印本。

南社中因反袁世凯而被捕甚或殉难的颇多，其中便包括南社的湖南籍领袖宁调元。傅尃与宁调元向来革命声气互通，两人从清末便开始一同战斗，从到上海办《洞庭波》杂志反清，到此时依据《长沙日报》反袁，二人实为战友。宁调元被杀害后，傅尃被牵扯其中，其名赫然在逮捕名单之列。民国二年《傅尃年谱》载："十月，革命事败，宁太一先生死义武昌。先生被袁世凯通缉，几罹于祸。"[①] 为了躲避追捕，傅尃才从长沙逃归醴陵。

此时形势严峻，"秦皇吞并七雄毕，有诏焚书坑儒术。偶语腹诽都弃市，刊章逮捕争告密。侦骑蹴踏东南天，下令搜捕牢户限。"[②] 此时可谓满城尽是搜捕的鹰犬，傅尃因为言论获罪后在长沙无处可藏，故交无一敢于收留。而此时黄玉娇的挺身而出，更见其侠义风范。暗藏革命志士，此举不仅仅是出于儿女私情，更有一种道义的担当。革命志士为国家民主而落魄江湖，遭到追捕，而一个弱女子的护卫便是对革命志士的寒夜温暖。这成为一种令人感动而又崇敬的知己之情。所谓"侠骨江湖归未晚，蛾眉肝胆信无他"[③]。其侠义之情正合南社崇尚之精神。

民国二年到民国五年，袁世凯加紧了帝制的步伐，而南社的反袁声也愈渐高涨。只是志士们再次付出血的代价，此段时期是南社所谓的"凋零期"，南社中的不少社友为反帝制而枪战笔战不息，不少人喋血于此时。

柳亚子列举了南社此时的死亡名单："贼凯盗国，诛除异己，逆谋未露，先陨遁初；虏焰将销，犹残英士，而宁太一、杨性恂、陈勒生、周仲穆、仇蕴存、范鸿仙、程蕴苏、吴虎头、姚永忱诸君子，并断头沥血，白首同归，几几乎举吾社之良而尽歼之。是曰摧残期。"[④] 除了已述及的宋教仁、宁调元，杨德邻因参加河南独立被害，陈子范因制造炸弹不慎失事而亡，周祥骏在徐州被军阀张勋杀害，范光启在上海秘密组织反袁被害，陈家桎在北京策划刺杀袁世凯被捕遇害，北京《国风日报》主笔吴鼐因策划反袁被捕遇害，原《民主报》总理仇亮因在京策划刺杀袁世凯被捕遇害，中华革命党党员陈与义在沪遇害，中华革命党党员陈其美在沪遇害。南社中的精英分子不少在反袁的斗争中死去，南社经历了惨重的人员流失。

---

① 《傅尃年谱》，《钝安遗集六种附钝安哀挽录》，民国二十年铅印本。

② 刘泽湘：《玉娇曲为钝安作》，傅熊湘辑：《红薇感旧记题咏集》，民国八年排印本。

③ 谢晋：《题钝安红薇感旧记一首》，傅熊湘辑，《红薇感旧记题咏集》，民国八年排印本。

④ 柳亚子：《南社丛选序》，胡朴安编：《南社丛选》，上海国学社 1936 年版。

在南社这一段艰难岁月中，傅專也在乡间经受着苦闷的煎熬。他在乡下躲藏了一年之后，等到风声稍弛之后，在乡下一小学教了两年书。并将亡友宁调元的诗文词辑为《太一遗书》。此间仅在民国三、四年与黄玉娇各有一次短暂相会。

直到民国五年袁世凯死后，傅專才重新来到长沙，继续主持《长沙日报》的笔政[①]。袁世凯之死带给久已沉靡的南社如春风拂过般的畅快感觉。湖南的南社社友们也开始组织雅集，久已没有南社的活动了，社友们因为帝制人物之死而又有了振奋和聚集的理由。1916 年的 6 月和 9 月，湖南社友在琴庄和枣园连续欢宴了两场。此时傅專也有了与黄玉娇的重逢。

民国六年，黄玉娇再嫁，傅專将历年诗文及社友的唱和整理为《红薇感旧集》。但是孰料文网张弛之间，傅專再触当局之忌。民国五年袁世凯刚死，民国六年张勋复辟闹剧又起。南社社友们再度讨伐张勋丑行，傅專的《长沙日报》又成骂敌的前线，报馆于是遭焚烧。“六月张勋复辟，《长沙日报》为奸人所贿焚，文书荡尽。先生以事还乡，免于难。”[②] 傅專因为回到乡下又再次逃过了一劫，但是《红薇感旧记》却成为火中劫灰。傅專自记：“此集丁巳春于长沙写定，旋报馆为忌者所焚，文书荡尽，遂与俱烬。明年秋，乃求社刊及报纸所存者录之，又得亚子助余蒐讨，故以无失。”[③] 这本记载了傅專与黄玉娇故事的书，也同他们多难的爱情，以及多灾的岁月一样，经历了太多磨难。所幸这些诗词大多曾发表于报刊，于是按图索骥，加上柳亚子的帮助，在第二年的秋天整理完备。

但是此书却没有马上付梓。民国七年湖南正是遭到军阀张敬尧祸害的时候。此时湖南的惨状傅專有所详录：“丁戊之交，南北构衅，北兵既重挫于攸县，忿无所泄，乃尽烧醴陵乡民屋万数千家以走，杀人以二万以外，劫掠所失，不可胜数。而始倡纵火者，则为县令。”[④] 傅專与文湘芷、袁雪安等南社社友搜集张敬尧的罪状，前往上海争取南北议和团的支持，开展“驱张运动”。他们于 1918 年 12 月由醴陵启程赴沪，至 1920 年 7 月方才返湘。在这期间傅專见到了久未谋面的老友柳亚子，得到柳亚子的资

① 《傅專年谱》：“民国五年五月蔡锷起兵云南，袁氏自毙。先生以友人招，重至长沙主持《长沙日报》，兼教授岳麓高等师范文史专科。”

② 《傅專年谱》，《钝安遗集六种附钝安哀挽录》，民国二十年铅印本。

③ 傅專：《红薇感旧记后记》，傅熊湘辑：《红薇感旧记题咏集》，民国八年排印本。

④ 《来台集序》，汪兰皋辑：《来台集》，民国九年铅印本。

助，终于于民国八年出版此集。此时黄玉娇已经为人妻母，而四海飘蓬的傅尃也终于对前尘情事有所交代，用自己的方式报侠妓救命之恩。

二　《红薇感旧记》及南社群体写作

傅尃这一段故事，既有着儿女英雄的悲欢离合，又有着风云岁月的生死考验，更有着经历战乱水火的出版曲折，这是一段跨越民国初年的离奇故事，是七年铸就的一段旷世情缘。这其间有着丰富的阐读空间，让饱读剑气箫心文章的南社诸子去慢慢品论。

（一）创作盛况及成书历程

这部集子之所以说呈现南社社团创作盛况，正是因为其中作品的分量比例，宾主颠倒。这部集子中傅尃自己的作品数量并不多，总共是一篇文，十八首诗，内容包括《红薇感旧记》一文，《玲珑馆词》十首和《后玲珑馆词》八首，其余大量篇幅则是社友们的作品，总共有两篇文，一百七十四首诗，十首词，四首曲。为观社友参与之盛况，兹将作品情况附录于后（表3－6）：

表3－6　南社社友唱和傅尃《红薇感旧记》目录

品类	作者名及篇数
文	汪兰皋（1篇）、蒋万里（1）
诗	柳亚子（5首）、高天梅（3）、郑叔容（1）、刘今希（1）、方旭芝（1）、高吹万（1）、胡石予（4）、奚度青（2）、孙阿英（1）、蔡哲夫（4）、黄栩园（1）、蒋万里（23，附录2）、胡寄尘、姚石子（2）、王大觉（1）、龚芥弥（4，附录6）、刘约真（1）、朱伯深（3）、周芷畦（2）、孙姬瑞（4）、李洞庭（1）、谢霍晋（1）、姚大愿（1）、姚大慈（1，附录3）、黄巽卿（1）、刘少樵（4）、文希牧（1）、吴悔晦（5）、田星六（6）、田个石（4）、秦刚武（9）、姚鹓雏（3）、匡尧臣（2）、张平子（4）、谭戒甫（4）、周咏康（3）、余疚侬（1）、凌莘子（1）、白中垒（4）、宋叔琴（2）、高介子（4）、谢秉璋（10）、王笑疏（6）、刘君曼（1）、简叔乾（4）、骆迈南（1）、陈篱庵（1）、文湘芷（4）、钟爱琴（1）、黄宾虹（1）、刘筱墅（4）、叶楚伧（1）、张丹甫（1）、沈道非（1）、胡朴安（2）、朱懒仙（2）、刘镜心（1）、邓万岁（2）、张光蕙（1）、智修（3）
词	王尊农（1）、叶中泠（1）、张挥孙（1）、姜杏痴（1）、邵次公（1）、许盥孚（1）、姚民哀（1）、宋痴萍（1）、庞独笑（1）、陈蝶仙（1）
曲	吴瞿安（4）

资料来源：傅熊湘辑：《红薇感旧记题咏集》，民国八年排印本。

显然社友的征题之作已经远远超过傅尃原作的篇幅，使得这本别集更像社员们的总集。黄宾虹、蔡守还为之绘图作记。这些作品非作于一时一地，如此多的诗歌是如何汇集起来的呢?

傅尃《红薇感旧记》的成集历经七年，正是一个“感恩恩重记瑶章，传檄征题海内忙”[①] 的过程。傅尃写作《红薇感旧记》时，便有心征题，在《红薇感旧记》末尾曾这样写道：“凡诸朋好，咸可观焉。报以琼琚，固所愿也。”已经有邀约南社好友唱和之意。黄玉娇有恩于傅尃，而二人终不得相守，此为莫大遗憾。其中深因傅尃未作解说。恐怕一方面是傅尃已为人夫，另一方面身份又不便长久流连金粉之乡。傅尃在第一次与黄玉娇分别时所作的词可见当时心迹《癸丑留别浣溪沙一首》：“欲写离愁一万重，可堪流水自西东。三更疏雨五更风。未辨白头终有约，即抛红豆更何从，浮生踪迹似飘蓬。”[②] 自己已经献身革命，踪迹犹如飘蓬般没有定所，无法许佳人一个未来。但是这份救命之恩和知己之感，却成为傅尃日后的负累和牵挂。傅尃几次与黄玉娇的会面，都充满着难舍的苦痛。最后把不能白头偕老的遗憾变成了广征题咏，传黄玉娇侠名于天下的举动。

傅尃曾经对黄玉娇说过“勉图汝终，他日吾必有以寿汝”。当时的玩笑，最后真的成为一份沉重的礼物。傅尃广征社友题咏，“珍重传题一卷诗，强将恩怨托人知”，而傅尃希望的“藉完人世恩怨”也算是做到了。社友们在诗歌中也回应了傅尃的报恩之心，柳亚子对之深有体会：“别有报恩心法在，他年青史合传无?”[③] 高燮也有报恩难得的感叹：“知己犹留未报恩，名姝绝好空挥手。叹息生离与死同，关山迢迢远难穷。堕欢渺若谁重拾，余恨依然梦不通。”[④] 奚侗盛赞傅尃的征题，觉得这能达到非比寻常的报恩意义：“仙人名字玉玲珑，赞歌能令四座听。阅五百年终不坏，此书赛过报恩经。”[⑤]

当《红薇感旧记》渐渐在社友们中流传唱和后，这便演化为一个社友们广泛参与的社团事件。在这七年中，傅尃与黄玉娇有了多次分离与相聚，而社友们也通过诗歌分享了这段英雄与侠妓的悲欢。从黄玉娇救助傅尃的仗义豪情，到二人初次分离的无奈怅惘，再到傅尃离开故乡来到上海

① 文斐：《题红薇感旧记为君剑作》，傅熊湘辑：《红薇感旧记题咏集》，民国八年排印本。
② 傅尃：《癸丑留别浣溪沙一首》，傅熊湘辑：《红薇感旧记题咏集》，民国八年排印本。
③ 柳亚子：《钝安遗我玲珑馆主玉影为题四绝》，傅熊湘辑：《红薇感旧记题咏集》，民国八年排印本。
④ 高燮：《题钝安红薇感旧记》，傅熊湘辑：《红薇感旧记题咏集》，民国八年排印本。
⑤ 奚侗：《题钝安红薇感旧记二首》，傅熊湘辑：《红薇感旧记题咏集》，民国八年排印本。

后的相见无期，南社社友们一次次在诗歌中想象了这场经历，也参与了这场英雄美人的讨论。我们可以看到诗歌勾连起来的诗人交往，这是诗歌实现的社友之间的交集。

这段故事一直有社友参与其中，刘镜心、黄芥弥、刘栩园是当初帮助傅專与黄玉娇相识的人，后来还曾经在黄玉娇寓所相聚。他们既是事件的见证者也是唱和的参与者。而更多的社友是通过与傅尃的书信往来，了解和参与了这起事件。当听说黄玉娇嫁人的消息，傅尃告诉了社中好友，比如柳亚子，还有姚光等人，这是社中第一次唱和。唱和重点既在赞扬黄玉娇的侠义，也有为二人相逢难相守而抱憾。如姚光作有《少君字人红薇书来，谓龚子将宥情乎，抑尊命乎，作二绝句还答》："去年人面知何属，崔护重来便奈何。只有情怀销不得，渌江桥畔梦魂多。"傅尃有和诗："桃花零落李华微，选胜寻芳尽日非。枉自深情遽如许，春老章台柳欲稀。"而王蕴章等此时也受到傅尃相邀唱和的信函，故而记有"屯艮老友遁迹山中，憔悴可念，日前以《红薇感旧记》索题，率成此解，以为他日相思张本"之语。在此番唱和之中，《红薇感旧记》渐渐被南社社友所知。

后来黄玉娇被大太太赶出家门后，傅尃与之相见，又作有《重游醴陵感赋次钝安见赠均并示栩园竟心》，其中写道："此甲寅八月重集玲珑馆作。记中四人咸会。时少君既以被嫉绝归，余颇为惋惜，因寄芥弥诗。"黄玉娇的被逐与返家又引动一番唱和。傅尃诗云："佳人写恨传红叶，名士题诗认碧纱。珍重凭君更相访，差池深恐便天涯。"芥弥到长沙后傅尃又有诗相赠，诗有"新篇珍重题襟处，往事重提总可哀"。黄玉娇的被逐在当时知情者中有过一次小唱和。

民国八年傅尃来到上海后，红薇旧事又掀起了唱和高潮。一方面这成为傅尃与上海社友交流的一个话题，当时上海社友纷纷有作。如高圭有《奉题红薇感旧记》，记曰："君近寓申江。"姚天亶作有词，序中写道："己未仲春与屯艮邂逅海上，属题红薇感旧图，成此阕报之。"同时红薇旧事也是傅尃联络湖南社友的一个线索。如王竞就在湖南收到了傅尃的信和诗，于是有《题红薇感旧记寄屯艮海上》："海上鱼书一纸传，重提旧事倍凄然。江离蘅芷皆荆棘，忍说湖南癸丑年。"刘骧也因为傅尃在上海加紧了出书计划，而有诗唱和，题目为《钝安以感旧记属题，迄未有以报也。间者书来，谓刻集将竣，余终不可无言，勉书其后》。刘骧，即当年帮助傅尃与黄玉娇相识的刘镜心，他此时的参与唱和更有一番沧桑意味："江湖闲与话飘零，旧事重提意杳冥。二月鹃号人正苦，一庭薇影梦初醒。春愁脉脉怜芳草，良夜迢迢复小星。待谱新篇入瑶瑟，东风吹雨怨湘灵。”这些知事者的参与写出了“一庭薇影梦初醒”的梦境与现实，为唱和画上圆满的句号。

社团盟主柳亚子的参与助推了《红薇感旧记》的流传。民国三年，当傅尃第一次听到黄玉娇的婚讯时，便有了《红薇感旧记》的写作，他将该文寄给了柳亚子。柳亚子遂有《玉娇曲》之作，他的诗歌使得傅尃与黄玉娇的故事知者更广。故而社友秦毂有诗赞誉柳亚子“海内诗歌柳亚子，为题黄绢写风流”①。柳亚子的热心更在于他以社长的影响力广邀社友唱和，从社友们的零星记录中可知亚子之功。如邵瑞彭记道：“予与屯艮闻声相思数载，读其《红薇感旧记》，凄馨哀艳，怅触予怀。亚子属为词记之，率成此阕。”词曰：“多情不是青衫泪，空对琵琶泣晚秋。”姚锡钧《题红薇感旧记后兼示亚子》有“题词亚子久已相要，迟未下笔，近亦有所感，触绪泉涌矣”。社友的记载可知亚子的费心蒐讨。

《红薇感旧记》历经水火劫难，尚能存之天壤，也多赖亚子的相助。傅尃曾记载道：“此集丁巳春于长沙写定，旋报馆为忌者所焚，文书荡尽，遂与俱烬。明年秋，乃求社刊及报纸所存者录之，又得亚子助余蒐讨，故以无失。录成因付亚子，以初写时属寄副本未及也。两年来故乡被兵，乱离斯瘼，身经百劫，万念俱灰，而亚子笃念旧盟，固以斯集属，就海上校印，刊资悉出其助，高谊可感，匪独平昔网罗文献，激扬风义之盛心也。”当诗集毁于被焚烧的报馆后，柳亚子帮助傅尃多方搜集，使得一百多篇作品完璧无损。当傅尃来到上海，柳亚子又资助了出版的全部费用，让这本凝聚了七年岁月锻炼的诗集能够面世。所以柳亚子作为南社主盟者，他引导并最终成就了这一南社诗歌活动的佳话。

《红薇感旧记》之所以成为南社史上一段佳话，更在其历时七年，已然自成沧桑，此间人物浮沉，与南社社事更相依倚，每一位谈论红薇故事的社友都可以在其中述说自己的感受。

（二）诗人们的阐释空间

1. 报恩之感

民国初年，英雄美人之间的故事正在成为一种经典。今天我们熟知的蔡锷和小凤仙的故事尚在民国五年（1916），民国二年黄玉娇救傅红薇的故事已成一时美谈。这种美救英雄的故事在乱世中充满着一种绮艳之外的豪侠风范。妓女们在一种特殊的历史背景下竟有了一种特殊的政治参与方式，他们藏匿了自己的爱人，或者是帮助自己的情人逃避追捕，她们在进行这

① 秦毂：《题红薇感旧记为钝安作》，傅熊湘辑：《红薇感旧记题咏集》，民国八年排印本。

样的活动的时候或许并不是出于一种成熟的政治考虑，她们更多的是出于一种情感自觉。但是她们在可能自己也遭遇危险的情况下这样做，就是一种难能可贵的勇敢。她们有的或许只是女性的勇敢爱情，但是却在不经意之中护持了英雄，而使得这些革命者有机会参与到改变国家命运的活动中。时代造就了这些红粉英雄，对于南社来说，这个时候也有很多这样的故事。所以当傅尃首先将自己的这段故事公之于众的时候，引起了社友们的共鸣，有相似经历的社友们也在诗文中分享了他们曾经经历的故事。

蔡守的诗歌题为《乙卯年七月十七夕，与槜李陆四娘贵真湖上访碑归，同读红薇感旧记，顿忆乙巳秋获戾避地武林，柳意之殷勤。去年京华吟咏，触时忌，刘春之巧为护持，不胜哀感，遂挑灯走笔为制斯图，并系四绝》。其中包含了他自己的几段前尘往事。光绪三十一年（1905），蔡守进行反清活动，遭到清廷通缉，他逃到南方，在杭州躲避期间受到一位叫柳娘的女子的帮助，所谓“柳意之殷勤”是也。民国三年在北京因为诗文触犯时忌，也差点有牢狱之灾。如同傅尃之遇黄玉娇一样，蔡守也有一位叫刘春的女子帮助，所谓“刘春之巧为护持”是也。蔡守所提的两位女子身份不可辨，但这些女子的行为和黄玉娇一样有可旌可表之处。故而蔡守诗曰：“十年斯地作亡人，柳意能教秋气春。同有美人恩未报，为图今夜一怆神。”蔡守的逃难岁月也是历时长久，“十年”之数或非虚指。“柳意能教秋气春”中暗含了自己念念未忘的柳娘和刘春。她们曾经援手相救，但是自己的飘蓬生涯却没有一个报答她们的机会。正是因为与傅尃有着相似的经历，所以读到《红薇感旧记》，蔡守便引动同感，“枕边共读红薇记，逋客风怀得似否？”这些逃难的逋客，献身国家而有负佳人都是如此相似。

蔡守的记载只是梗概，汪文溥在文章中写到了清河君救他的细节。汪文溥《题红薇感旧记》有“古今豪杰志士文人骚客，日暮途穷，何尝不寄情于婀娜燕婉之乡，一写其磊落悲歌之气，且以示好整以暇，用益明其临难不苟也”。他在文中写道：“余往者曾见羁虏瑞澂，一夜，有少年排闼入，投帻于几，则资水女子清河君也。谓已舣舟岳麓之麓，愿脱走，径诣舟扬帆，入资口，有陂有塘有田有园，请与君偕隐。余犹豫未决。清河且怨且诉，反复晓譬万端，终不得要领，乃慷慨欷歔泣数行下，引去。余既负清河而红薇生亦负少君耶。”汪文溥在清末曾经被捕，在狱中时，有一晚上突然有一个少年偷偷进入牢房，这正是女扮男装的清河君。清河君告诉汪文溥，她已经准备好一切，在岳麓山下准备有船，他们可以一起逃走，在资口乡下有良田美舍，二人可以隐居于此，逃避世上纷乱。但是清河君的隐居愿望不是汪文溥心中所想，清末志士早已做好抛头颅的准备，而不是躲避世外。所以无论清河君如何哀求，汪文溥还是没有学做泛舟五湖的范蠡。后来清河君自己独自离开了。这份恩情后来成为汪文溥的牵念，恰如傅尃之于黄玉娇。对于美人的冒死入狱搭救，以及共同隐居终老的邀请汪文溥都拒绝了，所以才有"余既负清河而红薇生亦负少君耶"之语。

这种"侠义由来属红妆"的感叹，曾经真实地发生在这些清末民初的反清反袁的志士身上，他们身负家国之命，又幸遇红颜知己，成为这群英雄共同的话题。这种英雄与美人的故事本传自明末，可以追溯到南社一脉相承的复社。

2. 回忆明末的秦淮

红薇故事引动了南社诸子对于爱情的丰富辞藻，我们看到南社文人笔下翻动了历朝历代的爱情典章。但是吟咏最多的还是侯方域和李香君的故事，这在南社诸子眼里，很有相提并论的必要。侯李故事在《桃花扇》里已经演尽兴亡离合之感，其七实三虚的故事内容，可作明末历史来看。侯方域为复社清流，在当时颇有声望。阮大铖为了交好复社，一洗他曾经觍颜依附魏党的行迹，于是希望通过促成侯方域和李香君的百年之好来讨好侯方域。岂料李香君是深明气节侠义之人，拒绝了阮大铖的妆奁资助，并敦促侯方域与阮大铖绝交。但是明末的乱世容不得这对爱侣的浓情意长，很快淮上局势紧张，侯方域为参谋军事而远走，李香君就在媚香楼上守节不下。但是福王为享乐广征女伎，李香君又被征入宫中。李香君为了表明清白，头撞宫墙，血溅扇面。这些血后来被杨龙友勾勒为桃花扇。这一段复社才子与秦淮佳丽的故事因为与明末的兴亡关联甚密，于是颇能打动清末民初南社诸子之心。

南社在清末以反清为宗旨，他们结社也效法的是复社，追溯的也是复社精神。而这一段红薇故事饱含着民初的政局动荡，与蕴含着兴亡之感的明末侯李故事正相仿佛；而黄玉娇的侠妓身份，以及挺身藏匿志士，与李香君的怒掷妆奁，血溅桃花，正有神似之处；傅尃的辗转革命，有负佳人，又与侯方域投身军中，最后未能与李香君终老，同有可叹之处。

傅尃自己在《红薇感旧记》中已有"爱才若命，亦痛惜而温存。虽宋玉未许东墙，而香君已连复社"。傅尃将这一段情缘与侯李之恋联系起来。在社友们纷呈的唱和诗歌中，我们可以频频看到将黄玉娇比作李香君的诗句（表3－7）。

表 3－7　《红薇感旧记》中和侯李之恋相关诗句

姓名	题目	相关诗句
柳亚子	玉娇曲为钝安赋	本来苏小是乡亲，何况香君重逋客。
高旭	题红薇感旧记为钝安作	学士云亡吏部死，更无人识李香贤。
方荣杲	题红薇感旧记为君剑作	秣陵都说媚香楼，公子侯生为淹留。
蒋同超	玲珑馆本事八绝句为红薇赋	一例沧桑留影事，媚香楼上李香君。
朱师海	奉报钝安即题红薇感旧记	他乡不住住温柔，公子而今可姓侯。莫使桃红流扇底，春风留护媚香楼。
孙举璜	题红薇感旧记为屯艮作	一生知己属红妆，解佩能教复壁藏。留取彩毫传韵事，桃花扇底续新词。
刘师陶	题红薇感旧记	为有狂言忤虎伥，竟教姓字列刊章。他年雪苑成名日，远筑高楼号媚香。
田兴奎	红薇感旧记题词	红薇色比桃花色，不仅侯郎重李香。
秦毂	题红薇感旧记为钝安作	尊前细按桃花扇，一夕关河万种情。
匡弼	题红薇感旧记	玲珑写就媚香词，一卷沧桑海内知。容易与挥闲涕泪，生来南国本相思。
谢鸿熙	红薇感旧记题词为钝安作	艳说秦淮水不流，有人曾筑媚香楼。妒他并世侯公子，金粉潇湘也解愁。

资料来源：傅熊湘：《红薇感旧记题咏集》，民国八年排印本。

这些诗句，正如庞树松在《瑞龙吟》词中直接道明的那样："绝似南都前事，媚香楼上孤鸾慵舞。"在南社诗人笔下不断出现的媚香楼、桃花扇、秦淮、侯公子、李香君等等意象，都成为南社诸子追思明末的通道。在南社诸子心中浮起的是一种历史沧桑感，也是一种一脉相传的复社精神："千年几复遗风在，一月蓬莱别梦长。"① 复社的清流精神曾经是南社诸子反清的精神支柱之一。

而一个英雄的故事，恰好混杂了秦淮的艳情，这种艳情又是不同寻常的侠女对英雄的知遇，最后这种相爱不能相守的凄婉都在诗人们的笔下升华为一种家国情怀。这合乎南社诸子在文学上推崇的剑气箫心之态。这是从龚自珍那里秉承的一种混杂着儿女之情英雄之气的写作形态。这是南社诸子最佳的创作题材。

① 刘泽湘：《玉娇曲为钝安作》，傅熊湘辑：《红薇感旧记题咏集》，民国八年排印本。

对于南社诸子来说，《红薇感旧记》虽然不具备《南社丛刻》那样的正式性，但是它实际上掀起了一轮社团内的唱和高潮，参与人数达七十二人。这场唱和历时七年，与傅尃在民初的革命生涯相关联，跨越了民国初年政局的风云变幻，也包含了一个志士在七年中的情感坎坷。这不是一个个案，而是能引动广大南社志士情绪的一个决口。南社志士们在其中具有丰富广阔的阐释空间，他们能在这个故事里读到自己信奉的复社精神，读到为之挥泪不止的桃花旧事，读到自己投身革命的一系列经历，读到自己有恩未报的愧疚，读到民国初年这些动荡岁月。作为一个社团事件的《红薇感旧记》创作，正是一个社友共同言说的过程，他们重温了南社精神，再次以创作表达了对南社文学精神剑气箫心的理解。《红薇感旧记》也成为以诗集凝聚社团精神的范例。

第四节　分社雅集的群体意义：鸥社

南社在 1917 年的唐宋诗之争后元气大伤，社刊和雅集几于停顿，相隔两年至 1919 年才举行过一次雅集，之后直至 1922 年才又举行了一次雅集，也是南社的最后一次雅集，1923 年开始便是“新南社的时代了”①。如此在 1917 年至 1923 年这段时间，南社实际处于社团凝聚力最为微弱的时期，这个阶段很难有来自“总部”的强有力的声音召集散布于五湖四海的社友们，然这个阶段社友们自发而分散的社团活动却仍然活跃。鸥社便是在南社低潮期酝酿于上海的一个以南社社友为主体的社团，在南社最为辉煌的舞台上海，这个小团体是怎样在一次次的诗酒唱和中展开自己文化足迹的？

一　鸥社考

鸥社作为南社的一个分社，研究者对其概貌却语焉未详，包括南社社友的讲述也多有相歧之处，故首先需要拂去历史的尘埃，了解鸥社的实况。

据鸥社发起者之一胡朴安介绍：“民国九年，我们几个在上海南社的朋友，由子实与我发起，组织了一个鸥社。”“诗中所言之人，只孙小舫

① 柳亚子：《南社纪略》，上海人民出版社 1983 年版，第 90 页。

一人，非南社社员，是子实同事也。我们这个鸥社，每月雅集两次，继续有一年半之久。当日各人每次雅集诗之手迹，我处尚存一册。”“鸥社虽非南社，而除孙小舫一人外，皆是南社社员，故其诗亦可编入《南社诗话》中，为南社增一故实。”[①]

郑逸梅也曾提及鸥社概况，他是在介绍王大觉时顺带提及鸥社的，故郑逸梅的文献来源很可能来自王大觉，“亚子以唐宋诗之争，退出南社，由姚石子维持残局，社集出至二十二期，即告停刊。南社旧社员胡朴安、傅钝根等别组鸥社，一九一九年六月，鸥社举行第一次雅集于上海杏花楼酒家，大觉被邀参加，同时尚有潘兰史、汪兰皋、汪子实、徐仲可、王莼农、陶伯荪、宋痴萍、俞慧殊等联翩而来，极一时之盛。胡朴安的女儿沣平擅丹青，为绘鸥社雅集图，大觉题之以诗，且寓沪数月，鸥社雅集凡四次，得诗甚多，存录《海天吊日楼诗钞》，这和《海天新乐府》各成一卷”[②]。

胡朴安所言之“雅集诗之手迹”未知尚在天壤否，故对于鸥社之勾勒仅能依据胡朴安、郑逸梅之讲述，以及社员别集中留存的诗歌材料[③]。参校胡、郑二人说法，我们可知鸥社之发起背景，正在于南社经历唐宋诗之争后的低谷，社团局面甚为萧条，此时南社旧社员的别组社团，则有一种赓续的意味，故社友们均认为鸥社与南社存在着内在的关联。

鸥社第一次雅集的时间有所分歧，胡朴安称“民国九年”（1920），郑逸梅称“一九一九年六月”，考参加鸥社之社友第一次的雅集作品，系年均在己未年，即1919年，傅尃有《与诸君约为鸥社，入社者泾胡朴安、寄尘兄弟、旌德汪子实、无锡王蒪农、宋痴萍、阳湖汪兰皋、番禺潘兰史、南昌陶小柳、济南孙小舫、杭郡徐仲可及余凡十一人》[④]，潘飞声有《鸥社初集分得卖字》[⑤]，王大觉有《己未六月胡朴安、寄尘昆季与傅钝根结沤社海上，先后入社者潘兰史、汪兰皋、徐仲可、王莼农、汪子实、陶伯荪、孙小舫、宋痴萍及余如干人。朴安女公子画沤社雅集图，同人均有

① 曼昭、胡朴安：《南社诗话两种》，中国人民大学出版社1997年版，第152页。

② 郑逸梅：《艺林拾趣》，浙江文艺出版社1990年版，第314页。

③ 鸥社社友别集仅傅尃、徐珂、潘飞声、王大觉的作品间有关鸥社雅集，胡朴安、胡寄尘虽有别集却无雅集作品，其余社友则别集无存，无从稽考。

④ 《钝安诗集》卷五，傅尃：《钝安遗集六种附钝安哀挽录》，民国二十年铅印本，第11页。

⑤ 潘兰史：《说剑堂诗集二卷》卷三，民国二十三年铅印本，第1页。

题咏，予亦继作》[①]，更详加指出第一次雅集乃在1919年6月，故胡朴安的记忆可能有误。而鸥社的发起与傅尃1919年到沪关联甚大，这意味着鸥社成立的政治意味，在下文将详解，故鸥社成立日期断不可误移为1920年。

关于雅集社员，胡朴安开列之名单为：老兰、仲可、小柳、子实、寄尘、兰皋、钝根、莼农、小舫、痴萍。郑逸梅称“南社旧社员胡朴安、傅钝根等别组鸥社……大觉被邀参加，同时尚有潘兰史、汪兰皋、汪子实、徐仲可、王莼农、陶伯荪、宋痴萍、俞慧殊”[②]，则在胡朴安的名单之外羼入王大觉、余慧殊二人，而遗漏胡寄尘、孙小舫。观傅尃之诗《与诸君约为鸥社入社者泾胡朴安、寄尘兄弟、旌德汪子实、无锡王莼农、宋痴萍、阳湖汪兰皋、番禺潘兰史、南昌陶小柳、济南孙小舫、杭徐仲可及余凡十一人》[③]，详载社员名单，与胡朴安之说相合，载鸥社社友成员共十一人：傅尃、胡朴安、胡寄尘、汪子实、王莼农、宋痴萍、汪兰皋、潘兰史、陶小柳、孙小舫、徐仲可。然这是鸥社第一次雅集成员，随后有王大觉加入，观王大觉之诗可知，他的诗歌明确记载自己加入鸥社且至少参加了第二、第四次雅集[④]，故郑逸梅之说也部分合理。余慧殊是否入社不得其详，然据王大觉的诗歌[⑤]，可知当时余慧殊正在上海且与鸥社诸子交往密切，或也曾列席雅集。事实上列席鸥社雅集的人员常常在扩大，特别是鸥社后期还有大量淞社社员列席雅集。

鸥社雅集的存在时间，郑逸梅所称的“鸥社雅集凡四次，得诗甚多，存录《海天吊日楼诗钞》，这和《海天新乐府》各成一卷”，是指王大觉的作品而言，“凡四次”应为大觉列席雅集之次数而非鸥社的雅集数，郑之表述对读者恐有误导。胡朴安之说也很模糊，“每月雅集两次，继续有一年半之久”。因胡朴安对鸥社开始日期记忆有误，故一年半之说恐难落实。检社友诗歌记载，鸥社至少维持至壬戌年（1922），

---

① 王大觉：《风雨闭门斋诗稿》卷三，见王之泰、丁俭编《南社王大觉诗文集》，香港：中国美术出版社2009年版。

② 曼昭、胡朴安：《南社诗话两种》，中国人民大学出版社1997年版，第152页。

③ 傅尃：《钝安诗集》卷五，《钝安遗集六种附钝安哀挽录》，民国二十年铅印本，第11页。

④ 王大觉有《沤社第二集会于杏花楼分韵得深字》、《鬼趣图沤社第四集》，见王之泰、丁俭编《南社王大觉诗文集》，香港：中国美术出版社2009年版。

⑤ 王大觉有《将离海上前一日余慧殊约傅钝根饮予寓楼并同摄影，余慧殊嘱余为题志漫成二律》，见王之泰、丁俭编《南社王大觉诗文集》，香港：中国美术出版社2009年版。

最后一次可见的鸥社雅集记录是徐珂的《兰史召集功德林作壬戌（中华民国十一年）鸥社第四集》。他在 1921 年之前的社集诗歌都系有社集次数，然壬戌年开始以壬戌当年雅集次数计算，到 1921 年为止鸥社已经有至少三十五次雅集，加上 1922 年有记录的四次，鸥社至少有三十九次雅集。壬戌年第四次雅集虽无实际月日可考，然壬戌第三次雅集，徐珂记录为“十月初四”①，如延续“月凡两集”的惯例，鸥社在 1922 年的 10 月底还有活动。故鸥社实际存在时间至少从 1919 年 6 月延续至 1922 年 10 月。

另外，上海在民国十九年庚午（1930）有“沤社”之集，活动至民国二十二年（1933）止。是由夏敬观、黄公渚倡集的词社。“九月夏丈剑丞、黄君公渚倡词会于海上，名曰沤社。每月一会，以二人主之。题各写意，调则同一，第一集拟调齐天乐。”② 有社集《沤社词钞》，观其中所附“词集同人姓字籍齿录”，凡二十九家，为朱孝臧、潘飞声、周庆云、程颂万、洪汝闿、林鹍翔、谢抡元、林葆恒、杨玉衔、姚景之、许崇熙、冒广生、刘肇隅、夏敬观、高毓浵、袁思亮、叶恭绰、郭则沄、梁鸿志、王蕴章、徐桢立、陈祖壬、吴湖帆、陈方恪、彭醇士、赵尊岳、黄孝纾、龙沐勋、袁荣法③。其中王莼农与潘飞声为鸥社社友。因沤社名称与胡朴安倡设的鸥社相近，故表出以免混淆。

另一需注意的是胡朴安等倡立的鸥社，在名称使用上常常“鸥”、“沤”通用，在王大觉诗集中便称“沤社”，其他社友如王莼农、汪兰皋、汪子实也均称“沤社”④，故诗文阅读中更需留意南社之鸥（沤）社，与夏敬观、黄公渚等倡立的沤社之区别。

通过梳理，可知鸥社为南社在唐宋诗之争后社集落潮期间，在沪社友的小团体雅集活动。从 1919 年 6 月至少开展到 1922 年 10 月，可知的社友有十二名，为傅尃、胡朴安、胡寄尘、汪子实、王莼农、宋痴萍、汪兰皋、潘兰史、陶小柳、孙小舫、徐仲可、王大觉。这个团体雅集活动与南社有何关联，其诗酒唱和负担着怎样的意义，在下文中将予以探讨。鸥社的集会实与傅尃的到沪有关，而鸥社也可以傅尃的离沪分为前后两期，呈

① 徐仲可：《真如室诗》，中华书局民国十二年刻本，第 7 页。

② 周延礽编：《吴兴周梦坡（庆云）先生年谱》，台北：文海出版社 1972 年版，第 117 页。

③ 《沤社词钞》，民国癸酉（1933）仲秋铅印本。

④ 汪兰皋的《来台集》中载有王莼农《沤社同人有太平看红叶之约，以事未赴，赋示同社诸子三叠来台韵》，汪兰皋《沤社四集汪子实以鬼趣图征题四叠前韵》等，汪子实《沤社九集叠来台韵即纪秋来湖上之游呈兰皋字兄社长》。

现思想之转变。

二 鸥社与南社

如前所述，鸥社为南社之赓续，这不仅仅因为鸥社在时间上起于南社社集的落潮期，也因为鸥社之兴起乃有南社精神的一脉流转。

（一）醴陵兵灾与南社社集

鸥社兴起与傅尃的到沪有关。醴陵在1918年遭受严重兵祸，而祸首乃为时任湘督的张敬尧，故傅尃等人搜集张之罪状，前往上海争取南北议和团的支持，开展“驱张运动”。傅尃等人将张之罪状整理为《湘灾纪略》，其中历数战事、军暴、匪祸等对湖南人民的祸扰，南北之兵视湖南为必争之地，各以“护国”、“靖乱”之名入湘却行杀掠之实，而湘督张敬尧非但不以兵保湘，反纵兵为虐，暴行更甚，“湘督张敬尧第七师踵至，大肆横暴，杀掠奸淫，靡所不至，军纪荡然。湘东之民，如火益热”①。傅尃等湖湘人士便谋驱张而还地方以安宁。

傅尃与文湘芷、袁雪安等南社社友于1918年12月由醴陵启程赴沪，在沪上展开活动，至1920年7月返湘。傅尃在沪期间参加了南社1919年4月的徐园雅集，以及鸥社的七次雅集②。据《傅尃年谱》载“先生至沪后手编《醴陵兵纪略》、《醴陵兵图》、《湘灾纪要》印送南北当局及各界人士，以供考览”③。和会于1919年2月20日在沪举行，“二月二十八日和议停顿，及五月十四日和议再停”④，和会两次停顿之间，南社于4月6日在沪举行了第十六次雅集。傅尃到沪，这成为南社凝结的一个新兴奋点。此前南社经过1917年的内讧之后，社集已经停顿一年多了，傅尃到来之后社团再举雅集，且当年的社刊也由傅尃经手编辑，于1919年12月出版。此次雅集没有留存材料，未知社集上是否涉及醴陵兵灾的话题，但社刊却明白地带上这一话题的痕迹。第二十一集社刊以醴陵诗人作品为主，且主题围绕着醴陵兵灾，刘泽湘、刘谦、刘鹏年相关的诗歌如《哀荆南》、《戊午集》均发表于该期，傅尃自己的关于此行到沪的一系列诗歌也集中刊发，形成该期社刊的现实关注点，曾经的南社“干世”精神又重新闪现于这个以气节相号召的社团中。

---

① 湖南善后协会编撰：《湘灾纪略》，中华书局2007年版，第82页。

② 据《傅尃年谱》知傅尃在1919年底曾入京，参加了在京的中央公园雅集。

③ 《傅尃年谱》，傅尃：《钝安遗集六种附钝安哀挽录》，民国二十年铅印本。

④ 同上。

《傅専年谱》称他这一年在沪活动，“南社故旧游宴甚欢”[①]，他到沪与南社旧友的汇合可谓迸发了新的火花。他曾经在清末的光绪三十二年（1906）到沪与宁调元办《洞庭波》杂志，辛亥年到苏州与陈去病、张默君办《大汉报》，已经有近十个年头未下江南，没有与在江浙的社友有过直接往来了。此次到沪又将十年前的革命生涯勾连起来，反清与驱张，同是为生民请命。南社社友也在傅専带来的这个新鲜而熟悉的集会话题中重新凝聚。故胡朴安将此会精神上追至南社辉煌时期的斗争锋芒：“南社集会，自为周实丹殉义集会以后，激昂慷慨之气，渐渐沉沦，至民国八年、九年，无复声矣。兹集亦稍见南社当年之精神也。”[②]

除了总社雅集，鸥社的集会也可谓是因傅専的到来而催生的。从鸥社结社日期来看，这和南社第十六次雅集日期极为接近，其集会的主旨也甚相近，鸥社第一次雅集的诗歌记录了社友们的心迹。傅専在第一次雅集上提起了醴陵兵灾的情况，这应该是他们雅集的重要话题之一，傅専的诗歌写道：“频年丧乱弥神州，衽席以内皆戈矛。故山榛莽不可理，枭獍出没罗鼯猱。大湖南望杀气遒，大江东去随漂流。尚迟白羽制虓虎，且共沧波狎海鸥。十年辗转徇恩仇，劳生扰扰何时休。欲凭禊事祓祲沴，尽遣山水还温柔。”[③] 胡朴安的诗歌回应了傅専这种忧念苍生的情绪，诗云：“大风走沙石，天地变苍黄。豺虎相啖食，蛟龙各潜藏。浩劫古未有，乱极转不伤。飘飘一鸥寄，何处是故乡。”[④] 鸥社就在傅専带来的这种情感氛围中开始了。鸥社的一些活动也围绕傅専之行展开，第十四集是为傅専的《章龙归梦图》题诗，“章龙山在湖南醴陵县，为道书七十四福地之一。钝根以湖南善后协会事客沪二年，欲归不得，因作是图”[⑤]。傅専在鸥社社友心中是值得赞誉的英雄，徐珂称他：“斯人方为苍生出，要与乡邦策治安。努力更扇天下事，卧游且看画中山。”[⑥] 傅専成为了前期鸥社活动的中心人物。

另外，鸥社社友中有宋痴萍和汪兰皋可谓与湖南曾有渊源，故于醴陵兵灾更有深一层的切肤之痛。如宋痴萍曾客长沙，编《长沙日报》，与宁

① 《傅専年谱》，傅専：《钝安遗集六种附钝安哀挽录》，民国二十年铅印本。

② 曼昭、胡朴安：《南社诗话两种》，中国人民大学出版社 1997 年版，第 169 页。

③ 傅専：《鸥社第一集》，《钝安遗集六种附钝安哀挽录》卷四，民国二十年铅印本，第 11 页。

④ 曼昭、胡朴安：《南社诗话两种》，中国人民大学出版社 1997 年版，第 152 页。

⑤ 徐仲可：《真如室诗》，中华书局民国十二年刻本，第 29 页。

⑥ 同上。

太一、傅専曾相唱和[①]。而汪兰皋与醴陵渊源更深，且他也在傅専到沪后协同为醴陵兵灾奔走，成为雅集与诗歌唱和最积极的人物之一。

(二) 鸥社雅集与《来台集》

汪兰皋为江苏昆陵人（今江苏常州），曾在清末宰湖南醴陵邑，曾为醴陵革命党之活动提供庇护，并因此被革职。辛亥后居于上海，不复当年之勇，常涉足梨园[②]。但是傅専的到来却激发这位当年的醴陵邑宰对于旧日辖地的关注热情，他也以极大精力参与到傅専等为醴陵兵灾请愿的活动中，《来台集》的编辑便是其一。傅専为《来台集》作序时讲述了汪兰皋与醴陵的渊源及其倡“来台韵”唱和以抒发忧愤的始末：

兰皋先生，旧寄吾邑，适萍浏醴革命事起，当道方调重兵，事搜剿，赖先生电抗大吏，醴得克兵。及事败后，大肆罗织，萍浏连界，常一日杀数十百人。醴先后仅杀十数人，先生犹龂龂与军吏争，保全不获，且引为恨。自先生去任，今十余年，醴人去思，犹一日也。

丁戊之交，南北构衅，北兵既重挫于攸县，忿无所泄，乃尽烧醴陵乡民屋万数千家以走，杀人以二万以外，劫掠所失，不可胜数。而始倡纵火者，则为县令。及和议开始，父老以请恤属余，因得始见先生于海上。会王副使宴席，余为痛陈湘兵灾，满座无不掩涕。先生于是有来台四韵之作，余与芷香首和之，酬唱往复，至于再三，而先生所作尤夥。盖怀奋之思深，忧民之念切，悯乱既亟，言哀已叹，所以寄微旨，戒将来，备采风信也。自是朋辈又作，咸用斯韵。虽赋事异常，而协音则一。驰和千里，积简盈尺。铜山崩而洛钟应，牙弦响而期心会。彬彬乎，炳炳乎，盖乱离以来，未有之盛也。[③]

傅専曾为醴陵兵灾在上海爱俪园宴请王副使子铭，汪兰皋也在座，汪兰皋演说醴陵兵灾惨状，无不泣下沾襟，且即席有“来、台、哀、杯”四韵赋诗以抒怀：“稍喜琅琊道，能为飞天来。食人方率兽，复鼎又登台。杜倚申卿哭，城崩杞妇哀。旧游乃堪忆，落泪向隅杯。”[④] 傅専、文湘芷均

① 宋痴萍事，详见郑逸梅《南社丛谈》，上海人民出版社 1981 年版，第 139 页。

② 汪兰皋事，详见郑逸梅《南社丛谈》，上海人民出版社 1981 年版，第 153 页。

③ 《来台集序》，汪兰皋辑：《来台集》，民国九年铅印本。

④ 曼昭、胡朴安：《南社诗话两种》，中国人民大学出版社 1997 年版，第 166 页。

有和作，如此唱和往复，汪兰皋作诗达二十七首，傅尃有十二首，“武进汪子兰皋，以醴陵傅子钝根因兵燹之惨，述琐尾之伤，而有来台之赋，从而和者若干人”；“一时朋辈，凡有宴游之作，皆用来、台、哀、杯韵。”①在一段时间内居然能达到凡有宴游，均用此韵作诗的程度，这成为了当时南社的“典故”，更重要的是随着这种诗歌行为推广的关于醴陵兵灾的情绪。

《来台集》可谓因醴陵兵灾而起，且编辑者汪兰皋本与醴陵有着莫大渊源，故其《来台集》之编辑乃有一种以诗歌方式声援傅尃请愿的意味。故而作品不能仅仅以寻常步韵之作视之。短期内竟能有二十五人参与②，诗有百七十四首，又七律二十三首，附录词四首、诗三首。在南社落潮期间，步韵的游戏之作却能引发社友极大兴趣，这本身就意味着这种高度形式化的作品用一种统一的外在方式，表达了更为一致的精神内核，那就是对于时事的干预意图。故而胡朴安称其音所归都在“悲伤”：“沙虫已变，此傅子尤为哀厉，汪子尤为慷慨者矣。其它和者，莫不幺弦共奏，急管同吹，虽山水之游，自高夫风物，而音律之协，终归于悲伤。”③ 傅尃和汪兰皋之作起于兵灾的慷慨哀厉，而和作诸子，尽管有作于宴饮游历时，其情感都免不了对于时事的观照。

鸥社的雅集也催生了这样的和韵作品，在第九次雅集上，傅尃、胡朴安、汪兰皋就以之作为雅集诗歌的形式。胡朴安约同汪兰皋、傅尃到浙江嘉兴作鸳湖之游，三人“鸥社寻诗集，鸳湖访胜来”④。湖山摇动三人颇多诗兴，然我们可以在诗歌中读到山水登赏之外的忧郁情怀，这正是江南清嘉山水也无法释怀的生民之忧，三人均有四首“来、台、哀、杯”韵的雅集诗。傅尃《鸥社九集，兰皋朴安约游檇李，余以后期往登烟雨楼，泛杉青闸，归过于车中次来台韵》其二：“此地闻长颈，曾经百战来。胆薪存越国，麋鹿复苏台。竟代三吴霸，偏余五季哀。号家居可惜，铁券碎金杯。”⑤ 胡朴安四首其二：“碧浪粼粼软，轻舟荡漾来。荒村围古树，斜塔倚颜台。云影孤帆静，歌声几处哀。浊酒如可买，遣兴且

① 曼昭、胡朴安：《南社诗话两种》，中国人民大学出版社 1997 年版，第 167 页。

② 据《来台集》载，参与唱和的诗人有二十五人：汪兰皋、傅尃、文湘芷、汪影庐、胡朴安、徐仲可、王西神、潘兰史、吴悔晦、蔡思琅、张稚兰、张心琼、陈丽湘、陈纫湘、严绣鸿、王大觉、徐公倩、傅绍禹、文幻园、钟爱琴、张心量、熊自镜、孙小舫、李洞庭、叶梦庐。其中严绣鸿、徐公倩、熊自镜、孙小舫、叶梦庐五人非南社社友。

③ 曼昭、胡朴安：《南社诗话两种》，中国人民大学出版社 1997 年版，第 169 页。

④ 汪兰皋辑：《来台集》，民国九年铅印本。

⑤ 同上。

衔杯。”[①] 汪兰皋和作其四：“回棹杉青牖，仍逢青主来。击鲜凌女龠，访古野王台。且誓幕天醉，宁忘斫地哀。烂柯观黑白，后约共衔杯。”[②] 不论傅尃的历史之哀，胡朴安的歌声之哀，汪兰皋的斫地之哀，都是当时奔走醴陵兵灾的情绪投影，是当时民国时局的乱世忧心。这也是“来、台、哀、杯”韵作品的撼动人心之处。南社诸子的忧世胸怀总有让人振奋的力量。

《来台集》是在《南社丛刻》之外闪现淑世精神的又一部社外集刊。《来台集》与鸥社雅集相关，鸥社社友均有唱和之作，其中徐珂甚至达三十八首之多。且鸥社雅集中就生成了不少以四韵为诗的作品，这些被认为“虽山水之游，自高夫风物”的作品因带有某种程度的淑世精神，而非纯粹的诗酒流连之作，也使得鸥社雅集因而不同乎纯粹的文人结社。

三 鸥社与近代上海结社

张敬尧被成功逐出醴陵，傅尃也于 1920 年 7 月回到了湖南，此后便未再到沪，也没有再参加过鸥社的雅集。鸥社活动却在继续，到 1922 年的两年间，剩下的社友仍然在继续雅集唱和，而傅尃去沪之后的鸥社也开始了新的阶段。鸥社也可以傅尃的离沪分为前后两期。

后期的鸥社，进入一种文人结社的轨迹中。大家更愿意沉醉于诗酒风流的形式中，开始一种文人对于生活的玩赏。“失意文人”用雅集这种群体方式彼此温暖，后期的鸥社呈现出一种与沪上遗老的风雅结社相融合的特点，鸥社社友中胡朴安、王莼农、汪兰皋、徐珂、潘飞声均是周梦坡淞社雅集的常客，而他们的鸥社雅集也时常延引淞社成员列席。两个社团在雅集主题上愈趋一种风雅的共通，金石书画成为大家雅集的共通话题，还有诗歌中流露的沧海桑田的感觉，让鸥社社友与曾经的南社渐远，而与沪上纯粹的风雅文人结社渐近。

其中徐珂可为代表，他其实在用文化的态度理解南社、鸥社、淞社。鸥社后期的雅集中，徐珂是一位积极参与者，他有多首社集作品，我们也因之可以略微了解鸥社的雅集氛围与其心态流转。徐珂隶籍南社，却从未参加过南社的总社雅集，虽然他人就在上海，但是他更乐于出入沪上的遗老群体，也是淞社的主要社员。在 1919—1922 年间，徐珂以同样积极的

① 汪兰皋辑：《来台集》，民国九年铅印本。

② 同上。

态度参加鸥社和淞社，这个挂名的南社社友在用他的结社取向说明他对于当时沪上社团的理解。从他的诗歌和结社态度可以发现，徐珂渐渐将鸥社和淞社作出了相似的理解，他在这些社集中抒发着类似的情绪。这种相似正敏感地展示了后期鸥社与遗老社团的情绪合流。失意而没落的南社文人与失意而没落的遗老，他们对于历史对于当下，开始有了一些类似的感触。与其说徐珂们在以两种身份游走于不同的诗群，不如说是诗群的渐趋相融使得徐珂们可以得到接近的群体感。

徐珂最常有的诗歌主题就是异代沧桑，这是他在淞社雅集上最多的诗歌话题。民国九年（1920）的上巳，徐珂参加了周梦坡主持的淞社第四十五次雅集，到者二十七人，其中也有除徐珂之外的鸥社社友胡朴安、王莼农、潘飞声。徐珂作有雅集诗《庚申上巳梦坡招作淞社四十五集修禊天韵楼》，该诗抒发了登楼所见，触目皆是“沧海横流”的感叹：

> 酒半发深慨，觥船停拍浮。人间际阳九（今为中华民国九年），群盗横戈矛。八表今同昏，烟尘来蔽眸。吾庐亦近市，尤苦喧且湫。蛰居废登眺，伏案如坐囚。不祥可尽祓，何苦楼上头。[①]

比较徐珂同一时期写作的鸥社雅集诗，发现非常相似。就在徐珂参加淞社雅集的一个月后，鸥社由潘飞声召集，也有一次雅集，这是鸥社第十五次雅集，在民国九年的展上巳[②]这天，徐珂的雅集诗歌运用了和淞社席上相似的情绪，甚至词汇：

> 流年便已逢阳九（今为民国九年），禊事还应展止除。浮罍文波云影澹，剪灯昨夜雨声疏（时集杏花楼）。江村杨柳寒尤勒，歌管楼台画不如（时有广州歌妓侑酒）。何限人间沧海感，酒杯重祓总愁予。（梦坡上巳天韵楼之禊予亦与焉）[③]

两首诗诗歌元素是一致的，都充满对于人世“阳九”节序的强调，对于沧海桑田之感的抒发，对于通过雅集“祓除不祥”的愿望，徐珂的鸥社

---

① 徐仲可：《真如室诗》，中华书局民国十二年刻本。

② 农历四月初三，晚于三月初三的上巳节一个月，称展上巳。

③ 徐仲可：《真如室诗》，中华书局民国十二年刻本，第 29 页。

和淞社的雅集作品，如果没有题目的区别，甚至可以混同视之。参看更多的雅集诗后，我们发现徐珂的情绪基调是相似的，他是以同样的心态参加两个社团的雅集活动，徐珂并没有将两个社团性质作出明确的区分。鸥社社友激愤地为醴陵兵灾题诗唱和之后，社事回归了文人的风雅，这群传统文人更多是在品味着一种文化的感伤落寞，于是鸥社和遗老诗社淞社具有了融通的可能。

鸥社与淞社的融通还体现在大量淞社成员列席鸥社的活动。辛酉年(1921)鸥社的第三十三次雅集在正月四日这天，正好是清代著名的布衣诗人黄仲则的生日，潘飞声邀请社友们到杏花楼雅集，雅集诗歌是步韵黄仲则《两当轩》中的《自寿诗》。潘飞声记载了参加雅集者的名单：吴昌硕、恽季申、陶拙存、周梦坡、徐积余、杨子琴、朱念陶、恽堇叔、徐仲可、汪兰皋、汤伯迟、胡朴安、汪子实、黄宾虹、王莼农、蒋少华、童心安。[①] 其中徐仲可、汪兰皋、胡朴安、汪子实、王莼农既为鸥社社友，又隶籍淞社，剩下的多为淞社社友，据《周梦坡年谱》中开列的淞社社员名单[②]，其中吴昌硕、恽季申、陶拙存、周梦坡、徐积余、朱念陶、恽堇叔、童心安均为淞社社友。潘飞声集中的诗歌未标明社集的状况，然据徐珂记载，这正是鸥社第三十三次雅集，有《兰史招饮杏花楼作鸥社三十三集属以黄仲则丁丙正月四日自寿诗韵纪之》[③]。如无徐仲可诗歌之参照，竟或以为该集为淞社的某次雅集，因为淞社社友的到场人数已经确乎“喧宾夺主”了。至此，社团名称似乎只是一个软性标志，更重要的是一种当下体验的相仿佛，诗歌作为一个渠道，是这些曾经政治理念、生活经历全然不同的士人可以沟通的方式；也是一个让过去和现在勾连起来的通道，士人在他们熟悉的雅集方式中寻找“大雅扶轮”的感觉。这些士人多半是固守传统文化的。他们不仅对于民国多变而混乱的政治感到不满，对于文化革新的激进风潮也不适应。我们可以在他们的社集诗歌中读到很多关于文化态度的表达，他们对于“吾道沦亡”深致忧虑。这些士人在坚持自己的文化理念和道德操守，潘飞声多次在诗歌中宣称自己的品节不可移易，“堕地岂为牛马走，忍饥惟与凤凰亲”（辛酉1921正月四日黄仲

① 诗题为《辛酉1921正月四日黄仲则先生生日，邀同吴昌硕、恽季申、陶拙存、周梦坡、徐积余、杨子琴、朱念陶、恽堇叔、徐仲可、汪兰皋、汤伯迟、胡朴安、汪子实、黄宾虹、王莼农、蒋少华、童心安，设宴杏花春雨楼敬祝，用〈两当轩〉集中自寿诗韵二首》，潘兰史：《说剑堂诗集二卷》，民国二十三年铅印本，第6页。

② 周延祁编：《吴兴周梦坡（庆云）先生年谱》，台北：文海出版社1972年版，第50页。

③ 徐仲可：《真如室诗》，中华书局民国十二年刻本，第30页。

则先生生日)[①]。“吾道拚沦亡，文字岂可卖？谀墓昌黎嗤，投阁子云戒。”[②] 当然，这也是鸥社能在某种程度上与淞社成员融通的原因，所谓的“所期素心人，振古期行迈”，正是这些在世事变迁中愈渐拥有相似文化和生活理念的士人彼此的期许。

与鸥社同时存在的另一个南社分化出来的小团体是柳亚子主持的酒社，这两个小团体有着某种相似。在南社的低潮期，柳亚子无意于社事，于是返回故乡吴江，与当地的诗人们结社唱和，形成在地方上颇有影响力的结社，这种影响力辐射范围包括吴江和毗邻的嘉善、西塘。吴江的酒社成立于 1914 年春，至 1923 年新南社成立宣告解散。其中 1917 年之后直至柳亚子重新出山组织新南社，柳亚子参与的文人雅集主要是这个地方化的文人群体。酒社有一些别名，如销寒社、销夏社等，“实质没有多少区别，只不过酒社设于秋季，销夏社和消寒社则行于夏天和冬天。在黎里集会，专称酒社，在周庄、西塘，则另名迷楼和乐国”[③]。

尽管酒社诗人都隶籍南社，尽管这些活动是由南社主持者柳亚子号召，且从名义上与南社有着关联，但是这种明显具有地方性质的雅集与曾经的南社总社雅集不可相提并论，已经失却总社雅集的“仪式化”特征，不意味着总社的存在和号召力，而只是传递了南社落潮期一个群体的面貌。酒社雅集中的诗歌情绪和鸥社竟也非常相似，在鸥社活动积极的 1919 年，酒社的中秋雅集也极一时之盛，黄娄生得柳亚子飞简相邀，甚或从三千里外的京师赶回黎里参与酒社的雅集，此集有《酒集中秋唱和集》一册。观其诗却是一样的牢愁幽怨，“剩水残山一跌宕，琼楼玉宇几阴晴”[④]。酒社成员们也在经历着政治落潮期的情绪低落感，这与鸥社是相似的。

南社在 1917 年的分裂之后，社团进入一种化整为零的状态，社团的雅集几于停滞，然地方性的雅集却从未间断。雅集作为文人生涯的一部分，不会因为南社的分裂而戛然停止。这些雅集常常在旧有的南社社友之间展开，就名义而言，有赓续南社的味道，但是分散的小社团进入一种集体的情绪低潮，因为时事的变迁使得他们失却曾有的革命话语作为一种强有力的支持。小团体固然要寻找自己新的凝结点和共同话语，然此时的这

① 潘兰史：《说剑堂诗集二卷》卷三，民国二十三年铅印本。

② 同上。

③ 李海岷：《吴江与南社——南社百年纪念特辑》，吴江市政协文史委员会编：《吴江文史资料》第二十三集，2009 年，第 208 页。

④ 柳亚子：《磨剑室诗词集》，上海人民出版社 1985 年版，第 296 页。

些话语又如此近似，酒社的刊物《酒社中秋唱和集》、《迷楼集》、《乐国吟》等和鸥社的雅集诗歌一样，弥漫着一种文人的迷茫，对于时局的无可奈何，对于文字不再具有力量的无限感慨。他们或者更愿意体味纯粹的诗酒风流，而不是将之作为政治斗争的掩护。

鸥社作为南社分化出来的一个小群体，诞生于南社的落潮期，其实是观察南社分化的一个很好的渠道。南社固然在唐宋诗之争后走向社事的萧条，但却化整为零，分化为许多在地方上活动的小诗群，他们依托旧有的南社诗歌网络，展开自己的雅集。鸥社作为其中之一，呈现出其自有的面貌。初期积极地以诗歌活动声援傅尃的“醴陵请愿”，回归了南社曾有的淑世精神，然短暂的政治热情之后面对军阀混战的时局和传统文化的凋零，诗人们进入一种心灵的沉寂，在雅集中寻求一种同道的温暖。他们不再计较诗歌宗派和曾经的政治站队，他们在愈渐纯粹文人化的生活中延续他们的个人节操和文化理想。其实南社也消解在这种各自为政的小团体雅集中，消解在旧有的文人雅集传统之中。1923 年新南社由柳亚子发起，但是对于这些分散的地方团体的号召力却远非从前可比。因为这些传统文人的文化选择实在很难统一，旧南社的革命精神也成为每一个分裂的碎片上遥远的幻影。

第四章　南社时代诗人群体的传统网络：地缘与亲缘

传统的文人结社遵循三大关系渠道：地缘、血缘、学缘。对于南社这个处于文化转型期的社团而言，其主要活动舞台在城市，新的结社环境某种程度上打破了原有的关系结构网络。但是传统的文人结社机制仍在社团中存在，甚至还影响着南社的结社走向。本章谈论对南社影响较大的地缘和亲缘编成机制。

第一节　南社地缘与亲缘概说

一　南社群体的地缘编成

南社大致可以分为三个主要地域群体：江浙、广东、湖南[①]，然地域编成实难以笼统言之。如江浙文化圈，虽在传统的文化地理概念中可以统言共性，但是难以说明南社的地域编成生态。梁启超《近代学风之地理分布》提出了一个问题："何故文化愈盛之省份其文化愈复杂。如江南之于江北，皖南之于皖北，浙东之于浙西，学风划然不同。"[②] 确实，越是在江浙这样的文化大省，其地域编成关系越复杂，不但江苏与浙江不可并论，就在江苏内部亦有文风学风之分歧。对南社群体，应该深入更细致的地理空间去探讨其诗歌特色。

（一）大传统与小传统

清代诗坛凸显了地域编成的概念，清代诗歌流派有的径以地域命名，如河朔诗派、岭南诗派、虞山诗派、娄东诗派、秀水诗派、饴山诗派、浙

---

① 孙之梅《南社研究》第二章《南社社员的地理分布》将之分为江浙、岭南、湖湘三个文化圈。人民文学出版社 2003 年版。

② 梁启超：《近代学风之地理分布》，《清华学报》第一卷第一期（1924 年）。

派、桐城诗派、高密诗派、常州诗派等①。这些地域性的流派凸显了一地的师友亲缘关系，而诗派的命名也越来越彰显一种细化的地域文化概念。虽然也有岭南、河朔这样笼统的地域名词，但是诸如虞山、娄东、秀水、饴山、桐城、高密、常州这样的郡邑名词已经意味着诗歌传统空间凝聚的浓度。明清以来的文化发展程度使得一个地区也足以形成一种独立独特的文化性格，于是诗歌从明清以来，特别是到了清代，不得不面临一种诗歌承续的传统问题，就是时间谱系的传统和空间谱系的传统，这也是我们所谓的“大传统”和“小传统”的问题。蒋寅认为，就中国文学史而言，大传统和小传统的关系相对应的既不是精英文学和通俗文学，也不是城市文学和乡土文学，而应该是经典文学和地方文学。前者意味着整个民族文学传统，固然是精英的，但未必是城市的；后者意味着局部的地方文学传统，虽是乡土的，但绝非通俗的。中国古代以农耕文化为主体的漫长历史，培养了士大夫阶层的乡村生活方式和乡土传统意识。相比整个古代诗歌大传统，乡邦文学的小传统更密切地包围着他们，给他们有形或无形的影响②。

大传统意味着自从先秦以来的诗歌经典，这是长长的时间链条上的传统谱系，清诗的“格调派”、“神韵派”、“宋诗派”等很多就是对这条时间链条的时代回应。小传统则意味着更为切近的乡邦诗歌谱系，地方文学前辈的作品是地方后辈文人无法回避的诗歌模范，因为地方先贤积累的文化声誉也是不能忽略的存在。在地域文化越来越发达的清代，地方“小传统”也可能建立起一个完整的诗歌谱系，成为与诗歌史“大传统”并存的诗歌取法轨范。

这种大传统和小传统的影响持续存在，到了清末民初的南社诗人作品里，也依然存在两套参照模式，一套是依据时间谱系，学习从先秦到清代的诗歌大家；一套是依据空间谱系，学习自己的乡贤前辈。与后者相关的是南社社员不遗余力地表彰乡先贤、整理先贤遗著。文献凝聚了一种历史感，是一个地方文化骄傲的凭证，在面对浩瀚的郡邑文学成就时，首先感受到的是一种历史沉淀的自豪感。姚光有《征求松江郡人遗诗启》，便首先称赞松江的诗歌传统，正是这种地域文化的自豪感成为了整理郡邑先辈诗歌的内驱力：“在昔我松江一郡文学，彬彬称盛，而诗派又为世所

① 刘世南：《清诗流派史》，人民文学出版社2004年版。

② 蒋寅：《清代诗学与地域文学传统的建构》，《中国社会科学》2003年第5期，第166—176页。

称。"[①] 除了文化自豪感而外，文化整理和传承行为更源于一种自觉的文化承担意识，基层的精英文人对于"小传统"有着自觉的维护，这是与他们作为地方文人的责任感和荣誉感联系在一起的："古人之事不彰，不足以昭后之人。生今之世不为古人稍尽其心，则不特有负古人，亦且无以对来者也。夫乡里之事，犹之一族一姓之事也。一族一姓之事系于谱牒，一乡之事系于文献。谱牒不修，则一族一姓之事失，文献失佚，则一乡之事莫得考。苟不有我侪为之张皇补苴，将孰从而存之?"[②] 面对先贤的成就和即将散佚的危险，后来者的责任首在整理和保存，"吾邑词人，自宋葛胜仲已下，无虑数十百家，当明清间，各有专集行世，号称极盛。一再兵燹以后，故书放佚且尽，仅存者惟刘时庵所辑《曲阿》、《词综》而已"[③]。所谓"文献无征，后生之责"，地方基层文人往往后先相继致力于文献保存，"在昔我梨村一隅，诗教彬彬称盛，徐山民先生辑《禊湖诗拾》一书，上起明末下至清嘉庆初年，收束风雅，遂传不朽，自是以后，百余年中，继起无人，谁为录摭？盖乡先生之著作，散佚而不彰者多矣。及余观蔡南离先生《黎里续志》撰述一栏，并冥心而旁考之，知其遗漏者颇多，则乡先生之著作，非但散佚而不彰，且将有名字翳如之恨矣。余则砰然心动，窃不自量，拟辑为《禊湖诗拾续编》以存一区掌故。书中体例，一遵前型，起清嘉庆中叶，迄民国为止，其有嘉庆以前足传之诗，而徐书所未收者，亦为补入，列之卷首焉"[④]。南社诸子正是有感于乡贤作品的散佚不彰，而倾心搜讨，整理残丛，这种文化自觉承担意识使得小传统能绵延传递下去。

傅尃之师吴称三曾有《湘耆旧集》数十卷，记载了湘中的诗人诗作，然毁于民国六年长沙日报馆火灾，傅尃引以为憾，遂借主湖南省立中山图书馆之机，"浏览近人诗词小集，从事评选，揭登《民国日报》副张，日数百字"。"所录已逾百家，《云起轩词钞》及《忏慧词》、《臞庵诗存》外，皆已故湘贤，使契而弗舍，不难举吾湘六十年来之诗人，尽入吾录

① 姚光著，姚昆群等编：《姚光集》，社会科学文献出版社 2000 年版，第 59 页。

② 沈禹钟：《坏碣钩沉录序》，金梅主编：《南社西塘社友遗稿》，嘉善县文史资料第十九辑，古吴轩出版社 2006 年版，第 51 页。《坏碣钩沉录》为蔡韶声访求搜集的荒村残碑资料总集，以存乡邦文献。蔡韶声非常重视乡邦文献的整理，另有《乡邦文献感旧录》以诗评人，历数西塘历代先贤。还曾辑有《平川诗存》，但已经毁于"文革"。

③ 张素：《丹阳乡贤词传序》，《南社丛刻》第五集，江苏广陵古籍刻印社影印本 1996 年版，第 849 页。

④ 朱剑芒：《征求里人遗诗序》，《南社丛刻》第二十集，江苏广陵古籍刻印社影印本 1996 年版，第 5019 页。

中。”“自世变日亟，大雅不作久矣，近代词人著作，其名不甚显著者，类皆束之高阁，取读者殆终不一观，得君锐意扢扬，灿然露鳞爪，一时学子瞻向，始稍稍移易。”① 傅尃揄扬乡邦诗人，非为自树立流派或是梳理某种诗歌历史脉络，乃在于录“名不甚显著者”，使之吉光片羽也能留存于劫灰之后。这仍然是基层文人的“下行”眼光，并非褒扬精英文学以粉饰地方上的文学声誉，而在于将一种基层创作的样态保留下来。

而傅尃的《钝安脞录》点评的作品以师友为多，大多还得自师友的介绍，包括师友们对于评论的反馈，这种整理小传统的方式实际是一种群体性的行为。包括为整理先贤的作品而发出的“征求诗文启”，在文献和诗集编成之后的广征序跋，也是一个将整理行为集体化的过程。地方文人在这个过程中有交流，有沟通，有文献的互通有无，这是对于小传统的体认过程。就像前面所阐述的，“小传统”意味着每一个地方文人在创作时都会意识到的乡贤们的传统，以及由这些传统层累起来的地方舆论风习。这种切近性让地方文人易于结合为一个群体。

有的文人通过对地方文学史的重写和补充，使得地方文学成为一个连续的谱系，地方文学的传统也因之而建立。如陈去病力图补吴江诗史之缺失，将先贤未曾写完整的地方诗歌史补足：“由是邑宰孙觉石处道罗勋，与乡之耆德，石湖范公，先后有松江之集。而文儒王公，超俗成趣，居擅江湖之胜，亦撰其交游题咏为《臞庵集》十卷。此诚吾邑征文者之嚆矢也。丧乱频仍，遗编莫考，鲈乡撰志，始事掇拾。同时庞潋辑吴江一集，篇亦略备，惜乎残帙仅存，莫窥全豹。惟《雪滩诗略》，刊本犹在，《雪窗诗约》、《笠川诗萃》往尝一读，顾皆断自朱明，未偟数典，《朴邨诗征》更限清世，独东溪殷氏，尚古兴怀，录自西晋，迄于明季，成《松陵诗征》前编十二卷，用补袁氏之缺。”“肇自三国，以迄南明，成书六十卷，名曰《吴江诗录》。虽不足先辈灵爽之凭，亦庶几东溪诸子弥缝其缺憾矣。”② 陈去病等人的整理工作规模宏大，弥补了过去乡贤诗史没有完整记载的缺憾，从三国到南明，成书六十卷，如结合吴江先贤的记载便有了完整的吴江诗史脉络，诗歌“小传统”正赖以建立。

南社诸子作为民间基层文人，他们面对诗歌的“大传统”和“小传统”时，一方面吸取历史的养料，宗法诗歌史上的大家；一方面承担其

① 刘谦：《钝安脞录》卷三跋，傅尃：《钝安遗集六种附钝安哀挽录》，民国二十年铅印本。

② 陈去病：《吴江诗录自序》，郭长海、郭今兮编：《陈去病诗文集》，社会科学文献出版社 2009 年版，第 232 页。

基层文人的地方文化建构之责，投入到对乡邦诗歌谱系的整理中，而他们对于地方诗歌前辈的礼敬也反映在他们诗歌创作中对于地方诗歌风气的回应中。

（二）民族主义与乡土主义

在南社诸子的行动里我们看到一对矛盾：民族主义与乡土主义的矛盾。南社的理想是政治上推翻满清，文化上振起国魂，而落实到具体的文化行动却是着力于乡邦文化的发扬，着力于家族诗集的编纂。着眼于国家却行之于乡土，这会否是理想与行动力的差距？周实的一段话可以窥见某种“家国”心态：“晚近少年，争号召于众曰：‘吾将汎爱，吾将尚同。’而视人爱其乡里者，转非而笑之，以为彼之用其情者，至狭隘而无所充拓也。虽然，国者，乡之积也，乡者，吾辈至所切近，而舍是则无所系从者也。然则人之爱其国者，必先自爱其乡里始矣。吾未见不爱其乡里而能爱国者也。奈何今之志士，日以爱国爱群闻于人间者而乡里竟不能无谅德也，又谁能信其能慷慨报国至死而不变哉？斯人也，吾羞之，吾尤愿吾郡人共羞之也。”① 周实指出了当时年轻人中的一个社会现象，那就是人人争言爱国而忽视爱乡，但是如果对于自己的乡里尚且不能付诸行动，又怎能为了国家而慷慨献身呢。所以，热爱自己的乡土是理所应当且应乐于付诸实际的，这是爱国的基础和表现。正如吴江陈去病“在乡言乡，实为安分之常。诗有制之曰，维桑与梓，必恭敬止”②。在这种意识下，提倡将对国家之爱投入到乡邦之情，将抽象之爱转化为切近的努力。就像柳亚子无论为“宗唐宗宋”争吵得多么厉害，回到吴江仍然投身于整理乡邦文献一样，一种具体的文化环境仍然要求具体的文化努力。

事实上，这种彰扬乡里和民族主义的国家概念并不矛盾，在具体的操作中，南社诸子往往注重挖掘一地的民族精神，这是国家概念中最核心的部分，例如姚光就表彰金山先民的民族气节，在明末为反抗满清慷慨赴死：“志士、仁人、贞夫、烈妇为保种排外而死者，不胜数。”“此虽卫城一隅之情形，然可概见当时亡种之惨，而我先民崇尚气节之盛矣。存之以昭来兹，予以表往哲之典型，励季世之颓俗。”③ 先民们爱乡，抗拒外敌入城并为之牺牲，正是一种具有民族精神的爱国行为，在对地方文化中

① 周实：《淮安旅宁恳亲录序》，《南社丛刻》第一集，江苏广陵古籍刻印社影印本1996年版，第308页。

② 陈去病著，郭长海、郭今兮编：《陈去病诗文集》，社会科学文献出版社2009年版。

③ 姚光：《金山卫佚史自序》，姚光著，姚昆群等编：《姚光集》，社会科学文献出版社2000年版，第39页。

“反清”气节的彰显中，地方话语和国家精神统一起来了。

社友们认可的彰扬乡邦文化的诗歌行为，也往往与地方精神、文人心史相表里。如周斌的《柳溪竹枝词》在社友中引起广泛反响，社友为之题写的序跋多刊于《南社丛刻》，成为又一个公共话题。竹枝词被认为是地方史料的某种记载方式，可以“导入乡贤们的观念世界以及独特的民众化育方式”，“竹枝词厕身于具象社群，以平民俗众做基本记录对象，津津乐道其日常琐细，以浓郁的风土本色构成对传统史料的补充，给社会史以认识论的启迪。因此，以诗词身份出现的竹枝词，具有独特的社会史意义”[①]。周斌的《柳溪竹枝词》将一地之风土、人情入诗，可作一地之史来读，补方志之缺失。吴江沈昌直称之“小之即闾巷歌谣所陈者，不出一乡一里之间而语本天真，事皆征信，寥寥短章亦实为一方志乘之所自出”[②]。周斌的很多诗题即包含丰富史料，如《霓虹殿港丁氏著有清远轩诗集其轩在一文圩集中有霓磬韵一首为郭频伽所赞赏》，诗云：“帘开丁字夕阳曛，清远轩犹在一文。废殿虹霓留磬韵，诗情枯妙学灵芬。”[③] 诗歌记写霓虹殿港丁氏的诗集，其诗歌为嘉、道间吴江诗人郭麐之一派，此诗有补于地方诗史。

但是社友们更为认可的是周斌诗歌中以地方风俗变迁的视角来看待异代的沧桑，这是文人热衷发掘的微言大义，也是南社诸子善于解读的民族精神。山阴汤寿潜将之与清代蒋石林的《闻湖诗》相比，认为均抒写了国变后的郁塞之情：“秀水蒋石林作《闻湖诗》七十首，亦在国变之后，流连者击竹碎壶鸣其郁塞，此皆贵乡故事。君殆闻而兴起乎?”[④] 上海李中一认为：“以胸中所蕴者宣之于诗”，“兵燹所经四达之衢，鞠为茂草，百倾之溪，夷为沮洳”[⑤]，近百年间的沧海桑田正有其值得付之诗歌的意义。同里周文炳认为：“是岂状风土写物情，仅为一时游戏笔墨乎？而掌故所在寓之歌谣，后之览者陈诗可以观风，亦备他日采访之一助。”[⑥] 吴江黄复：“中原板荡，沧海扬尘，棋局丛残，劫灰冷落，虽才气不可一世如芷畦者亦终肮脏郁勃无可发泄，荒江老屋，雨晦风潇，不得已以征文考

① 小田：《竹枝词之社会史意义——以江南为例》，《学术月刊》2007 年第 5 期。
② 周斌撰：《柳溪竹枝词》，民国五年铅印本。
③ 同上。
④ 同上。
⑤ 同上。
⑥ 同上。

献之事为蠲忿解忧之法。"[①] 南社这些基层文人强调的一种地方精神乃在于一种民族主义，在于他们一贯强调的对于汉文化的维护和坚守。

南社诸子立意于国家目标，但是在具体诗歌行动中却往往落实在发扬乡邦传统。这体现了南社诸子行动力的切实，他们作为民间基层文人，注重从一乡一邑的文化建设入手，且在地方文化的诗歌表达中发掘了"民族"精神，统合在了社团强调的民族主义话语之中。

（三）乡居与入城

传统地缘网络的构成，某种程度上依赖某一地域文人相对稳定的存在。但是近代化加速了文人的流动，以地域为划分畛域的传统方式在受到挑战。文人流向城市是近代的一个普遍现象，明清以来的士人是城市社交场域中最为活跃的一群人，明清以来的结社之风和城市文化的蔚兴不无关联，复社正是明末这种城市文化的产物。南社也正是依托日益发达的城市舞台来实现跨地域的士人交往。南社的主要活动地点在上海，上海作为一个现代化的大都市，它提供给南社一种不一样的结社环境。南社在沪社员并非以上海本土为多，反而是来自五湖四海的社友为主，这种结社网络的编织便有别于传统的地缘编织机制。上海作为近代最大的移民城市，人口数量和阶层流动都是惊人的。上海是一个身份重组的空间，人不再遵循着从熟人社会带来的地缘、血缘、学缘的传统序列定位社会坐标。如许纪霖的研究，就整理出了传统的士绅阶层在都市文化新型的交往网络[②]。南社的诗歌网络建构也是这种重组的过程。

传统士人选择"入城"，这不仅仅是因为城市能提供更多的方便和逸乐，也是因为城市意味着更多的机会。在科举时代，机会对于城市和乡村几乎是均等的，城乡差别理论上并不会直接影响到其中举以及晋身的机会。但是随着科举取消和近代教育的发展，传统的教育模式发生了变化，近代化的学校大多集中在城市，乡居的教育水平就与城居拉开了距离。所以对于教育的需要使得士人流向城市。另一方面，城市提供了更多自我价值实现的机会。近代士人不再认可科举，他们在探寻新的价值实现途径；同时不再依靠入仕获取俸禄，也要寻找新的谋生手段。而上海提供了多样的谋生手段和价值实现途径，南社诸子成为了职业报人、教育工作者、职业撰稿者等。上海在辛亥前后涌现的大量具有革命性质的报刊，其中很多是南社诸子创办的，他们借以实现自己的反清目标，这种发达的媒体和舆

① 周斌撰:《柳溪竹枝词》，民国五年铅印本。

② 许纪霖:《近代中国知识分子的公共交往：1895—1949》，上海人民出版社 2008 年版。

论环境也只有上海这样的都市可以提供。

但是并不是入城的士人便与乡土切断了联系，我们看到南社诸子往来于故土和城市之间。比如柳亚子在主盟南社期间往来于上海和吴江之间，往来于两种价值体系之间。当他在城市理想受挫，便回到乡村，参与营建地方先贤的祠堂，整理乡邦文献，组织地方性的诗歌活动，编订家集和族谱。如傅尃在长沙编辑《长沙日报》期间触怒当权，便退回醴陵故土，从事当地的教育事业。对于南社这群转型期的士人来说，无法切断与故土的联系，入城意味着寻找实现理想的机会，而故土则是一个可以守望的精神田园，有时还是一个避难所。

在城与乡的空间转化中，故土的诗歌网络也和城市建立的人际关系并存。而前者可能更意味着一种稳定和可靠的关系。这种地缘网络也是南社结社的某种基础构成，南社有众多的地域诗人群体，就是因为地缘网络还在发挥着重要的作用。地缘建立的网络在南社中形成三种主要力量：江浙、湖湘、岭南。但是地域的文学生态构成其实是很难以这样大的地理概念来描述的，清代以来的文化进程，使得小到乡和县也可以成为独立的文化单位。在大的地理概念下，南社诗歌群体其实有着更细化的分层。比如吴江、松江、醴陵等小的地理单位也意味着独具个性的诗歌群体的存在。本章第三节将以醴陵诗群为例，说明这种更具有“小传统”特色的诗歌群体在南社中存在的意义。

二　南社群体的亲缘编成

南社群体的编成，有的是循着亲缘脉络结合起来的，据汪梦川《南社词人研究》中的亲缘关系表统计：父子（含叔侄、翁婿）有十六例、兄弟姊妹（含从）有四十八例、夫妻有三十三例[①]。这样庞大的数量在结社史上极为可观，并且使得南社的文学创作呈现一种家族群体风貌。

（一）文化家族与结社传统

社团中的家族构成，就文化史现象而言，实为文化家族的流风所被。江浙明清以来文化家族蔚兴，一门风雅是文化家族的常态，家族结社现象颇为繁荣。家族结社可大致分为三种形态：一门风雅的同姓社团；以家族成员为主要号召者的结社；以家族成员为重要参与者的结社[②]。家族的文学活动体现的是文学创作的一种基层样态。明清很多文学大家都是经过良

① 汪梦川：《南社词人研究》，南开大学文学院2007年博士论文，第16页。

② 王文荣：《明清江南文人结社研究》，苏州大学文学院2009年博士论文，第96—101页。

好的家族文化的熏陶，其中就包含家族社团的诗艺切磋。明清的诗歌潮流、学术风尚，很多就是在家族的诗酒文会中播散开去的。如清代江南今文经学的发展，与常州刘氏和庄氏两个家族颇有渊源[①]。松江宋氏家族的词曲唱和推动了云间词派的产生[②]。

明清繁盛的结社局面[③]内含了丰富的家族结社样态，而家族的文化精英正是这些结社的积极参与者。清代乾隆至道光时期结社的规模和数量都达到全盛，家族结社呈现盛世风貌，这一时期也是文化家族的繁盛时期。在很多家集中可以看到当时文化家族唱和几无虚日，家族成员人各有集，怡老组社，闺秀斗韵的盛况。对比而言，南社的家族编成，并非皇皇大观，南社的血缘表固然揭示了社团内部密布的血缘关系，但是真正令人称道的"一门风雅"却在衰歇。南社的家族构成表上可见很多成员来自诗书世家，他们仍然有着良好的家庭文学氛围，但是作为文化家族的创作盛况却已不再。

这非南社之过，而在于时代已不能涵育真正的文化家族。文化家族的产生有其历史的因缘际会。明清以来江南的富庶和文化的繁荣造就了诸多文化世家，而文化世家大多又是科举世家。科举制度作为王权的选才机制，已经融入到社会文化建构之中。江南的文化家族之繁盛与科举相依倚，因文得宦、以宦养文，是文化家族存在的常态。文化家族重视家族子弟的教育，以此获得跻身科举的清名实绩，重文成为文化家族保持不坠的原因，家族的文学活动和教育也需要围绕科考进行。但是近代的文化观念在变化，以此带来的家族教育观念也在发生变化。近代以来的价值实现方式多样，特别是科举取消之后，社会为文化家族设置了新的命题，如何保持家族影响力不坠？传统的文化家族是通过家族联姻与科举的方式保持其影响力的代际延续。其实这两种方式在近代都越来越受到挑战。联姻方式受到近代越来越强烈的个人意识的冲击，出于家族利益考虑的婚姻联盟在减少；科举制的取消对于文化家族的震荡更为巨大，文化家族不再能通过科举途径保持家族的文化优势。科举取消引发了社会价值评判机制和教育

① ［美］艾尔曼著：《经学、政治和宗族——中华帝国晚期常州今文学派研究》，赵刚译，江苏人民出版社 1998 年版。该书从宗族与学派的角度，关注常州刘氏和庄氏与清代今文经学的构建关系，颇为精到。

② 朱丽霞：《清代松江府望族与文学研究》，上海古籍出版社 2006 年版。该书第四节《松江宋氏家族的词学成就》详论"宋氏家族与云间词派"。

③ 据王文荣统计，明清结社就江南一地就达三百多个。王文荣：《明清江南文人结社研究》，苏州大学文学院 2009 年博士论文。

机制的改革，文化家族在时代的潮流面前也需要做出调整。许多子弟被送到新式学堂和国外去接受教育，他们有的成为诸如科学、金融、翻译等方面的专门人才，或者为了家族利益去进行商业活动，而文学对于他们来说更多是风雅余事，而不是关乎成败进退的大事。“一门风雅”的衰落成为文人的感叹，却无法挽回。

南社的家族结社构成正典型地体现了这种转型期的状态。作为清代灿烂家族结社风潮的尾声，南社成员来自众多的文化家族，但是相对于清朝文化家族热闹的创作场面，南社更侧重于对于家族文献之保存，及对于家族精神的阐扬，而不是继续一种一门风雅的家族文学创作形态。

（二）南社中的家族文化

南社诸子很多来自当地有影响力的家族，南社中以风雅著称的首推杭郡丁氏家族，这是一个藏书世家，其“八千卷楼”在晚清与杨氏海源阁、瞿氏铁琴铜剑楼、陆氏百宋楼，合称“南北四大家”。丁氏自丁国典开始藏书和经商，此后家业渐兴，代有功名。到丁上左这一辈，丁上左、丁以布、丁三在兄弟三人同入南社[①]。丁三在的老师王海帆也加入了南社，王海帆与丁氏兄弟谊在师友，且有戚谊，据王海帆自述：“尊人修甫中翰为余年丈，而母夫人则与余内子为兄弟。”[②] 丁氏家族加入南社也是循着亲缘的编成方式。然丁氏家族成员加入南社，更多在于一种文人风雅的吸引，并没有多少政治的考量。加入南社和他们经营西泠印社一样，是一种文化行为。丁氏兄弟知名于时主要在于其创建西泠印社及创制聚珍仿宋活字二事。丁三在为其父刊《小槐簃吟稿》创聚珍仿宋活字版，然其英年早逝，其兄丁辅之继续经营，在海上艺林造成不小影响，“就沪滨创聚珍仿宋活字版，工未半遽陨天年，赖哲兄辅之起而董理，以经以营，成效大著。近年贤士大夫，遁居海上，往往出生平著述为名山之藏，则咸谋之辅之，俾督铅椠。是君家兄弟功在艺林，又不少矣”[③]。丁氏家族经营西泠印社继续其在杭郡影响力，然其文化空间实有拓展，加入南社和到上海经营出版业，都使得这个家族的声誉扩展找到了新的平台。

柳亚子家族也有相似之处，汾湖柳氏家族虽然长期生活于乡村，但是其影响力却超出其居住的乡村，到了柳亚子这一代其实也在寻找继续家族

① 丁氏家族的情况可参见，卞孝萱《〈丁氏家谱〉资料的发掘利用》，《文献》2004 年第 2 期。

② 王海帆：《丁子居剩草跋》，见丁三在《丁子居剩草》，丁氏民国十年铅印本。

③ 周庆云：《小槐簃吟稿序》，见丁立诚著《小槐簃吟稿》，丁氏民国二年聚珍仿宋活字版。

文化影响力的新机会。南社的吴江诗群形成借力于柳氏家族的地域文化影响力，也与柳亚子的家族文化建构有着联系，这在本章第二节中将有所阐释。

在近代，关于家族意识的讨论也成为一个时代命题。南社诸子非常强调一种文化家族的传承使命，这种传承，最重要的一种方式就是编订家集。“自古谱学之设，所以奠一姓世系，而词苑之征，尤足为谱牒羽翼。故吾邑如沈氏、赵氏诸家，莫不恭录其列祖之诗，编纂论述，撰为一集，盖必如是而后祖宗述作，可以垂诸久远。为子孙者，得谨守一家之言，知所观感，意甚盛也。”① 柳亚子作为松陵文化家族的后代，高扬着传承先正遗编的家族责任感：“百年以来，论者辄以吾家为松陵文献所归，而先正遗编，经累世藏，稍稍可观，予小子弃疾，幸生通德之门，胜衣就傅，迄于弱冠，垂垂二十又二年矣。椎鲁无文，不学日落，私惧先人鸿业，将堕于地，则何以对，扬我高祖之休命而昭兹来许?”② 姚光的先祖在松江创造了丰富的诗歌财富，“云间之姚，几等江左诸王”，作为后代有着当仁不让的整理遗编，传播家声的责任，“自入清朝，而听岩公宏绪辑姚氏一家诗文，至百卷之多。辑《松风余韵》，录有明先德，几及二十余人，说者谓云间之姚，几等江左诸王，人人有集；又若宋之三刘家集，明代之长洲文氏五家诗，诚儒林之佳话，文苑之美谈矣。陈夏二公倡几社，我姚氏之从游入社者，不乏其人。及后隐居空山，逃于禅林者，亦极多焉，是又世家乔木之能蔚为国光者也。近者宗族式微，遗编散佚，并书目几不可考。余小子失学日落，不克光祖宗之玄鉴，振将堕之家声，家居多感，心窃恫焉，尝思网遗书，以保存鸿业”③。南社诸子以编订家集的方式使得文化家族的声誉能够得以传递。

南社社友中，编订家集影响最大的是王大觉的《青箱集》，这曾经成为社团中阶段性的话题热点。社友们通过对《青箱集》题词和写序跋来表明他们对于家族文学的态度。对于基层文人的诗歌创作，在某种程度上也承认其艺术价值并不完美，在“可传与不可传之间”④。基层文人的创

① 周麟书:《吴江周氏诗乘序》,《南社丛刻》第二十集，江苏广陵古籍刻印社影印本1996年版，第5030页。

② 柳亚子:《家藏松陵书目序》,《南社丛刻》第一集，江苏广陵古籍刻印社影印本1996年版，第16页。

③ 姚石子:《姚氏遗书志序》,《南社丛刻》第五集，江苏广陵古籍刻印社影印本1996年版，第731页。

④ 叶楚伧:《青箱集序》，王德钟辑:《青箱集》，上海国光书局民国四年铅印本。

作价值有时不在其艺术表现，而在于一种地方文化精神的阐扬，正如王大觉家族前辈的诗歌，其值得传承的意义在于不仕异族、耕读自守的家族精神，这也是地域文化中的共有价值。吴江顾悼秋将《青箱集》比作“所南心史”[①]，认为自有其不仕异族的家族精神在其中。吴江陈洪涛阐释了相近的看法：“王氏诸老独自甘淡泊，没世无称”在于索虏乱华，文字之狱日出不已，其西台痛哭之作已铁函沉埋，不可考索了[②]。柳亚子也认为诗中蕴含“苦心深识”，“向使三百年中，人人能洁身自守，誓不屈膝腥膻，彼索虏虽狡，亦何从施其僭盗?”“德钟之刊是集也，殆有大不得已者存，又岂徒述祖德，发幽光而已哉?”[③] 南社社友们为王大觉的家集题词时多推崇诗歌承载的王氏家族的民族精神，认为这是最可宝贵的财富。

这和王大觉自己的意见非常切合，他在自序中以大段篇幅强调家族经历与诗歌同不朽，明末能与魏阉相抗，清代“虏焰方张”则以耕读传家，“高卧寒山，留清名于后世”[④]。他的弟弟王德锜也以家族节操为自豪，“明社覆亡，建虏入据，衣冠文物半杂膻氛，中原髦俊，渐习胡风。觍颜胡廷，恬不知耻。独我王氏先贤，伤心禾黍，抗节孤芦，穷巷萧然，悠游颐志，长吟短咏，陶陶自得。其志趣之高，为何如哉？然而姓名既不出乎里巷，文采遂不表于后世”[⑤]。

在社员的表述里面，不斤斤于诗歌艺术的品评，甚至大家还为诗歌艺术的缺陷寻找道德弥补方案。南社诸子在对待家族文化方面，也是深深带着时代的烙印，用他们一贯的“民族”思维去作为“不朽”的批判标准。在面对以诗歌为内容的家族总集的时候，大家关注的是诗以载道的“道”，而不是诗歌本身。许多南社社员的序跋实为对家族精神的揭示，大家阐扬的是一种淡泊内守、轻视富贵功名的家族传统，这也在某种程度上切合了南社的结社精神。这是循着一种不慕荣利，不为仕进，谨守节操的家族精神而进行的活动，这也是南社的反清活动在家族精神中的一种再发掘，这使得家族精神也具有了一种时代命题。

（三）别具风采的“才侣文化”

南社史上的夫妻共同隶籍现象，值得特书一笔。南社有三十三对夫妻

---

① 《南社丛刻》第二十集，江苏广陵古籍刻印社影印本 1996 年版，第 5017 页。

② 同上书，第 5020 页。

③ 同上书，第 4972 页。

④ 《南社丛刻》第五集，江苏广陵古籍刻印社影印本 1996 年版，第 731 页。

⑤ 《南社丛刻》第二十集，江苏广陵古籍刻印社影印本 1996 年版，第 4905 页。

共同入社，这在历代结社史上可谓罕匹。才侣文化伴随着闺阁才女文化的兴起。清代以前，青楼是女性才学的主要展示场所，闺阁女性则少有以才获名者，青楼女子也常常扮演着才子们文化伴侣和艺术知音的角色。从明末清初开始，闺阁女性受教育的情况得到改善，闺阁“才女”的涌现成为一个值得注意的现象。日益壮大的闺阁才女队伍也意味着闺阁才侣现象的出现有了一个非常广泛的社会基础。异性的才艺互动和知音之赏，重心从青楼移往闺阁，使得文化上呈现新的风貌，青楼文化的华丽脂粉气褪去之后，代之以闺阁的清新与适意。才侣文化反映出整个社会文化的进步，南社的才侣，可以说正是这样一个社会文化趋向的体现。

才侣模式是一种文人向往的家庭理想，夫妻之间基于共同的才艺爱好而成为富有精神共鸣的伴侣，赵明诚和李清照就是这样的典范。南社才侣也承袭了这样的理想，社员们向往传统的“红袖添香夜读书”[①] 的生活，也乐于称道“文字姻缘羡煞人”[②] 的才侣结合。社员们也常常写到自己闺中唱和之乐，姚石子写自己与妻子“剪烛相看无所事，玉台红纷谱新诗”[③]。大家倾心于“伉俪既能兼学友”[④] 的结合，追求闺中的知音之赏。社员们也很着意于这样的“知音”形象的彰显，如陈西溪之妻程蕴秀具有诗才，与丈夫唱和且能评改丈夫的作品，颇有闺中“畏友”的风采：“女士既归陈氏，西溪出《倚云楼诗稿》示女士，女士亦出唐宋手抄名家诗集示西溪。女士好批评，西溪诗被删者什之二，自是西溪每作一诗，每填一词，必就正于女士，因将《倚云楼诗稿》改为《倚云楼唱和集》。”[⑤] 大家乐于展示“渠侬击剑我吹箫”[⑥] 的才侣生活图景，这个主题作为南社社员的共同话题，在反复言说中成为大家共同认可的一种文化。

从生活及精神状态的承续性上讲，南社才侣与清代嘉庆、道光以来的寒士才侣有着某种相似。从南社的最普遍的士人状态来说，不少与嘉、道

---

① 姚石子：《本事诗》，《南社丛刻》第九集，江苏广陵古籍刻印社影印本 1996 年版，第 1474 页。

② 高旭：《赠莫则禹井简其夫人戚涵远女士》，《南社丛刻》第四集，江苏广陵古籍刻印社影印本 1996 年版，第 609 页。

③ 姚光：《与粲君夜坐》，《南社丛刻》第一集，江苏广陵古籍刻印社影印本 1996 年版，第 69 页。

④ 刘民畏：《调公孙长子结婚》，《南社丛刻》第十三集，江苏广陵古籍刻印社影印本 1996 年版，第 2788 页。

⑤ 周亮：《程蕴秀女士事略》，《南社丛刻》第十二集，江苏广陵古籍刻印社影印本 1996 年版，第 2347 页。

⑥ 何昭：《题钝剑花前说剑图》，《南社丛刻》第三集，江苏广陵古籍刻印社影印本 1996 年版，第 395 页。

寒士一样，都在逼仄的社会挤压下求生活，他们与闺中伴侣的交流仍然充斥着对贫寒生活的咏叹，“家无储蓄衣安寄，书到炎荒泪未干”①。家常的细节有寒士家庭生活“贫贱夫妻百事哀”的无限感慨，“江东米价贵如许，四壁萧条可奈何”②。但是南社成员因为所处的历史境遇不同，有很多超越嘉、道寒士之处。嘉、道寒士因生活的压力，他们更趋向于脚踏实地的谋生，而不是思考变革社会。南社社员则不同，在清末民初这个大环境下，面对国家的内忧外扰，他们体现出“士”的社会承担感，他们中有很多人投入到直接的革命活动中。这种积极的社会参与意识体现在才侣文化上，也理所当然发生一些变化。才侣的精神共鸣，除了艺术之外，还有对国家的共同关切，“不遑絮絮问家常，国势如今大可伤。一样豆棚瓜架底，这回闲话太悲凉”③。情感充满着对英雄主义的颂扬，“劝饮葡萄歌出塞，把燕支量取归来赠，才算是，英雄分”④。“今日方知昨日非，男儿何必戴头归。乡心夜夜浑无着，只梦鸳鸯对对飞。”⑤“阿侬有情人，情人即祖国。侬愿为国死，死后有颜色。”⑥“心心相印即相欢，愿作忘形好友看。自是有情人最苦，古来家国两难全。”⑦对于伴侣形象，在才华之外，也非常强调对丈夫事业的支持，从“自拔金钗付酒家”到“出箧资助经费”，其间的意义已经超过了寒士夫妇之间的情感关爱而上升到革命伴侣有益于社会进步的层面。朱少屏的妻子周湘云鼓励其夫赴日求学，自肩家任，当丈夫与友人组织健行公学缺乏资金时，她“搜箧得金条脱数事，付质库，得千余金，为健行经费”⑧。夏昕蕖的夫人也曾为丈夫兴办的女

---

① 杨赓笙：《寄内》，《南社丛刻》第十六集，江苏广陵古籍刻印社影印本 1996 年版，第 3836 页。

② 沈昌直：《食粥》，《南社丛刻》第七集，江苏广陵古籍刻印社影印本 1996 年版，第 1265 页。

③ 沈昌直：《与内子纳凉谈国事》，《南社丛刻》第二十集，江苏广陵古籍刻印社影印本 1996 年版，第 5131 页。

④ 庞树柏：《贺新郎沈职公归娶赋此寄之》，《南社丛刻》第八集，江苏广陵古籍刻印社影印本 1996 年版，第 1519 页。

⑤ 张光厚：《代友人题像赠内》，《南社丛刻》第十三集，江苏广陵古籍刻印社影印本 1996 年版，第 2786 页。

⑥ 周瘦鹃：《新情歌》，《南社丛刻》第十九集，江苏广陵古籍刻印社影印本 1996 年版，第 4752 页。

⑦ 吕志伊：《再次某女士韵》，《南社丛刻》第六集，江苏广陵古籍刻印社影印本 1996 年版，第 1000 页。

⑧ 王钟麒：《周孺人诔》，《南社丛刻》第三集，江苏广陵古籍刻印社影印本 1996 年版，第 289 页。

校“规划校资，大倾缃囊”[①]，陈西溪之妻程蕴秀与丈夫讨论济时之策，颇有豪迈语，认为文字鼓吹革命难免书生空谈，鼓励丈夫密择友人进行更为实际的革命活动。且临终寄语丈夫不要过度悲痛，“请君努力前途，毋殉小义。他日如为祖国殉大义，则死得有价值”[②]。南社才侣文化的新变体现了社会变动中家庭角色定位的调整，这也是南社这个以气节相尚的文人群体才能呈现的独有的才侣风貌。

以才侣为单位的交往，是南社值得注意的现象，除了为这个文人团体平添不少风雅外，还起到实际的人际联络作用。蔡守夫妇、高旭夫妇、柳亚子夫妇、刘三夫妇、刘筠夫妇等之间的往复交流，不同于社员以个人身份的沟通方式，代表了一种社交关注点的变化，实际上这是社团文化营建的一部分，很多诗词记录了才侣交往的细节，如蔡哲夫《喜迁莺》词前小序记录了他与刘三夫妇一起绘画和填词的场景，“刘三尽发所藏石墨剪灯共读，更以古甓拓本十数种题赠。是夕并与灵素夫人裁句为令，欢饮彻明”[③]。“甲寅元旦次夕，刘三招友博塞。余与灵素夫人灯前对坐，索花水仙一帧，破晓才毕。今夜看花，忽又经岁。”[④] 我们可以因此知道才侣之间的交流渠道，他们更多的不是政治意义上的结盟，而是“艺术”的契合。文人的一切艺术手段，绘画、书法、诗词、篆刻等都可以成为交流的载体。如刘筠伉俪的《红情绿意图》、张花魂伉俪的《花魂蝶影图》、蔡哲夫伉俪的罗两峰方白莲画砚、费龙丁伉俪的《春愁秋怨词》等都在社团内部引起过较广泛的反响。从这个意义上讲，南社的才侣文化又有力地支撑了南社这个团体的文人文化。

南社的亲缘编成关系实为一种传统文化关系的存留，南社固然有着丰富的血缘编成关系，但只是清代文化家族结社的余波。南社更侧重于对于家族文献的保存及家族精神的阐扬，而不是继续一种一门风雅的家族文学创作形态。近代的社团更多地打破了亲缘的局限，寻求一种新的文人群体结合方式。

---

① 沈砺:《杨恭人哀词》,《南社丛刻》第四集，江苏广陵古籍刻印社影印本1996年版，第481页。

② 周亮:《程蕴秀女士事略》,《南社丛刻》第十二集，江苏广陵古籍刻印社影印本1996年版，第2347页。

③ 蔡哲夫:《喜迁莺》,《南社丛刻》第十四集，江苏广陵古籍刻印社影印本1996年版，第3236页。

④ 蔡哲夫:《一落索》,《南社丛刻》第十四集，江苏广陵古籍刻印社影印本1996年版，第3237页。

第二节　汾湖柳氏家族与吴江诗群

吴江一地的南社社员达九十三名[①]，居南社地域性的社员人数之最。吴江一地的繁荣与主盟者柳亚子籍属吴江不无关系，南社吴江诗群的形成实赖柳亚子之经营。考柳氏家族为吴江地方大族，而柳亚子的号召力与其家族文化影响力有着怎样的关系呢？这对考察南社的组织形态颇为重要，这也为解释这一近代最大文学社团的基本样态提供了答案。南社社员很多具有文化家族的背景，这也是江南一地的文化特色，这也使得我们得以更为接近南社这个颇具江南气息的文化社团。故解释南社与家族之关系，当先自柳氏始。

一　汾湖柳氏地域文化影响力的形成

汾湖流域文化发达，从明代到清初，汾湖流域的文学世家，南有陶庄袁氏，北有叶家埭的叶氏。陶庄袁氏以袁黄（1533—1606）最有名，著有《通鉴纲目》。叶家埭的叶氏，以叶绍袁（1589—1648）一门风雅闻名，全家诗文编成《午梦堂集》。

清代乾、嘉时期，汾湖流域以郭麐（1767—1831）为中心的寒士诗群蔚起。郭麐负才不遇而一寓于诗，著有《灵芬馆诗集》、《灵芬馆诗话》等。郭麐与黎里陈燮，同里袁棠、袁鸿、朱春生，苏州陈基等结成寒士唱和群体，他们师事袁枚，可谓乾、嘉时代吴江性灵文学之代表。柳亚子高祖柳树芳与郭麐关系密切，为诗群成员。

咸、同以来，汾湖流域的文学世家以大胜柳氏、雪巷沈氏和莘塔凌氏鼎足而三。雪巷沈氏，最著名的是沈懋德，曾续编张潮、杨复吉的《昭代丛书》。莘塔凌氏，最著名的是凌淦，曾续修《吴江县志》，又搜集三百年来乡贤遗著成《松陵文录》二十四卷。大胜柳氏即本文将要论述的汾湖柳氏。

汾湖柳氏为近代吴江文化大族，其族居地北厍位于吴江的东南部，东靠芦墟、南邻浙江嘉善、西南接黎里、西依八栎、北联金家坝，距吴江城区五十里。居地有湖名为分湖，亦名汾湖，距县治东南六十里，为吴、越

① 据李海珉统计，见《吴江与南社》，吴江市政协文史委员会编：《吴江文史资料》第二十三集，2009年。

两国的分界线，汾湖柳氏亦因而得名。汾湖柳氏是一个外迁家族，明末因躲避战乱来到吴江，其壮大为一个地域性的文化家族经历了漫长的过程。依据《汾湖柳氏第三次纂修家谱》[①] 与《柳亚子文集》之《自传·年谱·日记》[②]，可以清楚地了解吴江汾湖柳氏世系。春江公是柳氏始迁祖，他在明末由浙江慈溪县迁往吴江东村，后来心圆公又由东村迁往北舍（也称北厍），学洙公时又由北舍迁往大港。学洙的儿子柳球与柳琇分为南北两支，柳球一支仍居于大港上形成南支，柳琇一支迁往胜溪村形成北支。柳氏先祖出身农民，学洙时变成了地主。柳氏到 18 世纪中叶已经在经济上有了积累，但是柳氏文学影响力的积累却是一个更漫长的过程。

柳氏科举并不显赫，自学洙成为国学生开始，虽然其后各代均有多人取得县学监生的资格，但到七世柳树芳（1787—1850）时多次应试都告失败。其后树芳仅靠捐纳成为国学生，但是他因为将精力投入文学活动而在吴江一地获得“诗名”，他是柳氏家族名列县志《文苑传》的第一人[③]，此后柳氏家族逐渐在文学创作上有所创获。柳树芳[④]有《养余斋诗初集》四卷、《二集》四卷、《三集》六卷、《胜溪竹枝词》一卷、《汾湖小识》六卷、《汾湖诗苑》一卷等。八世祖柳兆薰[⑤]有《松陵文录作者姓氏爵里著述考》一卷、《胜溪钓隐诗录》二卷、《诗余》一卷、《苏词笺略正编》二卷、《类编》一卷。九世祖柳应墀[⑥]有《笠云文稿》十卷、《赋钞》二卷等，入选《吴江县续志》文苑卷。十世祖柳念曾[⑦]有《钝斋诗文存》各一卷。到十一世即为柳亚子一代，他使得柳氏文名大彰。

大胜柳氏的文化影响力当然不仅仅来自其自七世祖柳树芳以来的文学创作实绩，作为地方性士绅，影响力其实是一种综合指数。日本学者稻田清一认为：“从柳氏的家族规模、科举地位以及将要论述的交游范围等方面来考虑，仅柳兆薰一家的势力就要比一个村庄的支配者大得多，由此可

① 柳亚子：《汾湖柳氏第三次纂修家谱》第二册，《先考古槎府君行略》，胜溪草堂藏版，民国十二年镌。

② 柳亚子：《自传·年谱·日记》，《柳亚子文集》上海人民出版社 1986 年版。

③ （清）金福曾撰修：《吴江县续志》卷二十二，光绪五年。但是在柳树芳自己所撰的《汾湖小识》中却未将柳氏族人列为地方文苑传的人物，而是将其父柳琇及其二哥柳毓秀芳列入“谊行”，在柳树芳看来其家族文学成就似乎还不足以名列史册，反而族人的道德则可大书一笔。《汾湖小识》，据道光二十七年胜溪草堂柳氏本。

④ 柳树芳（1787—1850），字湄生，号古槎，晚自号胜溪居士，又号粥粥翁，柳琇第三子。

⑤ 柳兆薰原名兆白，字咏南，一字虞卿，号时安，晚自号厄道人，亦称悟因生，树芳次子。

⑥ 柳应墀原名应迟，字子范，号笠云，兆青嗣长子。

⑦ 柳念曾，字幼云，一字砚贻，号寅伯，别号钝斋，应长子。

知，柳氏家族虽是一个乡居地主，但其权势大致相当于根岸氏所谓的县级绅士。”①

柳氏家族影响力的建立，除了稻田清一所总结的家族规模、科举地位、交游范围等因素，实不可不考虑家族的联姻问题。② 柳氏大胜支与地方望族的婚姻关系非常密切，据《汾湖柳氏第三次纂修家谱》可知柳氏的婚配情况，他们选择的婚姻对象多集中在吴江七大镇，其中多以地方大族为主。据洪璞分析，柳氏的婚姻分为四个联姻圈，体现着柳氏的联姻地域选择，“第一圈内分布的是一些村落；第二圈内自西向东分布着黎里、垆墟、莘塔和周庄四个市镇，柳氏直接与这四镇的婚姻次数分别为 53、59、312 和 12，前三处恰位居婚配地点次数分布数列之前三位；第三圈分布着吴江县属的松陵、同里、八坼、平望、盛泽等镇，邻近嘉善县的西塘镇、上海县的青浦、金泽等镇以及昆山县的陈墓镇；第四圈内有本县震泽、庙港等处，以及本府吴县、太仓，府治苏州，以及浙江府的德清等地”③。到柳亚子时代，家族的文化联姻仍然继续，他的曾祖母邱太夫人来自黎里望族邱氏，祖母凌太夫人来自莘塔望族凌氏，是吴江名士凌退修的姐姐，母亲来自吴江望族费氏，是名士费吉甫的女儿，其叔父的原配是凌退修的侄女、继配则为雪巷大族沈氏④。家族联姻是维护家族影响力的一个重要方式，文化家族的联姻则涵育了文化世家。联姻是一种家族发展策略，也是一种家族文化发展策略。江南文化家族很多都是通过家族联姻的方式保持文化不坠的持久影响力。柳氏家族也通过这种方式，不断巩固在吴江的文化势力。到柳亚子这一代，他创建的南社在吴江一地的影响力得力于这种家族积累的文化联系。

汾湖柳氏从明末迁居吴江，到五世祖学洙公成为地主，再到七世祖柳树芳入县志文苑传，柳氏的代际财富和文化层累在逐渐进行。柳氏在吴江

① ［日］稻田清一著，张桦译：《清末江南一乡村地主生活空间的范围与结构》，见《中国历史地理论丛》1996 年第 2 期，第 224 页。

② 文学家族间的血缘性研究等是文学家族研究的基本内容，罗时进《关于文学家族学建构的思考》提出文学家族学研究的六个基本内涵：家族文学的血缘性研究；家族文学的地缘性研究；家族文学的社会性关联研究；家族文学的文化性关联研究；家族文学与文人生活姿态关联研究；家族文学与经济关联研究。见《江海学刊》2009 年第 3 期，第 185—189 页。

③ 洪璞：《清代江南家族人口的数量分析——以汾湖柳氏为例》，《东南文化》2000 年第 11 期，第 76—79 页。

④ 柳亚子：《五十七年》，《自传·年谱·日记》，《柳亚子文集》上海人民出版社 1986 年版，第 39—49 页。

一地的婚姻联盟使得其与吴江大族结成文化联姻，使得柳氏家族的文化影响力在地方上更加牢固。

二 汾湖柳氏地域文化影响力的扩大

汾湖柳氏文化影响力在近代的扩大，可以说得力于柳亚子。汾湖柳氏文化的影响力具有地域性、家族性特点。到了十一世柳亚子时代，这种代际层累的文化资源仍然在起作用。柳亚子是南社的创立者之一，其故乡吴江与南社有着密切的关系①。吴江的南社社员达九十三人，居南社地方性社员人数之首。这种号召力某种程度上得自柳亚子家族的文化感召力。分析吴江社员身份可知，其中有很多来自当地大族，兹举例如下：

叶楚伧（1887—1946）：汾湖叶氏第三十四世孙叶楚伧，午梦堂后裔。曾祖父叶杏江博学儒雅，在清廷为官，祖父叶厚甫经商有方，开了“叶太和”酱园，创下了庞大的家业。

朱剑锋（1888—约1948）、朱剑芒（1890—1972）：吴江大族，科举世家。

任传薪（1887—1962）：同里退思园主任兰生之子。

汝景星（1900—1958）：黎里望族，科举世家。

沈文炯（1867—1948）：戏曲家沈璟之后，祖父为道光进士，光绪升任兵部尚书，南清流首脑。

沈咏棠（1885—1951）、沈咏霓（1884—1932）：芦墟望族。

钮擎球（1897—1941）：盛泽富户。

殷砺（1888—约1945）：黎里望族。

陶绍煌（1872—1938）：黎里大族。

蒯文伟（1885—1925）、蒯贞干（1879—1917）：黎里望族。

周云（1891—1951）：乾隆工部尚书周元理十七代孙，黎里第一大族。

吴江一地的南社社员以来自大族为主，虽或有起于寒族，但是均须具有相当的文化造诣，且必须在当地交游网络的编成之中。比如陈洪涛（1889—1920），黎里人，父母早亡，家境贫寒，因为他是陈去病的“老

① 李海珉《吴江与南社》论述南社与吴江渊源最为翔实，见吴江市政协文史委员会编《吴江文史资料》第二十三集，2009年。

亲”，得以经由陈去病介绍加入南社。袁金钊（1894—1957）、袁涵清（1884—1954）为族兄弟，二人均为塾师，因与沈昌眉、沈昌直兄弟交善得以加入南社。沈氏兄弟号称“芦墟二沈”，与柳亚子关系甚稔，为南社骨干成员。

南社吴江成员的身份分析可见，南社具有它的“准入制度”，这并非仅仅如南社条例所说的那样，“品行文学两优者许其入社”①。社员品行文学方面的条件是入社的必要条件，而非充分条件。吴江成员中很多是和柳氏家族一样的地方大族，这说明地方大族彼此间的联姻和交往关系在结社时很自然地发挥作用。地方大族还掌握了文化权威，这与江南一带地方大族往往兼为文化大族是一致的，故南社这个具有“文人结社”性质的社团要从地方大族中网罗人才。南社鼎盛期有一千二百多名社员涵盖二十一个省市，让我们感到这个近代社团的开放性，它似乎已经跨越了传统结社的局限。但是就南社吴江群体分析，我们发现这个社团仍然是遵循着地缘、血缘的编成方式。

当我们希望把握南社这个文人社团的文化脉络时往往感到吃力，因为我们需要面对的是一群近代化过程中充满文化变革因子的士人，他们的传统与现代化的过渡性充满了不确定和张力。例如他们结成了近代化的文人社团，具有明确的章程和宗旨，但是他们的实际形态却是传统文人的诗酒风流。他们身上带着地域性和家族性的烙印汇聚到一起，他们的结合是松散的，他们的交流平台仅靠不定期的雅集和社刊《南社丛刻》。当清廷结束之后，这批士人进入民国陷入了方向性的迷茫，加之新文化运动的冲击，南社在1917的“唐宋诗之争”后逐渐消歇。但是我们看到家族和地域的影响力却在社团解体后仍然支撑着整个群体的活动。所以对于南社这个群体的考察，特别是涉及其作为文化群体的考察，实应结合传统的地域性和家族性来考量。南社中的“吴江群体”就是混合着地域与家族特色的群体。对于地域文化的共同体认更使得这个群体很容易获得一种文化共识，而家族间的代际层累的密切关系使得南社吴江群体成为柳亚子这一代家族间文化往来的表现。吴江南社群体以柳亚子为中心，当柳亚子的文化活动中心转移到吴江时，即柳亚子在1917年因南社内讧返乡后，这个群体的文化活动非常频繁，这在下文将有详细阐述。

柳亚子的南社活动使柳氏家族的文化影响力扩大。柳氏也使得吴江成为近代一个值得关注的文化场域。在南社内部，柳亚子通过广请社友为其

---

① 《南社例十八条》，《民吁报》1909年10月27日。

《汾湖归隐图》题词而引起社团内部对于吴江以及柳氏家族的广泛关注。而柳亚子基于家族影响力号召“吴江群体”，意味着士绅家族在近代发挥影响力仍然具有某种延续性。但是柳亚子的影响力不止于吴江，南社的群体构成不止于吴江，这一切都赖于走出吴江的文化尝试。或者说是近代士绅的流动使得柳亚子包括柳氏家族的文化影响力扩展到他们祖辈生活的范围之外。这种家族成员的流动，在科举时代可能是科考晋身，在近代则可能是向充满机会的城市的流动。

三　汾湖柳氏的空间迁移与文化影响力之变迁

（一）汾湖柳氏的空间迁移

汾湖柳氏家族迁徙情况据吴强华分析：“自始迁祖春江公迁居吴江东村后，前后出现的人口迁移共有 28 人，迁移 32 次，其中 5 人曾两次迁移。迁移人口数占总人口的 6.7%，迁移频率为 10.7%。换而言之，平均 15 人中有一人外迁，平均 9.4 年出现一次人口迁移。”① 他认为汾湖柳氏在十世时的人口骤增对外迁产生了直接影响。对于十一世的迁移，据柳亚子讲述这与家族迷信相关，其实这也是家族人口增加后因利益分配出现问题而导致的家族迁移。柳氏家族在 1898 年，即戊戌政变那一年，从大胜迁居到黎里、周庄、莘塔、芦墟，柳亚子一家则来到黎里，这些迁徙地属于“吴江七镇”，比起大胜村是向一个高层次的地理迁徙。主张搬迁的叔父和金爷“都去过上海、见过大场面，觉得要做一点事业，还得到都会中去，至少是在市镇上住，生活也可以舒服一些，热闹一些，乡村醇朴的空气，再也不能够吸引少年子弟们的灵魂了”②。

由乡村而市镇，再到城市的规律，这是士绅近代化进程中的地理迁徙轨迹。柳氏家族中两位成员的日记和年谱恰可提供给我们不同时期成员地理变动的情况对比，一位是柳兆薰，一位是柳亚子③。

---

① 吴强华：《近世江南乡居士绅的城乡流动——以汾湖柳氏为例》，《史林》2008 年第 1 期，第 107—117 页。

② 柳亚子：《五十七年》，《自传·年谱·日记》，《柳亚子文集》，上海人民出版社 1986 年版，第 95—99 页。

③ 《柳兆薰日记》，见于上海古籍出版社 1979 年出版的《太平天国史料专辑》。根据校点说明，从咸丰九年（1859）至光绪年间的《日记》稿本现存苏州市文管会，这里收录的仅是其中一部分，是从太平军开始攻打苏州的咸丰十年三月到太平天国灭亡后的同治四年（1865）闰五月，历经六个年头。据记录时间从咸丰十年（1860）三月到同治四年（1865）闰五月，记录地点有吴江黎里大胜港村和上海县两处。《自撰年谱》记载柳亚子出生的 1887 年到 1940 年其五十四岁的行止。

柳亚子的曾祖父柳兆薰居住在吴江大胜港村，是一位“乡居地主”，因为太平天国占领吴江，他在同治元年（1862）七月举家离开大胜港村避居上海，开始了一段“城居生活”。在上海他至少呆到了同治二年三月。学者将柳兆薰日记记载的他在大胜和上海的情况作了以“城”“乡”为背景的研究，认为城居给乡绅阶层带来一些生活方式和人际关系的变化，“柳氏寓居上海之后，他与外界的联系具有双向性。一方面他与原籍地区有着密切的联系，这种联系还波及到上海与原籍之间的沿线一带。他与外界的大部分联系是发生在这一沿线附近，而且越接近原籍地越密集。另一方面他与上海周围的县份也有着相当的联系，表明他对寓居地的周边地区同样有着相当程度的关注，这种联系在他乡居时极少。城居地主与外界的这种联系，表现为与原籍地指向明确的密切联系和对寓居地周围的普遍关注。我们似乎看到城居地主多长了一双眼睛，一双专注回顾原籍，一双则放眼关怀四方。因此，我们可以说，城居极大地拓宽了地主的眼界”①。城居使得士绅对外界关注的视野扩大，获得新的人际网络，这是乡居时无法实现的②。

就柳亚子而言，他的行迹或可见近代士绅的某种想法。据柳亚子《自撰年谱》记载，柳亚子与他曾祖父的乡居时间和活动范围相比已经发生很大变化。以柳亚子出生的1887年到南社解散的1923年为止作为考察对象，这个阶段中，除了其家乡吴江，柳的日记中出现最多的地域名词为上海，其次是苏州、杭州。

在柳亚子自撰年谱中，从1887年他出生到1902年应童子试之前，关于其家族的记载较详，此为童年乡居阶段；从1902年到县城应童子试到1916年回乡，这一阶段他比较热衷于介绍自己在家乡以外的活动，详细记载他在苏州和上海等地的见闻，相对而言这一阶段在家乡的活动减少，乡居的主要活动有：

1903年　创立中国教育会黎里支部。

1904年　堕马，回乡养伤。

---

① 洪璞：《乡居·镇居·城居——清末民国江南地主日常活动社会和空间范围的变迁》，《中国历史地理论丛》2002年12月第17卷第4辑，第31页。

② 稻田清一的研究是选择柳兆熏日记中在大胜乡居的部分，分析他乡居时段的生活空间范围，通过数据统计柳兆熏的活动空间和主要人事关系，研究清末乡居地主具有家族和地域特点的乡居生活。[日]稻田清一著：《清末江南一乡村地主生活空间的范围与结构》，张桦译，《中国历史地理论丛》1996年第2期。

1906 年　返乡与郑佩宜完婚。

1907—1910 年　家居读书。

1912 年　父亲病故以及南社内部意见不合返乡。

1913 年　乡居识陆子美。

柳亚子在 1916 年返乡之前，与乡土的联系多是家族的婚丧嫁娶，“家居读书”短短几字的记载意味着他并未将这种乡居韬晦而缺乏波澜的生活视为他此一阶段的生活重心。他的文化活动重心是上海，南社的活动也多在上海展开。特别是 1911 年辛亥前后，柳亚子挈眷移居上海，便于他的革命活动。他在上海办《铁笔报》、《警报》，“鼓吹革命军战迹，以导扬民气”。1912 年南京临时政府成立，柳亚子曾短暂入南京，“居公府三日，因病辞职归”，再返回上海投入报刊舆论鼓扬。此后因民国局势越来越难孚其意，南社内部的人事纷争也浮上水面，柳亚子的活动中心地才移返回乡。至少从 1915 年开始柳亚子年谱中关于其在家乡活动的情况记载才多了起来，随着他日记中关于返乡情形记录的增多，可以看到柳亚子生活以及心态的一种转移。

从 1915 年因南社人事纷争回乡到 1923 年新南社的创设，这段时间柳亚子的居乡行为在某种意义上非常类似于传统的乡绅。他热心于乡里文化建设，这包括他“狂胪文献”和进行地方性的诗歌活动。且看他在这一段时间的乡居生活：

1915 年　偕王玄穆、顾悼秋、沈剑双等创酒社。

1916 年　与里中诸子结销夏社于周氏开鉴草堂。

1917 年　为南明杨维斗先生抗虏殉国忌辰，偕邑侯李敦庐及友人沈长公辈诣芦墟祠堂致祭。与沈长公等创建汾湖先哲词于邑之芦墟。

1918 年　创禊湖先哲祠堂，并恢复明遗民徐俟斋先生祠宇。

1919 年　狂胪乡邦文献购书万余卷。资用不足，则举债以继之。

1920 年　参加酒社雅集。是岁，重印《松陵文录》、《禊湖诗拾》及王旭楼先生《话雨斋碑帖目录》、许竹豀先生《梦鸥阁诗钞》诸书；又校印范永绥先生《梦余赘笔》、沈达卿先生《陆湖遗集》，并撰叙跋，以纪因缘。

1921 年　刻印陈梦琴先生诗词选合刻。

1922 年　辑《迷楼续集》、《乐园吟》。九月，妇兄郑咏春卒，为撰家传。移居五亩园周氏宅。

1923年　与毛啸岑等创办《新黎里》半月刊。与沈长公谒叶琼章墓，树碑增土。撰《琼章墓道歌》。秋节前后三夕，与酒社同人泛画舫于金镜湖。

1924年　刻先高祖古槎府君所辑《汾湖诗苑》成。

返乡后的柳亚子似乎回归了一个乡绅的身份，他注重乡邦文献，有志于辑汾湖全志诗征、词征、文征，“狂胪乡邦文献”竟至于举债以继之。在他罗列的书单中开列了许多乡贤前辈的著述，如《松陵文录》、《禊湖诗拾》、王旭楼先生《话雨斋碑帖目录》、许竹谿先生《梦鸥阁诗钞》、范永绥先生《梦余赘笔》、沈达卿先生《陆湖遗集》等。柳参与的乡贤祠堂建设工作更是一个地方乡绅的传统之职。柳亚子组织酒社的诗歌活动，使得吴江文人结合为一个群体。酒社性质上属于南社的地方性分社，是以吴江周边的文人雅集为主并以柳亚子为中心形成了一个地方性的诗歌群体。

柳亚子在城乡两个空间迁移，时而为在都市组织社团的革命者，时而为乡绅味十足的地方文化营建者。他身上也体现了近代士绅在城乡两个空间的追求与责任。在柳兆薰时代，乡居是一种常态，但是城居则可以打开地方乡绅的视野，使得他们开始关注自己的宗族和地域之外的人事。但是他们的文化影响力还是侧重于地方和宗族。对于柳亚子这一代士绅来说，离乡和返乡，是近代士绅家族成员在进行价值选择。乡居束缚了他们价值的实现，他们渴望到城市去求学和寻找实现理想的机会，但是当理想受挫，柳亚子选择的是退回乡村，甚至他开始重拾作为一个传统士绅的地方和家族责任。近代是一个过渡时代，士绅进入城市成为政治和经济独立的近代化知识分子的一个过程。对于像柳亚子这样从家族文化的大背景中走出来的士绅，他们并非义无反顾地离开家族和乡土，他们某种程度上仍然眷顾和担负着家族和地方的文化责任。

（二）吴江诗群的形成

吴江诗群的形成正是与柳亚子的乡居相关。吴江南社社员虽多，但真正紧密的诗歌群体则是柳亚子乡居期间组织的“酒社”群体。酒社以“梨村五子”的“销寒社”为基础建立的。“梨村五子”为南社社员顾悼秋、朱剑锋、朱剑芒、沈剑霜、周云，此前他们有“梨社”之建，后有销寒社、销夏社，柳亚子回乡的1915年便有酒社之举。自1915年到1923年（1921年因故停顿一年），每年秋季都相邀集会。酒社活动在黎里，而1920年柳亚子又有周庄迷楼之会，1921年有乐国之集，吴江诗群实为一个泛地域概念，包括了汾湖流域的浙江嘉善和周庄。

柳亚子曾作《酒社点将录》："以社中人数少，乃悉去地煞而独取天罡，仍依旧例增设晁盖一人，共为数三十有七。"①

> 黎里：柳亚子、顾悼秋、朱剑锋、朱剑芒、沈剑霜、周云、蔡寅、陈洪涛、蒯文伟、吴家骅、黄元琳、朱霞、平茂玉，另有黄良伯、王怒安、蒯仲诒、蔡志达私人非南社社员。
>
> 黎里以外属于吴江：
>
> 莘塔：凌景坚、平望吴、范光、芦墟许观
>
> 周庄：王德钟、陈蕺人、沈君崇、沈君匋、柳抟霄（新南社）、柳率初（新南社）
>
> 吴县：朱梁任
>
> 嘉善：余十眉、周斌、郁世为、郁世羹、蔡文镛
>
> 昆山：余天遂②

酒社包括迷楼、乐国之集形成了以柳亚子为中心的唱和诗群。这种诗歌交流多不在诗艺之切磋，而更多是一种地方文人牢骚不平的发抒，对于袁氏窃国有着悲歌慷慨，却没有了南社志士的行动力。所谓"昔大盗移国之岁，余与里中诸子，始倡为酒社，一时赋诗言志，多悲歌慷慨之音"③。"问埋愁何处，除非酒阵诗场，更长日兮如年，尽付吟筹觞政。淋漓墨汁，居然倚马，跌宕风华，剩惜屠龙之技。"④

柳亚子往往先作，社友则和之，这一唱一和之间可见诗歌活动的宾主。如《乐国吟》收录柳亚子《蓬心草》三十五章，社友纷纷和之，颇具规模，因而集为《蓬心和草》。观柳亚子《磨剑室诗词集》中这一时期的作品，多为和里人的唱和之作，可见其诗歌活动的交往范围，这正是我们强调的基层文人创作样态。这种诗歌交流，更多是一种诗歌交往，对于诗歌艺术没有实质意义，却在于诗群之凝聚。诗群成员往往是地方文化精英，他们的雅集能够使得这些地方精英之间达成沟通，仍然可以左右一地风气。这是地方诗歌群体存在的某种意义。

---

① 柳亚子：《磨剑室文录》，上海人民出版社1985年版，第569页。

② 李海珉：《吴江与南社》，吴江市政协文史委员会编：《吴江文史资料》第二十三集，2009年，第208页。

③ 《南社丛刻》第二十集，江苏广陵古籍刻印社影印本1996年版。

④ 同上。

另外，范烟桥之加入南社似与柳亚子的文化重心回归乡土有关。范烟桥加入南社为1917年，正是南社内讧最激烈、柳亚子里居的那一年。范烟桥加入南社后，有一批同南社社友也加入南社，使得原本宗旨不尽相同的两个文学团体可以融合。而这也可视作柳亚子整合地方文化成绩的一部分。之前范烟桥已有“同南社”之集，同南社起于1911年，为范烟桥与徐稚稚组织的地方诗社，初以同里学生居多，因仰慕南社而年齿未及加入，故有此举。事实上同南社的宗旨与南社不尽“同”，同南社的宗旨为“保存国粹，淬励道德，联络情谊，交换智识”，其社刊《同南》与古为邻，疏远现实，并不合于南社风格。同南社可作为吴江一地丰富的地方文化生态来观察。当南社社事如火如荼进行的时候，也不能垄断地域的诗歌圈，基层的诗歌创作实为极富层次感，诗人们可以找到符合自己的群体来参与到集体话语中安顿身心。

（三）士绅近代迁移与文化影响力之关系

施坚雅在其主编的《中华帝国晚期的城市》一书序言中提出了两个很有意思的问题：中国士大夫有多少城市成分？传统中国有没有独特的城市文化？[①] 在城市文学的研究视野里，希望看到中国至少在晚清已经由不断加入城居行列的士大夫们营造出了一种具有近代意义的城市文化样态。

城乡之间对于柳亚子这样的近世知识分子来说，是一个可以自由往来的空间。西方学者研究中较为强调城乡对立，认为这是代表价值的两极。在近世的城市化过程中，乡居士绅的不断城居化造成了乡村的城市化进程。但是中国的城乡实际情况可能更为复杂，并不简单是一个由乡入城的低级向高级的“进化”。在中国社会中的乡村意味着宗族根基所在，中国历史上的“返乡”倾向是一种深植于民族意识的传统观念。近世知识分子与故土切断联系可能是由于观念分歧，可能是由于家族的衰落，可能是由于城市更多的诱惑。如晚清李慈铭从京城回乡后并非乡居，而有长达六年的时间居住于绍兴城，这与他宗族空间萎缩和与地方乡绅关系恶化有关。另外城市具有生活上的吸引力以及拓展交游以获得更多文化发展的机会，这也是他选择城居的原因[②]。李慈铭作为晚清城居士绅的一员，他的选择具有某种代表性。

更多的个案也显示，城市的诱惑已经在近世成为吸引乡居士绅入城的

① ［美］施坚雅主编：《中华帝国晚期的城市》，叶光庭等译，中华书局2001年版。

② 王标：《越缦堂日记（1865—1871）：晚清浙东一个归乡官吏的生活空间》，见高瑞泉、［日］山口久和主编《城市知识分子的二重世界》，上海古籍出版社2005年版，第29—75页。

一个重要理由。不仅仅是明清以来江南城市发达所提供的奢侈逸乐所造成的吸引力，更是因为城市意味着更多的机会。在科举时代，城乡并没有特别明显的机会差异，如费孝通和潘光旦的科举数据统计，“分析了九百十五个清朝贡生、举人和进士的出身。从他们地域分布上说，52.50%出自城市，41.16%出自乡村，另有6.34%出自介于城乡之间的市镇”①。这组数据显示，清代科举的机会对于城市和乡村几乎是均等的，而诗书的家族传统可能对科举的影响更大。在乡村也存在很多文化家族，他们也具有赢得举业的实力。所以在科举制时代，居住地理论上并不会直接影响到其中举以及晋身的机会。但是随着科举制取消和近代教育的发展，传统的教育模式发生了变化，近代化的学校大多集中在城市，乡居所能得到的能在近代社会取得体面职业的教育机会就与城居拉开了距离，这直接影响到乡居士绅在子女教育上的看法。柳亚子本受传统教育长大，且参加过童子试，却因为在故乡办《新黎里》鼓吹维新变法，为地方传统势力所排斥，加上“被爱国学社所吸引，想去上海读书了”。便在1903年进入上海爱国学社，结识章太炎、邹威丹、黄宗央、蔡孑民、吴稚晖，确定其革命之宗旨。柳氏家族的子弟求学从乡间私塾到城市学堂，这是科举取消后新式教育运动下的回应。家族文化资本的传承需要家族将自己的子弟送出去，在城市接受更好的教育。所以有学者把乡村精英的流失归结于科举制度的取消，“科举废止后，随着乡村社会再生产士绅的功能丧失，乡村社会失去了精英补给的来源，这最终导致了乡居士绅无以为继局面的产生，直接形成了近代乡村社会精英阶层的‘社会浸蚀’局面”②。归根结底，是近代人才培养和选拔机制的改变使得文化家族不得不相应地调整家族人才培养策略。

城市还意味着更多价值实现的机会。近代士子在思考他们新的价值体现方式，他们不再认可科举，他们有了新的价值实现途径。辛亥前后的上海是一个充满挑战和可能的空间，上海在太平天国运动之后以极快速度发展，取代苏州、南京成为江南之中心，近代层出的三类近代士子：维新人士、买办知识分子、资产阶级知识分子，都希望占领上海这个据点。上海也因为其发达的报刊业而成为当时中国的舆论中心。近世士子找到一个让他们所有的文化资本转化为革命力量的最佳方式。上海在辛亥前后涌现的

① 费孝通：《乡土重建》，民国丛书第三编，第70页。

② 吴强华：《近世江南乡居士绅的城乡流动——以汾湖柳氏为例》，《史林》2008年第1期，第107—117页。

大量具有革命性质的报刊，其中很多是南社诸子创办的，这是文人“欲播时代风潮”的产物。就柳亚子而言，他离开乡村到城市也是因为一种理想力量的吸引，在上海和苏州，他认识了更多和他有相同志向的人，并且和他们结成政治和文化上的同盟，也通过这些新的人际关系扩展他的交游视野，这都是在黎里无法办到的。从这个意义上说，南社的产生某种程度上是城市文化的产物，只有在都市才可能实现跨地域的士人的自由交往，城市提供了一种更为开阔的人际平台。明清以来的士人是城市社交场域中最为活跃的一群人，明清以来的结社之风和城市文化的蔚兴不无关联，复社正是明末这种城市文化的产物。南社步武复社，从某种程度上讲他们的结社背景有着相似性，都能依托日益发达的城市文化来实现跨地域的士人交往。

乡绅毕竟是传统意义上城乡之间的沟通中介，因为他们的活动交游使得城乡这两个空间之间能够有价值上的某种对话。有学者将柳亚子命名为“乡村精神领袖”①，这也需要具体分析。乡绅城居造成的问题就在于，他们实际上已经远离了乡村，对乡村精神也越来越陌生，因为城市和乡村的价值观念差别在近代化的过程中越来越大。城市和乡村意味着两套价值体系，而从城市新式学堂获得的知识与乡村有着某种程度的隔膜，“读书的过程便会成为疏离农村的过程”，“然而近代化过程已经使城市与农村分离，前者用来达意的语言常常是后者陌生的。因此，为思想潮流所吸引的知识人便不能不与农村社会越来越疏，越来越远。旧日的士人从农村起程远走，他们大半都会回来。但为学堂召去的读书人一经从农村走入城市，却大半不会回来了。知识人疏离了农村社会和下层社会，与之对应，农村社会和下层社会则视知识人为异己”②。柳亚子被乡村拒绝与被城市拒绝是不同的。一个是行为的受挫，一个是思想意识的受挫。

当柳亚子在城市受挫，他回到乡村，曾经短暂拾起那一套价值体系。我们看到柳亚子作为传统士绅为发展地方和家族文化所做的努力。他营建地方先贤的祠堂，整理乡邦文献，组织地方性的诗歌活动，编订家集和族谱，这一切都是他在重返乡村后的努力，这也是他继续柳氏家族的文化声望的努力。但是这个过程并不长，他很快意识到乡村意识中的步伐非常缓慢，不能与时代潮流呼应，他选择办《新黎里》来宣传新思想，在这个意义上柳亚子是“乡村精神领袖”，因为他在曾经体验过的两套价值体系

① 小田：《江南场景——社会史的跨学科对话》，上海人民出版社 2007 年版。

② 杨国强：《晚清的士人与世相》，生活·读书·新知三联书店 2008 年版。

中可以做出正确的判断。但是柳亚子这一行为，被认为是“鼓吹其劳农劳工主张”，“万一发生罢工、要挟等风潮，实于地方治安大有妨碍”。柳亚子的举动使“地方士绅，无不惊骇万状”[①]。于是在1927年柳亚子被当地的士绅赶出黎里，可见乡村的情况并非如我们带有历史回望感的总结那样，在精神领袖的带领下，蒙昧的乡村走向了民主科学。传统有时候就是一种习俗，当挑战习俗时所遇到的阻力是可以想象的。地方的传统势力视重返乡村的柳亚子为一个外来者，他的活动会破坏乡村原有的价值观念。

柳亚子的尴尬在于当他徘徊于城乡两种空间时，他的两种价值体系并非自由切换。城市对于诸如其曾祖柳兆薰那个时代来说，只是乡村价值体系的一个补充。柳氏家族在地方上通过代际层累和联姻成为地方上的大族和文化权威，他们的身心居处地仍本于家族本于地方。但是近代化不可避免使得家族为维护自己利益而去争取更多的发展机会。柳氏家族的迁徙例证了近代江南乡绅家族从乡到镇到城市的“高级”发展，当城居和乡居成为摆在近代士绅面前的一个问题时，空间选择背后是一种价值选择。城居意味着更多的机会，城居对于家族来说也意味着更多的家族发展机会，家族的地域迁徙某种程度上是对时代发展的家族性应对。但是这种城乡流动也不是单向的低级向高级迁徙，乡村对于近代士绅来说仍然是理想的栖息家园。士绅在城市理想受挫或者因其他原因也会返乡，他们有的还会继续肩负作为乡绅的责任。家族文化在乡村与城市之间消长。

第三节　地域中的诗人:醴陵诗群

湖湘诗群与江浙、岭南诗群鼎足而三。此三地在近代本为各具特色的文化区域，诗歌创作也各标风尚。南社诗歌创作的地域亦因地而判，三大地域各领风骚。然如论南社的湖湘诗歌，不得不聚焦于醴陵籍诗人，不特因其人数众多，且因湖湘诗群的核心人物均为醴人。醴陵诗群某种程度上引领了南社的湖湘诗歌面貌。南社的一百一十九名湖湘籍社员，以醴陵人数为最，达二十六人。醴陵诗群是一个以师友亲熟关系勾连起来的创作群体，有着相近的诗歌创作宗尚。

---

① 中国第二历史档案馆：《柳亚子等所办新黎里被控案陆陛云致内务部呈》，见《历史档案》1983年第4期，第49页。

一 核心人物与诗群

醴陵诗群之凝聚，核心人物作用极为关键。核心人物实为诗群的组织者，在地域化的诗歌交往关系中，他往往居于师友亲熟的中心，他的活动能够保证诗群的凝聚。

醴陵诗群的核心人物可以分作两期，先后为宁调元、傅尃。核心人物的活动，使得醴陵诗群的独立面貌逐渐呈现。宁调元之功在于“合”，使得醴陵诗群作为南社的有机部分参与到文字播风潮的历史使命中；傅尃之功在于“分”，使得醴陵诗群呈现自我面目，这也是南社湘集最终自立的伏笔。二位核心人物的作用也是时势使然，当南社以反清为号召，醴陵诗群也是南社革命诗群的一部分；当民国肇兴，南社的政治目标退潮后，诗歌旨趣便不必“大一统”，醴陵诗群的地域特色便渐呈面目。在这个过程中两位核心人物的诗歌旨趣发挥了重要作用。

宁调元为南社的创社元老，其《南社诗序》设立了南社的文学理念，他强调诗歌的社会意义：“治世之音安以乐，乱世之音怨以怒，亡国之音哀以思。故哀乐感夫心，而咏叹发于声。”“斯编何音，斯世何世，海内士夫庶几晓然喻之，而同声一概也夫。”[①] 他与陈汉元于上海创立《洞庭波》杂志，此为湘籍反清人士的文学发表场地，时值柳亚子等在上海从事反清活动，宁调元与柳亚子、高天梅关系甚稔，故桴鼓相应，约为南社之举。

在南社初期宁调元实为醴陵诗群的核心，因为他的关系，醴陵反清文人多被网罗入社。醴陵诗群的重要成员宁调元、傅尃、卜世藩为渌江书院同学，三人被“目为诗文三杰”[②]，渌江书院山长吴称三赞誉他们“互相砥砺，衷诸至善”[③]。三人相互许为文字知己，宁调元的遗著是由傅尃编订的，傅尃、卜世藩二人均有题序。三人相与援引加入南社，共举湖湘诗文大旗，探究其始，也当开始于渌江受学时代的切磋砥砺。傅尃与宁调元关系尤笃，傅尃自述与宁太一的交往，“癸卯春，晤宁子仙霞于澌江，与为同庚友，暇各出所作诗互阅，两评知音。继而仙霞赴省中肄业，复函原

① 《南社丛刻》第二集，江苏广陵古籍刻印社影印本1996年版，第139页。

② 县志卜世藩条称，卜世藩“与傅熊湘、宁调元，下帏精究，时目为诗文三杰”。《湖南县志辑民国醴陵县志·教育志》学校教育，《中国地方志集成》，凤凰出版社2008年版，第416页。

③ 吴称三序，宁调元：《太一遗书》，民国四年铅印本。

稿来属删定，余以知己命，不敢辞”[①]。傅熊湘正是因宁调元的关系而结交江浙革命文人，“三十二年丙午先生二十三岁，七月赴上海与同邑宁太一先生调元、宁乡陈汉元先生家鼎办《洞庭波》杂志倡革命”[②]。

宁调元作为南社的创社元老，成为湖湘人士的核心，其文化地位极受推崇。宁调元因反袁于1913年牺牲之后，逐渐演化为湖湘诗群的一个具有感召力的符号，在群体里继续发挥其凝聚力。傅熊湘在宁太一牺牲后为之编订遗集，这成为醴陵诗群的精神资源。《太一遗集》出版后，湖湘社友多有题诗，特别是醴陵籍社友字字哀恸，题诗大多见于《南社丛刻》。在南社湘集期间，刘鹏年还发动为宁调元征求墓志铭的活动，广得响应，宁调元作为南社在湖湘的领袖人物，其地位受到湖湘社友的共同推崇。

宁调元的活动并不以乡邦为局限，当然也未以之为重点，其在沪期间与柳亚子、高天梅联系较多，在广州主三佛铁路期间与广东诗群又多交往，与醴陵诗群反联系较少，主要是与傅熊湘和刘约真联系。相比而言，傅熊湘在湘时间较长，比较侧重于与湖湘诗人的联系，且与傅熊湘联系紧密的醴陵诗人多为在南社中诗歌活动的活跃分子。可以说，傅熊湘并非在宁调元牺牲后才接替其核心地位，而是在民元前后已显露其群体主导的地位。傅熊湘成为诗群核心，在于他周围凝聚了一个稳定的诗人群体。傅熊湘的核心地位确立于其主《长沙日报》期间，此时傅熊湘在长沙占地利之便与《长沙日报》这个平台，成为湖湘诗群的核心人物。傅熊湘民元、二年均任职于《长沙日报》社，据年谱所载，“民国元年壬子先生二十九岁，返湘任《长沙日报》总编辑，兼教授省师范及各中学，携眷居长沙”。“二年癸丑先生三十岁，仍主《长沙日报》笔政，十月革命事败，宁太一先生死义武昌，先生被袁世凯通缉，几罹于祸，遁归乡里，匿居华严庵，化名红薇及无闷居士。”[③] 傅熊湘因得《长沙日报》这一文苑场地，借之以张同社诗文。“时余主日报，复为文艺丛刊，以张同社之作。”[④] 傅熊湘据有这样的平台正如亚子据有《南社丛刻》，也就有了月旦裁量的权力，且因为他对湖湘社友的揄扬之力确立了他在群体中的威信。

另外，《长沙日报》也凝聚了当时一批湖湘籍的文人，南社社友也多与其中，故形成以傅熊湘为中心的诗歌活动。民元供职于《长沙日报》的

---

① 傅熊湘序，宁调元：《太一遗书》，民国四年铅印本。

② 《傅熊湘年谱》，傅熊湘：《钝安遗集六种附钝安哀挽录》，民国二十年铅印本。

③ 同上。

④ 傅熊湘：《钝安脞录》卷三，见《钝安遗集六种附钝安哀挽录》，民国二十年铅印本，第20页。

醴籍社友有黄钧、马惕冰、朱德龙等。傅尃与黄钧的唱酬为人称道，“民国二年，任《长沙日报》编辑……间与傅熊湘倚声竞速，一夕成百首，人多传诵”[①]。这种诗歌相竞的乐趣也是源于二人较早的诗歌交往，傅尃与黄钧也是髫龄即识，“钝根我良友，十龄即识之。一朝复一暮，日月如电驰。相识已十年，聚首曾几时？年年逢九月，各在天一涯”[②]。总角之交的情谊使得二人诗歌具有一种默契，后虽聚日无多，但常常用诗歌相互温暖。

傅尃与醴陵著名的南社二刘，刘泽湘、刘谦兄弟关系亦笃。他们的诗歌交往以傅尃教授王仙学舍期间为最密，然他们开始交往也甚早，“十七与君知，闲闲水上鸥。交淡得久要，急难资同舟”[③]。傅尃在王仙教学期间，与刘氏兄弟过从甚密，“有友曰刘谦，旬日一来相与说诗论文，赏奇析疑，欣欣然引为大快”[④]。傅尃也常常前往造访刘氏兄弟，故刘谦有“朝朝躬叩窭人门”[⑤] 之说，傅尃与刘氏兄弟的唱酬往复，“文史共讨论，风雨互唱酬”[⑥] 的情形可于诗歌中见之，刘泽湘《次钝根见赠韵时过其王仙馆中》：“相逢何幸酹金罍，入世才经浩劫来。欲把沧桑问飞鸟，合将块垒付残杯。郑虔三绝才无敌，刘向一经心已灰。旧雨飘零新雨歇，多情柳眼几青回。”[⑦] 可知他们的交往含有对于时事不可为的伤怀。傅尃称二刘兄弟“与君便合筑诗城，广武相临各斗兵”[⑧]。傅尃与刘氏兄弟正是棋逢对手，各筑诗城，此时他们的作品颇多，傅尃作有《醉歌行戏示式南今希约真》、《后醉歌行戏赠约真》[⑨]。这是傅尃作品中颇有特色的歌行之作，傅尃此作得太白之肆，正是其才气奔放的流露，充满呵天问地的不平郁怒。

以傅尃为中心，还凝聚了一个非醴陵籍的湖湘诗人群，他们与醴陵诗

---

① 《湖南县志辑民国醴陵县志·人物志》黄钧条，《中国地方志集成》，凤凰出版社2008年版。

② 傅尃：《己酉长沙寿钝根》，《南社丛刻》第五集，江苏广陵古籍刻印社影印本1996年版，第836页。

③ 傅尃：《钝安诗集》卷三，见《钝安遗集六种附钝安哀挽录》，民国二十年铅印本，第9页。

④ 同上书，第20页。

⑤ 刘谦：《次韵答钝根见枉》，《南社丛刻》第十五集，江苏广陵古籍刻印社影印本1996年版，第3490页。

⑥ 傅尃：《钝安诗集》卷三，见《钝安遗集六种附钝安哀挽录》，民国二十年铅印本，第9页。

⑦ 《南社丛刻》第十五集，江苏广陵古籍刻印社影印本1996年版，第3488页。

⑧ 同上书，第3468页。

⑨ 同上书，第3472页。

群宗旨相近，诗歌交往密切。傅尃在长沙期间与李洞庭、谢晋、姚大慈、姚大愿交往始密，后来五人合称为“湘中五子”，五人均加入南社。五人的得名源于彼此的诗歌讨论与认同，“会洞庭、霍晋及大慈、兄大愿，先后集长沙，日夕与论诗，多所参证。大慈因拟选五人七言诗为一集。五人者，李谢二姚及余也。未几各以事行，其议遂罢”①。五人本有合为选集的打算，然因事未果，“湘中五子”之名却广为人知了。

傅尃在长沙期间，与郑泽②为《长沙日报》同事，此时傅尃得郑泽为诗友，诗才大进。“辛亥之春，方锐意为古文辞，见叔容则大欢，日就商榷，叔容则能辨其当否，纠弹往复，无所隐。自是又作，必得叔容论定。元二之交，同主《长沙日报》，相资尤深。叔容邃于汉魏六朝人集，旁及唐宋小词，皆戛戛独造。又私淑王壬父之作，心摹手拟，口不绝吟。其五言古诗，亦差足与抗。”③ 傅尃《嘤求草》便是辑录他与郑泽的唱酬之作，“嘤求草一卷，辛亥五月至七月间，问诗郑叔容作。余之致力五言自此始”④。

郑泽而外，黄堃⑤为傅尃的另一知己诗友，二人曾共事长沙明德学堂，此间切磋尤多。据傅尃所述：“亡友湘潭黄堃巽卿，喜为诗。当己酉庚戌间，余教学西园，与共晨夕，爱其真挚，故视之尤厚。叔容而外，莫与抗也。余既与诸君刊叔容《萝庵遗诗》，尝欲辑巽卿之《凫翁诗》，都为一集。”⑥ 黄堃与傅尃以忧心国事而能思想切合，论诗唱和。民国三年黄堃尚在与傅尃的信中论及国事的不可为，“人心已死，国事日非”⑦，其心态已合于世外幽民，“即有所作，亦聊抒胸臆而已，不敢言诗”⑧，与傅尃的交流诗歌充满了楚湘悲感的色彩，“天空海阔任鱼跃，世法难拘不腐

---

① 傅尃:《钝安文》卷一，见《钝安遗集六种附钝安哀挽录》，民国二十年铅印本，第8页。

② 郑泽，湖南长沙人，字叔容、叔瀛，号萝厂、萝庵、梦泽，有《萝庵遗诗》。

③ 傅尃:《钝安文》卷一，见《钝安遗集六种附钝安哀挽录》，民国二十年铅印本，第7页。

④《钝安诗自序》，《南社丛刻》第十三集，江苏广陵古籍刻印社影印本1996年版，第2671页。

⑤ 黄堃，湘潭人，字巽卿，诗歌多散佚，仅见于《南社丛刻》数十首，以及报上丙辰丁巳间作十余首。

⑥ 傅尃:《钝安脞录》卷三，见《钝安遗集六种附钝安哀挽录》，民国二十年铅印本，第19页。

⑦ 黄堃:《与傅钝根书》，《南社丛刻》第十五集，江苏广陵古籍刻印社影印本1996年版，第3414页。

⑧ 黄堃:《与柳亚子朱少屏书》，《南社丛刻》第十三集，江苏广陵古籍刻印社影印本1996年版，第2698页。

儒。做事惯为名士气，痴心悔读古人书。物能到眼皆成幻，酒可忘怀未忍疏。早晚乾坤收绝壑，百年原是劫余灰”[①]。

醴陵诗群前后以宁太一和傅尃为中心，醴陵籍社友卜世藩、黄钧、文斐、文湘芷、刘泽湘、刘今希、刘鹏年为重要的成员，而非醴陵籍的湖湘社友郑泽、龚尔位、黄埅、方容皋、李洞庭、姚大慈等则与醴陵诗群诗歌交往甚密，从而构成南社湖湘诗群的核心群体。他们以师友亲熟为交往纽带，在日常的唱和和诗信往来中切磋诗歌旨趣，使得湖湘群体的诗歌风貌逐渐在南社中自立其趣。而醴陵诗群的创作特色实与地域文化的涵养有关，其精神风貌源于历史积淀，又得自时代兴会，故别有特色。

二　地域风化与创作特色

（一）革命精神

醴陵诗群之结合与渌江书院关系甚大。湖湘之南社群体本为具有革命倾向的地方精英的结合，就醴陵一地而言，渌江书院正为近代涵育地方革命精英的教育机构，醴陵的革命思想最初由该书院传播。

方志中对渌江书院之兴革，言之颇详，“渌江书院原在朱子祠之右，背山面河，为宋元学宫故址。乾隆初建学宫”。从乾隆初建立，渌江书院涵育醴陵一地英才，且几经变迁，“迨清末废科举，乃改书院为学堂，相沿至今，规模益增宏敞，即今乡村师范校址也”。书院之学风本以制艺科考为宗，然“光绪初年，知县连自华，设经课，置书藏，兴贤堂，而训诂词章之学渐盛。迨光绪末叶，知县张致安，以新学命题试士，乃更奢谈时务”[②]。“清光绪三十年，遵照学部章程，改渌江书院为高等小学，刘揆一为监督，专事鼓吹革命。当道廉得之，将兴狱，会散暑假，去后遂不复至。是后，宁调元等归自长沙，倡办中学。知县鲁晋与县人李青璜等反对甚力。旋由督抚端方亲书渌江中学匾额，议遂定。”[③] 宁调元创立渌江中学目的是在“冀滋殖革命种子”[④]，故渌江中学的监督多为有革命思想的

① 黄埅：《钝根以狂笑章见饷次韵答之》，《南社丛刻》第十三集，江苏广陵古籍刻印社影印本1996年版，第2845页。

② 《湖南县志辑民国醴陵县志·教育志》学校教育，《中国地方志集成》，凤凰出版社2008年版，第11页。

③ 《湖南县志辑民国醴陵县志·教育志》学校教育渌江中学条，《中国地方志集成》，凤凰出版社2008年版，第57页。

④ 《湖南县志辑民国醴陵县志·人物志》宁调元条，《中国地方志集成》，凤凰出版社2008年版，第368页。

人士担任，接替第一任监督刘揆一工作的是文斐，也为南社社员，且为醴陵诗群的重要成员。文斐留学日本期间已经加入同盟会，为反清的中坚。

南社醴陵社友与渌江书院渊源有自。刘师陶①为渌江书院学长，其读书渌江书院期间屡得书院山长揄扬，后从教于此，曾为宁调元师，对宁调元的思想与诗歌影响颇大，“宁调元幼故倜傥，独诚服师陶，其后以节烈文学著，实基于此”②。潘昭，字式南，他也曾主持渌江书院的工作，他将渌江书院改为渌江中学，以宣传革命思想，“科举初停，即与何陶萧翼鲲等改渌江书院为学堂，聘刘揆一为监督，畅敷革命学说，邑人思想为之一变”③。

如前所论，宁调元、卜世藩、傅熊湘曾就学于渌江书院，另外知为渌江书院肄业的南社社友还有袁家普、刘泽湘、刘谦、左铭三等。这张名单包含了醴陵诗群的主要成员，一方面学缘关系使得他们成为一个相互关联的群体，另一方面他们经由渌江书院的涵育而思想上倾向于革命，这是更为牢固的结合因素。求学时代种下的激进思想、用世热情，反映在诗歌中便是一种干世态度，个人的牢愁幽怨打并入对民瘼的关怀、对国事的关注。

（二）楚骚传统

楚骚对于醴陵诗群的影响在于诗歌的精神气度。干世热情固得自近代学风丕变的浸润，也来自楚骚的忠君忧国的诗歌传统。醴陵诗群对屈原作品无不烂熟，不少诗人还对楚骚有着专门研究，宁调元有《楚辞王注补》若干卷、傅尃有《离骚章义》，其意旨不在名物训诂而在阐发幽微，自述骚心。“昔朱子序所注《楚辞》，以为王逸章句，洪兴祖补注，详于训诂名物之间，至其大义则皆未沉潜反复。嗟叹咏歌，以寻其文词旨意之所出。”然“今观乎朱子所注，仍不出乎训诂名物之间，以较王、洪，仅勉强附事实耳”。至若乡贤曾涤生、曹镜初等，虽有诠解，然终嫌未尽，故傅尃“断以己意，为《离骚章义》一卷，意在补姚、曾之未尽之旨，去王、洪强附之失”。其说欲一寄幽怀，“念屈原处众浊之世，为哀怨之音，欲一悟君改俗而不可得，然则余居今日而欲使朔风变楚，乐操土音者，不尤自伤其茕独耶”④。

---

① 刘师陶，醴陵人，字少樵，又字沧霞，有《删除吟草》、《沧霞老人散稿辑存》。

② 《湖南县志辑民国醴陵县志·人物志》刘师陶条，《中国地方志集成》，凤凰出版社2008年版，第432页。

③ 《湖南县志辑民国醴陵县志·人物志》潘昭条，《中国地方志集成》，凤凰出版社2008年版，第391页。

④ 傅熊湘主编：《南社湘集》第一期，全国图书馆文献缩微复制中心，2006年，第136页。

对于《楚辞》之解读，之所以认为训诂名物不足以晓谕众人，乃在于醴陵诸子意欲明道醒世，而非承袭乾嘉学风仅作解经之语；之所以认为前贤阐释多有未尽，乃在于希图将《离骚》注入一种时代的解读，这也更合于南社时代的士人精神，充满一种对传统的因与革。

对于诗歌的创作，评之者以上承楚骚作为一种揄扬的评价，胡朴安以体现楚骚传统来称誉傅尃和宁太一的诗歌，“澧兰沅沚之间，自三闾大夫之后，代有离忧之士。宁太一、傅钝根皆其选也”[①]。卜世藩评宁调元诗歌“平生忠爱心，远与灵均伍”[②]。傅尃自论其诗多楚骚之传统，“楚国词宗所自出，醴陵文通之旧封，不少美人香草之怀，尽多春水绿波之感。岂谓批风抹月，足当刻羽引觞，亦知范水模山，未抵回肠荡气”[③]。诗群浸润楚骚之风，继承了屈原忠爱的精神气度，也继承了诗歌中对于个性与情感的表达。醴陵诗群的创作时而可见一种喷薄的激情，一任才气情思流荡无拘，正是胎息楚骚中充沛的情感和自由的精神。

楚骚特有的兮字句法在湖湘社友的创作中还多有呈现，其他地区的社友则少用这种诗歌形式，这也体现了一种诗歌的地域风貌。如朱德龙的《有所思》：“我所思兮在江曲，凌波仙子颜如玉。皎如秋水出芙蓉，淡如灵池濯芳菊。木兰为舟桂为楫，锦帆延波波光绿。我欲从之鳒与鲽，迢迢一水隔江渌。”[④] 仍然是传统的香草美人笔法，具有一种回环的情思。

（三）宗尚汉魏兼法宋诗

湖湘诗风尚保守，清末王闿运为首的湖湘诗派提倡汉魏诗歌，这也影响到南社的创作。傅尃尝问宁调元教学童所宜，宁调元答曰：“苏李古诗十九首足矣，即近体可力追此也。”[⑤] 宁调元主张以汉魏古诗教授学童，在于其对汉魏诗歌的认同。不少诗人崇尚汉魏，喜作古体诗。刘鹏年《拟古》似为其学古诗之习作，得《古诗十九首》的清新隽永，抒发对于朝露人生的忧思：“寥寥天上星，涓涓草间露。之子渺何方，宵长苦难度。中夜悲风发，撼我空庭树。树上有寒蝉，低吟未曾住。准拟梦中逢，偏阻辽西路。推衾忽长叹，此意谁与述。妾命非足惜，君恩岂忘故。分飞能几时，朱颜已迟暮。念念摧衷肠，潸潸泪如雨。”[⑥]

① 曼昭、胡朴安：《南社诗话两种》，中国人民大学出版社 1997 年版，第 90 页。

② 宁调元：《太一遗书》，民国四年铅印本。

③ 《南社丛刻》第十三集，江苏广陵古籍刻印社影印本 1996 年版，第 2671 页。

④ 《南社丛刻》第十六集，江苏广陵古籍刻印社影印本 1996 年版，第 3828 页。

⑤ 《南社丛刻》第十一集，江苏广陵古籍刻印社影印本 1996 年版，第 2036 页。

⑥ 《南社丛刻》第十九集，江苏广陵古籍刻印社影印本 1996 年版，第 4652 页。

但是醴陵诗群没有受到地域宗派的束缚，他们在“学宋”的时代风潮面前也有所浸染。“湘中五子”都有学宋之倾向，尤其以傅尃和姚大慈为最。其实傅尃的学宋倾向早在渌江书院期间便已萌芽，对之影响颇大的恩师吴称三的诗歌，就并没有局于诗宗汉魏盛唐的湖湘诗风，他与宋派诗人有师承且其创作得到宋诗派大家何绍基的赞许。邵阳谢永谔评论吴称三的诗歌：“学总汉魏三唐际，品在明贤七子间者也。”“颇似苏长公诸作，又不得以明七子限，宜为一时老辈敛服。”① 吴称三尝受学于道州何绍基，何对其诗歌曾给予揄扬：“尝赋荷花生日诗，为道州何叟引重。”② 何绍基为宋诗派重要诗人，吴称三受业于其门下，其诗歌已经不再斤斤于汉魏盛唐，而颇涉宋诗门径。这一点在傅尃等学生身上，也得以体现。傅尃也喜宋诗，自述其为宋诗经历：“十年前，余在长沙，尝约同社数人为宋七律诗，一时议论风生，于时人之诗，多所评骘，未暇及古人也。迩来平江李赓庸、宁远邓钟岳二生从余学诗，每有所作，则以拙集为蓝本，余亦持窃帝自娱之见，相与批答，谓某诗似吾某作，某诗出吾某篇，二生亦私相印可，姝姝而守之，虽觉名山笑人，顾其进竞，则每出意料，则謦咳以近而真也。二生信笃，不欲使终囿于一先生言。欲为选读苏黄以下诸诗，俾得沾溉者久矣。属流转兵间，重遘忧患，复撄痼疾，恐遂溘死，而律法不得传。长夏既届，养疴汉上，溽暑如炙，蒸汗淫溢，挥笔而外，迄无以憀，乃就坊间得《宋诗钞》读之，会心之顷，辄加评点，手自甄录，凡得三十二家，为七律诗如干首。苏黄领袖一代，故当首录，自余作者，以方附庸。至于取舍之间，多有别指，非期共喻，聊赏吾徒。”③ 该序作于丙寅，即1926年，其描述的十年前的情形，时值1916，为傅尃再主《长沙日报》期间的活动，年谱：“丙辰五年先生三十三岁，以友人招重至长沙主《长沙日报》兼教授岳麓高等师范文史专科。”④ 傅尃曾在《长沙日报》发表诗话，论陈三立诗的艺术特色，且谓“亚子宗唐之说益孤掌矣”⑤。傅尃且将姚大慈赞誉陈三立的《愿陆沉室诗自叙》登载于其所主的《长沙日报》上⑥。当时“约同社数人为宋七律诗，一时议论风生”，可知其宗宋诗歌企向在湖湘诗群中已有回响。

---

① 傅尃：《钝安脞录》卷三，《钝安遗集六种附钝安哀挽录》，民国二十年铅印本。

② 同上。

③ 傅尃：《钝安文》卷一，《钝安遗集六种附钝安哀挽录》，民国二十年铅印本。

④ 《傅尃年谱》，见傅尃《钝安遗集六种附钝安哀挽录》，民国二十年铅印本。

⑤ 《长沙日报》1916年8月8—9日。

⑥ 《长沙日报》1916年8月23日。

醴陵诗群因地域的涵育，在近代学风的浸润下，具变革之思想，成为醴陵一地的新兴精英文人。他们承袭楚骚的传统，诗歌充满干世热情和澎湃的个人情感，诗歌有复古之倾向，上承湖湘诗派的汉魏诗歌宗向的传统，却又不斤斤于模唐拟宋，以时代划分政治畛域，更倾向于从艺术角度追求诗歌的价值。

三　醴陵诗群创作述评

醴陵诗群交往颇密，诗谊甚笃，且诗歌宗尚接近，然其诗歌创作则各具面目，无苟同附庸之嫌，这也使得醴陵诗群成为一个具有丰富创作实绩的群体。下将醴陵诗群重要成员的创作作一述评。

傅尃之作，论者评之甚高，“近百年湖南文学家，曾文正外大之者湘绮楼，而傅熊湘钝安舄然名后劲，洞庭衡岳间称之者一口无异。”① 社友吴恭亨如此推誉，将傅尃的文学地位上接曾国藩、王闿运，当有不少揄扬成分。傅尃好友刘谦评之甚恰：“其学根底六经，淹贯子史骚选，尤湛于小学及桐城马氏文通。于古今文字义法，正变得失，考覈裁定，自辟户牖，旁究释氏书，亦多精诣。所为诗古文辞，才气敏赡，赅众体之长，操笔千万言，如江河倾注，见者疑有神助焉。”② 傅尃之诗在于其既济之以学，又壮之以才，故读之有元气淋漓之感，既不枯寂又不俗滑，看其《长歌行戏示醉庵采厓》：

> 我欲奋飞冲青天，乱云遮顶不得前。我欲翻身上皇古，颛顼已没葛天死。无端忽堕人间世，三十年来此何事。万万千千到眼前，看尽还看无一是。天风与我来，为我吹尘霾。划然一剑决云表，要此混沌地壳胡为哉？吾将以魂为雷霆，而身为风云，眼为日月星与辰，左臂泰山右臂恒，左足华岳右足衡。别辟一世界，无昼无夜同光明。别造一律历，无冬无夏同和清。凡所隶吾域内者，同泯智慧同太平。抱此奇想亦有日，蹉跎百念无由成。长为造物苦相扰，不造造物有何好。造成更莫寘人寰，恐到人寰终不了。龚生昨日为我言，一身病苦相纠缠。朝来又听史公语，人生少乐还多苦。是谁作俑戏为人，土雕木形

---

① 吴恭亨：《傅钝安墓碑》，傅尃：《钝安遗集六种附钝安哀挽录》，民国二十年铅印本。

② 《湖南县志辑民国醴陵县志·人物志》傅熊湘条，《中国地方志集成》，凤凰出版社2008年版，第413页。

有此身。作歌还问龚与史，姑妄言之吾醉矣。①

依然是歌哭无端的文人感怀，出以屈原天问似的呵问语态，又带着一种冲决一切的革命勇力，改天换地的奇想背后是落寞人生的醉语。

傅尃之作可分为几个阶段，各个阶段风貌不一。其《钝安诗自序》曾自作划分和整理：

《纫秋兰集一卷》，壬寅癸卯仅存作，癸卯师吴称三先生，从问学诗法，复与亡友宁仙霞掉臂上下，商榷得失，平生师友之涕，于兹一倾。十年以还，无此乐也。今遗墨在纸，而宿草已长，感思逝者，不忍尽弃。

《纫秋兰后集》一卷，甲辰至丙午六月作，湘中癸甲以还，士论稍变，一时风会所向，文字实其先河，然质亦稍胜矣。余方治科学，营乡校，而诗功一废。

《废雅》一卷，丙午七月至戊申作，于时伤世变，遘忧患，哀思之音多而和平啴缓之音少矣。追怀前事，掷笔以欷。

《废雅后集》上下卷，己酉至辛亥七月作。承以前忧，痛未歇也。复遭家难，肝肠欲摧。自此渐入壮悔时矣。逮余沪游而大事克定，故托终于此云。

《嘤求草》一卷，辛亥五月至七月间，问诗郑叔容作。余之致力五言自此始。其在明年，大汉初安，日不暇给，友声寖微，可录裁数首而，叔容和作附焉。

《白萍集》一卷，辛亥七月至十二月作，逍遥海上，流转兵间，悲喜交乘，正变迭奏，秋风既夕，弥用悲余。

《壬癸集》一卷，壬子至癸丑十月作，岁德在水，符黑龙之帜，诗不加进，世亦不加治，今之视昔，又何如也。繁忧所系，不复可云。比诸获麟，则吾德不逮。

《联句》一卷，壬子至癸丑作，一时嘉会，极文酒之乐，朋旧离合之际，世变系焉。集龚一卷，己酉至癸丑作，凡以为戏，定庵俊语如珠，本易连贯，今之作者亦多矣。其在吾集，等于附庸。②

① 《南社丛刻》第十三集，江苏广陵古籍刻印社影印本1996年版，第2821页。

② 同上书，第2671页。

傅専的自述中包含他对自己甲寅（1914）之前各个时期创作的评价，少时所作，意在珍存；稍长之作，质胜于文；国变之作，出语激越；长沙遇郑泽，诗歌始大进；其于辛亥后作，似有偏爱，悲喜交集，既有朋好聚合之乐，又有国事丕振的兴奋，发之于诗，成为作品中的亮色。

黄钧，字梦蘧，有《栩园遗集》，其作品较有特色的是《蜀道吟草》，傅専阅之甚有所感，“风雨扁舟夜，江湖独往时。吟怀故不浅，寥落使谁知?”[①] 作品颇染竹枝词的民歌风味，得自江山之助，如《舟过巫山》：“三十里间水清浅，碧波如绣草茸茸。密云不雨春容淡，知是巫山第几重。”[②]《巴东夜泊》：“朝发黄牛峡，一滩复一滩。巴东两日到，魂梦怯狂澜。”[③]

文湘芷，名启矗，有《文湘芷诗文集》。文湘芷善文，其诗歌以文为诗，有叙述之特色，且文湘芷本重事功，故其诗作多有为而发。他为民国七年醴陵因护法战争遭受的兵燹之灾而奔走，且于和议会上痛陈张敬尧督湘暴行，醴陵一邑因而获益。《戊午六月余生四十矣时醴经兵燹邑市为墟钝安芸厂今希诸君勉处残城商办善后事宜俯仰身世感赋二首》，颇有忧时之气。“忽忽此生成过去，茫茫前事苦低回。旧栽乔木高于屋，三宿空桑劫有灰。少日气吞云梦泽，中年哀入望思台。无端万里长风兴，时作波涛撼梦来。”[④]

刘泽湘，字今希，有《钓月山房诗存》。论者评之，“穷研训诂，博通诸经，为词章胎息汉魏六朝，才藻高华，时称独步”。“其于诗古文辞，无体不工，骈文及七古歌行尤著。常与友人卜世藩、傅熊湘、弟谦等，连吟斗韵。”[⑤] 刘泽湘之诗以七古为最，颇能采梅村歌行之构思，将叙事融于富艳的彩藻之中，其中《玉娇曲为钝根作》、《过西山辟支生墓》[⑥] 为其代表作。前者写傅専一段英雄美人的故事，后者写好友宁太一的革命经历，事与情融，也可作诗史观。

刘谦，字约真，有《峭嶙吟馆诗存》。社友周子美评之：“君少作才华奋发，悱恻缠绵；中年记乱，感时事，有少陵野史之风。近岁坚苍隐

① 《南社丛刻》第五集，江苏广陵古籍刻印社影印本 1996 年版，第 845 页。

② 同上书，第 840 页。

③ 同上。

④ 《南社丛刻》第二十一集，江苏广陵古籍刻印社影印本 1996 年版，第 5517 页。

⑤ 《湖南县志辑民国醴陵县志·人物志》刘泽湘条，《中国地方志集成》，凤凰出版社 2008 年版，第 411 页。

⑥ 《钓月山房诗存》，见刘今希、刘约真、刘鹏年《南社三刘遗集》，中华印刷厂 1993 年版，第 18、20 页。

秀，诗律愈细，要之皆不为留恋光景之作而有关国计民生者也。”[①] 钱仲联先生赞之为“楚国诗坛一席专”[②]。其哭太一诸作，颇可观。《哭太一诗十首并序》：“漫漫长夜何时旦，宁戚悲歌梦见之。死别依依弥一载，伤心追悼不成词。”《哭太一诗后十首并序》：“年年狱里送君归，七字吟成涕雨挥。今日人间又冬至，临风谁更话依依。”[③] 诗歌系之以序，说明作诗缘由，诗后均加小注，记叙与宁太一的交往以及宁殉难之经过，情与史兼备。

卜世藩，字芸庵，有《韵荃精庐诗文钞》。傅尃称道其诗“自向诗坛领一军”[④]。论者称其：“尤工诗古文词，驰声南社，岁丙寅，舄所作诗文都为《韵荃精庐诗文钞》各六卷。”“吴称三称其文，才思横溢，有使笔如舌之妙。赵惟熙谓其古今体诗，如初日芙蓉，天然可爱。”[⑤] 卜世藩之诗除“初日芙蓉”的清新小诗外，也有具“九曲奔腾之伟观”的作品[⑥]，如《伤乱四首》：“天边烽火惊飞鸟，湖上波涛犯客舟。”[⑦] 正因身经变世，不得萧然世外耳。

宁调元之诗，傅尃评之曰：“太一之诗，宏丽奥衍，汪洋恣肆，多郁怒哀思之作，极才力所驱使，喷薄而出，不肯为时流纤，亦不屑落穷官苦。”[⑧] 宁调元之作被视为草泽文学之代表：“才气奔放，而学有根底，满腔热血，化作文字，随处泄发，故其所作，异与时流。其诗以缙绅定字学论之，或议其粗豪，或议其无律，而不知其固草泽文学本色也。”[⑨] 其狱中诗集充盈着革命者易水秋风的悲壮之音。其诗尤喜拟杜甫，本书第六章第三节中对此将有详论。

醴陵诗群在湖湘诗群中地位突出，其人数最多，且宁调元、傅尃二人在湖湘诗群中居于核心，左右湖湘诗群的动向，故其不单对湖湘一地，且

---

① 周子美：《无诤诗稿序》，见刘今希、刘约真、刘鹏年《南社三刘遗集》，中华印刷厂 1993 年版。

② 钱仲联：《南社吟坛点将录》，《苏州大学学报》1994 年第 1 期，第 45—53 页。

③ 《峭嶙吟馆诗存》，见刘今希、刘约真、刘鹏年《南社三刘遗集》，中华印刷厂 1993 年版，第 102、104 页。

④ 傅尃：《过卜芸庵藏园》，《南社丛刻》第二十二集，江苏广陵古籍刻印社影印本 1996 年版，第 5960 页。

⑤ 《湖南县志辑民国醴陵县志 · 人物志》卜世藩条，《中国地方志集成》，凤凰出版社 2008 年版，第 416 页。

⑥ 赵惟熙序，卜世藩：《韵荃诗草》，民国（1912—1949）木活字本。

⑦ 《南社丛刻》第二十一集，江苏广陵古籍刻印社影印本 1996 年版，第 5499 页。

⑧ 《南社丛刻》第十一集，江苏广陵古籍刻印社影印本 1996 年版，第 2036 页。

⑨ 曼昭、胡朴安：《南社诗话两种》，中国人民大学出版社 1997 年版，第 90 页。

对南社也有重要意义。醴陵诗群以师友亲熟关系网罗勾连，彼此诗歌交往中确立了相近的诗歌宗尚，频仍的诗歌交往也使得这个群体诗谊甚笃。醴陵诗群沾溉地域之风，得楚地骚赋传统，继承了缠绵哀婉的风格，又济之以志士的干世救国热情，故其诗风别具一格。

第五章　后南社时代：南社诗人群与近代诗歌走向

第一节　“唐宋诗之争”与南社的结束

柳亚子曾谈道：“从晚清末到现在四五十年间的旧诗坛，是比较保守的同光体诗人和比较进步的南社诗人争霸的时代。”① 据柳亚子的叙述，南社与同光体的“争斗”延续了半个世纪，时间从“晚清末”到柳亚子发表言论的20世纪40年代。柳亚子这句话提到了近代诗坛非常重要的一段关系，即南社与同光体诗人群体的关系，这影响到近代诗歌的走向，也影响到南社这个近代最大文人社团的走向。

在柳亚子的表述中，这是一种紧张的“争霸”关系，是一种保守与进步诗歌力量的较量。如果如此，就应该存在着诗歌创作的竞争，或者是诗歌理论上的你来我往，但是事实并非如此，当我们关注到南社因为针对同光体的诗歌争论达到白热化的同时，却很少阅读到同光体诗人针对南社的创作实际以及理论表述，这场争霸似乎是一场没有硝烟的战争。最后南社在诗歌争论中走向结束，同光体这个缺席的对手似乎不战而胜。这是一段怎样的诗歌关系，我们似乎需要从“争霸”的历史想象中回到实际。本章关注南社内讧事件中各方的动因，以期了解导致这个社团分裂的真实原因。

一　争论的与争夺的

（一）南社内讧的场域背景

在真正进入南社内讧的分析之前，我们首先了要解一下发生这段纷争

① 柳亚子：《介绍一位现代的女诗人》，《磨剑室文录》，上海人民出版社1993年版，第1413页。该文发表于1944年。

的空间背景。南社的主要活动场域在上海，包括内讧也主要发生在上海，这场文字战争在上海的媒体上持续了近两年时间，对于南社及近代诗坛都影响颇大。所以我们对于南社内讧的分析不应停留于南社内部的分歧，应该放眼于当时的上海诗坛格局。讨论辛亥后的上海诗坛格局，需要很好地认识这个迥异于前的空间。上海在这里更多不是地理意义上的空间，而是一种抽象的文化空间，这也是一种全新的城市空间。城市空间与传统认知上的乡土空间不同，它最大的特点是陌生感①，空间中的人要依据新的结合方式成为共同体，来抵御陌生感，以期获得共同利益。辛亥之后的上海有着各种文化力量，如遗老、风雅富商、南社革命者等，他们如何在上海这个空间中展开活动呢？此处引入布尔迪厄的场域理论予以阐释。

布尔迪厄文学社会学有几个关键概念：空间、场域、惯习、资本。布尔迪厄认为从社会学研究知识分子，实际上就是研究与此相关的社会文化领域，即"场域"。"在高度分化的社会里，社会世界是由大量具有自主性的社会小世界构成的，这些社会小世界就是具有自身逻辑和必然性的客观关系的空间。"② 场域有自己的支配规律，而场域也是一个争夺的空间，在场者在其中运用已有的各种资本进行新资本的争夺。场域可以因空间的不同划分为"经济场"、"政治场"、"科学场"、"企业场"等等，我们讨论的沪上诗坛也可以称为"诗歌场"。场域中需要通过资本展开活动，它包括经济资本、文化资本、社会资本。资本本是一个经济概念，当它成为一个文化要素时，它某种程度上不像经济资本那样可以数量化，而呈现一种有形和无形要素的总和。文化资本包括家庭和学校教育赋予的知识、趣味、教养等，通过教育和考试制度赋予的学历、资格等，以及书籍、绘画等有形的文化财产等。而惯习意味着相对稳定的信仰、品味、习惯的总和，是共同体形成的条件。

场域中永远存在紧张，因为象征资本永远是稀缺的，在场者会运用自己的经济、文化、社会资本致力于象征资本的争夺。象征资本意味着声名、领袖地位等。而象征资本也意味着话语霸权的获得，这意味着对于文化场域的控制权力。

话语是法国思想家福柯在其《疯癫与文明》（1961）和《诊所的诞生》（1963）中阐发的一个概念。福柯所谓的话语是一种陈述，这并不是

① 关于陌生感的描述可参见许纪霖《近代中国知识分子的公共交往：1895—1949》，上海人民出版社2008年版，第4页。

② 布尔迪厄、华康德：《实践与反思——反思社会学导引》，李猛、李康译，中央编译出版社1998年版，第134页。

指人们日常交流中的任意表达，而是具有严肃性的话语实践，这种严肃性来自说话的权威主体以人们能接受的方式来要求他们承认其说话的真理性。而作为真理性的话语，它的问题不在于话语本身是否为真理，而在于人们如何把它当成是真的。[①] 这就意味着谁能掌握这种陈述的话语权力，谁就在共同体中作为话语权威。

由前面的分析可知，辛亥前后的上海文坛其实有过短暂的南社一统的局面，在反清的社会风潮之下，南社的“民族主义”话语获得几乎绝对的文化场域的占有权。但是辛亥之后，上海是一个充满各种文化力量的空间，因而成为一个巨大的文化场域，各种文化力量因相似惯习结合为各个共同体。特别是遗老到沪，使得同光体在沪上逐渐占据文化空间，这使得南社的文化场域受到挤占。南社首先需要面对的是对于自己文化权威地位的捍卫。另一方面，南社内部也出现了对话语权威的争夺，柳亚子的权威地位不断受到质疑和挑战，这使得南社内部充满了各种声音。南社的内讧是一场充满话语暴力的斗争，前面已经论述了这种话语生成的背景，下文将继续论述对于话语权的争夺，以及各种话语的传递与误解导致的无可挽回的分裂结局。

（二）南社内讧之经过

南社内讧从1916年年初发端，持续至1917年年末，其中1917年6—8月间最为激烈。柳亚子为主的宗唐派以《民国日报》为阵营，朱鸳雏等宗宋派以《中华新报》为阵营，双方展开笔战。争论最初集中于唐宋诗歌优劣之分，后竟演为反柳势力结合的“改选”风波。柳亚子虽然最终以多票仍旧当选南社主任，但是经过风波之后，柳亚子对于社团意兴阑珊，南社元气也随之消散。经由此次内讧，各种矛盾浮出水面后再难弥合，前文所述形成共同体所必需的“稳定的信仰、品味、习惯”已在争论中分崩离析，南社逐渐趋于瓦解。内讧中口诛笔伐甚为纷纭，历时且长，归纳起来大致可分为两个阶段，一是诗论阶段，一是社团改革阶段。

1. 诗论阶段

《民国日报》1916年创刊，为中华革命党机关报，自1916年1月起姚鹓鸰即在报上刊载揄扬同光体的诗论，是可视为此次内讧的发端。朱鸳雏、闻野鹤、成舍我等热衷宋诗的少年，相继在《民国日报》发表宋诗及宗宋的诗论，其中朱、闻为姚鹓鸰的学生。柳亚子对这种舆论氛围非常

① 翟学伟：《中国社会中的日常权威——关系与权力的历史社会学研究》，社会科学文献出版社2004年版，第124页。

不满，他于1917年6月28—29日发表《质野鹤》一文，批评闻宥（野鹤）宗宋的言论。至此衅端渐开，柳亚子与闻野鹤就诗歌问题展开激辩。闻野鹤几番争论后不再迎战。但是朱玺（鸳雏）赶到上海声援闻野鹤，他在1917年7月9日发表《平诗》一文，再续争论，且与柳亚子双方言语非常激烈。7月31日朱玺发表《论诗六首》，其中涉及对柳亚子的人身攻击，这直接导致柳亚子将之驱逐出社。8月1日，仅在朱玺"歪诗"发表第二天，柳亚子即有"驱朱布告"。然此一举动遂酿成南社更大的风波，内讧也由相对集中的诗歌争论进入关涉人事改革的阶段。

2. 社团改革阶段

1917年8月7日，成舍我因不满柳亚子驱逐朱鸳雏的行为，发表《南社同人公鉴》，号召南社社友抵制柳亚子的"专横恣肆"。柳亚子也因成舍我的公然反对，在8月11日再颁布告，驱逐成舍我出社。然此举遂再掀波澜，引发社友的大讨论，社友们关注的焦点不再是诗歌趣味的优劣，而是柳亚子行使的社团权力是否正当。如公羊寿、丁湘田等认为言论需自由，因意见不合而驱逐社友，柳亚子之举难服人心。而余十眉等则支持柳亚子主任职权的正当性，认为柳亚子作为南社主任有权力决定人事的变更，包括除名社员。

此时反柳阵营中出现一个主导人物，他就是蔡守，他的出面使得倒柳声浪变成一种有组织的活动，开始具有威胁力。蔡守开始计划通过改选剥夺柳亚子的南社主任权力，为此与高燮多次书信往复，谈论南社改选的细节及人选。蔡守和高燮都为南社早期社员，与南社渊源甚深，在社团中也颇具影响力，他们的出面及行动，使得此次诗歌争论演变为真正的内讧。1917年8月25日，蔡守发文《南社广东分社同人启》，号召秋季选举高燮为南社主任。9月18日又有《南社临时通讯处紧急通告》提议恢复诗词选的"三头制"，选票由临时通讯处发收。

相对的，支持柳亚子的力量也在积极发声。傅尃等湖南社友、周伟等淮安社友均发文声明支持柳亚子。9月26日，由创社元老陈去病牵头联合二百零四人发布《南社全体社友公鉴》，指斥蔡守"临时通讯处"之伪，支持柳亚子的连任。在各方纷纭中，10月17日，南社书记处公布选举结果，在三百七十七票中，柳亚子以三百六十二票当选。柳亚子尽管连任，但是态度消极，一千二百多人的庞大社团再乏有力手腕的统筹管理。

南社在内讧中由诗歌争论开始，如何会逐渐变为影响面如此巨大的社团内讧？在争论初期，虽然是诗歌讨论，但并不只是单纯的学术争辩，因为在民初的话语环境里，很难有单纯的学术表达。争论双方其实都从讨论诗歌出发，却在“以人论诗”的问题上分歧难以化解，以致大家都在表达与接受的过程中不断发生误解。当言语暴力发展到一定程度时，争论的和争夺的，便难以统一，最终在对话语权、社团领导权的争夺中瓦解了南社。我们不妨细致地进入争论各方的话语态度。

（三）南社内讧之解读

1. 柳亚子：充满歧义的话语

柳亚子的话语真理不在于其言说是否合理，而在于他作为南社主任，他企图传递的一种话语权威。因为在话语生成的背景分析中，已经了然，1916年因大批遗老选择上海作为自己的栖避之所，使得上海这个文化空间充斥着遗老的声音，这也导致沪上宗宋诗风的盛行。与此相关，南社内部充斥着学宋的声音。《民国日报》是1916年才开始出版的中华革命党机关报，出版伊始，就因姚鹓雏、成舍我等编辑的宗宋倾向而成为宋诗的发表场所。这一切在柳亚子看来是非常危险和值得警惕的。

柳亚子在心平气和的回忆时曾经说道：“我呢，对于宋诗本身，本来没有什么仇怨，我就是不满意于满清的一切，尤其是一般亡国大夫的遗老们。亡友陈勒生曾经说过，满清的亡国大夫，严格讲起来，没有一个是好的。因为他们倘然有才具，有学问，那么，满清也不至于亡国了。满清既亡，讲旧道德的话，他们便应该殉国；不然，便应该洗心革面，做一个中华民国的公民。而他们却不然，既不能从黄中浩、陆钟琦于地下，又偏要以遗老孤忠自命，这就觉得是进退失据了。”① 柳亚子的初衷是要经由对诗歌的辨析，来传达一种群体态度。我们知道诗歌趣味是一种群体的创作惯习，这本无所谓优劣，柳亚子自己也承认“本来没有什么仇怨”。但是群体的社会身份不同，政治态度也各异。遗老在民国后尴尬的社会身份让他们不具有政治上的“进步性”，在柳亚子等人眼中这些遗老既不忠于满清也不忠于民国，这样一些可厌的人物，他们的诗歌创作也理所当然的不应该再占据诗坛的主导地位。

其实在这一段表述中充满着文化思维的混淆，政治、诗歌、群体身份，当三个没有必然联系的名词被作为一个共同体来对待时，势必导致一种话语的分歧。对于南社而言，这个以气节自命的社团，一直强调着诗歌所能传递的政治态度和能达到的社会效果，作为社团的主盟者柳亚子也始终坚持政治、诗歌、群体身份相统一的观点。特别是在民初的话语环境

① 柳亚子:《我和朱鸳雏的公案》,《南社纪略》，上海人民出版社1983年版，第149页。

中，清朝刚刚灭亡，这些遗老进退失据的政治出处让他们的诗歌也失去了“气节”，这样的诗歌不应该再存在于民国的诗坛，更何况现在这股创作风气还在民国受到追捧，甚至还蔓延到南社。在这种思维之下，柳亚子在他的叙述话语中运用了很多不容辩解的政治表述，他采取了以政治优劣抨击诗歌对手的策略，这在南社以人论诗的诗歌评价方式中，是一种由来已久的习惯。

因为带有政治优越感，所以柳亚子的表达有着坚定的“正确性”：“勿日为诐词邪说，鼓吹亡国之音，陷溺人心，使其祸甚于洪水猛兽，而戾气所钟，遂至神州大地，万劫不复也。”[①]“论诗原不尽以时代为限。若同光之体，怫郁悖乱，为天地戾气所钟，恰足以代表所处之时代。”[②]柳亚子的表述中常常将诗歌与政治事件紧密联系，例如他把同光体与北洋派联系：“政治坏于北洋派，诗学坏于西江派。欲中华民国之政治上轨道，非扫尽北洋派不可；欲中华民国之诗学有价值，非扫尽西江派不可。反对吾言者，皆所谓乡愿也。”[③]在《斥朱鸳雏》一文中又将社员的反对论调与张勋复辟相联系：“野鹤之胡闹未已，而鸳雏之妄论又来。恰似倪嗣冲造反之后，继之以张勋复辟。爱国之士，安得不忙煞耶？辞而辟之，为诗界存正论。”[④]当柳亚子将同光体对于诗歌价值的破坏与北洋派对于政治的影响相提并论时，他提出了强硬的反对同光体的理由；当他将朱鸳雏的对立态度与张勋复辟相提并论时，他也找到了驱逐朱鸳雏的正当性。

但是将政治、诗歌、群体身份相混淆的评价方式，并不能在社团中取得一致认可。倾向于将诗歌作为独立的艺术来对待的社员，并没有理解这位社团领导者话语背后的政治意图，他们坚持没有政治标准的诗歌趣味，他们依然为宋诗鸣不平。“论诗之道，不以时代，不以身世，不以富贵贫贱，不以同异。”[⑤]这在柳亚子看来，为宋诗争辩是一种缺乏政治立场的行为，是需要及时纠正的。

这时我们再回望一下南社第一次虎丘雅集上的争吵，巧合的是内容也是关于唐宋诗的争论。当时的宋诗派占据了上风，因口吃而无法完全表达

---

① 《民国日报》1917年7月6—8日，17—21日。

② 《民国日报》1917年7月27日。

③ 《民国日报》1917年6月29日。

④ 《民国日报》1917年7月27日。

⑤ 王无为：《平不平》，《中华新报》1917年8月9日。

自己观点的柳亚子曾经当场大哭①。围绕唐宋诗的争论如此相似又如此不同，首先这个文人社团中从未达成过诗歌宗尚的一致，这个社团成为一个群体的结合点是反清的政治目标。所以当反清目标已然完成后，艺术上的分歧便显得难以妥协。当 1916 年争论开始的时候，柳亚子已经不是那个难以表达自己观点的卞急少年，他已经取得了社团中的话语权。当他遭遇到反对者的时候，他不需要用哭泣来表达自己的不满，而是使用了自己作为社团主任的权威来贯彻自己话语的正确性。

如前所述，政治上让人不齿那么其诗歌创作就一无是处，这个命题本身就是受到社员质疑的。当柳亚子企图将自己的观念通过话语霸权传达给社员时，这又派生出新的质疑，这就是关于“民主”的讨论。社员们从最开始关注艺术与政治的关系，到开始关注柳亚子在驱逐朱鸳雏、成舍我的事件中表现出的独裁，这使得争论进入一个新的阶段。由“宗唐宗宋哪个更合理”这个命题转为了“是否有权力自由宗唐宗宋”的新命题，这个新命题势必导致大家对于社团机制的关注。可笑的是，就像柳亚子用北洋军阀来比喻同光体的不良影响一样，社员们也用北洋军阀来比喻柳亚子，以说明他的社团独裁需要被推翻。成舍我曾在《南社社友公鉴》中写道：“若或迟疑顾忌，任其放肆，则袁世凯盗国称帝，实癸丑义师之失败有以成之。兹事虽殊，可以借鉴。”② 在《答客问》中，成舍我又将自己的反柳比作讨袁护国的西南义师：“且有视文苑一栏，为南社之封地者。仅以此点言，其力实大于袁氏。遣管城子以伐斯文败类，又岂逊于西南义师哉!”③ 当内讧进行到社团机制的讨论时，话语中的政治味道更浓重了，诗歌的趣味已经不再是关注重点，在这种强势的政治话语下，逼迫所有的社友要作出选择，恰如对于北洋军阀统治的不能容忍一样，社团中的混乱需要每一个人表态，大家不得不面临非此即彼的站队，南社也无可挽回地分裂了。

在这场内讧中，柳亚子出于一种主任身份和政治理由的理直气壮，他企图纠正社团中可能存在的不良政治倾向，这种倾向被他用诗歌的宗尚来

① 柳亚子:《南社纪略》，上海人民出版社 1983 年版，第 14 页。“在清末的时候，本来是盛行北宋诗和南宋词的，我却偏偏要独持异议。我以为论诗应该宗法三唐，论词应当宗法五代和北宋。……惹恼了庞檗子和蔡哲夫。……一方面，助我张目的只有朱梁任。可是事情不凑巧，我是患口吃症者，梁任也有同病，两个人期期艾艾，自然争他们不过，我急得大哭起来，骂他们欺侮我。”

② 《中华新报》1917 年 8 月 14 日。

③ 《中华新报》1917 年 8 月 18 日。

予以区分。但是混淆着政治、诗歌与群体身份的区分标准遭遇了社友的质疑。倾向于以艺术的标准衡量诗歌的社友们希望捍卫自己的诗歌标准以及艺术趣味。但是在柳亚子看来，这并不是以气节相号召的南社所应该具有的一种社团倾向，于是他企图借助社团内的话语霸权来使得社员们认可自己的观点，但是这种话语权威反而招致更多的质疑，于是导致社团的争论更加难以弥合。

2. 南社中的宗宋派：各自为谋的争论

南社中喜好宋诗之人不在少数，在这场争论中，这些宗宋者的态度如何？我们需要进一步厘清。朱鸳雏在其《平诗》中开列了南社中的宗宋者名单："今江南诗人，竞言南社，不知其中翘楚，亦多信服北宋者。诸贞长、黄晦闻，均可成家。姚鹓鹐清苦若宛陵，傅钝根突兀学山谷，沈半峰、王漱岩、胡寄尘，兼能接武，而高吹万、周芷畦之流，近亦同其趋向。又若刘季平、林浚南、林亮奇、庞檗子等，我得以宋诗列之。"[①] 朱鸳雏列举了十一位宗宋的诗人，其中，与宋诗派交接最多的是诸贞壮、黄节，这两位被誉为南社中宋诗创作的佼佼者，但是他们并未参与这次内讧，林寒碧、林庚白、刘三、沈钧、王葆桢也没有在报纸上撰写过攻讦的文章，介入到内讧中的有姚鹓鹐、傅钝根、高吹万、周芷畦，但是他们四人的介入程度并不相同。

首先说姚鹓鹐，此人与内讧的关系常常被忽略了，因为相比言辞激烈的朱鸳雏和行为冒进的成舍我，姚鹓鹐相对有分寸感得多。但是他与此次内讧关系甚大，不得不细细分辨。姚鹓鹐少时学诗即从宋诗入手，他曾自述其学诗经历："鹓鹐治诗，始十年前，岁己酉，入都交友中有侈言宋诗者。从林浚南许假得《海藏楼诗》，三复毕业，笃好弥至，于是始知有宛陵、半山、后山、简斋，与乎近代同光体之名。"[②] 姚鹓鹐在京师大学堂曾受业于陈衍门下，于郑孝胥等本为学生辈，且颇好郑孝胥之诗，据称能背诵全本《海藏楼诗》[③]，这样一个热衷同光体的诗人在报端揄扬同光体便可理解了。

但是在上海期间，却没有姚鹓鹐直接与在沪同光体诗人交往的证据。姚鹓鹐的同学林庚白1912年到沪时，姚曾通过林间接向郑孝胥"求《海藏楼诗集》一部"，这算是姚与同光体诗人在沪最密切的一次接触了。并

---

① 《民国日报》1917年7月9日。

② 《宋诗讲习记》，《民国日报》1918年11月11—14日。

③ 郑孝胥撰，劳祖德整理：《郑孝胥日记》，中华书局1993年版，第1420页。

且，姚鹓雏与其他同光体诗人的联系也并不紧密，其《搬姜集》中有《朱彊村先生自汴梁归吴过白下止于散原精舍奉呈并上伯严先生》、《题陈散原手录别墅诗卷》，记录了他与陈三立的诗歌交往，此外未见与同光体诗人交往的直接证据。

姚鹓雏对于同光体而言，是一个极其边缘的存在，他的诗歌宗尚源于他学生时代的师承，他的宗宋可以说是纯粹的诗歌趣味，而没有柳亚子担心的那种政治危险。但是姚对同光体诗人是颇为尊敬的，他曾在诗歌中以元遗山拟郑孝胥，可知他对遗老的态度并不像柳亚子那样愤激。这样一个人，因为编辑《民国日报》而借机会阐扬宋诗，完全没有要挑衅的意味。但是他无意间却开启了南社这场无法收场的内讧。《民国日报》1916 年 1 月 22 日在上海出版，1 月 26 日，姚鹓雏即在报上开始连载诗话，称誉同光体中的闽派诗人郑孝胥、陈衍、陈宝琛以及赣派诗人陈三立："同光而后，北宋之说昌，健者多为闽士，如海藏、石遗、听水诸家，以及义宁陈散原。其人生平可以勿论，独论其诗，则皆不失为一代作者矣！"[①] 至此，南社内讧中宗宋的论调便由姚鹓雏开启了。

姚自己虽然在内讧中显示出一种分寸感，但是南社中向柳亚子发难的闻野鹤、朱鸳雏、成舍我与姚的关系却很少被提及。事实上，闻野鹤、朱鸳雏是姚的学生，他们的诗歌观念直接受到了姚鹓雏的影响，姚鹓雏自述："二年在里中，长夏无憀，绿荫清昼，与杨了公先生相约为七绝，专取风神，为渔阳、竹坨，遂至樊山、实甫，无甫浏览。可一月许，仍弃去，复为宋诗，而里中吴遇春、朱鸳雏辈皆从之。稍后有闻野鹤，咸称北宋弗去口矣。"[②] 可知闻野鹤、朱鸳雏常常向姚鹓雏请益，姚鹓雏宗宋好宋的诗歌观念也在学生朱、闻心中滋长。并且，朱、闻二人系经姚鹓雏援引加入南社，所以朱、闻二人在内讧中的表现不能割裂与姚鹓雏的关系。当内讧接近尾声，柳亚子反观社局时似乎意识到了这点，所以他对姚鹓雏其实颇有怨言，柳亚子在给吴虞信中表达了对姚的不满，并提到姚鹓雏与闻野鹤的师生关系："柳亚子来信（十月二十六日发），云闻野鹤乃姚鹓雏门下士。"[③] "柳亚子来信（十一月三十日发），言姚鹓雏天分甚高，惜不能读书，又沾染时下习气，好为大言，是其所短；闻野鹤则自桧以下矣。"[④]

① 《民国日报》1916 年 1 月 26 日。

② 引自杨天石《南社史长编》，中国人民大学出版社 1995 年版，第 537 页。

③ 《民国日报》1917 年 11 月 12 日。

④ 《民国日报》1917 年 12 月 19 日。

在驱朱、驱成事件后，南社内讧达到不可收拾时，姚鹓雏曾试图平息事态，自认“南社罪人”，劝解同社意气能涣然冰释，“鹓雏负疚之余，敢为一言以告同社：凡我同人，商量文字，原属寻常。即使间涉意气，终有涣然冷释之一日”[①]。事实上，姚鹓雏虽曾自认南社罪人，但他并未因之修正自己宗宋的倾向，他仍然在报刊上坚持对同光体的鼓吹，1917 年 12 月 8 日南社内讧已经接近尾声，他在《民国日报》上作《怀人》诗，称郑孝胥之诗“遗山身世金元际，诗卷长留天地间”[②]。1918 年 11 月在《民国日报》上还有专文称誉同光体之诗。姚鹓雏在南社中可谓自始至终的非主流话语的鼓吹者。

另有可提及处，内讧中的纷争已经不是姚鹓雏第一次与柳亚子辩难。他们曾经因“戏剧”话题而在报纸上争吵，情况与 1917 的内讧极其相似，值得一表。1912 年当柳亚子等在报端赞誉冯春航时，姚鹓雏却和遗老的趣味相投，赞誉贾碧云。双方在报纸上骂讧不断，以致当时有人评价为这是南社的“同室操戈”。不明真相的社友纷纷猜测，甚或将《太平洋报》的倒闭，柳亚子的脱离南社与这次争论联系起来。林一厂致柳亚子书曰：“太平洋报事倘果不幸吾言中，此后南社诸社友且益风流云散，萍聚难期，鹓雏迩来对于春航事已回心，亦无从以为悔过自明之地。”[③]“检《民立报》社，得兄脱离南社启事，疑怪殊甚，兹始释然。但所以龃龉之故，何不见告，岂即为春航事欤？碧云俗不可耐，弟曾与鹓雏言之，然吾辈亦犯不着于粉末场中，作董狐直笔耳。”[④]

社友们纷纷去信为姚鹓雏解释，姚鹓雏自己也曾致书柳亚子辩解：“仆于春航，亦无恶感，不过喜为主异，如是耳。碧云在京，仆亦树反对之帜。”[⑤] 1912 年的争论和 1917 的内讧一样，姚鹓雏都在纷争最激烈的时候，自作解人，期望和解：“弟已为千人所指，目为贾党，恐外间无识者，缘此一篇，指我二人为操戈同室，可否希足下再撰一篇，说明弟无党派无成见之意。”[⑥] 姚鹓雏在解释中提到自己并非出于党派成见，只是一种艺术趣味的不同。那些调停的社友也希望说明姚鹓雏没有政治成见，只是一种趣味好恶，如姜可生致书亚子：“鹓雏谓知己如兄，犹且疑彼，相

① 《民国日报》1917 年 8 月 17 日。

② 引自杨天石《南社史长编》，中国人民大学出版社 1995 年版，第 528 页。

③ 柳亚子：《春航集》，广益书局 1913 年版，第 15 页。

④ 同上书，第 16 页。

⑤ 同上书，第 18 页。

⑥ 同上书，第 19 页。

对惘然，几于泣下，彼之贾党，仅为色艺之争，好恶不同，安得人尽如吾徒哉?”“鹓鸰佳士，绝非樊山遗老，邪念横胸者比。”① 当然也有人从政治的角度指出姚鹓鸰并非出于单纯的艺术趣味，之子言：“自碧云方来，冯春航辩护人寒蝉绝响，而姚鹓鸰遂撑起北京归来之门面，拉拉杂杂，说碧云京中剧史以自豪。项庄之剑，意在沛公。”② 我们有理由相信姚鹓鸰的争论出于艺术趣味的原因更多，这种建立于学生时代的对于同光体诗歌的宗尚，使得姚鹓鸰对于同光体的推崇也是真诚而执着的。联系 1912 年的戏剧之争，对比姚鹓鸰所扮演的角色，1917 年的内讧宛然有所伏笔。

在宗宋诗人中，高燮的态度对南社内讧可谓推波助澜。在内讧前高燮已经和柳亚子交恶。1915 年柳亚子与高燮、姚石子同游西湖，并将作品刊印为《三子游草》，因高燮将其出售，柳认为未经自己许可擅自处理甚为不妥，后二人争执不下，“始而函信反复，后来索性在报上登载广告，破口大骂起来。……结果呢?由我登广告宣布和吹万绝交，才算告一段落”。当回顾南社内讧时，不论是早在虎丘雅集上的诗歌辩论，还是与姚鹓鸰的戏剧之争，或是与高燮的刊物争执，都让人感到这个群体中极易暴发的文人意气。这些发生在 1917 年之前的争执透露了这个群体的倔强和不妥协，这种群体的气度支撑他们在反清的过程中诗文铮铮，奋不顾身，但是也让他们在群体相处时容易陷入不可自解的矛盾。从这个角度讲，柳亚子作为社团主盟者，他的卞急饱受苛责，但是这种卞急何尝不是这个群体的特征，这是认识 1917 年的内讧时不得不明了的真相。

《三子游草》事件后，直至 1917 年的内讧，柳亚子与高燮已经近两年不通音问，内讧中高燮的出面，使得内讧显出一种公私恩怨混杂的情形，柳亚子也认为当年的争执“在无意间，已替一九一七年反叛的蔡哲夫制造成功一尊可以利用的偶像”③。在内讧中高燮并没有直接参与报纸上的骂讧，也没有出面组织倒柳的活动，真正的组织者是蔡哲夫。他在《南社广东分社同人启事》中提议秋季选举时推高燮为南社主任。但此事显然未经高燮的首肯，事后高燮曾多次致书蔡哲夫，明确支持蔡哲夫主导的广东社友的反柳之举，却表示不愿接受主任一职，高燮认为黄节和傅尃更适合主任一职：“尊处同人对于亚子妄举，至不承认其主任，确是!确是!惟选举将及不佞，则定有不克担任者，其理由若何，已详于复石子信

① 柳亚子:《春航集》，广益书局 1913 年版，第 18 页。

② 同上书，第 43 页。

③ 详见柳亚子自述。柳亚子:《南社纪略》，上海人民出版社 1983 年版，第 74 页。

中，当嘱转达左右矣。弟心中所欲举者，有黄晦闻，傅钝根二人，想为同社所公认。抑南社旧章，诗、文、词举三人分选，此章甚好，后为亚子破坏，今仍复之，俾得和衷共济，成一完全正大之东南文学渊薮，则幸甚。"[①] 高燮再次与蔡哲夫论及南社主任选举一事，道出了他不愿接任主任一职的种种考量："夫主任事劳，以弟之日不暇给，而精力亦有所未逮。以言其利耶，则本无利之可图；以言其名耶，则南社自近年以来，人才太杂，选政尤滥，有识者方引而远之。弟窃抱悲观久矣，岂愿出而执牛耳哉！"[②] 高燮其实看到了南社主任之争虽然各不相让，但是却是无名无利的空名，所以虽然对柳亚子深致不满，但是自己却并无兴趣，高燮这种反柳却不愿自任的态度在信中多次强调："刻下选举消息未有所闻，惟主任一席，弟则不愿被举，然亦万万不愿柳氏之得举者。"[③]

高燮的话语中心始终围绕着选举一事展开，他不像姚鹓雏那样为了诗歌趣味争辩，也不像成舍我那样为了社团的"民主"掀起一场社团革命，也不像蔡哲夫那样公然组织广东社友群体别立旗帜。高燮的态度是在蔡哲夫将他推为新一届主任的消息刊诸报端后才有所展露，他的态度因为与蔡哲夫的通信才为大家所知。高燮的出面显露的是南社中由来已久的不和谐，这也是文人私人恩怨在某种时候可能酿造出来的对于社团的破坏力。

傅尃诗歌宗宋，他其实也是一个宋诗的鼓吹者，内讧之前他曾在他主持的《长沙日报》上发表诗话称誉陈三立之诗，且批评柳亚子的观点："亚子《论诗六绝句》，于湘绮、郑、陈、樊、易及当代诸人，一笔抹倒，而独推闽人林述庵。亚子倡唐诗者也，以海内竞尚陈散原，且祧山谷不讲，安望少陵！亚子宗唐之说益孤掌矣。"[④] 傅尃在诗歌宗尚上曾站在柳亚子的对立面，因为当诗歌争论还仅仅是诗歌争论的时候，这种争论并没有太多政治和社团的负担。彼时湘中学宋之风颇盛，傅尃主编的《长沙日报》也多宗宋声调。姚大慈在报刊上发文，称傅尃、程子大、李洞庭、谢晋及自己都诗学陈散原[⑤]。可知傅尃主导的湘中群体实际诗歌宗尚是宗宋的。

但是当内讧爆发之后，傅尃的表现就显示出他的全局观念，他虽然"宗宋"，却没有参与反柳阵营，反而是暂时搁置自己的诗学主张，支持

① 《中华新报》1917 年 10 月 2 日。

② 《中华新报》1917 年 10 月 14 日。

③ 《中华新报》1917 年 11 月 3 日。

④ 《长沙日报》1916 年 8 月 8—9 日。

⑤ 《长沙日报》1916 年 8 月 23 日。

柳亚子的南社权威地位。在1917年9月2日傅尃发表《南社湖南同人启示》，具二十一人之名，声援柳亚子。此举非常关键，此前社友中声援柳亚子的多为江苏籍且多吴江人士，可谓为柳亚子的乡邦之人，因此被成舍我驳为"丰、沛子弟"，称柳亚子资望不足以号召全社，否则何以"登报助之者仅此二十余人，又多囿于黎里一隅?"[①] 傅尃此举可谓援柳亚子于燃眉，援南社于水火。傅尃的意义在于他清楚地区分了诗歌话语与社团话语的意义，他有他自己的诗歌宗尚，但是他清楚柳亚子的社团话语权威必须被维护，这关系到南社之存亡，所以他主导的湖湘群体才会声援柳亚子。

周斌在内讧中则希望对于双方争执不下的唐宋诗歌作理论上的调和，《妙员轩诗话》称其与姚鹓雏论及与柳亚子的诗论矛盾："亚子格律堂皇，颇似义山；君旨趣深奥，逼近半山。若以唐宋二字相争，则唐之阆仙、东野与山谷同，宋之石湖、放翁又与香山仿佛。岂能以唐宋二字相混淆乎?"[②] 周斌要说明的是唐宋诗风格本有相通之处，不必妄为时代区划。然这样的诗歌论调显然不能切中此次内讧之矢的，因为在这样一场诗歌争论背后，是政治态度的争论与南社领导权的争夺，争论双方最后都不再介意诗歌争论本身了。

以南社中的宗宋派为考察对象，我们看到在这场内讧中，如周斌者，一直希望在诗歌的层面去解决矛盾，但却不免失于天真；如姚鹓雏者，全力捍卫自己的诗歌趣味，但是当诗歌涉及政治与社团时，他愿意妥协以避免矛盾；如高燮者，似乎并不愿意在诗歌趣味上多费唇舌，但是却在社团的人事矛盾中坚持自己的态度；如傅尃者，即便有自己的诗歌坚持，但是对于社团主任的权威却表示支持。这就是南社这个文人群体的真实状态，即便同是宗宋的社员在表达上也是各自为谋。

3. 南社中的新晋派：对话语权的争夺

在南社内讧中有一值得注意的现象，在内讧中的反柳者，多是在内讧发生之前不久才入社的，这是内讧中一关键背景因素，兹将材料列举如下：

1915年11月9日，朱玺填入社书，介绍人杨锡章、姚锡钧、高

① 《中华新报》，1917年8月20日。

② 引自杨天石《南社史长编》，中国人民大学出版社1995年版，第74页。

旭、李康弼。[1]

1916年5月8日，成舍我填入社书，介绍人林寒碧、叶玉森。[2]

1916年5月23日，闻宥填入社书，介绍人姚锡钧。[3]

相对而言，三人的社龄并不长，实际上三人也很年轻，南社对于他们来说还是一个全新的体验，柳亚子之于南社的意义他们并不甚了解，他们始终带着新晋的革新姿态来反对社团中的“不合理”。朱玺等人在南社这个诗歌场中是新晋，因而不具有话语霸权，所以当他们的声音将被柳亚子以社团权威的力量压制时，他们采取的是一种场域斗争中的惯有策略，即否定过去的权威来建立自己的话语权力。

“当时柳亚子喜欢作唐诗，但那时宋诗最流行，我和几个朋友，像朱鸳雏、闻野鹤，他们和我年纪差不多，都喜欢作宋诗，常常在我的《民国日报》副刊上发表诗作，柳亚子看了很不高兴，就写信给叶楚伧。”[4]叶楚伧是《民国日报》总编辑，因他出面宋诗就登得较少。然《中华新报》主笔吴稚晖不赞成作诗要分派，“因此对柳亚子的做法不表苟同”，他将《中华新报》提供给成舍我等作为新的发表平台，成舍我把这消息告诉朱鸳雏等人，“他们高兴得跳起来”，“《中华新报》借此大登特登，搞得很热闹”。如此渐开与柳亚子的战局。

从朱鸳雏等“高兴得跳了起来”，我们可以感受到这些新晋少年发出自己声音的愿望，他们的话语表达里面是最纯粹的诗歌观念。他们希望表达的诗歌态度，在柳亚子作为社团主盟的理解里，却有着政治歧途的嫌疑，这是他作为南社主任所力图纠正的。我们可以看到柳亚子和新晋社员的论战，最开始是混杂着诗歌问题和政治问题的一种模糊的表达，但是后来却转移为对于社团“民主”的质疑。新晋社员单纯地理解诗歌和理解社团问题。认为南社应该是民主的团体，诗歌宗尚是一种个人权利，如果柳亚子企图用主任权威来压倒社员，则应该像推翻袁世凯专制一样把他也推翻。

成舍我的“驱柳公告”以及一系列“告示”中贯穿着他对“民主”

① 杨天石：《南社史长编》，中国人民大学出版社1995年版，第404页。

② 同上书，第417页。

③ 同上书，第418页。

④ 张堂锜：《生命的风景》，文学哲出版社1994年版，第295—299页。

治社的理解："查本社章程，并无驱逐社员之明文，柳弃疾何得以一人之私，妄为进退！且今日既能以私忿逐朱君，异日又何尝不可以逐朱君者逐他人！我同社数百人多束身自好、学行兼优之士，何能堪此侮辱！似此专横恣肆之主任，自应急谋抵制，以杜其垄断自私之渐。"[①] "柳弃疾独霸南社，违背社章，专横恣肆，甘为公敌。"[②] "诸君子同为民国国民，岂有不爱平等、共和者乎？今柳弃疾以驱逐字样加诸社友之身，是值以奴仆视社友。此风若长，诸君子忍受之乎？"[③] "视文苑一栏，为南社之封地者，仅以此点言，其力实大于袁氏。"[④] "仆本无慊于弃疾，此次反对其以私忿逐社友，实为维持南社之平等。"[⑤] 成舍我的批判中充满了一种新晋少年对于民主的理解，不论是社团的民主还是社会的民主，这都是必须予以捍卫的。特别是当他将柳亚子与袁世凯相比时，他找到了一种非常强大的正义性。从这点上讲，其实成舍我对于柳亚子的攻击是最具有威胁的。

当柳亚子宣布驱逐朱鸳雏，成舍我也要宣布驱逐柳亚子出社。当时任总编的叶楚伧看到成舍我一本正经地拟广告时，觉得好笑，撕掉他的广告，"你怎可驱逐柳亚子出社？"叶楚伧是要强调柳亚子于南社的意义，但是成舍我在意的是事情本身的意义："那他又怎能驱逐朱、闻出社呢？而且，最不应该的是，你怎可撕我的广告？"如成舍我自己所说，他意在"维持南社之平等"，这是一个刚刚加入南社才一年的社友对于南社的理解，他观念中的社团运作固然无可厚非，民主本是现代社团正常运作的前提。但是他并不理解真正的南社，他不了解从1909年以来这八年南社自身的一个运作实际，不了解这八年中柳亚子对于南社的意义。他们没有经历过南社的成长，不可能理解诸如傅尃声明的语重心长，"南社主任柳亚子君，道德文章，万流景仰，其撑持社事，尤属苦心孤诣，有功至多，断不容一二出而破坏"[⑥]。虽然傅尃也宗宋诗，但是他清楚此时的话语真理不在于宗唐宗宋哪一个更正确，而在于柳亚子的"宗唐"的话语权威必须被维护，柳亚子如果丧失了话语权，那么南社涣散的诗歌场域则无人来主沉浮。而新晋社员只是在意自己话语中正确的那一部分是必须被肯

---

① 《中华新报》1917年8月7日。

② 《中华新报》1917年8月9日。

③ 《中华新报》1917年8月14日。

④ 《中华新报》1917年8月18日。

⑤ 《中华新报》1917年8月22日。

⑥ 《民国日报》1917年9月2日。

定的。

朱鸳雏可以说是内讧的最大受害者，他甚至因此“郁郁而终”，让南社这场内讧更多些了悲剧色彩，但是在内讧开战时他掩饰不住作为新晋者的激进姿态。当时柳、闻笔战时，朱鸳雏并不在上海，但是他阅读《民国日报》的文章后，竟“亲自来沪，参加阵站”①。朱、成、闻其实代表着南社新晋的群体，他们敢于且积极地与柳亚子论战，在于后生挑战权威的无所畏惧。

“场域中存在圣典化文学与先锋文学之间的对立。作为场域中的年青人，常常通过否定圣典化作家来树立自己的新标准。而他们否定的标准也恰恰是圣典化作家曾经提倡并成功为自己赢得资本的那种标准。”② 作为新晋的成舍我等人，他们试图推翻柳亚子的标准来树立自己的言说合理性，其实年轻的柳亚子也曾经用这样的方法，通过第三次雅集上的“革命”取得南社的编辑权以及实际的管理权。在象征资本稀缺的场域中，新晋者的策略何其相似。

4. 吴虞：积累文化资本的策略

吴虞在某种程度上也算社团新晋，他在1917年3月5日填入社书，介绍人为柳亚子、谢无量。吴虞被柳亚子援引入社后，被视作唐诗的一个创作典范来加以鼓吹，这也使得吴虞一度成为社团争论的焦点，誉之者毁之者皆欲通过评价其诗歌表达对于唐宋诗的看法。

姚锡钧称：“吴虞《秋水集》宗中晚唐，论诗不主西江，尤诋今之为宋诗者，颇与亚子同调，而与余意微左。”③ 闻宥认为吴虞评陈衍《海内诗录》为“庸妄自恣”④ 未免失言，“同光体数子，实至名归，吴君又陵虽竭毕生能事，终不能驾而上之!”⑤ 朱玺称：“吴又陵《秋水集》小具聪明，便欲自附名作，本不足道。亚子太丘道广，竟为所愚，则甚惜之。”⑥ “吴又陵又何物耶？鲍照、吴均、薛道衡、卢思道、江总、李白、杜甫、吴伟业及杜少陵、刘长卿、刘梦得、李义山、温飞卿、陆龟蒙、皮日休、吴融、韦庄、韩偓、陈子龙等许多陈死人，是否能为其挂牌子，尚

① 郑逸梅：《南社丛谈》，上海人民出版社1981年版，第45页。

② 王标：《城市知识分子的社会形态：袁枚及其交游网络的研究》，上海三联书店2008年版，第15页。

③ 《民国日报》1916年12月19日。

④ 《民国日报》1917年6月24日。

⑤ 《民国日报》1917年6月30日至7月3日。

⑥ 《民国日报》1917年7月9日。

是疑义。谓当代作者罕匹，何以轻量天下士至此耶！狗党狐群，物以类聚，比拟不伦，令人齿冷。”

柳亚子的评论针锋相对，“吴君贤者，诗为当世第一流，胜郑、陈远甚。誓为吴君张目，不受其恫吓也！”[①] “吴君又陵，与仆志同道合，沆瀣无间，诚自告奋勇，毅然为之张目。”[②] “吴又陵先生，西蜀大儒，博通古今中外之学。其言非孔，自王充、李卓吾以来，一人而已。”[③] “诗人之诗，温柔敦厚，丽而有则，华而不缛，我终以吴又陵为首屈一指。”[④]

争论双方的策略极其相似，都是吹捧自树偶像而攻击对方的偶像，其实双方往复的内容无非是各数优劣。郑孝胥、陈三立自然是宗宋派偶像，而吴虞则是柳亚子推崇的宗唐之代表。吴虞加入南社本在内讧前不久，他与朱鸳雏等一样，南社对之也是一种全新体验。他因为表达了和柳亚子相似的反宋诗观念而被视为柳亚子的支持者。但是事实上，吴虞自己对于争辩唐宋诗的优劣似乎并不感兴趣。他加入南社以及他对于内讧之看法都有其自己的考量。

吴虞成名是因其在《新青年》发表的反封建言论，他最著名的文章是 1919 年 11 月发表在《新青年》6 卷 6 号上的《吃人与礼教》，大力攻击“吃人的礼教”。然而在 1916—1917 年这个阶段，吴虞在中国文界声名并不显赫，可以说这是他的“求名”时期。从他的日记中可见，他这一阶段正在汲汲四处寻求声名的传布。吴虞此时至少在两个最大的文化空间拓展自己的诗歌声誉，一个是北京，一个是上海，而其所依恃的文化“资本”便是《秋水集》。他多次寄送《秋水集》给在北京的好友唐君毅，嘱其代为传播。因唐君毅在京主办《艺文》杂志，吴虞非常关注自己的发文情况。时在上海，陈独秀《新青年》已经创刊，吴虞也是积极的撰稿者，在日记中也详细记录了自己在《新青年》的发文情况。吴虞积极想进入京沪文化圈的核心，而柳亚子的相邀入社，在吴虞之考虑，其实是进入江南文化场域的一次机会。在吴柳的交往中，很重要的活动就是寄送大量《秋水集》给柳亚子，嘱其分赠在沪社员，而这一阶段因内讧中吴虞的名字频见报端，其实引起了大家的阅读兴趣，加之柳亚子的推许，《秋水集》在上海曾经是“索者纷纷”。

---

① 《民国日报》1917 年 6 月 28—29 日。

② 《民国日报》1917 年 7 月 6—8 日，17—21 日。

③ 《民国日报》1917 年 7 月 27—30 日。

④ 《民国日报》1917 年 8 月 12—20 日。

柳亚子虽有要吴虞“助之张目”的话，但是在内讧中吴虞的介入其实较浅，一方面是因吴地处西蜀，获得信息并不及时，另一方面，他的真正关注点还是在自己声名传播的效果上。其日记中抄录了《民国日报》上内讧的言论，从内容来看，其关注点在于论争双方对自己的评价。1917年9月13日日记：

> 柳亚子来信（八月十八日发）闻野鹤、朱鸳雏、成舍我均与亚子反对；朱至迁怒于余，诋余为小才不足道，何其可笑。余实不才，虽小才亦不敢当也。[①]

1917年9月21日日记：

> 陈岳安送来《民国日报》一束，中有柳亚子斥朱鸳雏诗话一段云：吴又陵先生，西蜀大儒，博通古今中外之学。（六年七月三十日报）[②]

1917年9月29日日记：

> 少荆送来《中华新报》四日，中八月十二日报有詈及余者，因作书驳之，凡七页，寄上海《民国日报》胡朴安、柳亚子。[③]

1917年10月8日日记：

> 陈岳安交来《民国日报》一束，至八月三十一止，中八月十八日第三张柳亚子《磨剑室拉杂话》有云：“我终以吴又陵为首屈一指。其他南社诸贤，龙翔虎视，霞蔚云蒸，不可胜数。此皆中华民国之诗，将以开一代风骚之盛。”八月八日第三张有余十眉诗话《不平则鸣》云：“蜀人吴又陵诗，近时叹为观止。乃指为小具聪明为不足道，派别不同则有之，入主出奴，是为恶习。”八月十三日第三张柳亚子《磨剑室拉杂话》有云：“吾曹若以共和国之诗人自命，自当奉

---

① 吴虞：《吴虞日记》，四川人民出版社1984年版，第344页。
② 同上书，第345页。
③ 同上书，第347页。

章太炎、杨沧白、汪精卫、苏曼殊、马君武、吴又陵诸公为准则。”①

虽然在内讧中吴虞的诗歌成为争论的焦点之一，但是吴虞本人并没有积极参与这场论争，他的言论既不是为柳亚子“张目”，也不是用政治话语来驳斥同光体，更不是新晋社员争夺话语权的举动，只在言论涉及自己才撰文反驳，“报有詈及余者，因作书驳之”，他更为关注自己文化声名的拓展问题，这种拓展不仅仅是在南社中的拓展，而是寻求更大的文化空间。

柳亚子曾邀吴虞到上海发展：“十六日饭后，柳亚子来信（七月二十七日发）言：‘唐继尧起倾国之师以来，其锋恐未易当。而吴光新又将入蜀，蜀中必为南北两军激战之场。弟为兄计，不如避地为宜，倘能来海上则太妙矣。危邦不可居，兄当能稔此义也，助甚，盼甚。’……并询余若至上海，须有可藉乎？俾生活不困方妙，能为余计划否？”②大概三个月后他又收到唐君毅邀其到京发展的信函：“十八日午后君毅来片（十月初二日发），又言北京究为吾国人材荟萃之地，所见人物较多，于四川且公道较彰，怀才抱器之士，来此间者不愁无用武之地。若在四川则徒遭白眼，终无发展之日矣。”③ 对于吴虞来说，他有着很大的选择空间，在北京已经得到新文化运动者的接纳，此前一系列非孔言论已经为他在北京的新文化运动圈子中博得声誉，他得到了到北京大学主讲中国文学的邀请：“十一月君毅来信（十二月八日发），言：《秋水集》九册已到，分赠汤济武、吴贯因、曹经沅（内务部佥事，绵竹诗人也）、胡诗庐（江西人能作宋诗、内务部主事）、高梦弼（安徽人，《新青年》中署一涵者是也）、胡适（安徽人，美国哲学博士、北京大学文科主任，主张文学革命者，字适之）诸人。日前章行严、胡适之过谈，盛称兄学术思想不似多读旧书者，弟拟荐兄主讲中国文学于北京大学。不审老兄有出山意否也？”④ 对于吴虞而言，北京与上海相比较，新文化的中心北京似乎更具有吸引力，后来吴虞没有到沪，而是选择了北上。

1916—1917 年，吴虞正在极力尝试走出西蜀文化场域，寻求北京或是上海这样更大的文化场域来发展。他借助《秋水集》作为一种文化资本来参与场域的活动。但是吴虞最后所依靠的并不是《秋水集》的晚唐

① 吴虞：《吴虞日记》，四川人民出版社 1984 年版，第 348 页。

② 同上书，第 334 页。

③ 同上书，第 350 页。

④ 同上书，第 360 页。

风格取得声名，无论柳亚子、朱鸳雏曾为之争论得如何激烈，吴虞的诗歌并没有真正在京沪打开市场，反而是他在《新青年》上的恣肆言论使他成为反孔权威，因这合乎即将到来的新文化运动的潮流，于是他成为时代的新宠。

5. 同光体诗群：缺席的争论者

南社唐宋诗之争，因同光体而发，却未见阵敌对垒，在柳亚子诗歌中所批评的郑孝胥、陈三立等并未对之做出过正面回应。目前所见资料，似乎郑孝胥曾关注到了南社的论战，在其日记中有所记录，但是内容也只有两条。1917 年 8 月 7 日："上海有南社者，以论诗不合，社长曰柳弃疾，字亚子，逐其友朱鹓雏。众皆不平，成舍我以书斥柳。又有王无为《与太素论诗》一书，言柳贬陈、郑之诗，乃不知诗也。"[①] 1917 年 9 月 2 日："南社社友登报，举高吹万者为社长；柳弃疾以逐朱玺、成舍我事被放。"[②]

郑孝胥未言其信息来源，但据其所记内容，应是阅读《中华新报》，然不及《民国日报》的内容，因在南社内讧中，两份刊物是观点对垒的。从郑的记载来看，其内心是有倾向性的，但郑对南社内讧并不十分关心，其日记中多有错讹之处。郑日记中记录的南社相关消息止于 1917 年 9 月 2 日，此时争论远未结束，《中华新报》固有广东分社之选举高吹万启示[③]，然《民国日报》一直不乏支持柳亚子的声音。此外，郑言柳亚子因此"被放"，则所述不真，柳亚子在 10 月的选举中仍高票当选南社主任。郑孝胥日记中的寥寥所记以及未经核实的讯息都告诉我们郑孝胥并不关心南社的情况。针对柳亚子《论诗六绝句》中对于自己的批评，郑孝胥并无直接回应，只是引用了王无为《与太素论诗》中的观点，指斥"柳贬陈、郑之诗，乃不知诗也"[④]。相对于郑孝胥日记对南社内讧的无所谓态度，其日记中详尽地记录了他与一班遗老的日常交往，在他的记录中，也丝毫看不到南社针对遗老的讨论为他们的生活带来什么不同。

这是一个极有趣的现象，无论南社针对遗老的批判如何尖刻，这群被批评者却没有应战，甚至从郑孝胥的日记中看，似乎还没有被激怒。回到诗歌争论的 1917 年，这一年发生了张勋复辟事件，当南社内讧在沪上最白热化的六七月，正值张勋复辟后不久，遗老大多尚在此事失败的情绪笼

① 郑孝胥撰，劳祖德整理：《郑孝胥日记》，中华书局 1993 年版，第 1678 页。

② 同上书，第 1682 页。

③ 杨天石：《南社史长编》，中国人民大学出版社 1995 年版，第 502 页。

④ 参吴虞日记，可知陈述者之主观倾向，吴虞则称成、朱之无理，柳亚子为正当。

罩下，未惶他处。如沈曾植七月下旬才返沪，在八月十九（10 月 4 日）给吴庆坻的信函中尚有“垂翅而归，俯仰惭怍”[①] 之语。很难想象此时在沪的遗老诗群成员，会介入到诸如南社内讧的纠纷之中。况且遗老从鼎革以来一直就面临政治上的指责，面对柳亚子混杂着政治话语的诗歌指责其实不作回应更是上策。可知同光体的不应，非不能也是不为也，然其不为的原因，有研究者或认为在于同光体与南社的诗歌分歧[②]，此说未尽善。通过分析我们已知南社内讧其实并非一个简单的诗歌争论事件，乃是夹杂着各种因素的话语权力的争夺。在这样一场非诗歌论争的场域里，遗老并不具有理直气壮的政治资本，他们的政治资本已经在前不久的张勋复辟失败中再受巨创，不可能在这场论战场域中与依恃政治优越感的南社发难者一争雄长。从辛亥以来，遗老多敛迹海滨，在上海这个城市中，他们是收敛心魂的遗民，对于是非，他们避之不及何谈参与。他们在自己的诗歌世界里或可抒发牢骚，但不至于不明智到与掌握政治话语的诗坛新秀在报端激战。

从以上南社的内部分析可见，柳亚子的发难，虽然针对遗老诗歌，但是他并不是要与遗老有直接交锋，其真正意图乃在廓清党内报刊的舆论氛围，以南社主任之身份整顿社团的政治风气。所以柳亚子的争论内容关乎遗老，但是对手却并非遗老。

“辛亥之后，知识分子不再有统一的意识形态，如同古希腊各城邦国家都有自己的神祇一样，在不同的都市知识分子之间，也有各自所崇拜的意识形态，形成了由抽象的意识符号所构成的交错复杂的意识形态空间网络。而对这些意识形态的政治认同，构成了都市知识分子不同的共同体，他们之间的冲突、论战，常常充满了语言的暴力，一旦意识形态冲突与军事、政治力量相结合，就会演变成更为残酷的战争暴力。”[③] 南社的内讧是民初最激烈的语言暴力事件之一，在南社场域内部，诗歌意识形态背后

---

① 许全胜：《沈曾植年谱长编》，中华书局 2007 年版，第 454 页。

② 据杨萌芽分析，同光体的不作回应乃在其与南社诗歌理论的分歧：诗为余事的观念也使得宋诗派诗人无意与人在口舌上争短长。作为传统诗学流派的宋诗派始终视诗为余事，“余事作诗人”的观念根深蒂固。南社则是一个以诗为宣传工具和革命武器的团体，十分强调诗的功利性。两者在诗歌的性质、功用、审美品格上都存在着“代沟”。以承继传统、守先待后自居的宋诗派和以发扬时代精神为使命的南社自然没有多少共同语言。且柳亚子等人在郑孝胥这位诗坛宿将看来不值一驳。见杨萌芽《从 1917 年唐宋诗之争看南社与晚清民初宋诗派的关系》，《兰州学刊》2007 年第 3 期。

③ 许纪霖：《近代中国知识分子的公共交往：1895—1949》序，上海人民出版社 2008 年版。

是充满分歧的社团意识、政治意识。大家都希望能表达自己认为正确的意识形态，南社成员借助诗歌话语试图表达这种形态的多样性，这也是民初沪上意识形态多样的实际情况。但是柳亚子因为掌握着社团的话语权力，他企图用这种权力来统一社团思想，但是他的表达不断遭到误解，他的社团权威合理性遭到质疑，且在新晋社员和社团元老的夹击下，经历了一次社团人事上的冲击。无论结果如何，重新树立的权威很难再统合一个意识形态多样的社团了。南社的争论内容从诗歌到政治再到社团管理模式，背后却是社团权威这个象征资本的争夺。

南社的唐宋诗之争被学者称为“唐宋诗之争的尾声，自是以后，白话新诗代兴，文学上之争论亦随之转移”①。南社的这段争论没有改变民初上海诗坛宗宋宗唐的面貌，彼此并没有说服对方，但是却改变了南社的面貌，南社随之解体，后来柳亚子 1923 年又有新南社之举，这是呼应新文化运动的结社。所以说南社内讧其实极大影响到沪上的诗歌走向，近代最大的文人结社解体，他们不再以唐宋为诗歌之限，且不再坚持旧体诗歌的宗尚，而开始了关于新诗创作的揣摩。

第二节　新南社:华丽的转身与匆匆的背影
——以《新南社社刊》为中心

1923 年 5 月，南社被冠以“新”名，旧南社解体，新南社成立。南社作为清末民初最大的文人社团，希望在重组中延续文坛的影响力。新南社在人员上以旧南社为基础，吸纳新文化运动的成员，其社团构成体现了新的社会思潮和政治风云。这一段社团重组也成为考量当时文人心态和身份定位的契机。

新南社由南社社长柳亚子等于 1923 年 5 月发起，10 月 14 日举行成立大会，之后于 1924 年 5 月 5 日、1924 年 10 月 10 日举行过两次聚餐会，此后新南社活动便趋于岑寂。据 1924 年 2 月出版的《通讯录续集》统计，新南社社员达二百一十三人，此后仍有社员陆续加入。按照新南社成立之初的规划，“出版物分两种：（一）《新南社月刊》，（二）《新南社丛书》”②。然此文学壮志未如南社形成了二十二集的《南社丛刻》，仅于

① 齐治平：《唐宋诗之争概论》，岳麓书社 1983 年版，第 132 页。

② 柳亚子：《南社纪略》，上海人民出版社 1983 年版，第 97 页。

1924 年 5 月出版了唯一一期社刊《新南社社刊》。对新南社的文学评价，后之论者常常多表遗憾，认为其既难以固守传统诗歌成就，也难以真正介入新文化运动的主流，是一段尴尬的转型特例[①]。从文学的成就而言，新南社的短暂存在以及唯一行世的社刊《新南社社刊》，固然都无以支撑新南社在近代的文学地位，然新南社与改组前夕的国民党关系甚大，其文化努力清楚展现了在 1923—1924 年这个历史节点上，国民党人士的文化转型。《新南社社刊》是该社团留存的唯一社刊，故笔者欲以此为契点探讨新南社的群体脉络。

一　《新南社社刊》作者群

新南社社刊目录[②]

最近的新俄罗斯……沈玄庐
留别留俄同志们的一封信……沈玄庐
英国的新村运动……邵元冲
中国的乱源……刘伯伦
精神分析底意义历史和学说……李未农
诗人拜伦底百年祭……陈德徵
中国诗歌实质上变化的大关键……胡怀琛
加纳博士底妇女参政运动论……高尔松、高尔柏
哲学概说……黄忏华
译苏曼殊潮音序……苏曼殊撰，柳无忌译
一张画的悲思……国木田独步撰，徐蔚南译
赞剑……梅特林克撰，徐蔚南译
社会不平鸣……吕天民译
秋燕……刘大白
斜阳……刘大白
黄叶……刘大白
不如归的一幕……何心冷

① 对新南社的文学研究，代表性的有：孙之梅《新南社：文学转型的青果》，《求是学刊》2008 年第 1 期；栾梅健《文学常态与先锋性的融合——以南社转型为例》，《中国现代文学研究丛刊》2006 年第 6 期。

② 《新南社社刊》，新南社，1924 年版。

不幸的小鸟儿……谢远定
晚祷……谢远定
海上……黄忏华
冬夜……苏兆骧

（一）作者群简介

以上为《新南社社刊》的目录，是昙花一现的新南社保留下来的唯一文学样貌。其内容有诗歌的学术讨论，有共产主义的详细介绍，有西方文学的推介，有白话诗的汇集。这样一份刊物，在看惯旧南社社刊《南社丛刻》的人眼里是难以接受，在看多了五四以后报刊杂志的人眼里是无甚特色，这份新南社的唯一文字材料，就这样留下了尴尬。

但是在目录里却留下了一份共计十六人的新南社作者名单，他们有刚从俄罗斯回来的沈玄庐，也有从江西来到上海的年轻的共产主义青年团团员谢远定；有主持地方报刊《新盛泽》的徐蔚南，也有在五四新文化运动中一领风骚的刘大白；有推崇国学保存的胡怀琛，也有佛学专家黄忏华。他们汇聚在1924年的《新南社社刊》中，成为一种特别的文化现象。这些作者如何汇集于《新南社社刊》的？下文将排列作者群在1923年前后的相关行迹，以寻找答案。

沈玄庐（1883—1928），浙江萧山人。1919年五四运动期间组织上海各界的声援活动，创办《星期评论》。1920年组织马克思主义研究会、发起成立上海共产主义小组。1921年9月成立了中国现代史上第一个农民革命团体“衙前农民协会”。1923年8月参加“孙逸仙博士代表团”出访苏联。1924年1月参加国民党第一次全国代表大会，当选中央候补执行委员。1925年参加国民党“西山会议”。1927年担任清党委员。1928年遭暗杀。

邵元冲（1890—1936），浙江绍兴人。同盟会会员，一直是孙中山的忠实追随者。1923年曾赴俄考察，并由俄赴德留学，研究马克思主义及社会主义学说。1924年参加国民党第一次全国代表大会，当选候补中央委员。11月随孙中山北上，任孙中山机要主任秘书。1925年3月，孙中山在北京逝世时，为遗嘱见证人之一。1925年参加“西山会议”。

刘伯伦（1901—1960），江西铜鼓人。1923年1月与方志敏等建立中国社会主义青年团南昌临时地方委员会，并组建马克思学说研究会、民主运动大同盟。遭到江西军阀通缉后，于4月底逃到上海。由叶楚伧介绍到《民国日报》任编辑兼翻译。同年6月加入中国共产党。1923年下半年加入国民党。1924 年出席国民党第一次全国代表大会。

李未农，生卒未详。曾任《民国日报》编辑。

陈德徵，生卒未详，浙江浦江县人。1923 年创立文学社团“弥洒社”，该社推重“顺应灵感”和无目的性的创作，1927 年春停止活动。1926 年，陈德徵继邵力子之后任上海《民国日报》总编辑，随后又掌握了国民党上海市党部和文教机关的大权。

胡怀琛（1886—1938），安徽泾县人。1920 年应王云五之邀任商务印书馆编辑。同年任《小说世界》编辑、《万有文库》古籍编辑。继后，先后在中国公学、沪江、持志等大学及正风学院担任教授，授中国文学史、中国哲学史等课。

高尔松（1900—1986），上海青浦人。五四运动时参加侯绍裘组织的宣讲团。1923 年上半年参加中国国民党，同年 10 月加入中国共产党。1924 年 4 月入东亚同文书院攻读日语，同时还在上海大学旁听瞿秋白、施存统、陈望道的课。“四一二”政变后流亡日本，潜心社会主义研究和著述。

高尔柏（1901—1986），上海青浦人。系高尔松之弟，昆仲齐名。1922 年与侯绍裘等组织青年问题讨论会，在松江搞社会调查。1923 年 10 月加入中国共产党，同年加入国民党。1924 年在上海大学学习，同时在该校附中任教兼训育主任，及上海学联主要负责人。“四一二”政变后流亡日本，与兄一起从事社会主义研究。

黄忏华（1890—1977），广东顺德人。近代著名佛学理论家。五四时期加入由李大钊等发起的少年中国学会，后来留学日本时退出。自日本返国后，曾任上海《新时报》、《学术周刊》编辑。1926 年夏，结识太虚大师，自此追随大师，为中国佛教事业而努力。

柳无忌（1907—2002），江苏吴江人。南社、新南社组织者柳亚子之子，十岁加入南社，十七岁随父开始苏曼殊研究。1920—1925 年在上海圣约翰中学及大学一年级读书。

徐蔚南（1900—1952），江苏吴江人。1922 年创办《前进》半月刊，并加入上海青年进步学会。1923 年开始在《小说月报》上发表新诗。1923 年 7 月在故乡创办《新盛泽》。1925 年加入文研会。

吕天民（1881—1940），云南思茅人，同盟会会员。1920 年在广州担任中华革命军政府司法部次长。1921 年非常国会后改任国民政府内务部次长。1923 年任国民党本部参议，支持孙中山联俄容共政策。1924 年任大元帅府大理院院长兼管司法行政事务。1925 年孙中山逝世后，遭国民党右派排挤，被免职。

刘大白（1880—1932），浙江绍兴人。1920年在杭州、萧山、绍兴等地中学任教。1924年加入新南社，同年加入文学研究会。1924年2月，经邵力子推荐，受聘于复旦大学，后又受聘上海大学，教中国文学。1928年弃教从政，任教育部常务次长，迁政务次长。

何心冷（1898—1933），江苏苏州人。民国著名报人，被称为“中国现代报纸副刊的开拓者”。1921年参加胡政之在上海组织的国闻通讯社。1924年8月参加胡政之在上海创办的《国闻周报》。1926年9胡政之等续刊《大公报》，何心冷被调往天津工作。

谢远定（1899—1928），1920年考入南京高等师范（后改为东南大学），1921年5月参加中国社会主义青年团。1922年下半年加入中国共产党。1923年8月出席中国社会主义青年团第二次全国代表大会。1923年10月任南京城区党小组长，并帮助南京的国民党改组。1924年秋回到湖北从事革命，是鄂北地区党团组织的创始人之一。1928年被枪杀于汉口。

苏兆骧，生卒不详。曾任《民国日报》编辑。

（二）《新南社社刊》作者群与《民国日报》

《新南社社刊》的十六位作者中，吕天民、胡怀琛、黄忏华、邵元冲、柳无忌五人既是旧南社社员，也是新南社社员；沈玄庐、陈德徵、高尔松、高尔柏、徐蔚南、刘大白六人非旧南社社员，仅是新南社社员；刘伯伦、李未农、何心冷、谢远定、苏兆骧五人既非南社社员，也非新南社社员。为何刘伯伦等与新旧南社都没有直接关系的五人会出现在《新南社社刊》作者群中？这份身份复杂的《新南社社刊》作者名录向我们揭示了新南社怎样的社团状态？

首先梳理一下这十六个作者在新南社活动的1923、1924年间的行迹，寻找其间的交集。既是旧南社社员，也是新南社社员的五人中，吕天民为国民党本部参议，在这个时段曾短暂留驻上海，他参加了1923年10月14日新南社的成立大会暨第一次聚餐①。黄忏华此时任立法院法制委员会秘书，他也参加了新南社的成立大会暨第一次聚餐。邵元冲此时任中央政治委员会委员、黄埔军校政治教官、粤军总司令部少将秘书长等职。1924年8、9月，他为举办和张默君的婚礼曾短暂留驻上海。胡怀琛此时在上海各大学任教。柳无忌1923、1924年正在上海读书。

这些兼具新旧南社社员身份的五人中，邵元冲与《民国日报》的关

① 柳亚子：《南社纪略》，上海人民出版社1983年版，第95页。

系发生于1924年他到上海举行婚礼期间，他从广州来到上海后，第一站就是《民国日报》社。“十时后抵汉口路码头。旋假寓于大东旅社四十一号。卸装毕，即至《民国日报》馆晤楚伧、仲辉。”[①] 仲辉是邵力子的字，邵元冲到上海首见的二人是《民国日报》的主事者叶楚伧、邵力子。邵元冲在驻留上海期间，曾多次到《民国日报》社“探查新闻”[②]，考虑到邵元冲此时在国民党内的职务，故其与《民国日报》的关联应关乎其党务工作。

除邵元冲外，其他四人与《民国日报》关系则相对松散，大多未直接参与报刊工作，他们与《民国日报》的关系多是经由柳亚子建立起来的。如吕天民在1923年曾经将自己的诗集交给柳亚子作序，他发表于《新南社社刊》的诗歌《社会不平鸣》是由柳亚子转交给主编邵力子的；中学生柳无忌发表的作品也是经由其父推荐的。柳亚子是南社、新南社的发起者和组织者，旧南社时代的社刊《南社丛刻》在他的编辑经营下成为近代社团文学经典，新南社时代，柳亚子已不再担任社刊编辑，《新南社社刊》由邵力子主编。尽管如此，因为柳亚子在南社、新南社中的影响力，以及他与邵力子的私谊，他仍然在新南社的社刊中留下了自己的影响痕迹。

非旧南社社员，仅为新南社社员的六人中，沈玄庐在1923、1924年前后是沪上活跃的共产主义活动家。他关于共产主义的理论思考大多刊发于《星期评论》和《觉悟》之上。《觉悟》是《民国日报》的副刊，沈玄庐则是《觉悟》的主要撰稿者之一。陈德徵也是《民国日报》的撰稿人，他参与发起了新南社。他与《民国日报》的主编叶楚伧交好。高尔松、高尔柏兄弟此时正是沪上著名的社会活动家，他们参与具体的中共活动，也给《民国日报》撰稿。徐蔚南于1923、1924年间在故乡办地方报刊《新盛泽》，他与《民国日报》主编邵力子为总角之交。邵力子父亲邵霖于清末任吴江县丞，徐蔚南的父亲徐儒隽与邵力子父亲邵霖便已为好友。刘大白作为新文化运动在南方的代表人物，这一时期也热衷在《民国日报》副刊《觉悟》上发表新诗。

既非南社社员，也非新南社社员的五人中，刘伯伦于1923年4月逃避军阀通缉来到上海，遂由《民国日报》主笔叶楚伧介绍到该报任编辑

① 邵元冲：《邵元冲日记》（1924—1936），上海人民出版社1990年版，第46页，1924年8月27日。

② 同上书，第54页，1924年9月14日。

兼翻译。谢远定是一个热衷社会主义社团活动的青年，他的主要活动地点在南京，但是他一直给《觉悟》投稿，多为关于社会主义学说的文章。李未农、何心冷、苏兆骧都是沪上著名报人，他们这一时期是《民国日报》的编辑。

《新南社社刊》的十六个作者，通过《民国日报》实现了其交集。他们大致可以分成两个群体，一个是与《民国日报》关系相对散淡的兼具新旧南社社员身份的群体，他们通过南社、新南社的组织者柳亚子建立起与《民国日报》的联系；一个是以《民国日报》为中心凝聚起来的同人圈子，他们包括没有南社背景的新南社成员，以及完全没有南社和新南社背景的成员。他们既有国民党官员，也有共党人士，既有媒体精英，也有学潮领袖。这些人大多因为与《民国日报》的某种关联成为了《新南社社刊》的作者。旧南社时代，同人群体的凝聚与媒体关系至为紧密，新南社时代的群体样貌也不妨从与媒体的关系切入，故欲进一步理解《新南社社刊》的意义，需要对《民国日报》有所了解。

（三）《民国日报》对《新南社社刊》的影响

《民国日报》于1916年1月22日创刊，发起者是中华革命党在上海的负责人陈英士，主事者为邵力子和叶楚伧，馆址设在法租界天主堂街。该报的初衷是建立媒体策源地进行反袁活动，袁世凯死后帝制瓦解，《民国日报》遂成为孙中山领导的革命党的机关报。《民国日报》真正在媒体界赢得声誉当归功于五四，经过新文化运动洗礼，该刊以宣传马克思主义、共产主义学说著称，吸引到不少当时同声相应的社会运动人士。《民国日报》的副刊《觉悟》，与《晨报》副刊、《京报》副刊、《时事新报》副刊同为当时的“四大副刊”。

关于新南社与《民国日报》的渊源，柳亚子曾提及，在新南社的八位发起人中，“除了我和十眉外，另外的人都是《民国日报》的份子。所以，也可以说，新南社是以《民国日报》为大本营的”①。新南社的八位发起人是柳亚子、叶楚伧、胡朴安、余十眉、邵力子、陈望道、曹聚仁、陈德徵。其中除了柳亚子、余十眉，都加入了《民国日报》，这种群体身份决定了新南社的样貌。《民国日报》这个大本营对于新南社的意义，不仅是一群联络紧密的发起人和组织者，一群因《民国日报》交集的撰稿人，还是重要的稿件来源地。故而《新南社社刊》难免带有《民国日报》的影子。

---

① 柳亚子：《南社纪略》，上海人民出版社1983年版，第91页。

据《新南社条例》推举的第一届编辑主任：邵力子、陈望道、胡朴安。由邵力子负责，其余二人辅助，投稿地址为《民国日报》邵力子[①]。当邵力子《新南社社刊》与《民国日报》的编辑身份兼而有之时，其间就难免存在某种影响。柳亚子这样描述邵力子的编辑工作："力子办《民国日报》事情太忙，社员中担任撰述员的又很少。所以丛书是根本没有出成功。月刊也只出了一期为止。"[②] 此说在郑逸梅处得到印证："力子忙于《民国日报》的笔政，无暇及此，望道、朴安也各有职务，不克抽身。社员中撰述员又寥若晨星，乏人执笔，致《新南社丛刊》成为一句空话，那《新南社月刊》也属难产。"[③] 柳、郑二人的记载道出《新南社社刊》出版的艰难，原因乃在于编辑的无暇和撰稿者的缺乏。对于邵力子而言，解决《新南社社刊》稿件缺乏的问题，最便捷的方式便是利用《民国日报》的稿源。事实上《新南社社刊》上的大部分作品曾刊登于《民国日报》。这就可以解释为何既非南社社员，又非新南社社员的五位作者会在《新南社社刊》上发表作品。

故而《民国日报》的风格内容也在某种程度上影响到了《新南社社刊》。《民国日报》的副刊《觉悟》创办于 1919 年 6 月 16 日，由邵力子主编、陈望道协助。这二人是南社、新南社的成员，也是新南社的发起人。邵力子在五四运动中以支持学生运动、推动工人罢工著称。陈望道则是著名的浙江一师的运动领导者之一，也是我国第一本《共产党宣言》的翻译者，还组建了马克思主义研究会、上海共产主义小组、社会主义青年团等组织。这样的主编带给《觉悟》的思想必是前锋而尖锐的，在当时各种思潮蜂起的历史境遇里，《觉悟》是以宣传共产主义思想著称的。邵力子曾提出"觉悟"的定位："我们的学问不能进步，就因为一般人对着古训不敢怀疑的缘故。到近来，我国和欧美通商，外国的新潮流，跟着我们的失败，一点一点的输进来，我们也就一点一点的觉悟起来。"[④] 这种"觉悟"实质在于一种取法西方的思路，而此时正在俄国十月革命胜利之后，故而取法便有向苏俄学习的倾向。

有理由相信这正是《新南社社刊》所力图呈现的思想理路。社刊文章有介绍俄罗斯共产主义实施状况的《最近的新俄罗斯》，也有介绍英国

① 柳亚子:《南社纪略》，上海人民出版社 1983 年版，第 99 页。

② 同上书，第 105 页。

③ 郑逸梅:《南社丛谈》，上海人民出版社 1981 年版，第 63 页。

④ 邵力子:《古训怀疑录》，《邵力子文集》，中华书局 1985 年版，第 127 页。该文曾刊发于 1919 年 6 月 18—25 日的《民国日报》。

革命运动的《英国的新村运动》，还有对中国政治文化现状进行批判的《中国的乱源》，提倡妇女解放的《加纳博士底妇女参政运动论》。《民国日报》与《新南社社刊》的联系不仅仅是主编的相同，编撰人员的重合，更是稿件思想上的相通。我们在《新南社社刊》上见到了《觉悟》所力推的共产主义思潮，这也是新南社所宣称的“引纳世界潮流”[①] 的重要内容。下文将解读共产主义思潮对于新南社的影响。

二 共产主义思潮与新南社

（一）《新南社社刊》的主打文章

按照杂志的编排，最能体现杂志精神的稿件往往会被安排在前面最醒目的位置。《新南社社刊》的第一篇和第二篇文章都是同一个作者——沈玄庐。

这是一个在近代史上身份非常复杂的人物，他的每一次身份转型都几乎站在时代的风口浪尖。他曾是清末云南楚雄府广通县知事，却在1909年辞官归里；在袁世凯帝制时期因为反袁而被迫逃亡海外；在五四时期又是青年运动的领导者，并成为中国共产党最早的创始人之一；1925年在标志国民党反对孙中山联俄联共政策的西山会议上，他是会议宣言和决议的主要起草人之一，此后他成为国民党清党运动中扫除共党的干将。很难相信，这个清党运动的干将曾经是提倡共产主义的先锋，如何理解他信仰的突变？沈玄庐在新南社的1923、1924年似乎可以找到部分答案。此时的沈玄庐还是上海著名的共产主义宣传家，1923年12月他刚结束了访问俄国的旅程回到上海。

1923年8月，孙中山派出以蒋介石为团长的“孙逸仙博士代表团”考察苏俄的政治、军事和党务，这次俄国之行也是国民党改组前，与俄国共产党的某种接触。在出行人员上有着精心的考量，蒋介石为代表团第一负责人，沈玄庐则是第二负责人[②]。沈玄庐在1923年前后的身份让他在两党合作时能得到各方面的认可，一方面早期同盟会的经历让他在国民党中具有可信度，而作为中共的早期创建人之一，这也是国共合作努力中各方所愿意见到的。他发表于《新南社社刊》的两篇文章《最近的新俄罗斯》、《留别留俄同志们的一封信》记录了此次访俄的见闻，内容涉及苏

① 叶楚伧：《新南社发起宣言》，见柳亚子《南社纪略》，上海人民出版社1983年版，第91页。

② 此外，代表团成员还有国民党员王登云，中共党员张太雷。

俄政治、军事、工农业生产、社会生活等。这些来自俄国的消息帮助国民党塑造了对于苏俄共产主义的信心。

《留别留俄同志们的一封信》作于沈玄庐离开苏俄之前，相对于国内对共产主义口号似的宣传，沈玄庐在文中提供了很多关于苏俄共产主义实施的细节。正是这些细节打造了同人团体对于苏俄的具体印象。关于苏俄的军队，沈玄庐提到："我在这里参观了些红军、红色海军和军港"，走访了几个将校家庭，红军非常注重军事训练和军事教育。"军事教育底中坚意义，就是把兵、农、工熔成一个利害关系上的团体。"兵士都是二十二三岁的精壮工农子弟，军事训练非常严格，"除通常和别国相同外，更有各个单独训练底特点"，"军中无不识字的兵，并且没有一个不受政治知识训练的兵"，他们的口号是"知识是战斗的武器"[①]。

而苏俄工人、农民的生活状况，则成为一种中国人向往的典型，"农民生活状况和桃花源里人无所轩轾"。"工人所住的、吃的、用的，政府都替他们完完全全设备好，工人所住的房子，就是从前资本家贵族底高楼大厦，精美的器具，电流、热气管，工人用不着化钱"[②]；工人子女都有受教养的机会；农村都有苏维埃、小学、消费合作社。

沈玄庐认为中国实现共产主义符合世界的潮流和大多数人的利益，中国应该"大鼓吹而特鼓吹共产主义革命"，我们"非揭穿列强阴谋，打倒一切军阀，断没有别的生路可寻。这就是非革命不可"。他的革命路线正是一种团体的联合，中国国民党、共产党和社会主义青年团是国民革命的领导团体，三个团体要联合起来，"如果我们再四分五裂相互猜忌起来，不但不能进行革命，而且会因猜忌分裂的状况抛弃了公共敌人而相互残害"[③]。这种呼声正是合于当时国共合作的路线的。

沈玄庐的两篇文章之所以被作为《新南社社刊》最具推介意义的文章，是因为文章内容展示了国共合作进程中的一个关键性事件，且展示了苏俄的榜样意义，推助了同人建立对于共产主义的信心，其实也是在推助国共的合作。这代表了1924年国民党改组前新南社中的主流政治态度。

（二）《新南社社刊》和新南社的赤色

在《新南社社刊》的作者群里，除了沈玄庐，还有多人对于当时的

---

① 《新南社社刊》，新南社，1924年。

② 同上。

③ 同上。

共产主义思潮有着相当的关注和研究。

高尔松、高尔柏昆仲在1923年10月都加入中国共产党，1924年在上海大学学习期间与瞿秋白、施存统、陈望道接触较多，并且参与了上海学联的工作。

刘伯伦最初组织江西的地方社会主义青年团活动，当他逃到上海后于1923年6月加入了中国共产党。1923年下半年又以共产党员个人身份加入了国民党。1924年出席了孙中山在广州召开的国民党第一次全国代表大会。

谢远定是东南大学的学生，他主要在南京组织社会主义青年团的活动，1921年5月参加中国社会主义青年团。1922年下半年加入中国共产党，是南京城内第一个党小组组长。1924年秋回到湖北从事革命活动，是鄂北地区党团组织的创始人之一。

《新南社社刊》的作者群在身份上呈现出某种“赤色”，正体现出当时国民党的政治策略。新南社活动的1923、1924年间，是国民党改组，确定联俄、容共方针的时期。国民党改组是在1924年的1月。此前，孙中山在1922年夏陈炯明叛变后，总结革命经验和国内外大势，已深感国民党改组的必要。因为此时社会思潮已经发生很大变化，五四新文化运动推动了思想界的革命，共产主义学说在思想界成为一种新的风尚，这股风尚成为改组前的国民党亟需引纳的力量。孙中山在积极推动国民党和共产党的联合，在这种政治大势下，对于共产主义的研究也成为国民党人士的努力方向。

共产主义学说的流行，与1918年俄国十月革命的胜利相关。这种学说在此之前也曾流入中国但关注的人很少，自俄国革命胜利，带给中国国内很大震惊。在俄国历史上占据统治地位的俄国贵族居然被布尔什维克党推翻，这让当时深受帝国主义和军阀压制的中国国民兴奋。孙中山与苏俄方面在1918年便有接触，当时苏俄在世界上反对者甚众，而孙中山发电报祝贺其革命成功，让列宁视之为来自东方的光明，也积极想与国民党取得联系。列宁曾于1920年、1922年分别派马林、越飞与孙中山方面接触。在此过程中形成了“联俄、容共”的方略，且已经开始有中共党员以个人身份加入国民党。1923年1月1日国民党发表了《改组宣言》。1923年夏，便有了“孙逸仙博士代表团”的访俄，此行为改组国民党组建党军做了准备。1924年1月20日，国民党召开全国代表大会，国民党正式改组，联俄容共的政策正式确立。

这一番历史背景可以解释新南社的成员构成，以及在新南社中出现的新思潮。“南社的成立，是以中国同盟会为依归；新南社的成立，则以行将改组的中国国民党为依归，在契机上可说是很巧妙的了。”① 从南社到新南社，都与国民党政治有着血肉关联，参加南社第一次雅集的十七名社员中有十四名同盟会会员；新南社成立时正值国民党改组前夕，某种程度上可将新南社视为是这些从同盟会以来与这个政党相伴而行的文人们，在政党改组之前的文学社团改组尝试，有着“春江水暖”的先知感。叶楚伧作为此时国民党中的宣传领袖、《民国日报》的主编、新南社的发起人，在《新南社发起宣言》中声称：“南社的发起，在民族气节提倡的时代；新南社的孵化，在世界潮流引纳的时代。”② 新南社希望以引纳“世界潮流”共产主义思潮来实现自我的更新，然而，新南社毕竟是以文学相号召而非实际政党，其成员组成显示出当时各自争鸣的文化现状，与当时著名的文学团体也有着千丝万缕的关联。

三　新文化运动与新南社：关于新南社与文研会的交集

（一）取与舍之间：新南社群体的自我重组

考察《新南社社刊》作者身份时发现，刘大白、徐蔚南、苏兆骧三人均名列文学研究会。此三人均非旧南社社友，而是新南社时代加入的成员，新入成员的身份透露了新南社重组的倾向和选择。在文学史上，特别是刘大白、徐蔚南都可谓名列新文化运动代表人物之中。他们出现于《新南社社刊》作者群，意味着新文化群体与新南社有何关联？这要先理清新南社与沪上一个著名文学团体的关系，那就是文学研究会。

文学研究会创于1921年1月的北京，后因沈雁冰在沪上主持《小说月报》而将其活动中心转移于上海，故而新南社与文学研究会均在沪上活动，能在空间上实现交集。文研会的社刊《小说月报》在1921—1922年间由沈雁冰负责编辑，沈后来也是新南社成员。在新南社成立之前的1921—1922年，文研会在沪上的活动可以说充满个性，这个团体以其鲜明的“为人生”的文学主张而著称，且将《小说月报》打造为极富特色的刊物。

《小说月报》曾经是沪上鸳蝴派的发表专属，其改弦更张其实蕴含着文研会和鸳蝴派的一段文化纷争。《小说月报》创刊于1910年，恽铁樵、

① 柳亚子：《南社纪略》，上海人民出版社1983年版，第103页。

② 叶楚伧：《新南社发起宣言》，见柳亚子《南社纪略》，上海人民出版社1983年版，第91页。

王莼农先后为主编，并将之经营为鸳蝴派的经典刊物。五四运动之后，《小说月报》的言情色彩和文言风格只能吸引到少量订阅者，故而商务印书馆的张元济曾到北京寻访办刊人才，最终确定由沈雁冰来主持该刊。沈雁冰接手后刊发大量具有政治现实意义的稿件，却雪藏了鸳蝴派的作品，并且在阐发文研会“为人生”的旨趣时触怒了鸳蝴派的文学底线。故而鸳蝴派对文研会发起反击，沈雁冰也在这场纠纷中于 1923 年 1 月辞去编辑之职。

在围绕着《小说月报》的文坛斗争中，文研会和鸳蝴派针锋相对的不仅仅是一个发表平台，而是背后沪上文化风气的孰长孰消。这一段斗争恰好发生在 1923 年新南社组建前夕。旧南社时代，鸳蝴派曾经是南社群体引以为傲的组成部分，那些在沪上叱咤文坛的说部巨匠，恽铁樵、王莼农、周瘦鹃、包天笑、徐枕亚等，一个个被青年们藏之于巾箱的名字都赫然列于南社名录之中。那时南社在沪上有着绝对的文化号召力。但是民国的历史时间改变的不仅仅是南社名单上的节操和政治方向，还有文人的文化追求。鸳蝴派还是那个鸳蝴派，但是此时的历史时空已经是五四和十月革命之后，他们倡导的文学娱乐性、休闲性可贡献给社会变革的力量太弱了。相较而言的是文研会鲜明的“为人生”的主张，文研会在它的《成立宣言》中声称：“将文艺当作高兴时的游戏或失意时的消遣的时候，现在已经过去了。我们相信文学是一种工作，而且又是人生很切要的一种工作；治文学的人也当以这事为他终身的事业，正同劳农一样。”① 这一份宣言表明了文研会意欲承担的文学责任，也隐然有着对鸳蝴派的抨击，这在五四以后共产主义思潮兴起之时显得格外醒目。

一个文学社团的宣言就是自己的身份定位，在这个定位上，新南社的宣言与文研会有着某种共性：“新南社对于世界思潮，从此以后，愿诚实而充分地向国内输送。”② 这和文研会将文学视为严肃工作，引导人生的主旨相似，而与鸳蝴派文学消遣的主张渐远。群体间的相离相合从主旨定位开始便已然决定了。鸳蝴派曾经是南社不可割舍的一部分文学力量，而现在却要以割舍他来完成自我机体的重塑。

鸳蝴派和南社的分道扬镳有着文学的某种自我演进。不可否认，早期的鸳蝴派作品尚有引动青年共鸣之处，不论是苏曼殊的《断鸿零雁记》，

---

① 《文学研究会宣言》，《小说月报》1921 年 12 月第 1 期。

② 叶楚伧：《新南社发起宣言》，见柳亚子《南社纪略》，上海人民出版社 1983 年版，第 92 页。

徐枕亚的《玉梨魂》，还是叶楚伧的《古戍寒笳记》，都有一种末世乱世的普遍悲感。但是鸳蝴派的文学动向越来越朝着娱乐化和世俗化发展，这和新南社相依托的“致用”观渐行渐远。故而当鸳蝴派与文研会的纷争尘埃落定时，也意味着鸳蝴派与新南社的整体分割。我们在新南社的名单中没有找到鸳蝴派作者，这个解释也蕴含在鸳蝴派与文研会的纷争之中了。

（二）个体的身份调整：刘大白

在《新南社社刊》的作者群中，刘大白是较为突出的一个，不仅仅是因为他为《新南社社刊》贡献了三首新诗，更因为他在新文化运动中的诗歌地位。

刘大白从年齿上而言不属于文学新晋，他和柳亚子等旧南社人物属于同辈。虽然他没有加入南社，但是他的经历与南社志士有不少近似之处，诗歌创作也颇合于南社风格。他在清末致力于反清革命，其诗歌和南社诗人一样是剑气箫心的吐纳，放之于《南社丛刻》中也绝不逊色。1913 年刘大白又因为反袁而亡命日本，流落南洋。几年的流亡经历也与南社的不少反袁志士类似，作品也多“纵小朝廷非汝有，即真黄帝敢谁何?”[①] 的忧国之音。五四运动前后，南社成员有的发生了诗歌创作转型，刘大白也在这一时期几乎停止了旧体诗的创作，开始将精力大量投入新诗。1921 年他加入文研会时，已经是一位驰誉诗坛的新诗诗人。1924 年 3 月他出版了他的第一部新诗集《旧梦》，是《文学研究会丛书》之一。这是一部集中了他 1919—1923 年创作精华的作品集，反映他在五四时期的高峰状态和对于新诗的体悟。刘大白发表于《新南社社刊》的三首作品后来都被收录入《旧梦》。

用“新”诗写着“旧”梦的刘大白在文研会中，俨然可以算作诗歌方面的代表人物，他代表的是一种时代倾向，一种诗歌风格。在内容上，刘大白呼应文研会的宗旨，诗歌有反映农民受地主剥削的《田主来》，有反映小手工业者在帝国主义经济侵略下趋于破产的《卖布谣》，还有歌颂苏联十月革命胜利的《红色的新年》等。在艺术上，其诗歌创作却在新旧之间未能断然切割。刘大白这一时期写作了一组有传统“秋思”意境的作品，例如经典之作《秋晚的江上》，那种用新诗方式描述的古典意境，成为一种个性特点。

刘大白编入《新南社社刊》的三首诗歌《黄叶》、《斜阳》、《秋燕》，

---

① 刘大白:《衰祸叹用己酉秋感韵》,《白屋遗诗》，开明书店 1935 年版，第 53 页。

并非刘大白当时作品中最具艺术代表性的，而是兼具有某种政治暗示意义。如《秋燕》写道：“双燕在梁间商量着，去不去？去不去？她说：不要去，不要去。他说：不如去，不如去！最后，同意了：一齐去，一齐去。双燕去了，把秋光撇下了。”① 诗中，刘大白那充满魅力的秋光此时并非是一种重要的诗歌情绪符号，而变成一种诗歌意识的淡淡铺陈，我们注意到那两只在激烈抉择中的燕子，恰如在进行着政治抉择的诗人。刘大白写作诗歌的 1922 年正往返于浙江杭州、绍兴、萧山等地，一面教书，一面帮助他的好友沈玄庐组织萧山的农民运动。这一时期的诗人刘大白也是一个革命运动家。如果刘大白对于自己发表于《新南社社刊》的作品有所选择的话，他没有将自己视为一个纯粹的诗人，他突出了自己那些含有政治意义的作品。

1923 年的刘大白，如同正在寻求转型的南社一样，也在进行着自我身份的调整。南社完成了向新南社的转型，刘大白用新诗为他的身份增加了注脚。刘大白在清末书写侧艳红妆和豪侠悲歌之后，转身开始无韵的新诗创作；在反清反袁的革命之后，又开始追寻共产主义的意义。刘大白在 1923 年为他的诗歌转身找到了社团归宿——文学研究会，也为他的思想变迁找到了一个具有交集的群体——新南社。刘大白在 1923 年的诗人中，不是一个特例而是一个代表，代表着一个群体的转型。

四　余论：新南社解体

“从第三次聚餐会以后，就没有举行集会，新南社就此无形停顿了。”② 这是柳亚子对于新南社解体的描述。从 1923 年 5 月的发起到 1924 年 10 月的岑寂，新南社的无声消失让我们难以释怀。如果仅仅从文化的角度解释新南社的解散，似乎难以尽释，新南社似乎不仅是由于那段无法完成的文学转身而解散，或许还有更复杂的原因。从群体聚散的关系来看，或许可以提供某种答案。

新南社成立于国民党改组前夕，其社团包括社刊都明白无误地透露了国民党对于共产主义的兴趣与接纳。但是新南社成立之后的 1924 年又是国民党左右派之争的潜伏期。柳亚子曾经回忆：“楚伧屡次叮嘱我，叫我不要走在国民党的前面，意思是指我那篇《成立布告》而说的，我在当时实在是莫名其妙。到后来想起来，《成立布告》内，有这样的几句话：

① 《新南社社刊》，新南社，1924。

② 柳亚子：《南社纪略》，上海人民出版社 1983 年版，第 109 页。

‘新南社的精神，是鼓吹三民主义，提倡民众文学，而归结到社会主义的实行。’楚伧所不满意的，也许就是末一句，这又是后来国民党内左右派对立的伏线了。”① 在新南社中隐然已有左右两派的势力，在《新南社社刊》著录的十六名作者中，沈玄庐、邵元冲、陈德徵、刘大白都有右倾的倾向，其中沈玄庐、陈德徵还颇为激进；高尔松、高尔柏、谢远定、刘伯伦等则有着共产党员的身份，在后来的清党运动中命运各异，甚或失去生命。但在新南社成立时，历史尚在进行着尝试，作为政党领袖的孙中山正拟引导一条合作的道路，左右派也还在为共同的政治目标努力，于是在《新南社社刊》中留下了那份身份复杂的作者名单，显示出文学上的新旧杂陈和政治上的党派各异。

从这个意义上说，《新南社社刊》虽然没有在文化光芒四射的新文化运动中留下文坛的精彩，但是却留存了1924年历史变革的意义，它是一份追寻士人心态变迁的文献，是一份发掘文化转型的标本，也是当时思想界的风潮记录，更是文坛在1924年恩怨纠葛的线索留存。

第三节 南社湘集:古典诗歌的一脉流转

南社活动结束于1923年，之后有柳亚子主持的新南社，以及傅尃主持的南社湘集。新南社追步新文化运动，社员也开始学习白话诗写作；南社湘集则坚持古典诗歌创作。过去论及南社湘集，多将之归入文化保守主义而写入历史另册。然湘集关乎近代文化选择的格局，它被称为与新南社“分庭抗礼”，其在南社社友中实有一段延续性的影响，尤其关乎近代湖湘基层文人的文化态度。南社活动止于新南社之成立，然南社湘集却能再继续二十几年，直至抗战期间仍有雅集。这一段坚守说明了什么？新南社和南社湘集在按照自己的原则吸纳新的社友，两个团体均是以旧南社的人员作为核心而扩充的，这样的分化固然已经说明了南社内部的一个文化选择，但二者新吸纳的社友更能体现一种文化方向。柳亚子主盟的新南社吸引“新文化运动的健子”，而南社湘集又吸引着怎样的文人呢?

一 江浙、岭南、湖湘：文学地域版图的关系重组

南社时代，社友覆盖全国二十一个省份。按地域来看，南社主要可分

① 柳亚子:《南社纪略》，上海人民出版社1983年版，第103页。

为江浙、湖湘、岭南三大地域群体，南社的活动重心在以上海为中心的江浙地区，湖湘和岭南则是南社反清等政治活动的重要两翼。南社时代江浙地区有定期的“南社雅集”，雅集地点多在上海，湖湘和岭南地区都有南社分社，分别为“南社长沙分社”和“南社广东分社”，分社也有不定期的雅集活动作为总社的响应。

南社湘集在旧南社解散后崛起为南社“旧诗派”的大本营，我们需要了解这个地域群体兴起的过程。湖湘群体在旧南社时代被称为“南社长沙分社”。南社长沙分社的雅集活动共举行了四次，第一次雅集为1912年9月25日在长沙烈士祠，此次活动是因陈去病赴湘办理秋瑾灵柩返浙事宜。陈去病作为总社的代表到场，演说“南社过去之历史及对于南社将来之希望”，湖湘社友作为分社社员表明了对于总社精神的认同和支持①。第二次为1916年6月21日于琴庄，此次雅集是庆祝袁世凯毙命②。第三次为1916年中秋后于枣园③。时隔第一次雅集已越四年，此时分社主持者傅尃言及社事，仍对江浙社事拳拳挂念，且以“湘、吴两省人士”的密切交往情感契合作为支撑分社精神的某种基础，“沪江通商大埠，自游学盛行，过客往来，日月不绝。豪杰能文之士，悉以南社为总汇，转相汲引，社籍益富，而湘、吴两省人士，情愫亦日以密，盖文字之感人有独契于众理之外者”④。述及主盟者柳亚子，傅尃颇多誉词：“值大盗移国，群蜚刺天，癸、甲以还，风流歇绝，余亦遁迹穷山，与世隔绝。惟上海一隅，不虚嘉会，吴江亚子，犹述旧闻，南社之不亡，翳其是赖。”⑤ 第四次为1917年4月22日于长沙半园。因为道远，湖湘社友不能参加上海的总社集会，长沙分社就选在与总社雅集相邻的日期集会，以为呼应。1917年4月“长沙社员接柳亚子来函，定于4月15日在上海举行第十六次雅集，因沪湘远隔，决定于22日在半园举行长沙雅集”⑥。

通观长沙分社的活动，其作为总社之一翼的态度甚明。南社时期，湖湘群体在社团活动上可谓受到江浙群体的影响，其政治活动文化理念都与总社“声应气求”。傅尃作为湖湘群体的主盟人，强调“湘、吴两省人士，情愫亦日以密”，此时的“吴”代表着以柳亚子为核心的南社江浙群

① 杨天石：《南社史长编》，中国人民大学出版社1995年版，第297页。
② 同上书，第422页。
③ 同上书，第430页。
④ 同上书，第431页。
⑤ 同上。
⑥ 同上书，第445页。

体，“湘”代表着以傅尃为核心的湖湘群体，此时的湖湘群体仍然分享着南社的共有话语，反复言说南社自清末以来到反袁期间的气节精神。这一时期湖湘群体的“近江浙”是在于共有的政治理想。

在旧南社时代岭南群体结为“粤社”，也是南社一个分支。粤社创立于广东，但是其创立人却是湖南籍的宁调元，“此宁子仙霞到粤以来，南社支部所由设也”[①]。此为湖湘、岭南群体结缘之始。江浙、湖湘、岭南三大地域群体曾精诚合作，共同使南社成为近代最具影响力的文人社团。这种团结统一于文人在时代转型中的政治理想，统一于清末民初的反清政治倾向。但政治理想具有历史阶段性，当反清目标实现后，文人失去了具有凝聚力的社团精神，当新文化运动提出新的文化命题后，文人们就需要面对新的文化站队的问题。南社代表了当时中国大多数的基层文人的态度，这是一种非官方的，自由的文化选择。值得注意的是，这种选择某种程度上呈现地域的分化倾向，江浙群体中很多成为“新南社”的成员，而岭南群体和湖湘群体却在“南社湘集”中贴近。在声势浩大的南社内讧之后，这种地域分化很容易被解读为南社内部纠纷的某种延续。

例如郑逸梅论及湘集曾谈道：“一九三四年，屯艮客死皖中，身后诸事，都由刘鹏年和鹏年的叔父刘约真经纪一切。分社主持便归鹏年承乏，社友推他为分社社长。当时反对柳亚子的蔡哲夫，及对亚子有微言的社友，纷纷参加分社。哲夫又拉拢了一些无可无不可的中间派社友，都隶籍分社中。加之亚子把南社改组为新南社，迎合新思潮，吸收新文化运动的健子入社，面目精神，都焕然一新，于是南社一般思想保守的觉得格格不入，也就归向分社。这样社友人数激增，社长刘鹏年等便别树一帜，与新南社几乎分庭抗礼。”[②] 郑逸梅此段叙述便将南社湘集与南社之人事变迁联系起来，其实南社之兴衰固然关乎人事，但更关乎历史的不得已。考南社湘集之活动及诗歌行为，并无多少针对新南社的攻击，内讧之硝烟退去，真正的焦虑来自新旧文化的冲突。文化在演进，近代文人不得不面对选择，何去何从，这无关乎国变时的气节，而关乎文人对于文化的理解。柳亚子创立新南社，这是对新文化运动的回应，但是这不能囊括所有社友对于文化的理解。南社作为一个民间的文人结社，其内部的文化选择正显

① 谢华国:《南社粤支部序》,《南社丛刻》第十七集，江苏广陵古籍刻印社影印本 1996 年版，第 3974 页。

② 转引自杨天石《南社史长编》，中国人民大学出版社 1995 年版，第 21 页。

示当时基层文人复杂的文化心态。南社湘集与新南社可谓代表南社内部的两种大的选择，新或旧，然而在表述中却等同于进步或保守。这也是湘集诸子所要反复与舆论辨明的坚守文化的精英意义。

湘集坚持文化本位主义，提倡传统文化而抵制西学，论者以“保守”定谳，其实湘集态度也包含有一种对传统文化的焦虑意识。“我国百事效人皮毛，不揣其本，不图此病复中于国学，祸且弭止也。”[①] 同时，湘集诸子也在反思，所弃是否当弃？保守固不合时宜，然趋新也有流弊，“近来吾国竞效西欧，利未见而弊日滋”[②]，“往者日本维新，竞弃旧学，尝取我经籍而炬之矣。彼无国学，以我之学为学。其炬之也，于我典籍其无微伤，彼亦无所惜。而迩者彼邦之彦，兢兢焉以务汉学者何也？岂非我古昔圣哲之言行，任天演而优胜，虽欲劣弃之，而终有所不能者也”[③]。故傅尃湘集导言有“舍短取长，得所折衷”的说法，对于古今中西文化态度要在“折衷”，非宜偏激，这样的声音在激进的文化革新运动进程中却很容易被视为保守。以今观之，传统文化有所当弃与不当弃，“折衷”无疑是对待文化态度之一种，且不失为一种公允态度。

相对于柳亚子主导下的江浙群体文化转向，岭南和湖湘群体在对传统文化的坚守态度下则渐趋接近，两地常有诗文活动遥相呼应。据《南社湘集》载，甲子（1924）重九，长沙有赐闲园雅集，广州有北山堂雅集；乙丑（1925）上巳，长沙有通俗教育馆雅集，醴陵藏园雅集，广州有香江唱和；乙丑（1925）重九，长沙有妙高峰雅集，常德有高氏园雅集，广州有北山堂雅集；丙寅（1926）上巳长沙有妙高峰雅集，慈利有环口园雅集。从时间呼应上看，湖湘和岭南的雅集活动步伐是一致的。湖湘与岭南群体既因文化理念的切近而实现南社内部的“地域”联盟，彼此之间也强调一种互动，强化一种共同文化感的体认。两个群体虽限于地域未能共举联欢，而雅集间强调彼此的沟通，强调一种对对方雅集场景的想象，正是“百粤三湘共今日，度量高会各何如”[④]。

1924 年夏历重九即 10 月 7 日，此为湘集开始后湖湘与岭南群体第一

---

① 李洞庭：《与林畏庐先生论文书》，傅熊湘主编：《南社湘集》第二期，全国图书馆文献缩微复制中心，2006 年，第 435 页。

② 谈文灯：《答高生书》，傅熊湘主编：《南社湘集》第五期，全国图书馆文献缩微复制中心，2006 年，第 1523 页。

③ 李德群：《陆渐逵集古录目序》，傅熊湘主编：《南社湘集》第一期，全国图书馆文献缩微复制中心，2006 年，第 17 页。

④ 傅熊湘主编：《南社湘集》第二期，全国图书馆文献缩微复制中心，2006 年，第 776 页。

次遥应性质的雅集活动，一在长沙赐闲园，一在广州北山堂。而三天后的“双十日”即10月10日这天，新南社于上海南京路举行第三次聚餐会。从雅集之形式已可见一种判然的结社态度。湖湘和岭南还在继续“流连觞咏，存念故旧”，而新南社则用政治化的“双十”和西化的“新世界西菜部”这样的选时选址标榜了新式的雅集。

乙丑（1925）上巳岭南群体有湘江唱和诗，共三十三首，岭南社友之唱和全在与湖湘群体之交流，遥想长沙高会的情境。首倡者为蔡守，题为《上巳雨中寄南社诸子》，诗歌是一种充满交流欲望的关切，和傅専“度量高会各何如”之语气如出一辙，“冲节载书询社事，长沙此日竟何如”①。社友们的唱和也充满不在场的参与感，“湘江高会乐如何”②，“此日三湘又若何”③。岭南社友们更在诗歌中表达对湖湘文化的倾慕，“长沙才子古来多，修禊今年人几何”④，“毕竟湘沅灵气在，尚容文酒得欢和”⑤。诗歌在两地对举中凸显一种文化联盟的亲近感，“粤峤花香通岳麓，湘江流远贯祥柯”⑥，“扬舲湘水湔裙幅，剪纸泷阡望饭箩。（注：饭箩冈在广州白云山南麓）”⑦。从岭南群体的诗歌活动来看，他们将与湖湘群体的交流作为一个重要主题，不论是对湖湘文化的赞美，或是对于湖湘雅集的关切，都展示出群体间相亲近的状态。

湖湘群体与岭南群体除了这种群体唱和，还有社员之间的私交，这更构成地域间文化理念共构的基础。统观南社内部，以地域可以分为江浙、湖湘、岭南三大群体，这三大群体在近代的学风、文风各有其宗尚，在南社内部这三大群体的聚散分合则透露了微妙的文化信息。就南社湖湘群体而言，实有一个由“近江浙”到“近岭南”的一个变化。这不仅仅是南社内讧的人事纠纷之延续，更是关乎南社内部文化选择的地域性站队。南

① 蔡守诗，《南社湘集》第二期，全国图书馆文献缩微复制中心，2006年，第776页。

② 东莞陈文俊诗，《南社湘集》第二期，全国图书馆文献缩微复制中心，2006年，第776页。

③ 顺德叶敬常诗，《南社湘集》第二期，全国图书馆文献缩微复制中心，2006年，第776页。

④ 南海傅韵雄诗，《南社湘集》第二期，全国图书馆文献缩微复制中心，2006年，第776页。

⑤ 南海潘蕙畴诗，《南社湘集》第二期，全国图书馆文献缩微复制中心，2006年，第776页。

⑥ 香山杨玉衔诗，《南社湘集》第二期，全国图书馆文献缩微复制中心，2006年，第776页。

⑦ 顺德罗塞云诗，《南社湘集》第二期，全国图书馆文献缩微复制中心，2006年，第776页。

社湘集继续旧南社的文化理念，这也是南社内部一批文人的文化选择方向。

二 师弟子的传承：南社湘集文化流衍的脉络

南社湖湘群体的样貌与主盟者至为相关，南社时期湖湘群体的主盟者前有宁调元，后有傅尃，南社湘集时期前有傅尃，后有刘鹏年，傅尃可谓南社及南社湘集的中心人物。南社湘集与新南社歧路相别正是因为主盟者的文化理念的分歧。然南社湘集与柳亚子为主盟的南社出现分歧始于何时，是湖湘群体的哪位主盟者引导了群体的转向？

按郑逸梅先生之说是在刘鹏年主盟湘集之后，“一九三四年，屯艮客死皖中，身后诸事，都由刘鹏年和鹏年的叔父刘约真经纪一切。分社主持便归鹏年承乏，社友推他为分社社长”。“社长刘鹏年等便别树一帜，与新南社几乎分庭抗礼。”[①] 郑逸梅将湘集与南社人事变迁联系起来讲述，固然不差，然湘集本是南社内部文化选择歧异的结果，将南社湘集的“别树一帜”认定在1934年傅尃去世之后，并归责于刘鹏年则未免错判了湘集群体的文化发展理路。

傅尃在南社及南社湘集时期都曾主盟湖湘群体。在南社阶段，傅尃主盟的湖湘群体属于南社的一个分支，遵守南社的条约并保持着较为一致的文化理念，但我们也发现傅尃也坚持和强调着湖湘群体的文化个性。1917年4月的长沙雅集傅尃就陈述了自己的文化观念：“当此风潇雨晦，八表同昏，尘劳扰攘之余，尚复得此良会，匪独来雨停云，咏歌斯记也，盖于文学之存，国风之寄，尤大且重。”在此提出的“文学之存，国风之寄”的命题正是与后来湘集“发扬国学，演进文化”命题一脉相贯的。只是在南社尚未结束之前，傅尃仅是彰显独特的地域文化传统，并无分裂社团之举，然文化分歧的因子已在暗滋。待新南社成立，湖湘便别立一帜，从傅尃所作的《南社湘集导言》便可知其文化别立的倾向：“比年以来，时局变迁，友朋星散，社事日就衰歇，其能岁有雅集，流连觞咏，存念故旧者，厥惟长沙一隅。而海上诸社友又别有新南社之组织，其宗旨盖亦稍异。同人为欲保存南社旧观，爰就长沙为南社湘集，用以联络同志，保持社事，发扬国学，演进文化，语其组织，别具简章，亦有进者文学新旧之界，方互相诋諆，甚嚣尘上。同人之意以为进化自有程途，言论归于适

① 杨天石：《南社史长编》，中国人民大学出版社1995年版，第21页。

当，自惑者既失精微，而辟者又随时抑扬，违离道本，苟以哗众取宠，皆无当于言学。舍短取长，得所折衷，其殆庶几吾楚先正屈原离谗忧国，爰作骚赋，搴芳采洁，蔚为词宗。遗响两千余年嗣音不闻久矣。南社湘集之作，意在斯乎。意在斯乎，是所望于同社诸君子。"① 傅尃所设立的南社文化基调乃在于"提倡气节，发扬国学，演进文化"，这是南社自清末以来的文化理想，是湘集所欲"保持社事"的努力方向。

南社湘集也是南社湖湘群体集体转向的结果，大批湖湘籍旧社友加入了湘集，吴恭亨、李洞庭、卜世藩等湘集的核心成员正是来自旧南社的阵营中，他们的文化理念极大地影响到湘集的文化走向。而他们均为传统文化的固守者，可以说南社湘集从一开始与新南社的立异姿态就很明显。

南社湘集时代一可注意的现象是，傅尃等人的文化理想不仅仅在于孤芳自赏的怀旧拟古，这时的社团群体已然呈现一个梯队，旧南社社员的弟子们已经蔚然成势，他们开始成为南社湘集的新生主力。傅尃、吴恭亨等人的文化理想也借助弟子们得以推衍。

南社湘集后期的主盟者刘鹏年即为傅尃的学生，为南社社员刘泽湘之子，刘谦之侄，1914 年加入南社。刘鹏年虽隶籍南社，但因为年齿较晚，并没有身与南社前辈以文字鼓吹反清革命，以气节文章相标榜的南社全盛时期，他对南社的理解更多来自家学与师承。傅尃、刘泽湘、刘谦都是南社时期湖湘群体的核心人物，刘鹏年成为南社湘集的主盟者某种程度上也因为老师和父亲、叔叔的推举，故而当他成为南社湘集主盟者时，他更多的是延续其老师傅尃的文化理念，而不是自树新帜。他主持的社刊《南社湘集》及社团雅集活动，均承袭傅尃主盟时期的模式而来，且卜世藩、李洞庭、吴恭亨等南社老将也继续扛鼎社事，可以说刘鹏年之"承"多于"变"。甚或可以说刘鹏年的主盟是傅尃主盟南社湘集的延续。

这种师友关系不仅仅存在于南社湘集的主盟者之间，湘集群体中多有傅尃的学生，这极大影响了群体的样貌。可考为傅尃学生的有：李赓、刘德龙、张翰仪、潘明诚、邓钟岳、陈粹劳、王原一、廖公侠。傅尃此时身份更侧重于主盟者以提携新秀，在旧南社时代傅尃热衷于自我表现，在《南社丛刻》中刊发大量诗文，表现出狂热的发表热情，湘集时代他却矜持于自己的诗文，而更多采编弟子诗文充实《南社湘集》。他对弟子们充满殷殷期待与鼓励，以文化传承的期望期许弟子，"朴学待尽，有王充陆

① 傅熊湘主编：《南社湘集》第一期，全国图书馆文献缩微复制中心，2006 年。

沉之辈，吾子勉之，醴阳一隅，幸勿陆沉!”[①]

弟子们于傅尃，多是“发墨感经传，俯仰随趋步”[②]，对其文化理念多所体悟，如李赓有长文《论中国文化》，此文为论湘集文化精神者多所引用，谈论中国传统文化之可贵，面临的危机，以及文人之应对，该文发表于《南社湘集》第一期。李赓谈道：“余以为欲整理中国今日之文化，其根本方法，须恢彉其在我者，而慎择其在人者。盖中国文化虽有绝大之价值，然苟不重新整理，择特性隐晦，歧多羊亡，既无以为因时制宜之用，而又不能显其神圣清高之性。至于外来文化，尤宜慎加审择，弃其糟粕，而取其精粹。庶几能溶中西于一炉，通新旧为一体，以之出而献于大地上，自不难执世界文化之牛耳。”其实这是对老师傅尃湘集导言的“发扬国学，演进文化”一说的详尽阐释。李赓也是南社湘集的活跃人物，多有诗文发表于社刊。他与其师傅尃交流颇多，常有唱和。傅尃于李赓多有期望，常去诗鼓励，李赓答诗可见他对文化之寂寞孤傲的坚持态度，《次韵答钝师见赠时在醴泉为诸生补习》：“自怜寂寂等秋虫，稍借他山作石攻。独挈孤吟抒掩抑，欲凭孤抱觉颛蒙。蚕心作茧中逾苦，蛾术回天力已穷。辜负云霓苏旱意，欲于何处更论功。”[③] 这种力擎古道之意，在师生之间互勉，廖公侠《寄怀钝师灵隐寺》：“得有斯人力复古，不愁余子漫尤狂。”[④] 邓钟岳《和钝师生日次原韵即以为寿》：“文章光怪传千古，大计思维系百年。功罪旁人宁可说，平生孤抱故能贤。廿年奔走无疲意，屡劫声明传烂然。今日起衰洵易事，但凭寸舌口如川。”[⑤] 不论廖公侠对于复古的推许，还是邓钟岳对于孤抱的认可，都来自于对老师傅尃文化理念的认同，师徒之间以“起衰”为共有的奋斗目标，起社会之弊，更振文化之衰。

卜世藩是坚持传统文化理念的南社社员，他也在南社湘集中发挥着“导师”的作用。他与傅尃为渌江书院同学，二人同入南社，又同主湘

① 傅尃：《答公侠书》，傅熊湘主编：《南社湘集》第一期，全国图书馆文献缩微复制中心，2006年，第144页。

② 潘毅：《梯云阁宴集伺钝师作得雾字》，傅熊湘主编：《南社湘集》第二期，全国图书馆文献缩微复制中心，2006年，第691页。

③ 傅熊湘主编：《南社湘集》第三期，全国图书馆文献缩微复制中心，2006年，第1018页。

④ 傅熊湘主编：《南社湘集》第六期，全国图书馆文献缩微复制中心，2006年，第2453页。

⑤ 傅熊湘主编：《南社湘集》第三期，全国图书馆文献缩微复制中心，2006年，第1023页。

集，傅尃的弟子对卜世藩也多执弟子之礼，称其为丈，故这是一个师友关系延续下来的诗歌群体。乙丑（1925）上巳长沙雅集通俗教育馆，傅尃的弟子李赓、邓钟岳、廖公侠因故未能参加，此时卜世藩在其寓所藏园也举行了雅集作为对于长沙雅集的呼应，傅尃的上述弟子参与了卜世藩举行的雅集活动，另外还有傅尃及卜世藩之友匡弼参加。傅尃的弟子对于卜世藩充满推崇，廖公侠称之为诗坛主盟："南国词人擅屠龙，社续几复中分派。长沙才子作主盟，灵武麻鞋叟为介。"[①] 弟子们对于跟随老师拯救文化衰颓具有一种责任感，李赓称："岂惟世道日陵夷，文字亦就江流下。起衰振溺仗吾侪，斯责虽艰宁可卸？"[②] 邓钟岳称："振溺起衰吾辈事，相逢令节一称觞。共携危涕成醒醉，各抱冬心判圣狂。"[③] 这样的"起衰振溺"之心，正是从其师辈傅尃、卜世藩处一脉相承的文化执着态度。

在南社湘集中，除了以傅尃、卜世藩为核心的师友群体之外，还有以吴恭亨为核心的慈利籍师友群体。可考为吴恭亨弟子的有：唐振铎、唐沈智、张权、皇甫楚佛、龚承上、朱僧保、于鸿炜、于鸿文、莫载、莫兆文、莫树德、熊立鉴、戴春熙、刘万章、皇甫燊。

吴恭亨也积极组织弟子们的雅集活动，丙寅（1926）环口园南社雅集，实为吴恭亨主持的慈利籍社友之活动，环口园为吴恭亨之寓所，"吾师筑园有环口"[④]，到者二十一人，与集者多为吴恭亨之弟子：于鸿炜、于鸿文、莫载、莫兆文、莫树德、熊立鉴、戴春熙、刘万章、皇甫燊。熊立鉴之诗开列了吴门弟子的赫赫名单："持正张文昌，同门互倾倒。刘张二于续，戛戛各独造。二孟与四莫，矣颇擅词藻。"符膺祥之诗可见吴恭亨在慈利籍社友中之核心地位，"主盟群推吴"[⑤]。

雅集充满一种对于文学精神的强调，这在师友之间流淌着湘集的文化精神，每一次雅集就是一次师对弟子的耳提面命，也是弟子对师的一次精神仰止。"大雅邈不作，文弊道沦丧。新旧说相抵，甚嚣尘之上。……醴陵晚出雄，后先与相望。潜心笺其幽，才大气悲壮。遂主中原盟，南社旗

① 傅熊湘主编：《南社湘集》第二期，全国图书馆文献缩微复制中心，2006 年，第 764 页。

② 同上书，第 764 页。

③ 同上书，第 691 页。

④ 傅熊湘主编：《南社湘集》第三期，全国图书馆文献缩微复制中心，2006 年，第 1149 页。

⑤ 同上。

帜张。英英会长沙，群彦气节尚。国粹赖以光，正论辟邪妄。文化日促进，折衷归至当。”① 这样的雅集话题在师友之间可以说强化了湘集的文化责任感与对于地域文化的体认。

吴恭亨作为湘集的核心人物，非常注重发展新的社友，郭希隗《罗世彝诔》述及吴恭亨发展社友之功。罗世彝本为广东梅县人，少随父居长沙。“慈利吴恭亨有人伦鉴，奇世彝，书达南社招介之，名乃大彰闻。”“解官黔阳长篇，及新乐府，陈民间疾苦，发抉祸乱由来，嬉笑怒骂，一字一棒，亦一字一珠。”② 罗世彝诗歌在南社湘集中别具一格，其以乐府歌行闻世，善作长篇。发表于社刊中的作品都是皇皇巨制，如《哀弦曲》一百韵，《西征》二百四十韵，其驾驭诗歌的功力令人叹止。从诗歌内容上看，与南社诗人现实主义的创作精神相合。吴恭亨引纳其入社，正是体现了他对于南社群体扩展的一致性的保持。

在傅尃主导下湖湘群体在南社时代已有自己的地域文化个性，但无分裂之举，南社湘集上承南社而来，以旧南社的湖湘籍成员为核心，与柳亚子主盟的新南社各持文化之见。湘集时期，旧南社社员之弟子已经蔚然成势，他们大多谨承师法，将师辈文化理念、诗歌精神扩而大之，故南社湘集这种师友结构保证了南社湘集理念的承续性。

三 诗歌隔阂之消融：南社湘集社友群体的扩充

南社湘集的文化理念其一展现于其师弟子关系的传承，其二展现于其诗歌群体交游的扩展。新文化运动后，过去以政治身份而论有着判然畛域的南社革命群体、遗老群体却在相似的文化理念下有了某种交往与融合。柳亚子为主盟的新南社仍然在政治上坚持与遗老不接触，包括对遗老诗歌也是继续摒弃的；但是南社湘集却与遗老打开了交流的渠道，不仅有着实际的诗歌接触，还在《南社湘集》中刊发与遗老相关的作品，这个打通的渠道就是文化的传统态度。“亚子是反对遗老的，但《湘集》期刊中，却有很多与遗老发生关系的，如陈石遗、陈散原、梁节庵、王憬吾、朱古微、况夔笙、樊云门、朱聘三、章一山、刘春霖、冒鹤亭、易实甫、许情

---

① 傅熊湘主编：《南社湘集》第三期，全国图书馆文献缩微复制中心，2006 年，第 1149 页。

② 傅熊湘主编：《南社湘集》第八期，全国图书馆文献缩微复制中心，2006 年，第 3119 页。

荃等步韵及怀念诗。"[①] 遗老之"遗"的重要部分就是对于传统文化的流连执着，这一点和南社湘集是相契合的。

前已论及南社湘集中弟子对于传统文化理念之传承，弟子也是打通各种文化群体的实践者。湘集中有两位以"弟子"面目出现的人物值得注意，一为陆更存，一为谈文灯。陆为胡汉民的弟子，谈为高燮的弟子，事关湘集的文化构成，故特为表出。

谈文灯是典型的传统文化坚持者，在《南社湘集》中发表了多篇长文阐释其传统文化理念。其师为高燮，高燮为南社时期的精神领袖，在南社内讧中曾被推为取柳亚子而代之的人物，因其坚持不受而作罢。在新南社阶段柳亚子的思想倾向于追步新文化，而高燮仍然坚持对于传统文化的执着，他也加入了南社湘集。谈及文化，高燮如此评论："吾国文化今方为域外所崇抑，而国中不学之妄人，乃反自斥文言为无用，正思竭力而革去之，此可谓之不穷而变。"[②] 高燮的诗歌也接近同光体，有模拟陈三立的倾向[③]。谈文灯为高燮弟子，对其师的文化精神也是一脉承之，在《答友人书》中为四书五经之伦理精髓张目，不可认为以四书及古人忠孝之文教弟子为"迂远不达时务"[④]。《答高生书》再以长文论述中不必不如西，教育仍应以圣贤之德为本[⑤]。《孝经集解序》又论仁义孝悌于国家之意义，"此乃泰西各国醉心物质文明者，所未能梦见者"[⑥]。谈文灯之文可谓是对高燮的师古思想的阐扬。

陆更存为胡汉民的弟子，他加入了南社，也加入了南社湘集，在南社时期陆更存表现平淡，然湘集期间其活动非常活跃，多有诗文发表于《南社湘集》之上。陆更存的老师胡汉民也为南社社友，然他与遗老、同光体诗人交接颇多，私谊笃厚。胡汉民在诗歌上推崇宋诗，其《不匮室诗钞》，同光体诗人陈三立、陈衍、夏敬观均为之作序。诗歌"不专主盛唐"，学杜甫、韩愈，又转益多学于宋诗，尤得力于王安石，"荆公襟抱

---

① 郑逸梅：《南社丛谈》，上海人民出版社 1981 年版，第 22 页。

② 载《国学丛选》第十五集，引自杨天石《南社史长编》，中国人民大学出版社 1995 年版，第 565 页。

③ 高君定：《致爽轩诗话》，《民国日报》1917 年 12 月 9 日。

④ 傅熊湘主编：《南社湘集》第三期，全国图书馆文献缩微复制中心，2006 年，第 1171 页。

⑤ 傅熊湘主编：《南社湘集》第五期，全国图书馆文献缩微复制中心，2006 年，第 1528 页。

⑥ 傅熊湘主编：《南社湘集》第八期，全国图书馆文献缩微复制中心，2006 年，第 3081 页。

绝俗，故其诗于伟略高识，往往涵纳掩蔽于文字之表”[①]。胡汉民有“读昌黎、读临川诸绝句，及和昌黎、临川、广陵诸五七言古，致使海内作者敛手咋舌”[②]，颇得同光体诗人赞誉。

陆更存与同光体诗人交游的诗歌多见于南社湘集社刊，如《展堂师寄示不匮室诗钞两册奉读之余益深仰企谨十叠师期韵》、《奉赠晦闻先生三十一叠师期韵》、《舟中酣睡石遗老呼看残月次韵》、《畴黄昆山次石老韵》、《寄怀鹤亭先生广州次石老韵》、《协之翁招游罗浮石遗演庐两老诗先成因次其韵呈诸同游并报协翁》、《陪石遗老人谒柳侯祠》等，均在诗歌中表现了与同光体诗人的良好私谊。其《读昌黎示儿诗有感示成儿》一诗记载了他在民初与遗老林纾的交往，他向林纾日夕请益，谈论诗艺：“民国元二之年，予尝旅食京师，暇则走访畏庐丈，昕夕请与论艺甚欢，如是几一年。”[③]《振心寄赠选豪赋谢》一诗提到他曾有很长一段时间伴随陈石遗，“年来常随石遗师左右”[④]，诗歌也在这种朝夕相对中进一步沾溉同光体之风。

如果知道南社是因为唐宋诗之争而分裂，柳亚子对于宋诗派是多么不齿，就可以知道南社湘集此时的文化倾向和新南社之间的区别。南社湘集的成员与遗老多有交接，在诗歌上也对于各种流派有所包容，他们不仅与宋诗派，与唐诗派、湖湘派成员也有着诗歌的交往。这种情况还进一步出现在南社湘集的新加入社员身上。新吸纳的社友意味着文化选择的方向，新南社吸纳“新文化运动的健子”，而南社湘集则将吸纳范围扩大至传统文化的整个阵营，不斤斤于汉魏、唐宋诗派门户之见，也不斤斤于所谓的政治标签。南社湘集此时已经将内讧时期关于“以人论诗”的命题消弭掉，不仅打破地域之局限，且打破固有身份观念之局限，新入社友的文化态度也代表了南社湘集的文化走向，兹以新入社友陈毓华、曹经沅解析之。

陈毓华，字仲恂，湖南桂阳人，有《石船诗存》。其学诗有一段由湖湘派转而兼学唐宋的经历。“湘潭王湘绮讲学衡阳船山，寒家父昆弟著门籍者几十人，先君亦其一也。湘绮经学文章，俱追秦汉，门下耻言宋元，故先君少作颇拟颜谢。既冠之后，遍览名籍，服官中外，骖靳群贤，与义宁陈伯严三立、恩施樊云门增祥二先生游，备闻伟论，渐即宏通，别启徐

① 陈三立题辞，胡汉民撰：《不匮室诗钞》1936 年刻本。

② 冒广生序，胡汉民撰：《不匮室诗钞》，1936 年刻本。

③ 傅熊湘主编：《南社湘集》，全国图书馆文献缩微复制中心，2006 年，第 2811 页。

④ 同上书，第 3296 页。

轨亦。”其所为诗，“尤好少陵、山谷”[①]。陈毓华虽自言“能数天厨等家馔，有生只服樊藩师（谓樊山师）”[②]，然其师承较广，如《读湘绮楼诗集》追忆了王闿运师当年的奖掖：“稍有声名凭奖掖，终哀跌宕负藏修。”[③]《十八叠怀樊山师》对樊山推崇备至：“影谈谬拟随园辈，谁叹高文蔚典华。”陈毓华诗中还多有提及与遗老诗人们交往的信息，《九日扫叶楼晚眺得发字》提道：“曩岁同樊樊山、陈散原、易中实诸丈展禊此楼易丈忽以梯承几上题二绝句壁间一时传为笑实偶与客话及其事伤宝墨犹新而斯人已不可复见感成长句”，诗歌抒发“开元朝士几人存，未至相如亦头白”的感伤[④]。《甲戌1934上巳秋岳缫蘅诸公召集玄武湖汪园修禊适陈石遗先生自苏来与兹会卅纪重面喜呈长歌分韵触动字》[⑤]、《挽陈石遗年丈》叙及其与陈石遗的交往，“曩岁与丈偕居南皮幕府，时从文酒之集。丙午秋，余还自日本，邂逅沪上张园，词意郁伊，欣话移晷，嗣是辙迹各殊，不相问闻。甲戌禊集玄武湖，喜获瞻伺，每欲投谒吴门，重道武昌旧事，憾未果也”[⑥]。《读散原集》表达了对陈散原的赞叹，认为黄庭坚后唯陈散原独尊：“大慧人天眼，卮言河汉边。斗南遗一老，涪后动千年。不碍王（湘绮师）张（文襄）哂，宁烦郑史笺。肫忠君国绪，凄付釁余传。”[⑦]

陈毓华之诗可谓打通近代湖湘、同光、唐宋之隔，因其师承转益多师，故在其理念中并无各派壁垒，对于王湘绮、樊增祥、陈三立均以弟子礼师事之，与各派人物也多所交接。陈毓华的诗歌出现在湘集社刊中，本身也是一种信号，湘集对于诗歌之包容已无派别畛域。南社经由内讧，唐宋之争其实变为“以人论诗”的政治争论，湘集的主题是要回归文化，

① 陈毓华：《石船诗存》卷下，《近代中国史料丛刊》，台北：文海出版社1981年版，第133页。

② 陈毓华：《石船诗存》卷上，《近代中国史料丛刊》，台北：文海出版社1981年版，第81页。

③ 陈毓华：《石船诗存》卷下，《近代中国史料丛刊》，台北：文海出版社1981年版，第41页。

④ 傅熊湘主编：《南社湘集》第八期，全国图书馆文献缩微复制中心，2006年，第3348页。

⑤ 傅熊湘主编：《南社湘集》第五期，全国图书馆文献缩微复制中心，2006年，第1788页。

⑥ 陈毓华：《石船诗存》卷上，《近代中国史料丛刊》，台北：文海出版社1981年版，第36页。

⑦ 傅熊湘主编：《南社湘集》第七期，全国图书馆文献缩微复制中心，2006年，第2853页。

也要回归诗歌本身。湘集涉及遗老，但不是要与遗老一起留恋逝去的时代，而是与遗老一起留恋正在逝去的文化。湘集诸子与遗老的交往，多也并非因仰慕其遗老身份，而在于仰慕其诗歌修为。

和陈毓华一样，曹经沅也与遗老多有交接。曹经沅，原字宝融，后字纕蘅。四川绵州人。宣统元年（1909）举优贡，官礼部主事。入民国，又毕业于北京中华大学，并曾在天津《国闻周报》主编“采风录”达十一年。1927年任内务部参事。1932年任安徽省政府秘书长。1935年任贵州省民政厅厅长。1942年任立法院立法委员。为诗宗江西诗派，风格奥衍，又喜以考据及佛理入诗。与陈三立等人多有唱和。著有《借槐庐诗集》、《纕蘅诗钞》等。据黄稚荃的小传记载，曹经沅“宣统元年，被选拔为拔贡，入京廷试，分发内务部工作。经沅学有根底，入京后，从陈宝琛、陈石遗诸遗老游，学以日进”①。曹泾阮的宗宋也是源自宋派师承。他与遗老交游的作品也多发表在《南社湘集》中，如《玄圃秋英图翼如默君嘱题》、《王阮亭卷子众异嘱题》②、《彊邨翁授砚图为榆生题》③、《陈弢庵先生挽诗》④、《得石遗柳州书谓阻雨水陆路俱断与君隔三日程不得一至可恨也率赋寄怀兼申后约》⑤。曹经沅与遗老的诗歌交往展示了他的文化理念也是崇古的，不以政治身份来划分畛域。

南社湘集宣称“用以联络同志，保持社事，发扬国学，演进文化”，在南社之后继起彰扬传统文化，对激进的文化革新态度主张采取“折衷”姿态，舍短取长，扬传统文化之精髓。这与柳亚子所主的新南社理念相左，柳亚子的新南社是对新文化运动的回应。故在旧南社内部呈现文化选择之分歧，岭南和湖湘群体因理念的相近而趋向结合，对这种现象应看到其深层的文化原因，而不可仅仅视作南社内讧的余波。南社湘集是以旧南社的湖湘成员为核心发展起来的，他们的弟子此时也成长起来，加入湘集中将其师的观念阐而大之，故南社湘集的规模有赖于师友群体的共同张扬。南社湘集吸引的新社员和新南社以吸引新文化运动活跃分子不同，主要仍在吸引传统文化的坚守者。这时的阵营不再局限于诗歌派别或是政治

① 曹经沅：《借槐庐诗集》，巴蜀书社1997年版，第269页。

② 傅熊湘主编：《南社湘集》第四期，全国图书馆文献缩微复制中心，2006年，第1300页。

③ 傅熊湘主编：《南社湘集》第六期，全国图书馆文献缩微复制中心，2006年，第2242页。

④ 同上书，第2244页。

⑤ 傅熊湘主编：《南社湘集》第七期，全国图书馆文献缩微复制中心，2006年，第2737页。

身份，更在于强调一种文化的认同。很多新入社友与遗老、同光体人物交往甚多，有的还是同光体、唐宋派的弟子，他们进入南社湘集，使得湘集的文化容量更大，更凸显其“持古”的姿态。

第四节　抗战诗歌:南社诗歌创作的流衍

南社在1923年解散，南社诸子在南社解散后很大一部分人仍然在继续古典诗歌创作，他们的创作实绩成为近代古典诗歌史的重要组成部分。本书关注的是，抗战时期旧南社成员的创作情况，对于这个以反抗满清民族压制而进行诗歌宣传的群体而言，当更为强力的民族危机到来时，其诗歌呈现出怎样一种面貌？这时虽然社团已然解散，对于这些民间文人而言，有没有一种一脉流转的精神继续支撑他们的诗歌内核？而在五四新文化运动之后，抗战的宣传主要依靠白话文学，这些古典诗歌在新的文化背景下又如何自处呢？

一　“胡戎”话题的再现

在近现代史上，日本的侵华战争带给中华民族深重的灾难，从1937年以七七事变为标志的全面侵华战争的爆发，到1945年日本投降，中华民族经历了漫长的八年战火洗礼，对于这段民族痛史，当然不乏诗歌的记忆。在近现代文化史上，提及抗战这段历史，较多会关注白话诗歌、小说、戏剧等的宣传功绩，而对古典诗词却略不及述。诚然，白话作品顺应时代，在抗战宣传中功不可没，但古典作品似乎也不至于湮没无闻，事实上，古典作品正在这个空前的时代中呈现它新的或许也是最后的光辉。我们说南社诸子的作品体现的是民间基层文人的创作样态，体现了一种广泛的文学创作样貌，他们是涵旧育新的一批过渡时代的文人，在时代和文化的转角，他们用创作书写了历史。是历史就是曾经的真实存在，当我们阅读南社诸子用古典诗词形式书写的抗战作品时，我们会为作品中的民族精神而振奋感念，所以我们今天必须看到这些作品曾经构筑的民族精神长城，我们需要正确估价这些作品在当时的文化影响力和在诗史上的价值。

追寻南社的核心精神，乃在于清末因反满而凝结起来的民族气节。在《南社丛刻》以及南社诸子的别集中，最具特色的就是这些充满民族情绪的作品。对于满清的敌视往往呈现在“胡戎”话题的讨论中，诗歌中呈现了“胡骑遍中原”的灾难，对于“赤手歼胡虏”的英雄充满盛赞，鼓动一种“驱除鞑虏”的民族情绪，这都是我们阅读南社诗歌时再熟悉不过的了。到了抗战时期，南社固然已经解散，但是翻开任何一本南社成员的别集，会有大量的抗战诗歌，在这些作品里我们可以感到一种熟悉话题的回归，“胡戎”及类似字眼不断叠现。如写到日军骄横，“骄虏横行虐焰张，中枢决策转坚强”[①]。“雪侵松骨瘦，风带犬戎羶。”[②] 如感叹当局的不战政策，“可怜壮士空投袂，未与元戎决纵擒”[③]。“诸君尽有平戎略，独对东流涕泪兹。”[④] 如表达抗战决心的，“荡虏中兴应有日，好抬青眼看神州”[⑤]。“争将性命为国捐，击破胡儿在今年。”[⑥] 诗歌中的“胡戎”话题使得反清和抗日联系起来。

南社诸子在社团解散后，在特殊的历史情境下，诗歌中又呈现了清末的民族激情，我们感兴趣的是，“胡戎”话题再次出现在诗歌中，这一次有着怎样的异同？

南社诸子对于历史的认识影响了他们对于诗歌的表达，正如柳亚子在《题马相伯先生百岁年谱，为张若谷作》诗中呈现的观念那样，他认为抗日战争和反清起义是有着某种承续性的，都是“平夷”的战斗：“太平军覆胡清灭，又见中华抗战时。一老天南身是史，要留扶杖看平夷。”[⑦] 诗中“胡”“夷”这样的词汇透露了作者的民族情绪。“胡戎”，在诗歌中有时又称为元戎、胡虏、蛮夷等等，这从《诗经》时代就存在于诗歌中，这样的字眼往往意味着一种固化的诗歌主题和情绪，诗人们带着强烈的大汉族主义情绪，以一种正统自居的骄傲心理去描述少数民族的入侵，以及“夷夏”之间的文化冲突。南宋和明末的诗歌作品更因为特殊的历史背景而强化了这种诗歌传统，我们知道南社的作品就是直接从南宋和明末的诗歌中汲取情绪内核，他们的诗歌正是借用了古典诗歌中的一种固化的表达，而使得自己的情绪和传统很容易衔接起来。这也是“胡戎”话题再

① 柳亚子：《十二月十二日赋》，《柳亚子文集·磨剑室诗词集》，上海人民出版社1985年版，第847页。

② 马一浮：《怅望》，《蠲戏斋诗编年集》癸未上，十一，民国三十六年（1947）刻本。

③ 吴梅：《闻海上警讯》，《吴梅全集·霜厓诗录》，河北教育出版社2002年版，第78页。

④ 王蕴章、王蘧常：《国耻诗话》，沈云龙主编：《中国近代史料丛刊》，台北：文海出版有限公司1967年版，第200页。

⑤ 柳亚子：《巴达维亚华侨陈隆吉造像，济远索题》，《柳亚子文集·磨剑室诗词集》，上海人民出版社1985年版，第859页。

⑥ 于右任：《长歌复短歌》，《于右任诗词曲全集》，世界图书出版社2006年版，第185页。

⑦ 柳亚子：《柳亚子文集·磨剑室诗词集》，上海人民出版社1985年版，第852页。

现，诗歌表达具有相似性的原因。

马一浮有一段关于“中国”、“夷狄”的论述，在此他没有完全沿用传统的以文化作为区分标准的观念，而是提出“义”“利”的标准来进行区分，这正是抗战所带来的观念的发展：

> 须知中国夷狄之分，即义利之辨。中国尚义，夷狄尚利。尚义者谓之中国，尚利者谓之夷狄。故二者分别，不在种族地域上，而全在义理上。若中国人悖义尚利，则地虽中国，人即夷狄；若外国人能尚义去利，则地虽蛮貊，亦得谓之中国。所惧者，近世朝堂上下，诸事从人，沉溺功利，不知义理，则是自己已沦为夷狄，又焉能不为夷狄所欺耶？士大夫趋利避害，苟安偷生，则是自甘奴虏，又焉能有至大至刚之气？中国可忧的在此，真病痛亦在此，固不在国之强弱也。学者若能于义利之辨见得分明，行得笃实，则天下虽不幸尽沦为夷狄，而自己还是中国。否则陷溺利欲，自己已沦为夷狄，尚何言?①

马一浮此段议论是针对抗战而发，越过汉族中心主义的文化观，他在文中强调“道义”的重要性，如果能坚守道义中国就成其为中国，否则就是夷狄，这种道义最终被升华为一种民族自尊自强的精神。可悲的是中国政府因为丧失自主而被夷狄欺辱，士大夫也因为苟且偷安而使得民族精神尽丧，他此番议论在于为当局进言，为计较个人利益而无视国家大局者进言，为正当大难的民族树立精神之大纛。如果将马一浮的“义”“利”论与南社时代的“气节”论相联系，我们可以发现其中的相似之处，当年的南社精神被再度唤起，虽然名词各异，但是这批士大夫坚守的精神却没有改变。南社诸子在面对“胡戎”话题时被激起的是相似的捍卫民族，尊崇气节的精神。

当抗战爆发，南社已然解散，新文化运动也对古典诗歌造成很大的冲击，然而诗歌中熟悉的“胡戎”字眼，让我们对于解散后的南社又产生兴趣，这个社团已经经历了时间的洗刷，也有过荃蕙化茅的过程，并且人员也有着凋零老化的局面，这个不再年轻的社团面对民族的危机刺激，又涌动了年少时的热血。“胡戎”话题的相似之处就在于南社诸子一直强调着的民族气节，这是古典诗歌不会缺失的精神内蕴。我们看到诗人们在对

---

① 《马一浮集》，浙江古籍出版社 1996 年版，第 1174 页。

南社的追怀中产生了战斗的勇力，“旧游吾尚忆，慷慨起论兵”[①]；有“书生愿效死，抚枕动沉吟”[②] 的坚定行动力；有“破胡天，破胡天，吾躯甘愿为国捐”[③] 的坚定信念，凡此种种都是我们在旧南社时代熟悉，而在抗战时代更为炽烈的情感。

二 群体的流转

战争使得诗人们的际遇发生改变，诗人的流转，一方面是地理的流离迁播，一方面还有人员的凋亡。在整个民族被难史中，南社文人也是其中的一分子。

(一) 流离与凋亡

诗史需要个人的经历与国家的命运相联系，杜甫的作品之所以被奉为经典，在于其诗歌展示了国家在战乱动荡之中个人的命运。只有个人的悲欢与国家的命运联系在一起时，才会具有我们追求的诗史的魅力。当战争来临，南社诸子的作品呈现了一种诗史的特色，诗人们开始摒弃一些先前坚持的诗歌流派的畛域，也开始放松对于诗歌艺术的苛求，而是追求一种直陈的实录感。

吴梅说他的诗歌是“吾诗寒瘦无宏旨，不作豪吟但写真”[④]。对于“写真”笔法的强调正是一种诗史的态度。吴梅在抗战开始后，举家从苏州经武汉到湘潭，又到桂林，再到昆明，又辗转到达偏远的云南大姚县，1939 年 1 月 11 日在那里因喉疾发作得不到治疗而去世。一代曲学大师曾用诗歌记录下了他最后那段逃难岁月：“疾雷跃铁破空来，织里桥边有劫灰。一夜胡床难合眼，起看星斗伫雄才。”[⑤] 这种难以合眼的逃难岁月是战争留在诗歌里的印迹。

姚鹓雏的创作理念也与吴梅相似，追求写实：“小年裘马落京华，晓吹诗成侪辈夸。渐觉凡庸非故我，略工感慨未名家。自来阆白三巴路，看

① 姜可生：《海上晤陶遗，因怀亚子、刘三、朗西》，《姜可生诗选》，香港：天马出版有限公司 2009 年版，第 81 页。

② 沈钧儒：《夜闻炮声不能成寐》，《寥寥集》，生活·读书·新知三联书店 1978 年版，第 193 页。

③ 于右任：《中秋薄暮，黄陂道中见伤兵》，《于右任诗词曲全集》，世界图书出版社 2006 年版，第 185 页。

④ 吴梅：《避寇杂吟》二十四首，《吴梅全集·霜厓诗录》，河北教育出版社 2002 年版，第 97 页。

⑤ 吴梅：《避寇杂吟》二十六首，《吴梅全集·霜厓诗录》，河北教育出版社 2002 年版，第 101 页。

到榴红五月花。矮纸细书记经历，不须芟削索疵瑕。”[①] 这首诗题目叫《自丁丑流亡以来作诗颇富暇日检视遂题》，是姚鹓雏对于自己从1937年以来战乱中诗歌创作的总结。姚鹓雏对于诗歌流派和艺术曾有过执着的坚持，因为他对于宋诗的倡导曾经成为南社分裂的导火索，但是他对自己抗战诗歌的评价是“凡庸非故我”，这些作品或者没有昔日选字调律的工整，但是却有着和往常不同的味道。诗人自称“矮纸细书记经历，不须芟削索疵瑕”，就是放松了诗歌形式对于内容的束缚，而是重在记录经历的史实感。姚鹓雏在抗战期间也携家多次辗转，从镇江到武汉、长沙、芷江、贵阳，再到重庆。他的《荒江》诗记载其将下渝州时的心情：“白盐赤甲风尘际，杜老高吟未可无。”[②] 诗圣杜甫可以说是姚鹓雏战乱岁月的诗歌偶像，因为杜甫的入蜀经历和他的诗歌，姚鹓雏将之奉为典范，而姚鹓雏的诗歌也有着杜甫入蜀诗歌那种随行随记的写实感，正如其所谓的“矮纸细书记经历”，从其《江汉湖湘间杂诗》、《湘黔道中杂诗》、《黔蜀道中杂诗》等一系列诗歌中，我们可见他一路行迹。

高燮也推崇一种不计诗歌工拙，而追求纪事感世效果的作品。他对朋友葛梅艇的抗战作品给予了很高评价，可以看出高燮此时的诗歌态度：“诗皆信笔疾书，不沾沾求工于字句，要之其中抚时感事诸什，不啻悬明镜以照妖邪，发大声而振聋聩。”[③] 高燮推崇这类“不沾沾求工于字句”而能直击社会现实的作品，他自己的诗歌也是如此，真实展现了他们乱中逃难的场景，其中《避乱返里，乱象甚恶，仍居近处舟中》一诗，将有家难归的心情刻画得十分到位：“世乱今如此，吾庐尚在否。得归先便问，幸免复何求。花木犹能好，诗书亦暂留。到家翻似客，匆促又回舟。”[④] 回到家中却只能小驻片刻就离开，“到家翻似客”的心情写得非常真实。

翻开南社诸子的集子，有太多此类作品。战争赋予古典诗歌一种较为一致的面貌，那就是直陈战火，直面血泪。这时不得不面对的还有死亡，南社社友中有不少是死于战火，如上述的吴梅死于战时的缺医少药，胡石予也是到了安徽铜陵缺少医药而死，费龙丁在家因敌机轰炸受惊致死，刘

---

① 姚鹓雏:《姚鹓雏文集·诗词卷》，上海古籍出版社2009年版，第43页。

② 同上书，第281页。

③ 高燮:《〈葛梅艇丁戊之际纪事诗〉弁言》，《高燮集》，中国人民大学出版社1999年版，第645页。

④ 高燮:《高燮集》，中国人民大学出版社1999年版，第647页。

三因日军入侵国事日艰忧愤死，等等。这些旧日社友的离去，也会引动南社社友们的追怀，他们会想起南社岁月的辉煌，会想起他们结社高会时的场景。姜可生怀念刘三时，想起最多的是南社时代的诗酒盛会，“清季尝挂籍同盟会及南社，为吾党健者”，“赌酒联吟，兴会飙举，旧游难续，今吾友又归道山矣”[①]。姚鹓鸰追悼李叔同也强调他的南社身份，“南社论名彦，风云道未孤”[②]。林庚白也追思着吕天民的南社诗篇，“南社新篇什，天坛旧宪章。苍鹰悭一击，老树半同僵。议事睽重庆，论交始建康。收京君不待，及共国魂张”[③]。

正所谓“刘三死后瞿安死，无复新亭高会时”[④]。这些诗人的老去带给旧日社友的是一种难言的感伤。关注战乱中旧日社友的命运，在那些悲哀的时刻怀念曾经的南社岁月，使得南社这个词汇在抗战中被再次提起，于是被一起回忆的还有南社的精神。旧南社时代曾通过诗歌悼亡社友，整合起了社团精神，如追悼宋教仁、宁调元、陈蜕庵等，强化了这个社团对于道义的认同。在抗战阶段，追悼社友也是一种精神整合，南社已然解散，而这些因为社友而回想起的南社旧事，成为这批士人心中挥之不去的记忆。

而在战争中最让旧时社友追怀的是那些死于战火，却展示了无限气节的社友，如郁华曾与日寇有着直接交锋，于是在旧南社社友的追悼之中，尤其唤起了对于民族精神的颂扬。郁华在清末曾官费留学日本学习法律，回国后从事司法工作，曾任江苏高二分院刑庭庭长。1937 年八一三事变后，坚持留沪，严惩敌伪奸徒，遭到报复，于 1939 年 11 月 23 日清晨，被暗杀于赴法院途中。郁华遇难后社会各界人士纷纷予以悼念，柳亚子在为其遗集《静远堂诗画集》作序时写道：“三十余年前，余与同人结南社，思以文章气节为当世倡。一时盟敦盘而奉坛坫者，钝初、英士以降，不乏断头沥血之雄，其后有议建南社烈士祠于吴门虎埠者，事虽未集，风会之盛，概可想见。顾自嵎夷构难，中原板荡，反颜事仇，颇多败类。而

---

① 姜可生：《哀江南刘三》，《姜可生诗选》，香港：天马出版有限公司 2009 年版，第 198 页。

② 姚鹓鸰：《弘一上人李叔同挽章》，《姚鹓鸰文集·诗词卷》，上海古籍出版社 2009 年版，第 75 页。

③ 林庚白：《吕天民挽诗二首》，《丽白楼遗集》，中国人民大学出版社 1996 年版，第 616 页。

④ 柳亚子：《楚伧诗有“刘三死后瞿安死”句，感成赋此》，《柳亚子文集·磨剑室诗词集》，上海人民出版社 1985 年版，第 858 页。

富阳郁君曼陀，独能守正勿挠，烈烈以死，谓非吾社之光荣哉!”[①] 柳亚子将对郁华的评价与南社始终强调的气节联系起来，其悼诗也有这样的表达，“故交几辈光盟社，难弟频年倾酒觞”[②]。林庚白也推赞着气节，“名节今为世所轻，先生本色独能清”[③]。无论南社这个社团实体是否存在，其社团精神都是南社诸子们念念所在的东西，这种浩然正气民族精魂，正是南社一脉相承的核心精神。

（二）重庆的旧南社社友

诗人的地理位移会造成诗坛格局的变化，在南社存在的1909—1923年间，当时的诗坛中心在上海和北京，这两座城市是当时的政治经济中心，当时的诗人因为辛亥革命满清覆亡、袁世凯称帝等一系列事件在这两座城市之间流动，从而造成了南北诗坛格局的转移。我们强调了重大历史事件造成的人群发生“新的遇合”的机会，这对于诗人群体的结成是一种契机，不同的诗人群体的遇合使得诗坛展现了不同的样貌。当抗战爆发后，这一巨大历史事件造成的诗人流动也是惊人的，这种流动包括战争中诗人的不幸遇难，都影响到了当时的诗坛格局。我们在此也要关注这些曾经的南社社员们在战争中的流转对于诗坛的影响。

战争造成了当时中国几大文化城市的没落，吴大琨曾这样描述当时的文化中心的状况：

> 抗战对于文化的影响首先是中国文化中心被破坏了。平津的失陷使我们失去了全国最大的学校的中心，上海的战事又毁坏了我们最大的出版界中心。敌人的炮火不单只在和我们的军队作战，它也要轰击我们无辜的不能作战的难民，也要毁坏我们的文化教育机关。平津上海以外的各大中心城市的文化活动，也和它的经济活动一样，在敌人的飞机大炮威胁下，非常迟滞了。学校停课，甚至于停办，书店减少了出版量，甚至于停止出版。文化人的生活成了问题，影剧人和作家们渐渐离开都市中心。
>
> 又文化中心的破坏，使文化人纷纷移向内地，提高了内地各处的

① 柳亚子序，郁曼陀、陈碧岑著，郁风编：《郁曼陀陈碧岑诗钞》，学林出版社1983年版，第1244页。又见《柳亚子文集》。

② 柳亚子：《悼郁曼陀华追步其辛未中秋渤海舟中韵》，《柳亚子文集·磨剑室诗词集》，上海人民出版社1985年版，第854页。

③ 林庚白：《郁曼陀先生挽诗》，《丽白楼遗集》，中国人民大学出版社1996年版，第604页。

文化水准。上海衰落了，武汉、西安、长沙、成都等等地方的文化活动就渐渐活跃起来，而且文化上的抗敌空气也特别提高了。[①]

北京、上海这样的文化中心被战火摧毁，而文人的内迁却使得武汉、西安、长沙、成都等等内陆城市渐趋活跃。吴大琨主要描述的是白话文学的状况，但是古典诗歌又何尝不是如此。南社诸子很多在战时寻找新的避难所，而成为新的诗人群体的一员。武汉、重庆、桂林、香港都有着南社社友的踪迹，这些文化空间中有着新的诗歌群体，组成了战时的诗坛生态，而各大城市中尤以重庆最值得关注。

重庆曾在战时成为陪都，这里也聚集了大量的南社社友，社中如叶楚伧、姚鹓雏、汪东、林庚白、沈钧儒、于右任、沈尹默、柳亚子、刘鹏年、陈匪石、陈仲恂等等都曾在战时到达重庆，诗歌创作成为他们陪都生活很重要的部分。他们的诗歌写出了他们在重庆的状况，刘成禺是“卧隐山城雾，双江乱里身”[②]。陈匪石是“临风已是无肠断，墙外巴歈试一听”[③]。林庚白是“诗将巴雨至，梦与楚江分”[④]。

南社虽已解散，但是曾有的南社契谊成为在渝社友们继续诗歌关系的某种基础。他们在诗歌交往中有时会回忆起南社经历，如沈尹默写给姚鹓雏的唱和诗歌提到，“南社酒悲君过我，北台官冷古输今”[⑤]。在另一首写给姚鹓雏的诗歌中再次提到关于南社的记忆，“姚子新篇咳唾成，不因南社有名声。恢恢风月光腾座，寂寂江山雾掩城。万里流迁凭肝胆，一樽冥漠息心兵。高怀入世谁相与，伐木吟成念友生”[⑥]。

这些诗人的聚合注定了战时重庆的古典诗歌创作不是苍白的，他们经常有着各式的诗歌交往，或是聚会切磋，或是叠韵唱和，他们还交流诗歌理论，时常有着独到的创建。林庚白的《雨中访友》可以见出当时诗人们小聚的场景：“小厅三客坐相对，瓶际风动桂花馨。啜茗论诗久无倦，

---

① 吴大琨：《抗战中的文化问题》，黎明书局 1938 年版，第 34 页。

② 刘成禺：《渝斋书事》，《世载堂诗待删稿》，沈云龙主编：《中国近代史料丛刊》，台北：文海出版有限公司 1967 年版，第 41 页。

③ 陈匪石：《寺居杂诗》，《陈匪石先生遗稿》，1960 年油印本。

④ 林庚白：《得味辛书及近诗》，《丽白楼遗集》，中国人民大学出版社 1996 年版，第 435 页。

⑤ 沈尹默：《次韵奉酬鹓雏先生》，《姚鹓雏文集 · 诗词卷》，上海古籍出版社 2009 年版，第 360 页。

⑥ 沈尹默：《次韵鹓雏悼舒泽卿》，《姚鹓雏文集 · 诗词卷》，上海古籍出版社 2009 年版，第 360 页。

快意差似醇醪倾。”“比闻江汉又告急，连宵血战当倭兵。转危为安田家镇，直从坚壁思收京。吾谋不用但旅退，尽取肝肺镌吟情。”[①] 在桂花香中品茗谈诗，仍然充满着南社时代的名士情味，但是就话题而论，却有着抗战时期的特殊内蕴，所谓的江汉告急、抗日血战、收京理想、平敌谋略，是这些心系天下的文人的激烈话题。“尽取肝肺镌吟情”，可以想见这些诗人他们的“吟情”充满了一种家国之痛，《过友人谈至宵分归赋》也记载了诗人与友人深夜谈话的内容，“猛思稼穑忧农事，倘共诗歌洗寇氛”[②]，仍然是心系天下，诗歌是这些诗人们参与抗战的方式之一，以此“洗寇氛”。

在特殊时期诗人们交流的内容最多的当然是关于战事的看法，汪东《寄庵随笔》记载到，叶楚伧有《与旭初、元龙夜话，谈收复事》：“轮蹄遥集一存临，各有川原万里心。落月金阊寻断梦，几时铙鼓替微吟。横江指顾收吴会，天下纵横自古今。须待莺飞三月暮，山塘酒涴远人襟。”汪东诗：“山河无地著登临，杖策能来见素心。废栋营巢惭燕止，戍楼吹角作龙吟。亦知守国非凭险，直遣和戎误到今。明日春风换人世，拟同花底洗烦襟。”自注：“楚伧横江二联，及余守国二联，皆记当时所谈语也。”[③] 二位诗人的作品都很精彩，特别是诗歌半属实录，记录了诗人的谈话内容，包括如何收复被占领的长江下游，以及战争不应依恃地利和采用不战的绥靖政策等，颇有见地。我们感觉到当年南社诸子指点江山的豪情仍在，这种士大夫的道义担当未曾消退，也未曾从诗歌中流失。

在战时的重庆，旧南社的诗人们也有着诗歌的交流，我们可以见到古典诗歌的创作并非如我们印象中的渐趋枯竭，而是有着丰富的产出，诗人们之间也因为交流而继续着诗歌的热闹。有时我们可以感觉到他们创作的激情，沈尹默在新年作成的诗歌，迫不及待要给好友姚鹓雏看，于是不等天亮便在除夕之夜送到姚鹓雏家，故而姚鹓雏有记载“录稿不待明，火急相传观”[④]。例如林庚白是一位高调的诗人，他有着自己独特的诗歌看法和自信，也经常将自己的观念与诗友交流，他对于诗道的沦丧非常忧虑，于是当姚鹓雏来到重庆时，他非常兴奋，对这位曾经的京师同窗，南社密友，林庚白希望他能与自己一起为古典诗歌的图存而努力，“世已推移诗

① 林庚白：《丽白楼遗集》，中国人民大学出版社 1996 年版，第 460 页。
② 同上书，第 446 页。
③ 汪东：《寄庵随笔》，上海书店 1987 年版，第 72 页。
④ 姚鹓雏：《杂诗》，《姚鹓雏文集 · 诗词卷》，上海古籍出版社 2009 年版，第 70 页。

欲灭，迟君拔帜与图存"①。姚鹓雏曾这样回答林庚白对于诗歌的看法："簸扬百代扫秕糠，大睨高谈见此狂。诗教已衰谁复起，酒人都尽世堪伤。长身奉米容诙谐，束发朋交各老苍。博簺读书俱失计，欲将无用托蒙庄。"② 姚鹓雏的诗歌情绪固然低迷，但是他在重庆却创作了大量的古典诗歌，这也是"拔帜与图存"的一种方式。

在战时的重庆，抗战文学是活跃的，尽管有着垂之文学史册的白话文作品，但是古典诗歌仍然有着一个稳定的诗人群，旧日的南社社友们也是这个群体的一部分，他们延续了南社时代的诗歌交往，也在某种程度上延续了南社时代家国萦怀抱的传统。

（三）重庆的古典诗人群体与南社

抗战时期陪都古典诗人群体蔚兴，各种群体雅集结社频繁，古典诗歌的脉络在陪都重庆绵延不绝。如前所述，南社社友此时也大批入蜀，他们本身就是陪都雅集的参与者。但难以否认的是，相对于清末民初的诗坛生态，抗战时期的陪都已经形成新的诗人代际群体。南社从晚清的诗坛新晋，此时变成了诗坛的老辈。我们需要关注南社在此时的陪都诗人群中的地位和影响。

抗战时期陪都的古典诗歌群体或以地缘，或以学缘，或以职官，形成规模不一的群落。例如 1942 年重阳陪都的登高雅集是以职官构成的诗人群落的典型，诗歌汇集为《壬午九日歌乐山登高集》，诗集开端便写道："壬午九日贾涛园召集同人歌乐山登高摘谢瞻九日从宋公戏马台集送孔令诗句为韵。"③ 参加雅集的诗人共十六人，他们是沈尹默、汪东、程潜、陈曼若、简易、姚琮、靳志、贾景德、谭光、方叔章、孙奂仑、曹经沅、陈毓华、徐道邻、李鸿文、蒲绍戡。他们大多为国民政府官员，其中，贾景德、陈曼若、孙奂仑、徐道邻、李鸿文、蒲绍戡六人供职于考试院；沈尹默和汪东两人供职于监察院；谭光、方叔章两人供职于行政院，此外，靳志曾在行政院任职；曹经沅供职于立法院；陈毓华供职于财政部；程潜、姚琮则是军事委员会的高级将领；李鸿文是参政会参政员；仅简易情况不详。十六人中有六人来自考试院，据公布的考试院法规委员会委员名单，1942 年 3 月到职的三十五人中就有贾景德、陈曼若、孙奂仑、徐道邻、蒲绍戡。而 1942 年的重九雅集正是在这些人共同供职于考试院之后，

① 林庚白：《喜鹓雏至》，《丽白楼遗集》，中国人民大学出版社 1996 年版，第 461 页。

② 姚鹓雏：《答林庚白》，《姚鹓雏文集·诗词卷》，上海古籍出版社 2009 年版，第 39 页。

③ 《壬午九日歌乐山登高集》，民国三十一年（1942）石印本。

这种同僚关系之于雅集的关联就很清楚了。当然同僚关系是雅集的最重要的一层关系网络，此外还有这些来自不同部门之间的朋友契谊，这在未到重庆之前的南京供职时期便已经奠定。在陪都新建立起来的诗歌空间中，诗人之间的关系遵循新的网络展开布局。当然我们也可以找寻到些微的南社影子。这些人中，沈尹默、汪东、简易是南社社员，这层关系某种程度上也是这个关系网络的软性支撑。

如果说"壬午年重九雅集"是以职官为关系网络形成的诗人群体典型的话，"癸未年展上巳雅集"和"癸未重九复兴关登高"便是以地缘为关系网络的雅集群体典型。癸未年即1943年，该年度在陪都共举行了两次大规模的诗人雅集活动，一次是展上巳节，一次是重九。展上巳雅集举行于农历四月初三，因是上巳后一月，故称展上巳。此次雅集地点在重庆七星岗，雅集者共四十二人。雅集以兰亭序文分韵赋诗，诗歌集为《癸未七星岗展禊诗录》。"癸未四月三日，渝州西郊七星岗展禊，以兰亭序：'会于会稽山阴之兰亭修禊事也，群贤毕至，少长咸集，此地有崇山峻岭茂林修竹，又有清流激湍映带左右。'四十二字分韵。"[①] 参与这次雅集的人数为四十二人，参与诗歌创作的为九十五人，其中湖南籍人士四十八人，湖北籍人士十一人，湖湘籍人士占此次雅集的大半。

重阳节又在复兴关举行了一次登高雅集活动，并将诗歌集为《癸未复兴关诗录》。登高地点在重庆复兴关李园，晚集半雅亭，以杜牧之九日齐山登高诗："江涵秋影雁初飞，与客携壶上翠微。尘世难逢开口笑，菊花须插满头归。但将酩酊酬佳节，不用登临叹落晖。古往今来只如此，牛山何必独沾衣。"分韵赋诗[②]。参加雅集的诗人共九十五人，在展上巳节雅集的诗人群体上有所扩增，然成员籍贯也是以湖湘人士为主。

对于这种地缘身份，诗人们在诗歌中已有所涉及。成惕轩写道："晤言多喜来三楚，俯仰何由托一丘。"注曰："与会者多湘鄂人。"[③] 李澄写道："招邀湖湘客，裙屐各纷萃。"[④] 诗人们自己也关注到主体群体的"三楚"、"湖湘"身份。湖湘之地正是南社湘集的活动区域。至1943年南社已经结束了二十年，然此时南社湘集尚在活动，对于南社湘集，社友们认

① 靳志辑：《癸未七星岗展禊复兴关登高诗录》，民国三十二年（1943）铅印本。
② 同上。
③ 成惕轩：《得修字》，靳志辑：《癸未七星岗展禊复兴关登高诗录》，民国三十二年（1943）铅印本。
④ 李澄：《得禊字》，靳志辑：《癸未七星岗展禊复兴关登高诗录》，民国三十二年（1943）铅印本。

可其绍续南社的地位，故在诗歌中径直以“南社”相称，而非名之为“南社湘集”。

罗介邱，湖南宝庆人，为南社湘集社友，他在诗歌中写道：“觞咏永和陈迹邈，幽情谁分比山阴。人生感慨同今昔，春色迷离孰浅深。千载留题添一禊，三巴寻胜正群吟。问渠南社诗消息，独我低回忆故林。”注：“坐中有问余南社消息者，余方得社友李洞庭书，告以今春长沙禊集，到者仅九人并代余拈韵得树字。”①

这首诗歌中我们欣喜地读到，对于南社的关心仍然存在于陪都的诗人群体中，所谓“坐中有问余南社消息者”。在罗介邱的叙述中我们也了解到关于1943年南社湘集的情况，当时长沙的禊集如期举行，只是参加人数甚少。但是湘集的活动是具有空间延展性的，诗歌雅集中的拈韵形式，朋友代罗介邱“拈韵得树字”，让远在重庆的罗介邱仍然可以参与到社团的诗歌活动中。

李况松的诗歌中也表达了一名南社社友对于南社的挂念：“世衰道浸微，等异才孰茂。嗟余素心侣，前席殊未遘。阿世不曲学，坐令苍黄瘦。眷言南社友，半已沦斥堠。持此风雨情，孤愤复同奏。偶做山阴集，古今如夙媾。地犹巴子国，草树空簇簇。粉江吞二水，咽恨危石诟。今日资政攻，胡为怨困兽。且携闲涕泪，吊此落凤岫。等是过江人，引睇烽火逗。愿言起大学，莫及桓灵彀。我自矜壮六，横经堪却寇。天堑俯瞿塘，急峡龙蛇斗。不畏虫沙繁，但避猿鹤诮。”② 李况松描述了在这个世衰道微的时代，南社诗人的命运，“阿世不曲学”，写出这些乱世文人的孤高气节，他们要在这个乱世中生存，需要与世浮沉的谋生，但是却没有放弃坚守自己的文化信念。这种坚守在性命尚且难保的战争岁月，显然是奢侈而困难的。“眷言南社友，半已沦斥堠。”斥堠是中国古代军中职事，专门负责巡查各处险阻和防护设施，候捕盗贼。《左传・襄公十一年》：“纳斥候，禁侵掠。”《史记・李将军列传》：“然亦远斥候，未尝遇害。”此处以斥堠代指南社社员们在战时不得不参与到战争中，承担着各种军中工作。这也确实是抗战中南社社员的实际状况。诗歌中对于南社的追怀很快便与当下的战事联系在一起。诗人们大批入蜀，此时雅集上诗人所想的是如何凭借瞿塘天险，实现“横经却寇”的文人理想。

---

① 罗介邱：《得林字》，靳志辑：《癸未七星岗展禊复兴关登高诗录》，民国三十二年（1943）铅印本。

② 李况松：《得茂字》，靳志辑：《癸未七星岗展禊复兴关登高诗录》，民国三十二年（1943）铅印本。

当癸未年春秋雅集的诗歌编订成册后，李况松以集龚定庵诗的方式表达了对于诗歌的评价："颓波难挽挽颓心，累汝千回带泪吟。观理自难观势易，狂言重起廿年瘖。"[①] 自注："五四以后嗣响南社者首推此两集，分韵制作精湛，置之南社诗选中，未遑多让。"首先，李况松集龚诗的方式，唤起了我们的南社记忆，这是清末南社诗人最为热衷的诗歌创作方式，用一种超越代言的方式以龚自珍的词句表达自己的心情。所谓的"狂言重起廿年瘖"，这句诗非常巧妙和颇具深意地指出了1923年南社的结束和1943年陪都雅集这场跨越廿年的诗歌活动之间的关系。1923年南社结束后旧体诗坛的诗人雅集结社便再难达到如许高峰，此处，李况松在自注中提到了"嗣响南社"，因为在这位南社诗人眼中，1943年陪都的诗歌活动囊括了上百名诗人，这样旧体诗人雅集规模，直可遥想南社风范。但是李况松并不仅仅是将1943年的雅集从规模上与南社相并论，更是想从诗歌发展脉络上与南社建立关联。在陪都时期重提南社，无疑是明智的，这不仅仅源于南社此时仍然存在的人际网络，也源于南社这个词汇可以唤起的诗人心中的民族意识。1943年的两次雅集诗歌中，这些陪都诗人们抒发了其抗战的信念。就如前文所述的那样，对于民族主义的呼唤在诗歌中转化为一种抗拒外辱的精神，南社时代是反清，抗战时期是反日。内涵不同而诗歌策略却一脉相承。此外，"嗣响南社"更是对于1919年五四运动以后旧体诗坛振兴的呼唤。南社作为旧体诗坛结社的最后强音，带给旧体诗人的是一种追怀，是旧体诗人在新诗占据诗坛空间背景下的一种力量追索。

除了在雅集中将南社视为精神源头，陪都诗人群体径以南社作为结社标榜的便是西社。据《容庵丛稿》载："时抗战中旧体诗人大量客渝。如祥符诗翁靳志（仲云）方从南京外交部避难来渝，与湘中许君武、陈韵篁夫妇，南京李春坪，及渝中柯尧放及其诗友熊公弼、王天循等，即常觞咏于松荫一舵中，倡为西社以继南社，张扬爱国精神鼓吹革新也。"[②] 在记载中明确指出了西社对于南社绍续的意愿，并且指出这种继承主要在于爱国精神的一脉相传。据载，西社有《西社雅集》手稿，"系西社诗人聚会重庆南岸老君洞松荫一[③]时的唱和之作，时间是1944年。这些诗人的名字是：任鼎、汤宽、李春坪、许君武、熊公弼、周茂僧、汤重

① 李况松：《癸未春秋禊集诗录题词集定盦句》，靳志辑：《癸未七星岗展禊复兴关登高诗录》，民国三十二年（1943）铅印本。

② 柯尧放：《容庵丛稿》，重庆市彩色书报印刷厂，1995年，第3页。

③ Z16

周、汪槃、吴棹仙、童翼、温少鹤、黄伯易、徐涟、邱儒宗、梁顾周、周懋植、徐镜溪、邱仲、郑玄成、郑铨。"[①] 这些诗人中并没有南社社友，他们较之南社都为后辈，他们此时选择南社作为结社的标榜，正如同当年南社上溯几社复社一样，都希望在一种历史的比附中，找到自己当下的存在定位。西社可以说一开始就是以一种抗战诗人群体的面目出现的。

西社雅集诗歌今见于《容庵丛稿》中相关的社集诗歌，据此可以想见当时的诗人交往和创作态度。兹引柯尧放的《西社宴集分韵得送字》："萧然借一楼，卑隐甘避众。等闲头欲白，莫讶长须送。忧忧过江时，几辈怀抱空。啸侣集桐荫，逸响接吟凤。凯风散华烛，庭木矜夜弄。徙倚眷栏干，檐椽郁昏雾。塔影迷江南，湿云埋涂洞。抚景长太息，攻愁倒百瓮。圣战苦七年，未雪天地痛。二陵风雨哀，潸潸泣翁仲。许侯传飞牒，倭揆葬酷讽。夺魄忤苍苍，岂必待申控。后先书七月，溃敌惊奇中，变生肘腋间，蛇象方咬哄。嗟嗟两元凶，东西自焚栋。穷兵味祸胎，食果空悔恫。三湘七泽畔，王师正倥偬。举触颂中兴，群贤欢盈衷。清兴动鸣虫，廊阶起幽哢。五更茶再熟，一铛煮残梦。"[②] 诗歌中写出了诗人们在乱世中企望萧然避世的愿望，也写出了诗人们在战争中诗侣相集的快乐，更写出了战争中那种天地为之悲的艰难困苦。诗人们的愿望就是兵祸早日结束，期待着撰写中兴之文。西社和抗战期间的其他陪都古典诗人群一样，都是抒写着一腔爱国的赤诚。

在抗战期间的陪都，南社虽已消歇，但南社湘集尚在进行，南社的历史影响力正盛，南社是一个不断出现在陪都古典诗人群创作和结社中的响亮的名字。南社意味着一个爱国的社团榜样，南社意味着作品繁多的诗坛老辈，南社意味着在新文化运动后还可以不断汲取力量的古典诗歌源泉。

三　古典诗歌的延续

对于南社的作品，我们一直在关注其诗歌的功利主义观念，怎样将古典诗歌赋予一种时代性，从而作为一种社会动员、思想宣传的工具。南社的作品在晚清成为播弄时代风潮的工具，有效配合了反清的革命活动，这

① 柯愈勋：《编后》，见柯尧放《容庵丛稿》，重庆市彩色书报印刷厂，1995 年，第 219 页。该文为柯尧放之子所作，家藏西社手稿。然该稿笔者未曾访得。

② 柯尧放：《容庵丛稿》，重庆市彩色书报印刷厂，1995 年，第 24 页。

是南社诗歌在诗史上的独特价值。而且我们也注意到，南社诗歌因为多刊于媒体而具有一种通俗的倾向，这也合乎近代诗歌大众化运动的潮流，但是这种大众化却很难越过古典诗歌的底线，这种在当时具有独特思想和审美价值的诗歌，最终没有和新文化运动合流，而南社也在不同的文化选择中走向分裂。对于古典诗歌，南社诸子有着他们的执着，我们关注的是，当时代给予一个新的命题时，当民族危机以一种更为强大的方式出现时，这对于执着古典诗歌的传统士子们有何影响？他们的诗歌理论和创作会发生怎样的调整？

（一）古典诗歌的大众化

抗战需要动员最广大的人民群众，而文学宣传的方式也需进一步大众化，古典诗歌被认为是一种脱离大众的文学，而受到当时理论学者的排拒。蒲风在《五七言定形律非大众形式》中阐述了他的观点："除了才子佳人，没有几个人再是旧诗词的群众。慢说他们原本不预备去找寻，即使现今开足马力去对此图谋进展，也已不容易使他们怡心。"[①] 蒲风认为传统诗词已经缺乏市场，而热衷传统诗词的人并不是诗歌大众化所必须争取的对象，他们可以用具有抗战思想的传统诗词去施加影响，但是这对于抗战宣传而言是极为次要的工作："故为了对一般没有接受新思潮的旧歌词里长大的老者，增强其抗战意识，而由较有声望，能影响到他的信念者去负责，给他们产生一些五七言定形律的东西，也许不至毫无需要性；而事实上，这种工作却非大众化工作中的必要部门。"[②] 蒲风认为对于传统诗词的改造是必须的，且应该从思想和形式上均予以革新："在这里，为着诗歌和大众化，为着诗歌应该是大众的糕粮，我们应该坚决地承认，我们剔去了旧的封建思想，通过新的世界观而利用歌谣、时调、弹词、小曲、鼓词等等的长处——批判地采用上述诸长处，去制作新形式，为正确的一条大路。"[③]

抗战时期的理论工作者阐述的核心是，如何使得诗歌成为一种宣传大众的工具，诗歌的"大众化"是他们思考的关键。而在我们熟悉的南社经验中，利用诗歌进行宣传也是他们最擅长的手段，他们在清末民初也思考过诗歌大众化的问题。南社诸子上承诗界革命派而来，对诗歌的思想承载范畴进行了大胆的拓展，他们接受了诗界革命派在古典诗歌中运用新名

① 蒲风：《抗战诗歌讲话》，诗歌出版社 1938 年版，第 39 页。

② 同上书，第 41 页。

③ 蒲风：《诗歌大众化的再认识》，《抗战诗歌讲话》，诗歌出版社 1938 年版，第 63 页。

词的方式，成功地将古典诗歌变为自己宣传民主民族革命思想的工具。他们占据了当时以上海为中心的媒体平台，因为这一诗歌发表方式的变化，使得他们的作品具有一种报章体特有的通俗化倾向，那些朗朗上口如同歌谣，或是简捷直白如同白话的诗歌，清楚地表达了他们的思想观念，具有很好的宣传效果。

但是我们也为南社诸子没有走向真正的大众化而遗憾，他们的古典诗歌改造固然比之诗界革命派已经有了跨越，但是仍然有着他们自己不愿也不能跨越的底线，他们尚不能放弃古典诗歌的形式而走向白话诗的无律状态，甚至当五四运动到来后，一些南社诗人却回到古典诗歌中，放弃了先前的大众化尝试。当抗战开始，时代对于诗歌再次提出了大众化的要求，古典诗歌真的如同蒲风所说的是“才子佳人”的孤芳自赏吗？其实不必将古典诗歌与一种概念化的生活联系起来，古典诗歌可以承载时代赋予它的新内蕴。我们看到旧南社社员的作品，仍然具有那种在南社时代磨砺的光辉，仍然具有那种宣传的感召力。

沈钧儒作有《从军乐》，自注“代书信寄慰前方将士”，这首写给前线战士的诗歌具有楚辞的情深绵长，又坦白易懂：“我愿化身为弹兮，与君朝夕以相从，抱君之腰而与君共命兮，经君之手而贯命于敌之胸。又愿化身瓶中之水兮，劳解君之渴而倦润君之容；终其化我身为军毯兮，使君于朝营露宿之际，得我之保卫而安眠兮，益坚强其精力而无懈于冲锋。”[①] 这首诗歌中的大胆想象和代言体的形式，都是古典诗歌中常用的方式，我们熟悉这类作品中的爱情主题，往往是女性表白自己坚贞爱情的咏叹，沈钧儒将这种传统模式化为一种与前线战士共甘苦的表白，愿为弹、为水、为毯的心愿抒发了坚定而崇高的情感，具有很强的鼓舞士气的作用。这样的内容或可以白话的方式表现，但是这种古典情愫却有着含蓄中的奔放，为白话作品难及。

再如于右任作于1938年的《荣誉军人歌》（其一）：“男儿要当兵，以身换太平。我是幸运儿，沙场万里行。祖国危急诚万万，大风起兮神圣战。寸寸河山寸寸血，国家至上生命贱。何况胡儿胡马遍中原，百万遗黎哭前线。荣誉呼，男儿汉，裹剑为国平大难。”[②] 这样的作品我们又怎能说离大众遥远呢，正是蒲风所呼唤的“通过新的世界观而利用歌谣、时调、弹词、小曲、鼓词等等的长处——批判地采用上述诸长处，去制作新

---

① 沈钧儒：《寥寥集》，生活·读书·新知三联书店1978年版。

② 于右任：《于右任诗词曲全集》，世界图书出版社2006年版，第189页。

形式”那类作品。

陈柱尊的《变风变雅楼待焚诗稿》可以说就是抗战诗史，他以诗歌方式记录了战局战况，他最著名的有记录九一八事变的《前国耻诗》、鼓励青年爱国的《后国耻诗》、记录十九路军沪上抗日的《赠十九路军六十七韵》等等，这些作品均是皇皇长篇，具有自鸦片战争诗歌以来的那种铺排史实的壮阔感，颇具感染力。如《赠十九路军六十七韵》，自注："十九路军在沪孤军抗日，连战皆捷，国人壮之，爰赋此诗。”诗中写到十九路军的战斗场面，从枪战到械斗到肉搏，展示了军队的顽强精神，“珍惜尔子弹，一弹一敌人。子弹用完了，刺刀向前伸。刺刀杀断了，枪杆击其身。枪杆击断了，打之以双拳。双拳打痛了。咬之以牙齿。宁为枪下鬼，勿作囚中人。宁为玉而碎，勿作瓦而全。其言悲且壮，可以泣鬼神”[①]。这样的诗句明白如话，并且这首诗发表在《申报》上，引起读者强烈的反响，作者曾言：“自余以赠十九路军诗发表于《申报》后，《申报》为辟大众文艺一栏，载爱国诗歌颇众，多惊心动魄足醒国魂。国人喜读之。”[②] 这样的作品对于大众的影响同样是难以估量的，这与诗歌形式上是否白话无关。

我们可以在这些旧南社社员作品中找到很多这样的具有大众化宣传效果的作品，这在某种程度上也是南社时代诗歌宣传的延续。古典诗歌的大众化需要将其形式进行调整，这也是诗歌在时代要求下的某种自我调整。这种调整背后是对于诗歌功能的认知，这些民间基层文人强调诗歌的社会功能，故而能调整诗歌使其发挥社会功用。

（二）古典诗歌的功用

南社时代，以柳亚子为首的诗人群反对徒然吟风弄月的作品，务求诗歌“有用于世”。这种从“兴观群怨”的诗歌功能演化而出的诗歌功能观曾主宰了南社的创作。我们知道南社在革命目标实现后，社团走向了迷茫而诗歌也有着某种纯艺术倾向。当我们阅读旧南社社员的抗战作品，某种程度上感觉到了那种务求诗歌“有用于世”的观念的回归。

陈柱尊《变风变雅楼待焚诗稿》自序写道：

> 昔诗序有言：“王道衰，礼仪废，政教失，国政异，家殊俗，而变风变雅作矣。”呜呼，此吾今日所以名吾吟楼也。又曰：“国

① 陈柱尊:《变风变雅楼待焚诗稿》卷二，民国二十二年刻本。

② 陈柱尊:《题申报大众文艺》,《变风变雅楼待焚诗稿》卷四，民国二十二年刻本。

> 史明乎得失之际，伤人伦之废，哀刑政之苛，吟咏性情，以风其上，达于事变而怀起旧俗者也。”呜呼，此又吾诗不得不作也。虽然，吾诗岂特以风其上云尔哉，亦将以激民情，励风俗，明国耻，救危亡者也。
>
> 故吾之为诗也，其情深，其义严，故其词厉，其思苦，故其语危，盖欲使国人知夫亡国之无日，耽乐之可以速亡，懦夫知立，而国贼知惧，则今日之诗不得不变者，他日或不得不正焉。此吾今日之所以为诗之志也，亦古者变风变雅诗人之所以为诗之志也。[①]

陈柱尊阐述了其具有变风变雅形态的诗歌创作背景，在一个发生巨变的时代，诗歌必然染乎世情发生变化，这些沾染变世因素的作品，在古代主要是“讽上”，而陈柱尊强调诗歌的功能更在于“激民情，励风俗，明国耻，救危亡”，他希望他的诗歌可以使得大众警醒，对于亡国之祸有着清楚的认识，从而能坚定地加入抗战，而那些国贼也能在这些实录之作面前聊以自鉴，收敛其不齿的行径。陈柱尊一方面坚持了古典诗歌的社会意义，一方面又具化了抗战情形下的古典诗歌创作功用。陈柱尊在《诗人篇》中又重申了诗人的社会职责，他坚持诗人应该在这场战争中记录下民族的血泪与坚强：“黄浦江水赤，黑龙江水腥。万古流不尽，尽是悲壮声。此声乃真诗，句句血激成。女子闻之泣，国贼闻之惊。懦夫闻之奋，壮士气益横。欲鞭昆仑石，为君填蓬瀛。”[②] 当诗歌成为战时英勇之气的外发，就可以鼓舞士气，震慑敌人，感染民众，诗人的职志正在于此。

柳亚子也始终强调着古典诗歌的战斗性，“至于旧诗，我认为是我的政治宣传品，也是我的武器，大刀、标枪果然不及唐克车、飞机的厉害，但对于不会使用唐克车、飞机的人，似乎用大刀、标枪来奋斗也不能认为错误吧。我的蔑视旧体诗，而仍然要做旧体诗者，其原因就在于此了”[③]。柳亚子在抗战期间的作品几乎都是古典诗词，但是他却始终对于古典诗词表示着他的不满，他曾多次表达了理论与创作之间的矛盾心结：“我是喜欢写旧诗的人，不过我敢大胆地肯定说道，再过五十年，是不见得会有人再做旧诗的了。”柳亚子对于他反对旧诗却一直创作旧诗，解释为“这完

---

① 陈柱尊：《变风变雅楼待焚诗稿》，民国二十二年刻本。

② 同上。

③ 柳亚子：《柳亚子的诗和字》，《柳亚子文集·磨剑室文录》，上海人民出版社1993年版，第1471页。

全是结习太深不易割舍的缘故”[①]，另一方面也如其所说是因为“是我的政治宣传品”，这是他所熟悉的宣传方式，虽然白话诗歌如同飞机坦克可以最大程度上达到效果，而传统的诗歌如同大刀、标枪，同样也可克敌制胜，更重要的是柳亚子这批士人用大刀、标枪来得更为称手。柳亚子一直坚持用他的大刀、标枪来为国家民族而战，他的诗歌观始终具有社会功用性。

马一浮的《蠲戏斋诗编年集》序中用了很大的篇幅来阐述诗歌的传统，是怎样发挥其社会功能的，随后指出“圣人感人心而天下和平，诗之效也。春秋之世朝聘燕飨皆用歌诗，以微言相感”[②]。马一浮参佛较深，从其诗歌观念上讲却没有落入玄虚，而是秉承传统的诗歌观念，特别是他的抗战时期作品，也期望其能有功于世用。

抗战时期的作品不易作，这有着公论，“吾侪处空前之变局，非常之变，见闻感触，形诸吟咏，宜可变风变雅，播之民歌，垂于诗史矣。顾朋辈议论，或谓抗战之诗不易作；或虽有所作，徒作豪语；或则更囿于短视，亡国之音，抑又下焉”[③]。抗战的作品承担着社会的功用，一方面不可徒然地以豪言壮语来充塞篇幅，另一方面也不可以过于悲悯而使得民气沮丧，因为诗歌是要播之于大众的，是要发挥其振起民族精神的作用的，诗歌如何写，如何在时代巨变中自我突破，是古典诗歌作者们需要思考的问题。

（三）古典诗歌的突围

在一个白话诗歌兴起的时代，古典诗歌如何突围？旧南社社员们依旧在用创作继续一个古典的梦想，其中林庚白是一个特立独行的人，他不仅创作了大量的抗战诗歌，而且以一种惊世骇俗的自信宣告古典诗歌生命的延续。

林庚白曾言：“曩余尝语人，十年前郑孝胥诗今人第一，余居第二，若近数年，则尚论今古之诗，当推余第一，杜甫第二，孝胥不足道矣。”[④]林庚白自己将其诗歌地位置于古今第一，这种言行自然会引起世人关注，除却对此人性格的关注外，也自然会注意到他的诗歌“时世论”。我们需

---

① 柳亚子：《〈新诗和旧诗〉——柳无忌〈抛砖集〉代序》，《柳亚子文集·磨剑室文录》，上海人民出版社 1993 年版，第 1346 页；又见柳亚子《怀旧集》，第 14—15 页。

② 马一浮的《蠲戏斋诗编年集》序，民国三十六年（1947）刻本。

③ 林庚白：《〈吞日集〉自序》，《丽白楼遗集》，中国人民大学出版社 1996 年版，第 383 页。

④ 林庚白：《丽白楼诗话》，《丽白楼遗集》，中国人民大学出版社 1996 年版，第 983 页。

要注意林庚白的话语背景，他的《丽白楼诗话》作于1940年，此时他身处陪都重庆，创作了大量的抗战作品。此时的林庚白认为他处于一个与古人完全不同的时代，这是古人难以企及的创作处境，因而可以创作出超越古人的作品，“余之处境，杜甫所无，时与世皆为余所独擅，杜甫不可得而见也，余之胜杜甫以此，非必才力凌铄之也”①。林庚白在他的《吞日集》自序中详尽地阐明了他的时世论的观点：

今日之事，不同于晋、宋、晚明，虽亦有同者，而时与世不同；今日之日本，不足以亡中国，又不同于蒙古之于赵宋，满洲之于朱明；则今日之事，推迁所极，从可喻已。于此而犹无昌其诗，负今日之意境，并负今日之时与世，假古人复生，必且抚膺而长太息矣。

吾侪生今日，诗材盖多于古人，古人之意境，吾侪有之，而吾侪之意境，古人不可得而有也，时世固已驱吾侪以与古人竞旗鼓，何妄自菲薄之甚耶！②

林庚白指出了“胡戎”话题的时代差异，日本的侵略与南宋和明末遭遇的民族危机不同，所以在“诗材”、“意境”上自有时代的独特性，今日诗人不必妄自菲薄而是应该有超越古人的自信。他的《角声集》自序也谈道：“吾侪处今之世，意境广而见闻新，矛盾杂陈，故新并蓄，但论读书，亦已视古人为多，奈何犹模仿古人，虽发为百千万言，而颠之倒之，无一非古人之言，如此作诗，诗可不作。”③ 林庚白在古今的对举中强调着时世的差异对于诗人的机遇，他认为时代提供给诗人的是前所未有的题材，诗人应该把握这种新的境遇，而不必刻意追模古人沉溺于刻舟求剑似的诗歌创作中。

林庚白的自信来源于他对古典诗歌创作时代背景的自信，除却其震惊听闻的自吹自擂，他的自信也的确给古典诗歌作者以激励。因为从五四以来，古典诗歌的命运被给予了太多令人丧气的宣判，包括柳亚子一面宣称难以割舍对古典诗歌的喜爱，一面又宣称古典诗歌的生命不会超过五十年。当古典诗歌的创作越来越成为一种小圈子的游戏时，这时有人宣称古

① 林庚白：《〈吞日集〉自序》，《丽白楼遗集》，中国人民大学出版社1996年版，第383页。

② 同上。

③ 同上书，第594页。

典诗歌可以超越古人，甚至可以到达前所未有之境，这种自信确乎带来一种创作的兴奋。

林庚白学诗是从同光体入手，但是却在日后对同光体“反戈一击”，对其进行了全面的系统的反拨。我们已经注意到这种反拨其实是和林庚白此时自我的理论建树联系起来的，这种反拨集中于抗战期间，这时的林庚白有了自己的创作成绩与创作理论，他批判同光体是为了扫清泥古的诗歌积习，从而为他自己的“时世论”的观点扫清障碍。林庚白用“破”和“立”的方式标举了他自己的声音。

追寻林庚白理论的实质，乃在于一种诗歌精神的解放，古典诗歌创作的核心范畴乃在于对于传统的传承，但是近代的时世之变一直对古典诗歌提出了革新的要求。从诗界革命派开始，就在探寻诗歌革新的出路，南社诸子也在这条革新之路上不断贡献着创见。林庚白的理论虽然有着惊世骇俗的表达，但是究其实，仍然是从诗界革命派开始的对于古典诗歌的突围之路，追求着旧瓶装新酒的效果，只不过到了林庚白，他希望诗歌内核是合于“现实的时代性和社会性”，应该写着诗人们正在经历的生活，而不是写着古典传统中想象的生活。

林庚白在抗战期间出版了《水上集》、《吞日集》、《角声集》、《虎尾集》，诗歌记载了他在抗战期间的见闻所感，可作诗史观。林庚白也意识到他的作品和诗史杜甫的某种类似，但是他多次在诗歌和诗话中宣称他超越杜甫之处，因为他的作品反映了一个杜甫所未曾见闻的时代。且看林庚白一首自称可以“陋杜甫”的诗歌《述空袭》：

> 飞空倭来袭江浒，我有高射炮如虎。轰炸机与驱逐机，两军天际盘旋舞。上天下地动千百，武汉南京众所睹。大声震撼弹丸坠，闻者惊悸死者苦。行人全无炊烟绝，但见角落出偶语。东墙俄顷成劫灰，血肉西邻不知数。白日野哭争觅尸，或呼儿女或父母。古来未见此奇变，我今为诗陋杜甫。客从大溪沟畔至，云已倾家不得住。死生一发笑啼难，昨日之日犹欢聚。疏散迁移又尘上，苟免尔曹气已沮。人物到眼足亡国，赖兹时世非往古。我敝悬知倭亦僵，五指技穷窜鼯鼠。智囊落寞何所用，但竭俸钱供行旅。小官皇皇不如我，大官朝暮有喜怒。吁嗟据乱起东方，苍头谁更扬我武?①

① 林庚白:《述空袭》,《丽白楼遗集》，中国人民大学出版社1996年版，第483页。

林庚白认为诗歌记录这种古未曾见的奇变，已经超越了杜甫的记载。且不论林庚白在诗歌艺术上是否超越杜甫，但是他对于战争的记述确实是当代的诗史，绝不会与杜甫冷兵器时代的战争相混淆。他这首诗歌记录了日军空袭的场景，高射炮、轰炸机、驱逐机，这些只会在近现代战争中出现，这便是战争的真实记录。

《霞飞路“八一五”咖啡馆》：“雷递风声四座凉，一窗面市有沧桑。终虞逸豫倾吾族，行见金银竭此乡。人语脂香相妩媚，战尘白骨自辉光。流亡只在阑干外，高鼻群胡恣举觞。”[①] 这首诗记录了他在一家咖啡馆里的所见，虽然没有如同高射炮这样的时代词汇，但是却有其追求的“先求意境诗能好”的效果。颈联中人语脂香与战尘白骨的对举颇有杜甫诗歌中朱门酒肉与路边冻骨相对的效果。诗歌写出了沪上歌舞升平与战火纷飞并存对国人造成的心理创伤，百姓经历着流离之苦，而这里的外国人却能享受着酒馆里的平静。这种殖民地的人民心理是杜甫所未曾言而林庚白又幽微道出的东西。

从林庚白的诗歌题目中我们已经感觉到其创作的一种姿态，他力图把这个时代都能用其古典诗歌来给予表达：《闻八路军平型关告捷》、《书中国共产党宣言后》、《报载北平城里伪中华民国临时政府》、《中国空军袭台北告捷喜赋》、《台儿庄告捷四首》、《与客谈卢沟桥事》、《闻日苏交恶》等等，而且林庚白还有大量关于个人在战争中的迁徙与生活的诗歌，从这个角度讲，林庚白的诗史和杜甫的诗史各有千秋。虽然我们客观上并不能认同林庚白对自己古今第一的评价，但是其诗歌创作和理论价值却不容抹杀。其实林庚白的古典诗歌“时世论”，并非什么创论，从诗界革命派开始便已经有这样的突围思路，就是将新的思想和事物写入诗歌之中，让古典诗歌具有一种合乎时世的精神。南社诸子曾经也尝试过将古典诗歌用作宣传资产阶级革命派的思想，使得诗歌具有一种独特面貌。而且到了抗战阶段，其实有着很大一部分人在循着这个思路进行古典诗歌创作，而林庚白的意义就在于，他从理论上肯定了这样的创作，并且在一个白话诗歌创作繁荣，而古典诗歌创作缺乏自信的时期，用一种令世俗或感突兀的方式，宣称古典诗歌创作的价值。

在抗战时代，南社已然解散，诗人们也在战争中经历着流离迁播。但是古典诗歌创作却未停止，旧日的南社社友在民族面临危机的时刻，当诗歌重新面对“胡戎”这个话题时，延续了南社时代的民族气节，在诗歌

① 林庚白：《丽白楼遗集》，中国人民大学出版社 1996 年版，第 397 页。

中继续砥砺气节，振奋民气，继续发挥着古典诗歌的社会功能。古典诗歌在一个白话诗歌占据主流地位的氛围里，也在尝试自我突围，一方面调整自己成为一种大众可以接受的宣传方式，一方面也积极让时代的因素进入诗歌，从而获得一种继承古典却又超越古典的创作自信。

第六章　南社诗人群体创作概述

南社诗人作品繁多，目前尚无人将社员作品作出确实的统计，如有人能毕其事，当厥功甚伟。然此役非易，郑逸梅曾这样总结文献搜集的难处："民初出版界，已成为南社的一统天下，故范围很广，涉及面也很多。且那时的出版物，至今大都早已绝版，有的本属非卖品，印数不多，流传绝少，那钩沉工作，不易做得一无漏列。况南社又分两个时期，有老南社时期，有新南社时期，新南社社友各方面的人都有，更难统计。"① 郑逸梅道出的文献搜集之难，主要还是在于南社社团人事之复杂，社友既夥，社团又历经新旧更迭，则社友之间彼此皆通声闻便属不易，社团中无人着力于社友的作品收录，如时光久远，作品的湮没不闻便成必然。社员的诗集尚且难以统计，那些没有被收入社员自己的作品集，而散佚于当时的报纸杂志的更是难以钩沉。郑逸梅便在选录时予以限制，其选录依据"首先以单行本为主，再及已成而没有刊印的稿本，和在刊物上连载的作品。不论属于文学的或哲学的以及其它种种，凡南社社友所作，无不兼收并蓄"。郑逸梅作为南社社友，较之于今人还是多有文献访得之便，其《南社丛谈》附录有《南社社友著述存目表》，录有二百六十一人的作品，相对于南社在册一千二百多人的社员人数确不曾窥其全豹，然已是今人研究的最佳文献来源。

本章以郑逸梅的《南社社友著述存目表》为依据，增删补订，整理出《南社诗人别集知见录》（见附录一），意在探骊目前南社诗人作品的存佚情况，故对其版本、藏书地加以整理，并注明今人整理出版的情况，以见南社诗人作品在当下的出版流传。《南社诗人别集知见录》所含人数为一百七十六人，南社的文献整理工作可谓虽已启程，却前路漫漫，尚待来者。

南社诗歌文献汗漫，南社诗歌研究便不可不面对这样的问题：如何对

① 郑逸梅：《南社丛谈》，上海人民出版社 1981 年版，第 627 页。

待文献。一方面，对于文献获取的欲望成为未来南社研究的一个趋势，那些尚未被开掘的作品集里富藏着我们急于亲近的更加丰满贴切的南社样态。一方面，这些诗集会被质疑者挑战：南社的研究焦点会不会湮没在这些无穷无尽的作品集里？因为在研究过程中，始终有研究者在探寻“南社”这个词赋予诗人们的是一种身份还是一种可以研究归并的群体性特征？

在目前所知的一百六十八人的诗集中，我们读到一种与南社或近或远的关系。有的诗歌详细记录了参加南社雅集的感受，记录了与南社社友的唱和交流；有的却只是自己的心绪情感，东西游踪，丝毫没有南社的影子。或许会认为，那些作者只是徒然具有南社的社员身份，而没有真正进入南社的创作。南社的研究需要聚焦，南社作为一个社团的群体样态需要一些提纯的词汇去描述，南社作为一个革命群体的历史定论也需要被维护，所以我们要关注那些充分展现了南社革命性的作品，我们的研究中最为关注的是柳亚子、高旭、陈去病、苏曼殊等最具代表性的诗人，我们大量引用的是最具革命激情的诗歌材料。但是我们的研究如果选择性失明，那么我们的研究结论将不那么可靠。在此，并不是为了挑战定论或是妄图改写南社的诗歌史，只是希望在越来越多的材料中找到更多的线索去接近南社。本章中引用的诗歌，他们的作者或许是陌生的，因为他们并非南社最具光芒的个体，但是他们的作品却又是熟悉的，让我们可以阅读到南社作为一个群体的共同风貌。

南社存在着一个庞大的民间诗人群，诗人创作往往有着自己的个性色彩，但是作为一个社团，仍然存在着群体性的创作特色。在题材上，表现为对历史和当下的共识性选择；在风格上，表现为对创作身份与诗歌师法对象的群体性体认。这些成就了南社区别于近代其他诗歌群体的特征，使得南社诗人群成为近代诗歌史上不能忽略的存在。

第一节　群体题材:历史追述与当代诗史

在诗歌创作中，历史元素与当代事件均是常见的诗歌题材。本节中我们通过观察南社诗人群体如何把这些常见题材变成一种选择性的表达，借此了解这个群体“有目的感”的诗歌创作背后的强烈淑世精神。

一 历史追述：几复风流

南社在社团活动中非常强调其历史渊源，其中最重要的便是对于“几复风流”的追摩。这是一个混杂了政治、文学、文人做派多重意义的概念，在南社诗人的行为和诗歌中均作出了自己的理解和表达。南社一直用几复风流作为一种标榜，所谓的“谈剑把酒又今时，几复风流赖总持”①。但是标榜不等于是复制，南社要做的不是重复历史，而是汲引历史的力量完成自己的历史使命。

南社追摩的“几复风流”究竟意味着什么，这需要从概念本身去寻找答案。几社、复社是明末文人结社的代表，起初是为了科考而聚集起来揣摩选政，后来逐渐成为一种政治力量与阉党抗衡，成为士人气节之代表②。

对于南社而言，上追几社复社，首先，便是对于政治态度的追摩。这样一个既在明末抗衡阉党，又在清初反对异族的社团，是南社极佳的精神偶像。崇祯元年（1628），张溥、周钟以选贡生入都，杜麟征和夏允彝也来到京师，并相互结识。他们“目击丑类猖狂”，在京师的二十八人相约结燕台十子之盟，燕台十子之盟的成员与东林党人深相接纳，以此与阉党斗争。因为久试不第的关系，杜麟征和夏允彝便谋求以文会的方式联合松江的士人，共同钻研制艺。崇祯二年（1629），复社和几社成立，分别有《国表》之刻和《几社六子会义》之刻。张溥是复社的创始人，陈子龙、夏允彝等人则是几社的创始人。张溥等人痛感世教衰颓，联络四方人士，主张“兴复古学，将使异日者务为有用”③，因名曰“复社”。复社以东林后继自任，与阉党相抗衡。几社与复社有着相似的政治表现，因推崇“绝学有再兴之几，而得知几神之义”④，故名“几社”。

清军入关前后，复社、几社成员表现不一。大部分成员成为了江南抗清的重要力量。陈子龙、夏允彝在松江起兵，黄淳耀、侯歧曾领导了嘉定军民的抗清斗争，失败后都不屈而死。几社中另有徐孚远起兵抗清，后追

① 高旭：《海上神交社集，以事不得往，陈佩忍书来索诗，且约再游吴门，邮此代简》，《南社丛刻》第二集，江苏广陵古籍刻印社影印本1996年版，第214页。

② 几社、复社的聚散可参加谢国桢《明清之际党社运动考》，中华书局1982年版。

③ 陆世仪：《复社纪略》卷二，顾廷龙主编：《续修四库全书·史部》，上海古籍出版社1995年版，第438页。

④ 杜春登：《社事始末》，《昭代丛书》（戊集续编），道光十三年癸巳（1833）吴江沈氏世楷堂刻本。

随郑成功到台湾继续抗争。明亡以后，几复成员又遁迹山林，顾炎武、黄宗羲等专心著述，杨廷枢，方以智、陈贞慧等则削发为僧，隐居不仕。当然也有少数人如吴伟业、侯方域等入仕清朝，周钟参加了李自成的大顺政权，并为李起草登基诏书。这些并不影响几社复社在后世文人心中的政治地位。

几社、复社的政治表现展现了传统的士大夫的政治担当意识，他们有着自觉的参政议政意识，正如他们所说“翻已覆之局，扶不绝之线”，他们认为在朝纲不举的时代，自己有拯救国家危亡的责任。这一点在南社诗人身上，也是体现得透彻淋漓。这种政治自任感是传统士大夫身上所有的特质，这种特质某种程度上是通过科举制度维系着的。士大夫与国家政权通过科举考试维持着紧密的关联，所以几社、复社的活动，是围绕科举考试展开的。他们揣摩科考文章，包括对于阉党的抗争，也包含了对于科考资源不公正分配的不满。他们起初结成文学社团进行活动，但是逐渐发现需要作出政治的抗争才可以达成这个文学社团的初衷，所以他们政治上的表现越来越突出。到南社的时代，士人与政权的关系发生了变化，科举制度即将废除，文人更多地成为职业文人，他们不需要将自己的价值系于政权的选拔机制之上。南社士人追求的是一种新的社会价值体系，所以他们有着冲决旧的皇权的勇力。士人对于政治和社会的责任感是一种一直延续的传统，虽然“翻已覆之局，扶不绝之线”内容各异，但是那种文人的责任感却不曾熄灭。

第一，几社、复社成员在明末清初的抗清表现成为南社的楷模，这是南社对于几社、复社最为推重之处。在南社的反清理论建立的过程中，他们特别注重对于几、复历史的梳理，几社陈子龙、夏完淳的作品由南社诸子整理并刊刻，高燮记载道：“百年而公《安雅堂稿》亦以出世，而吾友吴江陈君去病、华亭张君孔瑛，近亦辑有夏考功集，欲谋付印之举。”①在这些抗清斗士的作品中，有着南社诸子欲以鼓吹的民族主义精神。

高旭《再赠君剑还长沙》云：“谈兵把剑郁难开，飞雁关河暗自猜。种祸从来青史痛，神州岂竟陆沉哀。大都忧国新亭泪，如汝伤时小雅才。几社风微夕堂死，东南今日几骚坛。”② 在南社成立前的1907年，高旭的诗歌中已经充满一种民族主义的精神，“种祸”、“神州”、“陆沉”等词汇

① 《安雅堂稿序》，高铦、高锌、谷文娟编：《高燮集》，中国人民大学出版社1999年版，第46页。

② 郭长海、金菊贞编：《高旭集》，社会科学文献出版社2003年版，第69页。

明确透露出高旭要传达的态度，而“几社”这个词汇并置于诗中，正是要唤起一种明末以来的排满的态度。庞树柏《龙禅室摭谈》将复社与南社并论，“迨后国变事起，诸君子或挥鲁阳之戈，或采西山之薇，岂非平日商量学术，切磋道义之余烈耶？”“今日吴江陈去病、柳子弃疾及高子天梅创立南社，己酉十月朔会于苏州之虎丘。”[①]《龙禅室摭谈》主要搜集明末的烈士逸事、遗民诗歌，庞树柏在文中将复社与南社并举，也是为了让南社的民族主义以比附的方式在对明末的几社、复社活动的回溯之中复苏。

第二，几社、复社体现了一种地域文人结社的先导和传承。几社、复社均起自江南，复社领导人被称为“娄东二张”的张溥、张采，都是太仓人。复社最初以江南文人为基础，后才发展成全国性的结社。故复社基础本于江南，反映的是“吴江大姓”等江南地主、商人的利益。几社的地方性相对更突出，社集以松江一地为中心。从崇祯二年（1629）几社正式成立到崇祯十五年（1642）几社正式分出求社和景风社，是几社的兴盛期。这个时期确定了松江结社的基本格局，且学术成就卓著，也造就了可以扛鼎社事的人才，如顾开雍、杜登春等。清朝建立后，松江三十余年的社局均以鼎革前为基础，虽然几社及其分支一再分化，但仍不出几社的原有范围。

几社、复社起自江南，使得以“南”名社的南社无法绕开这一段地缘关系。南社的成员组成中以江浙文人为主。那些流传在江南的文人结社历史早已为南社诸子所熟知，他们对于几社、复社的追摩之中，也带着一种文人的地方责任。所以当高旭等说到“几社风微夕堂死，东南今日几骚坛”时，也是在呼唤这种地域性结社文化的复兴。

事实上这种地域性的切近也造就了南社与几社、复社更直接的关联，那就是南社成员中并不乏几社、复社成员后裔。以几社、复社在江南的影响力，当时加入的文人颇多，这种影响力已经渗入江南文化网络的基层，虽然经过清朝文禁，但是这种社团记忆也在家族中得以流传。比如松江的姚氏家族，其家族先辈不少正是几社中人。姚光记载道：“陈夏二公倡几社，我姚氏之从游入社者，不乏其人。及后隐居空山，逃于禅林者，亦极多焉。”[②] 这样的家族记忆正复不少。对于南社而言，几社、复社是一段风流未散的江南结社范例，甚或还是一段尚未蒙尘的家族记忆。所以在清末重拾明末的几、复记忆，这是地理上的因缘。

---

① 《国粹学报》第60期。

② 姚昆群等编：《姚光集》，社会科学文献出版社2000年版，第31页。

第三，几社、复社体现了一种学术和文学上的模范意义。复社成员在经学方面颇有成就。张溥、张采等人曾“分主五经文章之选”，提倡熔经铸史，整理古籍文献。入清以后，顾炎武、黄宗羲等继续倡导“经世致用之学”，关心和研究社会问题，开创了清代学术研究风尚。这种学风被南社加以继承和宣扬。南社的反清活动之一便是以学术的方式为反清提供理论支撑，他们注重整理明末清初的历史文献，在这个过程中几社、复社成员的学术著作也被大力阐扬。

复社成员在文学方面受前后七子复古主义影响颇深，“志于尊经复古”，祖述“六经”，诗歌成就未见突出。然其政治参与性使得其诗笔能触及社会最沉重的黑暗与最底层的民间，故其创作有诗史的意义。这就有别于前后七子的专意“模古”，也不同于公安、竟陵派的空疏之风。明亡后，遗民诗人笔下又多故国哀思和抗清激愤，这成为南社诗人的创作楷模。陈去病就十分推崇顾、黄、王的作品，他在《与宗素、济扶两女士论文》中写道：“六朝风格不堪看，欲论文章当世难。惟有船山数遗老，浩然正气碧天盘。”① 在宋诗流行的清末，陈去病直言当世文章无甚可论，也是意图建立一种南社的诗文创作评价标准，他们以明末几社、复社的“气节”作为创作准的，希望在清末的南社创作中阐扬这样的精神。

第四，几社、复社展示了一种南社期待的结社方式。复社成员主要是青年士子，先后共计有两千两百五十五人之多，声势遍及海内。该社春秋集会时，衣冠盈路，舟车栉比，倾动一时。复社的主要集会有吴江尹山大会（1629）、南京金陵大会（1630）和苏州虎丘大会（1633）。那些耸动天下的文人集会对于南社是一种非常向往的结社盛况。

陈去病《神交社启》中回忆了这种人文辐辏的场景：“及熊嘉余作宰松陵，而吴、沈之颖，群荷甄、陶，孟朴、扶九之伦，遂得并兴复社。高会诸英，云间继之，几社乃作。由是江、淮、齐、豫、皖、浙、楚、赣，济济髦英，鳞萃辐辏，虎阜三集，南金东剑，美莫能名，至今道有余羡焉。……三百年来，文人结社，几与烧香拜盟同悬厉禁。”② 陈去病口中的“道有余羡”恰是他此时的心态呈现，他因秋瑾之死打算借机联络江浙反清志士，神交社恰应时而建。陈去病在神交社的启事中浓墨重彩地描写复社、几社的结社盛况，正是怀有令神交社上接明末遗风，续三百年前几、复盛况，振起文人社集之意。神交社被视为南社的楔子，这个社

① 《警钟日报》1904 年 7 月 25 日。

② 《南社丛刻》第四集，江苏广陵古籍刻印社影印本 1996 年版，第 532 页。

团对于南社成立有着奠基之功，正是它开启了南社与几社、复社社团建构的联系。

到了南社的第一次雅集，这次雅集可视为南社对于复社结社方式的一种效仿。雅集地点选择在苏州虎丘附近的张东阳祠，论者常常提及张东阳作为抗清英雄对于南社反清的政治昭示作用，但是也需注意复社声势最大的一次集会虎丘千人大会的集会地正是虎丘。复社大会共有三次，以第三次的虎丘大会最为盛况空前，这在崇祯六年（1633）："癸酉春，溥约社长为虎丘大会。先期传单四出，至日，山左、江右、晋、楚、闽、浙以舟车至者数千人，大雄宝殿不能容，生公台、千人石鳞次布席皆满，往来丝织……观者甚众，无不诧叹，以为三百年来，从未一有此也。"[①] 复社的虎丘雅集成为这个兴起于苏州的文人社团的结社范本，复社集会是三百年前的文坛盛景，而南社诸子认为他们的首次雅集活动是"豪俊重来"，是"社事零替以来，三百年无此盛矣"[②]。这种说法有着柳亚子的意图，因为南社诸子只有十七人参加此次雅集，远未如复社的声势耸动，"三百年无此盛"或有夸耀。但柳亚子却予以南社一个清楚的定位，清朝三百年文人生活在文禁之中，再难有复社、几社的政治豪情，南社意欲在清末振起这种政治责任，他们在复社的结社地点开始自己的结社，就有着这样一种历史的承续意义。事实上，这种期许并未夸大，事实证明南社这个社团的意义将不亚于复社所承担的历史责任。

第五，几复风流是一种理想化的文人生活方式。明末文人的艳情故事和他们的政治作为一样，为后世文人津津乐道。这与南社推崇的剑气箫心的人生态度何其相似。他们追求上马杀贼，也擅长横槊赋诗，也乐于偎依侧艳红妆。南社文人的生活里不乏放浪形骸，这似乎无需讳言。但南社群体推崇的也是一种与文人的政治活动联系在一起的英雄美人故事。在论及《红薇感旧记》的时候，我们已经述及了傅尃在民国初年与妓女黄玉娇长达七年的情感故事，这段故事与傅尃七年间起伏跌宕的革命生涯交织在一起，成就一段悲伤却不失豪毅的乱世情缘。在社友们的唱和中，我们读到

① 陆世仪：《复社纪略》卷二，顾廷龙主编：《续修四库全书·史部》，上海古籍出版社1995年版，第438页。

② 柳亚子诗题曰《南社会于虎丘之张东阳祠，同邑陈巢南、长洲朱纬军、虞山庞龙禅、云间陈止庵、上海朱屏子、娄东俞剑华、冯心侠、宝山赵夷门、京口林盖天、毗陵张寀甄、季龙、魏塘沈道非、山阴诸贞壮、胡栗长、歙县黄宾虹、顺德蔡哲夫、福州林秋叶、太原景帝昭，咸来莅止，盖自社事零替以来，三百年无此盛矣，诗以纪之》，首见《光华日报》1911年3月20日。

不少这样的凄美故事。社友们纷纷将这样的故事与几复风流联系起来，大家引动了“樽前细按桃花扇”的兴致。在南社诸子心中，《桃花扇》反映的儿女之情、兴亡之感恰是他们今日的情感表达。

《桃花扇》对于南社而言是一段几复风流的代名词，明末复社士子不满于阮大铖贪赃误国，曾联名写出《留都防乱公揭》，公布阮大铖的罪状，迫使他“潜迹南门之牛首，不敢入城”。后马士英、阮大铖拥立福王，把持朝政，对复社成员进行迫害。侯方域和李香君正是在这样的家国之难中经历了情感的波折。南社社友认为《桃花扇》故事中蕴含的是一种民族主义精神。所以南社诸子的几复风流是一种生活方式，更是一种与生活方式联系在一起的历史回忆和政治态度。

几社和复社本身就具有丰富的阐释空间，其代表的政治含量、精神内蕴、才子风流，特别是与之颇有渊源的秦淮文化都在不断被再创作和解读，如此丰富的“几复”概念注定其解读和模拟都不免是复杂的，南社以几社、复社作为楷模，也注定了这种历史承续的复杂性。当我们放开视野时发现，其实在清末民初，“几复风流”并非是南社文人的专属，这几乎是一个被广泛征用的诗歌概念，不论是遗老诗人还是革命文人，他们都在自己的诗歌和行为中进行标榜。所以观察南社，我们需要将之放置于历史的语境中，以防止对于南社几复风流的偏颇解读。

对“几复”概念的解读和模拟发生在清末民初的各种结社活动中，不管是遗老的超社、逸社，还是富商主持的淞社，还是沪上文人集合的希社，都在不断强调“几复”这个概念，并且各自都从不同的角度来解读。例如希社便标榜自己的结社是要追步几、复社。希社是沪上成立较早的诗社，成立于1912年中元，即农历七月十五日。由高翀[①]所创，常以豫园寿晖堂为会所，然有时也举行于高翀寓所百盆花斋，每月都有定期雅集。从民国三年（1914）刊行的《希社社友录》来看，希社中人多是沪上学者，而少前清官员。相对于遗老，希社成员所发感慨更多是因为鼎革所造成的文化焦虑而非政治事功的冷落。

刘承干《清逸道人集》序中将希社上比于明末几复社，强调的是一种沪上结社的文化承担感：“昔有明末造，几社成立于松，今希社亦成立于松，松之言松，冯斯几希，故能经岁寒而不凋。然则创斯社者其亦欲存

① 高翀，江苏松江（今属上海市）人，字侣琴，号太痴、云水山人、清远道人、清逸道人，别名高莹、太痴生、独行、孤芳、漱芳斋主、濯缨子，清末为诸生，荐经济特科不赴，为报社记者，辛亥后改装自称清逸道人，发起组织希社。著有《退藏斋题画诗》、《退藏斋笔记鲭》、《百盆花斋词剩》、《希社题衿词初集》等。

此几希之人心乎?"[①] 施琴南作《希社缘起卮言》也有相似说法，认为希社创立背景与几、复社相似，明末有几、复诸君子努力为孔门续绝学，而当今士大夫也正当其责，希社之兴正在于保存孔学复兴的希望："今兹世变，视前明之亡为尤亟矣。四子六经之命脉，呼吸弥留，不三十年，文献无征。……倡社讲学，定名曰希，即以鱼山复社之誓誓我同人，且为诗以纪之。若未感遽谓绝学之可复，而第希冀其有兴复绝学之几。"[②] 希社发起者高翀的诗歌也凸显了比肩几、复的愿望，"吾侪生不辰，讲学固其分。希之与几复，实同先后进。幸昭息壤盟，合布文坛阵。风雅存正始，义理辩精蕴。"[③] 从希社主盟人的阐释中我们了解到，希社撷取的几复概念，不是用以反清排满，因为在希社成立的1912年清朝已行结束，而民国建立后的文化问题却成为这群士人担忧以致聚集结社的原因，他们的责任便是"于孔教寝衰，国学垂废之秋为张皇补救之计"[④]。希社在"几复"这个概念中汲取的是其文化上兴复古学的传统，而不是强调政治态度。

遗老们在结社时也强调几复风流，如超社也援引这个概念来标榜自己的结社。超社起于癸丑年（1913）旧历二月二十二日，原拟于二月十二日，即小花朝日举行第一次雅集，因追悼隆裕太后而展期十天，这也可见遗老忠清情结[⑤]。超社成员有瞿鸿禨、沈曾植、缪荃孙、左绍佐、吴庆坻、王仁东、周树模、陈三立、吴士鉴、林开謩。

樊增祥在超社的聚会上所作的诗中这样写道："汐社往矣东林开，东林以后超社来。十友诗盟拟北郭，三年涕泪同西台。"[⑥] 从元末遗民的汐社，到明末以气节相尚的东林党，再到自己与友人们所结的超社，樊增祥梳理了这样一条传承线路。在鼎革之后，遗老们的政治出处颇遭诟病，南社诸子评之为："满清的亡国大夫，严格讲起来，没有一个是好的。因为他们倘然有才具，有学问，那么，满清也不至于亡国了。满清既亡，讲旧道德的话，他们便应该殉国；不然，便应该洗心革面，做一个中华民国的公民。而他们却不然，既不能从黄中浩、陆钟琦于地下，又偏要以遗老孤

① 高翀撰：《清逸道人集 希社题衿词初集》，民国七年铅印本。

② 孙雄：《诗史阁诗话》，据张寅彭《民国诗话丛编》第二册，上海书店出版社2002年版，第171页。

③ 同上书，第170页。

④ 同上书，第169页。

⑤ 樊增祥的社集启示所记为"今卜于二月十二日小花朝日在樊园为第一集"，实际举行日期为二月二十二日。

⑥ 樊增祥撰，涂小马等校点：《樊樊山诗集》，上海古籍出版社2004年版，第1793页。

忠自命，这就觉得是进退失据了。”[①] 诚如南社诸子所评，遗老们既不能致力于清朝振兴，又不能身死殉国，也不愿安分于民国。他们虽然在结社时自称“吾属上海寓公，殷墟遗老。因蹉跎而得寿，求自在以偷闲。本乏出人头地之思，而惟废我啸歌是惧。此超然吟社所由立也”[②]。在行动上却并不能闲散自处，啸歌余生。这些遗老终究免不了“闻召即走”，或参与袁世凯的政权，或参与张勋复辟，徒留笑柄。

但是对于各种议论讥讪，遗老们也希望为自己剖白，他们将自己的结社与各种遗民的结社联系起来，汐社、北郭诗社、月泉吟社，他们希望在对类似谢皋羽的遗民表彰中，表现自己作为“遗民”的应有态度。他们提及东林党并涉及与之相关的复社，也是为了表明自己对于王朝政治的一种担负感。但是遗老们对于前代遗民的模仿显得过于形式化，无论是对于西台痛哭的模仿，还是对于月泉吟社吟诗作赋的模仿，都徒余形式而缺乏这种遗民行为背后的政治忠诚。

1913 年遗老们的超社举行了上巳雅集[③]，这次雅集作为对兰亭修禊的回应，樊增祥在《三月三日樊园修禊序》中将这次雅集与兰亭修禊作了一个详细的比对，总结出“同之者三，异之者四”，认为两者最大的不同乃在于东晋诸贤得享山水之乐，但是遗老们却满眼故国之悲，遗老们借兰亭修禊这个概念来表达了自己的悲伤。不论遗老们宣称自己的结社模仿的是何种前代结社，我们发现遗老们都沉浸在自己的身份体察中，他们遭受来自各个方面的诟病，常常需要在诗歌的黍离之悲和行为上的西台痛哭中缓解这种压力和自责。所以他们有时会小心翼翼地提到几社、复社及与之相关的东林党，他们要做的只是借助一些历史概念表达自己作为遗民不得不表达的伤感。

我们在分析中发现，几复风流的概念在清末民初从各个角度被不同的文人群体所征引，这个概念本身的复杂性决定了这种多重阐释的可能。各个文人群体希望在几社、复社的历史声望中开始自己的结社活动。对于南社来说，“几复风流”不是一种对历史的简单模仿和借鉴，而在于传递一种当下态度，表明他们的反满意图。我们要注意的是这个概念不是南社的专属，不同群体的言说倾向透露了他们的意图，通过这些意图的对比我们更能明了南社的倾向，他们引纳的几复风流是一种“兴亡自古寻常事，

---

① 柳亚子：《我和朱鸳雏的公案》，《南社纪略》，上海人民出版社 1983 年版，第 149 页。

② 樊增祥撰，涂小马等校点：《樊樊山诗集》，上海古籍出版社 2004 年版，第 1982 页。

③ 据《艺风老人日记》载，参与超社上巳日修禊的共 12 人：沈曾植、樊增祥、瞿鸿禨、沈瑜庆、王仁东、吴士鉴、吴庆坻、陈三立、林开暮、缪荃孙、周树模、左绍佐。

只为中原种族悲”[①] 的表达，从而获得反清的效力。

二 当代诗史

相对于利用历史元素来表达当下态度，南社诗人对于当代事件的记录则更直接地坦露其诗心。在这些诗歌中，我们读到了古典诗歌经典的“诗史”精神和带有南社身份印记的“民间”态度。这些都构成了南社诗歌足以鼓动时代风潮的要素。

（一）诗史精神之复归

“诗史”在我国的诗歌评价体系中意味着一种极高的赞誉，其说法最早见于唐代孟棨《本事诗·高逸第三》中对杜甫的评价，“杜逢禄山之难，流离陇蜀，毕陈于诗，推见至隐，殆无遗事，故当时号为诗史”[②]。杜诗中呈现的“史”与“诗”的结合，成为诗歌创作之典范，然“诗史”之说本存争议，不同时代对于“诗史”的评价，体现了不同时代对于抒情化的诗歌艺术与叙事化的历史表达如何结合的看法。

宋人推重杜甫也较看重杜诗中的叙事艺术，认为“子美诗善叙事，故号诗史”[③]。杜诗中呈现的叙事性使得诗歌在铺叙中呈现历史感，然这种叙事倾向却在明代受到质疑，杨慎指出：“杜诗之含蓄蕴藉者，盖亦多矣，宋人不能学之。至于直陈时事，类于讦讪，乃其下乘末脚，而宋人拾以为宝，又撰出‘诗史’二字以误后人。如诗可兼史，则《尚书》、《春秋》，可以并省。”[④] 杨慎认为过分的叙事性淡化了诗歌的抒情要素而呈现“非诗”感。明末清初更强调诗歌中比兴精神的复归，以此来反拨明七子的模拟之风，明末王夫之认为杜甫“于史有余，于诗不足”[⑤]，对杜诗中淡薄的诗味也存有异议。而清初钱谦益肯定了易代之际诗歌中应具备寄托精神，并纠正了明末对于“诗史”概念较低的评价，认为诗歌不仅是简单的历史讲述，也可以见出历史的兴亡，诗其实具有史的性质。至清中期常州派今文经学兴起，对于诗与史的观念有了更进一步的解释，关注诗歌中的“微言大义”，使得诗歌的诠释获得了新的方法，对“诗史”也更关注其内在精神之发挥。我们可以在上述的梳理之中发现，晚明到清中期以

---

① 陈去病：《为诸生讲史》，郭长海、郭今兮编：《陈去病诗文集》，社会科学文献出版社2009年版，第53页。

② 孟棨：《本事诗·高逸第三》，《四库全书》影印本，台北：台湾商务印书馆1986年版。

③ 蔡宽夫：《蔡宽夫诗话》，吴文治：《宋诗话全编》，凤凰出版社1998年版，第53页。

④ 杨慎著，王仲镛笺证：《升庵诗话笺证》，上海古籍出版社1987年版，第53页。

⑤ 王夫之：《古诗评选》卷四，《船山全书》，岳麓书社1996年版，第53页。

来对“诗史”的理解，不断突出诗歌所表现的历史精神，而诗歌的叙事性则不断淡化，诗歌对于历史态度的心灵化呈现，成为“诗史”概念的主要内涵①。

到了清后期，对于诗史概念的理解却发生了某种变化。鸦片战争带给古老中国以巨大震撼，也给诗人的心灵以巨大冲击，反映到诗歌当中，便是回归了“诗史”的叙事性，那种幽微的讽喻精神变为愤激的时事感慨，“蒿目时艰多少恨，翻叫诗史浪传名”②，现实主义的创作态度使得诗人们分外重视自己诗歌承担的“历史”意义。张维屏《三将军歌》将诗歌作为英雄史的留存，“死夷事者不止此，阙所不知诗亦史”③；陆嵩期望自己的诗歌“留与他年青史知”；贝青乔的《咄咄吟》“加以小注，略述原委”④，将诗歌所叙之历史予以陈述，强化一种史实性。我们可以看到历史巨变带给人们对“诗史”认识的影响，“诗史”概念更倾向于回归杜甫时代的“叙述”性，用来直陈历史的血与火，而不仅仅是一种“微言大义”的隐含历史表达。于是我们读到更多具有冲击力的长篇巨制，读到更多直接的历史描述，读到更多铿锵的历史评论。诗歌在脱落其含蓄的外衣，向着真实直白的历史靠拢，而南社诸子的“诗史”之作正是沿着这样的时代氛围而来的。

南社诸子上承近代诗歌写史的精神，将清末民初的时代巨变一发为诗歌，呈现一种劲直的铺叙风貌。固然诗歌中不乏“心史”之呈现，但是对于从杜甫以来的“纪当时事”的表现方式，也实现了遥远的回应。

现实主义精神的回归，使得诗歌能展现当时的历史面貌。如张光厚《哀蜀》呈现了二次革命中讨袁军与川黔军队激战造成的哀鸿遍野的场景：“秋风号，秋雨哭，巴渝七八月，杀人不知数。长枪大刀决斗场，千夫万夫相继仆。随处但见尸横陈，裸无人收暴林麓。老鸦飞来大路旁，争与饿犬啄人肉。老母哭子妇哭夫，魂魄不得归故屋。惊风萧萧夕阳惨，鬼磷入夜满山谷。可怜死者竟何辜，总为英雄效驰逐。”⑤ 诗歌中“惊风萧萧夕阳惨，鬼磷入夜满山谷”的战后场景将人带入杜甫曾刻画的“山雪

① “诗史”理论的历史变迁，可参见龚鹏程《中国文学批评史》，北京大学出版社 2008 年版，第 53 页。

② 贝青乔：《咄咄吟自跋》，钱仲联：《近代诗钞》，江苏古籍出版社 1996 年版，第 323 页。

③ 张维屏：《三将军歌》，钱仲联：《近代诗钞》，江苏古籍出版社 1996 年版，第 14 页。

④ 贝青乔：《咄咄吟》，钱仲联：《近代诗钞》，江苏古籍出版社 1996 年版，第 323 页。

⑤ 《南社丛刻》第十一集，江苏广陵古籍刻印社影印本 1996 年版，第 2140 页。

河冰晚萧瑟，青是烽烟白是骨”[①] 的历史记忆之中。写实的场面展现的都是历史的真实，唤起的是阅读者对战争不变的哀恸情绪。

张光厚还有《老父叹》、《寡妇叹》等诗，以杜甫“三别”的手法，展现出民国时代的战乱哀鸿图。诗歌具有跌宕的故事性，《老父叹》中的父亲因儿子参军，事败逃亡，家中受到荷枪实弹军匪的搜查，然更多的惶恐乃在于儿子永无还日的担忧，老而无依，战争造成家破人亡，这恰似杜甫《垂老别》中的主题。《寡妇叹》写出平凡夫妇因战乱遭受的悲剧，新婚燕尔因战争爆发旋即分别，“去年春涨泛桃花，双双飞去故巢燕。红缨络马珊瑚鞭，得得吟风领鱼贯。军书倏出泛图关，东南半壁风云变。良人骑马夜出门，满月无光众星黯”。虽然“不愿千金万户侯，但愿生还故家院”，但是这样的愿望也何其奢侈，诗歌在寡妇的梦境中达到悲剧的高峰，“何如魂梦中，幽明竟相见，忆郎平生容，处处恍如面。座中衣服匣中刀，架上兵书案头砚。昔时珍重苦为谁，今日蛛丝几重绊”[②]。在相似的情节中我们看到杜甫《新婚别》中的场面，然与其说是诗人在向诗歌前辈借鉴艺术，毋宁说是历史的相似使得他们呈现出相似的悲剧场面。

刘泽湘的《哀荆南》也以鸿篇呈现了战争场面，或许也只有这样的铺叙才足以呈现一种强力的心灵震撼，此诗反映的是1918年张敬尧的部队在湖湘的灾难性破坏，诗歌写到乱军的残暴与贪婪：“星月无光月不哗，狠似贪狼狂似虎。趨来舞爪还张牙，张牙舞爪将人攫。初劫市廛后村落，缣帛千箱掠入营，金钱万贯钞充橐。牢搜频数十室空，比户萧条付祝融。烈焰障天三百里，茅檐华屋光争红。”[③] 在刘泽湘的笔下，乱军如同食人的禽兽，他们杀人放火，所过之处村廛皆成废墟。和杜甫亲历战乱相同，刘泽湘也是此次战争的受害者，他和亲友为避难逃入深山，而追捕的乱兵在背后开枪，子弹掠耳而过，“北兵既至余居，余避至对山绝顶，北兵见之鸣枪紧追，历五余里许，中途向余背发枪二响，皆掠耳而过”。诗人路上遇到的老翁则家破人亡，三个儿子有两个死于乱军，一个被强迫为乱军驮运军械，媳妇与女儿也被凌辱至死。诗歌是诗人劫后余生的真实记录，是诗人的亲历亲闻，这是对战争有切肤之痛的诗人在真实地复述遭际，叙述的“啾啾新鬼声凄咽”就不是一种艺术化的遥远想象。

---

① 杜甫：《悲青坂》，仇兆鳌：《杜诗详注》，中华书局2004年版，第2140页。

② 《南社丛刻》第十一集，江苏广陵古籍刻印社影印本1996年版，第2138页。

③ 《南社丛刻》第二十一集，江苏广陵古籍刻印社影印本1996年版，第5503页。

刘泽湘的弟弟刘谦有《戊午集》，叙写的也是张敬尧乱军带来的灾难，以个人遭际入诗，可谓杜甫诗歌精神之再续。其诗序有云："戊午（1918）暮春，醴陵难作，率族中妇孺登舟奔避。溯流上驶，衔联数十艘，逾宿入萍乡境，遇黎瑾珊茂才，以其祠屋见假，众始帖然。"[①] 其《杂诗十首》、《除夕杂忆诗》写出了乱中个人及家族的状况，展现了乱世流民图，他们是窜居深山的一员，有诗注云："太平山事起，醴人避乱附近者，复相牵奔避。"[②] 他们是无粮可食者的一员，有诗注云："萍民方闹荒，醴人购米不得，多流为丐。"[③] 他们是在战后瘟疫中老小凋残者的一员，有诗注云："今秋诊疠大作，余妻母及其孙二人相继殂丧，潘舅阿八亦于是时丧。"[④]《戊午集》的作品价值就在于其纪实性，诗歌的血泪背后都是真实的历史事件，读者不需通过推敲文辞才能领会作者的诗歌意图，而是在诗歌生动的现场感面前受到强烈的冲击，仿佛战乱就在眼前。诗史之意义在于一种用生命书写的对苦难的体验，刘谦将自己家族的乱世遭际直陈于诗歌，其震撼人心处也正在其对于历史的真实陈现。

刘泽湘、刘谦诗歌中的直陈铺叙使得他们的诗歌具有一种现实干预性，他们的目的不单是为了留存史料有用于将来，而是震撼聋愚救民水火；不在于将幽微难吐的历史态度隐含于诗等待后来读者的阐释与异代回应，而希望就在当下激起读者的愤怒或是同情，勇气或是力量。刘泽湘、刘谦的诗歌是南社诗人们"驱张运动"的一部分。1918 年张敬尧的部队为湖南带来灾难性的破坏，傅尃、文湘芷等为醴陵兵灾积极奔走，前往上海请求南北议和团予以解决，"残冬赴沪，为醴陵灾民请愿于和平会议，牧希、弼虞等亦在粤提出请愿书"[⑤]。刘谦诗歌中"我替穷黎重祷颂，金光来照界三千"即指其事。彼时南社诸子将醴陵灾况绘图，成"醴陵兵燹图"，并有《醴陵兵燹纪略》详细记录灾况始末，南社诸子纷纷以诗文声援，成强大舆论势力，而南社诸子的行动力也再次凝聚。除了刘泽湘、刘谦的反映兵灾的作品，南社社友还有文湘芷的《醴陵兵燹纪略》，汪兰皋的《醴陵兵燹图序》[⑥]，傅尃的《醴陵兵燹纪略成缀一绝》[⑦]、《题醴陵

① 《南社丛刻》第二十一集，江苏广陵古籍刻印社影印本 1996 年版，第 5505 页。

② 同上书，第 5508 页。

③ 同上。

④ 同上书，第 5511 页。

⑤ 同上书，第 5512 页。

⑥ 同上书，第 5362 页。

⑦ 同上书，第 5476 页。

兵燹图后》[1] 等，诗歌的现实干预价值再次发挥，这也正是南社诸子直陈时事的目的。

南社诗人群这些直陈时事的作品，大多刊发于报纸杂志之上，以制造较广泛的舆论影响。吴恭亨也是驱张运动中的一员健将，他将其诗歌于报端“续续揭之”，将历史的真相公布给民众：“右二十七篇十八九为张敬尧罪恶史。……瘢痏在体，千里疮痍，吾始为此篇，海上各报续续揭之，以共同鸣鼓驱张。”[2] 正如吴恭亨所言的那样，这些披露张敬尧兵祸的诗歌大多作为一种报纸宣传品，于是呈现出一种“报章体”的叙述和议论性，这相对于传统诗歌的“卒章显志”更透露出一种穷揭就里的倾向。

高旭的诗歌也突出体现了“报章体”直陈铺叙的特征，《甘肃旱荒赋此》一诗曾载于1909年7月11日的《民呼报》[3]，将灾难中灾民惨状铺叙无遗，更重要在于揭示天灾背后更为可怕的人祸，诗歌的矛头指向贪官与污吏：“天既灾于前，官复厄于后。贪官与污吏，无地而蔑有。歌舞太平年，粉饰相沿久。匿灾梗不报，谬冀功不朽。一人果肥矣，其奈万家瘦。官心狠豺狼，民命贱鸡狗。屠之复戮之，逆来须顺受。况当赈灾日，更复上下手。中饱贮私囊，居功辞其咎。甲则累累印，乙则若若绶。回看饿殍余，百不存八九。彼独何肺肝，亦曾一念否？”高旭没有把他的意图隐藏在含蓄的诗歌内里中，而是用尖锐直接的议论把事件的真相揭示出来，让读者不仅在灾民的哭声中悲哀，更在贪官污吏的饱醉歌舞中激愤。对于读者情绪的调动和引导正是此类报章体作品的目的。

在诗歌中“史识”的彰显常常寄诸议论，这种以议论为诗的倾向更使得诗歌呈现一种导民的启蒙性，这是诗歌精神所在，如高旭《路亡国亡歌》：“诸公知否，欧风美雨横渡太平洋，帝国主义其势日扩张。二十世纪大恐怖，迅雷掩耳不及防。倘使我民一心一身一脑一胆团结与之竞，彼虽狡焉思启难逞强权强。”“可笑冥顽政府所分余润有几何？奈长此酣歌欢饮漏舟漏。一旦有事长风铁舰来运兵，定借保护此路以为名。路之所至兵即至，斯时国非其国，虽欲悔而抗拒，已步波兰印度之后尘。”[4] 诗歌用大段的议论指出清政府出卖路权的后果，外国列强取得路权，就是进

① 《南社丛刻》第二十一集，江苏广陵古籍刻印社影印本1996年版，第5488页。

② 吴恭亨：《悔晦堂新乐府跋》，民国九年初版。

③ 别见《南社丛刻》第一集，江苏广陵古籍刻印社影印本1996年版，第61页。

④ 郭长海、金菊贞编：《高旭集》，社会科学文献出版社2003年版，第77页；又见《南社丛刻》第二集，江苏广陵古籍刻印社影印本1996年版，第218页。

一步蚕食我国领土的口实和便利条件，这是帝国主义扩张的一种手段，前有波兰、印度为鉴，而清政府竟茫然不知所以，正如在漏舟上酣歌欢饮，覆亡之祸迫在眉睫。如此议论，比之尖锐的媒体杂论不过是有韵无韵而已。

杜甫之诗被誉为“诗史”，其诗直陈历史，其中蕴含的关怀民瘼的态度是其闪光的内核。其“诗”与“史”之交融成为后学者关注的话题，不同时代有不同的理论思考与创作。南社诸子以诗歌记录时事的“诗史”之作，强调一种对当下的干预，用文字来掀起革命之风潮。南社诸子的诗歌有时会感到现实表达对于诗歌美感的淡化，虽是遗憾但也在所难免，血与泪是清末民初历史的真实，直与俗也是南社诸子诗歌的真实。当然，对于诗与史的思考，南社诸子也未停止。诗歌之铺叙确乎影响到诗美的表达，南社诗人对此也有所反思，如胡寄尘的言论可作代表：“少陵诗史千古所称，然后之接踵而起者不可胜数，而终莫能企及焉，何也？少陵之诗，诗也，非史也，因诗见事而非就事衍诗，故其事或显或隐或有或无，使后之人于字句间略见其一鳞一爪而已，不能求备也，而后之作者反是，是史也非诗也。事愈务求其备而不知诗已愈同乎赘物矣，是乌能望杜陵项背？”[①] 胡寄尘指出了南社创作的某种局限，诗歌背负了太强烈的历史陈述责任，作为诗歌本身的特质反而丧失了。阅读南社的报章体诗歌，在畅快的反清宣传的同时，诗歌艺术也被牺牲了，这不得不说是一种无奈的遗憾。

（二）民间态度的表达

南社诸子作为民间基层文人，他们的写史作品呈现出史识上的某种精彩，正在于这种身份的无所顾忌。他们呈现出一种无畏的勇气，往往用一个在野士人的现实担当感来秉笔直书。正如历史有正史、野史之分，史在民间能激活一种冷暖自知的体贴感，这也是“诗史”的生命力所在。

南社刘成禺的《洪宪纪事诗本事簿注》共九十八首[②]，记录了袁世凯

---

① 胡寄尘：《上武诗钞自序》，胡怀琛著：《江村集一卷　福履理路诗钞一卷　上武诗钞一卷》，安吴胡氏，民国二十九年铅印本。

② 刘成禺《洪宪纪事诗本事簿注》成书有一个曲折的过程，其版本问题反映了作者探寻史识依托体例的一个过程。刘成禺在写作该书之前，曾将洪宪期间在京的见闻写成《后孙公园杂识》一书，“存事实也”。后来在广州期间根据友人建议写作《洪宪纪事诗》200余首，发表于1919年，当时只有诗没有注释。到1936年5月5日起在《逸经》上刊行，题名为《洪宪纪事诗本事簿注》，因战乱材料的散佚，只将所存的76首发表，体例上已经将《后孙公园杂识》中的史事以注的方式编于诗后。抗战期间，将《逸经》已刊的加上另外22首诗合为98首，也以《洪宪纪事诗本事簿注》为名刊行，体例也是史诗互见，是为“京华本”，本书即以“京华本”为研究对象。

称帝期间的所见所闻，可存一代信史，内容几乎包括洪宪帝制的方方面面：涉及帝制的原因，写到袁世凯的野心，帝制派诸人的怂恿，列强的利益争斗；涉及帝制的过程，写到筹安会、请愿团、太子党等；涉及帝制中的各种人物，写到遗老、军阀、进步党、革命党等。可以说《洪宪纪事诗本事簿注》是展开了一幅生动的洪宪帝制图，当时的史事巨细毕现。然其笔法亦同稗史，不以官方说法为主，而多旁采民间传闻，因为“道听途说”的小说家和杂家之流正是代表民意所在。刘成禺撷取史料的民间态度使得他还注意到代表民间舆论的媒体观点，他在诗中还引用了《顺天时报》、《大同日报》等媒体的内容。

刘成禺的民间态度除了史料的别裁之外，还表现在写作笔法未如正史的拘谨，而有稗史野乘的驳杂。他能关注到洪宪帝制舞台中心人物之外的“小人物”，从而开掘更广泛的社会现实。写戏剧演员有傲骨者，京师名角孙菊仙演《大登殿》饰演皇帝，表演中指着台下陈宝琛、徐世昌等说：“现在民国，并无皇帝。”“谁个是你的皇帝？”诗有“故知薄艺通兴废，愧尔诸伶拉泪看”[①]。“豪杰僧”月霞禅师公然讲贪欲误人，并以波斯亡国之事影射袁世凯政权的穷兵黩武，惹怒当权，月霞只能星夜离京躲过一劫，“说到波斯亡国事，城东黑夜走禅师”[②]。

稗史的呈现方式还使得诗歌具有一种民间角度的幽默，在刘成禺笔下，洪宪帝制更像一场闹剧。写袁世凯家事，多以戏笔，这个帝室充满着各种争斗不合，诗人拈出其喜剧的因素，让人看到这个“皇室家庭”的种种丑态。袁世凯尚未登基，家里诸妾先争册封，在元旦家内朝贺仪式上竟至讪骂挥拳，战作一团，皇帝“一跃而奔下宝座，御手分解，撕斗乃止，两方犹余怒未歇也”，诗曰：“新姨敢夺阿姨长，妃子争封第一宫。”[③]袁世凯正妻长期居洹上老家，举止“带大众乡味”，洪宪期间进京，受众女眷跪拜时，面红耳赤，吃吃大笑，连说“不敢当”，敢于当皇帝的袁世凯却有一位“不敢当”皇后的妻子，故有诗云：“宫廷未起新仪注，皇后佯呼不敢当。”[④]

《洪宪纪事诗本事簿注》继承了清代乾嘉时期的咏史诗杰作《南宋杂事诗》、《明史杂咏》的表现方式，借重于稗官野史、别集杂谈等与正史的粉饰权贵立异，将春秋笔法一寓于诗文，建立了一种在野的史识态度。

① 刘成禺、张伯驹：《洪宪纪事诗三种》，上海古籍出版社 1983 年版，第 54 页。

② 同上书，第 68 页。

③ 同上书，第 265 页。

④ 同上书，第 69 页。

从咏史诗史来看，这种亦史亦诗的体例是对杜甫“诗史”经典的某种突破，既因附注史料增加了诗歌的历史容量，又积极地展现了剪裁史料者的历史态度，不徒然是通过诗歌“生动化”“细节化”史料而已，咏史诗史上当为之记一笔[①]。

和刘成禺《洪宪纪事诗本事簿注》一样，南社诸子多有这种诗歌之外详加注释的体例。这种增加诗歌“史料”容量的方法到了南社诸子手中，也成为他们展现民间态度的手段，因为史料的取舍本是史识最重要的呈现途径之一。

景定成也有写袁世凯称帝的诗歌《洪宪杂咏》十首，其视角和刘成禺极为近似，所差只是不如刘的成规模。其诗歌也是以自注的方式使读者更了解所述之史。“犹忆儿童拍手歌，家家红线意如何。幻成年号真奇绝，半继前清半共和。”[②] 自注：“北京童谣有家家门上挂红线句，人以与洪宪同音，或认洪宪为继前清共和而立宪之意，以洪字半取清旁水，半取共和之共故也。”诗歌记录了民间对于洪宪帝制的真实反应，民间的附会本属无稽，然却可见民众对于历史之理解。这种民间态度有别于官书的以政权更迭为中心的视角。

陈沆曾在宣统元年（1909）到京师，并待了三年，“粤岁己酉余始游京师，三年于兹矣”，他将在京之见闻写为《燕台杂诗次渔阳秦淮杂感原韵》[③]。诗称“杂感”，在于其材料本无系统，写了清末诸多纷杂的人事：戊戌政变死事之谭嗣同、龚自珍与西林春之悬案、那拉氏时代的宫廷表演、清代的文字狱、京师的文人艳事等，这些驳杂的诗歌材料里面闪现的是一个在京的底层文人眼中的历史，他的观点或许超越了某种历史判断的对与错，而用一种沧桑感把它融化了。如写到清末内廷戏剧演员的遭遇，“清后那拉氏耽丝竹，内廷供奉至十数人，余入都来，菊部飘零，所见歌者崔灵芝，音吭至悲，不厕当时供奉之列”。诗云：“供奉伶官数宠光，只今难问旧君王。何如花外流莺啭，一曲崔徽定教坊。”写到清末的进士遭遇，也报以同情，“摇落秋风团扇郎，漓云词句断人肠。春衫杏子难寻泪，夜雨梨花易损香”。甲辰（1904）进士是清王朝最后一批进士，他们成为如秋来团扇一样的无用之物，“其诗多幽眇哀怨之音。余

① 关于《洪宪纪事诗本事簿注》与《南宋杂事诗》、《明史杂咏》的关系问题，可参见笔者《诗史异代有知音——从〈南宋杂事诗〉、〈明史杂咏〉到〈洪宪纪事诗本事簿注〉》一文，《南京理工大学学报》2009年第6期。

② 刘成禺、张伯驹：《洪宪纪事诗三种》，上海古籍出版社1983年版，第84页。

③ 《南社丛刻》第十九集，江苏广陵古籍刻印社影印本1996年版，第4656页。

就教于胡同访之，征得其本事”。陈沅以其民间视角，去寻访那些散落在历史之中的文化碎片，发现了一个王朝终结之后的文化回音。曾经的歌者和文人，他们是旧王朝的风云人物，但是历史的改换却颠倒命运，新时代正史中绝然没有他们的位置，但是在民间文人笔下却留下他们真实的声音。

文湘芷有《光宣之际都中杂咏》[①]，记录了他清末在京所见，到民国八年（1919）他又再次入京，作有《己未北游杂诗》[②]，继续他的民间讲述，所谓“八年前事忍重提”，在八年之中历史经历太多翻云覆雨，故而诗歌凌乱的历史感正是历史事实之乱的外化：毁于八国联军入京时代的西山寺观、袁世凯帝制时期装饰华美的新华门、被改为公园供游人游览的皇家祭祀场所天坛，都引发诗人太多感慨。这种历史巨变回到一个民间诗人的角度，不同于正史中关注权力之转移，而是表现出个体的无助与怅惘。“画中人影画中诗，记取书生二十时。后日视今今犹昔，较量身世耐相思。”据诗人自注可知，诗人离开京城时与朋友照相留念，这勾起他二十年前为朋友肖像题诗的往事记忆，个人的悲欢叠合了历史的离合，这是沧桑感的来源，“出都时与芸郋、力舆撮影为别，忆少时为芸题肖像，忽忽二十年矣”。

吴恭亨有《悔晦堂杂诗》，诗歌记录了其清末民初的经历，可作诗史读，自称其诗类于《觚剩》之类的野史，也算是自陈态度吧，“平生颇富诗功，晚清宣统己酉（1909）汰稿为六百首，印行之明年庚戌（1910），键门不出，成《庚戌杂诗》百六十首，明年辛亥（1911）冬十一月，民国改元，先以议员赴长沙，闻见奇骇，拉杂书之，衍以子注，于是有《旅湘杂诗》一卷。其年佐门人唐牺支荆州军幕，又有一卷，南北新闻纸多揭载之。顾东鳞西爪首尾不完，朋游索观，争责副本，遂并存排印，荆游篇乱不云乎：诗材料结亡清局，读者故等于稗官野史之《觚牺》其可矣。民元七月”[③]。吴恭亨的《悔晦堂杂诗》创作时间跨越了晚清 1910 年至民初 1912 年，这一段时间正是社会发生巨大变动的时期，吴恭亨因为担任湖南特别省议会议员和辅佐门人唐牺支荆州军幕的机会，能够接触到民初的军、政各界，故而对于清末民初的社会局势有着自己独到的观察。《悔晦堂杂诗》分为《庚戌杂诗》、《旅湘杂诗》、《荆游杂诗》三部分，

① 《南社丛刻》第二十一集，江苏广陵古籍刻印社影印本 1996 年版，第 5515 页。此诗无自注。

② 同上书，第 5518 页。

③ 吴恭亨撰：《悔晦堂杂诗》，《悔晦堂诗集》，民国十一年铅印本。

共同构成了吴恭亨的诗史记录，诗歌加以详细的自注释，交代了诗歌所写的历史事实。

《庚戌杂诗》记载的是清末的混乱，从中可以了解清朝灭亡的原因，人民已至无衣无食，“忍死谁逢郑监门，己溺己饥总空言。今年米价黄金似，造物如何亦寡恩”。注云：“常、醴米价石至七八千，而城市时有死人。”[①] 清末米价已经远非百姓所能承受，饿殍遍野，人民只有揭竿而起一条路了，吴恭亨诗歌展现的民变场面正是那段惊慌失措历史的表现，“旗称正正阵堂堂，市虎讹言类可伤。昨夕郑人惊伯有，今朝举国已如狂”[②]。注云：“长沙民变，余氛迨及宁、益县中，一夕数惊，议团议练，张皇如寇至。”从诗歌的记载中我们可以清楚了解清王朝末叶的人民生存状态，在辛亥革命爆发之前的庚戌年（1910），整个社会已经到达了变乱的临界点。

《旅湘杂诗》继续了吴恭亨的历史观察，辛亥革命成功后，吴恭亨担任了湖南特别省议会议员，在民初的国家新建的活动中，可以参与一些政治意见，然民初的政局其实非常混乱，革命者稍有松懈之心，政治投机者便伺机获利，吴恭亨在他的诗歌中记录了民初政局的不尽人意：“一日以来，武汉战事皆黄兴一人主之，连日报载袁世凯炸死，不知袁今此地位固已无炸弹之价值。十月二十一日，湖南议会开幕，议员徽章红地黑章，象铁血也。北伐兵拟分三道钞击，其一即子豳即牺支破荆州之兵也。云南反正，某统治首鼠，民军与战于五华山，一致公举蔡锷为都督。”诗云：“六师首总不张皇，姓字初闻蔡邵阳。有虎负隅虎旋毙，五华山下血玄黄。”[③]《旅湘杂诗》写出了民国肇始的状态，以批评代议论，展示作者之态度。

《荆游杂诗》作于参门人唐牺支荆州军幕时期，这个阶段多见军中的咄咄怪事，“民国成立，各省军多内讧，此由于懵不知有外侮也。试一循省，日俄英德法之所由蔑我者，阋墙之衅当不戒自戢。”诗云：“怯于公战勇私斗，煮豆燃萁尤所羞。兄也关方弟重涕，匈奴忆否汉仇雠?”[④] 民国成立之初，军队之间各自为政，竟至内讧，却置外部威胁于不顾。而军队往往是社会动乱的祸源，“二月二十九日北京兵变，火内成，纵掠延烧连日，溃兵四出，津保亦乱，或曰总社党主动，将以倾袁也”。诗曰：

① 吴恭亨撰：《悔晦堂杂诗》，《悔晦堂诗集》，民国十一年铅印本。

② 同上。

③ 同上。

④ 同上。

“洛阳火较咸阳火，董卓终输项羽雄。列戟侯王森第宅，九门一炬半成空。”民国初建，一切并未迎来欣欣向荣的气象，而是各方权力的争斗，变乱和杀戮仍然没有停止。

吴恭亨在杂诗中记载了他的亲见亲闻，以诗、注兼行的方式留存了大量史料，也表达了他自己的民间态度。他在诗歌中代百姓立言，代生民请命，将清末民初的天灾、人祸、战争、政变等等对百姓造成的伤害一发于诗。这种从百姓视角看待历史的态度，正是作者本人强调的“稗官野史”的写作精神，是南社诗人们热衷的诗歌创作态度。

纵观南社诸子的“诗史”之作，不知凡几，大家通过诗歌透露的观察渠道有别于正史的冠冕堂皇，多了个体的切肤体验，多了代百姓立言的民间心声，多了对于史事多方位的观察，成就了可以补足清末民初历史的“诗史”杰作。而这些诗歌也实现了对于诗史典范杜甫作品的回归，在强力的叙事表现中把对历史的褒贬明白无误地传递出来。这些诗歌因而具有了强大的干预现实的作用，他们多被揭诸报端，成为文字风潮的一股劲浪。

第二节 群体风格：布衣情怀与遗民情愫

南社的独特诗歌风格中，含有诗人群体明晰的身份体认感。他们对于“布衣之诗”的定位，带有一种民间文人身份的自豪感；他们宗法龚自珍的剑气箫心，以之作为自己“儒侠”身份的标识。这些基层民间文人带着这种身份感进行创作，便成就了具有民间锋芒的独特诗风。

一 布衣之诗

“布衣之诗”一词对南社的诗歌身份进行了恰当的定位，这其中含有南社诸子高尚其志，与缙绅主流文学对抗的文学自信力。他们的创作成为有清一代在野诗歌脉络的殿军，成为一种精彩的收束。

（一）概念之别：布衣之诗、草泽之诗、寒士之诗

对于南社诗歌，有这样两个概念相近的说法，一为柳亚子的“布衣之诗”，一为胡朴安的“草泽之诗”。这两个概念又与古典诗歌中常用的“寒士之诗”有着某种胶结。

柳亚子在为社友胡寄尘所作的《胡寄尘诗序》中提出了南社诗歌为“布衣之诗”这个概念：“余与同人倡南社，思振唐音以斥伧楚，而尤重

布衣之诗。以为不事王侯，高尚其志，非肉食者所敢望。海内贤达，不非吾说，相与激清扬浊，赏奇析疑，其事颇乐。”①

胡朴安在《南社诗话》中述及南社诗歌“草泽之诗”的概念：“其与革命之关系，让之历史家之记载，惟南社以诗文鼓吹革命，在文学上实有不容忽视者，其抑塞磊落之才，慷慨激昂之气，论者多以草泽目之。历代帝王，如汉之高太祖，明之太祖，宽洪大度，皆起自草泽，抚有万邦，政治如是，文学亦然。岂可以草泽文学，不能与缙绅文学相比，置而不论也。”②

柳、胡二人的言语背景有异。柳亚子的《胡寄尘诗序》作于“辛亥七月”，即1911年7月，当时的柳亚子已经是南社实际意义上的主盟者，他作此序不失时机地抛出对南社的定位，再次强调这个已经成立近两年的文学社团所具有的独特价值。胡朴安的《南社诗话》写于“民国三十二年”，即1943年，是应南社旧友包天笑《小说月报》之约而作，后又陆续刊登于同为南社旧友郑逸梅编辑的《永安月刊》上，相对于柳亚子作于南社初期的具有引导社团发展方向的“定位”之作，胡朴安则是病废居家时谈论往日文酒之会的“回忆”文章，他对南社诗歌的概括更有一种历史眼光的月旦裁量。不论社团主盟者的定位还是社员的回忆，其中的不谋而合处也体现了他们对南社诗歌的一致理解，所谓的“布衣”和“草泽”都揭示了南社诗歌起自民间的一面，强调了这种民间性带给诗歌的独特风貌，但是柳、胡二人有各自的表述侧重点。

柳亚子的《胡寄尘诗序》虽为胡寄尘诗歌而发，但却以极大篇幅谈论“今日诗道”，其中主要谈论唐、宋诗歌在清末诗坛的接受矛盾：

> 今日诗道之弊，其本原尚不在此。论者亦知倡宋诗意味名高，果作俑于谁氏乎？盖自一二罢官废吏，身见放逐，利禄之怀，耿耿勿忘，既不得逞，则涂饰章句，附庸风雅，造为艰深，以文浅陋。彼其声气权势，犹足奔走一世之士，士之夸毗无识者，辄从而和之，众旬漂山，众盲诧日，后生小子，目不见先正之典型，耳不闻大雅之绪论，氓之嗤嗤，惟扪盘逐臭者是听，而黄茅白苇之诗派遂遍天下矣。
>
> 而今之称诗坛渠率者，日暮途穷，东山再出，曲学阿世，迎合时

① 《南社丛刻》第五集，江苏广陵古籍刻印社影印本1996年版，第754页。

② 曼昭、胡朴安：《南社诗话两种》，中国人民大学出版社1997年版，第83页。

宰，不惜为盗臣民贼之功狗，不知于宋贤位置中，当居何等也。其尤无耻者，妄窃汝南月旦之评，撰为诗话，己不能文，则假手捉刀，大书深刻，以欺当世。就而视之，外吏则道府，京秩则部曹，多才多艺，炳炳麟麟；而韦布之士，独阒然无闻焉。呜呼！此与职官表、缙绅录何异，而诗话云乎哉？昔吕崇德有言："今日之文字，坏不在文字，其坏在人心风俗。"夫人心风俗之既坏，即工诗何益？而况其背谬嚣妄，如畏庐所言者耶！[①]

柳亚子这段议论针对的是当时在诗坛上影响颇巨的宋诗派，他认为这是一群罢官废吏因为不能淡薄求名之心，于是故作艰深，模仿宋贤，吸引一批无知后辈投于门下，鼓荡诗坛声势，是一种欺世盗名的行为。在这一大段立场鲜明的诗论之后，柳亚子提出了"布衣之诗"的概念，"思振唐音以斥伧楚，而尤重布衣之诗"。这正是对前述弊坏诗道之反拨，南社诗人在身份上是与"外吏则道府，京秩则部曹"的缙绅相对的"不事王侯"者；在诗歌精神上是与"曲学阿世，迎合时宰，不惜为盗臣民贼之功狗"相对的"高尚其志"；在诗歌追求上则是与"宋诗派"相对的"唐音"。柳亚子的"布衣之诗"不仅仅是诗派的风格宣言，更指出了社团的品格定位。

"布衣之诗"某种程度上是一个类型化的诗歌概念，它与"缙绅之诗"是相对的一对概念，它揭示了"布衣"这个群体所特有的诗歌风格。"布衣"本指普通百姓的着装，后来便用以借指平民百姓。在典籍中，布衣从服饰到服饰象征的身份有一个转化的过程，《后汉书·礼仪志下》："佐史以下，布衣冠帻。"《荀子·大略》："古之贤人，贱为布衣，贫为匹夫。"汉桓宽《盐铁论·散不足》："古者庶人耋老而后衣丝，其馀则麻枲而已，故命曰布衣。"[②] 布衣既然指代平民身份，则布衣之诗反映的是这些居处民间的士人的情感与生活状态，它在诗史中往往因其非正统而被边缘化。柳亚子"布衣之诗"的表述，使以南社为代表的布衣之诗具有了一种诗歌之"道"的高洁感，具有一种占据诗歌主流的自信力。他的表述带有这位颇具个性的南社主盟者的一贯意识，他所强调的气节、宗唐、

① 《南社丛刻》第五集，江苏广陵古籍刻印社影印本1996年版，第754页。

② 关于布衣及布衣精神的内涵，于春媚考证了"布衣"从单纯的服饰含义（物质范畴）发展到身份含义（政治范畴），再扩展到具有人格含义（精神范畴）的内涵发展过程。于春媚：《论布衣及布衣精神的内涵》，《河北大学学报》2007年第1期，第98—104页。

振救世道人心等因素就是他一以贯之强调的南社诗歌精神。

胡朴安的“草泽之诗”与“布衣之诗”固然同指南社这个民间诗人群，其概念内涵则与柳亚子不尽相同，且看胡的表述：“太一才气奔放，而学有根柢，满腔热血，化作文字，随处泄发，故其所作，异于时流。其诗以缙绅定字学论之，或议其粗豪，或议其无律，而不知其固草泽英雄本色也。”[①] 又谓自己所作《趁津浦车过徐淮吊汉楚遗址，调寄百字令》一词，“以声律论，确非词人之正格，但悲歌慷慨，诚不失草泽英雄之文章”[②]。又评社友周实丹之诗“不仅受声律，而有横利无前之概，自可使小儒咋舌，诚草泽文人之本色”[③]。胡朴安的例子合于他在诗话序言中所说的“以诗文鼓吹革命，在文学上实有不容忽视者，其抑塞磊落之才，慷慨激昂之气，论者多以草泽目之”[④]。胡朴安推举的“草泽英雄”之代表，宁太一、周实丹均为南社中革命烈士，一死于反袁革命，一死于反清革命，他们的遗集都由南社社友搜集出版。胡朴安的“草泽之诗”实为要发掘他意欲表述的合于“革命”精神的南社诗歌意义，和柳亚子强调的与宋诗派的对立还有些区别。

至于“寒士之诗”，在古典诗歌的定义中意味着一种类型化身份的创作，这些作品内容往往是处于社会底层的读书人反映自己穷困的生活状态，和居于下僚难以实现抱负的精神苦闷。这在清代中后期越来越成为一个值得重视的诗歌现象，由于科举之途的日渐阻塞，越来越多的士人不能通过传统的晋身途径实现身份的上移，他们成为经济和政治地位都不高的一个阶层。“寒士之诗”有着怀才不遇身处下僚的郁怒，有着叹老嗟贫的悲苦，与缙绅之诗的圆腔熟调，情感单一不同。但是“寒士之诗”在情感基调上与“布衣之诗”和“草泽之诗”不同，“寒士之诗”多顾影自怜，缺乏政治及文学上的自信。而南社所谓的“布衣之诗”、“草泽之诗”则摒除了自居末流的谦卑，是一种可取缙绅作品而代之的文学自信。

我们今天认可的南社“布衣之诗”的说法，其实是糅合了柳亚子和胡朴安的表述。我们强调南社这个团体的“民间”性，这个群体高尚其志，不以富贵利禄为指归的精神，以及群体创作中的舒张扬厉的革命气质，甚至有些无拘无束，不受章法格律限制的“草泽”感，同时也摒除了“寒士之诗”的自卑自怜，作为有独特诗歌风格的类型作品而企欲与

① 曼昭、胡朴安：《南社诗话两种》，中国人民大学出版社 1997 年版，第 90 页。

② 同上书，第 123 页。

③ 同上书，第 131 页。

④ 同上书，第 83 页。

曾经占据主流的缙绅诗歌抗衡。

（二）南社“布衣之诗”的诗史意义

在文学史的梳理中，我们试图以朝野两条线索来探寻诗歌的发展脉络。“处江湖之远”和“居庙堂之高”会带来两种不同的创作风貌，而在朝野立异的对举中我们也可以更为明显地看到诗歌的两种走向。当我们希望找到一条更为合乎自由诗歌精神的诗史脉络时，我们发现来自民间的在野诗群，不仅仅是庙堂正统文学的补充，而是更具活力的诗歌源泉。

布衣在野之士，意味着与政权的疏离，也意味着对政权提供的晋身方式的疏离。历代影响最大的两种晋身制度当推魏晋的门阀制度与从隋代开始的科举取士制度。在门阀制度下，“士庶区别，国之章也”，豪门士族“恃枯骨”而可以登高位，但是庶族却因出身门第而受阻于仕途。魏晋时期的寒士之诗呈现一种郁怒中的张力，这是诗才因制度压抑的第一次时代爆发。科举制度产生后似乎有效提供了一种阶层变化的渠道，通过考试可以实现门第的跨越。但是科举制度下也存在大量的人才积压，龙门之外便有着大批的寒士。每一个时代必然有困厄场屋之士，他们成为积压起来的知识阶层，同类相聚而感应以时代则造就了不同的寒士样态。陈玉兰将历代寒士的典型形态总结为：南宋末年的江湖谒客、元代的浪子才人、明末的山人、清盛世的布衣、嘉道时期的寒士[①]。不同的寒士样态呈现出各具特色的诗歌创作。

江湖谒客之诗才情横溢却因其权门奔走免不了轻滑巧佻；元代的浪子才人接触到最底层的市民，其诗充满生活情味却免不了简俗；明末的山人诗歌有着田园山水的味道却又免不了假归隐真用世的做作；清盛世的布衣之诗有着优游自得的盛世气度却挥不去在文化钳制下的收敛心魂；嘉道时期的寒士之诗有着直抒内心的情感穿透力却又不免局限于关注自我世界的促狭。南社布衣之诗也有其时代的两面性，放之于诗史脉络之中，更显其殿军特色。南社诸子比之江湖谒客虽或有其经济之窘却更强调人格之独立；比之元代的浪子才人虽有其深于情的一面却又不同于其游戏人间；比之明末的山人，虽有独立不群的共同点却又有着真用世的执着；比之清盛世的布衣，虽有其自养诗心的生活样态却又有着更为特立挺出的变革姿态；比之嘉道时期的寒士，虽有其直抒其内心的直白风格却又有着积极的淑世精神，南社的布衣之诗正是迎合时代之变的“变

① 陈玉兰：《清代嘉道时期江南寒士诗群与闺阁诗侣研究》，人民文学出版社 2004 年版，第 39—43 页。

风变雅”。

在历代文学史上，南社对于寒士之诗有着某种承续，在清代文学史上，南社正是清代布衣之诗的重要收束。严迪昌先生以朝野离异的思路梳理清诗史，非常精到，“呈相对离立之势的‘朝’，指庙堂朝阙；‘野’，则是概言草野遗逸。清代诗史上作为离立一方的‘朝’，固已非通常所说的馆阁之体，实系清廷‘文治武功’中‘文治’的重要组成部分；而‘野’也不相同于往昔每与庙堂呈互补态势的山林风习，乃在总体性上表现为与上述‘文治’持离心逆向趋势”[①]。梳理清朝的在野诗歌脉络，可以看到这样一条线索：遗民诗群、“盛世”布衣诗群、嘉道寒士诗群、南社布衣诗群。南社的诗歌脉络正是承接清代在野诗歌线索而来。

遗民诗群和南社诗群一样，不是一种流派的统称，他们缺乏统一的艺术趋向，但是他们却汇聚成诗史上值得关注的诗歌现象。严迪昌先生这样形容遗民诗群：“这原是一个各不相干，在诗美情趣上颇多径庭的诗人群体。是亡国之痛、破家之哀、风刀霜剑之残酷遭际，概言之是时代的巨变将他们推进了一个炙心灼肤的大熔炉。共同的命运即使是尚未泯灭他们审美追求上的畛畦，但当他们的心脉在家国之恨上豁然相沟通时，门户之见、宗派之习终于在特定时期淡化了。遗民诗群并没有盟约，可他们在投入和唱和时却共谱着一种基调；尽管在诗风上在艺术风格上各自仍有异趣，然而合唱歌吟的声韵却奇妙地协谐着。”[②] 遗民诗群在诗歌宗尚上各异，但是他们有着共同的诗歌创作心理背景，家国之变使得他们能用不同的笔写相似的悲愁，使得诗歌能呈现相近的风貌。这用于解读南社的诗歌也同样适用，艺术的畛畦可以在思想的共鸣中化解，南社也曾经在“反清”思想共识中达成一致。遗民与南社这样起于民间的诗歌群体，都不是因诗歌宗趣的一致而汇拢起来的，而是因特定历史时刻的诗思投合而聚为群体。这样的诗歌群体易聚易散，其诗歌缺乏一致的艺术特征，因此我们应更多去探求其“言志”的内核。南社诗群和遗民诗群在王朝的首尾两端实现了思想的呼应，彼此甚至可以“互注”，在对举中理解这些民间的力量怎样把民族话语放置于诗学话语中去，造成一种动摇王权的力量。清王朝针对二者都有过打压，清初的文字狱曾造成了遗民群体的紧张和收敛，对于南社的反清活动，清政府曾经采取过查封报社，逮捕革命者的手

① 严迪昌：《清诗史》，浙江古籍出版社 2002 年版，第 16 页。
② 同上书，第 65 页。

段，而南社群体却越压越勇，最终成为推翻清王朝的舆论力量。文字之功，南社可谓得之清初遗民而过之也。

清代盛世布衣是指清康雍乾三朝的士阶层中“终其身与政权不发生任何关联的且无科名职衔的在野之人”[①]。盛世布衣这一概念本就包含着一种矛盾：处于盛世但是又遗于世外，既有不愿用世而自取闲散的一面，又有欲用于世而不得其途的一面。在清代的康雍乾时期，王朝国力至于鼎盛，而对文化的控制力也趋于严酷，文字狱和《四库全书》的编修，使得文化趋于一统，盛世布衣正是在一统之外求独立的阶层。特别是在一直与王朝保持着心理距离的江浙地区，大批士人的拒赴博学鸿词科显示了这一地区的群体态势。同时值得注意的是，这一时期江浙的经济发展迅速，已经出现了儒商结合的趋势[②]，盛世布衣之所以能优游于政权之外，因为他们有涵养诗心的渠道，科举这一晋身之途对他们的吸引力在消退。江浙享乐之风的兴起也使得他们对于“三不朽”的传统功名之念有所保留，他们相对于科举的拘束以及入世所带来的风险，更倾向于过一种优游的生活。正如杭世骏所言：“布衣憔悴之士，漠然一无所向，其精神必有所寄，则诗其首事矣。夫不酣豢于富贵，志气自清；不奔走于形势，性情自澹；不营逐于世故，神理自恬。周德昂所谓‘文之得于内者，虽不能惊四筵而可以适独坐’。余尝标举斯言，以为诗不在唉名之热人而在菰庐风雨之中，非创解也。”[③] 盛世布衣一以诗文自适，不酣豢于富贵、不奔走于形势、不营逐于世故，所以诗歌风格自有一种无所依傍的清傲之气，此为士林精神所钟。

清代盛世布衣最值得重视的是他们的自养之足，这是保持诗歌独立个性的基础。南社诸子向近代知识分子身份转变过程中很重要的一点便是如何实现自养。盛世布衣的卖文鬻字、处馆入幕等，使得他们不必视科举入仕获得官给俸禄为唯一自养之道。文人的文化资本转化为经济资本，有待于一个交换市场的建立。清代盛世布衣的时代，社会已然具有了这种文化消费的市场，特别是江浙地区经济发达，文化市场最为繁荣。到了南社时代，文化消费的市场日趋健全和发达，南社诸子除了延续盛世布衣的卖文鬻字、处馆入幕等传统方式，很多人的职业身份还是编辑、记者、小说家等，这使南社诸子可以获得比盛世布衣更为多样的自养渠道。南社诸子与

① 费振钟：《堕落的时代·山人行状》，《随笔》1997年第五期。

② 余英时的《中国近世宗教伦理与商人精神》一文对儒商关系有精到论述。来新夏《结网录》中用大量史料对清代前中期的士商关系新变作了梳理。

③ 杭世骏：《秋竹馆小藁序》，《道古堂文集》卷三，上海古籍出版社2005年版，第65页。

科举的距离更远不仅仅因为他们面对一个更缺乏权威性的科举选才机制，还在于他们的价值实现方式更为多样。

嘉道寒士诗群是“因经济贫困、科第失意或仕途厄塞而在人生的较长时期里有生计之忧或不遇之怨的读书人”[①]。从生活及精神状态的承续性上讲，南社与清代嘉庆道光以来的寒士有着某种相似。嘉道以来一大批读书人因未能通过艰难的科举途径进入仕途以及取得生存的经济资本，成为了寒士。《剑桥中国晚清史》谈到这种情况发生的部分原因，“晚清因科第名额增加、买官鬻爵盛行、官绅的膨胀和文人阶层人数增多，造成了士大夫阶层的分化及没落”[②]。在此提及的晚清社会问题是嘉道寒士大量产生的社会根源，就南社而言，他们也受到了这种制度化人才积压的影响，而他们在科举制取消之后，面临着生存状态的重新选择，成为近代职业文人。从南社的最普遍的士人状态来说，不少与嘉道寒士一样，都在逼仄的社会挤压下求生活，他们诗歌中充斥着对贫寒生活的咏叹，“家无储蓄衣安寄，书到炎荒泪未干”[③]。“江东米价贵如许，四壁萧条可奈何。”[④] 为生计的奔波总是有很多理想与现实冲突的无奈，“雄心亦欲驰千里，叵奈身如客燕秋”[⑤]。贫寒固然是很多南社成员的生存状态，但是南社成员因为所处的历史境遇不同，有很多超越嘉道寒士之处。嘉道寒士因生活的压力，他们更趋向于脚踏实地的谋生，而不是思考变革社会。南社社员则不同，在清末民初这个大环境下，面对国家的内忧外扰，他们体现出“士”的社会承担感，他们中有很多人投入到直接的革命活动中。

嘉道寒士诗群呈现出一种独特的“诗侣文化”[⑥]，最著名者如孙原湘与席佩兰、徐达源与吴琼仙、任兆麟与张允滋、陈基与金逸及王倩等。读书人在入世的路上分外艰辛，便退回到家庭生活，在与伴侣和谐的艺术生

---

① 陈玉兰：《清代嘉道时期江南寒士诗群与闺阁诗侣研究》，人民文学出版社 2004 年版，第 40 页。

② ［美］费正清、刘广京：《剑桥中国晚清史，1800—1911 年》下卷，中国社会科学出版社 1993 年版，第 1619 页。

③ 杨赓笙：《寄内》，《南社丛刻》第五集，江苏广陵古籍刻印社影印本 1996 年版，第 3836 页。

④ 沈昌直：《食粥》，《南社丛刻》第五集，江苏广陵古籍刻印社影印本 1996 年版，第 1265 页。

⑤ 余寿颐：《接家书写感》，《南社丛刻》第五集，江苏广陵古籍刻印社影印本 1996 年版，第 618 页。

⑥ 陈玉兰：《清代嘉道时期江南寒士诗群与闺阁诗侣研究》，人民文学出版社 2004 年版，第 40 页。

活中获得乐趣。阅读沈复《浮生六记》中的记载就可以详知寒士与闺中伴侣贫寒但充满艺术气息的生活情况。就南社这样一个社团而言，大量的才侣加盟成为社团的一个特色。共同隶籍南社的夫妻有三十四对[①]，其中颇多夫妇以才名者，如蔡守与张倾城、谈月色，林寒碧与徐蕴华，刘三与陆灵素，姚光与王灿，邵庸书与张昭汉，王德钟与凌惠纕，吴虞与曾兰等。事实许多社友虽未夫妻共同入社，但他们的伴侣都是极有才华的。在结社史上，夫妇共同入社的先例或可推同拜袁枚为师的孙原湘与席佩兰、徐达源与吴琼仙夫妇为典型，另外，一些家族诗社中夫妻共同加入的现象或为有之，但像南社这样有大规模才侣夫妇加入的还不多。夫妻共同加入，为南社带来阵容上的丰富性，与父子兄弟等共隶一社一样，展现了南社组织上有以乡党姻契相勾连的特色。才侣作为一个活动单位参与到社团的交游中，使得交往层次更为深入，进入“家庭”的层面，这也为南社的文化建构打上某种底色，使得南社文化葆有传统人伦的特点。清代衰世寒士诗群与南社才侣都创作了大量的诗歌反映这种特殊的文化现象，颇值得关注。

对于有清一代的在野诗歌脉络的梳理，可知南社诗群为清代极具特色的布衣之诗的殿军。这个群体回应了清初的遗民诗群，发掘了在野的诗歌力量，以诗歌播时代之风潮。南社诗群延续了盛世布衣的自养之道，在更为健全发达的文化市场中获得文化资本的转化，他们比之于盛世布衣更脱离了对政权的依附性。相对于嘉道以来的寒士诗群，南社诸子又走出促狭的小我世界而有着积极的用世之志，他们不再聚焦于个人的窘迫境遇，而是裹挟着变革的热情去开拓理想的世界。南社的布衣之诗也因为境遇的迁移和文化心态的转换而呈现特殊的样貌。“布衣之诗”到了南社时代，呈现前所未有的自信，不再因为位卑而担忧诗名不彰，反而以布衣的姿态公然与代表清代诗歌正统的同光体相抗衡；也不因未得科举晋身之途而沮丧前途，反而以诗歌方式进行革命主动构建历史。布衣之诗在南社诗群的创作中成为诗歌潮流中的灿烂尾声。

二　遗民情愫

南社社友们常常以凭吊宋明遗烈、编订宋明遗烈的遗集来表达他们

① 数据来自汪梦川《南社词人研究》之《南社家族表：夫妻》，南开大学，博士论文，2007年，第16页。

"不向满清"的民族情绪①。南社的遗民情结一直是论者关注的重点，早在南社成立之初，改良派报刊的评论就将南社与明遗民相提并论，出语固然带有讥讽，但却道出南社传达的某种历史感："上海某名士，素负文名，自命交游遍海内。昨晚过某君处，某君以《南社丛刻》示之，名士展卷无一识者，姑阅其文，反复摩挲，皱眉曰：这班人不是明末的遗老么?"② 南社之所以会令人有恍如"明末遗老"的感觉，是因为其辛亥前的社刊作品，题材和风格与明末清初的遗民之作有着某种近似，都意图传达一种异族统治下的精神束缚和不屈的反抗态度。但是南社诸子毕竟不是明朝遗民，他们的"拟遗民"情绪其实是他们反清的一种策略，是为了唤起一种民族的历史伤痛记忆，将之化为民众反清斗争的勇气。

之所以南社诸子在对遗民这个概念的引用时，特别强调宋、明遗烈，是因为宋朝和明朝都是因异族的入侵而遭到鼎革之难的，宋、明的志士和遗民就成为他们诗歌中的颂扬对象，如"岳飞、谢皋羽、陆秀夫、郑所南、张煌言、陈子龙、夏允彝、夏完淳、吴易、杨维斗、屈大均、黎美周、史可法、顾端木、刘公旦、钱彦林、郑成功、李钟英、杨天壁、沈光文、朱舜水、冯班、张国维、熊开元、傅山等"③。这些志士遗民在南社诸人诗歌中成为民族气节的符号，是在民族危机之下的大汉正统的捍卫者。所谓的"西台恸哭，人讴皋羽之歌；眢井沉书，家抱所南之史"④，南社诸子正是以模拟皋羽之歌、所南之史这样的遗民表达来传达他们的政治情绪。

南社诸子对于遗烈的歌颂有其倾向性，他们注重将其中的民族意识发掘出来，作为他们政治表达的一种方式。例如郑思肖是南社诸子诗歌中最常提及的遗民之一。郑思肖（1241—1318），字忆翁，号所南，连江人（今属福建），宋亡后所画兰花均无根土，表达山河易主后的遗民心情。

① 在研究南社时常常会注意到南社社团活动及文学创作中的"历史情结"，历来论南社者都不能不关注这一现象。孙之梅《南社研究》中以《辛亥前对遗民文化的认同及遗民情怀的抒发》一节专论此话题，将南社的遗民态度总结为"对宋明遗烈的凭吊咏叹"，"对宋明遗烈佚文的搜集刊行、题咏序跋"。见孙之梅《南社研究》，人民文学出版社2003年版，第308—331页。林香伶也有相似的看法，认为南社追随前贤的模式有："重刊遗集，立传留名"；"谒陵扫墓，忌辰哀哭"。见林香伶《清末民初文学转型的标志——南社文学研究》，台湾师范大学博士论文，2003年。

② 《明末遗老再现》，《时报》1911年3月2日。

③ 孙之梅开列了南社歌咏的宋明志士名单，且总结南社诸子集中吟咏的是岳飞、张煌言、郑成功、史可法。孙之梅：《南社研究》，人民文学出版社2003年版，第310页。

④ 柳亚子：《南社丛选序》，胡朴安：《南社丛选》，上海国学社1936年版，第310页。

他的《心史》一书是宋遗民的代表作，是其在南宋灭亡后诗文的汇集。因书中“骂元贼甚烈”恐遭不测，故将书装入铁匣沉入苏州承天寺井中，后到明末崇祯十一年（1638）天旱井枯方被发现，这部书在明末成为江南士人反清的精神支柱之一。《心史》的流传是颇具传奇色彩的遗民事件，而郑思肖本人也被奉为宋遗民的典范。

郑思肖在南社诸人笔下，被从夷夏之防的角度突出，如高增有《集郑所南句成五古三章即题其集》：“华夷有定位，森然不可逾。我朝圣明君，终古统炎图。谁谓遭大变，虎狼穴我庐。万命堕荆棘，干戈血模糊。嗟汝儿女曹，闻之亦欷歔，皤然欲归去，国家终何如。”① 高旭有《叔时若以寒隐社述意诗属和，仿韵应之》：“画成兰蕙应无土，历尽沧桑尚有情。”② 南社诸子对于郑思肖的理解正在于其“华夷有定位”的认可，在于其画兰无根的遗民态度的赞同。陈去病《读郑所南心史》最为突出地体现了这一点，在诗歌中以“夷夏防”作为全诗的主旨：“烈女伤故夫，烈士思故国。同此失所人，饮恨曷云极。卓哉帝宋朝，遗臣尽环硕。煌煌正气歌，中天震霹雳。下逮晞发吟，哀者荡心魄。俱垂天壤间，炳若朝曦赫。而如郑忆翁，耿耿尤奇特。耻为顶笠民，甚且祟犬德。所以一卷书，冽泉不侵蚀。天使起铁函，一朝播灵迹。要为亡明征，大祸陆沉迫。先机觉斯民，庶几示之的。果而复社贤，宁死不降敌。仗义起楼船，江湖恣讨贼。天意不可知，中原遽沦没。大义日消亡，斯道益凌轹。所幸此史存，衿缨得窥测。藉明夷夏防，而嗤姚许惑。黾勉励前修，一振云霄翼。”③ 郑思肖的《心史》在陈去病看来，是使得国家免于陆沉之祸的觉民之书，其中蕴含了严明夷夏之防的精神，郑思肖的意义就在于他用井沉铁函的方式保存了精神火种，在历史的情境再次轮回时，这颗火种便可燃起燎原之势，而南社诸子正是在明末遗民之后再度开启铁匣取出火种之人。

值得注意的是，郑思肖不仅被南社诸子频频歌咏，也是清朝遗老们常常吟咏的对象。这是一个有意思的话题，郑思肖作为宋遗民，被并不具有遗民身份的南社推崇，也被具有遗民身份的清遗民所推崇，而南社和清遗民是两个迥异的群体。这之间有着怎样的区别和联系？

1913 年 4 月沪上遗老组织的超社雅集上，曾以郑思肖的画作为题咏对象，相关作品有：沈瑜庆《超社第六集，为樊山社长题郑所南露根兰、

① 《南社丛刻》第三集，江苏广陵古籍刻印社影印本 1996 年版，第 395 页。

② 《南社丛刻》第一集，江苏广陵古籍刻印社影印本 1996 年版，第 70 页。

③ 郭长海、郭今兮编：《陈去病诗文集》，社会科学文献出版社 2009 年版，第 57 页。

倪鸿宝南枝柏横幅》、樊增祥《四月既望，超社同人集寓斋，看郑所南画兰、倪鸿宝画精忠柏。节厂提议两画合咏，余效白石作先锋焉》、瞿鸿禨《观樊山所藏郑所南、倪鸿宝二公画，同作郑兰倪柏歌》、沈曾植《郑所南画兰卷樊山所藏，元明题者三十余人，末有张文襄题诗樊山自题七言长篇一、绝句八皆丁未都中作也》。遗老们的创作避开了遗民这个身份需要辨清的与王朝之间的忠诚关系，也避开了南社所重视的宋遗民所应有的对于异族入侵的抗争，他们只是用十分统一的口径在表达着对于王朝灭亡的伤感。如沈曾植称："十年我辈草间存，一老不遗箕尾远。"[①] 沈瑜庆也有相似的情绪："展卷遗民交涕泗，从来南北排钩党。相见几辈话酸辛，尽是宣南余气类。"[②] 樊增祥也强化了这种遗民姿态："德祐崇祯及宣统，餐松饵芝多遗民。遗民相望七百载，精气成神泪成海。"[③] 在这些遗民的诗歌中，再次被眼泪充满，比之于南社的诗歌，他们的情感更为悲伤，但是这种悲伤却缺乏抗争，既没有像那些宋明遗民一样参与武装战斗，也没有像郑思肖一样用文字表达不屈，他们只是用眼泪来讲述自己与宋遗民之间具有的相似境遇，但是这样的讲述恰恰显示了清遗老们的脆弱。他们作为前清的官员，既不能从"夷夏"的角度去激昂抗清斗志，也没有挽回清朝衰亡命运的能力，他们只能在对于著名遗民郑思肖的追怀中传达易代的沧桑情绪。这种无奈就只能化作心酸眼泪，充斥在诗歌之中。

郑思肖这个诗歌话题在南社诸子笔下被发掘出"夷夏之防"的民族概念，在前清官员笔下，则被拨转到一个"不食周粟"的道德范畴。遗民这个具有丰富内涵的概念，因为诗歌群体的身份不同、政治态度有别，可以开掘出不同的情感指向。从比较中我们可以看到，南社和超社这两个政治立场相反的群体可以同时利用相同的题材来创作诗歌，而历史言说的丰富空间也使得他们对历史可以进行有倾向性的发掘，以合乎自己的言说意图。

其实这种有倾向的历史言说是无处不在的。清遗老固然在政治上难有作为，但是他们始终不乏世人的关注，因为他们仍然有着引人目光的政治表演。遗老们既有加入复辟活动追随辫帅的，也有身仕二主进入袁世凯麾下的，也有捧伶品妓纵情声色的，当然在这些表演中，林纾显得有些特

① 沈曾植著，钱仲联校注：《沈曾植集校注》，中华书局 2001 年版，第 604 页。

② 沈瑜庆：《涛园集》，《近代中国史料丛刊本》，台北：文海出版社 1967 年版，第 95 页。

③ 樊增祥撰，涂小马等校点：《樊樊山诗集》，上海古籍出版社 2004 年版，第 1793 页。

别，他用哭陵的方式维护了自己的遗民身份①。从1913年到1922年的十年间，他曾经十一次拜谒光绪陵，每次谒陵，几乎都作有诗，不断在诗歌中表达着对王朝的留恋与忠心。1913年11月光绪陵竣工时，林纾曾冒着大雪前去拜谒，“九顿首后，伏地失声而哭”，废帝溥仪闻之大为感动，亲书“四季平安”春条一幅颁赐。林纾的谒陵诗歌也充满了对光绪帝的忠诚，“扪心赖有纲常热，恋主能云犬马痴”②。赤裸裸的词汇或许正是希望读者能注意到自己的遗民身份，不希望被忽略或者模糊。

在长达十年的时间里，林纾坚持了他的拜谒行为，其间经历了袁世凯称帝、张勋复辟、五四运动等历史事件，林纾的坚持显得非常难得。就像猜测王国维自沉的动机一样，林纾这种狂热的坚持出于什么动机也很难说清，是如其自己所说出于“犬马”恋主的本能，还是在借痛哭逝帝发泄对民国政局和传统文化没落的不满，似乎很难获得定论。大多数人愿意把它理解为一种动因复杂的行为，而不仅仅是一种单纯的遗民活动③。不过有一点可以肯定，他的十年谒陵哭陵引来了他想要的关注。

南社诸子从未自称遗民，但是他们却推崇遗民，他们也像遗民一样狂热地谒陵哭陵。当然，南社与林纾是完全不同的，林纾十年都痛哭于光绪陵前，南社诸子却从未踏足清朝皇陵。南社诸子只是拜谒宋、明的帝王以及忠臣义士的陵墓。当然他们的动机也不像林纾那样费解，他们就是要借以“反清”。

1910年重九，南社有一次集体性的谒陵活动，他们凭吊了明故宫、明孝陵及方孝孺祠，事后蔡守将诗歌整理为《白门悲秋集》，成为南社集

① 林纾（1852—1924）原名群玉、秉辉，字琴南，号畏庐、畏庐居士，别署冷红生。晚称蠡叟、践卓翁、六桥补柳翁、春觉斋主人。福建闽县（今福州）人，我国近代著名文学家，翻译家。崇尚程、朱理学，古文论以桐城派提倡的义法为核心，一生著译甚丰，翻译小说达二百余种，被誉为“译界之王”。戊戌维新前，支持新政，然鼎革后成为遗老，这与他始终主张维新、忠于清光绪帝的立场有关，自称“惟所恋恋者故君耳”。他虽没有在清朝做官，却十一次谒光绪帝的陵墓。文化上坚守传统文化，反对五四新文学运动。林纾除翻译小说外，文有《畏庐文集》、《续集》、《三集》，诗有《畏庐诗存》、《闽中新乐府》等。

② 林纾：《畏庐文集·诗存·论文》，沈云龙主编：《近代中国史料丛刊》第九十四辑，文海出版社有限公司1973年版。

③ 胡焕龙在《林纾哭陵辩》中对林纾行为作出了文化的解读，认为林纾之哭是“为心目中的理想政治而哭”，“为颓败世风和文化传统而哭”，“为‘吾心’而哭”，不能仅仅从一种进步或落后的简单归纳中去解读林纾哭陵，这和梁济、王国维的自沉事件一样，在民初都有着复杂的文化意味。《文艺理论研究》2007年第2期。

外增刊之一。据蔡守和周实所言，当时谒陵者共十人，其中七人为社友，分别为蔡守、高燮、高旭、高均、姚光、周人菊、周实。然观所录作品，参与谒陵的不止此数，还有女眷参加，如高旭的夫人何昭，她也是南社社友且有诗录于集中。

在诗集的序言中交代了此次谒陵的背景，“世方多难，国亡族灭之祸岌岌悬于眉睫间”[1]，非常明确地提出了国亡族灭这个概念，这其实是清末革命者反清宣言的另一种表达方式。这部诗集中的诗歌都在反复点击着相似的词汇：兴亡、沧桑、悲秋。我们可以留意到这原本是咏史诗中惯有的诗歌元素，但是当南社诸子将之频繁地用于诗歌中且集中起来发表时，诗歌已经不是传统意义上的咏史诗，对现实意义的阐发已经超过了对历史感的承担。这是一种群体力量汇集起来的反满文集，作为南社“增刊”之一种，其意义昭然若揭。

诗歌中不断地在表达历史态度时把当下的政治意识透露出来，当荒烟蔓草的凄凉都归结于胡骑的践踏时，一种郁怒情绪便呼之欲出，如高燮写道：“我思陵中人，赤手歼胡戎。衣冠还上国，为治三代隆。”[2] 明孝陵埋葬着明朝开国皇帝朱元璋，诗歌中幻想由他来推翻清朝统治，显示出一种历史想象的奇幻，但是这透露出的更是一种身份意识，是一种由朱元璋象征着的汉族统治。推翻满清恢复汉人的天下，这是南社的政治目标。周实写道：“一代君臣湮草莽，千秋夷夏失堤防。”[3] 也是将明朝的灭亡与“夷夏”混淆建立了应然的联系，这样的逻辑，是要说明重建夷夏之别，就需要推翻清朝。高旭写道：“黄炎奇辱崇朝雪，排斥胡元功卓绝。”[4] 南社诸子认为被异族统治是一种耻辱，诗歌中充满了对于“歼胡戎”的呼唤。何昭的诗歌似乎比她丈夫高旭表达得更为直接：“胡尘漠漠景苍凉，遮蔽长空日月光。惆怅满腔亡国恨，旌旗何日奏鹰扬。”[5] 日月光指的是明朝，清朝推翻了明朝，这是满族统治汉族的开始，诗歌充满了对清王朝的愤怒，以及起而亡之的勇气。

《白门悲秋集》中充满了这群南社谒陵者的眼泪，他们在诗中也不吝啬自己的哭泣。当“哭泣”在诗歌中反复出现时，就起到强化情绪的作用，很容易使读者受到感染，这种感染力源自谒陵者的政治意图。不论是

① 《白门悲秋集序》，蔡有守辑：《白门悲秋集》，民国二十五年铅印本。
② 高燮：《谒明孝陵》，蔡有守辑：《白门悲秋集》，民国二十五年铅印本。
③ 周实：《谒孝陵有作》，蔡有守辑：《白门悲秋集》，民国二十五年铅印本。
④ 高旭：《谒孝陵》，蔡有守辑：《白门悲秋集》，民国二十五年铅印本。
⑤ 何昭：《谒孝陵》，蔡有守辑：《白门悲秋集》，民国二十五年铅印本。

南社诸子在明孝陵前的“涕泗横流”，还是林纾们在清朝帝王陵前的“无穷酸泪”，痛哭失声的背后却是各有所谋，这种背后的目的是谒陵哭祭者最在意的，也是我们在解读其意义时最在乎的，这也是理解这些群体间区别的关键，认识南社，理应有这些历史和当下的参照坐标。秦燕春认为南社的遗民情怀是“动作的成分大于一种情感的成分”[①]，南社诸子的诗歌情感表达的确是有很强的政治色彩的，他们的诗歌不是以抒情为指归，而是以强烈的民族情感去感染读者，唤起人们的反清思想，这样的诗歌便具有了一种“行动力”。

南社中最引人注目的哭陵者就是陈去病。陈去病的哭陵祭悼行为集中在1906—1908年，这几年间他的民族主义思想正在酝酿成熟。1906年他开始在《国粹学报》上刊登叙述东南志士抗清逸事的《五石脂》，1907年又开始刊登《明遗民录》。陈去病是南社中非常专力整理遗民文献的一个人，在宋遗民和明遗民之间更推崇后者，他曾经讲述了其间缘由，他认为元朝建立统治后，对汉人尤为苛刻，故士人均能远身避害，“故其为遗民也易”。但是清朝则不然，“意亲之帝，又务祛积垢，隆师重道，广征山林隐逸，起用臣靡，予之宠秩，累开贤良方正、博学鸿词诸科，以利禄为饵，凡其人有一节之长，一材可取，罔不多方罗致，以为所用”。正因为清王朝的上述怀柔手段，所以“其为遗民也难”[②]。陈去病对于清遗民的记载，是将之与清王朝对士人的高压与笼络联系起来，展示这些士人如何在艰难的处境中保持自己的气节的。此举也是陈去病反清文献整理的一部分。

陈去病自己也像一个遗民一样，四处谒陵凭吊，观其《袖锥集》、《岭南集》，以谒陵和纪悼为题材的诗歌频繁出现，如《戊申三月十九日有事于宋陵》、《四月二十五日偕刘三谒苍水张公墓并吊永历帝》、《隆武帝后忌辰，泛海登列岛，书寄同人》、《九月初七日，为明尚书张苍水先生二百四十五年周忌，用丙午新安江上追悼旧韵》等。其诗中写道：“思陵犹自长蒿莱，未是昆明劫后灰。忆否九龙池畔路，天南遗老至今哀。”[③]当陈去病用“天南遗老”来称呼自己的时候，表达出强烈的历史参与感，当然他不可能回到宋末成为一个遗民，但是他在宋陵前的表现宣示了他作为一个汉族人没有忘怀的痛苦记忆。他在邀请高旭和柳亚子到杭州拜谒张煌言陵墓的信中，这样写道：“四月二十五日，为汉族最惨苦、最伤痛之

① 秦燕春：《清末民初的晚明想象》，北京大学出版社2008年版，第204页。

② 《国粹学报》第二十八期。

③ 《南社丛刻》第三集，江苏广陵古籍刻印社影印本1996年版。

一日。盖永历英主生为俘囚既已矣，而身受绞杀，死后更遭飏灰之戚，较诸杨琏真珈掏毁宋六陵取理宗顶骨为饮器，其残忍为甚。”[①] 陈去病的遗民体验是一种历史的贯穿，他将宋、明两朝遭受到的异族统治的凌辱和惨痛，化为“汉族”的共同记忆，所以他的遗民体验并不是忠于某个王朝的真实的遗民行为，而是他建立“民族主义”观念的一种手段。

陈去病的诗歌也表达了其谒陵的思想，并不是一朝一姓的缅怀，而是通过回溯宋、明王朝遭受的灭国惨痛，来激发胡骑践踏中原的悲愤，并最终落实到民族主义的表达上。《隆武帝后忌辰，泛海登列岛，书寄同人》写道：“著笠行吟北顾遥，帝魂何处令依招。登高宁识林峦趣，摅愤空凭子午潮。两度煤山同惨劫，一时胡马尽鸣镳。闽中王气今休矣，剩有汀江瘴雾绕。”[②] 在这首诗中，陈去病一副蓑笠独行的遗民姿态，他在南明隆武的忌辰为其招魂。南明隆武帝朱聿键（1602—1646），为唐王朱桱八世孙。弘光帝被俘后，他被拥立为帝，在位两年，为清军俘虏后绝食而死。我们知道明朝的灭亡不仅是因为清军南下，而有其内在的原因，陈去病在诗歌中把王朝的颠覆与“胡马尽鸣镳”联系起来，作为一个历史学者陈去病的史识或许并不完备，他对于王朝更迭的认识是一种经过遗民的沧桑泪眼过滤后的民族仇恨，所以作为一个革命宣传家的陈去病是非常成功的。他把所有的焦点成功地引向“民族主义”，以及他希望完成的反清宣传。

《厓门四律》写道：“江门南去即厓门，一水微茫白日昏。烟雨忽来山骤合，桄榔生处庙犹存。苍凉独有遗民拜，倘恍难招少主魂。自数兴亡亦常事，不堪胡骑遍中原。”[③] 广东新会县的厓门，是宋陆丞相负少帝蹈海处，陈去病曾独自拜谒。他在诗歌中再次自称“遗民”，我们也看到他宛如遗民的悲伤和怀念。但是我们更需要注意的是他的诗歌主题，最后他承认王朝更迭其实也是寻常事，他无法接受的是“胡骑遍中原”的事实。陈去病这个“遗民”真正伤痛的不是宋亡、明亡后的帝王之死，而是异族统治下的山河破碎，从而唤起“反清”的民族仇恨。

联系到清末南社诸子的谒陵，虽然从行为外观上我们很难将之与林纾的行为混为一谈，因为南社诸子的谒陵对象是宋、明的帝王，他们并不忠于一朝一姓，而是他们反清行为的一部分；林纾则是拜谒清朝的皇帝，是

---

① 《寄天梅书》，《国学丛选》第六集。

② 郭长海、郭今兮编：《陈去病诗文集》，社会科学文献出版社 2009 年版，第 204 页。

③ 同上书，第 82 页。

清遗老的孤忠表白。但是二者从实质上来说却如此近似，都是在用一种反世俗的方式表达自己的政治身份和态度。其实他们的行为较之明末遗民的哭陵都要来得声势浩大，比较起明遗民顶着被清朝统治者杀头的危险在孝陵前的“吞声而哭”，他们都在用一种张扬的姿态，把政治态度明白无误地传达出来。

第三节　群体宗尚:师法定庵与追模杜甫

南社诗歌宗尚向来不能达成一致，宗唐宗宋一直在社团内部存在争论。但是南社却有两个毫无争议的诗歌偶像，一个是龚自珍，一个是杜甫。他们的诗歌被南社奉为创作的模范，他们的为人更为南社诸子所推崇。南社痴迷龚自珍成为社团中非常盛行的现象，是什么力量促使南社这样的狂热模仿？杜甫在历代均不乏推崇者，南社对杜甫的推崇有什么独特之处？本节将关注这些问题。

一　师法定庵

我国诗歌传统中有所谓的异代知音现象，这是在阅读阐释过程中对诗歌价值的再发现。“发现的眼睛”带着自我时代的价值意识、审美潮流和诗学企向，来回望历史，寻找着异代的融通。南社诗人宗法龚自珍正是这样的异代知音现象。南社诗人学龚，在清末民初的“龚定庵热”中有何独特价值？他们再发现的眼睛里看到了什么？

（一）南社群体学龚

龚自珍（1792—1841），清代思想家、文学家及改良主义先驱者。讲求经世之务，一生志存改革。龚自珍在晚近的影响颇值得关注，这个在自己所处时代困于境遇的才子，却引领后世的时代风气，成为近代潮流变革者的精神偶像和文化楷模。龚自珍之诗对近世中国的影响，张荫麟这样评价：“龚定庵诗，在近世中国影响极大。既系维新运动之先导，亦为浪漫主义之源泉。甲午、庚子前后，凡号称新党，案头莫不有《龚定庵诗集》，作者亦竞效其体。大家如黄公度（遵宪）、梁任公、丁惠康（叔雅）皆龚定庵之嗣音也。……入民国，南社一派，尤步趋龚定庵。”① 近世学

① 张荫麟：《龚自珍诞生百四十年纪念按语》，《大公报文学副刊》第二百六十期，民国二十一年十二月二十六日。

龚的诗人跨越了所谓的政治隔阂、诗歌宗派，不论维新党、遗老，还是南社的革命健将，都在龚自珍诗歌中“发现”知音。尤其是南社这个自命“为海内文学导师”的团体，“发现龚自珍”正是他们诗歌创作以复古求新变的一部分，被赋予时代感的龚诗在南社诸子笔下也就具有了时代性，这便是特立挺出处。

对于南社学龚，有学者做过数量统计，“以1936年出版的《南社诗集》为例，其中集龚诗句，即有二十五家三百余首之多”①。就《南社丛刻》分析，“在三十二位集句者的名单中，一共有三百九十五首集句作品，其中包含了小令八首、中调一首、七律四首，至于集句惯用的七绝形式更是高达了三百八十二首”②。数量展示了南社群体学龚的热忱。这种对于龚自珍诗歌的热爱最集中地体现在集句诗中，在内容上不管是悼亡、记遇、题扇、题集、题照等都能化而又化，层见叠出。此外，南社诸子学龚在形式上还有化用、和作、拟作等形式，这种“食古而化”展示了南社诸子对于龚诗的巨大开掘能力。

宗法定庵对于南社来说，更重要的还在于这种诗歌行为具有凝聚群体的意义。群体之间能通过集龚诗的方式进行情感交流，如柳亚子等人于1916年雅集黎里，曾用集体集句的形式来抒发他们对于袁世凯复辟的苦闷。“意托微言”这是书生本色，“诗多苦调”正是当时心境写照，从王大觉、黄复、柳亚子、凌莘子的词句选用来看，他们试图在涕泪、颓心、美人等词汇中回味龚自珍曾有过的补天无力，放狂诗酒，寄情美人的心态。黄复的《龚自珍癯词集龚联句》序写道：

> 遭逢时变，每念平生，坐看孤花，恍如隔世。丙辰中秋节，雅集梨中，酒酣与亚子、十眉、莘子、大觉诸人，各述所感，集定公句成《癯词》二十四首。意托微言，略似史家之野获；诗多苦调，本于词客之哀时。昔人云：“伤心人别有怀抱”，殆斯之谓矣。幺弦自鸣，孤襟独艳，世多同好，当有解人。八月十六日夜，病蝶赘于金镜湖舟中。掷笔四顾，正杯盘狼藉，风雨纵横时也。③

联句诗歌有二十四首，此处仅举三例：

---

① 孙文光：《龚自珍》，上海古籍出版社1985年版，第99页。

② 林香伶：《清末民初文学转型期的标志——南社文学研究》，台湾师范大学，博士论文，2003年，第204页。

③ 《南社丛刻》第二十集，江苏广陵古籍刻印社影印本1996年版，第5196页。

东南不可无斯乐（病蝶），伐鼓撞钟海内知（大觉）。
今日不挥闲涕泪（莘子），他生重定定庵诗（亚子）。

剩水残山意度深（十眉），颓波难挽挽颓心（莘子）。
安排写集三千卷（大觉），累汝千回带泪吟（病蝶）。

灵山未敢歇宗风（亚子），我亦《阴符》满腹中（病蝶）。
愿得黄金三百万（大觉），美人如玉剑如虹（莘子）。[①]

王大觉、黄复、柳亚子、凌莘子等人的集句诗歌，此时达到一种非创造的创造力，他们借他人酒杯浇平胸中块垒，借龚自珍的诗歌来表达自我。他们留下的集句创作，体现了一个群体间的沟通，他们在熟悉的龚诗中很容易找到一个情感的共鸣点，熟悉的句子经过重新组合，诗人们之间便有了创造性的碰撞。这不仅仅是群体间的诗歌游戏，我们有理由相信，南社群体之间关于龚自珍的诗歌交流更多的是群体间思想交流的一种方式。

作为群体交流，庞檗子有《席上分赠同座诸子集定公句》[②] 以集句诗赠高旭、陈汉元、陈去病、姚鹓雏、周人菊、冯心侠以及自咏一首，诗歌即兴作于席上，这些信手拈来的应景之作，却是带有一种群体的默契："江湖侠骨恐无多"赠给号心侠的冯平，"淮上魂需七日招"赠给致力于为淮上周实丹烈士鸣冤的周人菊，这些龚自珍的诗歌经过巧妙的引用，竟非常贴合赠与对象的身份际遇，这些信手拈来的诗歌却表意妥当，在这个爱好和熟悉龚自珍诗歌的群体中可以带来比自己创作的诗歌更为理想的效果。

余十眉的集龚也是一个值得关注的社团群体交流案例。余十眉曾集龚定庵诗句二十绝作《神伤集》一卷[③]，悼念其夫人胡淑娟，这组集句悼亡诗，曾在南社社友中引起极大反响。对于集句悼亡，社友们认为这是将传统再次精致发挥，龚自珍的深情经余十眉之笔的重组便再添深情。"昔高江村悼亡，集唐人诗句三百余首，名《独旦集》。竹垞序之曰：'古人之所言，有先后人之所欲言而言之者。取其材用之，可以不竭。善待者集句

① 《南社丛刻》第二十集，江苏广陵古籍刻印社影印本 1996 年版，第 5196 页。

② 《南社丛刻》第十二集，江苏广陵古籍刻印社影印本 1996 年版，第 2538 页。

③ 发表于《南社丛刻》题作《悼亡妻淑娟集定庵句》，《南社丛刻》第十九集，江苏广陵古籍刻印社影印本 1996 年版，第 4670 页。

以为诗，皆工乎言情者也。’……予戚友余子十眉，于其配胡女士没，仿冒巢氏《忆语》，并集龚定庵诗句二十绝，成《神伤集》一卷。”[①] 余十眉悼亡诗也进入一个群体交流的平台，联系到社友们为余十眉作了大量的序跋和唱和作品，还有的是以集龚诗的方式和作，余十眉的集句就不仅仅是一种自我哀情的回旋，而成为一种公共话题，而这种公共话题的影响力某种程度上正是基于社友们对龚诗的熟悉，大家对于《神伤集》的情感领悟正是得力于此。

由于社友们多喜爱龚诗，于是集龚诗便成为社友们的一种互动方式，傅尃在《戏集定庵集外诗遣兴兼示尊我》的小序中说："定庵诗集句多矣，若吾友陈尊我近所缀诸篇，抽秘骋妍，一如己出，尤最称也。顾定庵集外诗知者尚少，良夜偶展，辄为集句以示尊我，尊我倘不谓我夸乎？"[②] 傅尃与同社好友陈尊我在同一时段都有集龚的作品，傅尃以集龚自珍的集外之诗为独得之秘，向陈尊我炫耀，二人之间已成良性竞争与互动，这是社友间最好的交流。此外还有社友相互品评学龚的作品，如李怀霜有《和定庵己亥杂诗》，刘民畏读后作《题怀霜和定庵己亥杂诗》："《离骚》一卷屈原恨，诗史千秋杜甫才。历劫惟余吾舌在，多穷肯放壮心灰。愁看狐鼠凭城社，忍令鸾皇困草莱。去国行吟歌代哭，感人文字走风雷。"[③] 刘民畏用集龚的方式来评论社友作品的方式，既基于对龚自珍作品的体悟，也是对社友作品的理解，还有建立在双重理解上的类比和认同。这样的评论方式作为群体交流的一部分，也打上了南社学龚的印记。凌莘子也以集句的方式评论社友庞檗子的作品，写尽龚自珍与庞树柏相似的身世沧桑，非常贴切，所谓"少年揽辔澄清意，竟至虫鱼了一生"[④]。南社诸子总是在相似的词语运用、相似的情感体验中获得一种追想的乐趣。

南社诗人学龚，进入到一种群体交流的平台，成为一种互动的行为。单从诗歌题目来看就可见这种倾向，"赠"、"答"、"题"等标识着诗歌的社交意图；集句、唱和、题词等等诗歌创作的互动，使得群体创作具有某种中心感。当作者用龚自珍的诗歌进行再创造时，他获得的不仅仅是一种逞才炫博的虚荣感，更重要的是获得一种与群体交流的便捷方式。交流

---

① 周斌：《十眉神伤集序》，胡朴安：《南社丛选》卷五，上海国学社 1936 年版，第 4670 页。

② 《南社丛刻》第十二集，江苏广陵古籍刻印社影印本 1996 年版，第 2454 页。

③ 柳亚子：《南社诗集》第六册，上海开华书局 1936 年版，第 2454 页。

④ 凌莘子：《悼虞山庞蘗子八首即题其遗著集定公句》，《南社丛刻》第二十集，江苏广陵古籍刻印社影印本 1996 年版，第 5253 页。

双方对于龚诗的共同熟悉程度，让他们很轻松地懂得这些句子的原始意义，及这些句子化用或者借用之后的潜伏意义，这种阅读方式出现在社友之间，具有一种特殊的阅读快感。可以说南社宗法定庵，已然融为社团文化的一部分。

（二）宗法定庵的时代解读

南社群体对于龚自珍诗歌的热情，透露出时代对于某种诗歌精神的推崇，龚自珍的诗歌将南社诸子引向何方，或者说南社诸子在龚自珍的诗歌中发现何种共鸣？日人仓田贞美将之归纳为“新奇轻妙的表现魅力”、“对于剑气箫心的共鸣”、“东南的幽恨——同类相感”、“艳情绮语——对于自由表白爱和共感”①。仓田贞美侧重龚自珍诗歌艺术对于南社诸子的感召，但是对于这一群“革命诗人”来说，似乎远远不够，龚自珍更是一个时代符号，这一切都通过他的诗歌传达出来。在中国的传统文化里，文学与政治总是联系在一起的，治世与乱世都有相应的诗歌来透露个中消息，而清朝的衰与变则是由龚自珍等人来呼唤风雷。“论者谓‘定庵诸文皆有剑拔弩张之概，尽是霸气’，此言甚是，因道光、咸丰以来，海内多故，已非太平景象，文学当然要随时代而发生变化。默深文及定庵诗文皆为乱世文学的预兆。清末文坛剧变，龚、魏早开其端。”② 胡怀琛作为南社社友，他看到了龚自珍诗歌透露出的时代变局，他对于龚自珍以及南社学龚也有着较高的评价，他认为晚近的诗歌潮流中，南社诸子上承龚自珍的诗歌变革，因民族革命因子的融入而成为最好的作品，远高于假古董和滑稽绮艳之作：

> 清末的诗是从龚自珍起，开始变化，以后有陈三立、郑孝胥等人的诗，称为“同光派”，虽有骨格，然过于萧索，毫无生趣。再有王闿运的诗，当时称为“假古董”，樊增祥喜作绮语，易顺鼎的诗流于滑稽，都无足取。南社诸人的诗多半出于龚自珍而以“民族主义”为中心，就大体上说，要算是最好的了。③

胡怀琛作为南社中人有倾向地“发现”龚自珍，很多近现代学者也倾向于用时代政治的眼光去看待南社与龚自珍之间的回应，可以说龚自珍是

① ［日］仓田贞美：《中国近代诗之研究·南社诗之研究》，东京：大修馆书店 1969 年版。

② 胡怀琛：《中国文学史概要》第十章，商务印书馆 1931 年版。

③ 同上。

“适会其选”，他迎合了时代，或者说他必然会被时代选择。在那个大转变的时代，龚自珍意味着一种理想的人格，其反抗精神、奔放热情、自由意志启迪了从维新派到南社的诸多志士。或者说龚自珍的人格成为某种时代气息的外化，正蕴含了革新的因素。有论者将龚自珍与清季革命联系起来，这一见地虽未见诸南社诸子的表述，但在南社学龚的诗歌中却隐然潜伏这样的思想：

> 言清季革命思想不能遗龚定庵（1792—1841），犹之言我国文字之起源不能不述结绳制度也。……清代之革命思想，固导源于黄梨洲、吕留良，然中经君主之摧残，几无复燃之希望，至宣统时代，始有人为之表彰，而龚定庵一出，而清朝已呈衰象，岌岌可危，彼亦巧于心计，虽有排满之思想与文字，亦如临灯匣剑，掩抑而已，初不授人以可乘之隙，故其一生未受政府之仇视，盖深于应世而巧于谋已者邪！其革命文字不多，而寓意又至巧，然其思想渊渊，笔风甚峻，袭人于不觉。梁任公谓读其文如受电，其魔力可知。宣传革命之文字，最宜富于刺激性，龚氏当之，宜其风靡一时，而潜播其革命种子矣。吾敢为一语，似非夸侈，中华民国革命之告成，龚氏亦颇具一臂之力。虽然，龚氏之行事，已不尽可考，革命行动，可谓绝无，而其寄于文字之革命思想，又微而难睹，盖专制时代，言论绝对不能自由，欲免诛锄，而又欲作不平鸣者，惟有于言外见意而已。故其集中，初不见一反动文字也。①

龚自珍竟然成为清季革命文学之导源，研究南社诗歌史不可不察。龚自珍未受文字狱牵连在于其诗歌“革命文字不多，而寓意又至巧”，此说值得商榷，龚自珍有覆清思想其实未必，但是他的“思想渊渊”，力图革新，到蕴含了革命者变革的种因。如果说南社诸子经这种变革意识发展为一种颠覆意识，只能说这是南社诸子“发现的眼睛”所致，也提供了我们接近南社学龚心境的一条线索——这群“革命文人”他们在龚自珍的箫剑诗情中学到的，已内化为南社的时代诗情。

回归到诗人对诗人的喜好，南社诸子学龚更多的是一种人生态度的共鸣，“龚氏影响当时知识分子最大的，并不是在字句方面，而是它那种合儒、侠、佛、艳为一的生命态度。英雄美人之思，侠骨柔情之感，才是令

① 朱杰勤：《龚定庵研究》，《现代史学》1935 年第 2 卷第 4 期。

这些儒侠神销骨醉、低回不已的所在"[①]。英雄美人之思，侠骨柔情之感，这种生死爱欲与家国天下纠结在一起的体验，是晚近南社诸子所追求的一种人生极致，他们认同龚自珍的"设想英雄垂暮日，温柔不住住何乡"的风流，也认同其侠义，龚自珍的诗歌带有一种儒侠的人生态度，为南社士人激赏。诚如张萌麟所说："入民国，南社一派，尤步趋龚定庵。一方投身革命，自诩侠烈；一方寄情声妓，着意风流。龚定庵诗之浪漫素质，本有阳刚阴柔二种，以雄奇而兼温柔，既忼爽而复秾丽，合此两美，自成特味。"[②] 侠烈与风流的结合导源于龚自珍的诗歌，这是南社诸子所欲追求的境界。南社诗人的作品混合着侠与儒，方瘦坡评陈蜕庵的诗歌："海内共传侠与儒，谁知此老亦风流。"自注云："阳湖陈蜕庵《蜕庵集》中，闲情诗亦玉溪无题、冬郎有忆之类。"[③] 儒与侠的人生境界加上风流的人生体验，恰是南社文人的追求。

南社诸子从龚自珍那里体会着侠烈激情，"赵百先少有澄清天下之志，余教习江南陆军小学时，百先为新军第三标标统，始与相识，余叹为将才也。每次过从，必命兵士携壶购板鸭黄酒。百先豪于饮，余亦雄于食。既醉，则按剑高歌于风吹细柳之下，或相与驰骋于龙蟠虎踞之间，至乐也。别后作画，倩刘三为题定庵绝句赠之曰：'绝域从军计惘然，东南幽恨满词笺。一箫一剑平生意，负尽狂名十五年。'"[④] 赵百先的澄清天下之志有着龚自珍的影子，既能上马杀贼，又能横槊赋诗，按剑高歌于风吹细柳之下，极尽一箫一剑的豪侠与旖旎。

傅尃的红薇奇缘正是龚定庵的英雄美人故事的诠释，傅尃作有《红薇感旧记》记录其反袁期间被通缉，幸得妓女黄少君所救的故事，社友广有题作，白炎有《题屯艮红薇感旧图记四首录二》将之与龚自珍联系起来，"指挥侍婢带韬略，寱语我闻龚定庵。设想眉痕故莫绝，眼波得伺亦奇男"。"花间莺语避鸿罗，荡气回肠更按歌。一例江湖忧国泪，沾襟掩袖较谁多。"[⑤] 傅尃也用定庵的诗歌与社友交流他的《红薇感旧记》，作《戏集定庵句答痴萍问红薇感旧记中本事》[⑥]，和龚自珍的联系带给南社诸

① 龚鹏程：《侠骨与柔情》，胡伟希编：《辛亥革命与中国近代思想文化》，中国人民大学出版社1991年版，第265页。

② 张萌麟：《龚自珍诞生百四十年纪念按语》，《大公报文学副刊》第二百六十期，民国二十一年十二月二十六日。

③ 方瘦坡：《习静斋诗话续编》，民国六年（1917）铅印本。

④ 苏曼殊：《燕子龛随笔》，上海亚光书局1944年版。

⑤ 傅熊湘辑：《红薇感旧记题咏集》，民国八年排印本。

⑥ 《南社丛刻》第十三集，江苏广陵古籍刻印社影印本1996年版，第2821页。

子的是一种所热望着的人生体验，他们从龚自珍的诗歌中要得到的不是一种遥远的文字追怀，而是文字所记录的曾有过的激情生涯，不管是“绝域从军计惘然”，还是“指挥侍婢带韬略”，这都是所谓的英雄美人的壮阔而绮丽的生活，是晚近士人的梦想。不管实现与否，龚自珍可以给他们梦想的方向。

南社诸子对于龚自珍的推崇已达极致，柳亚子那首《三别好诗》常常作为南社推崇龚自珍的明证而广为征引，柳亚子曾给予龚自珍很高的评价：“三百年来第一流，飞仙剑客古无俦。只愁孤负灵箫意，北驾南艋到白头。”[①] 姚锡钧论龚诗：“艳骨奇情独此才，时闻謦欬走风雷。论心肯下西江拜，却共杨刘入座来。”[②] 苏州奇人黄人也是为龚自珍笔底神力崇拜不已：“经笥便便笔自奇，回肠荡气此声稀。砚池一勺研朱水，中有神龙破壁飞。”[③] 南社爱龚、学龚，从龚自珍的诗歌而摸近其精神的内里，获得一种遥远而切近的呼应。

宗法定庵是南社诸子的群体风格。在晚近诗潮中，龚自珍被再发现，这迎合了晚近求新求变的思潮，也贴合了诗歌革新的企向。以复古求新变作为一种诗歌传统在南社诸子手中再得发扬，他们对于龚自珍其人其诗投入了极大的热情和关注，因为他们很容易在其中找到自己的影子。对于南社诗歌群体而言，学龚成为了社团文化的一部分，不仅仅是一种诗歌技艺的磨砺，更在于一种诗歌内在精气的张扬，那种儒侠风范，通过诗歌感染了他们自己和那个时代。南社诸子学龚，有时不免流于形式模拟，甚至有学乎其下的批评，钱基博曾评之曰：“无一定宗派，初以推倒满清为主，故多叫嚣亢厉之音。又一派则喜学为龚自珍之体，徒为貌似而失其胜概。其下者，更辞无捐选，殊足为玷！”[④] 但是集句也好，仿效也罢，当他们把一个前代的诗歌符号化入自己的时代体验，再变为一种群体性的交流资源，这时候的学龚，也就成为一种群体化的情感进程，被载入南社的史册，也被载入近代诗歌的史册。近代学龚，到南社可谓达到极致，不论数量还是情感体验的深刻，都使得龚自珍的作品有了一种阐释化的创作，这也是南社宗法定庵的意义。

① 柳亚子：《磨剑室诗词集》，上海人民出版社1985年版，第2821页。

② 姚锡钧：《论诗绝句·龚定庵瑟人氏》，《南社丛选·诗选》卷九，上海国学社1936年版。

③ 黄人：《论诗绝句·龚自珍》，江庆柏、曹培根整理：《黄人集》，上海文化出版社2001年版。

④ 钱基博：《现代中国文学史》，上海世界书局1933年版。

二 追模杜甫

杜诗作为一种诗歌典范，为后世摹效的对象，每个时代对于杜诗的接受都透露出时代的精神追求和文化理念。从唐代开始，对于杜诗的态度就成为一个时代诗歌态度的重要组成部分，杜诗也成为后世论诗、选诗、学诗时绕不开的高峰。每一个时代几乎都有对于杜诗的精彩回应。南社学习杜诗是他们承续古典诗歌传统的一种表现，可由此切入清末民初诗歌转型阶段文人的诗歌宗尚。杜甫之诗被誉为“诗史”，其诗直陈历史和关怀民瘼的态度是其闪光的内核。其“诗”与“史”之关系在不同时代有不同的理论思考与创作。南社诸子以诗歌记录时事的“诗史”之作，强调一种对当下的干预，用文字来掀起革命风潮。

（一）《秋兴八首》：南社诗人学杜的经典

我们在南社诗人的作品中发现杜甫，发现一种熟悉又新鲜的诗歌表达，而对杜诗经典的学习更能清晰地透露学杜者的心理，比如说杜甫的《秋兴八首》。作为杜甫的律诗代表作，《秋兴八首》对后世影响甚巨，拟作和作频出，南社诗人也多有所作。这些作品非止于技法的模拟，而是重在师法少陵的一脉忧国之心。南社诗人的作品是清末民初历史的映射，可以看出郁勃的历史心魂在组诗中跳荡。

1. 清末：民族主义的秋声

南社的成立最初具有鲜明的反清政治意味，南社的诗歌也以反清为主题，充斥着“驱除鞑虏”这一政治意图的诗歌表达。同样的主题也出现在南社诗人的“秋兴”诗中。

之所以可以在秋兴诗中发挥民族主义情绪，是因为秋兴诗的用典特点可以让南社诗人尽情地借古言今，一方面也是因为杜甫的秋兴诗本身就具有延伸民族情绪的背景。杜甫《秋兴八首》作于安史之乱后，那场战乱被认为是唐朝的转折点，战乱的核心人物便是两个具有异族身份的人物，安禄山和史思明。但是叛将安禄山、史思明的民族身份不是杜甫强调的重点，杜甫也并没有过于强调民族情绪，而南社诸子却将杜诗中淡淡的民族背景予以浓墨重彩的发挥。因为清王朝的统治者是来自塞外的满族，清王朝在鸦片战争后对外软弱无力，对内镇压反抗，这在民族主义者眼中是一切矛盾的根源。南社自视为同盟会的文字机关，他们的诗歌活动也是将“驱除鞑虏，恢复中华”作为一种目标。清末的南社诗歌常常出现“夷夏”之论，强调着“祖国”、“华夏”、“炎黄”这样的大汉族身份，非常切齿于带有“蛮夷”标志的词汇，诸如“腥膻”、“犬戎”、“夷狄”、

“边蛮”等。他们在诗歌中企图唤起国人对于明末清初那一段清兵南下血泪史的回忆，对于满族占据中原后大好河山沦为牧羊之地的屈辱和痛恨。

试看雷铁厓《感怀八律》，组诗具有秋兴诗歌的组织脉络，但是诗歌情绪却充斥着清末的民族主义情感。“南北烽烟古亚东，龙沙雁塞荡腥风。鹃哀唐汉青磷内，鬼哭炎黄碧血中。马鬣坟荒秋露白，蛇鳞甲老劫灰红。欧美攙枪今又焰，狁鼍云雨巇天公。”（其二）[①] 诗歌营造出一个烽烟遍地的苦难中国形象，这个国度是炎黄的后代，曾经出现过汉唐盛世，但是现在却充斥着阵阵腥风，这是北方女真族南下的结果，异族的统治让神州鬼哭，天公不容。

诗歌中的典故也具有典型的反清内涵：“身随野鹤归金粟，心有啼鹃痛铁函。”（其六）“愁肠结就烟霞幻，知否梅花岭上来。”（其七）“铁函”和“梅花岭”指的是宋末的郑思肖和清末的史可法。郑思肖在宋亡后所画兰花均无根土，表达山河易主后的遗民心情。史可法在清军南下时镇守扬州，拼死抵抗，不愿降敌自刎而死，尸体下落不明。后人在扬州城外梅花岭上立其衣冠冢，为后世爱国志士凭吊之所。这些不屈服于异族统治的典故反复在南社社友的诗歌中出现，构成了南社诗歌中政治表达的特色。

丘复创作的组诗也是受到杜甫《秋兴》诗的感染，引动其忧时感世之心，但其诗歌以《冬兴》命名，在节序上便已呈现深秋过后更为肃杀的凉意，他认为其诗歌创作的时代背景较之杜甫已经大不同，“较杜老所处有过之”。清末的时局给诗人更深的压迫感，有一种异代的悲凉，更有一种异族统治下的民族压抑情绪。丘复这样描述自己的写作背景：

> 杜工部《秋兴八首》，忧时感世之心使读者泪下。方今时势亦艰难矣，较杜老所处有过之者。寒夜呵笔依韵成《冬兴八首》。嗟乎！时至于冬，纯阴用事矣。履霜而戒坚冰，易之教也。今已驯至于此，忧时者将奈何邪？又安得一声雷震使众阳起，而群阴伏邪？痛哭之谈，不知所择，阅者无责焉尔。[②]

丘复的自述说明了其创作动因，既有对于清末时局的忧愤，也有盼望群雷

---

① 《南社丛刻》第二集，江苏广陵古籍刻印社影印本1996年版，第159页。

② 《南社丛刻》第十集，江苏广陵古籍刻印社影印本1996年版，第1899页。

伏阴，改换天地的愿望。其创作隐然有着秋兴的影子，却又表达了他自己伏处严冬的压抑情绪。且看其诗歌："醉梦昏昏日已斜，伤心胡虏满中华。朝中自饮千杯酒，海上常来万国槎。风急四邻鸣铁马，时艰五夜动金笳。光阴逝水嗟孤负，怕见江树一梅花。"① 诗歌更为详细地解答了诗人忧时感世的原因，"胡虏满中华"的现状让人伤心，但是当局却自闭门户，纸醉金迷，而周遭的列强却已是虎视眈眈。变革迫在眉睫，而志士们却迟迟未能迎来一场痛快的战斗，这让志士们常常在回想起明末殉国的史可法时感到羞愧。梅花岭又再次成为清末志士们遥想的精神高地。

丘复忧时感世的情绪在南社社友中引起了共鸣，南社诗人们的民族情绪一有机会便会倾泻而出："相如去后璧谁归，塞外羽书午夜飞。割却珠崖屏已撤，生擒阙氏愿先违。"② 在叶楚伧笔下，蔺相如完璧归赵的故事已无人续写，历史写下的都是民族史上的屈辱，尽是胡马入关却无力抵抗的悲愤。诗歌其五进一步写出了异族统治下的民族心态，是一种天下皆为囚徒的感觉："四万万人尽楚囚，不堪劫后寄神州。金陵王气随旄落，匡水哀声夹浪流。鼙鼓军前腾万马，笙歌大内祝千秋。呢喃开宝兴亡事，一部闲文供白头。"南社志士的《秋兴》写的是"开宝兴亡事"，但是历史却在重复中加深了苦难，清末的志士在诗中将反清的情绪酝酿到了极点。

2. 民初：无力整顿时局的悲秋泪

清末南社诗人笔下弥漫着浓重的反清情绪，他们以特有的诗歌方式"鼓吹革命"，利用媒体的平台与同盟会的革命活动相配合。辛亥革命后，清朝统治宣告结束，中华民国成立，南社成为革命的功臣并兴奋地参与到民国肇建的工作中。南社社员吕志伊、景耀月、马君武分别出任司法、教育、事业部长。

但是，民国的成立并不意味着社会立即进入一个理想的状态，民初的纷乱时局让这些对民国充满憧憬的志士感受到了更为深重的悲凉。1911年11月17日，辛亥革命刚刚胜利，南社社友周实、阮式在淮安组织学生队，宣传光复，却被前清县令姚荣泽杀害。姚荣泽通过金钱疏通免于制裁，因此时袁世凯政府对于反清势力本有意打压，对于杀害革命者的前清官员也就无意制裁。"周、阮惨案"的不了了之透露给南社成员一个信息：他们为之流血牺牲换来的民国不是他们设想的"民国"。

---

① 《冬兴八首》其二，《南社丛刻》第十集，江苏广陵古籍刻印社影印本1996年版，第1899页。

② 《和仓海秋怀八首》其二，《南社丛刻》第三集，江苏广陵古籍刻印社影印本1996年版，第410页。

果然，就在辛亥革命胜利当年的12月18日南北和议在上海举行。1912年1月22日孙中山政府发表声明，如清帝退位，袁世凯赞成共和，当即辞职，推袁世凯为总统。1912年3月10日袁世凯在北京就任临时大总统。对于袁世凯当政，不少社员也曾怀有幻想，希望袁世凯政府能兑现议和上达成的民主政治诺言，但是这种幻想很快因宋教仁之死而破灭。1913年宋教仁因反袁被杀害于上海火车站，宋教仁也是南社社友，南社群体震动很大。南社社友们重又拾起手中的笔在报刊上作诗文鼓吹反袁的"二次革命"。南社诸子的活动引起袁世凯政府的打压，宁调元等社中精英分子在反袁斗争中死去，南社经历了惨重的人员流失。

南社社友们的诗歌表现出民初时局下的迷惘感，林之夏的诗歌对这种无奈情绪表达地分外贴切："不肯当前撒手休，又无奇策解烦忧。到头牢落空天问，底事粗疏落鬼谋。战血初干旋陷敌，赦书未下已逢仇。避人为忍还为怯，功败垂成烈士羞。"① 那种希图献计献策整顿民国新政的想法，被现实击碎，正是所谓的既无奇策解烦忧，又不肯撒手不问世事，这样的矛盾让诗人心情分外煎熬。诗人们是磊落之士，但是却往往被"鬼谋"暗算，诗人写的正是民初震惊朝野的"周、阮惨案"，周实和阮式被前清县吏杀害，却因为民国朝中人物的包庇和有心纵容而不得申冤。战血未干，赦书难到，这些都是民初政治混乱下的必然。

傅尃的诗歌也充斥着事无可为的无奈，且渐渐生出一种以出世之心消解烦忧的情绪："黯黯河山澹落晖，大江东去鹊南飞。边风扑朔寒侵甲，海气沈冥月上扉。叹逝已伤朋旧尽，观心应念死生微。何来一息无穷世，独有空王可慰饥。"② 时局已不可为，而南社旧友们也多有过世，让这个清末激进的革命社团有了萧瑟的意味，傅尃在诗序中写道："自蜕庵老死，宁戚惨寥，晨星朋旧落落天涯，余也何心，不复欲弄笔为诗以道其萧瑟矣。然固有不能自已者，因粗写一通遥寄黎里与亚子观之，并希为我一和也，亚子其谓我何?"朋友唱和正是希望彼此安慰，在这同道凋残的暗夜里能够寻求丝丝温暖。"听雨听风处处秋"是此时最贴切的心境。

在继续北伐，一统南北的问题上，南京政府颇为犹豫，失去战机，且将革命果实拱手送人，南社志士们虽有心却无力扭转。社友宋教仁也因为反对议和被暗杀，社友们只能将自己的无奈与不满写在了悼念宋教仁的诗

① 《秋兴八首》其二，《南社丛刻》第五集，江苏广陵古籍刻印社影印本1996年版，第785页。

② 《秋感八首用夜饮联句韵寄亚子黎里》其七，《南社丛刻》第八集，江苏广陵古籍刻印社影印本1996年版，第1435页。

里。“更谁谢墅赌围棋，可奈苍生只自悲。失水蛟龙方困日，满朝乌贼复乘时。渡河宗泽声犹壮，复楚包胥事已迟。记否新亭相对语，天涯摇落不堪思。”[①] 可怜北伐志士就像当年的宗泽一样，抱憾而死却无能为力，这正是革命果实被夺后南社社友们的普遍哀思。

南社诗人们常常在暗夜诗思泉涌，也热泪不止，他们在诗歌中继续书写他们对于时局的愤慨与无奈，“纶音初下颂初成，又见兵戎压帝京。一矢中脐萧绍伯，五经扫地祝钦明。剧怜悍帅途穷日，独对琴娘劫后筝。太液月明秋信早，故宫帘卷堕笳声。”（《秋兴》其二）[②] 王大觉此诗作于1917年，正直张勋复辟闹剧上演，所以有“又见兵戎压帝京”之说。这场闹剧注定是要失败的，但是故国的悲歌却让人感伤，这是一个苦难的国度，兵戎之灾未曾断绝。

社友叶楚伧因为在政府任职，所以有了一种像庾信一样南人入北的尴尬与猜忌，他看到的是一个到处逢迎谄谀的朝廷，要想独善其身尚且不易，要想整顿朝纲更是不可能。他这样写道：“城岩隐隐起斜晖，笳鼓冥冥入翠微。幽谷哀猿能独啸，向阳秋雁故群飞。过江庾信文章重，入洛机云志愿违。正是长安工进颂，西山无语蕨初肥。”[③] 民国初期的南社诗人们经历了狂喜与低谷，社会的理想在现实中被狠狠击碎，他们的《秋兴》诗里有杜甫的忧国忧时，更有一种时局赋予的深深失落，“落叶萧萧满树林，鬼来窥户夜森森”，让我们遥想杜甫，更痛心民初的现实。

（二）南社诗人学杜的代表

南社诗人中不少学杜有得，尤以宁太一和林庚白最具特色。宁太一的拟杜诗多有佳作，其从杜甫一脉而来的忠耿为国之心未改，又加入自己革命的经历，特别是两次入狱的经历，让他的诗歌有不为流俗的志士高节。林庚白更是因为自称“余为第一，杜甫第二”而引人侧目，然其超越杜甫的狂言背后却是其在清末民初诗歌创新的大胆尝试。

1. 宁太一：拟杜诗中的自我心魂

宁太一的诗歌在南社诗人中可算独拔一帜，其友傅尃之评诚为确论：“太一之诗，宏丽奥衍，汪洋恣肆，多郁怒哀思之作，极才力所驱使，喷

---

① 庞檗子：《秋兴八首和少陵韵（宋教仁周年）》其四，《南社丛刻》第九集，江苏广陵古籍刻印社影印本1996年版，第1687页。

② 王大觉：《南社王大觉诗文集》，中国美术出版社2009年版。

③ 《秋兴八首用杜韵》其三，《南社丛刻》第十九集，江苏广陵古籍刻印社影印本1996年版，第5043页。

薄而出，不肯为时流纡，亦不屑落穷官苦。”[①] 对于宁太一的汪洋才气，喷薄无拘，社友胡朴安也有相近的评价：“才气奔放，而学有根底，满腔热血，化作文字，随处泄发，故其所作，异与时流。其诗以缙绅定字学论之，或议其粗豪，或议其无律，而不知其固草泽文学本色也。”[②] 宁太一的郁怒悲情较为集中地流露于其狱中之诗。太一曾有两次入狱经历，一为反清，一为反袁，当其系狱时曾有大量诗歌，堪为其代表。钱仲联先生赞之曰：“读罢《南幽》浩气吟，楚囚两系志难沉。《明夷》《太乙》篇多少，字字黄龙痛饮心。”[③]

革命诗人作品并非全是金戈铁马，出语铿锵，宁太一作品就多有易水秋风的变徵之音。宁太一尤喜以“秋”入诗，检之诗题便已可知：《秋感》、《秋闺》、《秋怀》、《秋兴》、《秋凉》、《秋碪歌》、《秋日闲咏》、《秋夜》、《秋原晚眺》等等，特别是其《秋兴》，一叠再叠，以致四叠之。宁太一所体验的“秋”不仅仅是一种节序的凉意与萧瑟，更是一种人生体验和时代感觉，是一种时代化的文人悲秋情绪，这使得秋意象成为他诗歌的特色。

宁太一以“秋”为题的诗歌中《秋兴》之作最多。其诗歌得杜甫《秋兴八首》之神韵，将家国之思、身世之感与物候之兴结合起来，因其革命激情的灌注而又有了区别于杜甫的个性特色。宁太一 1913 年因反袁而入狱，因在狱中文献无征，仅能回忆杜甫《秋兴八首》中的四首，故其和作每组仅有四首，然无碍其情感的表达，“癸丑邸系武昌，自夏徂秋，蛰伏少事，默诵杜陵秋兴诗，仅忆其四，因叠其韵和之，以写幽怀”[④]。宁调元狱中尚能忆及的《秋兴八首》为第一、二、三、六首，且看其第三叠的诗歌：

秋烟漠漠锁荒林，隔岸楼居气象森。
逝水为谁留泡影，流光不惜分余阴。
一场筵散轻分手，千里月明共此心。
等是不堪愁里听，朝来寒雨晚来砧。

落日孤城万柳斜，江山无复旧繁华。

① 《南社丛刻》第十一集，江苏广陵古籍刻印社影印本 1996 年版，第 2036 页。
② 曼昭、胡朴安：《南社诗话两种》，中国人民大学出版社 1997 年版，第 90 页。
③ 钱仲联：《南社吟坛点将录》，《苏州大学学报》1994 年第 1 期，第 45—53 页。
④ 《南社丛刻》第十一集，江苏广陵古籍刻印社影印本 1996 年版，第 2148 页。

故宫真有金人泪，银汉频回帝子槎。
一夜微霜飞木叶，数行清泪咽胡笳。
芙蓉生在秋江上，何事开花又落花。

汉家陵阙逢夕晖，南眺潇湘烟雨微。
眼见红羊成浩劫，若为黄鹄竟高飞。
畏蛇畏药何时了，为雨为霖此愿违。
起视东南生意尽，几人田宅拥高肥。

鸾囚凤锁楚江头，一叶梧桐惊早秋。
云雨已成今昨梦，乾坤不尽古今愁。
汾湖箫管惊神鳄，海岛旌旗殉野鸥。
伐桂锄兰都细事，翻令鱼网漏吞舟。

诗歌中有着杜诗中熟悉的秋烟、落日孤城、汉家陵阙、胡笳等等意象，然又带有鸾囚凤锁的自我身世之悲，对“东南生意尽”的家国之痛。《太一遗集》中很多学杜、和杜、集杜的诗歌，如《复愁十二首用杜工部韵》、《山斋曲三首用杜工部曲江曲韵》、《冬日杂咏集杜》、《秋兴用草堂韵》等。宁太一学杜，在学其忠耿之气，苍生之思，家国之忧，也在学其情感艺术的混融表达。宁太一为人所称道处正在其宁为楚囚不改其志的无畏精神，诗歌中充满激越与浩荡。然如认为宁太一的诗歌粗豪无律，便非确论，宁太一诗宗盛唐，其诗歌追求杜甫律诗中诗情与格律的混融：“弟作诗每为格律所缚，心苦之。昨顷来论，因阅少陵诗及诸人所作，如天马行空，操纵自如，为欣慰者久之。诚所谓得我心之同然者也。”① 宁太一的诗歌在南社中可谓学杜的代表。

2. 林庚白：如何超越杜甫？

林庚白的引人注目处在于他对于自己颇为自负的评价，他曾经自称：“若近数年，则尚论今古之诗，当推余为第一，杜甫第二，孝胥不足道矣。”林庚白认为自己超越杜甫之处在哪里呢？我们要从这位诗人的成长经历以及清末民初的诗歌环境来解读。

林庚白在 1912 因南北议和，从北京到上海来谋求继续革命。作为一个满脑子革命思想的热血青年，他在政治上选择了加入南社，在诗歌上却

① 宁调元：《太一遗书》，民国四年铅印本。

倾心同光体，前去拜会在沪的同光体遗老诗人。林庚白自己在《吞日楼自序》中述及民国元年在上海的经历：

> 辛亥革命，以柳亚子介，与于“南社”。偶过上海，出所为诗示陈三立、郑孝胥使评定。三立夙喜少年能诗者，于余诗颇辱过誉，评云“大作多与明七子为近，才气充溢行间，绝句尤酷肖渔洋”。诵工部“眼中之人吾老矣”之句，为之叹绝。孝胥则题二绝句，致其讽劝，有“喜子能诗通性命，何妨取径近艰辛”之句。余虽喜三立之誉，而愤孝胥之讽，寻自忖度，余诗故不佳，孝胥讽余，特以傲余耳，必求所以胜孝胥者，攻读益肆。①

林庚白特意造访时下寓居沪渎的同光体魁首陈三立、郑孝胥，希望得其揄扬。但是陈三立给予其赞誉，而郑孝胥却讥其诗浮薄，这对于一个十六岁的自傲少年来说是一个很刺耳的批评，故而林庚白此后作诗“必求所以胜孝胥者”。

民国三年林庚白刊行《急就集》，之后又刊有《舟车集》，但他自认为尚未脱离同光体窠臼，还很难超越郑孝胥，于是曾“废诗不作”。到五四后接触社会主义理论，且遍览经史百家著作，“旁及欧美文学，于中国古人之诗，上溯三百篇、离骚，下取曹植、阮籍、陶潜、谢朓与杜甫、韩愈、白居易、李贺、李商隐、韩偓、王安石、黄庭坚、陈无己、苏轼、欧阳修、梅圣俞、陆游、杨万里、刘克庄十余家之诗而一一日夕讽诵之，遂尽发古人之奥。民国十七年戊辰，余之诗一变而熔经铸史，兼擅魏晋唐宋人之长矣”。到出版《庚白诗存》时，认为自己诗歌已经独成一家，“远胜郑孝胥，直与杜甫争席可也”。

其颇为自负的《庚白诗存》，刊行于民国十八年（1929），这是一部今天看上去很奇怪的集子，充满了诗歌题材、体裁上的新旧杂糅。庚白自许的突过古人处，是在于其五四之后从“时代”中汲取所需的诗歌材质时，熔铸新旧诗歌的某种尝试。在今天看来未必成功，但是这却突破同光体的樊篱，实现他从1912年以来一直追求的自树一帜的愿望。

此后林庚白的炮火不再仅仅集中于郑孝胥，而扩大至整个同光体阵营，其《吞日集》自序（1930）、《孑楼随笔》（1932—1933）、《丽白楼诗话》（1940）均有不少针对同光体诗歌的评论。此时同光体的影响力正

① 林庚白著，周永珍编：《丽白楼遗集》，人民大学出版社1996年版，第383页。

在新文化运动中黯淡，1937 年陈三立、陈衍卒，1938 年郑孝胥卒，同光体老辈也在逐一逝去，可以说林庚白猛烈批评同光体的时期正是以同光体为代表的古典诗歌时代逐渐结束和新文化运动背景下新诗渐渐兴起的时期。林庚白说："若近数年，则尚论今古之诗，当推余为第一，杜甫第二，孝胥不足道矣。"[①] 将这句话的语境放置到新文化运动的现场，林庚白其实是想宣告自己在一个新生时代的诗坛地位，是为新的诗歌环境扫清道路而针对同光体作出的有颠覆意义的批评。

林庚白对同光体从创作到批评，都是以是否合于时代之表现为标准。他以"进化"之眼光看待诗歌，这也是新文化运动者的典型论调。他认为同光体弊端在于泥古，"同光以来旧诗人，大都食古不化，所为诗虽佳，勘以经历之生活，则远不相符，且于新事物，坚不愿入诗。余知李杜苏黄生于今日，必将齿冷，盖谚所谓'活人面前说鬼话'也"[②]。林庚白的中心论点是诗歌合为时、合为事而作，诗歌需与时代相表里，"夫诗非独以言志已也，古人谓'观其诗可以知其世'，则是诗与世固未可须臾离，苟善用古而不泥于古，诗之能事间矣"[③]。同光体面对的是一个变世，而诗歌却看不到任何变世带来的变化，仍然是陶谢李杜的诗歌世界，林庚白于其《吞日集》、《角声集》、《今诗选》自负的原因也在此，诗歌之内容情绪乃古人所无，故于古人毋乃谦！

林庚白自称他自己第一，杜甫第二，事实上并没有实现诗史上的真正超越，他内心希望超越的是他从一开始就师法的同光体的创作模式，因为他身处清末民初，整个文化也在出现变革，新诗的出现为他的自我突破提供了一条途径；而清末民初的复杂社会变局也为他的诗歌提供了前所未有的诗料，以至于他站在诗史的节点上认为自己走在了杜甫的前面。与其将林庚白视为狂人，不如说他是一个具有诗歌创造鸿愿的人，他也是五四新诗创作的潮流中人。

南社在清末民初这个特殊的历史时期，完成了反清的政治使命；也在诗歌创作上承担了特殊的过渡角色。南社诗人推崇杜诗"诗史"的叙事性，将清末民初的时代巨变一发为诗歌，呈现一种劲直的铺叙风貌。南社诗人对于杜甫经典律诗《秋兴八首》的学习，清楚展现了他们的历史情绪：清末的作品具有浓厚的民族主义意味，充斥着"驱除鞑虏"这一政

① 林庚白著，周永珍编：《丽白楼遗集》，人民大学出版社 1996 年版，第 983 页。

② 同上书，第 760 页。

③ 同上书，第 594 页。

治意图的诗歌表达；民初的作品则因为目睹民初的社会乱象而发出志士无力回天的无奈与悲愤。南社诗人群中有不少学杜有得者，他们的作品既承袭了杜诗的精神内涵艺术技法，又因独特的历史体验而投射下自我心魂，在清末民初这个文化大变局中有着创新诗歌超越经典的追求。

结　语

清末民初，整个传统文化在经历转型的关键阶段，士人们对于文化走向有着自己的思考和创作参与。回到历史现场，清末民初的士人在不断地因为相同的理念聚集，形成一种群体参与文化建构的力量，而南社正是其中一个典型。南社是清末民初最大的文人社团，囊括了一个庞大的基层文人群体，这个群体的文化行动力某种程度上左右了当时文化的发展走向。

一　南社诗歌创作与近代文学生态

还原南社的努力提供给我们解读南社的一些新鲜感，南社不仅仅作为一个政治的文学传达渠道而引人注目，南社也展示了一个丰富的基层文学创作生态。

第一，南社处在一个复杂的近代历史时空中，这是阐释南社生态时最重要的背景。提到南社首先总会关注到这个社团与民族革命的关系，南社的社团史与近代历史密切勾连，南社诸子作为“革命的文人”是革命运动的实际参与者，其中不乏横刀沥血的志士，但南社诸子更重要的历史意义在于以“革命文学”参与历史风潮的鼓扬。南社诸子作为转型期的基层士人，他们用自己最熟知的文学方式参与历史建构。南社诸子强调自己的“布衣”身份，区别于缙绅的表达视角，寻求一种下行的眼光，这是一种来自民间的革新意图的表达。龚自珍作为最早传递这种革新意图的人，成为南社诸子的偶像。南社诸子模拟龚自珍的诗歌，主要在于对诗歌外表潜藏的革新意图的一脉相承。南社诸子对文字的力量非常推崇，“以文字播弄风潮”展示了南社将诗歌的“功能意义”发挥到极限的意图。南社诸子从当代的历史中寻找诗歌素材，用极具叙述性的诗史表达方式展示一种文学的干世性，带着民间的视角贴近社会，引导大众舆论的走向。而历史的借鉴也具有很强的“功能”意识，不论对“几复风流”结社史的追溯，还是对明末遗民的精神追忆，都体现一种将历史话语转化为当下表达的意图。解读南社的诗歌需要贴近这种诗歌精神产生的生态背景，南社诗人群体正是很好地将历史参与感融入到诗歌创作中，故而成就了自身有别于其他诗歌群体的特色。

第二，南社作为一个自成体系的文学生态，对于近代文学基层样态的研究具有突出的标本意义。南社的社团运作有一些现代社团因素，但是更多是对传统文人结社的继承。南社诸子在上海这个巨大的城市空间展开活动，面临着新型人际网络的建立。但是传统的血缘、地缘、学缘网络仍然是结社构成的重要方式，而且在社团的落潮期这些传统网络的力量显现得更为强大。南社的社团运作，以社刊和雅集统合着群体话语，但是这种统合非常不稳定。南社作为一个庞大社团，更为常态的活动是散布在地方上的文人随意的诗歌交流，这既意味着南社活动展开面之广，也意味着民间文人活动的自由与分散，某种程度上也潜在消解着南社的话语统一性。湖湘分社、广东分社、北京分社等都有着自己的话语特点，在社团活动后期，这些地域群体逐渐崛起为一些独立的群体力量。

第三，南社的诗歌生态是近代诗歌生态的一部分。南社虽然不是一个流派，但在与唐诗派、诗界革命派、湖湘派的共时存在中，也经历着某种交互。这既有人员上的跨派存在，也有理论上的冲突与交融，也有创作上的唱和及借鉴。南社在上海的活动是在一个巨大的文化场域中与各种文化势力共处的过程，而上海这个文化场域随时在上演着各种群体力量的变动。在清末民初的政治事件面前，北京、上海作为最大的两个文化场域在不断的人员流动中改变着诗坛的格局。辛亥革命和袁世凯称帝造成最大的几次诗坛格局改换，而南社正是这几次诗坛格局改换的重要参与者。南社社员在民初的北上参政形成了北京社员的汇集，他们的频繁雅集曾经造成南社活动的南北对举。遗老的南下使得同光体在沪的势力膨胀，他们的活动造成这个场域中南社力量的紧张。柳亚子针对遗老的评论，引发了社团内部的争论，“唐宋诗之争”并非是单纯的诗歌争论，而是有着强烈的政治话语表述。柳亚子虽然针对遗老诗歌，但是他并不是要与遗老有直接交锋，其真正意图乃在廓清报刊的舆论氛围，以南社主任之身份整顿社团的政治风气。

二 南社诗歌选择与古典诗歌命运

南社诸子在经历着“变”：历史的改朝换代，政客的朝秦暮楚，时局的翻云覆雨，还有新旧文化交替的翻天覆地。他们自己也是变的一部分，有的从革命者变为无耻政客，有的从激进变得消极，在文化上有的从传统文化的固守者变成新文化运动的闯将，有的从一个诗歌流派转移为新的诗歌宗向。这些历史现实其实是无数的历史可能，当时的人们在选择，而无数的选择汇成了历史的方向。

南社诸子的创作本来就是古典诗歌变化的一部分，历史的变革使得诗歌的功能意义被突出出来。长期以来古典诗歌理论探讨的一个焦点就是，诗歌表现应侧重“言志”还是“缘情”。在清末民初这个历史大背景下，诗歌的功能意义越来越被放大。和时代脉搏相扣和的诗歌，少有欲说还休的幽微表达，而是能够掀起社会风潮的呼号呐喊。从鸦片战争的爱国诗歌，到诗界革命派的诗歌宣传，再到南社的文字风潮，诗歌的“干世”意义被越来越张扬到极致。这种变化其实在渐渐分离着古典诗歌的元素，将诗歌中的含蓄抽离，而趋近大众。这种创作放弃了古典诗歌代表的精英姿态，而贴近于民间，贴近于诗歌的阅读对象。

其实，这种变化如果一直沿着通俗大众之路前进，也许就会过渡到白话诗歌的阶段，但是在变化要实现质变的时候，群体的选择发生了分歧。古典诗歌创作意味着的是一种文化习惯，于是对于古典诗歌创作的坚持，变成了一种文化态度的表达。在清末民初的诗界，曾经弥漫着复杂的争论，各种诗歌流派为自己的宗尚互相攻伐，包括南社内部也因古典诗歌的宗尚分歧而上演了激烈的内讧。但是当五四运动为诗界提出新命题时，曾经喧闹的古典诗歌内部讨论偃旗息鼓，大家要共同面对一个新的更为强大的挑战。古典诗歌创作应该“变”还是“不变”？

南社以自己社团的裂变作出了回答，这种回答颇有代表性。新南社意味着一群传统文人他们乐于参与到文化变革之中，他们开始写作新诗，在他们的理解中，一个时代有一个时代的文学，诗歌需要接受时代的改变。南社湘集则意味着坚守传统文化者的思考，他们以强大的民族文化自尊与文化传承责任感去抗衡来自舆论的“保守”之讥。湘集的坚守意味着当时文人对于古典诗歌价值的肯定，这固然不合于历史潮流，但是却提供了一种反思态度可以纠正当时文化革命激进主义的偏颇。新南社和南社湘集代表的两种对待古典诗歌的态度，也决定了古典诗歌的命运走向。

古典诗歌创作在走向衰微，白话诗歌代之而起成为时代的新宠，但是古典诗歌的创作并没有停止，特别是古典诗歌中蕴含的历经绵长历史积累起来的民族精神不会消失。值得一提的是抗战时期，南社的老社员们集体爆发的古典诗歌创作热情，汇成了一种诗歌的精彩，和曾经的南社精神呼应。古典诗歌可以承载新的时代命题，古典诗歌可以承载新的文化含量。南社诸子的古典诗歌创作也经历了某种流变，比如沈尹默在新文化运动中创作了具有代表性的新诗，之后又回到写古体诗，《秋明室杂诗》展示了他仍然纯熟的古典诗歌创作技巧。社友们的创作透露了他们对于诗歌的看法，这些可以作为新的命题继续研究。

三 南社诗歌价值与文学的社会意义

南社的诗歌创作中，我们很少看到单纯的艺术追求，南社对于龚自珍的推崇在于他的诗歌中蕴含的变革社会的力量，南社的诗歌创作也带有反清的政治目标，包括南社的历次争论也被赋予政治的批判准的，不论是捧伶诗背后对于遗老的打击，还是唐宋诗之争中对于同光体政治身份的批评，都显示出南社的诗歌创作的复杂性。

对于诗歌艺术性和政治性的分歧，在南社的内讧中已经表现得非常充分，南社的主流观点坚持政治、艺术和诗歌群体的不可分割，这可以说是以人论诗传统观念的发挥，这将导致对于诗歌非艺术化的评价标准。但是这是倾向于纯粹艺术评价标准的社友所不能接受的，如果诗歌被政治化得太厉害，那么其艺术价值就会遭到扭曲。这场起源于诗歌的争论导致了南社的瓦解。这种决裂体现了文人中难以调和的对于诗歌价值的看法。我们知道诗歌的独立艺术价值当然需要捍卫，因为政治带给诗歌的负担是显而易见的，但是我们也必须看到近代以来的历史发展让诗歌难以置身事外。从鸦片战争以来，诗歌的社会参与感就空前强烈。无论是湖湘派在太平天国事件中的平乱谋划，唐诗派在甲午战争、庚子事变中的亲身参与，诗界革命派在戊戌变法中的歃血饮恨，同光体诗人在王朝末期的努力振兴，还是南社在清末的反清革命，这一切我们看到的不是文人的置身事外，而是投身其中，文人不仅用行动参与政治，他们的诗笔也留下一段段风云历史。我们一旦意识到诗歌所需要承担的社会责任，正是文人所需承担的社会责任时，我们就明白近代以来诗歌与社会的关系了。

文学的社会意义某种程度上是文人的社会责任，南社的结社模范——明末的几社、复社，正是体现了这种文人与政治的亲密关系，“士大夫”这个身份赋予的就是文人对于国家社会的参与责任。不论社会还是文人自己都认可文学的这种社会价值。特别是近代的历史背景赋予了这种文学社会性责任的强大合理性，使得文学独立性的呼声显得非常微弱。

如果说文学的社会性与文人所应承担的社会责任密切相关的话，近代的文人身份转型也在某种程度上影响到这种关系。文人的职业化在某种程度上消解了文人与政治的亲密性，文人不再通过科举考试与皇权联系，也不再因为科举考试获得的合理身份去参与国家或者地方的管理。相对于几社、复社，南社的情况也发生了变化。几社、复社的结社初衷是切磋科举应试的文章，其实通过科举进入政治与通过结社评论并影响政治，对于这些文人不过是一场考试的距离。但是南社时代，已经临近科举考试的尾声，许多社员通过放弃科举来表明自己与政权的决裂，当然科举考试于1905年结束时，也彻底切断了文人与政权的传统联系。南社的结社是为了建立一个新政权。这些文人在理想与现实之间的距离不是通过考试而是通过革命。这些革命的文人切断与皇权的联系，也意味着他们传统的晋身渠道终止了，他们的生活需要新的谋生手段，他们有的成为职业文人，这一点在南社活动的核心区域上海表现得尤为明显。南社社员不少是教师、记者、编辑、职业撰稿人、画家等，他们的艺术不是向政治负责，而是向自己的工作对象负责。对于职业作家来说，他可以为了迎合读者的口味去改变自己的文字趣味，如果一直这样下去，职业文人在自己作品中的去政治化可以更加彻底。

文人的社会责任曾经有着制度的保障，而文人的职业化导致文人的社会责任或许只能靠一种对于传统的自觉。因为文人的身份已经不再是一群社会的管理者，他们的作品也不需要负担过重的政治意义，他们可以在艺术的独立性上沉溺得更深。南社作为一个转型的特例，它正好保留了这种文人职业化过程中对于政治亲近与疏离的两面。

南社从一开始就以反清作为其政治目标，与同盟会建立了关系。在反清过程中，南社中的职业媒体人表现极为突出。近代媒体发展迅速，上海更是媒体的中心，海内外的报刊均以上海作为集散地，上海的媒体可以说左右着当时中国的舆论方向。南社社员曾经占据了上海媒体的主流地位，他们的反清言论找到很好的发表平台。南社成员对于媒体的利用，使得他们的诗歌创作也进行了相应的调整。南社的诗歌上承诗界革命派，追求一种诗歌创作的革新。诗界革命派对于西方的引纳以及对于通俗的追求，成为南社的诗歌突破方向。如果说诗界革命派的“我手写我口”是一种思想解放的星火，那南社的创作就成为革命思想输入的燎原之势。从启蒙思想到宣传民众，阅读对象的进一步扩大化使得诗歌的通俗化进一步加深。这个过程是与媒体触角的深入相配合的。南社的报章体诗歌常常通俗到宛如白话，但是它们并没有真正成为白话诗，因为南社诗歌演进的底线和诗界革命派一样，无论如何也难以舍弃“旧瓶装新酒”的旧瓶。这是出于一种文化的习惯，当然也更是因为社会的文学革新需求还远未成熟。

南社这个社团的历史意义被定位为它对反清革命的贡献，而南社诗歌的意义也被定位为其革命创作。对南社的总结总是与政治贴得那样近，让我们有时会忽略南社诗歌的艺术性。当然，这种忽略，既发生在南社创作的当时，也发生在我们评价的现在，因为对南社诗歌的评价或许已经可以盖棺定论。但是如果在政治和艺术之间再进行苛责的话，那或许并没有理解作为文人的社会责任。因为近代的历史很难接受置身事外的文学。我们可以将其看作南社这个文人社团参与政治的一种方式，文人用诗歌参与政治，前有古人，后有来者，这个命题由来已久影响深远，文学和政治的纠葛从未停止。只是始终将气节作为文人的责任并依此作为政治参与的准的，从这个意义上讲，南社的文学显示出它不会被历史遗忘的价值。

参考文献

一　南社基本文献

《南社丛刻》，江苏广陵古籍刻印社影印本 1996 年版。
柳亚子编，马以君点校：《南社从刻第二十三集第二十四集未刊稿》，社会科学文献出版社 1994 年版。
傅熊湘主编：《南社湘集》，全国图书馆文献缩微复制中心，2006 年。
柳亚子：《南社诗集》，上海开华书局 1936 年版。
柳亚子：《南社词集》，上海开华书局 1936 年版。
胡朴安：《南社丛选》，上海国学社 1936 年版。
胡朴安：《南社词选》，中国文化服务社 1936 年版。
《南社社友通讯录》（一），上海图书馆藏，1911 年。
《南社社友通讯录》（二），上海图书馆藏，1912 年。
《南社姓氏录》，上海图书馆藏，1913 年。
郑逸梅：《南社丛谈》，上海人民出版社 1981 年版。
柳亚子：《南社纪略》，上海人民出版社 1983 年版。
曼昭、胡朴安：《南社诗话两种》，中国人民大学出版社 1997 年版。
柳亚子等编：《新南社社刊》，上海新南社，1924 年版。
《国学丛选》十八集，国学商兑会，民国间铅印本。
杨天石、刘彦成：《南社》，中华书局 1980 年版。
杨天石：《南社史长编》，中国人民大学出版社 1995 年版。
邵迎武：《南社人物吟评》，社会科学文献出版社 1994 年版。
柳无忌、殷安如：《南社人物传》，社会科学文献出版社 2002 年版。
曹雪娟主编：《南社百杰》，上海文艺出版社 2009 年版。
《南讯》第 1—15 期，江苏省南社研究会，1995—2001 年。
《南学通讯》第 1—17 期，中国南社与柳亚子研究会秘书处，1991—2000 年。
《国际南社学会丛刊》第 1—7 期，香港：国际南社学会秘书处，1990—

2002 年。
马以君主编:《南社研究》第1—6辑,中山大学出版社1991—1994年版。
马以君主编:《南社研究》第7辑,香港:香港天马图书有限公司1999年版。
肖维琪、顾一平:《南社中的扬州人》,邗江印刷厂,1991年。
金梅主编:《南社西塘社友遗稿》,《嘉善县文史资料》第十九辑,古吴轩出版社2006年版。
李海珉:《吴江与南社》,《吴江文史资料》第二十三集,吴江市政协文史委员会编,2009年。

二 诗文集

柳亚子:《柳亚子文集·磨剑室文录》,上海人民出版社1993年版。
柳亚子:《柳亚子文集·磨剑室诗词集》,上海人民出版社1985年版。
柳亚子著,柳无忌编:《南明史纲·史料》,上海人民出版社1994年版。
柳亚子:《怀旧集》,耕耘出版社1947年版。
傅熊湘辑:《红薇感旧记题咏集》,民国八年排印本。
傅尃:《钝安遗集六种附钝安哀挽录》,民国二十年铅印本。
高燮辑:《三子游草》,民国四年铅印本。
胡朴安、高燮、傅熊湘撰:《京锡游草》,民国八年铅印本。
蔡有守辑:《白门悲秋集》,民国二十五年铅印本。
柳亚子:《子美集》,光文印刷所民国三年珍本。
柳亚子:《春航集》,广益书局1913年版。
柳亚子、柳无忌编:《苏曼殊全集》,上海北新书局1928年版。
柳亚子:《苏曼殊研究》,上海人民出版社1987年版。
郭长海、郭今兮编:《陈去病诗文集》,社会科学文献出版社2009年版。
郭长海、金菊贞编:《高旭集》,社会科学文献出版社2003年版。
姚昆群等编:《姚光集》,社会科学文献出版社2000年版。
高铦、高锌、谷文娟编:《高燮集》,中国人民大学出版社1999年版。
沈眉若、沈颖若著,沈有美编:《吴江沈氏长次二公剩稿》,社会科学文献出版社1994年版。
郁曼陀、陈碧岑著,郁风编:《郁曼陀陈碧岑诗钞》,学林出版社1983年版。
张素著,金建陵、张末梅编校:《南社张素诗文集》,大众文艺出版2008年版。

刘今希、刘约真、刘鹏年：《南社三刘遗集》，中华印刷厂，1993年。
黄人著，江庆柏、曹柏根整理：《黄人集》，上海文化出版社2001年版。
刘三著，刘颖白校勘：《黄叶楼遗稿》，中国人民大学出版社1996年版。
徐蕴华、林寒碧著，周永珍编：《徐蕴华、林寒碧诗文合集》，社会科学文献出版社1999年版。
徐自华著，郭延礼编校：《徐自华诗文集》，中华书局1990年版。
于媛主编：《于右任诗词曲全集》，世界图书出版西安公司2006年版。
章开沅主编：《雷铁厓集》，华中师范大学出版社1986年版。
林庚白著，周永珍编：《丽白楼遗集》，中国人民大学出版社1996年版。
程善之：《沤和室诗存》，抄本。
卜世藩：《韵荃诗草》，民国（1912—1949）木活字本。
胡汉民：《不匮室诗钞》，民国二十五年刻本。
曹经沅：《借槐庐诗集》，巴蜀书社1997年版。
马浮：《蠲戏斋诗　避寇集　芳杜词剩》，蜀中，杭州，民国二十九年至三十六年刻本。
丁祖荫：《一行小集》，民国三年铅印本。
周家树：《黄叶集》，民国十三年铅印本。
丁三在：《丁子居剩草》，钱塘丁氏，民国十年铅印本。
马君武著，谭行、刘志坚、邓小飞注：《马君武诗注》，广西民族出版社1985年版。
易孺：《双清池馆集》，民国十九年石印本。
邓尔雅：《绿绮园诗集》，叶史苏印行，1960年。
邓尔雅著，东莞市政协编：《邓尔雅诗稿》，广东人民出版社2007年版。
方瘦坡：《习静斋诗话续编　论诗绝句百首》，民国六年铅印本。
王德钟著，王之泰、丁俭编辑：《南社王大觉诗文集》，香港：中国美术出版社2009年版。
王德钟辑：《青箱集》，上海国光书局民国四年铅印本。
王漱芳：《梦仙遗稿》，《南社丛刊》第二十二集附录。
丘复著，丘琼华、丘其宪编选：《丘复诗文选》，香港：天马出版有限公司2005年版。
田兴奎：《晚秋堂诗集　蔗香馆词甲卷》，长沙鸿飞印刷所，民国二十年铅印本。
叶玉森：《和阳集》，民国（1912—1949）抄本。
叶玉森：《袖海集》，清宣统二年铅印本。

叶玉森：《中泠诗抄》，民国四年铅印本。
叶楚伧：《世徽楼诗稿》，台湾：正中书局民国三十五年铅印本。
宁调元撰，柳亚子辑：《太一遗书》，民国四年铅印本。
许观：《静观轩诗钞》，民国二十二年铅印本。
许观辑：《寿萱图题咏集》，民国十四年铅印本。
刘成禺：《世载堂诗》，京华印书馆民国三十四年铅印本。
刘成禺：《禺生四唱》，民国二十三年铅印本。
刘成禺：《洪宪纪事诗三种》，上海古籍出版社 1983 年版。
孙鸿：《雪泥诗集》，1954 年铅印本。
李澄宇：《洞庭南阁诗稿》，民国（1912—1949）铅印本。
李澄宇：《万桑园诗》，民国八年铅印本。
李澄宇：《万桑园诗存》，湘鄂印刷公司民国二十二年铅印本。
李根源：《曲石诗文续录　东斋诗钞　文钞》，腾冲李氏，民国十三年铅印本。
李根源、李希泌撰：《曲石诗录》，滇云曲石精舍，1978 年油印本。
李根源：《曲石诗抄》，重庆，民国三十二年铅印本。
汪兰皋辑：《来台集》，民国九年铅印本。
汪兆铭：《双照楼诗词稿》，民国三十年中华日报社活字印本。
邹亚云：《流霞书屋遗集》，国光书局民国二年铅印本。
张昭汉：《白华草堂诗　玉尺楼诗》，白下，民国二十三年刻本。
陈子范：《陈烈士勒生遗集》，民国六年铅印本。
陈庆森：《百尺楼诗集》，民国（1912—1949）油印本。
陈家庆：《碧湘阁集》，民国二十二年铅印本。
陈柱：《变风变雅楼待焚诗稿》，北流陈氏，民国二十二年刻本。
陈世宜：《陈匪石先生遗稿》，1960 年油印本。
陈栩辑：《栩园倡和集》，交通图书馆，民国七年石印本。
陈栩：《栩园诗剩　天风楼诗剩　香雪楼词》，著易堂，民国十二年铅印本。
陈栩：《栩园近稿》，台湾：汉文书局民国（1912—1949）铅印本。
吕碧城：《信芳集》，中华书局民国十四年铅印本。
吴虞：《秋水集》，吴氏爱智庐，民国二年刻本。
吴恭亨：《悔晦堂诗集》，民国十一年铅印本。
吴恭亨：《悔晦堂丛刻》，民国三年铅印本。
吴恭亨：《悔晦堂民国时代诗》，日本东京，铅印本。

吴梅:《霜厓诗录》,文通书局民国三十一年铅印本。
沈尹默:《秋明室杂诗》,1951年石印本。
沈宗畸:《南雅楼诗斑　繁霜词》,民国五年铅印本。
沈宗畸:《东华琐录》,北洋广告公司图书部,民国十七年铅印本。
沈钧儒撰,嘉兴市沈钧儒纪念馆编:《寥寥集》,群言出版社2004年版。
经亨颐:《经颐渊金石诗书画合集》,中华书局民国二十五年刻本暨影印本。
周祥骏:《更生斋全集》,民国三十三年石印本。
周实:《无尽庵遗集诗话　尊情录　词　北曲》,上海国光印刷所,民国元年铅印本。
周斌:《台宕游草　燕游草　燕游续草》,民国五年铅印本。
周斌:《柳溪竹枝词》,民国五年铅印本。
郑泽:《萝庵遗稿》,民国十年铅印本。
杨了公:《杨了公梅花百咏》,民国十五年写本。
杨了公:《杨了公先生诗集》,民国十五年石印本。
庞树柏:《庞檗子遗集》,民国六年排印本。
庞树阶:《束柴病叟诗》,吴门,民国二十五年刻本。
姚鹓雏:《姚鹓雏诗文集》,上海古籍出版社2009年版。
胡朴安:《朴学斋诗存》,朴学斋丛书,民国二十九年安吴胡氏刊本。
胡怀琛:《江村集一卷　福履理路诗钞一卷　上武诗钞一卷》,安吴胡氏,民国二十九年铅印本。
侯鸿鉴:《病骥五十无量劫反省诗》,民国十年铅印本。
诸宗元:《大至阁诗》,民国二十二年铅印本。
徐仲可:《真如室诗》,中华书局民国十二年刻本。
袁天庚:《八百里湖荷花渔唱》,民国二十三年铅印本。
黄梦蘧:《栩园遗集》,民国铅印本。
黄节:《蒹葭楼诗二卷》,民国二年铅印本。
黄宾虹:《宾虹诗草》,民国二十二年石印本。
赵蕰安:《海沙诗钞》,1962年油印本。
蔡守:《寒琼遗稿》,新明印书馆民国三十二年铅印本。
潘兰史:《说剑堂诗集二卷》,民国二十三年铅印本。
张农著,金建陵、张末梅校注:《葫芦吟草》,大众文艺出版2008年版。
梅光迪:《梅光迪文录》,国立浙江大学出版部,1948年。
包天笑:《钏影楼回忆录》,《近代中国史料丛刊》第五辑,台北:文海出版社1973年版。
龚自珍:《龚自珍全集》,上海古籍出版社1999年版。
沈曾植著,钱仲联校注:《沈曾植集校注》,中华书局2001年版。
郑孝胥撰,黄坤、杨晓波校点:《海藏楼诗集》,上海古籍出版社2003年版。
王闿运:《湘绮楼诗文集》,岳麓书社1996年版。
易顺鼎著,王飚校点:《琴志楼诗集》,上海古籍出版社2004年版。
樊增祥撰,涂小马等校点:《樊樊山诗集》,上海古籍出版社2004年版。
周庆云辑:《淞滨吟社甲集　二集》,梦坡室,民国四年刻本。
高翀:《清逸道人集　希社题衿词初集》,民国七年铅印本。
陈夔龙等撰:《花近楼逸社诗存》,民国(1912—1949)铅印本。
林纾:《畏庐诗集》,商务印书馆民国二十三年铅印本。
刘大白:《旧梦》,商务印书馆1924年版。
刘大白:《邮吻》,开明书店1926年版。
刘大白:《白屋遗诗》,开明书店1935年版。
陈衍编选《近代诗钞》,商务印书馆民国十二年排印本。
钱仲联:《近代诗钞》,江苏古籍出版社1996年版。
徐世昌:《晚清簃诗汇》,华东师范大学出版社2009年版。
《壬午九日歌乐山登高集》,民国三十一年石印本。
靳志辑:《癸未七星岗展禊复兴关登高诗录》,民国三十二年(1943)铅印本。
柯尧放:《容庵丛稿》,重庆市彩色书报印刷厂,1995年。

三　著述

卞孝萱、唐文权编:《民国人物碑传集》,团结出版社1995年版。
卞孝萱、唐文权编:《辛亥人物碑传集》,团结出版社1991年版。
钱仲联:《广清碑传集》,苏州大学出版社1999年版。
张寅彭:《民国诗话丛编》(全六册),上海书店出版社2002年版。
上海通社编:《上海研究资料正集、续集》,台北:文海出版社1988年版。
胡晓明主编:《近代上海诗学系年初编》,上海教育出版社2003年版。
杨萌芽:《清末民初宋诗派文人群体活动年表》,河南大学出版社2008年版。
张明观:《柳亚子传》,社会科学文献出版社1997年版。
叶参、陈邦直、党庠周撰:《郑孝胥传》,《民国丛书》本,上海书店

1991 年版。
徐一士：《一士类稿》，《中华野史》本，泰山出版社 2000 年版。
徐一士：《一士谈荟》，《近代中国史料丛刊》本，台北：文海出版社 1967 年版。
钱钟书：《谈艺录》，中华书局 1984 年版。
陈思和：《陈思和自选集》，广西师范大学出版社 1997 年版。
陈平原：《中国现代学术之建立》，北京大学出版社 1998 年版。
陈子展：《中国近代文学之变迁　最近三十年中国文学史》，上海古籍出版 2000 年版。
黄霖：《近代文学批评史》，上海古籍出版社 1993 年版。
何宗美：《明末清初文人结社研究续编》，中华书局 2006 年版。
梁启超：《清代学术概论》，上海古籍出版社 2000 年版。
刘成禺：《世载堂杂忆》，中华书局 1960 年版。
马亚中：《近代诗歌史》，台北：学生书局 1992 年版。
钱基博：《现代中国文学史》，中国人民大学出版社 2004 年版。
钱钟书：《管锥编》，中华书局 1979 年版。
钱仲联：《梦苕庵论集》，中华书局 1993 年版。
钱仲联：《梦苕庵诗话》，齐鲁书社 1986 年版。
桑兵：《清末新知识界的社团与活动》，生活·读书·新知三联书店 1995 年版。
尚小明：《学人游幕与清代学术》，社会科学文献出版社 1999 年版。
沈卫威：《回眸“学衡派”——文化保守主义的现代命运》，人民文学出版社 1999 年版。
王森然：《近代二十家评传》，书目文献出版社 1987 年版。
王森然：《近代名家评传》（初集），生活·读书·新知三联书店 1998 年版。
王晋光编：《1919—1949 旧体诗文集叙录》，江苏教育出版社 1998 年版。
谢国桢：《明清之际党社运动考》，中华书局 1982 年版。
汪辟疆：《汪辟疆文集》，上海古籍出版社 1988 年版。
郑逸梅：《掌故小札》，巴蜀书社 1988 年版。
郑逸梅：《艺林散叶》，中华书局 1982 年版。
郑逸梅：《艺林拾趣》，浙江新华书店 1990 年版。
郑逸梅：《文苑花絮》，中华书局 2005 年版。
郑逸梅：《清末民初文坛轶事》，中华书局 2005 年版。

郑逸梅：《书报旧话》，中华书局 2005 年版。
郑逸梅：《近代名人丛话》，中华书局 2005 年版。
严迪昌：《清诗史》，浙江古籍出版社 2002 年版。
张仲礼：《中国绅士》，上海社会科学院出版社 1991 年版。
孙之梅：《南社研究》，人民文学出版社 2003 年版。
卢文芸：《中国近代文化变革与南社》，社会科学文献出版社 2008 年版。
栾梅健：《民间的文人雅集——南社研究》，东方出版中心 2006 年版。
朱少璋：《南社诗歌理论研究》，《香港新亚书院学报》第二十七卷。
郭廷以：《近代中国史纲》，格致出版社 2012 年版。
刘世南：《清诗流派史》，人民文学出版社 2003 年版。
余英时：《士与中国文化》，上海人民出版社 2003 年版。
郑师渠：《晚清国粹派》，北京大学出版社 1993 年版。
冯自由：《革命逸史》，中华书局 1981 年版。
桑兵：《晚清学堂——学生与社会变迁》，学林出版社 1995 年版。
熊月之：《西学东渐与晚清社会》，上海人民出版社 1994 年版。
熊月之：《上海通史》，上海人民出版社 1999 年版。
熊月之主编：《都市空间、社群与市民生活》，上海社会科学院出版社 2008 年版。
许纪霖：《近代中国知识分子的公共交往：1895—1949》，上海人民出版社 2008 年版。
陈伯海、袁进主编：《上海近代文学史》，上海人民出版社 1993 年版。
马卫中：《光宣诗坛流派发展史论》，苏州大学出版社 2000 年版。
王标：《城市知识分子的社会形态：袁枚及其交游网络的研究》，上海三联书店 2008 年版。
李康化：《近代上海文人词曲研究》，上海人民出版社 2009 年版。
小田：《江南场景：社会史的跨学科对话》，上海人民出版社 2007 年版。
魏泉：《士林交流与风气变迁：19 世纪宣南的文人群体研究》，北京大学出版社 2008 年版。
李剑农：《中国近百年政治史》，武汉大学出版社 2006 年版。
吕思勉：《吕著中国近代史》，华东师范大学出版社 2007 年版。
萧晓阳：《湖湘诗派研究》，人民文学出版社 2008 年版。
马积高：《清代学术思想的变迁与文学》，湖南出版社 2002 年版。
费孝通：《乡土中国》，上海人民出版社 2006 年版。
费孝通：《中国绅士》，中国社会科学出版社 2006 年版。

张永芳：《晚清诗界革命论》，漓江出版社1991年版。
夏晓虹：《觉世与传世：梁启超的文学道路》，上海人民出版社1991年版。
刘纳：《从五四走来》，福建教育出版社2000年版。
李怡：《中国现代新诗与古典诗歌传统》（增订版），北京大学出版社2008年版。
陈万雄：《五四新文化的源流》，生活·读书·新知三联书店1997年版。
罗时进：《地域·家族·文学——清代江南诗文研究》，上海古籍出版社2011年版。
蔡少卿：《中国近代会党史研究》，中华书局1987年版。
方汉奇：《中国近代报刊史》，山西人民出版社1981年版。
金冲及、胡绳武著：《辛亥革命史稿》，上海人民出版社1985年版。
吕顺长：《清末浙江与日本》，上海古籍出版社2001年版。
[美] 史扶邻：《孙中山与中国革命的起源》，中国社会科学出版社1981年版。
[日] 实藤惠秀：《中国人留学日本史》，生活·读书·新知三联书店1983年版。
[法] 罗贝尔·埃斯卡皮著：《文学社会学》，上海译文出版社1988年版。
[日] 木山英雄：《文学复古与文学革命——木山英雄中国现代文学思想史论》，北京大学出版社2004年版。
[美] 萧邦奇：《血路——革命中国中的沈定一（玄庐）传奇》，江苏人民出版社1999年版。
[美] 费正清等：《剑桥中国晚清史》，中国社会科学出版社1985年版。

四　论文

潘建伟：《对立与互通：新旧诗坛关系之研究（1912—1937）》，浙江大学，博士论文，2012年。
孙艳：《同光体代表诗人心路历程研究》，苏州大学，博士论文，2011年。
杜竹敏：《〈民国日报〉文艺副刊研究（1916—1924）》，复旦大学，博士论文，2010年。
贺莹：《南社文学活动与新文学发生研究》，河北大学，博士论文，2010年。

卢川:《沈曾植诗歌研究》，山东大学，博士论文，2010 年。
孙立新:《南社苏州诗人研究》，苏州大学，博士论文，2009 年。
郭前孔: 《清代晚期唐宋诗之争流变史》，苏州大学，博士论文，2009 年。
葛春蕃:《古今之际：晚清民国诗坛上的同光派》，复旦大学，博士论文，2007 年。
王兴亮:《爱国之道，始自一乡》，复旦大学，博士论文，2007 年。
杨萌芽: 《清末民初宋诗派文人群体研究》，复旦大学，博士论文，2007 年。
汪梦川:《南社词人研究》，南开大学，博士论文，2007 年。
贺国强:《近代宋诗派研究》，苏州大学，博士论文，2006 年。
阳信生:《湖南近代绅士阶层研究（1895—1912)》，湖南师范大学，博士论文，2003 年。
卢文芸:《变革与局限》，华中师范大学，博士论文，2002 年。
郝丽秀:《南社湖湘巨子傅専研究》，山东大学，硕士论文，2011 年。
陶宝凤:《南社西南巨子李根源及其诗歌研究》，山东大学，硕士论文，2011 年。
孟飞:《张素诗歌研究》，山东大学，硕士论文，2011 年。
陈晓华:《陈去病文学研究》，苏州大学，硕士论文，2010 年。
刘耀彬:《鲁迅与南社关系论》，辽宁师范大学，硕士论文，2007 年。
何媛媛:《“欲凭文字播风潮”》，苏州大学，硕士论文，2007 年。
樊庆彦:《白衣骂座三升酒　红烛谈兵万树花》，山东大学，硕士论文，2005 年。
刘春明:《新文化运动时期南社文人重新进行文化选择的原因初探》，吉林大学，硕士论文，2004 年。
林香伶:《清末民初文学转型的标志——南社文学研究》，台湾师范大学，博士论文，2003 年。
沈心慧:《胡朴安生平及其易学、小学研究》，台湾东吴大学，博士论文，　年。
朱少璋:《苏曼殊诗研究》，香港大学新亚研究所 1990 年硕士论文。
朱少璋:《清末民初南社社员之诗歌活动》，香港大学新亚研究所，硕士论文，1994 年。
钱仲联:《南社吟坛点将录》，《苏州大学学报（哲学社会科学版)》1994 年第 1 期。

罗时进：《关于文学家族学建构的思考》，《江海学刊》2009 年第 3 期。
罗时进：《清代江南文化家族雅集与文学创作》，《文学遗产》2009 年第 2 期。
罗时进：《清代江南文化家族的特征及其对文学的影响》，《江苏社会科学》2009 年第 2 期。

五　年谱日记信札

柳亚子：《自传·年谱·日记》，《柳亚子文集》，上海人民出版社 1986 年版。
吴虞：《吴虞日记》，四川人民出版社 1984 年版。
曹伯严整理：《胡适日记全编》，安徽教育出版社 2001 年版。
缪荃孙：《艺风老人日记》，北京大学出版社 1986 年版。
王闿运：《湘绮楼日记》，岳麓书社 1997 年版。
中国国家博物馆编，劳祖德整理：《郑孝胥日记》，中华书局 1993 年版。
徐全胜：《沈曾植年谱长编》，中华书局 2007 年版。
马卫中、张修龄：《陈三立年谱》，安徽文艺出版社 1995 年版。
缪荃孙：《艺风老人年谱》，见《晚清名儒年谱》，北京图书馆出版社 2006 年版。
胡宗刚：《胡先骕先生年谱长编》，江西教育出版社 2008 年版。
丁文江：《梁启超年谱长编》，上海人民出版社 1983 年版。
周延祁编：《吴兴周梦坡（庆云）先生年谱》，台北：文海出版社 1972 年版。
王蘧常：《沈寐叟年谱》，《民国丛书》本，上海书店 1991 年版。
陈声暨、王真撰：《侯官陈石遗先生年谱·陈石遗集附录》，福建人民出版社 2001 年版。
瞿鸿禨编，瞿宣颖续编：《止庵年谱》，见《晚清名儒年谱》，北京图书馆出版社 2006 年版。
胡尔瑛辑：《畏庐先生年谱》，民国铅印本。
顾廷龙校阅：《艺风堂友朋书札》，上海古籍出版社 1980 年版。
蒋英豪：《黄遵宪师友录》，上海书店出版社 2002 年版。
姚鹓雏：《姚鹓雏先生诗友唱和笺札拾珍》，铜版纸彩印画册，出版地不详。
章太炎：《民国章太炎先生炳麟自定年谱》，见王云五主编《新编中国名人年谱集成》第十辑，台湾商务印书馆 1976 年版。

《孙中山年谱》，《中华民国史资料丛稿》增刊第一辑，中华书局 1976 年版。

林逸：《清鉴湖女侠秋瑾年谱》，《新编中国名人年谱集成》第十九辑，台湾商务印书馆 1985 年版。

附录一　南社诗人别集知见录

说明：

1. 作者依姓氏拼音排序。
2. 每条依次书作者、作品、版本及所见地。
3. 作者有民国版本与今人整理本，则两者一并列出。

姓名首字母	姓名	书名	存佚	版本	藏书地
B	卜世藩	《韵荃诗草》		民国（1912—1949）木活字本	上图
C	蔡韶声	《春翠簃诗词》 《灵爽集》	未见或佚		
	蔡守	《寒琼遗稿》		新明印书馆，民国三十二年铅印本	上图
	蔡寅	《怀庐诗钞》	未见或佚		
	陈洪涛	《岭南游草》		抄本	上图
	陈子范	《陈烈士勒生遗集》		民国六年铅印本	上图
	陈仲权	《倚云楼诗稿》	未见或佚		
	陈仲陶	《剑庐诗钞》		草原出版社，1979	
	陈家鼎	《百尺楼诗集》 《半僧斋诗文集》	未见或佚		
	陈家英	《纫湘阁诗集》	未见或佚		
	陈家庆	《碧湘阁集》		民国二十二年铅印本	上图
	陈英士	《陈英士先生纪念全集》何仲箫辑		民国十九年铅印本	上图

续表

姓名首字母	姓名	书名	存佚	版本	藏书地
C	陈匽厂	《淮海游草》	未见或佚		
	陈柱尊	《守玄阁诗钞》	未见或佚		
		《变风变雅楼待焚诗稿》		北流陈氏，民国二十二年刻本	苏大图书馆
	陈蜕庵	《陈蜕庵先生文集》		民国三年铅印本	上图
	陈匪石	《陈匪石先生遗稿》		1960 油印本	上图
	陈去病	《浩歌堂诗钞》陈去病撰，柳弃疾、余其锵选录		民国十四年铅印本	上图
		《陈去病诗文集》郭长海、郭今兮编		社会科学文献出版社，2009	
	陈栩	《栩园倡和集》陈栩辑		交通图书馆，民国七年石印本	上图
		《栩园诗剩　天风楼诗剩　香雪楼词》		上海著易堂，民国十二年铅印本	上图
		《栩园近稿》		台湾：汉文书局，民国（1912—1949）铅印本	上图
	陈珮章	《蘅兰室吟草》	未见或佚		
	陈绵祥	《秋梦斋焚余诗草》	未见		
	程善之	《沤和室诗文存》	未见	抄本	
	程习朋	《程习朋诗集》	未见或佚		

续表

姓名首字母	姓名	书名	存佚	版本	藏书地
D	邓尔雅	《绿绮园诗集》 《邓尔雅诗稿》东莞市政协编		广东：叶史苏印行，1960 广州：广东人民出版社，2007	
	丁三在	《丁子居剩草》		钱塘丁氏出版社，民国十年铅印本	苏州图书馆
	丁祖荫	《一行集》		民国三年铅印本	苏大图书馆
	丁立中	《禾庐新年杂咏》 《和永嘉百咏》 《西溪怀古诗》 《西泠怀古诗》 《武林新市肆吟》 《潜溪录》 《永嘉金石百咏　永嘉三百咏》 《禾庐诗钞》		民国年（1912—1921）铅印本 钱塘丁氏嘉惠堂，民国八年至九年 梅溪书屋，民国十四年铅印本 留云宾月馆，民国初年铅印本 钱塘丁氏民国十三年铅印本 四明孙氏七千卷楼，清宣统二年铅印本 钱塘丁氏嘉惠堂，民国九年铅印本 八千卷楼，民国十四年铅印本	国家图书馆
F	方瘦坡	《习静斋诗话续编　论诗绝句百首》		民国六年铅印本	上图
	费公直	《秋明阁诗稿》	未见或佚		
	傅尃	《钝安遗集六种附钝安哀挽录》		民国二十年铅印本	苏州图书馆
	范鸿仙	《范鸿仙集》		江苏古籍出版社，1990	

续表

姓名首字母	姓名	书名	存佚	版本	藏书地
G	高增	《自怡轩诗钞》 《澹庵诗存》	未见或佚		
	高天梅	《天梅遗集》 《丙辰燕游草》 《高旭集》郭长海、金菊贞编		万梅花庐，民国二十三年刻本 民国五年铅印本 社会科学文献出版社，2003	上图 上图
	高吹万	《吹万楼诗》 《高燮集》高铦等编		袖海堂，民国三十六年铅印本 中国人民大学出版社，1999	上图
	高圭	《药轩漫稿》	未见或佚		
	公孙长子	《粉红城诗集》	未见或佚		
	古直	《东林游草》	未见或佚		
H	杭海	《弘道社诗文集》	未见或佚		
	洪璞	《袭常宧诗集》	未见或佚		
	侯鸿鉴	《病骥五十无量劫反省诗》		民国十年铅印本	上图
	胡石予	《半兰旧庐诗集》	未见或佚		
	胡先骕	《忏庵诗稿》		《胡先骕先生诗集》，台湾中正大学校友会编	
	胡朴安	《朴学斋诗存》		朴学斋丛书，安吴胡氏，民国二十九年铅印本	苏图

续表

姓名首字母	姓名	书名	存佚	版本	藏书地
H	胡怀琛	《江村集　福履理路诗钞　上武诗钞》		安吴胡氏，民国二十九年铅印本	苏图
	胡栗长	《粪心篓诗草及续集》	未见或佚		
	胡汉民	《不匮室诗钞》		民国二十五年刻本	上图
	胡沛平	《南香诗钞》	未见		
	黄梦蘧	《栩园遗集》		民国铅印本	上图
	黄晦闻	《蒹葭楼诗二卷》 《黄节诗选》黄节著，刘斯奋选注		民国二年铅印本 广东人民出版社，1984	上图
	黄宾虹	《宾虹诗草》		民国二十二年石印本	上图
	黄人	《石陶梨烟室诗存》 《黄人集》江庆柏、曹培根整理		抄本 上海文化出版社，2001	常熟博物馆藏
	黄堃	《皀翁诗》	未见或佚		
J	江山渊	《山渊阁诗草》	未见或佚		
	江绍铨	《无我庐诗存》 《洪水集》	未见或佚	 民国二年铅印本丛书名《江亢虎三十岁以前旧作》	 上图
	江雪塍	《江雪塍先生遗稿》	未见		
	姜丹书	《丹枫红叶室诗稿》	未见或佚		
	姜胎石	《姜胎石姜可生诗文选》姜慈猷等编		天马出版有限公司	
	姜可生	《姜胎石姜可生诗文选》姜慈猷等编		天马出版有限公司	

续表

姓名首字母	姓名	书名	存佚	版本	藏书地
J	蒋万里	《振素盦诗钞》	未见或佚		
	金问源	《活水集》 《双鱼活水集》 《勤斋诗词集》	未见或佚 未见或佚 线状铅印		 孔夫子网有售
	金国宝	《侣琴诗存》		影印本	孔夫子网有售
	经亨颐	《经颐渊金石诗书画合集》		上海：中华书局，民国二十五年刻本暨影印本	上图
	居正	《梅川吟草》	未见或佚		
K	蒯文伟	《醒梦庵诗钞》	未见或佚		
L	李寿铨	《药石轩诗稿》	未见或佚		
	李彝士	《绛云阁诗集》	未见或佚		
	李达三	《红蚕室诗词》	未见或佚		
	李怀霜	《弢庵诗辑》三卷	已佚		
	李洞庭	《洞庭南阁诗稿》 《万桑园诗》 《万桑园诗存》		民国（1912—1949）铅印本 民国八年铅印本 长沙：湘鄂印刷公司，民国二十二年铅印本	上图 上图 上图

续表

姓名首字母	姓名	书名	存佚	版本	藏书地
L	李叔同	《李叔同集》郭长海，郭君兮编		天津人民出版社,2006	
	李根源	《曲石诗文续录　东斋诗钞文钞》 《曲石诗录》 《曲石诗抄》		苏州：腾冲李氏，民国十三年铅印本 滇云曲石精舍，1978年油印本 重庆民国三十二年铅印本	上图 上图 上图
	林之夏	《幕府集》 《海天横涕楼诗文集》	未见或佚		
	林寒碧	《徐蕴华、林寒碧诗文合集》周永珍编		社会科学文献出版社，1999	
	林庚白	《丽白楼遗集》周永珍编		中国人民大学出版社，1996	
	凌莘子	《紫云楼诗》 《惜秋花馆诗钞》	已佚 未见或佚		
	刘去非	《三十初度唱和集》	未见或佚		
	刘成禺	《世载堂诗》 《禺生四唱》 《洪宪纪事诗本事簿注》		北京：京华印书馆，民国三十四年铅印本 民国二十三年铅印本 上海古籍出版社，1983	上图 上图
	刘师陶	《删除吟草》 《沧霞老人散稿辑存》	未见		
	刘约真	《无诤诗稿》 《南社三刘遗集》刘今希、刘约真、刘鹏年		1956年油印本 上海：中华印刷厂，1993	上图
	刘泽湘	《南社三刘遗集》刘今希、刘约真、刘鹏年		上海：中华印刷厂，1993	

续表

姓名首字母	姓名	书名	存佚	版本	藏书地
L	刘鹏年	《南社三刘遗集》刘今希、刘约真、刘鹏年		上海：中华印刷厂，1993	
	刘季平	《黄叶楼遗稿》刘三著、刘颖白校勘 《刘三遗稿》李伟国等编		中国人民大学出版社，1996 上海人民出版社，2009	
	柳亚子	《磨剑室诗词集》		上海人民出版社，1985	
	柳无忌	《抛砖集》		桂林建文书店1943年初版	
	陆丹林	《岭南吟》（与杨千里、景定成合刊）	未见或佚		
	陆更存	《幽忧集》 《更存丛稿》	未见或佚		
	陆明桓	《苏斋遗稿》		民国十九年版	吴江图书馆
	吕碧城	《信芳集》 《一抹春痕梦里收：吕碧城诗词注评》李保民		上海：中华书局，民国十四年铅印本 上海古籍出版社，2004	苏大图书馆
	吕志伊	《逊敏斋诗集》 《偶得诗集》	未见或佚	民国三十年铅印本，曲石丛书	上图
M	马小进	《鸦声集》	未见或佚		
	马君武	《马君武诗注》谭行、刘志坚、邓小飞注		广西民族出版社，1985	
	马浮	《蠲戏斋诗编年集》马浮著，张立民、杨荫林辑 《马一浮集》		民国三十六年刻本 浙江古籍出版社浙江教育出版社，1996	苏大图书馆

续表

姓名首字母	姓名	书名	存佚	版本	藏书地
N	宁调元	《太一遗书》宁调元撰，柳亚子辑		民国四年铅印本	苏大图书馆
P	潘兰史	《说剑堂诗集二卷》		民国二十三年铅印本	苏图
	庞檗子	《庞檗子遗集》		民国六年排印本	苏大图书馆
Q	戚牧	《红树楼吟草》	未见或佚		
	秦锡圭	《见斋诗稿》		民国十七年铅印本	上图
	丘复	《丘复诗文选》丘琼华、丘其宪编选		香港：天马出版有限公司，2005	
R	饶锷	《天啸楼集》	未见或佚		
	阮梦桃	《阮烈士遗稿》		民国二年铅印本	上图
S	邵次公	《扬荷集》 《次公诗集》	未见或佚		
	邵天雷	《冰雷合稿》 《剥庐诗文集》八卷	未见或佚		
	沈尹默	《秋明室杂诗》		1951年石印本	苏大图书馆
		《秋明集诗》		北京书局，民国十四年铅印本	上图
	沈宗畸	《南雅楼诗斑　繁霜词》		民国五年铅印本	上图
	沈昌眉	《长公吟草》 《吴江沈氏长次二公剩稿》沈有美编		民国二十年铅印本 社会科学文献出版社，1994	上图
	沈昌直	《爨余集劫稿拾零》 《吴江沈氏长次二公剩稿》沈有美编	未见	 社会科学文献出版社，1994	

续表

姓名首字母	姓名	书名	存佚	版本	藏书地
S	沈厚慈	《在莒吟草》	未见或佚		
	沈钧儒	《寥寥集》沈钧儒撰、嘉兴市沈钧儒纪念馆编		群言出版社，2004	
	沈剑霜	《剑霜龛遗稿》	未见或佚		
	沈禹钟	《萱照庐诗文稿》	未见或佚		
	苏曼殊	《苏曼殊诗集》苏玄瑛撰，柳亚子、柳无忌编 《苏曼殊诗畸韵集》苏玄瑛撰，释霍洁尘撰 《苏曼殊全集》柳亚子编		民国十六年铅印本 尘影斋，民国二十三年铅印本 当代中国出版社，2007年	上图 上图
	孙鸿	《雪泥诗集》		1954年铅印本	上图
	孙仲瑛	《顾斋诗文集》 《兰苔室吟草》 《北游草》	未见或佚		
	孙景贤	《龙吟草》		虹隐楼，民国九年铅印本	
T	谈月色	《梨花院落吟》 《茶四妙亭稿》	未见或佚		
	谭天风	《弯弧庐诗稿》	未见或佚		
	田兴奎	《晚秋堂诗集　蔗香馆词甲卷》 《晚秋堂诗》		长沙鸿飞印刷所，民国二十年 岳麓书社，1992	上图
	铁禅	《铁禅诗书画集》	未见或佚		

续表

姓名首字母	姓名	书名	存佚	版本	藏书地
W	王大觉	《风雨闭门斋诗稿　乡居百绝　留都游草　风雨闭门斋外集》 《南社王大觉诗文集》王德钟著，王之泰、丁俭编辑		上海国光书局，民国十九年铅印本 香港：中国美术出版社，2009	上图
	王道民	《卧云室遗诗》	未见或佚		
	王漱芳	《梦仙遗稿》		《南社丛刊》第二十二集附录	
	王蕴章	《雪蕉吟馆集》	未见或佚		
	汪兆铭	《双照楼诗词稿》		民国三十年中华日报社活字印本	苏大图书馆
	文湘芷	《文湘芷诗文集》	未见		
	吴抗云	《分波行吟草》	未见或佚		
	吴虞	《秋水集》 《吴虞集》赵清、郑城编		吴氏爱智庐，民国二年刻本 四川人民出版社，1985	苏大图书馆
	吴恭亨	《悔晦堂诗集》 《悔晦堂丛刻》 《悔晦堂民国时代诗》		民国十一年铅印本 民国三年铅印本 日本东京，铅印本	上图
	吴梅	《霜厓诗录》 《吴梅全集·作品卷》王卫民编校		贵阳：文通书局，民国三十一年铅印本 河北教育出版社，2002	上图
	吴眉孙	《寒竽阁集》	未见或佚		

续表

姓名首字母	姓名	书名	存佚	版本	藏书地
X	奚囊	《绿沉沉馆诗词稿》	未见或佚		
	谢无量	《谢无量遗诗专集》		《乐至文史资料选集》第三辑，1983	
	谢晋	《屡劫余集》两卷	未见		
	许观	《静观轩诗钞》 《话雨篷丛缀》	未刊或佚	民国二十二年铅印本	上图
	许康侯	《池上小筑诗稿》	未见或佚		
	徐仲可	《真如室诗》		北京：中华书局，民国十二年刻本	苏图
	徐半梦	《海红楼诗录》	未见或佚		
	徐自华	《秋心楼诗词》 《徐自华诗文集》郭延礼编校		民国三十年油印本 中华书局，1990	上图
	徐信符	《广东藏书记事诗》	未见或佚		
	徐蕴华	《徐蕴华、林寒碧诗文合集》周永珍编		社会科学文献出版社，1999	
Y	杨了公	《杨了公梅花百咏》 《杨了公先生诗集》		民国十五年写本 民国十五年石印本	上图
	杨千里	《茧庐吟草》	未见或佚		
	杨济震	《孤室诗稿》	未见或佚		
	姚石子	《姚光集》姚昆群等编		社会科学文献出版社，2000	

续表

姓名首字母	姓名	书名	存佚	版本	藏书地
Y	姚鹓鸰	《姚鹓鸰诗文集》		上海古籍出版社，2009	
	叶玉森	《和阳集》 《袖海集》 《中泠诗抄》		民国（1912—1949）抄本 清宣统二年铅印本 民国四年铅印本	上图 上图 上图
	叶楚伧	《世徽楼诗稿》 《叶楚伧诗文集》叶元编		台湾：正中书局，民国三十五年铅印本 上海三联书店，1988	上图
	易孺	《双清池馆集》		民国十九年石印本	上图
	尤玄甫	《捧苏楼诗稿》	未见或佚		
	于右任	《右任诗存》 《右任诗存笺》 《于右任诗词曲全集》于媛主编		民国三十七年铅印本 民国十九年铅印本 世界图书出版西安公司，2006	上图 上图
	余十眉	《壬戌诗选》 《蓬心和草》余其锵辑		民国十一年（1922）铅印本 民国抄本	上图 上图
	余天遂	《余天遂遗稿》	未见或佚		
	俞慧殊	《俞慧殊诗》	未见或佚		
	俞剑华	《南社俞剑华先生诗文集》		油印本线状一册 台湾版	
	郁曼陀	《郁曼陀陈碧岑诗抄》郁风编		学林出版社，1983	
	袁天庚	《八百里湖荷花渔唱》		民国二十三年铅印本	上图

续表

姓名首字母	姓名	书名	存佚	版本	藏书地
Z	张昭汉	《白华草堂诗，玉尺楼诗》		白下，民国二十三年刻本	上图
	张聘斋	《鹃唳草》	未见或佚		
	张素	《闷寻鹦馆诗钞》 《南社张素诗文集》金建陵、张末梅编校		民国（1912—1949）抄本 大众文艺出版，2008	上图
	张农	《葫芦吟草》金建陵、张末梅校注		大众文艺出版，2008	
	张冰	《冰雷合稿》	未见或佚		
	赵蕴安	《海沙诗钞》		1962年油印本	上图
	赵式铭	《赵式铭诗选注》		云南教育出版社	
	郑桐荪	《郑桐荪先生纪念册》政协吴江县委员会文史资料委员会 《桐荪遗诗文》	 未见	江苏教育出版社，1989	
	郑泽	《萝庵遗稿》		民国十年铅印本	上图
	周仲穆	《更生斋全集》		民国三十三年石印本	上图
	周公权	《周公权诗稿》	未见或佚		
	周亮才	《天石诗钞》 《鸣凤楼诗草》 《阅江楼吟草》	未见或佚		
	周实丹	《无尽庵遗集》		上海：上海国光印刷所，民国元年铅印本	上图

续表

姓名首字母	姓名	书名	存佚	版本	藏书地
Z	周斌	《台宕游草　燕游草　燕游续草》 《柳溪竹枝词》		民国五年铅印本 民国五年铅印本	上图 苏图
	周麟书	《嘉林诗存》 《周迦陵诗稿》6 册 《笏园诗钞》 《齐鲁游草　西湖游草》		未刊 未刊 民国三十年（1941）铅印本 民国十一年（1922）油印本	苏图 苏州博物馆 上图 上图
	周家树	《黄叶集》		民国十三年铅印本	上图
	朱鸳雏	《二雏馀墨》姚鹓鸰，朱鸳雏 《红蚕茧集》 《银箫集》 《断肠草》 《消夏剩稿》 《情诗集》	未见或佚	小说丛报社，1918	苏图
	朱剑芒	《复泉居士诗文集》 《朱剑芒先生纪念文集》周文晓、沈承庆、朱桱编著，1990	未见或佚		
	诸宗元	《大至阁诗》		民国二十二年铅印本	苏图
	庄通百	《知夜长斋诗筒》	未见或佚		
	周积芹	《绿庐诗稿》	未刊已佚		
	邹亚云	《流霞书屋遗集》		上海：国光书局，民国二年铅印本	上图

附录二　书中出现南社诗人生平简介

说明：1. 书中出现人物以姓氏拼音为序

2. 仅及南社人物，未及新南社、南社湘集人物。

B

白炎

字卧羲，号中垒，河北宛平人。生平不详。

卜世藩

字芸庵，号韵荃。湖南醴陵人。参加南社及南社湘集。诗见《韵荃诗草》。

C

蔡守（1879—1941）

原名守，一作有守，字成城，号寒琼、寒翁、寒道人、茶丘残客、折芙。广东顺德人。早年加入南社，襄助黄节和邓实主办《国粹学报》，刊辑《风雨楼丛书》，与潘达微合编《天荒画报》。诗见《寒琼遗稿》。工诗词书画及文物鉴赏，著有《寒琼碑目》、《寒琼金石跋续》、《说文古籀补》、《漆人传》、《瓷人传》、《画玺录》、《印雅》等。

陈去病（1874—1933）

原名庆林，字巢南，一字佩忍，别字病倩，号垂虹亭长。江苏吴江人。同盟会员。1898 年在吴江与金天翮组织雪耻学会。1906 年在安徽与黄宾虹等组织黄社。1907 年在上海组织神交社。1908 年在绍兴府中学堂组织匡社。为了纪念秋瑾，又在杭州组织秋社。1909 年在苏州与柳亚子、高旭一起创办南社。1913 年参加讨袁的二次革命，曾任参议院秘书长。1917 年随孙中山赴粤护法。1922 年孙中山督师北伐，陈去病任大本营前敌宣传主任。后曾任南京东南大学，上海持志大学教授、江苏革命博物馆馆长等职。诗见《浩歌堂诗钞》，并辑有《清秘史》、《陆沉丛书》等。

陈陶遗（1881—1946）

名公瑶，号陶遗，也作陶怡，别署道一，上海金山松隐镇人。光绪二十七年（1901）秀才。1905年入早稻田大学攻读法政，加入同盟会。1906年返沪与高旭等创立健行公学，为同盟会秘密机关。1907年任同盟会江苏分会长。同年奉命谋刺两江总督端方，因叛徒告密被捕，经营救一年后获释。南京临时政府成立，陈陶遗被选为临时参议院副议长。1925年任江苏省长。汪精卫曾邀其出任伪江苏省长或上海市长，坚辞不就。

陈其美（1878—1916）

字英士，号无为。浙江吴兴（今湖州）人。同盟会员。武昌起义后，任沪军都督。二次革命时，任上海讨袁总司令。后任中华革命党总务总长。反对袁世凯称帝，被袁世凯派人刺死。

陈子范（？—1913）

号勒生，别署大楚、击筑，福建侯官人。青年时学习海军。1913年积极参与策划二次革命，失败后继续进行反袁斗争。在制造暗杀使用炸弹时引起爆炸，死于上海。诗见《陈烈士勒生遗集》

陈家鼎（1876—1928）

又名陈曾，字汉元，号半僧。湖南宁乡人。早年入两湖书院读书，后毕业于日本早稻田大学，曾参加拒俄义勇队。1904年在长沙加入华兴会、同仇会，密谋起事，被通缉，出走日本。1905年在日本加入同盟会，并与章炳麟等创办《民报》、《汉帜》、《洞庭波》。入民国，被推为临时参议院议员。1913年任众议院议员，参与抗袁斗争。1918年赴粤，为护法国会众议院议员。诗见《百尺楼诗集》、《半僧斋诗文集》。杂剧《邯郸梦》一种。

陈家庆

字秀元、秀园、绣原，别名丽湘，湖南宁乡人，陈家鼎之妹。同盟会员，民革成员。曾先后在安徽大学、重庆大学、南京政治大学、武汉大学任教。诗集《碧湘阁集》，著有《黄山揽胜集》、《汉魏六朝诗研究》等。

陈柱（1890—1944）

字柱尊，别号守玄。广西北流人。曾留学日本，毕业于成城学校。历任大夏大学、暨南大学、交通大学和无锡国学专修馆教授。参加过南社、中华学艺社、新中国建设学会等社团。有诗集《变风变雅楼待焚诗稿》。著有《中国散文史》、《诸子概论》等。

陈匪石（1884—1959）

名世宜，号小树，又号倦鹤，江苏南京人。早年就读尊经书院，曾随张次珊学词，1901 年于南京创办新学，在幼幼学堂任国文老师。1906 年赴日学习法律，加入同盟会。1908 年返国，任法政学堂教员，又随朱祖谋研究词学。编刊物《七襄》。1952 年任上海市文物保管委员会编纂。著有《陈匪石先生遗稿》、《宋词举》。

陈洪涛（1889—1920）

字天梅、淮海，号厔厂。江苏吴江人。九岁时父母相继去世，为兄嫂收留。兄长为黎里竹匠，生活清苦。陈洪涛靠借书学习，仅上过几年私塾，然聪颖好学。曾帮助柳亚子抄写《南社丛刻》的文稿。1917 年南下追随孙中山的护法军政府，1920 年再次追随孙中山南下，因劳累失养死于滇南寓所。著有《淮海游草》。

陈以义（1880—1915）

字仲权，号西溪，浙江嘉兴人。少时读书硖石东山之麓，研究经世之学。1906 年入早稻田大学，在日加入同盟会。1911 年武昌起义，陈以义与陈其美、王文庆等谋划杭沪并举。南北议和期间，陈以义回故乡任参事，谋振兴地方事业。1913 年宋教仁遇害后，陈以义赴上海与同志谋再兴义举。二次革命失败后，陈以义逃亡日本。1914 年潜返上海，设革命机关部于法租界。1915 年被袁世凯派人毒杀。有《倚云楼唱和集》。

陈沅

字皋双、皋荪，别名陈阮，湖南湘潭人。生平不详。

程善之（1880—1942）

名庆余，以字行，歙县人，居扬州。十六岁补博士弟子员。后加入中国同盟会和南社。辛亥革命时，任《中华民报》编辑。民国二年参与讨伐袁世凯之役，任孙中山秘书。后回扬州从事教育，倡导成立扬州学生会，声援北京五四学生运动。民国十五年与弟子包明叔创办《新江苏报》，任主编。民国二十一年被聘为国难会参议员。著有《沤和室诗存》、《沤和室文存》、《骈枝余话》等。

程家柽（1874—1914）

字韵荪，安徽休宁人。1899 年考入东京帝国大学农科；1903 年参加拒俄义勇队；1905 年与宋教仁等创办了刊物《二十世纪之支那》；同年参与筹建中国同盟会，被推举为外务科科长；1906 年被延聘为京师大学堂农科教授；1909 年出任清陆军部陆军中小学教科书编辑；1911 年创办《国风日报》；武昌起义后参与谋划攻取北京，未果；1912 年 1 月参与谋炸袁世凯，事败避往南京，后任安徽军政府高等顾问；1913 年在北京策动二次革命；1914 年拟行刺袁世凯，事泄被捕遇难。

成舍我（1898—1991）

原名成勋，后名成平，笔名舍我、百忧、大哀。湖南湘乡人。历任上海《民国日报》副刊主编，北京《益世报》总编、主笔、采访主任，新知书社董事长兼总经理，上海《立报》总经理，北京新闻专科学校校长，国民参政员。先后创办北京《世界晚报》、《世界日报》、《世界画报》，南京《民生报》，上海《立报》，重庆《世界日报》，香港《立报》、《自由人》半月刊。1953 年由香港迁居台湾，任教于政治大学、台湾大学、东海大学。1956 年创办世界新闻专科学校，任校长。1967 年当选为世界书局董事长。著有《献身报坛六十年》。

D

丁三在（1880—1918）

一名三厄，字善之。浙江杭州人。累代以藏书著称，于杭为文献世家，所谓嘉惠堂丁氏者，后将书低价售与江南图书馆。所创仿宋聚珍字，尤有闻于时。著有《丁子居剩草》。

丁上左（1878—1929）

字竹孙，号白丁。浙江杭州人。丁三在之兄。

丁以布（1891—?）

字宣之、仙之，号展庵。浙江杭州人。丁三在之弟。

F

范光启（1882—1914）

字鸿仙，笔名孤鸿等。安徽合肥（今属长丰县）人。安徽师范学堂肄业。1908 年加入同盟会，不久赴上海，结交宋教仁、陈其美等，参与创办《民呼日报》、《民吁日报》、《民立报》，历任社长、主笔。曾回安徽招募“铁血军”壮士五千人，立誓北伐。南北议和后把军队交给龚镇洲，重操笔政。宋教仁被刺后亡命日本。1914 年冒险返沪，在上海戈登路遭袁世凯派人暗杀。后被国民政府追赠为陆军上将。诗见《范鸿仙集》。

范烟桥（1894—1967）

名镛，字味韶，号烟桥，别署含凉生、鸱夷室主、万年桥、愁城侠客，吴江同里人。父亲范葵忱为江南乡试举人。范烟桥多才多艺，小说、电影、诗、小品文、猜谜、弹词无不通谙，还善书画。他一生著述颇丰，著有《茶烟歇》、《中国小说史》、《范烟桥说集》、《吴江县乡土志》等。

方容皋

字旭芝，号艮崖，湖南湘潭人。生平不详。

费龙丁（1880—1938）

名砚，又字见石，号龙丁、佛耶居士。上海松江人。1898 留学日本攻读数理兼美术。夫人为上海名绅李平书之妹李华书，夫妻同入南社。费龙丁兼擅诗、书画、篆刻，颇富收藏。除南社外，又参加松江的松风诗社、海上题襟馆活动。

冯平（1886—1950）

字心侠，号复苏，别号壮公。江苏太仓人。1905 年入明治大学研习政法，加入同盟会。参加南社虎丘雅集。1911 年变卖家产支持中国少年社，暗杀权贵。辛亥革命期间策动太仓响应。后主《天铎报》、《民国日报》笔政，发表反袁反军阀言论。抗日战争期间拒绝与汪精卫政府合作。著有《三姝媚》。

冯春航（1888—1941）

名旭初，以字行。江苏吴县人。父冯三喜系京剧老艺人，与上海名伶夏月珊素为世交。夏月珊收春航为弟子。工青衣，兼习花旦。所演时装新戏《血泪碑》、《恨海》负盛誉。具有民主思想，积极投身戏剧改良运动，曾演出《新茶花》、《贞女血》等新戏，宣传新思想，并能自编新戏。辛亥革命时期，曾参加上海伶界攻打江南制造局之战斗。并创办春航义务学校，供同行及子弟免费读书。三十岁后因嗓音瘖哑，渐少演出，以授徒为主，兼事编剧。

傅尃（1882—1930）

原名熊湘，字文渠，号屯根，本作钝根，一作屯艮，号君剑，别号钝安。湖南醴陵人。少师事王先谦、吴德襄。尝授徒王仙学舍。与宁调元创刊《洞庭波》及《汉帜》，倡言革命，又在上海办《竞业旬报》。入民国，因参与讨袁，曾遭通缉。1919 年赴上海请赈，编写《醴陵兵燹纪略》声讨张敬尧祸湘罪行。历任沅江县长、三十五军参议、湖南通俗教育馆馆长、长沙中山图书馆馆长、安庆民政厅秘书、棉税局长。1923 年主持南社湘集。诗见《钝安遗集》。

G

高旭（1877—1925）

字天梅、号剑公，别字慧云、钝剑，上海金山人。早年倾向维新变法。1905 年入同盟会并任江苏省主盟人。曾以一夜之力伪造石达开遗诗二十首，进行反清宣传。1909 年与陈去病、柳亚子一起创建南社。辛亥革命后，任金山军政分府司法长。曾任国会众议院议员。1917 年赴粤参加孙中山护法运动。1923 年卷入曹锟贿选。诗见《天梅遗集》。

高燮（1878—1958）

字时若，号吹万居士，室名吹万楼。上海金山人。曾主持国学商兑会。担任过古物保管委员会金山支部会委员，金山县修志总纂，张堰图书馆董事等职。藏书极富。诗见《高燮集》。著有《诗经目录》、《读诗札记》、《庄子通释》等。

高增（1881—1943）

高增，字卓庵，号澹安，别号佛子、大雄、觉佛、秋士等，张堰人。自幼能诗。与其兄高旭、叔父高燮皆以诗文见长，人称“一门三俊”。光绪二十九年（1903）叔侄三人在张堰组织觉民社，出版《觉民》杂志。后又参加南社，经常为进步刊物撰稿。有诗集《自怡轩诗钞》、《澹庵诗存》。著有《啸天庐词存》，短剧《女中华》、《侠客》、《人天恨》、《血海恨》等数种。

龚尔位

字醉厂、醉庵、醉邨，号芥弥。湖南湘乡人。

顾悼秋（1886—1929）

名无咎，字崧臣，别字悼秋、灵云和退斋等，号神州酒帝。江苏吴江人。入南社、酒社。著有《服媚室酒话》，辑有《禊湖诗续编》、《笠泽词征补编》，撰写了《灵云别馆散记》，诗见《南社丛刻》。

H

何昭（1877—1966）

字亚希、亚西，又名亚君。上海金山人。高旭妻。及长，入上海务本女塾读书，毕业后在无锡等处担任教职，后任职于家乡钦明女学。1909年与夫高旭一起加入南社。辛亥后，高旭任众议院议员，她几次随夫北上。抗战前后，迭任教职。1949 年后，曾任上海文史馆馆员。

胡石予（1868—1938）

名蕴，字介生，号石予，别署瘦鹤，昆山蓬阆人。十八岁考中秀才，1906 年考入上海甲种师范，后任教于苏州草桥中学。抗战中避难于铜陵，染疾而死。有《半兰旧庐诗》。

胡先骕（1894—1968）

字步曾，号忏庵。江西新建人。1913 年到 1916 年赴美留学，习农学、植物学，与同学发起组织中国科学社，获博士学位。回国后在南京高等师范任教。1922 年与梅光迪、吴宓等创办《学衡》杂志，提倡国故，反对新文化运动。1923 年至 1925 年再次赴美。后长期从事生物研究。历任中央研究院院士、国立中正大学校长、北平静生生物调查所所长。1949 年后任中国科学院植物研究所研究员。诗见《忏庵诗稿》。著有《经济植物手册》、《植物分类学简编》等。

胡朴安（1878—1946）

原名有忭，韫玉，字仲民。安徽泾县人。曾七次应童子试，二十六岁应院试获取。次年去当涂设馆于翟晏如家。1906 年去上海入商界谋生，加入国学保存会。1910 年加入南社和同盟会，任《国粹学报》编辑。次年任职于《太平洋报》馆，兼任《中华民报》评论员。后受聘任中国公学教授，兼教于竞雄女子中学。1915 年曾任福建巡按许世英秘书。次年任交通部秘书。抗战期间，任上海正风文学院教务长，上海女子大学教授等职。后任上海通志馆馆长。治经书、先秦诸子及训诂学。著有《六书学》、《文字学研究法》、《中国文字学史》、《中国训诂学史》、《周易古史观》、《儒道墨学说》等。

胡寄尘（1886—1938）

名怀琛，字季仁，一字季尘，号寄尘，别署秋山、有怀等。安徽泾县人。幼从其次兄朴安读。稍长，赴上海入育才中学。曾在上海《神州日报》、《太平洋报》、文明书局、商务印书馆等任编撰工作，在沪江大学、中国公学、国民大学、南方大学、持志大学、正风文学院等任教。此外还担任过上海市通志馆编纂。八一三事变后上海沦陷，惊悸成疾而卒。文集《秋山文存》等，诗集《江村集》、《邨学诗钞》等，另有《中国文学史略》、《中国文学史概要》、《中国文学通评》等。

黄人（1866—1913）

字摩西，原名振元，字慕庵。江苏常熟人。光绪二十年（1894）中秀才。1900 年与庞树柏等于苏州组织三千剑气文社。同年任东吴大学文学教授。光绪三十一年（1905），参与曾朴经营的小说林书社的创办，光绪三十三年，主编《小说林》杂志。其后又与王文濡创办国学扶轮社。武昌起义爆发，欲有所建树，因在车站脚疾突发，大哭而返。袁世凯窃国后，他极端苦闷，1912 年夏忽发“狂疾”，次年死于苏州。黄人素有奇人之称，精通经史、诗文、方技、音律、遁甲之术，且博通各种自然科学。诗有《石陶梨烟阁诗》，编著有《清文汇》、《百科新大辞典》、《中国文学史》。

黄节（1873—1935）

原名晦闻，字玉昆，号纯熙。广东顺德人。清末在上海与邓实等创立国学保存会，刊印《风雨楼丛书》，创办《国粹学报》。民国后历任广东教育厅长，北京大学、清华大学文史教授等。以诗名世，与梁鼎芬、罗瘿公、曾习经合称岭南近代四家。诗有《蒹葭楼集》。著有《诗旨纂辞》、《变雅》、《汉魏乐府风笺》、《魏文帝魏武帝诗注》、《曹子建诗注》、《阮步兵诗注》、《鲍参军诗注集说》、《谢康乐诗注》、《谢宣城诗注》、《顾亭林诗说》等。

黄复（1890—1963）

字娄生，号病蝶。江苏吴江人。清贡生，历任国史馆总校、清史馆协修、北京文献研究会秘书长。除南社外，曾参加酒社、蛰园诗社。诗文书法俱佳。著有《须曼那室杂著》等。

黄宾虹（1865—1955）

名质，字朴存，一作朴人，中年更号宾虹，后以号行世。别署向予、虹叟、虹庐。原籍安徽歙县，生于浙江金华。辛亥革命前，曾奔走革，后居上海三十年。前二十年，主要在报社、书局任职，从事新闻与美术编辑工作，后十年转做教育工作。先后任上海各艺术院校教授。又曾在北京、杭州等地美术学院任教。建国后任中国美术家协会华东分会副主席。擅绘，著有《黄山画家之源流考》、《虹庐画谈》、《古画微》、《画学编》等。

黄钧

字梦蘧，号栩园，湖南醴陵人。有《栩园遗集》。

黄堃

字巽卿，湖南湘潭人。有《皃翁诗》。

J

蒋同超（？—1929）

字士超、伯寅，号万里，别名振素邨主。江苏无锡人。曾参加清末攻占南京的战斗。有《清朝论诗绝句》。

姜可生（1893—1959）

原名砮（仑），字君西、俊兮，号杳痴。江苏丹阳人。1912 年 5 月，时为上海神州大学的学生姜可生加入南社。二次革命期间，由柳亚子介绍，任《民国新闻》编辑，发表了大量反对袁世凯的时评。姜可生曾创办与经营镇丹金长途汽车股份有限公司和丹阳肇明电气公司，还一度担任丹阳县临时县长等职务。1951 年姜可生曾到京任柳亚子的私人秘书，帮助整理文稿和南社文存。著有《怀人诗》、《剑胆箫心》、《春闺梦》等。

金兰畦

金兆芬，一名吉，字吉香，号兰畦，上海金山人。曾就读于健行公学，与柳亚子为同学。其弟金兆芳也入南社。

景太昭（1881—1945）

名耀月，大招、太昭，号秋陆、秋绿。山西芮城人。1906 年赴日本留学，加入同盟会。1911 年武昌起义后，任各省代表会议议长，筹组南京临时政府。参与制定《中华民国临时约法》。后任南京临时政府教育次长兼南京法政大学校长，山西省督军，总统府高级顾问。1916 年组织政友会反对袁世凯称帝。1917 年在山西、河南组织靖国讨逆军，任总司令，讨伐张勋复辟。后脱离政界，在大学任教。抗日战争爆发后，创立大夏学会进行抗日活动。辑有《清诗存》。

景定成（1882—1959）

字梅九，别号无碍居士，山西安邑人。光绪癸卯（1903）举人，同年由京师大学堂选取为官费留日学生，获法学学士。在日期间加入同盟会。1911 年回国在京创办《国风日报》，制造反清舆论。辛亥革命期间参与山西军政府事务，进行反清军事活动。袁世凯称帝期间，景定成在《国风日报》出一天无字白报，以示抗议。张勋复辟，景在《国风日报》上亦加抨击，被逐出京。1917 年赴粤参与孙中山的“护法运动”。四一二政变后参加北方反蒋活动。抗日战争时期，景定成居西安办《国风日报》、《出路》杂志，并积极资助河东抗日活动。著有《罪案》、《入狱始末记》、《〈石头记〉真谛》、《葵心》，并译过但丁《神曲》。

K

蒯文伟（1885—1925）

字一斐，江苏吴江人。入南社、酒社、销夏社。

蒯贞干（1879—1917）

字虎岑，号啸楼，江苏吴江人。蒯文伟的堂兄。入南社、酒社、销夏社。创办黎里平民女子小学。

林一厂（1881—1950）

原名钟荣，名百举，号一厂，广东梅县人。入读岭东同文学堂后留校任教，经丘逢甲介绍加入同盟会，历任《中华新报》、《新中华报》、《太平洋报》、《民呼报》、《民立报》主笔，国使馆撰修等职。

林之夏（1878—1947）

字谅生，又字亮生、弃儒生，福建闽县（今福州市）人。师事林纾。光绪十二年（1886）中秀才；光绪二十六年（1900）考入福建武备学堂；光绪二十九年（1903）毕业；翌年，江宁（今江苏南京）第九桢统制徐绍祯召之任该镇参谋，同年参加兴中会。后加入同盟会。1911 年参与光复江宁的战役。民国元年（1912）1 月，孙中山任命其为中央第一师师长、军政部部长，授予陆军中将加上将衔。福建军政府成立时，被任为参谋部及军务部部长。南北议和后，功成不居，辞职回乡。民国三年，应浙江督军朱端聘请，任督军署高等顾问，主持军事编译馆。著有《玉箫山馆诗集》四十卷，另有《画眉禅外集》诗作二卷及《海天横涕楼集》等。

凌莘子（1895—1951）

名景坚，字昭懿，又字太昭、凯成，号莘安。江苏吴江人。除南社外，还加入酒社、同南社。著有《紫云楼诗集》。

雷铁厓（1873—1920）

原名昭性，字泽皆，入同盟会后改名铁厓。四川自贡人。二十八岁中秀才。光绪三十年（1904）东渡日本留学。次年加入同盟会。在日本创办《鹃声》、《四川》杂志，鼓吹民主革命。1909 年回国，应聘为上海公学教习。次年春加入南社。宣统二年（1910）秋，应胡汉民邀请，赴南洋槟榔屿创办《光华日报》。民国成立之初，应聘为总统府秘书。后因不满南北议和，辞职归里，积极发展农业。宋教仁被刺后，撰文抨击袁世凯，受到迫害，逃亡新加坡，创办《国民日报》，继续鼓吹反袁。1916 年袁世凯死后返国。因国事日非，抑郁成疾，于 1920 年卒于故里。有《雷铁厓集》。

刘泽湘（1867—1924）

字今希，晚年自号钓月老人，湖南醴陵人。南社著名的“三刘”，均为湖南醴陵人：刘泽湘、刘约真、刘鹏年。刘泽湘与刘约真为兄弟，鹏年为刘泽湘之子。刘泽湘先后肄业城南、岳麓、渌江书院，廪贡生。曾留学日本，入弘文学院进修师范及警政。入同盟会。1910 年返国密组了同盟会湘支部。二次革命爆发，他佐程潜护国军入湘，被授予五等嘉禾勋章。张勋复辟，他又随护法军自粤入湘，参赞军机。诗集《钓月山房诗存》，收入《南社三刘遗集》。

刘谦（1883—1959）

字约真，号无净、无净居士，湖南醴陵人。少时就读渌江书院，后入湖南优级师范学校。1912 曾任《长沙日报》主编，和傅尃一起刊写反袁言论，后一度任湖南财政厅秘书。1924 年与傅尃一同发起“南社湘集”。抗战期间在乡任《醴陵新志》总纂。刘谦在社中以义侠著称，与宁调元、傅尃善，宁调元就义后，刘约真负其骸骨归葬，并刊行其遗著。傅尃客死皖中，刘谦亦从长沙赴皖，护柩返湘，且刊布《钝安遗集》。诗集《峭嶙吟馆诗存》收录于《南社三刘遗集》。

刘鹏年（1896—1963）

字雪耘，湖南醴陵人。父刘泽湘。入南社，后主持南社湘集。

刘民畏

字民畏，四川夔县人。曾在沪主持《中华新报》笔政。

刘师陶

字少樵，又字沧霞，湖南醴陵人。有《删除吟草》、《沧霞老人散稿辑存》。

刘成禺（1876—1953）

本名问尧，字禺生，笔名壮夫、汉公、刘汉，湖北武昌人，生于广东番禺。出身官宦之家。京师大学堂毕业，后赴日、美留学。归国后任参议院议员，曾被袁世凯授以嘉禾章。1913 年，袁解散国会，被通缉，逃往上海，开一杂货铺，名曰“嘉禾居”。后历任广州大元帅府高等顾问、大本营参议、监察院监察委员等职。中华人民共和国成立后，任中南军政委员会文教委员会委员。著有《洪宪纪事诗》、《世载堂杂忆》、《太平天国战史》等。

刘筠

字筱墅，号蒨侬、袑庐、花隐。浙江镇海人。

刘三

字江南（一作号）、季平，别名江南刘三、离垢、镏三。上海人。在南社中以侠义著称，曾冒险殓葬烈士邹容遗骸。1905 曾与费公直谋刺端方。曾任北京大学文科教授，东南大学、国民大学、复旦大学、持志学院中国文学教授，江苏省通志编纂委员会委员，国民政府监察院监察委员。著有《黄叶楼遗诗》。

陆子美（1893—1915）

名遵熹，字焕甫，号子美，江苏吴县（今苏州）人，江苏师范高材生，在进步思潮影响下，投身戏剧，芳年盛誉，遍及东南。擅演《血泪碑》。除演戏外，亦能作水彩画。

吕志伊（1881—1940）

字天民。云南思茅（今普洱）人。清末举人。光绪三十年（1904）留学日本。次年参加同盟会，任云南支部长，发刊《云南》杂志及《滇话报》，宣传革命。1908 年参与组织云南独立会，支援河口起义。1910 年参加广州起义，事败走上海。次年任《民主报》撰述，与宋教仁等组织中部同盟会。云南光复，任都督府参议。1912 年任南京临时政府司法部次长，旋辞职。曾参加护国讨袁。1923 年任中国国民党本部参议，赞成联俄，反对联共。历任国民党政府立法委员等职。诗集《偶得诗集》。

李怀霜（1874—1950）

原名李葭荣，字蒹浦，又字怀江，号装愁庵，1910年改名怀霜，晚年自号不知老翁，广东信宜人。世代书香，祖父以上七代均是清朝贡生，清光绪二十七年（1901），李怀霜中试举人第三名。入同盟会，1910年办《天铎报》，任总编辑，先后进行反清、反袁宣传。1917年任《珠江日刊》总编辑，宣传民主，揭露军阀。1929年任江西省政府秘书。1940年任广东省南路行署秘书。晚年以诗文自娱。《弢庵诗辑》三卷及《弢庵文存》一卷，均佚。

柳亚子（1887—1958）

原名慰高，字安如，号亚子、亚卢、弃疾。江苏吴江人。清末秀才。早年加入同盟会。1909年创立反清革命团体南社，任社长。1923年组织新南社，任社长。曾任中国国民党革命委员会中央常委兼监委主席、三民主义同志联合会中央常务理事、中国民主同盟中央执委。1949年后，任中央人民政府委员。诗见《磨剑室诗词集》。著有《磨剑室文集》、《南社纪略》、《南明史纲》、《苏曼殊研究》等。

李澄宇（1881—1955）

又名李洞庭，字瀛北。湖南岳阳人。幼时就读于岳阳学院。1905年考入湖南讲武堂，从吴獬学习。1911年创办《岳阳日报》。1914年任段祺瑞设立的督办参战事务处秘书，后累功为陆军少将。1922年任总统府江西行营秘书，曾随参谋长李烈钧北伐。抗战期间，先后在平江县中、国立十一中、国立师范、私立民国大学任教员。1949年任湖南省政府秘书。与醴陵傅钝根、衡阳谢晋、平江姚大慈、姚大愿兄弟并称“湘中五子”。诗有《万桑园诗存》、《未晚楼诗集》等。著有《二十四史蠡述》、《读春秋蠡述》、《读国语蠡述》、《读史记蠡述》等。

李一民

名云夔，字右铭，号一民，浙江嘉善人。

林庚白（1896—1941）

原名学衡，字浚南、众难，后改名庚白。福建福州人。早年入京师大学堂学习。辛亥革命时参加京津同盟会。1912年到上海，与人创办以反对封建余孽为宗旨的黄花碧血社。并先后任中国大学、俄文专修馆法学教授、众议院和非常国会秘书长。抗战开始后携家先后至南京、武汉和重庆。1941 年 12 月抵香港。不久即被日军枪杀于九龙。有《丽白楼遗集》。

M

马浮（1883—1967）

字一佛、一浮，号无咎、被褐、湛翁、湛翁和尚，晚号蠲叟、蠲翁、蠲戏老人。原籍浙江绍兴人，生于四川。早岁应浙江乡试，名列榜首。曾赴美、德、西班牙、日本学习。辛亥革命后，潜心研究学术，古代哲学、文学、佛学，无不造诣精深，又精于书法。应蔡元培邀赴北京大学任教，蒋介石许以官职，均不应命。抗日战争爆发后，应竺可桢聘请，任浙江大学教授，又去江西、广西讲学。1939 年夏，抗战期间在四川乐山创办"复性书院"，任院长兼主讲。中华人民共和国成立后，任浙江文史馆馆长，中央文史馆副馆长等职。诗集《蠲戏斋诗编年集》。著有《泰和会语》、《宜山会语》、《马一浮手书弥陀经》、《朱子读书法》等。

马小进（1898—1951）

名骏声，号退之，别署不进、梦寄，广东台山人。1909 年赴美留学哥伦比亚大学，加入同盟会。1910 参加南社。同年 7 月，重赴美国，入纽约大学。1913 年被选为众议院议员，为宪法起草委员会委员。二次革命失败后，任袁世凯大总统府秘书，兼财政部秘书。袁死后，马小进重入国会，1917 年南下广东，任大元帅府参事、广东督军府参谋、香港华侨学院中文系主任、广州大学教授。1923 参与曹锟贿选。著有《鸦声集》、《岭海珍闻录》、《世界文学论》、《梦寄楼随笔》。

马惕冰

名卓，湖南醴陵人。

马君武（1881—1940）

原名道凝，又名同，改名和，字厚山，号君武，祖籍湖北蒲圻，生于广西桂林。1902 年留日期间结识孙中山，1905 年参与组建同盟会，也是同盟会章程八位起草人之一，《民报》的主要撰稿人。1911 年辛亥革命成功后，参与起草《中华民国临时约法》，旋即担任中华民国临时政府实业部次长，后又担任孙中山革命政府秘书长，广西省省长，北洋政府司法总长、教育总长。1924年开始淡出政坛，投身教育事业，先后担任大夏大学、北京工业大学、中国公学等学校校长。马君武以其改造中国的封建教育体制、力推现代高等教育的理念奠定了他在中国近代教育史上的地位，与蔡元培有“北蔡南马”之誉。

梅光迪（1890—1945）

字迪生，一名觐庄。安徽宣城人。曾入安徽高等学堂学习。1911年赴美留学，入威斯康辛大学。1913年转到芝加哥的西北大学学习。1915年入哈佛大学研究院专攻文学。组织中国科学社，出版我国最早的综合性科学期刊《科学》月刊，被推举为董事长兼社长。1920年返国，先后执教于东南大学及北京大学等校，后历任北洋政府教育部专门教育司司长、国立东南大学教务长、四川大学校长、中华教育文化基金会干事长。1922年，和胡先骕、吴宓等创办《学衡》杂志。

N

宁调元（1873—1913）

字仙霞，号太一。湖南醴陵人。1904年加入华兴会。次年留学日本，并加入同盟会。回国后创办《洞庭波》杂志，后改名《汉帜》，鼓吹反清革命，遭清政府通缉，逃亡日本，参与编辑《民报》。萍浏醴起义爆发后，回国策应，在岳州被捕，入狱三年。出狱后赴北京，主编《帝国日报》。1912年初在上海参加民社，创办《民声日报》。后赴广东任三佛铁路总办。二次革命期间来沪，参与讨袁之役。后赴武汉讨袁起义，被湖北总督黎元洪逮捕杀害。诗见《太一遗书》。

钮擎球（1897—1941）

出生于盛泽富户，开有仁寿堂国药铺。擅昆曲，曾为中共地下党提供资助，抗战中被日军杀害。

P

潘飞声（1858—1934）

字兰史，号剑士，又号独立山人。广东番禺人。出身于富商之家。祖和父均以倚声名闻岭南。光绪举人。曾任德国柏林东学学堂教授，讲授中国传统文化。回国后，以贡生保知县，改国子监典籍，荐举经济特科，皆未赴。寓香港，报馆聘主笔政。辛亥革命后，久居上海。与高旭钝剑、俞锷剑华、傅尃君剑，并称“南社四剑”。又参加淞社、希社、鸥社、鸥隐社等。曾选《粤词雅》，辑《粤东词钞》，撰《在山泉诗话》等。著有《说剑堂全集》。

潘昭

字式南，湖南醴陵人。生平不详。

庞树柏（1884—1916）

字檗子，号芑庵，别号剑门病侠。江苏常熟人。同盟会会员，南社发起人之一。1900 年与黄人等组织“三千剑气文社”。在圣约翰大学任中国文学讲习时，参与策划上海光复。1913 年孙中山发动“二次革命”，庞树柏联络革命人士，准备发动常熟民众，响应反袁斗争，事泄逃亡上海，从此不再问政。诗见《庞檗子遗集》。

庞树松

字栋材、树坤，号独笑，别号病红、病红山人、樗农。江苏常熟人。为庞树柏之兄。曾在苏州创办《独立报》，任经理。著有《侬雅》、《吴荡杌》等。

Q

秦锡圭（1864—1924）

字镇谷，号介侯，别署见斋。清光绪十九年（1893）与兄锡田同科中举。光绪二十一年中进士，授翰林院庶吉士。1898 年授山西寿阳知县，后加同知衔。1913 年被江苏省参议会选为中华民国第一届国会参议会议员。自誓不入政界，不受党派津贴及其他非法之财，十余年奔驰南北，不改初衷。1916 年张勋逼黎元洪解散国会，锡圭先后去广东出席“非常会议”和“制宪会议”。1922 年国会恢复，仍为议员，获二等大绶勋章。1923 年，曹锟贿选总统，锡圭却贿不应。喜金石书画，善别碑版。与锡田合校《晋书》，撰有《补（晋书）执政表、方镇表》、《晋宣、景、文三王年表》。有《西征草》、《粤游草》、《见斋诗文集》、《受川公牍》。

仇亮（1879—1915）

原名式匡，字蕴存，号冥鸿。湖南省湘阴人。1900 年肄业于长沙求是书院。1903 年入东京士官学校学习陆军。1905 年参加同盟会，被推为湖南分会会长。《民报》创刊编辑。1909 年归国，在清政府军谘府任职。次年任山西督练公所督练官。1911 年 10 月武昌起义，他发动山西新军响应。1912 年任南京临时政府陆军部军衔司司长。二次革命时，到南京赞助孙中山讨袁，失败后由大连潜入北京，被捕遇害。

丘复（1874—1950）

原名馥，字果园，别号荷生，又字荷公。福建龙岩上杭县人。十九岁列郡庠，二十四岁中举人。光绪二十四年（1898），丘复结识爱国诗人丘逢甲，两人以诗唱和，交谊特深。宣统元年（1909）受两广方言学堂监督丘逢甲之聘到堂任教。编有《清代文学史》一卷。宣统三年（1911）年 6 月参加南社。辛亥革命后十七省代表到南京召开代表大会，丘复随丘逢甲赴会。民国元年（1912），福建省临时议会成立，当选为临时议员，次年省议会正式成立，选为正式议员；民国五年（1916）省议会选举为全国参议院候补议员；民国十三年（1924），补为参议院正式议员，以不耻曹锟贿选，南返广州孙中山先生大元帅府，任参秘工作。

R

任传薪（1887—1962）

又名侠，字味知。江苏吴江人。同里退思园主任兰生之子。曾就读于金松岑创办的同川自治学社。1906 年创办丽泽女学。后就读于上海震旦大学，赴德、日考察女子教育。

汝景星（1900—1958）

名人禄，字景星。江苏吴江人。黎里望族，科举世家。1923 年参与创办《新黎里》，加入新南社。

阮式（1889—1911）

原名书麒，字梦桃，号翰轩。江苏山阳（今淮安）人。初入江北高等学校肄业，继入南京师范学校攻读。与诗人周实为同乡，同有文名，人称“周阮”。二人皆为南社社员，并一起创办淮南社，与南社相呼应。武昌起义爆发后，积极响应，集会数千人，宣布光复，不幸与周实同为山阳县令姚荣泽设计杀害。诗见《阮烈士梦桃遗集》。著有《梦桃杂剧》、《翰轩丛话》、《啼红惨绿馆杂识》、《七录山房幽怪记》等。

S

邵瑞彭（1887—1937）

字次公。浙江淳安人。清季入浙江省优级师范学堂。民国初，被选为众议院议员，后以反对曹锟贿选大总统，著声于时。历任北京师范大学、河南大学教授。精研《尚书》、"齐诗"、《淮南子》及古历算学。工词，为朱祖谋弟子。著有《泰誓决疑》、《扬荷集》、《山禽余响》。

沈昌眉（1872—1932）

字昂青，号眉若，别署长公。江苏吴江人。二十四岁中秀才。一生献身地方教育事业。有《长公吟草》。

沈昌直（1882—1949）

字颖若，号次公，江苏吴江人，沈昌眉弟。曾入上海理科学堂学习西学。1909 年他与兄长昌眉共同组织"分湖文社"。同年，由柳亚子介绍加入南社。曾在无锡第三师范任教，著有《次公剩稿》、《文字源流》。

沈文炯（1867—1948）

字祥之，号中路。吴江同里镇人。戏曲家沈璟之后，祖父为道光进士，光绪升任兵部尚书，南清流首脑。清诸生。早岁寓京，后南还，任学校校长。工诗善书。

沈咏霓（1884—1932）

名毓源，江苏吴江人，咏棠兄。1901 中秀才。一生献身地方教育。

沈咏棠（1885—1951）

名毓清，江苏吴江人。1901 中秀才。一生献身地方教育。

沈宗畸（1857—1926）

字太侔，号南雅。广东番禺人。光绪十五年（1889）顺天乡试不举。随其父宦游扬州，以《落花》诗著名，号"沈落花"。曾在北京组织文学团体著涒吟社，并主编《国学萃编》。晚年寓居北京番禺会馆，卖文为生，生活甚为困顿。著有诗集《南雅楼诗斑》，词集《繁霜词》。

沈砺（1879—1946）

字勉后，号道非，别署嘐公。浙江嘉善人，侨居松江金山。同盟会员。参加南社虎丘第一次雅集。1912 年任孙中山大元帅府松江军政分府参谋长，并加入国学商兑会。后历任上海卫戍司令、南京国民政府秘书、南京市财政局长兼土地局长、国民政府文官处人事室主任。1946 年冬煤气中毒死于南京寓所。诗见《南社丛刻》。

沈尹默（1883—1971）

原名沈实，号秋明、瓠瓜。浙江吴兴（今湖州）人。早年留学日本，在东京帝国大学肄业。1913 年到京后，历任北京大学、燕京大学、中法大学国文教授，兼任北京女子师范大学讲师。又任过北平孔德学院院长、河北省政府委员兼教育厅长、国立北平大学校长、中法文化交换出版委员会主任委员等职。1949 年后任中央文史馆副馆长、全国政协委员、全国人大代表、中国文联委员、上海文联副主席、上海中国书法篆刻研究会主任等职。五四时期投身新文化运动，曾参与《新青年》的编辑工作，积极倡导新诗。诗有《秋明集》、《秋明室杂诗》、《秋明室长短句》。

沈钧儒（1875—1963）

字衡山，浙江嘉兴人。光绪进士。1905 年入东京私立法政大学学习。回国后参加辛亥革命和反对北洋军阀的斗争，参加新文化运动。曾任浙江省临时政府政务委员兼秘书长，上海法科大学（后名上海法学院）教务长。抗战中因组织救国会入狱，时称“七君子”。创议组织民主同盟。1949 年后，历任最高人民法院院长、全国人大副委员长、政协全国副主席、民盟主席等。工书法。著有《寥寥集》、《家庭新论》等。

沈禹钟（1889—1971）

名德镛，字禹钟，别署花影簃、延悔、春剩等。浙江嘉善人。入上海商务印书馆编译所，师事汤伯迟（颐琐）、李拔可、许指严。隶籍南社和青社。曾主编《东方朔》和《社会之花》杂志。晚年病喘，以吟咏自遣。工诗，善书画、篆刻，并及小说。著有诗集《萱照楼诗》、《苏州集》、《论印绝句》；小说《游侠新传》、《沈禹钟小说集》等。

宋教仁（1882—1913）

字遁初，号渔父。湖南桃源人。1904 年与黄兴、陈天华等在长沙组织华兴会，策动起义未成，流亡日本。先后在法政大学和早稻田大学学习。1905 年加入同盟会，任司法部检事长，兼湖南分会副会长，《民报》撰述。1907 年到东北联络义军，准备南方起义。1911 年参加广州黄花岗起义。武昌首义后，到南京筹组中央临时政府，出任法制局总裁。同盟会改组为国民党后，任代理理事长。后主张成立责任内阁，制定民主宪法，反对袁世凯专权，被袁派人刺杀身亡。著有《民国宪法草案》、《宋教仁集》等。

苏曼殊（1884—1918）

原名宗之助，字三郎，后改为玄瑛。广东香山人。出生于日本横滨。其母为日本人。1895 年入广州长寿寺为僧，法号曼殊。1896 年留学日本，漫游南洋各地。曾加入留日革命团体青年会、拒俄义勇队。1903 年回国，在上海任《国民日报》助理编辑。1913 年发表《反袁宣言》。擅诗文及绘事，通英、法、日、梵诸文。翻译过拜伦诗和雨果小说《悲惨世界》，创作有小说《断鸿零雁记》、《天涯红泪记》（仅二章，未完）、《绛纱记》、《碎簪记》等。柳亚子将其作品整理为《苏曼殊全集》。

宋痴萍

名一鸿，字心白、辛伯，笔名忏红、痴萍。江苏无锡人。著有《如此江山》等。

孙景贤（1880—1919）

字希孟，号龙尾，江苏常熟人。光绪三十三年（1907）其师张鸿任驻日本长崎领事，随张至领事馆任职，并就读于明治大学法律科，归，赐举人出身。民国后历任湖北、江苏高等检察所检察官、国务院参议。能诗文，与同乡庞树柏并称为“虞山双璧”。诗见《龙吟草》。又以同乡沈北山弹劾“三凶”事为题材，撰成小说《轰天雷》。

孙举璜

字姬瑞，号虫天，湖南长沙人。

T

陶牧（1874—1934）

字伯荪，号小柳、病鳏，自署了庵、了邨。江西南昌人。早年游牧四方，一度出关，后居苏州、上海。

陶绍煌（1872—1938）

字亦园，吴江黎里人。南社社员。工篆书。

田桐（1879—1930）

字梓琴，号玄玄，晚号江介散人，笔名恨海。湖北蕲春人。早年入武昌文普通中学堂。1903 年冬，因在考卷上书写“鼓吹革命”而被开除，旋赴日本留学。1904 年，与白逾恒创办《二十世纪之支那》杂志。次年加入同盟会。1906 年与柳亚子等创办《复报》。1907 年任新加坡《中兴日报》主编，与保皇派论战。1911 年在北京创办《国风日报》与《国光新闻》。1912 年被推为临时参议院议员。1915 年被孙中山任命为中华革命军湖北总司令参与讨袁。1917 年任广州大元帅府参议。1923 年任大本营参议。北伐战争时任江汉宣抚使。1927 年四一二政变后避居山西五台山，后回上海主办《太平》杂志。诗见《玄玄遗著》。

W

汪精卫（1883—1944）

原名兆铭，字季新，笔名曼昭。广东番禺人。早年参加同盟会，因参加暗杀清摄政王载沣被捕，武昌起义时出狱。1924 年在国民党第一次代表大会上当选为执行委员。孙中山逝世后，任国民政府主席、军委主席等职。1927 年 7 月 15 日在武汉发动反革命政变。以后历任南京国民政府行政院长和外交部长等职。九一八事变后，主张对日妥协。抗战初期任国民党副总裁等职。1940 年在南京成立伪国民政府，任主席。诗集《双照楼诗词稿》、《小休集》。著有《汪精卫文集》、《革命与外交问题》、《帝国主义侵略中国史》等。

汪子实（1878—1921）

名洋，字子实，号影庐，安徽旌德人。幼年寄寓扬州，曾为小学教员，后入报界，主办《东三省日报》、《中华民报》。1913 年应徐世英之邀赴闽任教育局长。段祺瑞组阁后，任上海电政局监督。后为卢永祥聘为秘书。喜游历，踪迹至西伯利亚、日本。著有《影生杂记》、《西湖四日记》、《病榻支离记》。

汪兰皋（1869—1925）

名文溥，江苏常州人。早年为湖南醴陵邑宰，因掩护革命者被革职。广州黄花岗起义，拟起兵响应，因泄密被捕，为陈蜕营救脱险。武昌起义，往说湘督焦达峰，乞兵援鄂，焦殉难不果。又参见湘桂援鄂联军，不满司令缺乏意志而离军赴沪，遂于歌栏舞榭中寄托余生。除南社外还加入民社、鸥社。编有《梅陆集》、《来台集》。

王大觉（1897—1927）

名德钟，字玄穆，号大觉，又号幻花，江苏青浦人。1915 年曾撰写《讨袁檄文》。1917 年与费公直等组织正始社。1919 年任《民国日报》主笔。其妻凌惠纕亦入南社。著有《乡居百绝》、《鸳鸯湖即事》、《琅琊碎锦》、《咒红忆语》，刊入《风雨闭门斋诗文词集》中。

王德锜

字秋厓，一字振威，号二痴，江苏青浦（今属上海市）人，德钟弟。

王无生（1880—1914）

原名钟麒，字毓仁、郁仁，号无生，别号述庵。安徽歙县人。曾在中国公学读书，与于右任关系密切，为同盟会会员。任《神州日报》、《民吁报》、《民立报》、《天铎报》编辑。在当时小说界颇有地位，被称为“广陵五虎将”之一。民国成立后，与章士钊合办《独立周报》。著有《无生诗话》、《惨离别楼词话》

王蕴章（1884—1942）

字莼农，号西神。江苏无锡人。光绪举人。清末任上海商务印书馆《小说月报》主编，长达十年之久。后应沈缦云之约赴南洋，作《南洋竹枝词》百首。回国后历任沪江大学、南方大学、暨南大学、正风大学等校教授，《新闻报》主笔等职。为鸳鸯蝴蝶派主要作家之一。除诗文外，精于书法。著有《梅魂菊影室词话》、《雪蕉吟馆集》等。

闻宥（1901—1985）

字子威、在宥，号野鹤。上海松江人。我国铜鼓文研究的开创者。1929 年起，曾在中山大学、山东大学、北平大学、女子文理学院、云南大学、华西大学等校任教。1949 后，任中央民族学院教授、中国民族语言学会理事等职。曾主编《中国文化研究所集刊》。著有《民族语中同异字之研究》、《四川汉代画像选集》、《摩些象形文之初步研究》、《古铜鼓图录》等。

文湘芷（1878—1925）

名启矗，弱冠入县学，补增生，旋毕业于京师大学堂，授举人，分发邮传部任用，先后为湖南第一师范、长郡公学、含光女学校长，湖南省长公署教育科科长，安仁县知事。1919 年赴沪参与驱逐张敬尧的运动，有功醴陵乡邑。著有《文湘芷选集》。

文斐（1883？—1943）

字延年，号牧希，别号幻园，湖南醴陵人。1893 入湖南师范馆，继入湖南中路师范学习。1905 就读于东京铁道学校，并入同盟会。1907 年归国任渌江中学堂监督。辛亥革命期间联络军队响应，长沙不战而克。二次革命爆发，与程潜等起兵讨袁，失败后避走日本，在东京加入中华革命党。袁世凯复辟帝制，文潜回国内，谋兴义，被捕入狱。次年，袁死获释。抗日战争期间，任湖南省临时参议院参议员、醴陵救济院院长。著有《幻园遗集》。

吴虞（1874—1939）

原名永宽，字又陵、幼陵，号爱智，笔名吴吾等。四川新繁（今新都）人。早年留学日本，归国后任四川《醒群报》主笔，鼓吹新学。1910 年任成都府立中学国文教员，1921 年任北京大学国文系教授。1926 年执教于四川大学、成都大学。1933 年被迫去职，退隐在家。五四时期其反孔非儒文章影响较大。1917 年加入南社。1923 年加入新南社。诗集《秋水集》。有《吴虞日记》、《吴虞集》。

吴鼒（1874—1915）

字慕尧、慕姚，别号虎头。贵州黎平人。贵阳府学廪生。同盟会员。曾任天津《国风日报》编辑、主笔。1913 年二次革命爆发，任南京总司令部秘书，失败复匿上海。1915 年谋杀袁世凯，被捕遇害。

吴恭亨（1857—1937）

字悔晦，湖南慈利人。少曾读书应举。有革命思想，庚子曾被捕入狱。辛亥后被推为湖南省特别议会议员，佐弟子唐牺支幕府。曾任《慈利县志》总纂。著《悔晦堂丛书》、《对联话》、《悔晦堂对联》等。

X

奚侗（1878—1939）

字度青，号无识。安徽当涂（今马鞍山）人。清末附生，后于日本明治大学毕业，授法学士。宣统三年（1911）后，先后任镇江审判厅推事，清河、吴县地方审判厅厅长。民国三年（1914）考取知事。历任海门县、江浦县、崇明县知县。任职期间，曾创设贫儿教养院、平民工厂，修治水利，革除钱粮积弊。民国二十二年任《当涂县志》总纂。著有《庄子补注》、《老子集解》。

夏昕蕖

名允麐，江苏南汇人。健行公学教员，其寓所“夏寓”曾是反清革命秘密据点。

谢晋（1883—1956）

字霍晋，号齐州外室主人，湖南衡阳人。1906 年参加萍浏醴起义。1907 年加入同盟会。1913 年参加二次革命和护国、护法诸役。1915 年，反对袁世凯称帝，他集结党人二百余人，袭击湖南督军府，支持护国军攻下湘西。后遭到袁世凯的缉捕，逃往日本。1917 年南下参加护法战争，任湖南护法军秘书长，宣布湖南独立。1927 年支持南昌起义，失败后前往苏联。1948 年冬，策划湘南武装起义，迎接解放。后当选为湖南省政协副主席、省人民政府委员、第一届全国人大代表。谢晋为“湘中五子”之一。今残留诗稿《屡劫余集》两卷，《蓬莱词》一卷。文集《齐州外室札记》、《縠音集》、《蒙言》。

徐珂（1869—1928）

字仲可，别名小横香室主人、天苏阁主、中可、仲玉、纯飞馆主。浙江仁和（今杭州）人。光绪十五年（1889）举人，官内阁中书。早年曾师事谭献，后加入南社，又与况周颐、梁启超、蔡元培等交善。工词，亦能诗文。曾任职上海商务印书馆，参与编辑《辞源》。又辑有《清稗类钞》。著有《真如室诗》。

徐世阶

字希平，号悔生，江苏铜山人。

Y

杨德邻（1870—1913）

字性恂，别名德麟。湖南长沙人。1905 年留学日本研习政法。1908 年返国任北京《中央日报》编辑。1909 年被举为湘省咨议局议员。武昌起义时与吴贞禄等奔走，谋图北京，事泄被捕，潜走沪上。民国政府建立，任南京留守府秘书。二次革命时与谭石屏举行湘省独立，被捕遇难。著有《锦笈珠囊笔记》、《国民之声》。

杨贻谋

字少碧、少穆。浙江桐庐人。生平不详。

姚光（1891—1945）

字石子，号凤石、后超、复庐。上海金山人。1912 年被推为南社书记员。1918 年任南社主任。晚年寓居上海。入国学保存会、国学商兑会。诗见《姚光全集》。辑有《金山艺文志》、《金山文征》、《金山诗征》、《松江郡人遗诗》、《补辑松江诗钞》等多种。

姚锡钧（1893—1954）

字雄伯，号鹓雏，以号行，别署宛若、龙公、红豆词人等。江苏松江（今属上海）人。与同社朱玺（号鸳雏）并称“二雏”，益以闻野鹤，号“云中三杰”。历任《太平洋报》、《七襄》、《春声》、《申报》副刊《自由谈》、《民国日报》和上海进步书局等编辑。民国中，任江苏省政府秘书。中华人民共和国成立后，任松江副县长。除南社以外，曾入文学研究社、国学商兑会、京江曲社等。论诗宗宋，推崇同光体，与柳亚子发生争论。小说属鸳鸯蝴蝶派一路。诗集《恬养簃诗》、《红豆簃诗》。著有长篇小说《燕蹴筝弦录》、《风飐芙蓉记》、《春奁燕影》、《海鸥秋语》，另有《苍雪词》、《沈家园》传奇及《二雏遗墨》

（与朱玺合著）。

姚雨平（1882—1974）

原名士云，法名妙云。广东平远县人。早年参加中国同盟会，曾参与广州黄花岗起义。辛亥革命时担任广东北伐军总司令，后参加讨袁护法运动、讨伐陈炯明的斗争。民国十四年（1925）3月孙中山在北京逝世，姚雨平护送孙中山灵棺到南京，适逢微军老和尚在毗卢寺讲金刚经，姚雨平前往听经，遂皈依佛门。1949年后曾任中国佛教协会理事。

姚大慈（1888—?）

姚大慈，字叔子，号大知。湖南岳阳平江县人，姚汉舟第三子，姚大愿之弟，兄弟俩曾留学日本。1911年参加广州黄花岗起义。1917年南社唐宋诗之争中，姚大慈发表诗叙，自述由学唐而学宋的经过，称誉陈三立。1920年10月初，孙中山派姚大愿、姚大慈到湖南做谭延闿与桂系彻底决裂的工作。1949年后任湖南省文史馆馆员。善诗，为“湘中五子”之一。著作多散佚，诗作见《南社丛刻》、《南社湘集》；湖南省图书馆今存姚大慈的《音学发微集》、《老子类编》一卷，《杂储》不分卷，稿本。

姚大愿（1886？—?）

字仲子。湖南岳阳平江县人，姚汉舟第二子，留学于日本，研习生物学。加入同盟会。1927年朱培德任江西省主席时，姚大愿任省府秘书长。善诗，为“湘中五子”之一。

叶楚伧（1887—1946）

原名宗源，又名龙公，字卓书，笔名小凤、湘君。江苏吴江人。毕业于苏州高等学堂。授七品京官。1909加入同盟会，先后主《中华新报》、《新中华报》笔政。辛亥革命后至上海，创办《太平洋报》。1915年加入中华革命党。任《民国日报》总编辑。1923年任国民党宣传部长、中央政治会议秘书长。后历任国民党中央执行委员会秘书长、武汉国民政府秘书长、宣传部长、江苏省政府主席、行政院副院长、国防最高会议秘书长、苏浙皖三省及京沪两市宣慰使。诗有《世徽楼诗》。著有小说《古戍寒笳记》、《新儿女英雄》、《如此京华》等，戏曲《落花梦》杂剧、《中萃宫》传奇。

易象（1881—1920）

字枚丞，号梅僧、梅园，湖南长沙人。幼读于长沙城南书院（后名为长沙第一师范学校）。1907 年与宋教仁等同往东北组建同盟会辽东支部。1912 年加入南社，旋返湖南发动讨袁二次革命，事败流亡日本。1914 年在东京加入中华革命党。1915 发起乙卯学会。1916 乙卯学会合并入神州学会。后组织湖南护国军参与倒袁活动。旋赴东京，出版《神州学刊》，遭查禁返国。参与孙中山组织的护法运动。1920 年受孙中山安排，易象与湖南第六区司令李仲麟发动旨在迫使谭延闿下台的兵变，事败被捕牺牲。

余十眉（1885—1960）

名其锵，号秋槎，字十眉，以字行，嘉善西塘镇人。清光绪三十年（1904）县试中秀才后，不求仕进，改入浙江两级师范学校。毕业后，历任上海南洋女校、爱国女校、竞雄女校、省立嘉兴中学及嘉善县立高小、陶庄小学等校教师。1917 年赴粤参加孙中山护法政府，任宣传部秘书。1923 年与柳亚子等发起新南社。著有《寄心琐语》、《壬戌诗选》、《楚辞新义》、《灵芬馆集笺注》。

俞锷（1886—1936）

原名侧，字剑华、一粟，笔名侧人、建华、老剑、懒残、江东老虬、太仓一剑、高阳酒徒等。江苏太仓人。1902 年留学日本，加入中国同盟会。1906 年回国后，在上海《民国时报》，北京《民国新闻》、《七襄月刊》等处任编辑。辛亥革命时，协助光复太仓工作。1909 加入南社。1912 年任临时政府秘书。1913 年二次革命失败后，奉孙中山命，与雷铁崖等同去印尼爪哇，以执教华侨中学为掩护，继续办报宣传革命。1918 年回国后，历任福建省图书馆馆长、教育局长、暨南大学南京分校文史系教授等职。诗见《南社俞剑华先生诗文集》。著有《蜚景词选》、《考古学通论》、《中国民族史》。

俞祖望（？—1948）

字渭儒，一字慧殊，号仗之，后又号谆只，室名风不宁斋。江苏青浦人。参加南社、南社湘集。瓶粟斋主沈瘦东的表弟，《瓶粟斋诗话》卷七载其诗。

袁雪安（1873—1933）

名家谱，湖南醴陵人。日本早稻田大学毕业。历任奉天法政学校教授，北京民国大学学部部长、代理校长，1912 年 5 月任云南财政司长、厅长。1914 年 5 月署云南省财政厅厅长。1916 年 8 月署湖南省财政厅厅长，旋去职。1924 年 11 月任北京政府教育部秘书，后任湖北省政府委员，1927 年 12 月 19 日免职。1929 年 5 月 18 日任山东省政府委员兼财政厅厅长。1930 年 9 月 9 日改任安徽省政府委员兼财政厅厅长，1931 年 2 月 27 日去职。后改任安徽财政特派员。1933 年病逝于庐山。

岳麟书

名雪，字麟书，浙江嘉兴人，朱少屏室。

Z

张昭汉（1888—1961）

字默君，号涵秋，湖南湘乡人。张通典女，邵元冲妻。早年就读于上海务本女学及约瑟女院。后加入同盟会。武昌起义后，在苏州策动响应。创办江苏《大汉报》，组织女子北伐队。民国成立后，在上海参与组织“女界协赞会”、红十字会女子救护队，创立神州女界共和协际会。1918 年赴欧美考察教育，旋入哥伦比亚大学专攻教育学。后环游英、法、意、瑞士等国，著《战后之欧美女子教育》一书。回国后任上海《时报》妇女周刊编辑。1924 年与邵元冲结婚。1927 年任杭州市教育局局长。1931 年任国民党政府第二届立法委员。从 1935 年起在考试院任职。诗集《百华草堂诗》。

张家珍

字聘斋。上海金山人。著有《鹃啖草》。

张光厚（1881—1932）

字天民，号荔丹，四川富顺人。1904 年参加清科举制度取消前最后一次县试取得生员资格。入早稻田大学学习法律，并参加同盟会。在袁世凯称帝期间有大量讽刺诗作。诗稿已毁，作品见《南社丛刻》。

张花魂

号嫣红，江苏太仓人。

赵声（1881—1911）

字伯先。江苏镇江人。十七岁中秀才。光绪二十七年（1901）考入江南水师学堂和陆师学堂。1903 年 2 月，东渡日本考察，与黄兴结识，同年夏回国，任南京两江师范教员和长沙实业学堂监督，积极宣传革命思想，曾撰写七字唱本《保国歌》，秘密散发。1905 年秋后，任江阴新军教官。不久辞职，随郭人璋到广西，任广西巡防营管带。后回南京任三十三标二营管带，后升为标统。1911 年 3 月 29 日，赵伯先具体策划、组织并领导了震惊中外的黄花岗起义。起义失败后，悲愤成疾，于 1911 年 5 月 18 日病逝于香港。

郑逸梅（1895—1992）

原名郑际云，笔名疏影、冷香，纸帐铜瓶室主等。江苏吴县人。二三十年代曾主编过《消闲月刊》、《联益之友》、《金钢钻报》、《永安月刊》，并任上海影片公司编辑。抗战初期任上海音乐专修馆教授。1949 年后任中国法商学院教授、上海文史馆馆员。擅写文史掌故。著有《南社丛谈》、《逸梅小品》、《书报话旧》、《艺林散叶》等。

郑泽（1882—1920）

字叔容，叔瀛，号萝厂、萝庵、梦泽。湖南长沙人。有《萝庵遗稿》。

周祥骏（1870—1914）

字仲穆，号更生。江苏睢宁人。1907 年在徐州发起组织“天足会”。辛亥革命爆发，被柏文蔚聘为第一镇军军事顾问官。1914 年因反袁被以“乱党”罪逮捕杀害。有《更生斋全集》。创作有反满杂剧《睡狮园》、《康秀才投军》、《打醋缸》等。

周实（1885—1911）

字实丹，又字剑灵，号无尽、和劲、吴劲、山阳酒徒，江苏山阳（今淮安）人。清光绪二十八年（1902）淮安府秀才，三十三年入南京两江师范学校学习。1911 年武昌起义，从南京回家与阮式共谋响应于淮安，被山阳县令所诱杀。诗见《无尽庵遗集》。著有剧作《水月鸯》、北曲《清明梦》。

周人菊（1883—1940）

原名伟仁，江苏淮安人。与张雪抱、周实丹并称“淮上三杰”，同入南社。辛亥革命后周实丹遇害，周人菊为之奔走昭雪，且搜罗遗稿成《无尽庵遗集》。曾主汕头《大风报》、上海《太平洋报》笔政。曾任上海私立持志大学文学教授、江苏省通志馆编纂。诗见《南社丛刻》。

周云（1891—1951）

原名世恩，字一粟，号湛伯，别号酒痴，常常自称高阳酒徒，乾隆工部尚书周元理十七代孙，为黎里第一大族。入南社、酒社。诗见《南社丛刻》。

周斌（1895—1985）

字子畦、志颐、芷畦，别名分南渔侠、汾南渔侠、汾南渔隐、渔侠。浙江嘉善人。早岁加入中国同盟会。曾任广东非常大总统府参议，国民革命军江苏江防代理旅长，陆军大学教育长兼代理校长。1960 年任上海文史馆馆员。著有《燕游草》、《台宕游草》、《探梅游草》、《柳溪竹枝词》。

朱凤蔚

名谦良，浙江海盐籍，徙居平湖，民国初年曾任浙江省议员，与弟朱宗良（字尘仙，号无射，主辑《民国日报》）齐名。工书，能诗文。曾撰《南社影事》，署名劲草。其妻龚兰英，平湖人，亦入南社。

朱剑芒（1890—1972）

原名长绶，字仲康、师侠，号剑芒、剑瞞，别名慕家（一作原名）。江苏吴江人。辛亥革命时，与在吴江县参议会任议员的表叔陈孟侠一起创办黎里平民小学，编辑《禊粹报》，组织禁烟分会。1919 年到上海执教于寰球中国学生会日校、竞雄女学和市北中学等校，兼任上海世界书局编辑。北伐军兴，朱剑芒秘密编著了一套《三民主义国文读本》，各校普遍采用，声名大噪。1945 年在福建永安组织南社闽集，被推为社长。擅长文翰，兼能书画篆刻。诗见《复泉居士诗文集》。著有《我所知道的南社》、《南社诗话》、《南社感旧录》、《国殇凭员录》、《陶庵梦忆考》、《剑庐词存》等。

朱锡梁（1873—1932）

字梁任，号纬君、曛廎、曛顾居士、曛膏居士。江苏吴县（今苏州）人。同盟会员，毕业于东京弘文学院速成科。1903年与包天笑、苏曼殊等在苏州城外狮子山招国魂，实为反清举动。参加南社虎丘第一次雅集。工书，娑罗画社社员，曾执教苏州美专。诗歌仅见《南社丛刻》。著有《甲骨文释》、《草书探源》、《词律补体》，已佚。

朱少屏（1882—1942）

名葆康，字少屏。上海人。早年留学日本，1905年参加中国同盟会。回国后与高旭等创办了健行公学，秘密从事反清革命活动。参加了南社虎丘第一次雅集。武昌起义时，以《铁笔报》和《警报》宣传革命。1912年任总统秘书。不久，南北议和，朱少屏回沪创办《太平洋报》，出任经理，宣传民主政治，反对袁世凯复辟活动。1916年，朱少屏受邀担任寰球中国学生会总干事，任职长达二十年。1942为日寇杀害。

朱玺（1894—1921）

字孽儿，号鸳雏。祖籍江苏苏州，流寓松江。幼孤，长于杨了公主办的松江孤儿院。年十三从马漱予学诗。年十五在上海酒店当学徒，开始向报馆投稿。喜戏剧，常登场饰旦角演出。与姚鹓鸰、闻野鹤齐名，号“云中三杰”。1917年的南社内讧中，因主张宗宋诗，与柳亚子意见不合，柳一怒之下，将其驱逐出社，不久即患病去世。生平酷爱林纾翻译小说，刻意模仿，可以乱真。有《凤子词》、《峰屏泖镜录》、《二雏余墨》（合著）、《桃李因缘》（合著）、《瀛谈脞录》（合著）等。

朱剑锋（1888—1948？）

原名组绶，字佩侯，号剑锋，别名少云、朱旭、朱霞、秋水、桃椎仙史。江苏吴江人。擅画梅。

朱德龙

字侣霞，湖南醴陵人。生平不详。

诸宗元（1875—1932）

字贞壮，一作贞长，号大至居士。浙江绍兴人。光绪二十九年（1903）副贡。光绪三十年与黄节、邓实等创立国学保存会，次年创办《国粹学报》。后应张謇之邀掌翰墨林书局，又入江苏巡抚、湖北总督瑞澂幕中，荐保直隶州知州，署黄州知府，入同盟会、南社。入民国，张謇聘为水利局秘书。历任浙江督军府秘书、浙江电报局局长、教育部简任秘书。与“同光体”诸诗人交善。著有《大至阁诗》、《吾暇堂类稿》、《箧书别录》、《中国书学浅说》。